Herbjörg ist achtzig Jahre alt und bester Dinge. Angesichts ihres nahen Todes hat sie nicht nur ihre eigene Einäscherung organisiert, sondern auch ihre Memoiren niedergeschrieben: Neun Männer, drei Söhne – keine schlechte Bilanz. Sie hat die Welt bereist, jetzt kommt die Welt zu ihr auf den Bildschirm. In ihrer gemütlichen Garage surft sie auf den Spuren ihres bewegten Lebens und begleicht letzte Rechnungen ...

HALLGRÍMUR HELGASON, geboren 1959 in Reykjavík, besuchte nach dem Studium an der Hochschule für Kunst und Kunstgewerbe in Reykjavík für ein Jahr die Kunstakademie in München. Den internationalen Durchbruch brachte ihm 1996 der Roman *101 Reykjavík*, der kurze Zeit später verfilmt wurde. Helgason ist einer der international erfolgreichsten Autoren Islands. Zuletzt sind von ihm bei Tropen erschienen: *Seekrank in München* (2015) und *60 Kilo Sonnenschein* (2020).

KARL-LUDWIG WETZIG, geboren 1956, studierte Skandinavistik in Bonn und Uppsala und war Lektor an der Universität Reykjavík. Er ist Autor zahlreicher Reisebücher. Für seine Helgason-Übersetzungen erhielt er einen Preis der Dialog-Werkstatt Zug. Zuletzt erschien von ihm *Mein Island* (2017).

Hallgrímur Helgason

EINE FRAU BEI 1000°

ROMAN TROPEN

Aus den
Memoiren der
Herbjörg María Björnsson

AUS DEM ISLÄNDISCHEN
VON
KARL-LUDWIG WETZIG

Die Übersetzung wurde dankenswerterweise unterstützt von:

Bókmenntasjóður
The Icelandic Literature Fund

MIX
Papier aus verantwor-
tungsvollen Quellen
FSC
www.fsc.org   FSC® C083411

Tropen
www.tropen.de
© 2011 by Hallgrímur Helgason
Für die deutsche Ausgabe
© 2011, 2021 by J. G. Cotta'sche Buchhandlung
Nachfolger GmbH, gegr. 1659, Stuttgart
Alle deutschsprachigen Rechte vorbehalten
Printed in Germany
Umschlaggestaltung: Herburg Weiland, München,
Foto: © GettyImages/Athina Strataki
Gesetzt aus der ITC Garamond von Dörlemann Satz, Lemförde
Gedruckt und gebunden von CPI – Clausen & Bosse, Leck
ISBN 978-3-608-50510-8

1

MODELL 1929

2009

Ich lebe allein in einer Garage, zusammen mit einem Laptop und einer alten Handgranate. Wir haben es wahnsinnig gemütlich. Das Bett ist ein Krankenhausbett, andere Möbel brauche ich nicht, bis auf ein Klo, dessen Benutzung ich enorm beschwerlich finde. Der Weg ist furchtbar weit. Dreimal täglich muss ich mich diese *Via Dolorosa* entlangschleppen wie ein rheumatisches Gespenst. Ich träume von Katheter und Bettpfanne, aber die Anträge dafür stecken irgendwo im System fest. Wir haben es alle nicht leicht.

Fenster gibt es nur eins, doch die Welt kommt auf dem Bildschirm zu mir. Mails gehen ein und aus, und das liebe Facebook wird immer dicker. Gletscher schmelzen, Präsidenten werden schwärzer, und Menschen beweinen den Verlust von Autos und Häusern. Die Zukunft wartet am Gepäckband, lächelnd und mit Schlitzaugen. Ja, ja. Von meinem weißen Bett aus beobachte ich alles. Ich liege da wie eine bedürfnislose Leiche und warte abwechselnd auf den Tod oder auf jemanden mit einer lebensverlängernden Spritze. Sie kommen zweimal täglich, die Mädchen vom Häuslichen Pflegedienst Reykjavík. Die von der Frühschicht ist ein liebes Ding, die Spätschichtscheuche hat kalte Hände und Mundgeruch und leert die Aschenbecher mit mürrisch saurer Miene.

Wenn ich mein Auge zur Welt schließe, das Licht lösche und herbstliches Dunkel den Schuppen erfüllt, dann kann ich durch ein kleines Fensterchen hoch oben in der Wand die berühmte *Friedens-*

säule erkennen. Jetzt ist der selige John Lennon doch noch zu einem Licht geworden wie der Waldgott in einem Gedicht von Ovid und erleuchtet in langen Nächten die Meerengen. Seine Witwe war so nett, ihn senkrecht in mein Blickfeld zu stellen. Ich nehme ihn als Nachttischkerze und wünsche ihm eine Gute Nacht.

Natürlich kann man sagen, ich würde hier in der Garage vor mich hin gammeln wie eine ausrangierte Karre. Das habe ich auch einmal zu Guðjón gesagt. Er und Dóra vermieten mir den Schuppen für 65000 Kronen im Monat. Guðjón hat gelacht und mich Oldsmobile getauft. Im Netz habe ich ein Bild von einem Oldsmobile Viking gefunden, 1929er Modell. Ich wusste echt nicht, dass ich schon *so* verdammt alt bin. Das Ding sah aus wie eine aufgemotzte Pferdekutsche.

Ich kann mich nicht bewegen, ohne außer Atem zu kommen, bin den Nichtbegrabenen, wie man in alten Zeiten gesagt hat, nur noch eine Last. Derart schwach sind die Lungen nach jahrzehntelangem Rauchen. Eine »Sauerstoffmaske« mit anhängender Nasensonde haben sie mir angeboten, aber um so eine Pressluftflasche zu bekommen, müsste ich dem Gott Nikotin abschwören – »wegen der Brandgefahr«! Über weite Strecken hat er mir allerdings besser getan als die meisten anderen, lieber gebe ich den Geist auf als ihn. Deshalb schnaufe ich wie eine alte Dampflok, und die Wege zum Klo bleiben mein täglicher Bußgang. Zuhause auf den Svefneyjar-Inseln gab es eine Höhle direkt am Meer, die man den Knabenkasten nannte; das war jahrhundertelang nichts als ein Scheißhaus für die Männer.

Ach, ich komme vom einen aufs andere, und das eine oder andere kommt über mich. Wenn man ein ganzes Internet an Erlebnissen hinter sich hat, eine Schiffsladung voller Tage, dann fällt es schwer, auszusortieren und eins vom anderen getrennt zu halten. Entweder erinnere ich mich an alles auf einmal oder an gar nichts.

Ach ja, den lieben Landsleutchen ist wohl neulich das System abgeschmiert; ein Jahr ist es jetzt her. Die Krankenschwestern und Dóra meinen, die Stadt stehe immer noch. Reykjavík sehe man den Zusammenbruch nicht an, im Gegensatz zu Berlin, wo ich dummes

Stück bei Kriegsende herumgeturnt bin. Ich weiß ja nicht, was besser ist, real oder auf Pump zugrunde zu gehen. Allerdings weiß ich, dass meinem Dundi die Luft ausgegangen ist wie einem Luftballon, dabei war sowieso schon nicht mehr viel mit ihm los. Er hat bei der KB-Bank gearbeitet und seinen Kurs an das Flackern auf seinem Bildschirm gekoppelt, irgendeine rote Linie, die er mir einmal ganz stolz gezeigt hat.

Ich selbst hatte einfach einen Riesenspaß an dem ganzen »Zusammenbruch«. Die ganzen Wirtschaftswunderjahre hindurch war ich ans Bett gefesselt. Die Habgier um mich herum fraß mir am Ende alle Ersparnisse auf, und deshalb tat es mir nicht leid, als die ganze Kohle verbrannte. Geld spielt für mich längst keine Rolle mehr. Wir rackern uns das ganze Leben lang ab, um etwas für das Alter beiseitezulegen. Dann kommt das Alter und hat mit Geld gar nichts zu tun. Ach, das will ich denn doch nicht sagen; es wäre natürlich nett gewesen, wenn ich mir ein deutsches Jüngelchen hätte kaufen können, das mir alter Matratzenhyäne dann halbnackt bei Kerzenschein Schiller hätte deklamieren müssen. Aber Frischfleischhandel ist hierzulande mittlerweile bestimmt verboten.

Ich habe sicherlich nur noch ein paar Wochen zu leben, zwei Stangen »Pall Mall«, einen Computer und eine Handgranate, und doch habe ich es nie besser gehabt im Leben.

2

FEU DE COLOGNE

2009

Die Handgranate ist ein Ei aus Hitlers Zeiten, das mir im Krieg in die Hände gefallen ist und mich durch sämtliche Höhen und Tiefen meines Lebens begleitet hat, durch all meine sauren und zähen Ehen und Liebschaften. Nun wäre es an der Zeit, sie einzusetzen, wenn der

Sicherungsstift nicht schon vor vielen Jahren abgebrochen wäre, an einem der schlechteren Tage meines Lebens. Zu explodieren ist natürlich auch keine besonders angenehme Art zu sterben. Außerdem ist mir meine hübsche, kleine Bombe nach all den Jahren richtig ans Herz gewachsen. Wäre doch schade, wenn die lieben Enkelchen sie nicht in der Silberschale auf der Familienanrichte bewundern könnten.

Meine geliebte Handgranate liegt angenehm in der Hand und kühlt die verschwitzte Handfläche mit ihrem geriffelten Eisenmantel, gefüllt mit Frieden. Das ist nämlich das Merkwürdige an Waffen: Für die, die vor ihnen stehen, können sie ganz schön unangenehm werden, während sie denen, die sie in Händen halten, große Erleichterung verschaffen. Einmal vergaß ich mein kraftspendendes Ei in einem Taxi und fand keine Ruhe, bis ich es nach endlosen, erregten Telefonaten mit der Zentrale wiederbekam. Der Taxichauffeur stand dann verschüchtert auf der Treppe und kniff das Hirn zusammen, während er mich fragte: »Ist das nicht eine alte Handgranate?«

»Ach was, das ist Schmuck. Hast du denn noch nie die Eier des Zaren gesehen?«

Lange Zeit bewahrte ich sie jedenfalls in meinem Schmuckkästchen auf. »Was ist denn das?«, fragte mich Bæring aus den Westfjorden einmal, als wir uns auf den Weg in den Festsaal des Hotels machten.

»Parfüm, *Feu de Cologne.*«

»Echt?«, staunte der Seebär.

Männer mögen für gewisse Dinge ganz brauchbar sein – schlagfertig sind sie nicht.

Es war auch nie ein Nachteil, die Granate in meiner Handtasche zu wissen, wenn es spät wurde und irgendein Idiot mich unbedingt nach Hause bringen wollte.

Jetzt habe ich sie entweder im Nachttisch oder zwischen meinen verrottenden Beinen; dann liege ich auf diesem deutschen Stahlei wie eine Nachkriegshenne, die Feuer ausbrüten will. Und daran fehlt es doch auch in dem Stumpfsinn, zu dem unsere Gesellschaft verkommen ist, völlig gewaltfrei. Es tut jedem gut, mal sein Haus zu verlieren oder mit anzusehen, wie dem Liebsten in den Rücken geschossen wird. Ich bin nie gut mit Menschen ausgekommen, die noch nie über Leichen gestiegen waren.

Vielleicht geht sie ja los, wenn ich sie auf den Boden pfeffere? Handgranaten lieben Steinfußböden, habe ich mal gehört. Aber ehe ich mich in die Luft sprenge, erlaube ich mir, mein Leben an mir vorüberziehen zu lassen.

3

HERR BJÖRNSSON

1929

Ich kam im Herbst 1929 in einem Ísafjorder Blechschuppen zur Welt. Und man hängte mir diesen merkwürdigen Namen Herbjörg María an. Heidnisches und Christliches mischten sich darin wie Öl und Wasser, und die beiden bekämpfen sich heute noch in mir.

Mama wollte mich nach ihrer Mutter Verbjörg nennen, aber davon wollte Oma nichts hören. Ihrer Ansicht nach war das Leben in den *Verbúð* genannten Fischerhütten ein elendes Hundeleben in Nässe und Kälte, und sie verwünschte ihre eigene Mutter dafür, sie nach einer solchen Schande benannt zu haben. Großmutter Verbjörg ruderte siebzehn Fangzeiten, Frühling, Herbst und Winter, »in jedem Pisswetter, das sie da in der Gegend erfunden haben, und an Land war es nur noch schlimmer«.

Mein Vater kam dann in einem Brief, den er nach Ísafjörður schickte, mit dem grandiosen Vorschlag, aus Verbjörg Herbjörg zu machen. Ich selbst hätte den Namen meiner Urgroßmutter mütterlicherseits vorgezogen, der großen Blómey Efemía Bergsveinsdóttir von Bjarneyjar. Sie war lange Zeit die einzige Frau in der Geschichte Islands mit diesem Namen, bis sie schließlich 50 Jahre nach ihrem

Tod zwei Namensschwestern bekam. Eine war eine Textilkünstlerin, die die längste Zeit in einem verfallenden Schuppen auf der Hellisheiði lebte, die andere Blómey starb jung, lebt aber noch immer auf dem letzten Hof am Augengrund und erscheint mir manchmal auf dem Grenzstreifen zwischen Traum und Wirklichkeit. Eigentlich sollten wir für den Tod genauso getauft werden wie für das Leben und uns für die Beerdigung und die Ewigkeit auf dem Kreuz einen Namen aussuchen dürfen. Ich sehe es direkt vor mir: »Blómey Hansdóttir, 1929–2009«.

Damals trug niemand zwei Vornamen, bis auf meine gescheite und hübsche Mutter, die kurz vor meiner Geburt eine Erscheinung hatte. In einer Bergmulde auf der anderen Seite des Fjords erschien ihr die Mutter Gottes. Sie saß da auf einem Felssockel und war ungefähr hundertzwanzig Meter groß. Aus diesem Grund erhielt ich auch ihren Namen, und irgendeinen Segen muss es natürlich gebracht haben.

María mildert die Härte von Herbjörg, aber ich bezweifle, dass jemals unterschiedlichere Frauen einen Namen geteilt haben. Die eine weihte ihr Leben Gott, die andere ihres einer ganzen Armee von Männern.

Obwohl es das Vorrecht aller isländischen Frauen ist, bekam ich nicht den Namensbestandteil -tochter verliehen, sondern wurde ein Sohn. Meine väterliche Familie, mit Minister- und Botschaftertiteln vorn und hinten bestückt, hatte im Ausland Karriere gemacht, wo es nur Familiennamen gab. Und so wurde die gesamte Familie auf den Kopf eines einzigen Mannes festgenagelt. Alle mussten wir als Vatersnamen den von Opa Sveinn annehmen (der am Ende der erste Präsident Islands wurde). Daher kam es, dass sich außer ihm niemand aus der Familie einen eigenen Namen machen konnte, und deshalb brachten wir keine weiteren Minister oder Präsidenten mehr hervor. Großvater erreichte den Gipfel, und die Aufgabe von uns Kindern und Kindeskindern war es, den Abhang vorsichtig wieder hinabzutrippeln. Wenn man sich in stetem Niedergang befindet, ist es nicht leicht, sich seinen Ehrgeiz zu bewahren. Irgendwann jedoch sind wir bestimmt ganz unten angekommen, und dann geht es mit dem Geschlecht der Björnssons wieder aufwärts.

Zuhause auf Svefneyjar wurde ich immer Hera gerufen, aber als ich im Alter von sieben Jahren mit meinen Eltern zum ersten Mal Vaters Familie in Kopenhagen besuchte, hatte das Hausmädchen aus Jütland Probleme mit der Aussprache und rief mich »Herre« oder »der kleine Herr«.

Anfangs hat mir diese Spöttelei richtig weh getan, zumal ich auch recht jungenhaft aussah, aber der Spitzname blieb an mir hängen, und ich habe mich nach und nach an ihn gewöhnt. So also wurde aus der Jungfrau ein Herr.

Als ich nach langem Auslandsaufenthalt in den Fünfzigern in die Vergnügungslokale der kleinen Stadt am blauen Sund eingeführt wurde, erregte ich kein geringes Aufsehen: eine strahlende junge Dame mit Lippenstift und weltgewandten Manieren, so eine kleine Marilyn mit achtzehn Herren zum Ausreiten an jeder Hand und diesem Namen, der fast wie ein Bühnenname klang: »Unter den Gästen befand sich auch Frl. Herr Björnsson, Enkelin des isländischen Präsidenten, die überall Aufmerksamkeit erregte. Herr Björnsson ist soeben von einem längeren Aufenthalt in New York und Südamerika zurückgekehrt.«

Jeder bekommt seine Zahl im Leben, an der er zu schleppen hat. Mama bekam die 1904, Papa 1908, ich 1929 und meine Jungen noch höhere Zahlen. Anders als beim Lotto kann man mit den Zahlen aber nichts gewinnen, außer dass ich mich vielleicht glücklich schätzen darf, das Leben in seiner ganzen schmierigen Fülle kennengelernt und nicht nur an seinen Zuckerseiten geschleckt zu haben. Ich kann auch nicht sehen, dass die nach dem Krieg geborenen Generationen ein besseres Leben bekommen hätten. Abgesehen von der Langeweile, unter einem bombenlosen Himmel aufzuwachsen. Krieg zu führen liegt nun mal in der Natur des Menschen, in Wahrheit fürchten wir doch nichts mehr als Frieden auf Erden. Die Angst davor ist allerdings unbegründet. Wo Leben ist, ist auch Krieg.

11

4

LÓA

2009

Oh, da kommt mein Goldstück Lóa. Wie eine weißblühende Rose aus dem Morgendunkel.

»Guten Tag, Herr. Wie geht's uns heute?«

»Ach, verschon mich mit Komplimatenten!«

Der Tag hat noch kaum zu grauen begonnen, und grau wird er werden wie all seine Brüder. *Morgengrauen* nennt es der Deutsche.

»Bist du schon lange wach? Die Nachrichten gesehen?«

»Ja, ja. Sie fallen immer noch, die Trümmer des Crashs …«

Sie legt Jacke, Schal und Mütze ab und seufzt. Wäre ich ein sexbesessener Knabe mit ernsthaften Absichten, würde ich mir zuliebe dieses Mädchen heiraten, denn sie ist die Güte und der Liebreiz in Person mit ihren himmlisch roten Bäckchen. Die mit den roten Wangen enttäuschen einen bestimmt nie.

»Hast du keinen Hunger?«, fragt Lóa, während sie in der Kochecke das Licht anknipst und ihren Schnabel in Regale und Schränke steckt.

»Hafergrütze wie üblich, oder?« Das fragt sie jeden Morgen, sobald sie sich zu dem Kühlschrankwürfel bückt, den Dóra mir überlassen hat und der mich manchmal mit seinem eiskalten Murren wach hält. Ich muss zugeben, dass die kleine Lóa untenrum etwas breit gebaut ist, Beine wie vierzigjährige Birkenstämme. Wahrscheinlich hat die Ärmste deswegen noch keinen abgekriegt und lebt ohne eigene Kinder im Haus ihrer Mutter. Begreife einer die Männer, dass sie sich etwas so Liebes und Hübsches entgehen lassen!

»Na, was sagst du, was hast du denn am Wochenende erlebt? Hast du endlich mal einen rangelassen?«, frage ich und hole Luft. Für jemanden, der auf Sauerstoff aus einer Flasche angewiesen ist, war das eine ziemlich lange Rede.

»Was?«, fragt sie bedeppert mit der blauweißen Milchtüte in der Hand.

»Na ja, bist du ausgegangen? Um ein bisschen Spaß zu haben?«, frage ich, ohne aufzusehen. Hol mich der Teufel, wenn ich nicht das Krächzen des Todes in der Stimme habe!

»Ach so. Nein, ich habe meiner Mutter geholfen. Sie wollte im Wohnzimmer neue Gardinen aufhängen. Am Sonntag, also gestern, sind wir dann ins Südland gefahren, meine Oma besuchen. Sie wohnt in Hella.«

»Du musst auch mal an dich selbst denken, Lóa.« Ich mache eine Atempause, ehe ich weiterspreche. »Du darfst deine Jugend nicht an alte Weiber wie mich vergeuden. Die Brunftjahre sind schnell vorbei.«

Ich mag sie so gern, dass ich meinen Sprechwerkzeugen, Hals und Lungen diese Tortur antue. Der Schwindel, der darauf folgt, ist wie ein Fliegenschwarm hinter meinen Augen.

»Die Brunftjahre?«

»Ja … nein, Donnerwetter, was antwortet der mir denn jetzt?«

»Wer?«

»Mein Bakari.«

»Bakari?«

»Ja, so heißt er. Hossa, jetzt habe ich ihn richtig heiß gemacht.«

»Du hast vielleicht viele Freunde«, sagt sie und wendet sich der Wäsche zu.

»Jaaa, mittlerweile gut über siebenhundert.«

»Was? Siebenhundert?«

»Na ja, auf Facebook.«

»Bist du auf Facebook? Darf ich mal schauen?«

Duftend beugt sie sich über mich, und ich rufe meine Seite aus den Zauberwelten des Netzes herauf.

»Wow, ein Superbild! Wo bist du da?«

»Das war in Baires. Auf einem Ball.«

»Baires?«

»Ja, Buenos Aires.«

»Und was ist das hier? Dein Status? *Is killing dicks.* Hui.«

»Na ja, wenn du unser *augenzwinkernd* wörtlich ins Englische übersetzt, kommt das dabei raus.«

»Ha, ha. Hier steht aber, dass du bloß hundertdreiundvierzig Freunde hast. Du hast doch behauptet, du hättest über siebenhundert.«

»Na ja, das ist nur eines meiner Profile. Ich hab 'ne ganze Menge davon.«

»Mehrere Facebook-Profile? Darf man das denn?«

»Ich denke nicht, dass irgendetwas auf dieser Welt verboten ist.«

Sie staunt gutgelaunt und geht in ihre Küchenecke zurück. Seltsam, wie wohl man sich in Gegenwart arbeitender Menschen fühlt. Das macht die Aristokratie in einem. Ich komme zur Hälfte vom Meer und zur anderen aus einem Palais. Das hat dazu geführt, dass ich früh die Beine spreizen musste. Meine hochdänische Großmutter war eine erstklassige Sklaventreiberin. Am emsigsten war sie aber selbst. Sie war unsere erste First Lady. Vor jedem Galadiner tänzelte sie von mittags bis abends im Bankettsaal auf und ab – ein Zigarillo zwischen den Lippen, ein zweites in der Hand – und versuchte, an alles zu denken und die richtige Sitzordnung auszutüfteln. Es durfte nichts fehlen, nichts durfte schiefgehen. Sonst war es aus mit Land und Leuten. Hätte der amerikanische Botschafter eine Gräte in den Hals bekommen, wäre die Marshallplanhilfe in Gefahr geraten. Sie wusste, dass Verhandlungsgespräche allein so gut wie gar nichts bedeuteten.

Ohne Großmutter Georgía wäre Opa niemals Präsident geworden. Sie war die perfekte Lady, gab jedem, hoch wie niedrig, das Gefühl, sich in ihrer Gegenwart wohl zu fühlen, verfügte über das, was die Dänen *takt og ton* nennen, und charmierte sogar ein Fass ohne Boden wie Eisenhower.

Ein Hoch auf die politische Klugheit jener Zeit, die dieses Paar dazu auserkoren hatte, die frisch geborene Republik zu repräsentieren: er Isländer, sie Dänin. Eine höfliche Geste gegenüber dem ehemaligen Herrenvolk. Wir zerschnitten das Tischtuch mit den Dänen, blieben aber mit ihnen verheiratet.

5

BAKARI

2009

Bakari Matawu lebt in Harare, der Hauptstadt des früheren Rhodesien, das laut Wikipedia inzwischen Simbabwe heißt. Er ist seit langem Tankwart, schwarz wie Erdöl, mit Wangenknochen wie ein Inuit und einem Herz aus Käse. Der Junge ist verrückt nach alten Hühnern wie mir. Er ist ganz gierig auf diese vierzig Kilo krebsmariniertes Weiberfleisch, die ich noch auf die Waage bringe. Heute schreibt er, auf Englisch:

Hallo Linda.
Danke für deine E-Mail. Sie ist gut. Wenn ich dein Bild betrachte, ist sie gut. Dein Gesicht ist wie ein Eiswürfel. Gut, dass es deinem gebrochenen Bein besser geht. Es ist auch gut, die Stadt zu verlassen, wenn man so was hat. Deine nordischen Augen folgen mir morgens wie eisblaue Katzen zur Arbeit.
Das Geldsammeln macht Fortschritte. Gestern habe ich zwei Dollar bekommen, vorgestern drei. Hoffentlich bekomme ich genug für den nächsten Sommer zusammen. Ist es dann nicht zu kalt?
Ich habe jetzt den anderen Jungen auf der Tankstelle von dir erzählt. Sie sind sich alle einig, dass du eine Schönheit bist. Einer, der mit 'nem Auto kam, sagte, er würde sich noch von der Misswahl an dich erinnern. Er sagt, Islandfrauen sind schön, weil Frauen besser an einem kühlen Ort gelagert werden. Love, Bakari

Er spart Geld, um herzukommen. Die arme Socke! Und gibt sich alle Mühe, Isländisch zu lernen, schaufelt tiefgefrorene Substantive in sich hinein und beugt eiskalte Verben. Als Minimalanstrengung erwartet Linda von ihren hartnäckigen Verehrern, dass sie ihre Sprache lernen, und mittlerweile betreibt sie ein Fernlehrinstitut mit Verbindungen in die ganze Welt. Alles für Island. Linda ist Linda Péturs-dóttir und war 1988 Miss World. Ich benutze ihren Namen und ihr Gesicht, seitdem mir der Krankenpfleger Bóas (der zum Studieren ins Ausland gegangen ist) eine E-Mail-Adresse eingerichtet hat: lindapmissworld88@gmail.com. Dadurch bin ich an viele schöne Geschichten gekommen, die mir die langen, dunklen Herbstabende verkürzen.

Bakari ist ziemlich romantisch, aber völlig frei von westlichen Klischees, von denen ich nach fünfzig Jahren auf dem internationalen Liebesmarkt auch genug habe.

Neulich schrieb er:

Wenn die Liebe da ist, sagen wir in meinem Land, man isst Blumen vor Verlangen. Das tue ich nun für dich, Linda. Heute habe ich für dich eine rote Rose gegessen, die ich im Park gefunden hatte. Gestern esse ich weiße Nelke, die Mama auf dem Markt bekam. Morgen esse ich Sonnenblume, die in unserem Garten steht.

Es wird ihm weh tun, wenn er vom Tod der Schönheitskönigin erfährt, den ich natürlich früher oder später werde erfinden müssen. Dann werden in Harare Blumen und Kränze verputzt.

6

KAPSTADT

1953

Einen Sommer habe ich in Afrika verbracht, doch einen, den man eher Winter nennen konnte. Es kann kalt sein in Kapstadt, und nie habe ich derart krumm gewachsene Bäume gesehen, nicht einmal hier in unserem Dauersturmland.

Ehrlich gesagt ging es mir hundeelend in Südafrika. Die ganze Zeit lief ich voller Gewissensbisse den Schwarzen gegenüber herum, denn natürlich gingen alle davon aus, dass ich blasshäutiges Wesen eine Burin sei, samt eingebauter Apartheid, und das, obwohl ich nie hässlich zu ihnen gewesen bin. Da habe ich den Rassismus in mir wiedergefunden, von dem ich glaubte, ich hätte ihn in Dänemark zurückgelassen. Wenn es zwei Völker gibt, die ich jemals gehasst habe, dann waren es die Dänen und die Buren. Die Ersteren für ihre Herrenallüren, die sich mir als Kind eingebrannt haben, und die Letzteren für ihre weltbekannte widerwärtige Einstellung, von der ich gehört habe, dass sie noch immer in Mode sei, trotz aller guten Taten des heiligen Mandela.

Was mich an Afrika am meisten überrascht hat, war, wie rein und hell es ist. Es erinnerte mich an Island. Auf einer Schotterpiste durch den Krüger-Nationalpark zu fahren war fast, wie einem Waldweg in Þingvellir zu folgen. Der Nationalpark nennt sich Zoo ohne Gitter, und die Besucher dürfen frei zwischen Löwenrudeln herumkurven, allerdings wird davon abgeraten, einer Hyäne aus dem offenen Fenster zu winken, außer man möchte seine Hand loswerden. Um dieses Naturparadies zu schaffen, mussten die Buren eben ein paar Eingeborenenstämme ausrotten. Damit der weiße Mann Bestien begucken kann, die noch blutrünstiger sind als er selbst, musste er erst einige Schwarze fressen.

Trotzdem war es ein herrlicher Sommer. Bob machte noch immer Spaß – er gehörte zu der Sorte Männer, die ein halbes Jahr lang köstlich und danach nur noch unerträglich sind – und schaffte es, mich für Modelaufnahmen zu verschachern. Für zwei Wochen mimte ich die Fotonutte und trieb es für ordentliches Geld mit Keksen und Schubkarren. Mir ging der Job mächtig gegen den Strich, weitere Aufnahmen, bei denen ich an den Hängen des Tafelbergs meine nackten Schenkel zeigen sollte, lehnte ich ab. Ich muss aber zugeben, dass die Vorstellung, meine Beine zur Anstachelung der Fleischeslust in Reifenwerkstätten des südlichsten Afrikas hängen zu sehen, meiner Eitelkeit schmeichelte, während sie mir gleichzeitig zuwider war.

17

Es ist eines unserer Hauptprobleme als weibliche Wesen: Wir wollen, dass man uns blind und taub anhimmelt, aber auch, dass man auf uns hört, ohne hinzusehen. Wir wollen frei herumlaufen und wünschen uns zugleich, dass uns Augen und Blicke folgen. Zumindest solange unsere jugendliche Frische anhält. Nachdem ich mit dreißig selbst das Fotografieren erlernt hatte, habe ich jedes Interesse an dem Getue um Schönheit verloren. Wer sich zum Bild macht, hat damit seine Sprache verloren, denn auch wenn ein Bild mehr sagt als tausend Worte, sind es nicht die der Abgebildeten, sondern die des Betrachters. So wünschen sich die meisten Männer sprachlose Frauen. Ich habe viele Frauen gesehen, die sich eine Heirat erschwiegen haben, aber sobald die Schönheit zu schwinden begann, ging das Gekeife los. Dóra hier ist auch so ein ehemals hübsches Gesichtchen, das mittlerweile so viel quatscht, dass Guðjón sich am liebsten in seinem Jeep aufhält. Das Beste wäre natürlich, wenn Männer mit uns wie mit ihresgleichen verkehren könnten, als wären wir auch Männer, nur eben mit viel schönerer Haut.

Aber damals, als ich von meinem Bob in Kapstadt von einer Bar in die andere auf Händen getragen wurde, als ich auf Schiffsplanken südlich des Äquators drei Heiratsanträge bekam oder als ich im Schoß der Familie im Amtssitz des Präsidenten an einem Galadiner teilnahm, bei dem ich die Augen nicht von Marlene Dietrich lassen konnte, da vermochte ich mir nicht vorzustellen, dass ich mein Leben einmal allein in einer schlecht geheizten Garage in Grensás, einem Viertel von Reykjavík, beschließen sollte, unfrisiert und auf Kissen verschimmelnd, mit einem veralteten Computer auf dem Bett und den Krallen des Todes auf der Schulter.

7

SVEFNEYJAR

1929

Ich wurde, wie gesagt, am 9. September 1929 in der Mánagata in Ísafjörður geboren. Man hatte Mama weggeschafft, damit sie das bekommen sollte, was keiner sehen wollte und was es nie hätte geben sollen: mich. Für die Aufnahme in die feine väterliche Familie gab es eine Mindestaltersgrenze, und deshalb verbrachten Mama und ich die ersten sieben Jahre bei Bauer Eysteinn auf Svefneyjar und seiner Frau Ólína Sveinsdóttir von Hergilsey, wo Mama als Dienstmagd arbeitete.

Lína war eine Prachtfrau, breit gebaut, mit kräftigen Brüsten, stets einem Lied auf den Lippen, wenn auch mit etwas schriller Stimme, weich im Herzen, aber mit unglaublich starken Armen. Mit der Zeit bekam sie vom Rheuma ziemlich steife Beine. Sie lenkte das große Haus wie ein Kapitän, ein Auge auf die Wellen gerichtet, das andere auf den Herd. Für meine Mutter war sie wie eine Mutter, denn Großmutter besaß zwar viele vorzügliche Eigenschaften, mütterliche Wärme gehörte aber nicht dazu.

Bauer Eysteinn war ein Mann mit klaren Gesichtszügen und flaumigem Bart, Seerotwangen und Augen wie eine stille Meeresbucht, großen Händen und breiten Schultern; in den letzten Jahren ging er mit hängendem Bauch am Stock. Er war ein »guter und guter Mann«, wie Großmutter Vera immer sagte. Sie kam von beiden Seiten aus dem Breiðafjörður und hatte auf mehr als hundert seiner Inseln Heu gemacht. Lob sprach sie immer doppelt aus. »Oh, der ist fein und fein«, sagte sie über Kandis oder einen Kaufmann. Großmutter war hundert Jahre alt, als ich zur Welt kam, und hundert Jahre, als sie starb. Ein ganzes Jahrhundert lang hundert Jahre alt. Im Namen des Meeres getauft und auf vielen Fangfahrten abgehärtet, niemandes Tochter und die ewige Heldin meines Denkens: Verbjörg Jónsdóttir.

Tja, so kam ich also in den Genuss sieben wunderbarer Jahre am Breiðafjörður, bevor mein Vater sein Gedächtnis wiederfand und sich erinnerte, dass er an diesem Küstenabschnitt Islands noch eine Frau und eine Tochter hatte. Meine Kindheit war mit Inseln besät. Inseln voller bootstüchtiger Menschen und Tang fressendem Vieh. In der Sonne leuchtende und von gelbem Vorjahresgras bewachsene Inseln, gischtübersprüht von Winden aus allen erdenklichen Richtungen.

Es heißt, wer sämtliche Inseln im Breiðafjörður besucht habe, sei ein toter Mann, denn etliche von ihnen lägen unter dem Meeresspiegel. Wenn es bei Flut unzählige sind, dann sind es bei Ebbe unfassbar viele, wie so viele Dinge im Leben, die man nicht vollkommen begreifen kann. An wie vielen Orten habe ich gelebt? Wie viele Männer habe ich gehabt? Wie oft war ich verliebt? Jeder erinnerte Augenblick ist eine Insel über der Tiefe der Zeit, hat einmal ein Dichter gesagt, und wenn der Breiðafjörður mein Leben ist, dann sind seine Inseln die Tage, an die ich mich erinnern kann, und jetzt tuckere ich mit dem neumodischen Außenbordmotor, den man Computer nennt, in meinem Bettnachen zwischen ihnen umher.

Tucker, tucker, tucker.

8

VERSINKEN

2009

Jetzt sinke ich mit ihm in die Tiefen der Matratze, federweich und eiskalt, tödlich blau und erstickend, wo seegeschädigte Matrosen, Frauen und Großdichter auf plattfischgepflastertem Grund ihren Geschäften nachgehen. Meine lieben Grundbewohner, seht, jetzt gehe ich unter, mit meiner gesamten Ladung, mit Rudern und Segeln. Mit meiner ganzen Lüge.

Ich kneife die Augen zusammen und höre Luftblasen aus mir herausblubbern. Die Perücke löst sich von meinem Schädel und verwandelt sich in eine außergewöhnlich feste Qualle, die mit ihren Tentakelhaaren Dorsch und Schellfisch winkt, während der Säuglingsflaum auf dem Kopf in der Strömung treibt wie unterernährtes Plankton und die Krankenhaushose sich bis in den Schritt aufbläht. Die Fersen sind eingedellt wie uralte Steckdosen, die mit drahtdünnen Sehnen an den Waden hängen, aber Strom führen sie längst nicht mehr, sie tanzen keinen Tango mehr wie damals in Baires. Das segelförmige Schlafanzugoberteil klebt an dem Röhrengestell, um das einmal festes, weißes Fleisch modelliert war. Aus dem offenen Halsausschnitt fließen kondomförmige Hautsäcke, die man Brüste nennt ... oh, oh!

Hier sinkt ein krankes Klappergestell, ein gammelnder Garagengötze, eine marmorschwere Mumie, die kein Grabkreuz verdient hat, die gar nichts verdient hat, höchstens die Schaufel.

Ja, guckt mich altes Elend an und hört mich untergehend singen:

> See, See,
> seht meine See!
> Jetzt geh ich unter, und alles vergeh!

Aber was soll ich schon sehen, während ich da im Dunkel der Tiefe schwebe? Doch, ich sehe den Lebensabgrund, ich sehe mein eiskaltes, versalzenes Leben, meine ewige Götterbelämmerung. Städte zeichnen sich da unter mir ab, Inseln, Länder. Kerle grinsen wie Steinbeißer, Haie, mit deutschen Balkenkreuzen markiert, schwärmen umher, und von weit her sind die Luftschutzsirenen der Wale zu hören.

Aus dem grünen Dämmer kommt meine Verwandtschaft angeschwommen wie ein Schwarm Thunfische: Großvater und Großmutter mit ihrer ganzen adeligen Apothekersippe, Oma Vera in triefnassen Wollklamotten aus dem Breiðafjörður, Eysteinn und Lína, glücklich erschöpft wie eh und je, und Urgroßmutter Blómey wie ein von der See geschmirgelter Schiffsmast, aber kein bisschen modrig; da sind Mama und ... Papa ... sie schwimmen Seite an Seite;

Papas Geschwister folgen ihnen mit feierlichen Mienen: Beta, Kylla, Henni, Prinz Óli und Puti … ganz zuletzt kommt ein kleines Mädchen, ein klitzekleines Mädchen … blondes Haar weht ihm um die Ohren wie weich wedelnde Flossen. O weh, meiner Seel! Seht euch diesen Gesichtsausdruck an! So hübsch, so unschuldig und richtete doch mehr Schaden an als eine Bombennacht in Berlin …

Sie ziehen vorüber, alle mit dem gleichen schwärmerischen Gesichtsausdruck wie die schlafenden Seelen auf den Bildern dieses norwegischen Malers, der das Haus am Skothúsvegur kaufen wollte; ich aber wollte nicht verkaufen, fand das Haus zu fest verwurzelt, um abtransportiert zu werden, konnte mir auch nicht vorstellen, dass ein ungewaschener Kerl nackt und norwegisch im Heim meiner Eltern herumspringen würde … Aber, ach, da schwimmt sie dahin, die liebe Familie.

Und ich sinke allein tiefer. Hinab in die tausend Umarmungen, die ein Menschenleben ausmachen. Unter mir sehe ich jetzt eine Stadt im Krieg, schwarzweiß, die Flammen feuerrot. Ich hänge mich an eine Bombe, an eine fallende Bombe. Ich bin eine Norne mit Flammenwerfer, eine Hexe auf dem Zauberbesen, der sich jetzt in Regen verwandelt … ja, es löst mich auf in Abertausende Tropfen, ich falle … ich falle …

Jetzt falle ich über Þingvellir; ich verbreite mich über die ganze Ebene von Þingvellir. Am Gründungstag der Republik: der 17. Juni 1944 – der Tag, an dem der große Regen kam. Ich durchnässe Fahnen und Speere, tropfe auf Schilde und Schwerter, auf Balustraden, Hüte, Krempen, Stuhllehnen und Tische und, ja, ich tropfe auch auf das Dokument, das mein Opa Sveinn, mein Großvater Sveinn Björnsson unterzeichnet. Ich sickere weiter, auf den Boden und tiefer, tief unter Großvaters Unterschrift, in die Erde, durch die Spalte bis hinab in das Magma unter dem Land, flüssige Lava, wo Hitler aufs Pult donnert inmitten des Feuers, das in Flammen durch mein Leben loderte …

»Willst du jetzt deine Grütze?«

»Was?«

»Ob du jetzt deine Hafergrütze möchtest?«

»In der Hölle wird nicht gegessen.«

»Wie?«

»In der Hölle braucht keiner zu essen!«

»Hier ist deine Hafergrütze. Soll ich dir helfen?«

»Mir kann keiner helfen.«

»Möchtest du allein essen? Du musst etwas essen.«

»Wer sagt das?«

»Wir müssen alle essen.«

»Du stopfst mich nur damit voll, damit ich hinterher aufs Klo muss. Du willst unbedingt, dass ich scheißen muss. Damit du was zu tun hast. Mir den Arsch abwischen. Das ist es, was du willst. Ich will aber nicht aufs Klo müssen. Ich habe ausgeschissen!«

Nach dieser flammenden Rede bin ich am Ende.

»Herr …«

»Blómey! *Blumeninsel! Die Blumeninsel im breiten Fjord. Das bin ich.*«

»Ich kann kein Deutsch, das weißt du doch.«

»Du kannst überhaupt nichts.«

Sie guckt mich an, mich fauchendes Katzenweib, mich Faltenmonster mit peinlicher Perücke, und hält für eine Weile den Mund und den Grützeteller in der Hand wie die Dummheit in Person. Ich habe Besseres verdient. Verdammt noch mal! Ich habe so viel Besseres verdient. Ich habe immer gedacht, ich dürfte wenigstens in meinem eigenen Bett sterben, vielleicht sogar in Anwesenheit derer, die als »meine Familie« bezeichnet werden. Aber die Jungen scheinen sich nicht entscheiden zu können, ob sie mich lieber sedieren oder gleich sezieren lassen sollen. Du sollst Vater und Mutter ehren, hieß es mal irgendwo, aber wer weiß im Computerzeitalter noch, was einmal auf alten Schreibtafeln stand? Ganze drei Jahre habe ich jetzt weder von ihnen noch von ihren hängezitzigen Gespielinnen etwas gehört. Aber ich habe meine Kanäle, um sie zu beobachten.

»Du hast nicht vielleicht doch Hunger?«

»*No, estoy cinco años.*«

»Was?«

»Ich bin keine fünf mehr.«

»Soll ich vielleicht den Computer wegnehmen, damit du selbst vom Schwenktisch essen kannst?«

»Schwertfisch?«

»Nein, Schwenktisch. So heißt das im Krankenhaus.«

»Red mir nicht vom Krankenhaus! Ich bin nicht im Krankenhaus.«

»Nein, nein, ich weiß«, sagt sie und stellt – völlig ungebeten – das Rückenteil auf, richtet die Kissen, lüftet die Decke und entdeckt mein Kriegsei. Was für eine Unvorsichtigkeit! Ich habe vergessen, es wegzustecken. Sie holt es unter der Decke hervor. Könnte ich rot werden, würde ich es jetzt tun.

»Was ist das denn?«, fragt sie.

»Das? Äh … Das ist …, wart mal … ach so ja, das ist ein sogenannter Kühlball. Den habe ich aus dem Krankenhaus, seit Urzeiten.«

»So?«

Aber das unschuldige Kind schluckt es und verstaut das Ding in der Nachttischschublade wie ein routinierter Requisiteur.

Ich finde meine Fassung wieder: »Du musst endlich mal einen ranlassen. Oder willst du eine schimmelige Jungfrau werden?«

»Ich weiß. Du hast es mir oft genug gesagt.«

»Deine Mutter macht dir keine Kinder.«

»Nein, das weiß ich auch. Ha, ha, ha.«

»Ich könnte dir einen Kerl besorgen. Wie gefällt dir mein Bakari?«

»Ich glaube, ich möchte lieber einen Isländer.«

»Pfhhh, das sind doch hohle Holzköpfe. Das Blut muss ein wenig aufgefrischt werden. Ein kleiner Goldregenpfeifer wie du sollte sich einen Pelikan schnappen. Daraus entsteht etwas Neues.«

»Der Goldregenpfeifer wartet auf den Frühling und auf den Einen, Richtigen.«

»Du bist ein kluges Mädchen. Du bist schlauer als ich, die ich meine Jungfernschaft hierhin und dorthin verschenkt habe. Komm, du Knackarsch, gib mir jetzt den Haferschleim!«

9

»DAS TAXI IST DA«

1959

Ich hatte immer ein Problem mit den Latschen von Jón dem Ersten, oder Vorjón, wie ich ihn später genannt habe. Abends streckte er sie mir entgegen, befahl mir, ihm die Socken auszuziehen und ihm Zehen, Fußsohlen, Fersen und Waden zu massieren. Es war mir völlig unmöglich, diese isländischen Männerbeine zu lieben, die wie Birkenstümpfe aussahen, hart und klobig, genauso leuchtend weiß wie das geschälte Holz und ebenso kalt und feucht. Die Zehen endeten in hornig-gelben Nägeln, die aussahen wie erfrorene Triebe nach einem Frostfrühjahr. Nicht zu vergessen der Geruch. In den Nachkriegsjahren stanken Schweißfüße bekanntlich grauenhaft, als die Männer Nylonsocken trugen und in Schuhen schliefen.

Wie konnte man diese isländischen Männer überhaupt lieben? Sie rülpsten bei Tisch und furzten ohne Unterlass. Nach vier isländischen Ehemännern und etlichen Gelegenheitsstechern war ich zu einem *vrai connaisseur* entweichender Darmwinde geworden, konnte Sorten und Abgänge unterscheiden wie ein Weinverkoster. »Leiser Heuler«, »Granate«, »Gasbombe« und »Luftwaffe« lauteten die Bezeichnungen, die ich den häufigsten Varianten verlieh. »Kaffeeböller« und »Chinakracher« waren ebenfalls bekannte Größen, am meisten gefürchtet waren jedoch »Dattelfürze«, eine Spezialität von Bæring aus den Westfjorden.

Isländische Männer können sich nicht benehmen; das haben sie nie gekonnt, und sie werden es nie können. Dafür sind sie oft ziemlich unterhaltsam. Jedenfalls finden das die isländischen Frauen. Sie haben so einen Notschutzraum in sich, wasserdicht und frostsicher, in den sie sich jederzeit zurückziehen können. Wer sich im Hochland verirrt und in Schnee eingräbt oder ein ganzes Wochenende lang in einem Aufzug festsitzt, kann jederzeit diesen speziell isländischen inneren Bunker öffnen und sich mit einer guten Geschichte in den gegebenen Umständen einrichten. Nach Weltenbummelei und Aufenthalten auf dem Kontinent war ich wohlerzogene und furzlose Herren herzlich leid, die einem stets die Tür aufhielten und alle Rechnungen zahlten, aber nie eine Geschichte erzählen konnten und mit denen im Bett entweder gar nichts los war oder bis zum Morgengrauen nichts als Kuschelsex.

Am meisten konnte ich noch mit deutschen Männern anfangen. Sie waren eine recht angenehme Mischung aus rülpsenden Nordmännern und kultivierten Südländern, ordentlichem Westen und wildem Osten, aber in den Nachkriegsjahren waren sie natürlich gescheiterte Existenzen, die zunächst einmal aufgefangen werden mussten. Und wer hatte dazu schon Zeit? Londoner sind aufgeschlossen und *jolly*, aber ihre berüchtigte abgebrühte Kaltschnäuzigkeit fand ich roboterhaft und auf Dauer langweilig. Diese reflexhafte Ironie scheint im Lauf der Zeit selbst ihren Kern angefressen zu haben. Die französische Masche gibt hingegen nichts als hohle Ernsthaftigkeit von sich. Der Italiener betet draußen jede Frau wie eine Königin an, bis sich zu Hause herausstellt, dass sie doch bloß eine Schlampe ist. Der Ami ist lustig und denkt in großen Maßstäben, will einen immer mit zum Mond nehmen. Zugleich aber ist er so kleinlich wie das letzte Häkelweib, und setzen auf dem Raumflug Wehen ein, muss er sich erst noch seiner *peanut butter* widmen.

Russen fand ich spannend. In Wirklichkeit waren sie die Isländischsten von allen. Sie leerten jedes Glas bis zur Neige und stürzten sich in jedes Besäufnis, konnten irrsinnig viele Geschichten erzählen und redeten niemals im Ernst, außer vielleicht ganz am Boden der Flasche, wenn sie anfingen, nach ihrer Mama zu weinen, die zweitausend Kilometer weit entfernt wohnte, aber trotzdem jeden Monat zu Fuß zu ihnen kam, um die Wäsche zu machen. Sie waren völlig verrückt und noch größere Sportsmänner im Bett als meine Landsleute, aber am Ende hatte ich genug von der ganzen Bodenturnerei.

Skandinavische Männer sind immer genauso taktlos wie Isländer. Sie sind schon bei Tisch betrunken, lachen lauthals und rülpsen, fangen irgendwann an zu »singen« und das auch in öffentlichen Gaststätten, in denen die Gäste dafür bezahlen, dem Lärm der Welt zu entrinnen. Ihr Portemonnaie aber wartete stets wohlverwahrt und stocknüchtern in der Garderobe, während der isländische Geldbeutel allen zur Bedienung offen mitten auf dem Tisch lag. Was das angeht, waren Isländer die weitaus größeren Wikinger. »Ein guter Ruf ist alles, und wer da nicht mithalten kann, ist ein altes Waschweib!«, rief mein Bæring aus Bólungarvík. Jeder Abend musste »historisch« enden, sonst war's eine Niederlage.

Ich mochte sie trotzdem, die isländischen Tollpatsche, jedenfalls bis zu den Knien. Unterhalb davon gelang mir das nicht so gut. Als im Kreißsaal die Latschen von Jón Vorjón aus mir herauskamen, hatte ich schließlich die Nase voll. Es waren exakte Nachbildungen: Jóns Quadratfüße im Bonsai-Format. Schlagartig bekam ich einen unüberwindlichen Widerwillen gegen ihren Erzeuger und untersagte ihm, das Zimmer zu betreten und das Kind zu sehen. Ich höre noch den Ton der Überraschung in seiner Bassstimme draußen auf dem Gang, als ihm die Hebamme mitteilte, sie habe ihm ein Taxi bestellt. Ich habe mir das dann zur Regel gemacht: Ich habe meinen Typen den Tritt gegeben, indem ich ihnen ein Taxi rief.

10

JÓNSKERLE

1959–1969

In den Jahren nach dem Zweiten Weltkrieg und vor den Kabeljaukriegen hieß jeder zweite Isländer Jón. Im Lauf von nur zehn Jahren bekam ich von drei Jóns drei kleine Jónskerle in die Röhre geschoben.

Als Erster kam Jón Haraldsson, ein brillantinegescheitelter Kaufmann mit Kinngrübchen und Meerrettich auf den Wangen. Von ihm bekam ich Harald Schönhaar. Beide waren taubstumm.

Danach kam Jón B. Ólafsson, in den Sechzigern eine bekannte Größe. Er war ein ins Rötliche changierender Schreiberling bei *Tíminn*, hart im Bett, aber sonst windelweich. Mit ihm bekam ich Smørrebrødkönig Ólaf, der mittlerweile in Bergen lebt und sich mit Brot am wohlsten fühlt, aber Pickel bekommt, wenn seine Mutter ihn besuchen möchte.

Der Dritte im Bunde war schließlich Jón Magnússon, Jurist und ein Genie in Sachen Familienforschung. Nonni Magg war ein etwas moppeliger Sonnyboy, der am besten die Kunst beherrschte, »den Tag zu nutzen«. Das tat er denn auch täglich, mit einem Glas nach Stundenplan. Mit ihm hatte ich meinen Maggi, Magnús den Gesetzesverbesserer. Beide hatten sie eine unglaublich ausgedehnte Verwandtschaft, da schon Jóns Vater drei Väter besessen hatte. Jón selbst gab damit an, der einzige lebende Isländer zu sein, der mit sämtlichen Landsleuten verwandt sei. »Grüß dich, Vetter, hallo, Kusine!« waren seine Lieblingsredewendungen. Das Schlimmste, was er über jemanden sagen konnte, war: »Wir sind lediglich Verwandte sechsten oder siebten Grades.«

Der Bequemlichkeit halber nenne ich sie Vorjón, Mittjón und Nachjón.

11

GROSSE FREIHEIT

1960

Dann gab es da noch Friðjón.

Nachdem ich das Taxi für Vorjón bestellt hatte, machte ich mich auf die Socken und ging nach Hamburg; für zwei Jahre, wenn ich mich recht erinnere. Für den isländischen Alltag war ich zu jung und musste erst noch ein bisschen Leben probieren, ehe ich mich mit dem »Kindstod« abfinden konnte, denn wie Frauen wissen, sterben sie selbst, sobald sie Kindern das Leben schenken. Ich allerdings hatte bereits vor meinem Sohn ein Kind bekommen, mich aber geweigert, seinetwegen zu sterben, und war am Leben geblieben – der größte Fehler meines Lebens.

Nach sechs Monaten hatte ich aber genug davon, bei Nordwind und Schneeregen den Kinderwagen allein durch die Bankastræti zu schieben. Ich war nicht geschaffen für den grauen Alltag. Also gab ich meinen Sohn bei *Johnson & Mutter* im Bræðraborgarstígur ab. Mama hatte es sich in dieser lauwarmen Kaffeedynastie bequem gemacht. Siebzehn Jahre lebte sie mit Friðrik Johnson zusammen, während Papa Hakenkreuze zerschnitzte, die er aus dem Krieg mit nach Hause gebracht hatte.

Es war mein letzter Versuch, etwas aus mir zu machen. Ich ging auf die Dreißig zu und hatte im Leben nichts anderes gelernt, als mit Handgranaten zu hantieren und Tango zu tanzen. In Hamburg wollte ich Fotografie studieren. Ich hatte immer Spaß am Zeichnen gehabt, und in New York hatte mir Bob einen Einblick in diese neue Disziplin der Kunst verschafft. Sein Vater besaß einen Originalabzug von Man Ray und Bildbände mit den Arbeiten von Cartier-Bresson und Brassaï, die meinen Blick gefangennahmen wie druckerfarbenschwarze Klauen. Schnappschüsse haben mich immer mehr fasziniert als gestellte Aufnahmen. Später fand ich die Fotos von Lee Miller aufregend, besonders die aus dem Zweiten Weltkrieg. In Island gab es dagegen nicht viel Sehenswertes, aber ich tat mein Bestes, um mich auf dem Laufenden zu halten, und kaufte mir manchmal die *Vogue* oder das *Life Magazine*, wenn sie zu bekommen waren. Bis dahin war noch nie eine Isländerin zu einem Studium der Fotografie ins Ausland gegangen, doch mein Vater meinte, wenn ich für irgendwas Talent hätte, dann für die »Kunst des Augenblicks«.

Ich hatte mich schon »in der Kriegszeit« in der Hansestadt aufgehalten, als alles in Trümmern lag, aber mittlerweile war Hamburg wieder aufgeräumt und aufgebaut. Große Wiederaufsteiger, die Deutschen. Aber noch herrschte große Wohnungsnot, so dass ich mir schließlich mit einer Deutschen und ihrer französischen Freundin namens Joséphine eine Wohnung im Schanzenviertel teilte. Die beiden waren um einiges jünger als ich und ziemlich gut drauf. Ich ließ mich von ihnen anstecken und mit ins Vergnügen ziehen, so dass meine Erinnerungen an diese Hamburger Zeit reichlich dunkel ausfallen; ich wankte zwischen Nachtleben und Dunkelkammer hin und her.

Josie war eine von diesen Stadtschranzen, die bloß »wichtige Leute« kennen, und Astrid Kirchherr war unter den jungen Leuten in den Klubs von St. Pauli so eine Art aufgehender Stern; eine fragile Schönheit mit kurzgeschnittenen, blonden Haaren. Die angesagtesten Lokale damals waren der *Kaiserkeller* und der *Top Ten Club*. Eines Abends fielen wir in Erstgenannten ein und erlebten den elektrisierenden Auftritt einer Band aus Liverpool. Auch wenn der Saal noch nicht explodierte – das kam erst später –, spürte man schon, dass ihre Musik etwas Neues war. Ich hatte natürlich kaum Ahnung von Schlagern oder Popmusik, war aber trotzdem begeistert von der unschuldigen Spielfreude dieser begabten Pilzköpfe. Sie strahlten eine neu gewonnene Freiheit aus: Endlich ließen wir den Krieg hinter uns.

Mitten im Konzert wandte sich der Bandleader ans Publikum und sagte: »Hello Krauts! Ihr wisst, dass wir den Krieg gewonnen haben.«

Gelacht hat keiner. Damals verstand kein Mensch auf dem Kontinent Englisch. Dessen Verbreiter hatten noch keine Plattenverträge bekommen.

Das Schicksal aber lief zu großer Form auf, als es nach dem Krieg als Entschädigung für die unablässigen Bombenangriffe vier versprengte Engländer ausgerechnet in Hamburg einschlagen und dort alle Trommelfelle und Maßstäbe sprengen ließ. Große Freiheit hieß die Straße.

Sie spielten an acht Tagen die Woche, *Eight days a week*. So blieben sie immer im Training. Außerdem war die Konkurrenz hart. Man zahlte keinen Eintritt im *Kaiserkeller*, und deswegen verschwand das Publikum ebenso schnell, wie es gekommen war, wenn es langweilig wurde. Gleich nebenan gab es die ersten Striptease-Clubs. Die Konkurrenz zum Sexgeschäft hat der Welt also all diese Songs beschert. Das ist das Geheimnis hinter den Beatles. Das Gleiche kann man aber auch über Shakespeare und die Tonnen von Genialität sagen, die in diesem Mann steckten. Er dürfte zwar noch nicht gegen Striptease angekämpft haben, wohl aber gegen raufende Bären und Hunde im Nachbarhaus. Und da behaupten Leute, Sex und Gewalt seien Feinde der Kunst.

12

BEATLES-PARTY IN HAMBURG

1960

Mit der Zeit war ich in Hamburg so bekannt, dass ich zu einer Party mit diesen Siegertypen eingeladen wurde. Ein bemerkenswerter Augenblick im Leben einer jungen Isländerin, zumal es auch ganz anders hätte enden können.

Astrid ging damals mit einem weiteren Beatle: Stuart Sutcliffe. Er war ein schüchterner und sensibler Kunststudent, den der Quertreiber John ständig schikanierte, über dessen Klamotten und Bühnenauftritte er sich andauernd lustig machte. Der arme Stu flog auch bald aus der Band; für den Zirkus, der dann einsetzte, war er nicht gemacht und starb nur zwei Jahre später an Kopfschmerzen. Ich glaube, er hatte nicht eine Spur Talent, aber er war ein netter Junge.

Nach einem Konzert lud Astrid zu sich nach Hause ein. Es war natürlich ein echtes Abenteuer, mit diesen Jungs die Reeperbahn entlangzuschlendern, die damals schon mit knallharten Abzockbuden und roten Laternen gepflastert war. John war eindeutig der Chef der Truppe. Er war der Älteste und führte das große Wort, baggerte die Freudenmädchen an, fragte sie, ob sie etwa schon müde seien oder nicht lieber mit auf eine Party kämen, er würde dafür und für anderes zahlen. John riss Witze über Astrids deutschen Akzent und einige der Straßennamen auf dem Weg, und wir Mädels gackerten, wie es damals unsere Aufgabe war. Wahrscheinlich habe ich am lautesten gelacht. Jedenfalls hatte er es auf mich abgesehen.

An Paul habe ich keine großen Erinnerungen, außer an die Freundlichkeit, die aus seinen großen Augen sprach. Es war nicht zu verkennen, dass er ein netter Junge war. John hatte den Teufel im Leib, aber Paul war ohne alle Teufelei. Zusammen waren sie unschlagbar.

Astrid war so ein Twiggy-Typ. Ihr Zimmer hatte sie in Schwarz, Weiß und Silber gestrichen, von der Decke hingen Zweige, kahl natürlich. Es war hart an der Grenze dessen, was ich an Affektiertheit ertragen konnte. Aber es gab Musik und was zu trinken. Alte Scheiben von den Platters, glaube ich, und Nat King Cole. John fragte die Gastgeberin, ob sie ihre Plattensammlung vom Großvater geerbt hätte. Ich spürte eine gewisse Spannung zwischen ihm und Astrid, wahrscheinlich zielten die Spitzen auf Stuart, den John aus Eifersucht abwechselnd Shutcliff oder Stuffclit nannte. Jetzt witterte ich meine Chance und sagte, ich sei in den Staaten gewesen, ob er vielleicht Buddy Holly kenne. Mit der Brillantine im Haar sah John Buddy Holly nicht unähnlich. Jedenfalls war es das Zauberwort, denn er begann, mich nach Strich und Faden nach Buddy auszufragen, von dem ich nicht mehr wusste, als dass er tot war. Das Eis aber war gebrochen, und bald tanzten wir zusammen, obwohl John erklärte, er würde niemals tanzen. Irgendjemand machte das Licht aus, die Platters jaulten, und schon bald wurde ein Mädchen aus dem Breiðafjörður von einem Beatles-Kuss verschlungen.

Ich kam erst später darauf, dass es ein historischer Augenblick in der isländischen Geschichte war, wenn auch einer, über den man nicht reden durfte. Unmöglich, sich die Schlagzeile in *Unser Jahrhundert* vorzustellen: »Küsste Beatle in Hamburg.« Gleichzeitig war es so nebensächlich, dass man kaum drüber zu reden brauchte. Ein Tanz, ein Kuss. Klar fühle ich mich wie ein Mädchen, das Jesus geküsst hat. Mein letzter Mann, Bæring, wollte, dass ich der *Woche* oder sonst so einem Regenbogenblatt von diesem Kuss erzählte, weil er es für eine großartige Sensation hielt, aber ich habe mich rundweg geweigert, auch nach Johns Tod.

Ich führe ihn allerdings in meiner Jónsammlung, als Friðjón. Obwohl er gar kein Friedensengel war. Er hat selbst eingeräumt, dass sein ganzer Einsatz für den Frieden von seinem inneren Unfrieden herrührte, und sogar zugegeben, dass er auch Frauen geschlagen hat. So ist das mit diesen vermeintlichen Visionären.

Trotz seines jungen Alters hatte er schon damals den Humor eines alten Seebären; er strotzte vor Selbstsicherheit und Charme. Küssen konnte er auch ganz gut, und er fragte mich, ob die Engländer die Deutschen nicht auch in einem Kusskrieg besiegen würden; dann staunte er allerdings, als ich sagte, ich käme aus Island.

»Was? Ach, deswegen ist mir so kalt.«

»Ist dir kalt?«

»Nein«, grinste er, »ich komme auch aus Island.«

»Tatsächlich?«

»Ja. Jedenfalls nennt Mimi mein Zimmer immer Iceland.«

»Warum das denn?«

»Weil's darin immer so kalt ist. Ich habe andauernd das Fenster auf.«

»Warum?«

»Smoke gets in your eyes«, säuselte er den Platters-Song, zu dem wir gerade getanzt hatten. »Mimi will nicht, dass ich rauche.«

»Wer ist Mimi?«

»Meine Tante. Oder meine Mutter. Meine wirkliche Mutter ist bei einem Autounfall ums Leben gekommen. Wurde von einem Besoffenen überfahren.«

»Das ist ja schrecklich!«

»Ja. Ich muss den Kerl noch umbringen.«

Zu meinem eigenen Erschrecken detonierte der Satz in mir wie eine Bombe. Mir wurde schwarz vor Augen, die sich mit Tränen füllten, ich entschuldigte mich, ging auf den Balkon, hielt mich am eiskalten Geländer fest und guckte über den Häuserblock und den Fluss. Die Lichter der Großstadt glitzerten durch die Tränen, die mein Stolz zurückhielt. Ich wollte vor diesen Halbstarken nicht weinen. Meine Empfindlichkeit überraschte mich. War ich denn noch immer so verletzlich?

Er streckte vorsichtig den Kopf auf den schmalen Balkon hinaus: »Was ist? Habe ich was Falsches gesagt?«

Ich drehte mich um.

»Nein, nein, es ist nur … ich habe bloß auch … jemanden so verloren.«

»Deine Mutter?«

»Nein. Eine kleine …«

»Schwester?«

Ich konnte nicht antworten. Schüttelte bloß den Kopf. Es tat immer noch so furchtbar weh. Es tut immer noch so furchtbar weh. Ich dachte, ich würde mich so nach und nach damit abfinden, meine Tochter durch einen Autounfall verloren zu haben. Aber da stand ich sieben Jahre später und hielt es nicht aus, wenn ein Autounfall nur erwähnt wurde. Und hier liege ich sechsundfünfzig Jahre danach und wische mir wieder Tränen von den Altershängebacken. Aber was für eine Katastrophe, ausgerechnet vor diesem jungen Mann an jenem Abend in Tränen auszubrechen. Er verhielt sich einwandfrei, aber unsere »Beziehung« war natürlich zu Ende, bevor sie begonnen hatte. Junge Männer gehen doch nicht mit alten Problemen ins Bett.

»Du meinst … ein Kind?«

Ich nickte, schluckte und versuchte, die Tränen wegzulächeln. Durch die Musik hörte ich einen Zug durch das Dunkel der Nacht rumpeln. Der Beatle lächelte zurück, kam ganz auf den Balkon, zündete sich eine Zigarette an und sagte, indem er den Rauch ausblies: »Du bist viel älter als ich, nicht wahr? Wie alt bist du?«

Zu meiner Überraschung wirkte diese Frechheit irgendwie erfrischend. Ich bat ihn um eine Zigarette und riss mich zusammen: »Eine Dame fragt man nicht nach ihrem Alter. Bist du kein Gentleman?«

»Nein, ich bin aus Woolton. Wie alt bist du?«

»Einunddreißig. Und du?«

»Zwanzig«, sagte er und grinste. »Aber nächstes Jahr werde ich dreißig.«

Da war was dran. Denn soeben begann das Jahrzehnt, das von allen des 20. Jahrhunderts am schnellsten verfliegen sollte. Ich sah ihn die Balkontür öffnen, die eigentlich nur ein mannshohes Fenster war, wieder in den Trubel eintreten und zu einem langhaarigen, weltberühmten Ex-Beatle werden, der die Musikgeschichte des 20. Jahrhunderts umgeschrieben und die halbe Welt mit auf seinen Hippietrip genommen hatte, in ein Bett in Amsterdam.

Ich blieb allein zurück und wandte mich wieder der Stadt und meinem missratenen Leben zu. Irgendwo da draußen war der Hauptbahnhof, an dem ich mitten im Krieg an einem einzigen Tag Vater und Mutter »verloren« hatte, und irgendwo in mir trug ich den Bürgersteig, auf dem in einer anderen Stadt ein kleines, blondes Mädchen spielte. Ich hörte sie noch lachen, während ich kurz in die Bar trat und darauf den Knall hörte, der mich zur schrecklichsten Frau machte, die je existierte. Ich hörte diesen Knall (der entsteht, wenn ein dreijähriges Köpfchen in einer engen Straße der argentinischen Hauptstadt auf einen mit dreißig Stundenkilometern heranrauschenden Straßenkreuzer aus Stahl prallt) jeden Monat, jeden Tag, mein ganzes Leben lang. Wer sein Kind verliert, verliert seinen Verstand.

Trotzdem hatte ich ein zweites Kind bekommen und es bei meiner Mutter zurückgelassen, um davonzulaufen und einen jungen Kerl zu küssen. Jetzt schlief es in Großmutters Haus, und ich fand, dass ich nichts mit ihm zu tun hatte. Weit weg von beiden Kindern vermisste ich das tote heftiger als das lebendige. War ich vielleicht selbst schon dabei, langsam zu sterben? Hatte ich den Kleinen womöglich aus Angst verlassen, noch ein weiteres Kind zu verlieren?

Ich kam zu mir, wischte die Tränen ab und merkte endlich, dass ich eine ungerauchte Zigarette in der Hand hielt, die John mit gegeben hatte. Ich suchte in der Tasche meines Rocks nach Streichhölzern, fand aber keine. Da ich nicht sofort reingehen wollte, ließ ich die Kippe auf die Straße fallen.

Jetzt, wo ich hier fest ans Laken geklebt liege und mich an der eiskalten Friedenssäule wärme, sehe ich ein, dass ich den Stummel aus Lennons Päckchen besser aufgehoben hätte, eine ungerauchte Zigarette zur Erinnerung an das, was daraus hätte werden können. Dann

könnte ich sie jetzt samt einem feuchten Beatles-Kuss bei Ebay ver-
steigern und vom Erlös die Garage gemütlich herrichten lassen,
Möbel und Tapeten besorgen und einen dieser berühmten Flachbild-
schirme, auf denen nur Spielfilme laufen, denen mein Leben als Vorlage dient.

13

MEIN EIGENER HERR

2009

Als Frau stand ich in meiner Generation natürlich schrecklich allein
da. Während andere Mädchen meines Alters die Hauswirtschaftsschule besuchten, rang ich mit einem Weltkrieg. Mit fünfzehn entließ er mich examiniert und mit der Lebenserfahrung einer Drei-
ßigjährigen. 1949 wurde ich zwanzig und hätte laut damals gültigem
Stundenplan die höhere Hirngrützeschule bei den Kopenhagener
Pfeffersäcken besuchen oder Heiratspläne daheim in Island verfolgen sollen, als gute Partie aus der Präsidentenfamilie etwa bei einem
Ball der Konservativen im Haus der Unabhängigkeit am Austurvöllur.
Gunnar Thoroddsen hätte mich aufgefordert und, umringt von einer
Schar Kinder und Reporter, wären wir – zusammen mit mir hätte er
sicher gewonnen – im Präsidentensitz Bessastaðir eingezogen. Statt-
dessen stürzte ich mich in weitere Abenteuer, tanzte südlich des
Äquators auf Decksplanken, ließ mich von niemandem auffordern,
sondern rang die Männer eigenhändig nieder.

Zu dem Vorsprung, den ich ohnehin schon hatte, kam noch die
Tatsache hinzu, dass Island damals den Trends der Zeit sechzehn
Jahre hinterherhinkte. Ich sorgte also in der Kleinstadt, in der ich zu
Hause war, ständig für Empörung. Ich war schon eine Frau von Welt,
bevor ich zur Frau wurde. Ich war eine ausgemachte Salonlöwin und
trank sämtliche Männer unter den Tisch, lange bevor Ásta Sigurðar-

dóttir als Skandalnudel bekannt wurde. Ich war praktizierende Feministin, ehe das Wort überhaupt in isländischen Zeitschriften auftauchte. Als der Begriff »freie Liebe« erfunden wurde, übte ich sie seit Jahren.

Und dennoch wurde von mir erwartet, so zu sein »wie andere Leute auch«.

Ich war unabhängig, schreckte vor nichts zurück und ließ mich von nichts und niemandem abhalten, weder von Prinzipien noch von Klatsch oder Kerlen. Ich reiste umher, nahm Gelegenheitsjobs an, kam irgendwie zurecht, bekam Kinder, verlor eins, ließ mich von den anderen nicht schikanieren, nahm sie mit oder ließ sie irgendwo zurück, zog immer weiter und ließ mich in keine Ehe locken. Das war sicher das Schwerste von allem. Lange bevor die Hippiemädchen auf der Bildfläche erschienen und ihre Brut bei den Müttern ablieferten, damit sie ihr Tramperleben weiterleben konnten, hatte ich den Gedanken der »Fernmutter« erfunden und umgesetzt. »Man lässt sich doch nicht von den Früchten seines früheren Sexlebens das gegenwärtige vermasseln«, hat eine der Heroinen der Sechziger verkündet. Oder war ich es selbst? Simone de Beauvoir oder Simone de Bovary, wie mein Mittjón sie nannte, hatte leichtes Spiel, denn schließlich schränkten keine Kinder ihre weibliche Freiheit ein, und doch war sie die ganze Zeit hindurch eine Liebessklavin, indem sie sich so früh schon an Johannes-Paul Sartre fesselte, diesen hässlichen Philosophenzwerg, der einer der größten Weiberhelden des Jahrhunderts war und Affären zu einer sportlichen Disziplin erhob, die Simone ein Leben lang Eifersucht bereitete. Sie versuchte sich zu rächen, indem sie praktizierte, was Spötter *Le Deuxième Sex* nannten, hatte damit aber wenig Erfolg, denn sie schaffte es nicht, »sich die Liebe vom Hals zu ficken«, wie man in den Staaten sagt, und endete damit, dass sie sich neben die Leiche ihres Giftzwergs legte wie Julia neben ihren Romeo. Da hatte sie ihn endlich für sich allein. Über die Jämmerlichkeit von uns Frauen ist alles gesagt, wenn nicht einmal die, die angeblich unsere vorderste Anführerin sein sollte, sich jemals von ihrem Kerl befreien konnte. Die vollkommene Befreiung der Frau wird erst dann erreicht werden, wenn alle Männer in Kriegen gefallen sind. Dann werden wir Frauen noch eine Generation lang glücklich miteinander sein, uns gegenseitig die Muschis lecken und die Oberarme streicheln und uns währenddessen in den Rücken stechen.

Das Zusammenleben von Sartre und de Beauvoir wurde ja seinerzeit immer wieder als die zeitgemäße Verbindung zwischen Mann und Frau propagiert, die uns allen als Vorbild dienen sollte, doch hinter den Filmclips aus dem Paradies verbarg sich eine ausgewachsene Hölle für den anderen. Eine Zeitlang hat mich diese berühmte Beziehung interessiert, und ich hatte mir in meiner Garage für die beiden einen »Alert« bei Google eingerichtet. Jeder Monat galt als verloren, in dem einmal keine neue Geliebte ans Licht kam, deren Psyche vom Zwerg, seiner Freundin oder beiden zusammen ramponiert worden war. Es kam heraus, dass sich das saubere Pärchen an den eigenen Schülerinnen bis unterhalb des Führerscheinalters vergangen und sie nach erfolgter Defloration in die Wüste geschickt hatte. Irgendwann stellte ich die Benachrichtigung über alte Bettgeschichten wieder ab. Jean-Paul und Simone kamen mir vor wie Tennisspieler, die mit Seelen statt mit Bällen spielten. Wenn mir das Leben eine Wahrheit beigebracht hat, ist es die, dass ausschließlich Widerlinge es schaffen, berühmt zu werden. Und für Schriftsteller scheint als Regel zu gelten: je langweiliger ihre Werke, desto spannender ihr Privatleben.

Ich bin ihm einmal in einer Vergnügungsbar in Pigalle begegnet; unsere Blicke trafen sich in dem engen Gang zu den Toiletten. Möglicherweise ist es ehrenvoll, einen geilen Blick aus so berühmten Augen zu erhalten, aber in meinen regte sich nichts. Mir drängte sich nur unwillkürlich ein Bild auf: Sein Gesicht verwandelte sich in ein männliches Geschlechtsteil. Die runden Brillengläser saßen rechts und links eines nasenförmigen Glieds, und dahinter quollen zwei Augen vor, die vor Samen zu platzen schienen.

Natürlich reichte mein Bohème-Leben nicht halbwegs an das der berühmten Franzosen heran, aber ich hatte auch meine erfolgreichen Abschnitte. Ich vermute, mein ungehemmter Lebensstil hat unter Isländerinnen erst in den allerletzten Jahren weitere Verbreitung gefunden. Ich warte immer noch auf die Anrufe von Frauen dieser jungen Generation und auf Blumengestecke für die Pionierin, die sie mir gern in einer kurzen Zeremonie hier in der Garage überreichen dürfen. Wenn sie bloß Expräsidentin Vigdís nicht mitbringen! Sie verwandelt mich jedes Mal in einen Haufen Fäkalien.

14

VERBJÖRG WIRD ÜBER DEN FJORD GESETZT

1962

Mein Fotografiestudium in Hamburg plätscherte so langsam aus. Zwar gelang es mir hin und wieder, »den Augenblick einzufangen«, aber viel häufiger fing mich einer ein. Ich lernte Kurt kennen und verlor den Kontakt zur »Art & Party«-Szene von St. Pauli. Irgendwann zog ich zu ihm und nahm einen Job in der Kneipe seines Bruders an. Kurt fuhr ein schnelles Auto, und wir liebten es, über die Elbbrücken zu donnern oder einen Abstecher nach Köln oder gar Amsterdam zu machen. Sein Vater war unter Hitler ein hohes Tier gewesen, und es war seine Weise und meine, vor einer allzu nahen Vergangenheit davonzujagen.

Eines schönen Tages aber wurde ich von des lieben Gottes Pinzette aus meinem aufregenden Leben als junge Dame auf dem Kontinent gezupft und auf einen nach Fischschleim stinkenden Kutter in Island versetzt. Das muss man sich etwa so vorstellen wie Greta Garbo auf Grönlandreise. Meiner hohen Absätze wegen hatte ich größte Probleme, an Ort und Stelle wieder Fuß zu fassen, und erst jetzt sehe ich, wie schön das damals alles war.

Oma Vera kam plötzlich auf die Idee zu sterben. Wir wären nicht überraschter gewesen, wenn die Hänge der Esja urplötzlich verschwunden wären.

Die Leiche wurde in der Hütte *Ranakofi* aufgebahrt, von der kaum jemand weiß, dass sie, grasbemäht zwischen Hof und Bootslände stehend, das älteste Haus Islands ist. Es war nur passend, dass die älteste Einwohnerin des Landes darin aufgebahrt wurde.

Ich konnte dort eine Dämmerstunde mit Großmutter verbringen und hatte das Gefühl, dass sie nicht vollständig gegangen war. Hunderte Leichen hatte ich im Krieg gesehen, war aber erst zweimal vor einem mir nahen Toten gestanden. Obwohl vier ganze Tage seit ihrem Tod vergangen waren, war noch immer etwas von Oma Vera in diesem dürren Körper. Ihr Leben steckte noch in ihm wie ein saftiger Kern in einer sonst vertrockneten Blume. Ihre Seele hatte so lange zwischen diesen Knochen gehaust, dass sie sich nicht nach einem Tag schon von ihnen löste. Ihre Stimme erklang noch immer in meinem Kopf:

»Ach ja, wieder ein Tag zu Daunen geworden.«

Als ich aus dem Haus trat, lagen die Inseln im Westen auf dem Meer wie ein dünner Schleier über einem Teich. Meine Haare wehten vor meinen Augen, und meine Mutter bog um die Ecke. Sie hielt, und eine Weile blieben wir vor Islands ältestem Haus steif voreinander stehen.

»Sie ist so … hart«, sagte ich.

»Ja, Mama war hart«, sagte sie.

»Nein, ich meine, ich habe sie angefasst, und sie fühlte sich an, als wäre sie aus Holz.«

Ich fand, wir sollten sie eher aufbewahren als beerdigen. Sie war eine Reliquie, die personifizierte Geschichte Islands. Das älteste Haus des Landes war gerade einmal doppelt so alt wie sie.

»Tja«, sagte Mama nur und blieb an der Hausecke stehen. Ich konnte nicht auf sie zugehen, und wir schwiegen uns an. Ozeane lagen zwischen uns. Das Leben hatte uns zu Beginn des Krieges getrennt, und es bedurfte einer Hundertjährigen, um uns wieder zusammenzubringen. Endlich trat sie auf mich zu, und wir fielen uns in die Arme, zum ersten Mal seit dem Januar 1941.

Bei der Beerdigung durfte ich trotzdem nicht mit im vordersten

Boot stehen. Ich sollte es als Strafe akzeptieren. Trotz der Umarmung war Mutter mir noch immer gram, dass ich nicht bei ihnen im Bræðraborgarstígur übernachtet hatte. Brüsk hatte sie mir den Jungen in den Arm gedrückt, als ich um die Mittagszeit endlich erschienen war.

Ich habe kaum je etwas Schöneres gesehen als den Leichenzug am Breiðafjörður. Der Sarg stand im vordersten Boot, und viele andere folgten ihm in seiner Kielspur in langsamer Fahrt zwischen Schären und flachen Klippen hindurch nach Flatey. Und immer schenkte der Herr der Prozession vollkommene Windstille, und nicht ein Schuhflicken von einer Wolke stand am Himmel, wie man so sagte. In stiller Anteilnahme stellten sich die in der Ferne blauen Berge an den Barðaströnd wie ein Trauerzug auf und neigten die Köpfe und Schultern, starrten mit frühlingsharschen Schneebrettern in die Tiefe und weinten leise Schmelzwasserbäche.

»Ja, die hat sich den Tag gut rausgesucht«, war aus dem Heck zu vernehmen.

Den Männern war schon der Schnaps in den Kehlen anzuhören, der dazugehörte, wenn man einen Toten über den Fjord geleitete. Manchmal kamen sie erst Tage später zurück und bekamen von ihren Frauen verdientermaßen die Leviten gelesen: »Wie lange kann man eigentlich dafür brauchen, einen armen Teufel von den äußeren Schären in unversalzener Erde zu verscharren? Und das mitten in der Fangsaison!«

Mama und Friðrik standen beim Sarg im vordersten Boot, zusammen mit Lína und Eysteinn. Ihr Gesicht war schneeweiß und das Deckhaar pechschwarz und dicht gekräuselt, es bewegte sich kaum merklich in dem trauernden Luftzug, der durch ihr Inneres zog, ebenso wie der allerfeinste Damenbart der Welt eine Spur zuckte, als der Sarg hinabgelassen wurde. Ach richtig, ich stand ja auch da, in Trauerkleidung nach der Mode der sechziger Jahre, mit Lippenstift und Handtasche, und starrte wie eine Schauspielerin auf das frische, glänzend weiße Kreuz:

Verbjörg Jónsdóttir, Haushälterin

1862 – 1962

15

BLITZKREBS

2009

Meine Großmutter endete in einem Bootsschuppen, ich in einem für Autos. So war es uns beiden alten Weibern vorherbestimmt. Sie aber hatte mir die Gesellschaft voraus. Ach ja. Auch wenn der Computer endlos viel weiß und schwitzig warm ist wie die seligen Gunnas, Großmutters Freundinnen, habe ich ihm noch nicht beigebracht, wie man lacht. Andererseits bin ich natürlich überglücklich, dass mir Schnarchen, Furzen und endloses Geschwätz erspart bleiben. Ja, es ist tadellos, hier in der Garage zu hausen. Und jetzt kommt die Medizin. All die leckeren Medikamente. Es ist doch viel für uns erfunden worden.

»Na dann, wollen wir mit Sorbitol anfangen?«, fragt das Mädchen in der kurzärmeligen Krankenhauskluft und lässt das Abführmittel auf einen Löffel tropfen.

Der Geschmack erinnert mich an Großmutter Georgía. Sie stand sehr auf süße Liköre. Darauf folgte die Generation meiner Mutter, die auf Portwein abfuhr. Meine eigene Generation kippte einfach Wodka. Danach kamen andere Gläsergrößen. Die arme Lóa sagt, sie trinke nur Bier – die wenigen Male, die sie überhaupt ausgeht, um ihr Loch zu lüften. Dann ist das, was da vor meinen Augen hüpft, also Bierspeck.

»So und dann das Femar. Kommt das nicht als Nächstes?«

»Ach, das habe ich vergessen.«

»Doch, zwei Stück mit einem Schluck Wasser. So … gut.«

»Darf ich ihn mal anfassen?«

»Wen?«

»Deinen Oberarm. Er sieht so weich aus.«

»Ha, ha. So? Wirklich? Der ist viel zu dick, ha, ha.«

Jetzt bin ich die sabbernde Hexe, die Hänsel-und-Gretels Arm befühlt. Komm, Lóa, und lass mich vertrocknete alte Frau auf deinem wunderbar weichen Jungfrauenfleisch herumkauen. Mit meinem allerletzten Zahn. Oh, wie schön und weich das ist!

»Er schmeckt bestimmt lecker«, sage ich, sage das nur so dahin.

»Ich will doch hoffen, dass du mich nicht auffrisst!«

»Ah, warte nur ab!«

Das sind natürlich die Langzeitwirkungen. Die Medikamente tröpfeln in mich ein wie giftige Chemikalien in den Boden und treffen da auf ihre Kollegen aus der Familie schädlicher Erreger. Gift muss man mit Gift bekämpfen, behaupten die Ärzte, damit man ein lebenslanges Patt der Waffen in den Eingeweiden zustande bringt. Ich selbst habe keinerlei Interesse an *toma de medicamentos*. Ich nehme sie bloß Lóa zuliebe. Das Mädchen hat seine Freude daran, sie mir einzutrichtern.

Es war 1991, als mir das ärztliche Todesurteil verkündet wurde, ich hätte nur noch das Frühjahr zu leben. Es war ein schöner Frühling. Ich hatte schon seit sieben Jahren an einem Lungenemphysem gekeucht, und zwar an vielen verschiedenen Orten, was nicht unbedingt empfohlen wurde, und es fleißig weiter mit Nikotin gefüttert, was beinahe zu einem Massenprotest im Gesundheitswesen geführt hätte. Dann kam urplötzlich der Krebs dazu und marschierte in meinen Brustkorb ein wie die deutsche Wehrmacht. »Das ist *Blitzkrebs*«, erklärte ich den Ärzten, die mich sofort ins Krankenhaus einwiesen.

Sie gestanden mir noch einen Frühling zu und dann die sommergrüne Grasnarbe. Das neue Jahrtausend sollte ich nicht mehr erblicken, dabei war ich doch erst zweiundsechzig Jahre alt. Aber nach Therapie auf Therapie, Spritzen und Spekulationen, Medikamenten und noch mehr Medikamenten war es, als käme mir der russische Winter zu Hilfe, und die Wehrmacht musste sich zurückziehen. Vorübergehend. Sie kam immer wieder, das Miststück, und tut es noch immer.

Im Krankenhaus erwischte mich dann noch ein Virus der allerübelsten Sorte, und ich kann Gott danken, dass ich noch einmal lebend davongekommen bin. Seitdem bin ich nie wieder ins Krankenhaus gegangen. Meine Gesundheit lässt das nicht zu.

Achtzehn Jahre laufe ich nun mit dem kleinen Bengel Krebs unter der Schürze herum. Krebsi Björnsson ist ein Achtzehnjähriger mit ersten Bartstoppeln und Pickeln auf der Stirn und könnte schon den Führerschein haben. Aber er wird erst rauskommen, wenn er sein Arztexamen hat und mir als Erstes den Totenschein ausstellen kann. Manche behaupten schon, ich sei die Isländerin, die am längsten mit diesem Übel gelebt habe. Aber noch hat mich kein präsidentieller Segen nach Bessastaðir gerufen, um mir eine Anstecknadel an die Überreste meiner Brüste zu heften.

Der letzte Krieg tobt also noch immer in meinem Körper; es ist ein ewiger Kampf. Mit ihren bösartigen Metastasenwerfern haben die Deutschen letztes Jahr kurz vor Weihnachten Leber und Nieren eingenommen und halten da noch immer die Stellung, während sie andererseits vor den Alliierten Magen und Darm räumen mussten. (Die Schlacht um die Brüste ist längst geschlagen, und eine von ihnen besucht jetzt die Versammlung der Brüste in einer besseren Welt.) Die Russen greifen dafür im Brustkorb an und rücken geradewegs auf das Herz vor, wo bald die rote Fahne wehen wird. Dann bin ich erledigt, und Friede wird auf dem ganzen Erdteil herrschen, bis Stalin mit dem Seziermesser kommt und meinen Leib in zwei Hälften teilt.

Dann werde ich verbrannt. Dazu bin ich fest entschlossen.

Inzwischen sind, wie gesagt, achtzehn Jahre vergangen, seitdem ich nur noch drei Monate zu leben hatte. Ich habe sie überlebt und vegetiere immer weiter, die ganze Zeit auf Drogen. Wenn ich mal keine Lust habe, Linda Pétursdóttir zu sein, melde ich mich unter meinem wirklichen Namen auf der Verzweiflungsseite privatleben.is an: »Einbrüstige Frau mit Krebs in Lungen, Leber, Nieren und mehr sucht Bekanntschaft mit gesundem Mann. Blutschwamm kein Problem.«

16

FEGEFEUER

2009

Gestern hat mir Lóa ihr Handy dagelassen, als sie kurz in den Laden an der Ecke lief, um mir eine Glühbirne zu besorgen, das einzige Obst, das ich mir noch genehmige. Ich nutzte die Gelegenheit und rief kurz im Krematorium der Fossvogs-Kirche an, um mir etwas über Einäscherungen erzählen zu lassen. Dort wurde mir versichert, sie würden an die sieben bis zehn Leichen täglich verbrennen. Jede ergäbe zwei bis drei Kilo Asche (abhängig natürlich vom ursprünglichen Körpergewicht). Die Temperatur im Brennofen betrage bis zu tausend Grad. Darin müsse man sicher bis zu einer Stunde liegen. »Oder so ein- bis anderthalb Stunden, würde ich eher sagen«, leierte mir ein junges Gör herunter, das mit Feuer und Asche absolut nichts am Hut zu haben schien, obwohl es direkt neben dem Schmelzkessel des Todes saß. Ich hatte erwartet, dass es schneller gehen würde, aber auf die Zeit sollte es mir nicht ankommen. Ich werde genug davon haben, wenn es so weit sein wird. Das Mädchen war aber auch einfach zu blöd.

»Ich möchte einen Termin für eine Einäscherung buchen.«

»Einen Termin buchen?«

»Genau.«

»Aha. Ja … wie war nochmal der Name?«

»Herbjörg María Björnsson.«

Vernehmliches Papiergeraschel setzte ein.

»Hallo? Ich kann den Namen in der Liste nicht finden. Haben Sie den Antrag auf Einäscherung schon eingereicht?«

»Nein, nein. Ich möchte einen Termin für mich buchen. Für mich selbst.«

»Für Sie persönlich?«

»Jawohl.«

»Aber … äh, erst muss der Antrag gestellt werden.«

»Wie mache ich das?«

»Sie können ihn online ausfüllen und an uns schicken, aber wir bearbeiten ihn eigentlich nicht, bevor … na ja.«

»Bevor?«

»Nun ja, wir bearbeiten ihn nicht, bevor … na, Sie wissen schon … also bevor, äh …, bevor die Leute tot sind, okay?«

»Gut. Wenn es so weit ist, werde ich tot sein. Darauf kannst du dich verlassen.«

»So? Hm …«

»Also, wenn's eng wird, komme ich einfach vorbei, und ihr schiebt mich lebend in den Ofen.«

»Lebend?! Nein. Das ist … verboten, verstehen Sie?«

»Auch gut. Ich werde versuchen, bis dahin tot zu sein. Wann hast du denn einen Termin frei?«

»Tja, wann würde es Ihnen denn passen?«

»Wann möchte ich denn sterben? Ich habe mir gedacht vor Weihnachten, in der Adventszeit. Also etwa Mitte Dezember?«

»Hm, das wäre … ja, doch, da ist noch was frei. Das ließe sich machen, denke ich.«

»Gut. Würdest du den Termin für mich reservieren?«

»Äh, okay. An welchem Tag denn?«

»Sagen wir am 14. Was für ein Wochentag ist das?«

»Das ist ein Montag.«

»Perfekt. Das bietet sich doch an: Man fängt die Woche damit an, sich verbrennen zu lassen. Um wie viel Uhr?«

»Also, es ginge gleich zu Anfang, um neun. Wenn Sie wollen. Sie können aber auch nach Mittag kommen.«

»Hm, ich denke, nach Mittag ist sicherer. Es könnte vielleicht etwas dauern.«

»Sie meinen hierherzukommen?«

»Nein. Es könnte doch sein, dass ich mir noch die Pulsadern aufschneiden muss, und das tue ich nicht an einem Sonntagabend. Und es könnte dauern, bis man so richtig ausgeblutet ist.«

»Ich trage Sie schon mal ein. Aber sind Sie …?«

»Bin ich was?«

»Ich meine, sind Sie wirklich sicher, dass Sie …?«

»Unbedingt. Aber ich möchte, dass der Ofen auch wirklich gut vorgeheizt ist, ich habe nämlich keine Lust, auf kleiner Flamme vor mich hin zu köcheln. Tausend Grad, hast du doch gesagt.«

»Ja. Und wir können selbstverständlich ordentlich vorglühen.«

»Und man kommt auch sicher mit dem Kopf zuerst rein, oder?«

Ich ziehe den Ofen der Erde vor, obwohl ich mir Sarg und Kränze locker leisten könnte. Meinen Jungen könnte es unter Umständen noch in den Sinn kommen, ihre Mutter über die Kirchentreppe hinabzutragen, aber ich weiß wirklich nicht, ob ich ihnen das gönne. Andererseits ist es nicht einmal sicher, ob sie überhaupt zur Beerdigung ihrer Mutter kommen. Sie sind vielbeschäftigte Menschen.

Ja. Ich bin fest entschlossen, mich in der Adventszeit zu verabschieden. Ich kann mir nicht vorstellen, noch ein Weihnachten hier in der Garage zu verbringen. Letztes Jahr war es verdammt eintönig mit mir und dem PC und kalt auch, obwohl die gute Dóra mir sogar etwas Kasslerbraten mit Soße bringen ließ. Seltsam, dass sich die Behörden noch keine Recyclingmethode für die ausgedacht haben, die gern die Erde mit biologisch abbaubarem Restmüll beglücken würden. Man könnte uns doch zum Beispiel zu Gartendünger für die Blumen zermahlen, anstatt dass man Blumen uns zuliebe tötet. Doch dazu wäre ich vermutlich nicht geeignet, mit all diesen Giftstoffen im Leib.

Ja, je mehr ich darüber nachdenke, umso besser gefallen mir die tausend Grad. Das Fegefeuer dürfte kaum heißer sein.

17
GUÐJÓN UND DÓRA
2009

In der Garage herrscht vor allem Schlichtheit. Es ist alles da, was ich brauche, aber ich brauche nichts. Nur Medizin, Essen und Internet. Ach, und Zigaretten noch, sieben pro Tag.

Mein Bett ist ein gutes, altes Krankenhausbett, das von Grensás aus der gleichnamigen Abteilung herabgerollt kam, auf die Initiative gutherziger Frauen. Ich kann das Kopfteil verstellen und bette den Oberkörper gewöhnlich ziemlich aufrecht. An der massiven und vertrauenseinflößenden fensterlosen Wand auf der Südwestseite, die mich vor sämtlichen Regengüssen des Lebens schützt wie der Mann, den ich nie gefunden habe, stopfe ich mir ein Kissen in den Rücken. Die gegenüberliegende Wand steht demzufolge im Nordosten. In ihr befindet sich die geriffelte Eingangstür mit einer glänzenden Klinke, links davon sind drei kleine, hoch sitzende Fenster eingelassen. Dort sehe ich an dunklen Herbstabenden Lennon als Lichtsäule.

Zur Linken ist eine dünne und hellhörige Zwischenwand eingezogen. Hinter ihr befinden sich das Garagentor und Guðjóns Krempel. An der Ostwand zur Rechten steht die Küchenzeile mit Ausguss, Kühlschrank und Kochplatten; in der Ecke bei der Tür meine tägliche Qual: das Klo. Es ist eine komische Gesellschaft, die selbst ihren Todkranken noch eine tägliche Fußwanderung abverlangt. Auf diesen Widerspruch habe ich die Mädchen schon wer weiß wie oft hingewiesen. Noch die ärmsten Gesellschaften früherer Zeiten haben unser selbstverständliches Recht respektiert, alles laufen zu lassen.

»Tut uns leid, aber wir dürfen nur Leute versorgen, die noch selbst gVdG erbringen können.«

»Was sind gVdG?«

»Gewisse Verrichtungen der Grundpflege.«

»Aber ich kann sie nicht erbringen. Habe ich nie gekonnt.«

Ich habe das Nachttischchen vergessen, einen alten Vierfüßer von

Großvater Sveinn und Großmutter Georgía, aus dänischem Stammbaumholz geschreinert. Darauf steht ein Aschenbecher, ein Erbstück von Vater, aus deutschem Messing. Ach ja, und dann steht noch ein ausgedienter Bürostuhl neben meinem Bett, dessen Rückenlehne fast nach vorn geneigt ist. Er wartet auf Besucher und verfügt über eine Menge Geduld.

Die gesamte Einrichtung ist Guðjóns Werk. Wo wäre ich ohne ihn? Außer der Toilette hat er auch die Küche eingebaut, die Zwischenwand eingezogen, den Fußboden gestrichen und das Licht verlegt. Samstagabends schmuggelt er mir manchmal ein Gläschen Schnaps zu. Obwohl er ausgebildeter »Betriebswirtshäusler« (sein Humor) ist und seine Tage in irgendeiner Schreibtischfirma verbringt, ist er seiner Veranlagung nach eigentlich Bastler und Heimwerker wie alle Isländer. Die Freude, etwas selbst herzustellen, war immer stark in uns. Alle sind irgendwo damit beschäftigt, Wände abzureißen, Terrassen zu bauen, Parkett zu verlegen oder etwas zu verschalen. Jede dieser Tätigkeiten ist gedacht als Rettungsmaßnahme für die Ehe. Dabei weiß doch jeder, dass die Probleme unserer Zeit von dem stammen, was ich »das Rumhängen der Kerle« nenne. Bevor die Ehemänner aufhörten, zur See zu fahren, und begannen, an den Wochenenden zu Hause herumzulungern, waren Eheprobleme doch unbekannt. Das kapieren die Kerle nun endlich auch selbst und versuchen, die unselige Freizeit mit lauter erfundenen, aber »notwendigen« Arbeiten auszufüllen. »Ich habe Gummi versprochen, ihm im Sommerhaus zu helfen«, hörte ich Guðjón letzte Woche jenseits der Wand sagen. Die Ehehölle scheint es in Island nicht zu geben, in der man nicht noch etwas anbauen könnte.

Denen fehlt Beschäftigung, diesen heutigen Männern, die nicht mehr zum Fischen hinausrudern oder Gletscherflüsse durchwaten müssen, bis ihnen die Knochen weh tun. Wir geben immer damit an, dass es in Island keine Arbeitslosigkeit gäbe, übersehen dabei aber geflissentlich, dass die meisten heutigen »Arbeitsplätze« mit Arbeit nichts mehr zu tun haben. Ich bezweifle, dass außer Seeleuten und Ausländern noch irgendwer in diesem Lande richtige Arbeit verrichtet. Der Rest hockt in Besprechungen, Computerkonferenzen oder drückt sich in den längsten Kaffeepausen der Welt herum.

Ich bin nicht so wichtig, dass ich den Jeep des Hauses mit eigenen Augen hätte sehen dürfen, aber sein Sound ist kraftvoll, und Lóa sagt, er sei weiß, mit Reifen, die ihr bis zum Bauchnabel reichten.

»GPS heißt das. Global Positioning System«, erklärt Guðjón, während er sich einen eingießt.

»Ja ja, ich kenne das: weltweite Standortbestimmung in einer verständlichen Sprache«, sage ich und nippe von dem Cognac.

»Aha? Na gut. Jedenfalls, wenn man das im Auto hat, weiß man jederzeit, wo man sich befindet. Du könntest mich sogar am Computer plotten. Guck, wenn du auf die Seite gehst, baut sich die Karte hier auf und dieser Punkt.«

Männer sind so unglaublich schlicht gestrickt. Wenn sie in der Wirklichkeit die Orientierung verloren haben, kaufen sie sich eine Navigationselse.

Samstagmorgens höre ich Guðjón durch die Trennwand das Garagentor aufreißen, worauf er in seinen Sachen wühlt, bevor er in die Berge donnert. Fast jedes Wochenende fährt er auf einen der Gletscher und parkt da irgendwo in einer tiefen Spalte, um seinen Kaffee zu schlürfen. Nur weit genug weg von seiner Frau muss es sein.

Diese Offroad-Fahrer fühlen sich anscheinend nicht wohl, bevor sie nicht irgendwo in der Einöde angekommen sind. Vielleicht halten sie sich ihre Nebenfrauen in Höhlen dort oben im Hochland, dick eingemummelte und höchst attraktive Frauen aus dem Verborgenen Volk, die sich irgendwie die Woche vertreiben und am Wochenende in der Höhle ein wärmendes Feuer entzünden. Eine alte Freundin hat mir gegenüber einmal behauptet, Island sei so klein, dass Seitensprünge so gut wie unmöglich seien. Hinter jeder Gardine, in jedem Türspalt stehe eine Klatschtante. Ich denke, es ist eher eine Frage, wie geschickt man es anstellt. Zumindest konnte ich meinen Boris ganze zwei Jahre geheim halten, aber er hatte auch einen günstigen Job, war Kellner im *Saga* und verließ das Hotel nur einmal im Monat, um seinen Lohn zur Bank zu bringen. Er war mein Elf im Hotelfelsen und nie zu dick angezogen.

Ich habe ein gewisses Mitleid mit Guðjón, denn viel kann man sich mit Dóra auch nicht unterhalten, trotz ihrer Marathonquasselei. Sie gehört zu den Frauen, die das ganze Jahr über braun sind, rosa Lippenstift tragen und mit Island nicht das Geringste zu tun zu haben scheinen, obwohl sie hier geboren wurde und abgesehen von vierzehn Osterferien auf den Kanaren noch nie in ein anderes Land gekommen ist.

Dóra hängt ständig am Telefon und sammelt Unmengen von Neuigkeiten, die sie mir brühwarm in die Garage bringt. »Stell dir vor, sie ist bei dem Typen zu Hause aufgewacht und war untenrum rasiert. Stell dir das vor! Und das hat mir ihre Schwester erzählt, die mit mir im Vorstand des Hundezüchtervereins sitzt.«

Durch irgendeine dunkle Macht scheint sie Drähte zu sämtlichen Geschichten des Landes zu besitzen, sie kennt die Dame am Empfang eines Unternehmens, das gerade überprüft wird, und kennt die Geliebte des Geschäftsführers eines anderen und ist immer und immer wieder die alte Klassenkameradin von denen, die mit Hund oder Krebs auf den Titelseiten erscheinen. Man braucht ihr bloß ein Stichwort zu geben: »Adoption«, »Dorrit«, »die Björgólfs«, und sie kann über jedes Thema eine Dreiviertelstunde schwadronieren, ohne dass ich ein Wort einwerfen kann. Ihr größtes Interesse sind und bleiben aber Kochrezepte und Geburtstage; damit kann sie mich jeweils halbe Stunden lang traktieren, obwohl sie doch genau weiß, dass ich mit Sicherheit nicht in die Weihnachtsbäckerei einsteige.

Am schlimmsten war es, als sie vergangenes Frühjahr in »Mutterschutz« ging, nachdem sie acht Welpen bekommen hatte, und einen ganzen Monat zu Hause blieb.

Manchmal schaffe ich es, nebenbei etwas auf Yahoo (als Suchmaschine tausend Mal besser als Google) zu erledigen, während sie bei mir ist, aber ich muss gestehen, dass ich jedes Mal darauf warte, dass sie wieder abzieht, obwohl ich mir das natürlich nicht anmerken lassen darf, nach allem, was sie für mich getan hat. Das sagt mir, dass ich

mich nicht einsam nennen darf und kein Anrecht auf Langeweileaus-
gleich habe, den viele Pflegefälle sich erjammert haben. In Italien
habe ich hingegen gelernt, dass dort *parlare troppo* als rechtlich
anerkannter Scheidungsgrund gilt.

18

HÓTEL ÍSLAND

1928

Mein Vater war Hans Henrik Björnsson, der Erstgeborene von Sveinn
und Georgía Björnsson, dem späteren Präsidentenpaar auf Bessastaðir. Er kam 1908 zur Welt und war somit vier Jahre jünger als meine
Mutter, Guðrún Marsibil Salbjörg Salómonsdóttir. Sie war die Tochter
der bereits erwähnten Verbjörg Jónsdóttir von Stagley und ihrem
Mitruderer Salómon Ketilsson von Hergilsey. Er ertrank bei dem großen Sturm von 1927.

Mama wurde immer Mascha gerufen. Sie war nach den drei
Schwestern benannt, auf die Großmutter die größten Stücke hielt.
Ich bin nicht abgeneigt zu behaupten, bei Mama seien drei Schwestern zusammengelegt worden, um eine gute draus zu machen. Eine
dreifach gute. Wenn Oma gut und gut war, dann war Mama gut und
gut und gut. Dann kam ich und war nicht ein einziges Mal gut. Irgendwie ist an mir diese breiðafjordige Gutmütigkeit verlorenge-
gangen, diese Inselgüte und Aufopferungsbereitschaft. Ich bin eine
schlechte Mutter und eine noch schlechtere Großmutter.

Mama und Papa haben sich angeblich bei einer Tanzveranstaltung
im *Hótel Ísland* kennengelernt. Vielleicht sind sie sich aber auch nur
hackeblau in der engen Gasse von Skuggasund in die Arme gelaufen
und haben sich gleich hinter einer Mülltonne die Klamotten vom
Leib gerissen. Was wissen wir schon von unserer Entstehung?

Mascha war ein »flotter Feger« von den Inseln im Westen, bei einer

Frau Höpfner in der Hafnarstræti 5 in Logis. Papa hatte das Gymnasium noch nicht abgeschlossen, war ein scheu dreinblickender, blasser Streber, ein privilegiertes Kind, das am Südufer des Stadtteichs wohnte, im zweitvornehmsten Haus der Stadt, das Urgroßvater Björn, Minister für isländische Angelegenheiten Nr. 2, hatte bauen lassen, in dem er aber nur kurz gewohnt hatte. Großvater und Großmutter residierten zu der Zeit schon als Botschafterehepaar in Kopenhagen, und Papa bewohnte das große Haus allein mit der Küchenmamsell Manga und seiner Tante Beta, die auf den Jungen achtgeben sollte und sich hinterher für das, was passierte, heftige Vorwürfe machte. Sie war früh von einer Ausbildung in Kopenhagen nach Hause beordert worden, um für ihren Bruder, den Minister, die Empfänge zu organisieren. Papas bester Freund war Benni Thors aus dem Nachbarhaus, Fríkirkjuvegur 11, die allerfeinste Adresse des Landes. Sein Vater war der reichste Mann der Insel, und sein Bruder wurde später Ministerpräsident.

Wie konnte es passieren, dass sich ein Junge aus diesem Umfeld von einem Dienstmädchen aus dem Westen einfangen ließ, das in einem offenen Ruderboot am Gletscher gezeugt worden und zudem noch eine Frau mit Vergangenheit war? Ganze vier Jahre älter als er. Mich zustande zu bringen war keine geringe Leistung. Aber der Herr hatte nun einmal seine Netze und Leinen so ausgeworfen, dass mein Vater mit den Thors-Brüdern im Keller am Fríkirkjuvegur einmal einen grauenvollen Absturz erlitt und von da mit ihnen zu dem Ball im *Hótel Ísland* weitertorkelte, das damals an der Ecke Aðal- und Austurstræti stand. Unterwegs bewarfen sie die Enten mit Steinchen und johlten der Polizei, die ihnen in der Vonarstræti entgegenkam, den neusten Schlager ins Gesicht: »I Scream for Icecream«. Unterdessen machte sich Mama in der Hafnarstræti zurecht und lachte mit ihrer Freundin Albertína, einer breitgesichtigen Lehrertochter aus Stykkishólmur.

Als sie in die Innenstadt kamen, musste Papa natürlich pinkeln, und er blieb so lange auf dem Klo, bis auch Mama im Hotel eingetroffen war. In der Toilette hörte er einem Angestellten von *Eimskíp* zu, der sich nach seinem Vater Sveinn erkundigte, der die Reederei gegründet hatte.

»Ein tüchtiger Mann, dein Vater, ein sehr tüchtiger Mann. Was gibt's Neues von ihm? Langweilt der sich nicht da in dieser Ambassade? Ganz allein im Einsatz für Island. Und du? Wieso bist du nicht im Ausland?«

»Ich muss erst die Schule fertig machen. Und im Herbst gehe ich auf die Uni. Sie wollen, dass ich Isländisches Recht studiere.«

Als Papa endlich die Herrentoilette des Hotels verließ, fiel sein Blick auf eine junge Frau, die mit ihrer Freundin am Tisch Platz genommen hatte: eine strahlende Schönheit von den Svefneyjar, mit kräftigen Oberarmen und Augenbrauen sowie drei Verehrern hinter sich und einem an der Bar. Sie drehte sofort den Kopf, als Papa vorbeiging. Der dunkelrote Lippenstift brannte sich in seine Seele ein, zusammen mit ihren schwarzen Augenbrauen und den blauen Augen, hell wie Ufersteine. Ihre Haut war weiß und zwar überall gleich weiß, wie eine weiße Flamme zwischen all diesen wundersamen Inseln. Mit Frauen kannte er sich nicht aus, auch später nie, doch hier empfand er, zusammen mit Lähmungserscheinungen im Herzen, ein faszinierendes Gefühl von Geborgenheit, sobald er in diese Augen aus dem Breiðafjörður blickte.

Mama warf ihrer Freundin einen augenrollenden Blick zu, und beide grinsten sie: ein echter Junge aus Reykjavík.

Zwei Gläser später kam er übers Parkett scharwenzelt wie ein betrunkener junger Lachs, der quer durch einen Heringsschwarm schwimmt, und blieb an ihrem Tisch stehen. (»Da hatten sich die beiden Freundinnen an einem Tisch näher an der Tanzfläche niedergelassen!«, krähe ich aus den Eierstöcken meiner Mutter.) Er baute sich schwankend vor ihnen auf und begann eine alberne Vorstellung: Er hielt die Arme seitwärts abgespreizt, hob das rechte Bein, streckte den rechten Arm vor und gackerte, als wäre er eine Gans, die pinkeln will wie ein Hund. Das Kunststück führte er mindestens dreimal vor. Mama bewies angesichts dieser Idiotie die typisch isländische Nachsicht und vergab drei Grinsen von fünf möglichen. (Keine Frau kann einem Mann widerstehen, der sich für sie zum Affen macht. Es ist eine eindeutige Liebeserklärung.) Sie rückte daher einen Stuhl weiter, und zwar gerade rechtzeitig, bevor ein unsichtbarer Blitz meinen Vater im Nacken traf und ihn auf den Stuhl schleuderte, der gerade frei geworden war.

»Wie heißt du?«, fragte er mit feuchten Lippen.

»Was?« (Das Orchester spielte eine Polka.)

»Wie du heißt?«

»Guðrún Marsibil.«

Mama warf ihrer Freundin Berta einen Blick zu, die mit gelocktem schwarzen Haar und ihrem überbreiten Gesicht auf der anderen Seite des Tisches saß.

»Guðrún Marsibil.«

Mama warf Berta noch einen Blick zu. Die hockte mit ausgeprägtem Kinn und kleinen Augen, zwischen die eine ganze Hand passte, amüsiert auf ihrer Seite des Tisches.

»Guðrún Marsibil«, äffte er betrunken nach und seufzte schwer, wie ein Langstreckenläufer, der nach einem Tag endlich ins Ziel kommt und dann vor Erschöpfung zusammenklappt. »Guðrún Marsibil.«

»Und du?«

»Was?«

»Wie heißt du denn?« (Spöttisches Grinsen in der Stimme.)

»Ich? Ich heiße Jan Flemming Pedersen Havtroj.«

»Was? Bist du Däne?«

»Ich bin ein Scheißdäne und werd es nicht los!«

Er lupfte mit den Fingern der Linken die Haut über dem rechten Handgelenk und ließ sie wieder los wie ein Kaugummi. Das wiederholte er noch einmal und schlug sich dann auf den Arm und auf den Kopf, verpasste sich schließlich eine Ohrfeige. »Ich kann es einfach nicht. Ah, dummer, dämlicher, doofer Däne!«

»Aber du sprichst sehr gut Isländisch.«

»Bist du in Begleitung?«

»Ja.«

»Und wo ist sie?«

»Da hinten.«

»Wo?«

»Da.«

Sie zeigte auf einen kleinen Mann mit großem Kopf, der mit todernster Miene eine Flasche Wein und drei Gläser balancierte.

»Der da mit der Stirn?«

»Ja.« (Lachen.)

»Und wie heißt der?«

»Alli.«

»Alli?«

»Ja, Aðalsteinn.«

»Aðalsteinn?«

»Ja. Oder auch einfach Steinn.«

»Oder auch einfach Steinn. Kann er sich nicht entscheiden? Wenn ich dein Freund wäre … Deine Augen sind wie zwei Steine. Wie zwei Steine.«

»So?«

»Darf ich sie haben?«

Er sprach sehr undeutlich. Nuschelte, weil er betrunken war, seine Stirntolle wippte unablässig.

»Sie haben?«

»Ja, darf ich sie haben?«

Und dann kam das Unglaubliche, dessen Erklärung allein darin bestehen kann, dass das Schicksal eine Masche fallen ließ.

»Ja, ja.«

Der kleine Mann mit dem großen Kopf hatte den Tisch erreicht und stellte die Weinflasche und die drei Gläser darauf ab. Es dürfte spanischer Wein gewesen sein. Er sagte etwas, das keiner verstand, und nahm Mama gegenüber Platz. Seine ernsten Augen unter der gewölbten Stirn waren wie zwei Armeleutehütten unter einer hohen Felswand.

Er goss die Gläser voll. Es passte nicht zu ihm, sah so aus, als würde er zum allerersten Mal anderen ein Glas spendieren.

»Alli, darf ich vorstellen, das ist Jan ... äh, Flemming, nicht wahr? Heißt du wirklich Jan? Nein, du heißt nicht Jan. Du bist doch Isländer.«

»Der da ist ein Björnsson, einer von den ganz Vornehmen«, sagte der Mann mit der Stirn mit einer erstaunlich kräftigen und tiefen Stimme. Sie kam aus seinem schmalen Leib wie die Stahltrosse eines Schleppnetzes aus einem kleinen Kutter.

»Wie, kennst du ihn?«, fragte Mama.

»Ich dachte, ihr behüteten Küken vom Stadtteich dürftet nicht trinken.«

Es hörte sich an, als spräche ein Berg durch das Geschrei in einer Saufvogelkolonie.

»Was?«, staunte Papa in seiner Weinseligkeit und befühlte mit versonnenem Lächeln die beiden Steine auf dem Tisch vor ihm, die Mama ihm soeben geschenkt hatte. Aðalsteinn würdigte ihn keines Blickes und hob sein Glas: »Skál!«

Mama und Berta stießen mit ihm an.

»Da bist du ja, Mann! Hockst an einem Tisch mit den Bolschewiken!«

Benni Thors und sein Bruder Hilmar waren an den Tisch getreten und standen selbstbewusst und im sicheren Gefühl ihrer Überlegenheit neben ihnen.

»Da sieht man mal wieder, dass du nicht saufen kannst. Man soll sich nach oben saufen und nicht nach unten, wie unser Bruder Rikki immer sagt. Komm jetzt! Wir gehen.«

»Ich wusste ja gar nicht, dass die dänischen Reederprinzen den Palastgarten verlassen dürfen«, sagte Aðalsteinn.

»Ach, Junge, schreib doch ein Buch«, gab ihm Benni zur Antwort.

Das sagte man manchmal, wenn Dichter zu tief ins Glas guckten und man jedes Buch von ihnen nur als weiteren Meilenstein auf ihrem Weg ins Vergessen ansah.

»Einverstanden, ich schreibe ein Buch, und dann werden wir sehen, wer nach oben steigt und wer nach unten sinkt. Ihr seid vergessen, sobald der Deckel auf dem Sarg ist«, gab der Mann mit der Stirn zurück.

Benni Thors wollte den unveröffentlichten Dichter ins Gesicht schlagen, aber sein Bruder Hilmar hielt ihm die Faust fest. Aðalsteinn wandte sich an Papa und donnerte mit Bergesstimme:

»Die Pest auf eure beiden Häuser!«

Lange hatten wir mit diesem Fluch Steinn Steinars zu kämpfen, dem größten isländischen Dichter des 20. Jahrhunderts, der damit die letzten Worte Mercutios in Shakespeares *Romeo und Julia* zitierte, und was die Thors angeht, scheint der Bann in einigen Zweigen der Familie bis heute Gültigkeit zu haben.

Die beiden Thors zerrten Papa Hansi von seinem Stuhl und schleppten ihn mit sich. Auf dem Parkett wurde getanzt, an den Tischen geredet und geflirtet, an der Bar hingen die Männer, an den Wänden billige Gemälde. Alles war vom Hier und Jetzt gezeichnet, alle zogen Gesichter im Geist der Zeit, Oktober 1928, und keiner wusste, was ihn draußen erwartete.

Papa Hansi zog mit seinen Kumpels hinauf ins Þingholt-Viertel. Jemand hatte ihnen gesagt, es gäbe noch eine nächtliche Zusammenkunft in der Bergstaðastræti.

Die Party fand in einer Mansardenwohnung statt, die deutlich zu klein war, denn eine Schlange zog sich die Treppe hinab bis auf die Straße. Junge Männer mit Hüten standen auf den Stufen und quollen hinaus, wie es ihre Art ist. Der Herbstabend war mild und ruhig, und die Stimmen hallten durch die baumlosen Gärten. Die Thorsbrüder schlossen sich an, und mein Vater blieb auf der geschotterten Straße stehen, die Hände in den Taschen, schlaksig, betrunken wie junge Leute in Reykjavík zu allen Zeiten, und dachte an das Mädchen aus dem Breiðafjörður, das ihm zwei schöne Ufersteine geschenkt hatte. Er spielte mit ihnen in den Taschen, dass es leise klickte, wenn sie zusammenstießen, während der noch unbekannte Dichter seine Freundin ein letztes Mal nach Hause begleitete. Ja, so ist es bestimmt gewesen. Mama hat Papa den Vorzug gegenüber Steinn Steinar gegeben, sie zog den Botschaftersohn vor, und dafür wurde sie gründlich bestraft, denn es bewahrheitete sich wieder einmal die alte Weisheit, dass es Böses bringt, einen Dichter zu verlassen.

19

SIEBEN SEKUNDEN

1929

Weihnachten 1928 verbrachte Hansi bei seinen Eltern und Geschwistern in Kopenhagen. Der Stammhalter genoss einen willkommenen Urlaub vom Reykjavíker Nachtleben (das damals nicht weniger verrückt war als in späterer Zeit), durfte unbehelligt um Mitternacht einschlafen und erst um die Mittagszeit vom Duft heißer Schokolade aufwachen, die Helle, die gute Helle, die dänische Köchin des isländischen Botschafterpaares in der Stockholmsgade, für die Brüder Björnsson kochte. Vaters jüngere Brüder, Sveinn und Henrik, lebten noch bei den Eltern und besuchten in Dänemark das Gymnasium. Sie heckten andauernd irgendwelche Streiche aus, aber die Freude in den Augen des Ältesten war vom ersten Herbst jugendlichen Überschwangs überfroren.

Mit dem traditionellen Weihnachtsessen aus Island hatte Papa einen Brief erhalten, geschrieben in einer Dachkammer in der Hafnarstræti Nummer 5. Nach dem Jahreswechsel suchte das zwanzigjährige Goldköpfchen das Arbeitszimmer seines Vaters auf (in jener Zeit hatten die Mächtigen aller Länder noch Büros in ihren eigenen vier Wänden, die eher vollvertäfelten Hauskapellen glichen, in denen Zahlen und Telefonate verehrt wurden), und beichtete ihm einen gewissen Vorfall, der sich zu Anfang des Winters in Island ereignet hatte, einen Vorfall, ein Unfall sollte man eher sagen, jedenfalls etwas, dem ein gewisses Gewicht beikam, das im Lauf der Zeit eher noch zunehmen würde. Er nannte den Namen des Mädchens und beendete sein verfilztes Gerede mit einer kreisenden Bewegung des rechten Zeigefingers, die wahrscheinlich den Fortgang des Lebens bezeichnen sollte. Großvater Sveinn nahm die Brille ab und hakte die Daumen über dem Hosenbund ein.

»Ich verstehe. Und aus welcher Familie kommt sie?«

Damit nahm die Sache eine schlechte Wendung. Auch wenn es die erste Frage war, die sämtliche Väter Islands seit der Besiedlung der Insel ihren Kindern stellten, traf sie meinen Vater unvorbereitet. Daran hatte er wirklich nicht einen Gedanken verschwendet. Er erinnerte sich gerade noch, dass die junge Frau die Tochter eines Salómon war und ihre Mutter eine alte Frau auf irgendeiner Insel.

»Äh … ich weiß es nicht.«

»Du weißt es nicht?«

»Nein.«

Darauf schwieg der Botschafter. Lange genug, um im Sohn den Eindruck zu wecken, er habe seinen Vater in dessen eigenem Arbeitszimmer am helllichten Tag zu einem wilden Charleston von der Art aufgefordert, wie er ihn in jener Nacht, in der ich zustande kam, mit diesem unseligen Schärenweib getanzt hatte, das zu allem Überfluss auch noch Mascha hieß. Genauso gut hätte sie Hexe heißen können! Sein Vater hingegen war bis nach Kopenhagen gereist, um die passende Frau zu finden; sie trug den würdigen Namen Georgía, und er saß nun als erster Vertreter seines Landes in einer Schleiflackmöbelwohnung in der Stockholmsgade mit fast vier Metern Deckenhöhe. Mit Sicherheit war das Mädchen von dieser armseligen Insel in einem Grassodenhaus mit nur einem Spitzgiebel aufgewachsen, in einem grotesk ärmlichen Wiesenhöcker mit einem Ofenrohr als Schornstein, der komplett vorne in den Speisesaal gepasst hätte, ohne dass man auch nur den Kronleuchter aus Kristallglas dafür hätte höher hängen müssen. Nein. Doch. Nein. Es war schrecklich. Papa Hansi war schweißüberströmt, wie er da seinem immer noch schweigenden Vater gegenübersaß. Der stöhnte, ließ ein hochehrwürdiges Schnaufen vernehmen. Ganze sieben Sekunden lang schwieg der Herr Botschafter noch, dann sagte er: »Tja, mein lieber Sohn …«

Nein, du sollst ein lieber Vater sein. Vergiss es! Das ist bloß … es ist nichts, es ist bloß ein Kind, bloß ein winziges Leben. Ich …

Papa stand auf und verließ das Zimmer durch die falsche Tür, landete in dem Ankleidezimmer seines Vaters. Gebügelte Hemden mit gestärkten Krägen blickten ihn an, weiß wie Island, und dahinter der berühmte Frack, die mit Paspelierungen verzierte Jacke, die Tante Sigga für Opa Sveinn entworfen hatte, damit er vor den englischen König treten konnte, und die bei Warroth's in London geschneidert worden war. Mit knallrotem Kopf kam Hans Henrik zurück und sagte verwirrt: »Nein, das … daraus wird nichts«, bevor er die richtige Tür fand.

»Daraus wird nichts.« Das waren die Worte zu meinem Stapellauf.

Es folgten schwierige Monate im Leben des jungen Mannes. Er kehrte nach Reykjavík zurück und führte dort ein Doppelleben mit lauter kleinen Lügen, bis im Frühjahr das Abschiedsstündlein schlug, die Stunde des Verrats, als Papa lange genug schwieg, damit Mama verstand.

Mit gesenktem Kopf schlich sie an Bord des Küstenschiffs *Móna*. Die Abendsonne schien auf die Tränen eines jungen Mannes, der in die Stadt zurückkehrte. Draußen auf dem weiten sonnenglänzenden Golf sah er ein langsam kleiner werdendes Schiff, und über der Bergkette dahinter trieben ein paar Wolken wie Rauchzeichen von den Inseln, die dahinter schliefen.

Soweit ich hörte, sprach Mama nie über diesen Schock, aber als fünf Monate altem Mitbewohner ihres Körpers blieb er mir natürlich nicht verborgen. Und seitdem war ich immer wieder in Therapie deswegen, nein, das stimmt nicht: Jetzt lüge ich mieses, kleines Biest auf krummen Beinen.

Wenig später tauchte sie wieder auf wie alle ihre Vormütter: hochschwanger am Anleger zu Hause, wo sie mich den Sommer über unter der Schürze trug, bis man sie in ein Boot nach Ísafjörður steckte, wo sie mich zur Welt bringen sollte. Ich lüge nicht, wenn ich sage, dass ich stinksauer im Heim ihrer Großeltern zur Welt kam, bei Uroma Ingibjörg und Uropa Ketil in der Mánagata in Ísafjörður, wo ich wütend über die Riesenenttäuschung, die ich verursacht hatte, brüllte wie am Spieß und der ganzen Bande eine Weltwirtschaftskrise an den Hals wünschte. Die Prophezeiung ging zwanzig Tage später in Erfüllung, als westlich des Meers und der Fjorde der berühmte Krach ausbrach.

Im gleichen Herbst wurde mein Vater in die Juristische Fakultät der Uni eingewiesen. Im Sommer darauf verlegte man ihn zwecks fortgesetzter Therapierung zu Großmutter Georgías Onkel nach Vejle, der dort eine kleine Apotheke mit tausend kleinen Schubladen besaß. Er sollte Papa dort dänische Buchhaltung beibringen und wie man an vornehme Fräulein herankam.

20

HINTER DEN SIEBEN SOMMERN

1929

Wer keine Erinnerungen an seine Mutter hat, hatte eine gute Mutter. Ich habe keine Erinnerungen an meine Mutter in unseren Jahren auf den Svefneyjar, den ersten sieben Sommern und Wintern. Dabei haben wir die meiste Zeit in einem Bett geschlafen. Niemand erinnert sich an das, was selbstverständlich ist, dabei ist das das Beste von allem.

In der Einsamkeit am äußersten Rand der Welt genoss ich, was mir die Großstädte Europas später nahmen: Wärme und Sicherheit. Meine frühe Kindheit war wie eine Verlängerung der Schwangerschaft: Mama umgab mich immer und überall. Sieben Jahre lang fuhren wir nirgendwo hin, sieben ganze Jahre auf den Svefneyjar.

Diesen Schatz besaßen Mama und ich gemeinsam und versteckten ihn hinter den sieben Sommern auf den Svefneyjar. Niemand konnte ihn uns nehmen, was immer später auch geschah. Wenn sich der Tod nähert, rückt auch die Kindheit wieder näher, und wenn sich die Seele von den Knochen löst, wird selbstverständlich meine Mutter auf mich warten. Lebensmüde werde ich in ihren Schoß kriechen und wieder die Wärme in der alten Gebärmutter spüren.

Oh, sei herzlich gegrüßt, liebe Mama!

Zu Beginn des Krieges verloren wir einander aus den Augen, und ich gab ihr die Schuld daran. Nach dem Krieg wurden wir von einer großen Frau getrennt. Ich vermisste das Zusammenleben mit meiner Mutter, wollte sie aber gleichzeitig vor mir beschützen. Ich war nicht mehr Mamas kleines Kind, sondern Papas kleine Frau. Der Krieg hatte uns zusammengeführt, und so kam es, dass ich ihn nach Kriegsende nach Südamerika begleitete. Damit erwachte das Gefühl, das zu meinem grundlegenden gegenüber meiner Mutter wurde: Schuld. Mama war ein *besserer* Mensch als ich, ein *sorgsamerer* Mensch als ich, sie war *zuverlässig*. Außerdem hatte ich versäumt, »etwas aus mir zu machen«. Jahrhundertelang hatten sich ihresgleichen auf den Inseln krummgelegt, weit weg von Schulen und Schreibtischen. Ich war in diesen tausend Jahren die Erste, die die Chance auf Bildung hatte, und stolperte in die Welt hinaus, ohne den Traum wahr zu machen, den Mama sich hatte versagen müssen. Dreimal hat sie mich gebeten, es mir gut zu überlegen. Vielleicht würde mir die Handelsschule besser liegen oder die Hauswirtschaftsschule. Sieh nur, wie tüchtig Vigdís ist! Sie ist sogar nach Frankreich gegangen, auf die Universität. Schließlich ließ ich mich überreden, besuchte drei Wochen lang einen Kurs für Sekretärinnen und lernte Maschineschreiben, eine Fertigkeit, die mir das ganze Leben lang nützlich war, bis heute. Dank der guten Frau!

Ich versuche mir vorzustellen, wie es für meine Mutter gewesen sein muss, in den Westen zurückzukehren. Sie war eine prachtvolle Frau von fünfundzwanzig Jahren, die die Blüte ihres Lebens auf eine Ehe mit einem kleinen Mädchen verwenden musste und auf einer einsamen Insel feststeckte, in harter Arbeit, bei Kälte im Freien, ohne Mann. Frühling für Frühling, Weihnachten für Weihnachten. Woran mag sie gedacht haben?

Papas Part war allerdings noch schlimmer, denn das Leben ist wirklich so angelegt, dass jeder Pullover eine richtige und eine falsche Seite hat, wie die alten Leute sagten. In jeder Tat steckt auch ihr Gegenteil: Obwohl es bitter ist, enttäuscht zu werden, ist es noch bitterer, jemanden zu enttäuschen. Wenn das Band des Vertrauens reißt, tut es zuerst weh, dann folgt das Gefühl von Freiheit. Derjenige, der das Band zerreißt, hält sich zwar für frei, doch das Band legt sich um seinen Hals, und er spürt, wie es sich zuzieht. Ganz langsam. Ich kenne das.

Manchmal gibt es das Glück nur ein einziges Mal, und wehe dem, der dann seine Karten hinwirft. Egal, was Papa versuchte, es gelang ihm nicht. Im Studium der Rechte raffte es ihn dahin, vor den Medizinschränken sank er ermattet zu Boden, er übte Griffe an seiner Geige und traf den Ton nicht mehr. Wer sich im Wald verirrt, sucht den richtigen Weg, aber wer sich selbst verliert, interessiert sich für keinen Weg mehr.

Ratlosigkeit trieb ihn schließlich in ein Geschäft, aus dem nie eines wurde: Wäscheklammern aus Deutschland (ich schäme mich immer noch, davon zu erzählen). Es endete damit, dass man ihn selbst zum Trocknen aufhängte, nachdem er in einem entscheidenden Moment Buchhalter und Büstenhalter verwechselt hatte. Genauso gut hätte man Papa sieben Jahre in einem Schrank wegschließen können. Er verlor einen Abschnitt seines Lebens.

Das konnten diese Krawattenträger: Ihre Liebe sauer einlegen und sie sieben Jahre später einfach wieder aus diesem Konservierungsbad nehmen, völlig unbeschädigt, nur ein bisschen saurer. Ach, ich will nichts sagen, natürlich hat Mama bei den Bällen auf Flatey mit den Stiefelträgern ihren Spaß gehabt, und bestimmt ist sie ihnen draußen an der Hauswand auch ein wenig nähergekommen, aber wohl kaum mehr als das. Ich kann mich nicht entsinnen, dass jemals jemand auf die Insel gekommen wäre, um meine Mutter zu küssen, aber andererseits habe ich überhaupt keine Erinnerungen an sie aus dieser Zeit.

An all die anderen erinnere ich mich dagegen sehr gut. An Großmutter Vera, an die drei Gunnas, an den Knecht Landi, an Sveinki Romantik, an Bauer Eysteinn und Lína, an ihre Tochter Sigurlaug und ihre drei Kinder. Ach ja, und an die alte Fjóla, Eysteins Mutter, die noch älter war als Großmutter, aber nie zur See gefahren war und den Oberkörper nur im Haus vor- und zurückwiegte wie beim Rudern.

Außerdem erinnere ich mich natürlich an Papa. Als er wieder erschien wie ein mit Wasser gescheitelter Engel aus dem Meer.

21

DIE SCHNITTERIN

1936

Das war im Sommer 1936. An einem silbrig-milden Tag Mitte August – wenn die Sommertage üppig sind, die Wolken hitzeschwer über der träge schwappenden See hängen und die Farben der Berge ein wenig europäischer aussehen, sanfter und tiefer, gereift wie Trauben – kam ein blonder Mann über den Fjord gefahren.

»Im Boot von Flatey stand ich die ganze Zeit. Ich konnte einfach nicht sitzen«, hat mir Papa später erzählt.

Er stieg an Land und ging, ohne darauf zu achten, an einem siebenjährigen Mädchen vorbei, das aus Neugier zum Ufer gekommen war. Er fand seine Mascha im frisch gemähten Gras, wo sie eifrig mit dem Rechen arbeitete: dunkelhaarig wie damals, Traumaugen wie damals, hinreißend wie damals.

Sie blickte auf, und der Rechen blieb einen Augenblick unbewegt in ihrer Hand, bevor sie weiterharkte, als wäre nichts geschehen. Es raschelte vernehmlich zwischen den Rechenzinken, und obwohl die Sonne nicht zu sehen war, waren ihre nackten Oberarme deutlich vom Sommer gezeichnet, bei der Arbeit gebräuntes, straffes Fleisch auf der Oberseite, schlackernd weißes auf der Unterseite, das an eine Forelle erinnerte. Es verlangte ihn – dessen bin ich mir so sicher, wie ich die Männer kenne, nachdem ich mit so vielen von ihnen zusammengelebt habe, wie es Weihnachtsmänner gibt –, das Gebräunte zu küssen und in das Weiße zu beißen.

»Hallo«, wiederholte Papa. »Erinnerst du dich noch an mich?«
Sie harkte sehr eifrig weiter.

»Nein. Wer bist du?«

»Hans. Hansi. Du …«

»Hans Henrik Björnsson? Ich dachte, der Mensch sei gestorben. Und zwar an einer Entbindung.«

»Mascha. Hier … bin ich doch jetzt.«

Wieder ruhte der Rechen in ihren Händen, und sie schaute ihm in die Augen.

»Mit Regen habe ich gerechnet, aber nicht mit dir.«

Sie nahm das Rechen wieder auf.

»Mascha, entschuldige.«

»Bist du gekommen, um zu heulen?«, fragte sie kalt und arbeitete eher noch schneller. Sie trug eine ärmellose, graublaue Arbeitsbluse, und die Schweißdrüsen in ihren Achselhöhlen waren aufgedreht. Dunkle Halbmonde zeichneten sich ab wie in den Stoff gewirkt.

»Was willst du?«

»Dich.«

»Mich?«

Mama stellte das Rechen ein und begann zu lachen.

»Ja, Mascha. Ich … ich habe …«

Er hickste noch einmal, und Mama stocherte in dem Heuballen, der zwischen ihnen lag und sich über die Wiese zog wie eine ausgilbende Grenze zwischen Liebe und Hass. Weiter unterhalb rackerten sich die Arbeiter ab, Sveinki Romantik und Rósa mit den prallen Brüsten, beide mit Rechen in den Händen. Rósa hatte sich so hinter einem Heuhaufen in Stellung gebracht, dass sie den Ankömmling beobachten konnte.

»Es war auch für mich … aber jetzt bin ich …«, fuhr Papa fort, seine Gedanken zwischen die Pausen zu betten.

Mama sah ihn an und wartete, was er noch sagen wollte.

Er versuchte es: »Jetzt weiß ich …«

Als nicht mehr kam, gab sie auf und meinte: »Deine Arme würden mir jetzt mehr nutzen. Geh in den Schuppen und hol dir einen Rechen!«

Später hat mir Vater gesagt, er wäre nie zielstrebiger an die Arbeit gegangen als damals, nicht einmal in den Schützengräben an Don und Dnjestr. Den ganzen Tag und die ganze Woche erledigte er die Heuarbeit für den Svefneyjar-Bauern fast im Alleingang. Ich erinnere mich, wie ich ihn bewundert habe, wenn er Heuballen in die Scheune warf, dass seine weißen Armmuskeln glänzten.

Natürlich ging eine gewisse Fremdheit von ihm aus. Papa sah toll aus, besonders edel wirkte er im Profil, wie ein vornehmer Vogel mit seiner geraden Nase und der gewölbten Brust. Anders als die anderen auf der Insel ging er immer gerade aufgerichtet, und dann war er ganz der *Apotheker*, wie Mama ihn später nannte, weiß wie Papier zwischen all den wettergegerbten Gesichtern, die sich bei Lína um den Tisch setzten und über dampfendes Seehundfleisch und gesengte Flossen beugten. Erst später bekam er seine weinrote Gesichtsfarbe. Mama hatte mir erklärt, dieser Mann sei mein Vater, aber mit mir gab er sich in den ersten Tagen wenig ab, und auch mit ihr redete er nicht viel.

Er spielte die Rolle des armen Bauernsohns, der sieben Prüfungen ablegen muss, bevor der König ihm die Hand der Prinzessin geben kann.

Endlich kam es so weit, dass sie ihn einlud, mit ihm »in den schönen Süden« zu segeln, wie man am Breiðafjörður sagt, und dort fanden sie ein Liebeseiland, das mit keinem Feldstecher zu beobachten war.

Im September fuhren wir in die Stadt, Papa, Mama und ich, und ich starrte die ganze Fahrt lang diesen Mann mit Hut an. An den folgenden Winter in Reykjavík habe ich keine Erinnerung, außer dass ich in die Ísak-Schule ging und dort wegen meiner Trotzköpfigkeit und meines neunmalklugen Mundwerks Aufsehen erregte.

»Kannst du lesen?«

»Bloß Seeschwalbeneier.«

Im Frühjahr zogen wir nach Deutschland. Papa fand nicht nur die Liebe, sondern auch sich selbst, schloss die Jurabücher und öffnete dafür andere: Er schrieb sich zu einem Studium der Nordistik an der Hochschule in Lübeck ein, oder in Lýðbaka, wie unser Nobelpreis-

autor die schöne Stadt an der Großstädtischen Bucht nannte, »Volks-
gebäck« heißt das.

Entgegen ihren Befürchtungen wurde Mama von ihren Schwie-
gereltern freundlich aufgenommen. In ihren Stammhalter hatten
der erste Botschafter Islands und seine dänische Frau Gemahlin auf
Grund ihrer Stellung vielleicht Erwartungen gesetzt, aber im Grunde
waren sie nette Leute. Dass mein Vater ein Mädchen vom Lande verleugnet hatte, ging nicht auf eine unmissverständliche oder direkte
Anweisung der Eltern zurück. Er hatte sich eingebildet, Großvater
Sveinn könnte gegen diese Verbindung sein, aber das nur auf Grund
von einigen Sekunden des Schweigens.

22

DIE ISLÄNDISCHE TRADITION DES SCHWEIGENS

2009

Zu jener Zeit war Schweigen eine der tragenden Säulen isländischer
Kultur. Die Leute waren sehr viel besser darin, Schweigen auszu-
deuten, als nachzufragen. Sie glaubten sogar, es sei möglich, ganze
Leben totzuschweigen, oder sie stellten sich vor, manche Menschen
hätten sich genau das zum Vorsatz genommen. Das war verständlich,
denn damals krochen wir gerade erst aus einer tausendjährigen Lebensweise des Schweigens zu Wasser und zu Lande hervor, bei deren
Plackerei Worte überflüssig waren. Genau das ist doch der Grund,
weshalb sich Isländisch in tausend Jahren nicht verändert hat: Wir
haben es fast nicht benutzt.

Die Menschen begegneten sich auch nur selten. Die einzigen Ver-
mittler der Sprache waren Reimstrophen, das Vorlesen aus erbau-
lichen Schriften und Briefe. Isländisch wurde mehr geschrieben als
gesprochen. Erst als wir anfingen, andere Sprachen zu lernen, entdeckten wir, dass sich Sprache auch noch zu anderem eignet als le-

sen, schreiben und dichten. Aus all dem entwickelte sich unsere steife Umgangssprache, schreibtischhaft auf Grund ihrer Ursprünge und kaltblütig barsch, weil wir die Sprache jahrhundertelang im Kühlschuppen aufgehoben haben.

Ich habe gehört, das große isländische Schweigen sei wegen eines vor langer Zeit mit den anderen nordischen Ländern geschlossenen Pakts entstanden: Sie ließen uns in Ruhe, und wir bewahrten dafür die Sprache, die sie immer mehr verlernten, je eifriger sie sich an deutschen und französischen Höfen emporschleimten. Was man für andere aufhebt, fasst man selbst nicht an. Sie aber brachen den Vertrag so gründlich, dass wir ganz schnell zu ihrer Kolonie wurden. Nachdem wir die Sprache tausend Jahre für sie aufbewahrt haben – strahlend rein und so gut wie nicht gebraucht –, wollen sie sie nicht mehr haben und fordern von uns, wir sollen ihren verwässerten Mischmasch des Schatzes sprechen, den wir aufgehoben haben, *das Latein des Nordens*.

Wir Isländer laufen also mit einem Schatz im Maul herum. Diese Tatsache hat uns vielleicht mehr geprägt als alles andere. Jedenfalls »vergeuden« wir nicht unnötig Worte. Das Problem mit dem Isländischen ist dagegen vor allem, dass es zu groß ist für ein so kleines Volk. Im Wissenschaftsnetz lese ich, dass es sechshunderttausend Wörter und mehr als fünf Millionen Wortformen umfasst. Die Sprache ist demnach beträchtlich größer als das Volk.

Andere Völker bewahren Tempel und Töpfe auf, wir besitzen so etwas nicht, nur Sagas und Versfüße, die wir noch immer verwenden. Deshalb werden wir gleich archaisch, wenn wir anfangen zu sprechen.

Deutsch halte ich für eine ungekünstelte Sprache, schließlich benutzen die Deutschen es wie Handwerker den Hammer, um Häuser für ihr Denken zu zimmern, auch wenn sie nicht gerade schön ausfallen. Abgesehen vom Russischen ist Italienisch die schönste Sprache der Welt und macht jeden zu einem Imperator. Das Französische ist eine wundersame Soße, die der Franzose so lange wie möglich im Mund behalten will, weshalb er zeitweilig im Kreis redet und seine

Wörter wiederkäuen möchte, das aber hat zur Folge, dass ihm die Soße aus den Mundwinkeln tropft. Das Dänische ist eine Sprache, für die sich die Dänen schämen und die sie so schnell wie möglich loswerden wollen, deshalb spucken sie die Wörter nur so aus sich heraus. Das Holländische hat zwei andere Sprachen mit Haut und Haaren verschlungen. Schwedisch nenne ich das Französisch des Nordens, und die Schweden schmatzen nach besten Kräften darauf herum. Norwegisch entsteht, wenn ein ganzes Volk sich zusammen-reißt, um möglichst *kein* Dänisch zu sprechen. Englisch ist keine Sprache mehr, sondern etwas Universales wie Sauerstoff und Son-nenschein. Spanisch ist ein seltsamer Abkömmling des Lateinischen, der dadurch entstand, dass ein ganzes Volk an der Sprachhemmung seines stotternden Königs mitwirkte. Es ist aber die Fremdsprache, die ich am besten gelernt habe.

Nur die wenigsten dieser Nationen beherrschen die Kunst des Schweigens. Allein die Finnen können sich an Schweigsamkeit mit uns Isländern messen, denn wie Brecht sagte, sind sie die Einzigen, die in zwei Sprachen schweigen können.

In guter isländischer Schweigetradition tat mein Vater sieben Jahre lang so, als gäbe es mich und meine Mutter nicht. Sieben Jahre lang schwieg er uns tot, weil Großvater sieben Sekunden geschwiegen hatte. In der Stille aber hört man das Herz am deutlichsten. Und nach sieben Jahren des Anklopfens in der Brust ging Papa endlich zur Tür und öffnete sie für alles, was dahinter eingesperrt war. Damit glaubte er, eine Heldentat zu vollbringen, indem er die »Herrschaft der Väter« brach, wie neuerdings die Frauen es nennen. Und er durfte sich wei-ter in diesem Glauben wiegen, denn obwohl Oma und Opa sich einer möglichen Heirat ihres Stammhalters niemals widersetzt hät-ten und es begrüßten, als er sich endlich aufraffte, die Mutter seines Kindes zu heiraten, schwiegen sie auch darüber.

23

SKAGEN

1937

Anstatt sich an hochhackige Schuhe oder die Lektüre von Speisekarten in Teesalons zu gewöhnen, verbrachte meine Mutter sieben prägende Jahre mit dem Filetieren von Fisch und dem Schlachten und Ausnehmen von Robben. Aber sie eignete sich unglaublich schnell ein damenhaftes Auftreten an, sobald sie die Decksplanken der Dampfer betrat, obwohl ihr die hohen Absätze am Anfang zu schaffen machten.

»Dunnerlittchen, ich lief wie eine Kuh in Tanzschuhen, als mich dein Vater zum ersten Mal auf den glänzenden Fußboden im Havhus führte.« So hieß das Sommerhaus der Familie in Skagen an der äußersten Spitze von Jütland. Höchstwahrscheinlich handelte es sich um den Sommer 1937. Ich höre fast das Absatzklackern der maschenfreien Mascha. Und ich sehe, wie sie sie musterten, Großmama Georgía und ihre feinen Freundinnen aus der besten Gesellschaft – wie scharfzüngige Modejournalisten. Aber für meine Mutter habe ich mich nie schämen müssen. Sie beherrschte schnell die Absatzstöckelei, und eine Landpomeranze war sie auch nicht, schließlich war sie einmal die Geliebte eines bedeutenden Dichters gewesen.

Größer waren die Veränderungen für meine Mutter im vorigen Herbst, als wir von den Inseln nach Reykjavík fuhren:

»Am schwersten fiel es mir, ohne gemolken zu haben, ins Bett zu gehen. Wochenlang taten mir die Hände vom Nichtstun weh. Und in Skagen fiel es mir schwer, die Sommertage zu nutzen, ohne sie zu etwas zu nutzen. Tagelang schien die Sonne, und es gab keine Möglichkeit, eine Heugabel in die Hand zu bekommen. Es half mir sehr, dass mir deine Großmutter erlaubte, den Stall anzustreichen.«

Die alte Frau nahm sie wohlwollend auf, aber sie brachte es nie über sich, sie Mascha zu nennen, sondern krähte ihr in sämtliche Flure ein »Massebill!« hinterher wie eine deutsche Studienrätin, während ich immer ihre »kleine Hummel« blieb. Etwas hat Mama aber auch von ihr gelernt, denn sie legte sich die gleiche innere Größe zu, über die die Alte verfügte und die es ihr ermöglichte, mit allem fertig zu werden, was ihr widerfuhr. Am Ende war Mama überall zu Hause, egal, wo sie sich aufhielt, und damit war sie eine echte Weltbürgerin. Wie Großmutter Georgía begegnete Mama allen mit dem gleichen Respekt, dem isländischen armen Schlucker ebenso wie einem deutschen Aristokraten.

Es ist mir als Kind nicht verborgen geblieben, dass meine Eltern ineinander verliebt waren wie nie zuvor. Und das Feuer einer Liebe, das nach sieben Jahren nicht erkaltet ist, hält auch sieben mal sieben Jahre. Darum habe ich sie lange beneidet, ich mit meinem Schnellverbrauch an gebrochenen Herzen.

24

LONE BANG

1937

Im Havhus in Skagen sah ich die berühmte Lone Bang zum ersten Mal. Sie war mütterlicherseits mit mir verwandt und eine damals in Dänemark und Island bereits weltberühmte Volkssängerin, die in den meisten Städten des Kontinents aufgetreten war. In Deutschland war sie besonders populär, doch als sie sich mit großer Standfestigkeit weigerte, vor dem Führer aufzutreten, war es mit ihrer Karriere im Reich natürlich vorbei. Lone war auf vielfache Weise mit uns verbunden. Sie war eine Nichte von Großmutter Georgía, und sie war in Island geboren. Ihr Vater, Mogens Bang, hatte zu Beginn des Jahrhunderts als Arzt in Reykjavík praktiziert, und Lone wuchs bis zum Alter von zwölf in Kvos auf, als die Familie nach Nykøbing auf Falster zog. Sie sprach also fließend Isländisch, auch wenn ihre Ausdrucksweise manchmal etwas zu wünschen übrigließ. Als Großvater Sveinn 1920 zum Botschafter in Kopenhagen ernannt wurde, boten Großvater und Großmutter ihr an, für die Dauer ihrer Gesangsausbildung an der Königlichen Musikakademie bei ihnen zu wohnen. Die damals Zwanzigjährige zog also in das Haus ihrer vierzigjährigen Tante und ihres Mannes und verstand sich auf Anhieb blendend mit deren Kindern. Später studierte sie in Paris und eignete sich ein Repertoire aus Volksmusik aller Herren Länder an, konnte schließlich Lieder in siebzehn Sprachen singen und sieben sprechen. Bis zu Großvaters Tod war sie häufig bei der Familie zu Gast. Er nannte sie immer seine Lóa, wie den Singvogel, der den Frühling einläutet.

Lone war eine unglaublich prächtige Erscheinung. Ihr Gesicht war von ebenso großem Format wie ihre Stimme, die Wangenknochen standen genauso hoch wie ihr Haar, und die große Nase war sehr ausgeprägt, häufig bezeichnete man sie als »jüdisch«, aber ich habe oft genug gehört, wie sehr sie bedauerte, kein jüdisches Blut zu haben. Sie liebte die jüdische Kultur und sang deren Volkslieder auf Jiddisch wie auf Hebräisch. Meinem Vater konnte sie es nie verzeihen, dass er sich mit den Nazis eingelassen hatte.

Im Juli 1937 wurde an einem warmen Sommerabend im Havhus zu Tisch gebeten. Unter den Gästen waren der berühmte Schauspieler Poul Reumert und seine Frau Anna Borg. Ihnen gehörte ein Sommerhaus ganz in der Nähe, und sie waren mit Großvater und Großmutter bekannt. An den Abend selbst habe ich kaum andere Erinnerungen als an Mamas Absatzgeklapper und die Hausmusik nach dem Essen. Reumert setzte sich als Begleiter an den Flügel, und Tante Lone stellte sich in einem schlichten schwarzen Kleid daneben, die Haare ebenso hoch aufgesteckt wie das Kinn. Sie kündigte die Lieder auf Dänisch an, erzählte ihre Geschichte. In meiner Erinnerung ist ihre Stimme ebenso besonders wie ihr Gesicht, nicht direkt schön, aber ausgesprochen klar und lebendig. Das letzte Lied war ein isländisches:

Lítlu börnin leika sér,
liggja mónum í,
þau liggja þar í skorningum og hlæja hí, hí, hí …

73

Mitten im Applaus sprang Großvater auf und trat freudestrahlend auf die Sängerin zu, ergriff ihre Hand und beugte sich darüber, dazu sagte er auf Isländisch: »Die Lóa ist gekommen!«

Es war eine heitere, angeheiterte Stunde und die sonnengerötete Familie in Freude vereint, über den weißen Hemden mit aufgekrempelten Ärmeln glänzten die Gesichter wie rote Äpfelchen. Es war das erste Mal, dass ich in dieser Umarmung saß, und das letzte Mal, dass sie heil und vollständig war.

25

FÜHRERLÄHMUNG

1937

Mein Vater war ein »waffenvernarrter Mann«, wie Oma Vera es ausdrückte und wie es sich bewahrheiten sollte. An der Art, wie er sich auf Svefneyjar in die Heuarbeit stürzte, erkannte sie etwas, was andere nicht sahen, eine Schonungslosigkeit gegen sich selbst, gepaart mit einer inneren Überzeugung vom baldigen eigenen Untergang.

Mein Vater trat in den Dienst der Nazis, er war einer der wenigen Isländer, die im Krieg für die Deutschen kämpften, und der einzige Isländer, der mit einem Gewehr in der Hand in Russland einmarschierte. Ich behaupte, er hat sich mehr von den Uniformen blenden lassen als von irgendetwas anderem. Sein Großvater war der erste Minister für isländische Angelegenheiten und sein Vater der erste Botschafter des Landes. Bei beiden hing eine Uniform mit Biesen im Schrank und ein steifer Hut mit Federbusch. Papa dagegen war von allen Biesen und Paspeln weit entfernt, obwohl er es geschafft hatte, eine Importhandlung in Kopenhagen zu führen, vierzehn Monate lang. Das Abenteuer endete sehr abrupt in einem Kieler Bordell. Ein skrupelloser Kollege klaute ihm Quittungen, Frachtpapiere und die

Brieftasche, und mein Vater saß zwei Tage lang in der Haft der Freudenmädchen, bis sich der isländische Botschafter einschaltete und ihm mit dem Geld für das nächtliche Vergnügen und siebzehntausend Wäscheklammern für eine Großwäscherei aus der Verlegenheit half.

Wenige Wochen später meldete er sich im Breiðafjörður zur Heuernte und ging im folgenden Frühjahr nach Deutschland, um sich eine Universität zu suchen. Durch einen unglücklichen Zufall stand er, gerade dreißig Jahre alt, am 5. Mai 1937 auf dem Werftgelände von Blohm & Voss in Hamburg und sah dort zum ersten Mal »Klein-Hjalti«, der bei der Taufe des größten Vergnügungsdampfers der Welt, der *Wilhelm Gustloff*, und seinem feierlichen Stapellauf mit viel Tamtam, anwesend war. (Papa und auch andere Isländer in Vorkriegsdeutschland nannten Hitler immer nur Hjalti, und nachdem die berühmten Hjalti-Kinderbücher erschienen, habe ich ihn zur Verärgerung meines Vaters immer Klein-Hjalti genannt.) Papa hat oft von diesem Ereignis erzählt. Der Anblick des Führers scheint seine Seele gebrandmarkt zu haben. Schon damals hatte sich die Nordische Abteilung der Universität in Lübeck zu einer Art Legitimierungsanstalt für den Nationalsozialismus gewandelt: Seine Wurzeln seien in der nordischen Mythologie und in den Sagas der Isländer zu finden, seine Visionen unter den herrlich blonden Menschen, die den Norden bevölkerten. Papa war also ein verführbarer Mann am falschen Ort, ein blonder Wikinger, der Deutsch mit arischem Akzent sprach und außerdem erstklassiger Abstammung war. Zwanzig Minuten vor Kriegsbeginn nahmen Himmlers Spürhunde Witterung auf und fanden heraus, dass Herr Björnsson nicht bloß ein Überarier, sondern auch der Sohn des höchsten Staatsbeamten des Landes war – ein ganz toller Fang. Sie boten ihm Gold und eine graue Uniform, mit Siegesrunen am Kragenspiegel: SS.

Hans Henrik Björnsson litt schwer an dem, was manche »Führerlähmung«, andere »Starfimmel« nennen. Die Symptome sind eindeutig. In Gegenwart eines Führers oder eines Filmstars wird der Kranke sprach- und willenlos. Der Verstand setzt aus, und das Gesicht verzieht sich zu einem hündischen Grinsen, samt dazugehöriger heraushängender Zunge.

Was das angeht, bin ich durchaus die Tochter meines Vaters, aber meine Verehrungssucht bezog sich mehr auf Künstler als auf Machthaber. Es machte mir nichts aus, Großvaters Freunde wie Vilhjálmur Þór zu bezirzen, der für eine Zeitlang Außenminister wurde, oder Ólaf Thors und König Olaf von Norwegen. Andererseits wartete ich in Bessastaðir einen ganzen Tag lang zitternd auf die Ankunft von Marlene Dietrich. Mein Deutsch war fast so gut, dass ich darin Gedichte hätte schreiben können, aber als ich, siebzehn Jahre alt, dieser Berühmtheit vorgestellt wurde, brachte ich kein Wort heraus und stammelte irgendwas auf Dänisch. Eine schönere Frau habe ich nie gesehen (außer vielleicht Fürstin Grace Kelly), und sie und Großmutter verstanden sich überraschenderweise bestens.

Das gleiche Spiel wiederholte sich, als Bob und ich in Brüssel Chet Baker sahen und anschließend mit ihm in eine Kneipe zogen. Bob war unglaublich versiert im Namedropping und öffnete sich sämtliche Türen. Er verfügte über diese speziell amerikanische Eigenschaft, jemandem nur ein einziges Mal zu begegnen und ihm sofort das Gefühl zu geben, mit ihm schon zusammen in den Kindergarten gegangen zu sein. Er stürzte sich auf Chet und stellte mich gleich als seine neue große Liebe vor, obwohl er den Mann noch nie gesehen hatte. Auch bei der Gelegenheit habe ich, wie gesagt, die Sprache verloren und begrüßte den Jazzmusiker wie ein Idiot auf Deutsch. Für mich sah er aus wie einer der vierschrötigen Fischer von den Kuttern in Stykkishólmur. Er hatte keine Zähne mehr, doch aus dem Lavagestein seines Gesichts kam eine Stimme klar wie Quellwasser. »I get along without you very well …« Ich hatte immer das Gefühl, der ganze Saal wollte am liebsten zusammenlegen, um ihm ein freundlicheres Lächeln zu spendieren. Viel später hörte ich ihn im Kopenhagener Tivoli singen, aber da war schon Schlamm in die Quelle gekommen.

Menschen mit Führerlähmung lassen sich natürlich leicht in die Gefolgschaft starker Männer locken. Dabei war mein Vater seiner ganzen Art nach alles andere als ein Nazi. Er mochte die Menschen, und sein einziger Freund nach dem Krieg in Argentinien war Jude durch und durch. Papa folgte der falschen Ideologie nicht etwa, weil er deren radikale Ansichten geteilt hätte, sondern aus einer Schwäche für die Irrlichter der Macht.

Anstatt ein Sohn des neuen Island zu werden, trat er an die Seite der Mörder Europas. Das war die Tragik seines Lebens, eine Tatsache, der er nie entfliehen konnte. Wie ein streunender Hund zog er von Land zu Land, wurde aber nie das Halsband mit dem SS-Abzeichen los. Nicht einmal Mama konnte es ihm abnehmen, als sie ihn wieder in ihre Arme schloss. Der Tod hatte auch nicht mehr Erfolg. Die Erinnerung an meinen Vater wird auf ewig von den Fehlern verdunkelt, die er mit dreißig beging.

Wie würde der große Freud den Fehltritt meines Vaters erklärt haben? Die meisten verüben wohl früher oder später ihren Vatermord. Die Glücklichen vollbringen ihn selbst, andere heuern jemanden dafür an, meinem Vater reichte nicht weniger als eine deutsche Panzerarmee, um sich für seine Niederlagen in den Schlachten von Reykjavík, Vejle und Kiel zu rächen.

Kaum etwas ist so lächerlich wie die Rache eines Feiglings, aber es ist auch kaum etwas schrecklicher.

26

ALDON HEATH

2009

Aldon Heath heißt ein Mann und lebt in Australien. Dort bin ich nie gewesen. Aber am Abend jeden Tages schreibt er mir eifrig, was bei mir als Morgenpost ankommt. Ich lese es zusammen mit den Todesanzeigen und antworte, falls ich Lust habe. Das meiste sind schrecklich langweilige Leibesmeldungen. Früher hat man behauptet, Antipoden seien Menschen, die auf dem Kopf liefen. In Aldons Fall könnte es wahr sein. Sein Denken kommt nie über die Gürtellinie, vielmehr scheint sie sein ganzes Leben zu bestimmen.

Aldon arbeitet als Muskelinspektor in einem Fitnessstudio Downtown Melbourne. Er schickt mir Berichte über seinen Body, wie Isländer übers Wetter schreiben.

Ich bin eben von einem dreistündigen Workout mit Bod nach Hause gekommen. Es haut ganz schön rein, nach Feierabend noch mal so Gas zu geben, und Bod war hinterher ausgequetscht wie eine Orange, aber nach deiner Mail von letzter Woche strengen wir uns natürlich noch mehr an.

Ich kann aber auch ein Biest sein.

Heute Abend haben wir's uns richtig gegeben. 60 Minuten auf dem Rad, dann Gewichte bis zum Umfallen! Bod packte 135 Kilo auf der Hantelbank; das gibt's nicht oft. Wir sind erst als Letzte gegangen, nachdem Jeff an der Bank aufgegeben hatte. Wie ich schon geschrieben habe, er hat vorletztes Jahr gewonnen und war letztes Jahr Zweiter hinter Hector. Bod hat sie jetzt ganz klar abgehängt. Ist ganz was anderes, wenn man Miss World an seiner Seite hat. Bod baut weiter Muskelmasse auf. Die aktuellen Zahlen lauten: Gewicht 89, Masse 43, Arme 36, Brust 67, Taille 45, Schenkel 41. Verspreche, morgen sind sie besser. Reduziere die Eier viell. auf 6.
Love
Aldon

Ich muss sagen, dass der Kraftprotz in einer sehr modernen Umgangssprache schreibt für eine Frau, die ihr Englisch um 1950 in den Bars im Village gelernt hat. Lóa war so nett, es mir zu übersetzen, und sie ist so höflich, keine Fragen zu stellen.

Ich lasse Linda dieses Wunderwerk von einem Mann gnadenlos

weiterquälen. Der arme Kerl ist wirklich völlig hirnamputiert und spricht von seinem eigenen Körper in der dritten Person, als wäre er sein Hund. Er nennt ihn Bod. »Habe Bod sieben Eier zum Frühstück gegeben.« »Bod war heute tüchtig.« »Bod lässt grüßen.«

Linda macht den Blödsinn mit und lässt Bod Grüße ausrichten, schreibt, sie wäre ganz versessen drauf, ihn kennenzulernen, und hofft, er sei »in shape«, wenn es so weit sein werde. Die Miss Welt stellt dafür allerdings klare Bedingungen. Sie gibt sich nur mit Siegern ab. Der Melbourne-Cup im Bodybuilding steht bevor, und unser Mann gibt sich alle Mühe. Siedend heiß kommt er abends nach Hause, brät sich seine Spiegeleier auf dem flachen Bauch und den Schinkenspeck auf der Stirn. Dann pumpt sich der Gute mit Anabolika voll und kippt das, was er seinen Proteincocktail nennt.

Mir kommt der Gedanke, ich könnte selbst mit Steroiden ein bisschen »Muskelmasse« aufbauen, aber Lóa sagt, ich sei schon reizbar genug, da bräuchte ich mir nicht mit Anabolikafressen noch mehr Gebrüll und aggressive Blicke zuzulegen.

Bod fängt morgen mit der Bräunungskur an. Drei Wochen bis zum Meeting und alles im Plan. Wir werden nach dem Sieg so weitermachen, denn Bod soll absolut in Form sein, wenn wir in London auflaufen. Das Mösenverbot gilt natürlich weiterhin. Darauf kannst du dich verlassen. Der Lindamuskel ist verbotene Zone.

Miss Pétursdóttir hat versprochen, ihn gleich nach dem Wettkampf im *Hotel Belvedere* in London zu treffen. Ich spiele mit dem Feuer. Irgendwo habe ich bestimmt noch etwas Zunder.

27

ZUNDER

1953

Meine deutsche Freundin in Argentinien nannte Zunderdose, was andere Muschi oder Mumu nannten, meine Mutter aber nie anders als Dattel bezeichnete. Zu einer Zeit, als man Datteln in Island noch nicht kannte.

Sex war hierzulande allerdings nie etwas verschämt Heimliches. Man sprach bloß nicht drüber. Prüde sind weder wir scheuen Schönheiten noch schlampigen Schicksen von der Eisinsel je gewesen.

Mein Körper erwachte erst spät, und ich brauchte lange, bis ich auf diesem Instrument des Lebens spielen konnte. Erst sieben Jahre nach meiner ersten Vergewaltigung erreichte ich nach langem Wühlen endlich die Lustader. Das war in Baires, nach dem Krieg. Ich wohnte mit einer Deutschen aus einer bedeutenden Nazifamilie zusammen. Die war hart in allem. Sie brachte mir so einiges bei, darunter etwas Unschätzbares.

Ich meine, ich höre ihn noch immer, ihren begeisterten, ja besessenen, bayerischen, nazistischen Frauenbefreiungstonfall in der Stimme. Sie hieß Hildegard, nannte sich aber Heidi, behauptete, sie sei aus der Schweiz, und trug ein Kreuz ohne Haken um den Hals.

»Die Glut schwelt in jeder Frau. Welche will sie nicht zu lodernder Flamme aufschüren? Wir besitzen die Werkzeuge dazu. Und wir können es ganz allein, Männer verstehen mit diesen Werkzeugen nicht umzugehen«, behauptete das blondgelockte Triebtier und warf sich in die Brust, in der engen, hohen Küche unserer Boulevardwohnung in Buenos Aires, wo wir lange vor dem geöffneten Backofen saßen, weil er unsere einzige Heizung war, rauchten wie die Schlote und unsere Schlüpfer verglichen. Dann hob sie ihren Mittelfinger und fragte, wie der auf Isländisch heiße.

»Langatöng«, sagte ich und erklärte ihr, was das Wort auf Deutsch bedeutete.

»Lange Pinzette. Genau! Oder auch Streichholz, ein Feuerzeug!«, rief sie und zwinkerte so übermütig, dass sich die Sommersprossen in ihrem Gesicht bewegten. Sie hatte diese wunderschöne goldbraune Hautfarbe, die in ihrer Vollkommenheit fast künstlich wirkte, und sie hatte sich einen viel zu leichtfertigen Decknamen zugelegt. Für eine Frau wie sie war Heidi bloß ein Scherz. Aber scherzen und lachen konnten wir zwei und wie; zwei junge, blonde Frauen an der Schwelle des Lebens.

Draußen vor dem hohen Küchenfenster ließen die Männer ihre Hörner ertönen, ungeduldig, Autoflüche ausstoßend und schlecht rasiert, Söhne des 20. Jahrhunderts, die nie die Kunst erlernt hatten, eine Frau richtig zu öffnen.

Heidi kannte dieses geheime Wissen. Und sie teilte es mit anderen Frauen. Generation um Generation. Sie hatte ihre Bettenlehre auf einem Bauernhof am Fuß der Anden bei einer kolumbianischen Kuhmagd gemacht, einer Meisterin der Fingerfertigkeit mit einer Klitoris von der Größe einer Brustwarze. Und diese hatte die geheime Kunst ihrerseits in jungen Jahren von einer holländischen Mulattin auf einem Flussschiff gelernt. Heidi brachte sie mir bei und ich wieder anderen Frauen. Jedenfalls erinnere ich mich an mindestens zwei Auszubildende, eine norwegische Nonne, die mich auf der Schiffsreise aus meinem amerikanischen Exil nach Hause begleitete, und dann Bærings Tochter Lilja, ein Riesenbaby aus Bólungarvík, das später auf Lesbe umsattelte.

Bob, der Amerikaner, war der einzige Mann, den ich einigermaßen in die verschlungen weiblichen Pfade einweihen konnte. Meine isländischen Jóns hatten mehr Interesse an männlichen Stammbäumen als an weiblicher Sexualität. Der Mann aus Kansas war auch der einzige Kerl in meinem Leben, der mehr wusste, mehr konnte und mehr wollte als ich. Er öffnete mir verschiedene Quellen der Lust, von denen ein Mädchen aus Island kaum je gelesen hatte. Außerdem schenkte er mir einen Vibrator, ein wunderbares Teil, und wollte mich dann bei der Wonnearbeit fotografieren, doch ich behauptete, die isländischen Präsidialgesetze würden das verbieten.

Amerika war, wenn ich so sagen darf, meine erotische Schule, in Nord und Süd. Bis dahin hatte ich mich unter junge Männer gelegt, ohne an die eigenen Bedürfnisse zu denken, und fand, dieses Stoßen, Zappeln und Verrenken wäre mehr für die Eitelkeit als für die Leiblichkeit. Obwohl das Vergnügen nur ein bescheidenes Ausmaß erreichte, konnte man sich immerhin damit brüsten, diesen und jenen flachgelegt zu haben. Für mich war es nicht mehr als ein wenig Bodenturnen oder Hopserei, wie es Bæring viel später auf seine unverwechselbare Art nannte.

Ich habe immer gesagt, eine normale Frau braucht zwanzig Jahre, um ihre Bettapparaturen richtig in den Griff zu kriegen. Deshalb fordere ich Lóa ja auch so unverhohlen auf, baldmöglichst damit anzufangen. Sie ist über zwanzig und hat schon die ersten Anzeichen einer Lustlosigkeitslähmung im Gesicht. Man erkennt es an der Gesichtsmuskulatur ganz deutlich, welche Frau auf der Matratze tüchtig ist und ihr Maschinchen an die Steckdose angeschlossen hat.

Heidi hatte in ihrem kurzen Leben schon so einiges erleiden müssen, nicht zuletzt durch die engsten Angehörigen, aber unter Anleitung der kolumbianischen Zauberin mit den drei Brustwarzen hatte sie gelernt, auf ihrem Instrument den richtigen Ton zu spielen.

Heidis Eltern waren bekannte Nazigrößen. Dennoch waren sie entkommen und verbrachten den Rest ihres Lebens in einem kleinen Ort am Rio de la Plata, wo sie unter schweizerischen Namen in katholischer Erde bestattet liegen. Ich hätte sie natürlich auffliegen lassen können – ihre Adresse habe ich einmal auf einem Brief an Heidi gelesen –, aber ich war ein Feigling und außerdem dankbar für das, was sie mir gegeben hat: Mit der Härte ihres Vaters trieb sie mich immer weiter bis zum ultimativen *Großorgasmus*.

»Du darfst nie aufgeben! Niemals!«, schrie sie mich an, nachdem ich es in meinem Zimmer tagelang probiert hatte.

Etliche strenge Exerzitien später hallte ein Siegesruf durch den Flur, als sie hörte, dass ich am Ziel angekommen war. Man findet den Weg dorthin zurück immer wieder. Bis dahin hatte ich durch heftigen Einsatz von Türrahmen, Sätteln und Besenstielen lediglich leise

Vorahnungen eines Höhepunkts erlebt, doch mit ihrer Kommandogewalt erschloss mir Heidi ein brennendes Bohrloch, das inzwischen leider verstopft ist.

Endlich begriff ich, was Sex heißt.

Es beweist einen seltsamen Frauenhass von Seiten des Herrn, dass wir uns die Fingerspitzen wund rubbeln müssen, um die große Seligkeit zu erreichen, während die Männer ihren Stock bloß mit einem Stöckchen zu berühren brauchen.

Man muss wohl als Frau auch immer ein bisschen Nazi sein.

28

ZAHNRAD DER ZEIT

2009

Ich weiß nicht, was aus Heidi geworden ist, genauso wenig wie ich es von den anderen siebentausend Leben weiß, mit denen ich damals in Berührung kam. Wo ist Bob jetzt, und wo ist mein Hartmut Herzfeld, der schönste Mann auf Erden? Nein, er ist ja tot. Im Internet lese ich, dass weltweit täglich Menschen in der Größenordnung der halben Bevölkerung Islands sterben. Das macht hundert Menschen pro Minute oder 1,6 in jeder Sekunde. Das dürfen wir wohl als das Tempo der Menschheitsgeschichte bezeichnen.

Das Zahnrad der Zeit dreht sich, und bei jedem Vorrücken werden hundert Ameisen zerquetscht, während der Rest ohne Unterlass versucht, der gähnend auftauchenden Rinne unter dem Räderwerk zu entkommen, und die, die sich gerade im Aufschwung befinden, es sich gönnen, »das Leben zu genießen«. Sie haben ihr Sektglas noch nicht zur Hälfte geleert, wenn sie sich schon auf der nach unten laufenden Seite des Rades wiederfinden.

So ist das Leben von uns Menschen auf Erden, das irgend so ein Genie erschaffen und ihm die berühmten Endpunkte Wiege und

Grab gesetzt hat. Das Leben gestattet keinem nachzulassen, außer mir hier in meinem gelähmten Sitz, in dem ich mich vom Zahnrad nach unten dem Ende entgegentragen lasse.

29
AUF DER FÜNFTEN ETAGE IN LÜBECK
1940

Ja, ja. Lübeck ist eine schöne Stadt mit seinem Marzipan und seinem Thomas Mann und mit dem ganzen Kopfsteinpflaster. Lübecks größter Fehler ist, dass in jedem seiner Einwohner ein Krämer steckt. Es dreht sich dort alles ums Kleingeld, um die Kupfermünzen in der Tasche. Den ganzen Tag waren die Leute damit beschäftigt, einem richtig herauszugeben. Ich war damals eine neunjährige Göre, die noch nie bares Geld gesehen hatte, außer wenn uns Großvater Sveinn in Skagen ein Eis kaufte, stellte aber rasch fest, dass den Einwohnern Geld das bedeutete, was für uns Isländer Worte waren.

Die kleinen Münzen hießen auf Deutsch »Pfennig«, ein Wort, das man ohne Zungenverrenkung nicht aussprechen kann. Wir Isländer machen den Mund noch schmaler, wenn wir die unbedeutende Bezeichnung für unsere noch unbedeutendere kleinste Währungseinheit aussprechen. Sparsame Leute standen in Island nie hoch im Kurs, verehrt wurden Leute, die mit dem Dreck um sich warfen.

Hier waren wir nun also angekommen, als frisch vereinte, dreiköpfige Familie, in einem neuen Land, in einer neuen Stadt, mit neuer Zukunft. Seitdem Großvater meinen Vater aus deutscher Verhaftung und Haftung ausgelöst hatte, wollte der junge Mann keine weitere Unterstützung mehr annehmen, am allerwenigsten finanzielle. Daher wohnten wir in einem nach oben hin immer schmaler werdenden Backsteinhaus, das gut und gern auf den Seiten der *Islandglocke* hätte stehen können, in einem kalten Loch im obersten Stockwerk. Bis nach oben zählte ich 133 Stufen, nach unten 132.

»Nach oben ist es immer weiter als nach unten«, sagte Papa Hansi.

Die Aussicht aus dem Küchenfenster war beeindruckend. Treppengiebel, deutsche Mittelaltertürme und ein weites Blickfeld: ganz Europa. Papa schrieb sich in der Nazifakultät ein und spezialisierte sich auf hitlersche Hirngespinste und arische Mythologie. Die Runen der SS packten ihn, wie schon gesagt, bei den Eiern, aber lange hielt er diese irrsinnige Geliebte vor seiner Frau geheim. Mama war im Breiðafjörður aufgewachsen, wo keine Dummheit mehr an Land gespült worden war, seit man im Jahr 1002 das Christentum nach Flatey übergesetzt hatte.

Sie war die vollkommene Unschuld.

Doch als der erste Kriegsfrühling kam, ließ sich eine Aussprache nicht länger hinausschieben. Ich erinnere mich noch an dieses Gespräch am offenen Fenster unserer schmalbrüstigen Küche unterm Dach im Mai 1940. Mama stand am Fenster, Papa im Türrahmen, ich saß zwischen ihnen am winzigen Küchentisch und beschäftigte mich angelegentlich damit, die isländische Fahne auszumalen, die gravitätisch wie ein verlassener Zauberteppich über einem verlassenen isländischen Bauernhof schwebte.

Mama: »In die deutsche Armee? Wozu? Für wen ... wofür willst du kämpfen?«

Papa: »Ich kämpfe an der Seite meiner Freunde.«

Mama: »Um Himmels willen, Hansi! Was hat ein Isländer im Krieg verloren? Hat jemals ein Isländer in einem Krieg gekämpft?«

Papa: »Nein, bis jetzt sind wir dazu noch nicht Manns genug gewesen.«

Mama: »Nicht Manns genug? Zum Glück, kann ich da nur sagen.«

Papa: »Mascha, Island ist heute morgen okkupiert worden.«

Mama: »Was sagst du da?«

Papa: »Ich habe es mittags bei Peter im Radio gehört. Er kann Nachrichten aus England empfangen. BBC.«

Mama: »Ist das nicht verboten?«

Papa: »Doch, aber er ist Parteigenosse, und da verdächtigt man ihn nicht, Feindsender zu hören. Island wurde heute morgen besetzt. Man hat nicht einen Gewehrschuss gehört.«

Mama: »Gott sei Dank!«

Papa: »Gott sei Dank? Das zeigt doch nur, was für Feiglinge wir Isländer sind.«

Mama: »Hans Henrik, was ist denn in dich gefahren? Nicht einmal die Dänen haben versucht, sich zu wehren.«

Papa: »Stimmt, sie haben eingesehen, dass Kapitulation ihre beste Verteidigung ist.«

Mama: »Wie meinst du das?«

Papa: »Sie landen auf der richtigen Seite und brauchen keine Angst vor Krieg im eigenen Land zu haben. Sie können ruhig schlafen, während die Bomben über sie hinwegzischen. Wie Schneeammern im Schneesturm, so sind die Dänen. Denn nicht sie sind die Zielscheibe, sondern Deutschland.«

Mama: »Glaubst du, die Engländer werden nicht versuchen, die Dänen zu befreien?«

Papa: »Wozu sollten sie das tun? Dänemark interessiert doch niemanden. Ein paar Schweinekoben und zwei Brauereien …«

Mama: »Warum redest du so über … dein Mutterland? Und wo die Dänen so gut zu deinem Vater gewesen sind?«

Papa: »Mein Vater macht sich keine Illusionen über sie, auch wenn er mit einer Dänin verheiratet ist. Er weiß, dass keine Nation für eine andere die Kastanien aus dem Feuer holt. Jeder muss an sich selbst denken.«

Mama: »Sind die Engländer nicht wegen Polen in den Krieg eingetreten?«

Papa: »Die Engländer denken bloß an London. Sie haben nur Angst davor, dass man von Dover aus das Deutsche Reich sehen könnte.«

Mama: »Hansi! Was ich nicht begreife, ist dieser Aggressionstrieb. Warum müssen die Deutschen alle diese Länder besetzen? Was haben sie da zu suchen? Sie können doch nicht in Polen oder Norwe-

86

gen wohnen. Gefällt es ihnen denn nicht zu Hause? Sie haben doch schon dieses schöne Land.«

Papa (flüstert): »Mascha, pass auf, was du sagst!«

Mama: »Als wenn mich hier jemand verstehen könnte.«

Papa: »Wilfried hier unter uns ist in meinem Institut. Er liest flüssig Isländisch.«

Mama (leiser): »Hansi, siehst du denn nicht, was für ein Wahnsinn das ist? Muss dieser ... dieser Mann ...«

Papa: »Mascha! Psst!«

Mama (flüstert hastig): »Was muss dieser Mann über so viele Länder herrschen? Ich sage es mit den Worten meiner Mutter: Kann er nicht den Zug nehmen, wenn er sich umsehen will? Es ist doch ... es ist so, als wenn sich Eysteinn auf Svefneyjar auf einmal in den Kopf setzen würde, sämtliche Inseln im Breiðafjörður in seine Hand bekommen zu wollen. Dann könnte er sich nicht mehr um den Hof auf der eigenen Insel kümmern. Seine ganze Zeit ginge dafür drauf, all die anderen Inseln festzuhalten. Wer alles hat, hat von nichts was, sagt Mama.«

Papa: »Mama, Mama ... Und was, wenn ihm Grasey und Lyngey weggenommen worden wären? Hätte er dann nicht das Recht, sie zurückzufordern? Deutschland ist im letzten Krieg gedemütigt worden. Wir haben das Recht ...«

Mama: »Um Himmels willen, Hansi, sag nicht wir!«

Papa: »Was ist mit dem Sudetenland, mit Westpreußen, Elsass-Lothringen? Alles deutsche Gebiete.«

Mama: »Ja, und Norwegen, Dänemark und Island auch. Siehst du denn nicht, Hansi, dass das nichts anderes als ... Größenwahn ist?«

Papa: »Island?«

Mama: »Ja, hast du nicht gesagt, Island wäre heute morgen überfallen worden?«

Papa: »Doch, aber nicht von den Deutschen.«

Mama: »Was? Von wem denn?«

Papa: »Von den Engländern. Island ist jetzt eine Kolonie Englands.«

Mama: »Von den Engländern?«

Das Gespräch stockte. Ich malte weiter an der isländischen Fahne, aber ein Buntstift war abgebrochen und machte Kratzer ins Blau. Ich wagte aber nicht, nach dem Anspitzer zu greifen, der auf der Arbeitsplatte lag. Wenn die Großmächte streiten, verhält sich ein kleines Volk besser still. Die Neuigkeit machte Mama sichtlich betroffen.

Papa: »Begreifst du jetzt, was ich sage?«

Mama schwieg, drehte sich zum Spülstein um und schraubte eher ratlos den Wasserhahn auf, dann sah sie eine Weile das laufende Wasser an.

Papa: »Lass nicht unnütz das Wasser laufen! Es heißt, im Sommer könnte Wassermangel herrschen.«

Sie nahm einen Topf mit langem Stiel, ließ ihn halb volllaufen, drehte den Hahn zu und stellte den Topf auf den Herd, ohne das Gas anzuzünden. Dann wandte sie sich wieder Papa zu, der in einem weißen Hemd mit aufgekrempelten Ärmeln in der Tür stand, mit einem Ellbogen gegen den Rahmen gelehnt, und sich jetzt mit der Hand desselben Arms das Haar aus der Stirn strich.

Mama: »Und haben sie … ganz Island besetzt?«

Papa: »Ja.«

Mama: »Die Inseln auch?«

Papa: »Die Inseln im Breiðafjörður? Ich nehm's an.«

Mama: »Aber … es sind doch so viele.«

Ich sah vor mir, wie zweitausend Soldaten zweitausend Inseln besetzten und dann dort Wache standen, einer auf jeder Schäre, kerzengerade, mit dem Gewehr auf der Schulter.

Doch das war Mamas erster Gedanke, ihr Denken war eben an der Luft im breiten Fjord gelüftet worden. Da lebten wir in einer Welt ganz für sich, die durchaus nicht immer ein Teil von Island war. Einem Bauern von dort wurde der Satz nachgesagt, auf den Inseln sei es schön, schlimm seien nur die dänischen Berge drumherum. Und als Island 1944 endlich unabhängig wurde, soll Oma gesagt haben: »Na, dann können wir ja vielleicht mit denen ein bisschen Handel treiben.« Sie hatte ein langes Leben als dänische Staatsangehörige unter dem Danebrog geführt, die Tatsache als solche aber nie anerkannt. Ist der nicht frei, der sich selbst als freien Menschen sieht? Ich denke, das wird die Rolle von uns Isländern in den kommenden Jahrhunderten sein, nachdem nun ausländische Investmentfonds im Begriff stehen, das Land zu übernehmen. Wir müssen uns *einbilden*, eine Nation unter anderen zu sein. Wie wir es Jahrhunderte lang getan haben. Wenige Völker leben so sehr im Kopf wie die Isländer. Oma hat mir einmal von Guðrún auf Prestbakki erzählt, die, nachdem sie den schlimmen Überfall überlebt hatte, sagte: »Untenrum haben sie mich geschändet, aber hier oben bin ich noch eine unberührte Jungfrau.« Diesen Satz sollte man auf die isländische Flagge sticken.

Mama: »Was bedeutet es denn jetzt? Dass wir von den Engländern besetzt sind?«

Papa: »Es bedeutet, dass Island, das zu Dänemark gehört, das von den Deutschen besetzt ist, jetzt den Engländern untersteht.«

Mama: »Können wir nicht noch ein paar mehr Länder einladen, uns zu besetzen?«

Papa blickte zu Boden und trat mit der Schuhspitze leicht gegen den Türrahmen. Ich sehe das jetzt vor mir, denn damals saß ich mit dem Rücken zu ihm am Küchentisch, guckte Richtung Fenster und beugte mich über meine Zeichnung.

Papa: »Wir sind doch bloß Kleingeld in den Taschen der Welt, schmierig und abgegriffen, weil wir durch so viele Hände gegangen sind. Gestern dänisch, heute deutsch, morgen englisch. Wir haben nichts, wir sind nichts, und wir können nichts. *Für immer und ewig kaputt.*«

Mama (verträumt): »Aber uns bleibt immer der Frühling. Der ist und bleibt doch immer isländisch.«

So redeten die Leute manchmal vor dem Krieg, und man wusste nie, ob sie es aus einem Roman von Laxness hatten, oder ob er es irgendwo aufgeschnappt und in sein Buch übernommen hatte. Nach dieser Replik lachte sie, aufrichtig und traurig zugleich.

Das Inselmädchen war nun 36 Jahre alt und trug die Furchen des Lebens in den Augenwinkeln und seine Jahresringe auf den Hüften.

Man hatte sie versetzt, 133 Treppenstufen höher, vom Butterschlagen im Stall auf einer Insel auf einen hansedeutschen Hahnenbalken mit Aussicht auf einen Erdteil im Krieg.

An diesem 10. Mai des Jahres 1940 stand die deutsche Wehrmacht im Osten an der russischen Grenze, im Norden am Polarkreis, früh am Morgen begann sie ihren Angriff auf die Niederlande, einen Monat später sollte sie unter dem Triumphbogen in Paris paradieren. Das Hakenkreuz breitete sich aus, und bald sollte ganz Europa unter dem Schnauzbärtchen Hjaltis stehen.

Ich konzentrierte mich, so gut ich konnte, darauf, noch etwas Isländischblau aus dem verbrauchten deutschen Buntstift herauszuholen, und wenn ich mich noch mehr anstrengte, konnte ich durch das offene Küchenfenster leises Panzerrasseln von jenseits des waldgrünen Horizonts hören. Draußen standen die beiden Türme des alten Stadttors, des Holstentors, das Männer im Mittelalter zu ihrem Schutz und Ruhm errichtet hatten, aus dem aber längst ein wirkungsloses Instrument, ein schöner, aber hohler Anblick geworden war, und jetzt auf einmal denke ich hier am Ende meines durchwachsenen Lebens in meiner Garage, die Geschichte ist doch nichts anderes als eine klapperschlangenlange Aneinanderreihung von irrwitzigen Ereignissen, die nicht das Allermindeste mit dem Leben zu tun haben, sondern eine Art hypertropher Männerwahnsinn sind, den die Frauen aller Zeiten über sich ergehen lassen mussten. Eine Adolfine Hitler wäre bestimmt eine prima Krankenschwester geworden.

Ich schaute wieder aus dem Fenster und richtete meinen kindlichen Blick auf die grünspanüberzogenen mittelalterlichen Dauererektionen, als ich von unten auf der Straße den erigierten Gruß hörte: »Heil Hitler!«, der mit einem »Heil Hitler!« beantwortet wurde. Wo die Dummheit echot, schiebt sich die Klugheit lieber an der Wand entlang.

Wie viel hatte ich eigentlich von dem rüstungsklirrenden Geschepper verstanden? Herzlich wenig natürlich. Ich fand Deutschland spannend und seine Flagge hübsch, die Frauen fröhlich und die Männer tüchtig. Man braucht ein ganzes Leben, um das Leben zu verstehen. Wir sind so unglaublich dumm, solange wir *sind*, und sind nur ein winziges bisschen klüger, wenn wir *gewesen* sind.

Daher rate ich meinen Geschlechtsgenossinnen: Lauft und kauft Decken und Dosenfleisch, wenn ihr einen Mann sagen hört, wir leben in historischen Zeiten.

Die Unterhaltung meiner Eltern war noch nicht zu Ende.

Meine Mutter fragte noch einmal: »Was bedeutet das jetzt, dass die Engländer uns besetzt haben?«

Papa: »Es bedeutet, dass wir auf der falschen Seite landen.«

Mama: »Aber Hansi …« Sie seufzte und setzte noch einmal an: »Glaubst du wirklich an das Ganze?«

Es wurde still in unserer kleinen Küche. Die Glocken der Jacobi-Kirche schlugen achtmal, das dunklere Blau der Abenddämmerung mischte sich in den Himmel. Schließlich antwortete mein Vater, während er nachdenklich auf die noch nicht eingeschaltete, kahle Glühbirne in der Fassung an der Decke starrte, leise und leidenschaftslos: »Ja.«

Mama: »Bist du sicher? Sicher, dass …«

Hans Henrik löste sich vom Türrahmen und trat in die Küche, stützte beide Hände auf die Arbeitsfläche, ließ den Kopf hängen und sprach zunächst mit der Fläche, dann mit der Wand und zuletzt in die eigene Brust: »Der Nationalsozialismus ist eine gute Bewegung. Eine Bewegung des Zusammenstehens und der Solidarität. Hier legen alle zusammen Hand an, um ein ganzes Land wieder aufzubauen, ein ganzes Volk und bald einen ganzen Erdteil. Er ist die Bewegung für Tüchtigkeit und gemeinsames Anpacken, für den Aufbau und die Zukunft, genau das Gegenteil von Kommunismus, der bloß Knechtschaft und Untergang, Revolution und Blut zu bieten hat. Hier geht es in allem aufwärts, und endlich haben wieder alle Arbeit.« Er blickte auf und sah Mama am Waschbecken an. »Begreifst du nicht, Mascha, dass hier eine neue Welt aufgebaut wird? Wir leben in historischen Zeiten.«

91

Mama: »Aber dein Vater sagt …«

Papa: »Mein Vater ist ein Mann der alten Zeit, ein Dänenknecht!«

Mama: »Ist er dann jetzt nicht ein Knecht der Deutschen? Wie kannst du gegen die dänischen Kolonialherren auf Island sein, während du die deutschen Kolonialherren in Dänemark bejubelst?«

Papa durch zusammengebissene Zähne: »Weil der verdammte Däne es verdient.«

Mama: »Hansi, woher kommt dieser Fanatismus?«

Papa: »Entschuldige! Aber es ist doch so, wenn … wenn eine neue Welt errichtet wird, dann spielen Nationalitäten keine Rolle mehr. Visionen kennen keine Grenzen.«

Mama: »Aber Grenzen erkennen Visionen, wenn sie von ihnen mit Panzern überrollt werden.«

Meine Mutter konnte eine sehr kluge und hellsichtige Frau sein. Und mir fällt es natürlich ungemein schwer, dieses Gespräch wiederzugeben und dabei zu hören, wie eine Dummheit nach der anderen aus Papa hervorquoll. Er hätte ohne weiteres Doktor der Nordischen Sprachwissenschaft werden können, wenn er nicht so dumm gewesen wäre. Lieber Papa, warum hast du nicht auf deinen Vater gehört? Opa Sveinn hat die Nazis von Anfang an durchschaut, schließlich hatte er lange Sitzungen mit diesen Typen durchzumachen, die es für Schwäche hielten, zu sitzen und miteinander zu reden anstatt zu brüllen. Die Engländer konnte er besser leiden.

Jetzt lag ein Dunkelblau, wie wir es aus unseren Augustnächten kennen, über diesem großdeutschen Maiabend.

Papa: »Mascha, du … du verstehst das nicht. Manchmal muss man eben Stärke zeigen.«

Mama ließ sich selten zu etwas hinreißen, jetzt aber regte sie sich auf: »Ich glaube allerdings, dass ich das besser verstehe als … Warum gehst du, Hans Henrik Björnsson, ein Isländer im besten Alter, dann nicht einfach eine Etage tiefer, klopfst bei Jacek und Magda und … nein, brichst einfach ihre Tür auf, befiehlst ihnen und den Kindern, sich in die Betten zu legen, während du sämtliche Schubladen und Schränke nach Wertgegenständen durchsuchst und ihnen anschließend feierlich ... jawohl, auf soldatische Weise, mitteilst, dass ihre Wohnung jetzt dir gehöre. Hans Henrik Björnsson sei jetzt der rechtmäßige –«

Sie brachte den Satz nicht zu Ende, bevor die Tür zuknallte.

Ich: »Geht Papa jetzt wirklich runter, um ihre Wohnung zu besetzen?«

30

KOPENHAGEN

1940

So begann die soldatische Laufbahn meines Vaters: 132 Stufen hinab in den giftigen Abgrund der Geschichte, in dem er die nächsten fünf Jahre verbrachte. Er legte Snorri beiseite und griff zu Bismarck, schrieb sich an einer Militärakademie in Berlin ein. Mama und ich kamen bei Großmutter in Kopenhagen unter. Großvater war nach Island zurückgekehrt. Nach der Besetzung Dänemarks war der Botschafter nach Hause beordert worden, die Deutschen hatten ihn aber zu Umwegen genötigt: erst nach Süden bis Genua und von dort zu Schiff nach New York. Da wachte er am Tag der Invasion auf, überstand die notwendigen Empfänge und fuhr dann mit der *Dettifoss* nach Reykjavík.

Innerhalb weniger Tage hatte der Krieg die Familie auseinandergerissen. Während Vater sich auf harten deutschen Feldbetten zur Ruhe bettete, lag Großvater in den Armen des Atlantiks und erfuhr von der Invasion Islands aus der *New York Times*, Großmutter saß schlaflos in ihrem botschaftswarmen Bett in Kopenhagen und las in Pontoppidans *Lykke-Per*, wie immer, wenn etwas Wichtiges anstand. Mama und ich saßen unterdessen in einem Zug der Reichsbahn, der uns über die dänische Grenze rüttelte. Ich versuchte mich wachzuhalten, indem ich die Stirn fest gegen die kalt beschlagene Scheibe presste, so dass mich das Geschüttel vom Einschlafen abhielt, musste mich aber doch irgendwann geschlagen geben.

Den ganzen ersten Abend hing Mama schluchzend in den Armen von Helle, der Köchin, während Großmama, die ihrer gehobenen Stellung wegen niemanden in den Arm nehmen konnte, ihnen gegenübersaß und über den unbegreiflichen Entschluss ihres Sohnes den Kopf schüttelte. Wie konnte er in die Armee eintreten, die jeden Tag das Heimatland seiner Mutter mit Füßen trat? Da saßen wir also, vier enttäuschte Frauen, die einen Zufluchtsort vor dem tödlichen Zugriff der Zeit gefunden hatten, und heulten über die Dummheit der Männer.

Die Residenz des Botschafters war vom Rathausplatz umgezogen nach Kalvebod Brygge 2–4, gleich bei Langebro. Von Papas Geschwistern war nur noch Pute in Kopenhagen und wohnte bei Großmutter. Henrik hatte Großvater nach Reykjavík begleitet, und Óli und Beta gingen ohnehin dort aufs Gymnasium.

Ich merkte natürlich sofort, dass die Lebensfreude aus dem fröhlichen Kopenhagen verschwunden war. Auf den Straßen war es still wie an einem Sonntag. Restaurants hatten geschlossen, die meisten Fenster waren dunkel, selbst die Turmhelme sahen erschrocken aus. Es hatte kaum Verluste gegeben, es waren keine Häuser gesprengt worden, aber in den Augen der Dänen lag ein Volk in Trümmern.

Die Isländer dagegen waren froh über ihre Okkupation. Wer mutterseelenallein in einer kalten Felsenbucht haust, eine Stunde Bootsfahrt vom nächsten Briefkasten entfernt, freut sich über jeden Besuch, selbst wenn er mit dem Gewehrkolben anklopft.

Ich hatte den Eindruck, die Besatzung spielte den dänischen Männern übler mit als den Frauen. Die Männer nahmen sich die Niederlage mehr zu Herzen und murmelten sich in die eigene Westentasche, sie wären mit Freude gefallen, wenn sie dadurch den Einmarsch der Deutschen in ihr horizontales Vaterland aufgehalten hätten. »Und wenn es bloß für eine halbe Stunde gewesen wäre.« Das ist wieder einmal bezeichnend für die Männer. Sie wählen lieber den

Tod als verletzten Stolz. Die Frauen betrugen sich besser, sie waren es schließlich gewöhnt, unter Fremden zu liegen.

Trotzdem bin ich nicht sicher, dass die Glistrup-Methode im Verteidigungsfall (das Militär abzuschaffen und durch einen Anrufbeantworter zu ersetzen, der sagt: »Wir ergeben uns«) wirklich das Beste für uns erbarmungswürdige Völker hier oben in den nordischen Ländern ist. Besser wäre es, unsere Armeen nur aus Frauen zu rekrutieren. So würde es nie eine Invasion geben. Denn Männer schießen niemals auf Frauen, außer sie sind unbewaffnet.

Wie die Stadt selbst wirkte auch die Botschafterresidenz blass und fahl. Großmutter war um zehn Jahre gealtert und legte die Zigarre gar nicht mehr aus der Hand. Wir erkannten erst später, dass ihre Ehe zerbrochen war. In den dazwischenliegenden Jahren war Großvater viel auf Reisen gewesen, zu Verhandlungen in Malmö und Madrid, zu Islandpräsentationen in Brüssel und Bern … Großmutter war es nicht entgangen, dass solche Veranstaltungen häufig mit einem Auftritt ihrer Nichte endeten. »Lone hat nie schöner gesungen als heute. Sie lässt dich grüßen. Es geht ihr ausgezeichnet, und sie ist für lange Zeit ausgebucht. Es ist mir aber gelungen, sie dazu zu bringen, im Mai in Paris auf einer Messe für uns zu singen.«

31

HITLERGRUSS IN GIPS

1940

Aus der Prachtwohnung an der Kalvebod Brygge genoss man eine hervorragende Aussicht auf Kopenhagen. Großmutter beschrieb uns, wie sie und Großvater im Vormonat, am Abend des 8. April, am Wohnzimmerfenster gestanden und beobachtet hatten, wie eine ganze Reihe deutscher Frachtschiffe unter der Langebro hindurchfuhr. Großmutter hatte ein Näschen für wichtige Ereignisse und sah sofort, was sich da anbahnte, denn sie und Großvater waren möglicherweise die Einzigen im Lande, die wussten, dass die Deutschen Dänemark besetzen würden. Bei seinen Besprechungen in London hatte der isländische Botschafter davon erfahren. Mehrfach hatte er versucht, das Geheimnis hochstehenden Dänen zu flüstern, aber keine andere Reaktion als brüske Ablehnung erfahren: »Das wird niemals geschehen!«

Am frühen Morgen, dem 9. April, erschienen tausend Kriegsflugzeuge am Himmel über des Königs Kopenhagen. Für den ersten Mann des Torfhüttenvolks muss es eigenartig gewesen sein, seinen Herrn in einem noch größeren Schlund verschwinden zu sehen. Wie stand es da um die Hütte? Oh, darin herrschte einen Monat lang gute Stimmung; dann kam der Engländer, und die *Party* ging erst richtig los.

Mitte Juni kam Vater. Er hatte sich in der Ausbildung den Arm gebrochen und drei Wochen Heimaturlaub bekommen.

»Herrgott, hast du dir deinen Hitlergruß gebrochen?«, fragte Großmutter und wartete gar nicht auf eine Antwort, sondern kehrte durch den hallenden Flur in den Salon zurück. Dabei trat sie so hart auf, dass die Asche von dem kleinen Zigarillo fiel, das sie nach unten weggestreckt hielt.

Mama küsste Papa mit ihrem kräftigen Lippenstift auf die Wange. Den Abdruck trug er bis zum Abendessen, als Helle ihn fragte, ob er sich verletzt habe.

Es war komisch, einen frisch gebackenen Nazi so unsicher gegenüber zwei Frauen in Zivil zu sehen. Sein zurückhaltendes Auftreten passte überhaupt nicht zur Uniform der Waffen-SS. Aber zu Hause sind wohl alle Offiziere nur Gefreite. Es sah auch etwas kläglich aus, wie er vor dem Tivoli-Park seine Vorgesetzten mit dem Hitlergruß in Gips grüßte.

Ich durfte weiter oben bei Mama schlafen, denn Papa schlief allein im Gästezimmer, getreu der Ideologie: Ein deutscher Soldat schläft nur mit seiner Vision und dem Vaterland.

»… und dem Führer«, setzte Mama lachend noch hinzu, als sie mit Großmutter häkelnd, tratschend und rauchend in der Küche saß. Helle kochte Nudelsuppe.

»Wenn Männer statt ihrer Frauen andere Männer lieben, gibt es Krieg«, murmelte die Köchin in den Topf.

Papa erkannte schnell, dass der Weiberarmee im Haus nicht beizukommen war, und beschäftigte sich lieber mit mir. In meiner Erinnerung sind das die schönsten Tage, die ich mit meinem Vater erlebt habe. Draußen auf der Straße wurden wir überall gegrüßt, und er besuchte mit mir königliche Schlösser und Kaffeehäuser. Die Uniform sicherte uns ein furchtsames Lächeln von allen Kellnern und Chauffeuren. Oft durfte uns meine Freundin Ása begleiten. Sie war die Tochter des norwegischen Botschaftsrats und wohnte eine Etage unter uns, ein fröhliches Mädchen in meinem Alter, das eigentlich Åshild hieß, aber Ása genannt wurde. Sie brachte mir Pingpong und Rommé bei und machte mich mit Shirley Temple und Korkenzieherlocken bekannt. Papa ging mit uns in einen Friseursalon, ließ uns Locken machen, und auf dem Heimweg sangen und tanzten wir nur noch *Animal Crackers in My Soup*. Papas Begleitung erlaubte uns, auf offener Straße zu lachen. Großmutter war von den Korkenzieherlocken natürlich überhaupt nicht angetan, und am nächsten Tag, nachdem wir sie über Nacht plattgelegen hatten (ich hatte immer unmögliche Haare), hielt sie dem SS-Mann eine Gardinenpredigt über rausgeworfenes Geld, die sich gewaschen hatte. Die alte Dame aus dem Erbsenzählervolk hatte natürlich immer Probleme mit der Verschwendungssucht der Isländer.

Ása hatte dunkle Haare und war durchaus zu Streichen aufgelegt, aber auch wohlerzogen und auf skandinavische Art zurückhaltend. Ihre Eltern waren natürlich Quislinge, und so stieg ich beträchtlich in ihrem Ansehen, als mein Vater in einer deutschen Uniform auftauchte. Ich selbst stand irgendwo in der Mitte zwischen Papa, Mama und Oma und versuchte, auf beiden Seiten jeweils das Beste für mich herauszuschlagen: »Papa erlaubt mir nicht, mir ein Bonbon zu nehmen. Er ist ein Nazi!«

»Mama erlaubt mir nicht, in Lackschuhen zum Tivoli zu gehen. Sie hat doch keine Ahnung von Nationalso...sozismus.«

Ása besaß eine Dauerkarte fürs Tivoli. Ich brachte Papa dazu, mir auch eine zu kaufen, und ließ mich dann von ihm im Vergnügungspark herumführen wie Alice im Wunderland. Dort gab es amerikanische Autoscooter, englische Geisterbahnen und ein Pariser Riesenrad. Das Unglaublichste war, die Russenachterbahn zu überleben. Danach versteckten wir uns erst mal im Kristallpalast. Der Krieg fand uns aber auch da und verzerrte unsere Gesichter, blies uns die Backen auf und kniff unsere Augen zusammen. Die kleinen Dämchen mit den großen Kriegerinnennamen, Åshild und Herbjörg, rannten kreischend aus dem Kriegsspielpark und liefen draußen vor dem Eingang vier deutschen Soldaten fast in die Arme.

Ich: »Warum hattest du Angst vor ihnen?«

Sie: »Ich hatte keine Angst vor ihnen.«

Ich: »Hattest du wohl! Du hast nichts mehr gesagt. Und ich dachte, du würdest zu den Deutschen halten.«

Sie: »Man soll nie einen Mann mit einem Gewehr anlachen, sagt mein Vater. Und warum hältst du nicht zu den Deutschen wie dein Vater?«

Ich: »Meine Mutter sagt, an dem ganzen Krieg sei nur ein Mann schuld. Und das Einzige, was ihm fehlt, sei Liebe.«

Sie: »Aber wir lieben ihn doch alle.«

Ich: »Bist du sicher, dass er euch auch liebt?«

Sie: »Natürlich.«

Ich: »Eine komische Art von Liebe ist das. Er brüllt doch nur rum.«

Sie: »Ja, wenn man sehr liebt, muss man schreien.«

Ich: »Ich finde, das hört sich nicht nach Liebe an.«

Sie: »Hitler liebt Deutschland wie seinen eigenen Arm, sagt mein Vater. Er ist bereit, für ihn zu sterben.«

Ich: »Warum sollte er denn für seinen Arm sterben?«

Sie: »Was?«

Ich: »Wenn du dich für deinen Arm opferst, ist nach deinem Tod bloß noch dein Arm übrig. Was macht man mit einem einzelnen Arm?«

Sie: »Mensch, Herr, ich wollte doch bloß sagen, dass er bereit ist, für sein Land zu sterben. Wärst du nicht auch bereit, für Island zu sterben?«

Ich: »Nö.«

Sie: »Nicht? Und wenn dein Land in Gefahr wäre? Zum Beispiel, von einem Drachen verschlungen zu werden?«

Ich: »Was würde es dann dem Land helfen, wenn ich sterbe? Länder wollen nicht, dass Menschen für sie sterben. Sie wollen bloß in Frieden gelassen werden.«

Sie: »Und wenn jemand sie einnimmt?«

Ich: »Länder kann man nicht einnehmen, sagt Mama.«

Sie: »Eh, die Deutschen haben Dänemark eingenommen. In zehn Minuten! Und Norwegen in zwei Wochen. Die Engländer haben euch eingenommen und ... und die Dänen hatten Island viele hundert Jahre.«

Ich: »Na und? Was hat das für uns geändert? Ob ich dänisch, englisch oder isländisch bin?«

Sie schaute mir in die Augen und öffnete den Mund, es kam aber kein Ton heraus. Die Antwort lag auf der Hand.

32

TOD EINES SOLDATEN

1940

Wir schwiegen den Heimweg über. Ich sah mich um: die Leute, die Straße, die Häuser. Man konnte es richtiggehend fühlen: Dänemark war ein totes Land. Wir gingen den Andersen-Boulevard entlang, und es war deutlich zu sehen, dass sich nicht einmal die Laternenpfähle wohlfühlten. Die Autos rollten totenstill durch die Straßen. Viele Fenster waren mit schwarzen Vorhängen verdunkelt, und über öffentlichen Gebäuden flatterte das Hakenkreuz wie ein Tod verheißender Unglücksvogel. Auf einmal empfand ich das ganze Unbehagen der Okkupation und wurde von einem ängstlichen Schaudern erfüllt. Mit einer Art Altersklugheit begriff ich, ein zehnjähriges Mädchen, dass meine Mutter vollkommen recht hatte: Man kann ein Land nicht besetzen.

Im Treppenhaus verabschiedete ich mich von Ása und lief dann die Treppe hinauf in unsere Wohnung, die mir so groß erschien wie ein ganzer Landstrich, der letzte freie Ort in Dänemark, eine isländische Insel im Meer des Krieges, dünn besiedelt und isoliert.

Wir waren sogar noch isolierter als die Leute daheim am Breiðafjörður, denn von uns aus gab es keine telefonische Verbindung mit Reykjavík mehr. Das letzte Telefonat hatte zwischen Großvater und Großmutter stattgefunden.

»Sie wollen mich zu einer Art Regent machen. Es ist ein neugeschaffenes, vorläufiges Amt für die Dauer der Okkupation.«

Dann reichte Großmutter den Hörer an Papa weiter, und der zukünftige Regent Islands sprach mit dem zukünftigen Soldaten Hitlers. Ich sehe ihn noch in dem langen Flur stehen, einen Fuß auf dem türkischen Läufer und mit einem Gesicht wie ein verstockter Zwölfjähriger.

Großvater: »Man sagt, mein Junge, in der Brust eines Vaters, der seinen Sohn zum Schlachtfeld marschieren sieht, regten sich zwei Empfindungen.« Seine Stimme zitterte leicht. »Einerseits Stolz und andererseits … Angst.«

Papa: »Und?«

Großvater: »Es betrübt mich, mein Sohn … es betrübt mich, dass ich in meiner Brust nur die zweite Empfindung fühle.«

Was meinen Vater schließlich davor bewahrte, auf dem Schlachtfeld zu fallen, war die Tatsache, dass er schon vorher starb.

33
RÜBENGEMÜSE
1940

Der Mann mit der Schwäche für Uniformen trug natürlich ständig seine graue Feldbluse mit Achselklappen und SS-Kragenspiegel. Großmutter hat ihn oft gebeten, wenn ihm nicht sogar befohlen, ihr diese Monstrosität im eigenen Haus zu ersparen, aber Vater entgegnete, er dürfe nicht anders in Erscheinung treten.

»Aber wir haben heute Abend Gäste, und ich möchte …«

»Tut mir leid, Mutter, aber es geht nicht. Die Vorschriften des Dritten Reiches sind in dieser Hinsicht sehr streng. Außerdem kann ich die Jacke schon wegen des Gipses schlecht ablegen.«

Am Abend setzten wir uns zu siebt zu Tisch, sieben Zwerge von einer schneeweißen Insel, die in der Weltgeschichte keine Rolle spielten, aber natürlich jeder eine Welt für sich waren. Diesmal aßen Papas Geschwister mit uns: Sveinn, genannt Puti, und Anna Catherine Aagot, genannt Kylla. Sie war um die dreißig, wirklich ein Bild von einer Frau, mit einem etwas männlich herben, kantigen Gesicht; er war 24 und Student der Zahnmedizin, eine Frohnatur mit der Füllung des Lebens in den Backen. Kylla war mit einem Färinger aus prominenter Familie verheiratet. Sie wohnten in Dalmose, einem Dorf auf Seeland. Jón Krabbe, der nach Großvaters Abberufung die Botschaft leitete, kam auch. Er war ein zur Hälfte dänischer Isländer, den Großmutter manchmal zum Essen einlud. Er ist mir gerade deshalb in Erinnerung geblieben, weil er so unauffällig war, wie es Diplomaten häufig sind. Ein gutaussehender, aber stocksteifer Herr um die 70, gerade Nase und weißes Haar, mit übermütigem Blick, aber entschlossener Festigkeit um die Lippen und etwas abstehenden Ohren. Sie waren seine stärksten Waffen im Diplomatengefloskel; er war ein Mann, der ganz genau hinhörte. Bevor er etwas sagte, neigte Jón immer leicht den Kopf, um erkennen zu geben, dass seine Worte nicht seine oder der isländischen Regierung endgültige

Ansicht bedeuteten, sondern in weiteren Gesprächen verhandelbar waren.

Großmutter nahm am Kopfende der Tafel Platz und fixierte die SS-Runen, während Papa sich auf einen Stuhl ganz am anderen Ende setzte. Ich saß ihm gegenüber und fühlte mich, als befänden wir uns an einem Verhandlungstisch. Die Lage war nämlich kompliziert.

Großmama war eine vornehme dänische Dame, die mit einem Isländer verheiratet war und die Deutschen verachtete. Papa war ein deutscher Soldat, der mit einer Isländerin verheiratet war und die Dänen verachtete. Jón Krabbe war ein zur Hälfte isländischer Beamter, der mit einer Dänin verheiratet war und täglich vor den Deutschen kuschen musste. Puti war ein halb dänischer, aber stets zuversichtlicher Isländer, der von einem unabhängigen Island träumte. Kylla war halb Isländerin und halb Dänin und mit einem Färinger verheiratet, dem ein unabhängiges Island natürlich völlig abwegig vorkam. Mama kam aus dem Breiðafjörður und betrachtete alles von See aus. Ich war ein sich entwickelndes Kind.

Die liebe, gute Helle kam herein und glaubte, ihr Rübengemüse und der falsche Hase seien so grauenhaft missraten, dass alle deswegen so verbissen schwiegen. Deshalb fing sie sofort an, irgendetwas zum Besten zu geben: »Habe ich eigentlich schon mal die Geschichte von Ebbe Roe erzählt?« (Halbherziges Lachen.) »Nein? Nicht? Nun, in unserer Gegend gab es einmal einen Rübenbauern namens Ebbe Roe. Der erntete eines Tages eine riesengroße Rübe. Sie war so riesig, dass alle meinten, damit müsse er unbedingt auf die Landwirtschaftsausstellung in Hobro gehen. Da wurde sie mit einer Medaille ausgezeichnet, und um das zu feiern, ging Ebbe in ein Wirtshaus. Aber da wurde sie ihm geklaut.« (Gelächter.) »Ebbe hat sie im ganzen Ort gesucht und fand sie schließlich in einem Spielklub am Stadtrand. Jemand hatte sie bei einem Spiel eingesetzt und verloren. Nachdem Ebbe Roe …« (Gelächter) »… nachdem Ebbe Roe Haus und Hof, das Vieh, Frau und Kinder, Schuhe und Hosenträger verspielt hatte, gewann er die Rübe endlich zurück und spazierte mit ihr hinaus in den anbrechenden Morgen. Da war er hungrig geworden und wollte ein Stück von der Rübe essen. Aber sie schmeckte eklig.« (Lautes Gelächter.) »Sie schmeckte so furchtbar, dass er sie einer armen Familie schenkte, der er unterwegs begegnete.« (Lachen.) »Dann wanderte er auf Socken und mit den Hosen auf den Hacken in den Sonnenaufgang … Ja, ja, das ist so eine Geschichte aus Jütland.«

Es folgte ein betretenes Schweigen, und das Botschaftsvolk starrte mit steifem Lächeln die Köchin an. Sie hatten es sich in den Pioniertagen des isländischen Auswärtigen Dienstes selbst beibringen müssen, Leute auch dann nicht zu unterbrechen, wenn sie lange Reden hielten, und über Anwesende keine Urteile zu fällen, auch dann nicht, wenn es sich um Domestiken handelte. Wir bildeten uns nicht wenig darauf ein, die einzigen Isländer zu sein, die internationale Umgangsformen hatten.

»Ja, das war wirklich eine nette Geschichte«, sagte Großmutter schließlich und schloss langsam die Augen. Sie trug ihr graues Haar in der Mitte gescheitelt, und so legte es sich schützend um sie wie zwei kräftige, aber gestutzte Flügel. Sie lächelte der Köchin mit leicht zusammengepressten Lippen zu und nickte, und die verstand und verließ schnell und auf leisen Sohlen den Raum, indem sie sich mit einem Satz verabschiedete, der ihr wie eine Rauchfahne nachwehte: »Ich hoffe nur, Sie haben nicht den Appetit an meinem Rübengemüse verloren. Ha, ha.«

»Das war eine typisch dänische Geschichte. Hier darf unter keinen Umständen jemand besser sein als andere oder einmal das große Los ziehen«, sagte Papa, sobald sich die Tür geschlossen hatte.

»Es ist nie gut, das große Los zu ziehen«, sagte Kylla.

»Du lebst schon zu lange hier«, erwiderte Papa.

»Aber du glaubst, du hast das große Los gezogen, wie?«, fragte Puti und grub ein Lächeln in seine dicken Backen.

»Was meinst du damit?«, fragte Papa.

»Nun, das kannst du dir doch selbst denken. Du bist der Überzeugung, dass du einen Bissen von dieser Riesenrübe abbekommst, die wächst und wächst und bald so groß sein wird wie ganz Europa.«

»Heißt das, du vergleichst das Dritte Reich mit einer Rübe?« Papa war beleidigt.

»Nein, nicht mit einer Rübe, sondern mit einer Riesenrübe«, grinste sein Bruder.

Kylla saß zwischen Papa und Jón Krabbe, sie rutschte nun auf ihrem Sitz nach vorn und fixierte einen leeren Punkt auf dem weißen Tischtuch zwischen zwei Kerzenleuchtern, dann fragte sie, wobei ihr in Wellen gelegtes Haar über dem Gesicht mit dem markanten Kinn vor unterdrückter Erregung leicht bebte: »Hast du das auch zu Ende gedacht, Hansi? Was machst du, wenn Hitler den Krieg verliert?«

Papa machte ein Gesicht wie ein Hahn, der in einen leeren Hühnerstall stolziert. Etwas in der Richtung hatte er noch nie gehört.

»Verliert? Was meinst du damit?«

Seine Schwester warf ihm, ohne den Kopf zu drehen, einen Blick zu und sagte: »Das ist doch sehr wahrscheinlich. Keiner gewinnt einen Krieg, den er in fünf Ländern gleichzeitig führt.«

»Dann setzt er einfach seine Schuhe und Hosenträger und gewinnt seine Rübe zurück«, warf Puti in einem Versuch, die Spannung zu mildern, dazwischen.

Es funktionierte nicht. Alle am Tisch waren jetzt erst recht wie versteinert. Krabbe beobachtete die Brüder abwechselnd, während er Reste der Soße mit dem Messer auf die Gabel schob. Mama war mit essen fertig und strich die Serviette glatt, die auf ihrem breiten Schoß lag. Puti saß zwischen Mama und mir, nahm einen großen Schluck Rotwein und wandte sich dann an Großmutter: »War das nicht vielleicht so ein Märchen von diesem … Andersen?«

»Nein, das ist eine alte jütländische Geschichte«, sagte die Botschaftergattin mit wackelndem Kopf und stach die Gabel ins Fleisch.

»Die jetzt deutschländisch geworden ist«, fügte Puti schelmisch hinzu und vollendete, indem er unter dem Tisch die Hacken zusammenschlug und den rechten Arm hochriss: »Sieg Heil!«

Was es wirklich komisch machte, war, dass Puti den Arm hob, als läge er in Gips wie Papas Arm.

Mir platzte ein Lachen heraus, Mama konnte ihres unterdrücken. Papa warf mir einen blitzschnellen Blick zu, der Erstaunen und Tadel in einem enthielt. Er war blutrot angelaufen und saß auf der anderen Seite des Tisches wie eine rote Rübe in grauer Jacke. Großmutter sah ihren Puti verwundert an. Sein unverschämtes Grinsen schien die meisten aus dem Konzept zu bringen. Papa wusste nicht, wie er reagieren sollte. Zuerst stieß er den Stuhl zurück, als wollte er die Gesellschaft verlassen, dann besann er sich und begann stattdessen eine Lobrede auf Hitler und den Nationalsozialismus. Weit kam er nicht, denn Großmutter unterbrach ihn und erinnerte ihn daran, man befände sich hier nicht im deutschen Einflussbereich, es herrsche Redefreiheit, und wenn er ein Loblied auf die Braunhemden anstimmen wolle, möge er das bitte draußen auf dem französischen Balkon tun. Dann blickte sie ihrem Sohn mit Nachdruck in die Augen und sagte, es sei nicht ihre Angewohnheit, ihre Kinder politisch zu maßregeln, aber er möge sich doch bitte an die Worte seines Vaters nach der Rückkehr von einer Dienstreise nach Berlin erinnern. Der habe gesagt, dass ihm das nationalsozialistische Deutschland vorgekommen sei wie eine Gesellschaft, in der das Unterste zuoberst gekehrt sei, wo der Bierkeller über Parlament, Hochschulen und Kirche herrsche.

»Die meisten Einsichten von Vater über Deutschland bekommt er von …« Mein Vater verstummte und starrte auf seine Mutter, dann fing er von neuem an: »Aber genau diese Institutionen haben doch versagt. Die Zeit war reif für neue und unkonventionelle Lösungen. Wird Vater nicht Regent im Dienst der Engländer? Ein Beamter ersetzt den König. Heißt das nicht auch, die Verhältnisse auf den Kopf zu stellen?«

Puti schaute verblüfft seine Mutter an: »Ist das wahr, Mama? Papa wird Regent?«

Frau Georgía antwortete nicht.

»Das würde er nie tun. Papa würde niemals den König verraten«, sagte Kylla.

»Den König verraten? Wie kann ihm Island gehören, wenn es von den Engländern besetzt wurde und er selbst von uns?«, fragte Papa überlegen, und alle Röte war aus seinem Gesicht gewichen.

»Von uns? Pfui«, fauchte Großmutter und rief dann entrüstet: »Du bist kein Deutscher, Hans Henrik! Du bist mein Sohn!«

Von Großmutter war man es nicht gewohnt, dass sie laut wurde, und es entstand eine neue Art von Schweigen am Tisch, das anhielt, bis sie nach ihrem Glas griff. Puti wollte die Konversation wieder in Gang bringen: »Krabbe, wie ist denn die Stellung Islands gegenüber Dänemark jetzt?«

Krabbe nickte, bevor er zu sprechen begann, und achtete sorgfältig darauf, jedem von uns in die Augen zu sehen, während er sprach.

»Ich denke, die Dänen haben volles Verständnis dafür, dass die Isländer unter diesen Umständen ihre Angelegenheiten bis zu einem gewissen Grad selbst in die Hand nehmen, in weitgehender Kooperation mit der Okkupationsmacht, ebenso wie wir Isländer die Situation respektieren sollten, in der sich die Dänen gegenüber ihren geschätzten Besatzern befinden.«

Auf ihrer Wanderung um den Tisch endeten Krabbes Blicke bei diesen letzten Worten genau in Papas Augen. »... gegenüber ihren geschätzten Besatzern.« Dann nickte er noch einmal mit dem Kopf, als wollte er für seine Offenheit um Verzeihung bitten. Alle anderen Anwesenden blieben reglos sitzen. Niemand schien Krabbes höflich unverbindliche Aussage begriffen zu haben, aber sie wirkte wie der beste Partykiller. Für den Fall, dass aber doch jemand die Worte des Botschaftsrats verstanden haben sollte und ihnen etwa zu widersprechen gedächte, nahm er bedächtig die Leinenserviette vom Schoß und tupfte sich vorsichtig die Lippen damit ab, als hätte er sich mit seinen Worten den Mund schmutzig gemacht. Genau das war wohl die Aufgabe von Diplomaten: Leute höflich abzuservieren.

Danach machte sich am Tisch wieder Schweigen breit, bis die jütländische Küchenfee Helle hereinkam, um die Nachspeise zu servieren.

34

IN DER DÄNISCHEN VOLKSSCHULE

1940

Bis in den Herbst und darüber hinaus blieben wir in Dänemark gefangen. Schiffspassagen nach Island gab es nur wenige, und überdies waren sie riskant. Deutsche und englische U-Boote gingen im Atlantik auf lautlose Jagd.

Großmutter Georgía fuhr im Herbst nach Island, mit der berühmten Petsamo-Fahrt, mit der mehr als 200 in Skandinavien ansässigen Isländern Gelegenheit gegeben wurde, an Bord der *Esja* in ihre Heimat zurückzukehren. Dafür mussten sie allerdings erst einmal hinauf nach Petsamo reisen, einem kleinen Hafen im äußersten Norden der Finnmark. Großmutter sprach sich ganz entschieden dagegen aus, dass Mama und ich die Reise mitmachten. »Man packt doch nicht alle seine goldenen Eier in ein und dasselbe Schiff.«

Wir sollten bei der nächsten Gelegenheit nachkommen. Die aber kam nicht. Papa war Mitte des Sommers zu seinem Kriegshandwerk abgereist, und wir waren allein in der isländischen Residenz zurückgeblieben. Auf Grund der Ereignisse war die Botschaft aufgelöst worden, der Verkauf von Haus und Grundstück verzögerte sich aber wegen der Besatzung um Monate. Anfangs hatten wir noch Helle, die Heldin der Küche, und den Chauffeur Rainer bei uns. Wie die meisten Männer, die als Fahrer im diplomatischen Dienst enden, war er einer von denen, die nirgends ein Zuhause haben. Er stammte aus einem deutsch-französischen Adelsgeschlecht, hatte aber sämtliche Nachweise seiner Abstammung in der ersten Großen Unterpflügung des Kontinents verloren. Die Gene aber ließen sich nicht verleugnen, und Rainer stand, sobald er irgendwo in einer Ecke oder auf dem Gehweg warten musste, immer mit zusammengeschlagenen Hacken da. Drei buschige, schwarze Augenbrauen zierten ihn, zwei auf der Stirn und eine auf der Oberlippe.

Anfang September wurde ich in die Schule in unserem Viertel eingeschult, in die *Classenske Legatskole*. Der erste Tag ging nicht gut aus, denn ich kam mit Blessuren nach Hause. Die anderen Kinder hatten mich auf dem Schulhof umringt und auf mich eingeschrien: »Klippfisch, Klippfisch!«

Am Tag darauf begann der Unterricht. Der Lehrer war ein dicker Mann mit schriller Stimme.

»Hier ist unsere neue Schülerin, Fräulein Björnsson aus Island. Kannst du uns vielleicht etwas über deine Heimat beibringen? Stimmt es zum Beispiel, dass auf der Insel keine Bäume wachsen?«

»Nein. Sie sind bloß ziemlich klein. Es heißt, wenn sich jemand im Wald verirrt hat, braucht er bloß aufzustehen.«

Die Klasse lachte gellend laut, um zu demonstrieren, dass sie über mich lachte und nicht über den alten Witz.

»Es heißt aber auch, wenn man dänische Berge sehen will, muss man sich bücken.«

Dafür kam ich mit einem lädierten Ohr nach Hause. Am folgenden Tag weigerte ich mich, in die Schule zu gehen, und hielt meinen Schulstreik eine ganze Woche lang durch, bis Mama für mich eine gemütliche, kleine Schule mit dem hübsch klingenden Namen »Schule an der Silberstraße« am Schlosspark von Rosenborg fand.

Rainer chauffierte mich jeden Morgen in die Sølvgade. Sie ist nicht weit von der Øster Voldgade, wo unser Jón Sigurðsson früher in seinem spitz zulaufenden Haus für Island auf seinem Posten stand. Ich behaupte ja immer, dass diese schiffsbugförmige Front seines Hauses ihm durch die hohen Wellen geholfen hat, die unser Unabhängigkeitskampf schlug. Dieser Bug ist so massiv gebaut, dass sich Jón nicht einmal anziehen musste und so zum einzigen Freiheitshelden der Welt wurde, der sein Land im Morgenrock zur Unabhängigkeit geführt hat.

Mobbing isländischer Kinder in dänischen Schulen scheint eine vom Folketing beschlossene Maßnahme in den Schulerlassen zu sein, denn ich wurde in der neuen Schule ganz genauso behandelt wie in der ersten.

Der Lehrer war ein lang aufgeschossener Jens mit schütterem, blonden Haar und einer dicken Brille, der die Stunde damit beendete, den anderen Kindern meinen Namen zu sagen. Den verballhornte er absichtlich so, dass darüber das lauteste Lachen losbrach und sich der Spitzname »Hebron« wie der Lichtblitz einer Handgranate im Lehrerzimmer verbreitete. Das *Hotel Hebron* in der Helgolandsgade war ein wohlbekanntes Bordell, und das fanden die Schüler unglaublich witzig.

»Hallo Hebron!«

Ich probierte es wieder mit einem Streik, aber meine Mutter war überzeugt, dass sich schon alles zum Besseren wenden würde, und scheuchte mich morgens ins Auto. Es wurde aber nur schlimmer. Manchmal musste ich geradezu aus der Schule fliehen. Da war es von Vorteil, drei große Parks zur Auswahl zu haben, um sich zu verstecken. Nah beieinander lagen der Schlosspark von Rosenborg, der Botanische Garten und die Østre Anlæg. Nicht schlecht war, dass das Staatliche Kunstmuseum mittendrin stand, denn manchmal schaffte ich es, dahinein zu fliehen und meine Verfolger in den langen Gängen abzuschütteln. Seitdem bin ich mit meiner raschen Auffassungsgabe in Museen immer schnell durch gewesen. Im Herbst 1940 stand das dänische Kunstmuseum natürlich unter deutscher Aufsicht. Da gab es weder Kubismus noch Fauvismus oder Expressionismus, allein Nazismus.

Erstaunlich übrigens, wie prüde Fanatiker sind, sobald es um Kunst geht. Die Nazis schickten ein ganzes Volk in die Gaskammern, aber Entstellungen auf Leinwand ertrugen sie nicht. Umgekehrt gilt übrigens das Gleiche: Ich kenne keinen lieberen Jungen als meinen Sohn Ólafur Helgi. Aber seinerzeit ist er total auf Punk abgefahren, hockte stundenlang in seinem Zimmer und lauschte mit voller Lautstärke einer Gitarrendemolierung nach der anderen. Auch seine niedlichen Freundinnen waren im Grunde prüde, mit ihren Sicherheitsnadeln in gerissenen Strumpfhosen kamen sie aus seinem Zimmer geschlichen und zogen die Schultern bis zu den Ohren hoch, wenn sie nur fragten, wo das Klo sei. Ich glaube, die meisten von ihnen sind für die Liberalen im Parlament gelandet.

Das Leben strebt immer nach Ausgleich.

Das Staatliche Kunstmuseum habe ich nach dem Krieg noch einmal besucht, da hingen Matisse & Co natürlich wieder an den Wänden. Am besten erinnere ich mich an das *Abendmahl* von Emil Nolde, eine rohe und farbkräftige Interpretation von Jesu Leiden unter Verrätern. Ich konnte mich nie des Gedankens erwehren, dass der Künstler hier in die Zukunft schaute (das Bild ist von 1909) und sich selbst in schlechter Gesellschaft gemalt hat. Schließlich trat Nolde früh der NSDAP bei. Andererseits war er natürlich ein viel zu großer Künstler, um in den Armen der Partei Platz zu finden. Seine Bilder waren zu *crazy*, wie mein Bob sagen würde. Viel zu expressive Farben für Augen, die wenige Jahre später Europa in die Luft sprengen sollten.

35

DIE SCHEISSE DER ANDEREN

1940

Dänemark ist ein plattes Land. Da irgendwie herauszuragen ist furchtbar. Das durfte ich an meiner eigenen Schulhaut erfahren. Kinder sind grausame Bestien. Ihr Spürsinn ist unmenschlich, ihre Intuition messerscharf. Sie erfassten sofort, dass da ein neues Mädchen gekommen war, das nicht nur isländisch, sondern noch viel Schlimmeres war.

Mama hatte mich mit der Warnung in die Schule geschickt, die anderen Kinder nie hören zu lassen, dass ich Deutsch konnte. Sie selbst aber beging den folgenschweren Fehler, mich mit isländischem Schwarzbrot in die Schule zu schicken. Obendrein belegte sie es mit Robbenfleisch, das uns aus Island geschickt worden war. Und dann schnitt sie es auch noch quer und nicht längs, wie es die Dänen gemäß einer königlichen Anordnung seit dem Jahr 1112 tun.

»Was isst du da? Robbenscheißbrot? Und ihr schneidet das quer? Haben in Grönland alle Schlitzaugen, nur du nicht?«

»*Nein*«, sagte ich versehentlich auf Deutsch.

Seitdem habe ich mich immer bemüht, nur so selten wie möglich in Dänemark zwischenzulanden. Die Sprache tut mir noch immer weh. Die ganzen Besatzungsjahre hindurch übten sich alle erwachsenen Dänen in deutscher Disziplin. Keiner traute sich, Deutsche oder deutsch sprechende Dänen zu kritisieren. Der sogenannte Befreiungskampf der Dänen begann pünktlich am Tag der deutschen Kapitulation, keinen Tag eher, doch dann wollten auf einmal alle Helden gewesen sein. Unter den Kindern sah das anders aus. Was man bei ihnen zu Hause flüsterte, trugen sie hinaus in die Eingänge und Einfahrten, Gassen und Alleen, verbreiteten es auf Schulfluren und Spazierwegen. In Wahrheit existierte die dänische Widerstandsbewegung nur unter Kindern.

Das dänische Wort für Hölle, *helvede*, klingt viel zu weich, um zu beschreiben, was ich fortan in der Schule durchmachte. Die Mädchen sengten mir mit Kerzen die Haare an, die Jungen füllten meine Stiefel mit warm dampfenden Sauereien, standen feixend in der Nähe und beobachteten mich bei den Kleiderhaken. Ich setzte die Miene unterworfener Völker auf: Stolz, Stolz, Stolz! und tat, als sei nichts, steckte die Füße in dänische Kacke und stiefelte unter dem ätzenden Gelächter der Lasses und Björns davon. Es ist ein merkwürdiges Gefühl, in den Fäkalien anderer zu waten. Mit den Trottoirs Kopenhagens habe ich seitdem immer Probleme. Andauernd fühle ich da warme Scheiße zwischen meinen Zehen aufquellen. Mit Tränen in den Augen und einem Kloß von der Größe einer Handgranate im Hals ging ich durch die Købmagergade, den Strøget und über den Rathausplatz zur Kalvebod Brygge. Unsere Köchin hatte einen großen, üppigen Busen, in dem man gut versinken konnte, war klein und hatte immer nackte Arme, die irgendwie an frisch gebackenes französisches Baguette erinnerten. Auch ihr Gesicht war voller Backpulver und sah stets nach gebackenem Teig aus: sahneweiße Zähne, füllige Lippen und knusprigbraune Wangen mit einigen Sommersprossen, die wie Mohn auf einem Brötchen aussahen.

»Sind wir heute ein bisschen traurig? Nein, was ist denn da für ein

Unglück passiert?! Jetzt gehen wir rasch ins Bad und bringen das wieder in Ordnung!«

Sie versprach, es Mama nicht zu sagen, dass ich heute ein kleines Häufchen in die Stiefel gemacht hätte. Die Wahrheit durfte niemand erfahren. Nicht einmal meine norwegische Freundin Ása, die in die Deutsche Schule ging. Das Quislingkind war eine schöne Frucht deutscher Besatzungen. Sie wurde überall aufgenommen, ich war dagegen überall am falschen Platz: Für Ása war ich zu dänisch, in der Schule zu deutsch und überall zu isländisch. Ich passte nirgends hin und eckte überall an. So war es mein ganzes Leben lang. In Argentinien hielten mich die Leute für eine Deutsche und bedachten mich mit schiefen Blicken. In Deutschland kamen sie dahinter, dass ich in Argentinien gewesen war, und sahen mich schief von der Seite an. Zu Hause war ich Nazi und in den USA Kommunistin. In Island galt ich als zu welterfahren, auf Reisen als zu isländisch. In Bessastaðir war ich nie fein genug, während sie mich in Bólungarvík als »Primadonna« beschimpften. Frauen trank ich zu sehr wie ein Mann, Männern wie ein Weibsstück. In der Liebe war ich zu hungrig, in der Ehe hatte ich keinen Appetit. Ich »integrierte« mich nirgends richtig und suchte mir andauernd neue Partys. Ich war immer und ewig unterwegs; so begann meine Flucht, meine lebenslange, ununterbrochene Flucht, im September 1940 an der Schule in der Silberstraße.

36

ANNELI

1940

Ab Mitte November ging ich nicht mehr zur Schule. Als ich wieder einmal weinend auf einer Bank im Park von Rosenborg gesessen hatte, hatte ich eine gutherzige Frau kennengelernt, die sich meiner erbarmte. Sobald der Botschaftswagen um die Ecke verschwunden war, ging ich ein Stück die Straße hinab zu einer dunkelroten Haustür und drückte auf eine Klingel, auf der der Name A. Bellini stand.

Anneli war eine sehr reinliche Frau mit sehr blassen Wangen und einer roten Rose im schwarzen Haar. Meist saß sie an dem Tisch am Fenster und schaute mit einem elegischen Ausdruck von Trauer aus dem Fenster. Es zeigte hinaus auf eine weiße Hauswand und ein Stück Ziegelmauer, in einem kniebreiten Zwischenraum war ein Stück der Klerkegade zu sehen. Ich hatte den Eindruck, dass die Frau unablässig zwischen den Häusern hindurchstarrte, als würde sie auf einen Mann warten.

Verheiratet war sie mit einem italienischen Tenor, der zu der Zeit als Pilot in Mussolinis Luftwaffe diente. Er hatte am Feldzug gegen Frankreich teilgenommen, einer der unsinnigsten Unternehmungen dieses wahnsinnigen Krieges: Auf Rosen gebettete Italiener opferten ihr Leben, damit man an einigen Bars in völlig unbedeutenden Alpendörfern das Schild *Tabac* gegen eins mit der Aufschrift *Tabacchi* austauschte.

Das war im Juni, inzwischen war November, und die kleine Rosenbraut hatte keine Ahnung, wo ihr Tenor in der Zwischenzeit sang.

Einen langen Morgen nach dem anderen saßen wir zusammen und legten Karten, während sich Caruso mit dem fetten Kinn auf dem Grammophonteller drehte: »*Vesti la giubba, e la faccia infarina …*«

Ich erzählte ihr vom isländischen Botschafterpaar, und sie klärte mich über den tragischen Charakter der Liebe auf. »Glück ist das Gefährlichste von allem. Je höher es dich erhebt, desto tiefer wirst du fallen.« Ansonsten saßen wir auch nur lange beieinander und schwiegen, ich, die elfjährige Göre aus Island, und sie, die schöne, italienisch verliebte Dänin, die in meiner Erinnerung um die vierzig, fünfzig, sechzig, in Wahrheit aber vielleicht auch erst dreißig Jahre alt war. Eine Eigenart von ihr bestand darin, mitten im Gespräch zu verstummen und lange Zeit aus dem Fenster zu starren, schweigend wie eine Porzellanpuppe, die nur ab und zu mit den künstlichen Wimpern klimperte. Auf ihrer Stirn waren drei Leberflecken, die ein Liebesdreieck bildeten.

Mit jedem Tag wurde sie blasser, und jedes Mal, wenn ich mich verabschiedete, entließ sie mich mit einem Geschenk, einem Notenheft, einer Schallplatte, einem Perlenkettchen, Ohrringen oder Lippenstift: »Dunkelroten benutzt du am Tag, grellroten am Abend.«

Anstatt die Namen der russischen Flüsse und schwedischen Seen auswendig zu lernen, lernte ich, eine Dame zu sein.

»Hast du dir nie gewünscht, anders zu heißen?«

»Doch.«

»Und wie?«

»Dana.«

»Dana?«, wiederholte sie fragend und zog die Vokale in die Länge. »Das ist ein schöner Name.«

Ich schäme mich, das zu erklären, muss es aber wohl tun. Die alte Gunna in Gunnabúð hatte uns manchmal Geschichten von der größten dänischen Königin erzählt. Sie hieß zwar Margarethe, aber Dänin heißt auf Isländisch *Dana*, und statt »Dänenkönigin« hatte ich Königin Dana verstanden und mir gewünscht, ebenfalls diesen schönen Namen zu tragen. Seit ich aber im Reich der Dana gefangen saß, war ich mir nicht mehr so sicher.

»Du sollst eine Dana sein, wenn es dir hilft. Wir Frauen brauchen alle unseren Schutz.«

Sie selbst war als Gundborg Jensen zur Welt gekommen, als Kind einer alleinstehenden Mutter, die quer über Seeland geradelt war, um Arbeit in einer Gerberei zu finden. Der Fabrikleiter schwängerte sie nach der Schicht in einer Wanne voll Wolle und wollte von dem Kind nichts wissen, bis es zu einem bildhübschen Mädchen herangewachsen war, das er auf der Straße anhielt und behauptete, es sei von ihm. Die Tochter aber entfloh dem Schicksal der Mutter, und aus Gundborg aus Køge wurde Anneli aus Kopenhagen. Dort lernte sie einen lieben und netten Per kennen, der sie allerdings zu sehr liebte. Auf einer Fahrt nach Bornholm rettete sie sich in die Arme eines Emilio aus Italien, der im Licht der nordischen Abendsonne unter vielen abgrundtiefen Seufzern der weiblichen Passagiere an Bord Arien gesungen hatte und den sie am gleichen Tag heiratete, an dem Per in einem Wald auf Fünen einem irrtümlichen Schuss zum Opfer fiel.

Jetzt saß sie mit dickem Hintern in ihrer deckenhohen Wohnung des Schweigens in der Sølvgade 6, betrauerte beide Männer und erörterte die Logik des Herzens mit einem nah am Wasser gebauten Mädchen aus Island. »Nie sollst du allein deinem Herzen folgen und deinem Verstand ebenso wenig. Warte auf ein Ja von beiden.«

Wäre ich doch bloß diesem weisen Rat meiner Anneli gefolgt. Aber ich vergaß ihn natürlich im gleichen Moment, in dem ich die Tür hinter mir schloss, und habe nie wieder daran gedacht, erst jetzt, ein Leben und hundert Männer später.

37

LEIBESERZIEHUNG

1940

Vielleicht trug zu meiner Entwicklung auch bei, dass auf der ersten Etage eine aufgedonnerte Fregatte wohnte, die sich an deutsche Soldaten verkaufte, denen ich manchmal im Treppenhaus begegnete. Die nach oben gingen aufgeregt, die nach unten entspannt. Anneli klärte mich umfassend über diese Negligéarbeit auf, wovon ich als Kind wenig verstand, es daher aber umso spannender fand.

Es kam vor, dass ich sie durch den geöffneten Türspalt sehen konnte, eine Blondine mit breitem Gesicht und schweren Brüsten, die zu anderen Zeiten gutgelaunt in einer Bäckerei bedient hätte. Jetzt aber war sie schon früh am Morgen verführerisch geschminkt und stand in einem Negligé aus lachsrosa Seide und mit nackten Zehen in hochhackigen Schuhen an der Tür. Obwohl ihre Augen groß waren und hervorstanden wie bei einer Eule, lag eine Art Frosthauch in ihnen, ihr Blick war so stumpf wie der eines dressierten Zirkustieres.

Eines Morgens entdeckten mich Mitschüler draußen auf der Straße, und ich musste mich so schnell hinter der roten Haustür der Nummer 6 in Sicherheit bringen, dass ich aus Versehen die falsche Klingel drückte. Während ich die schummrige Treppe hinaufstürzte, öffnete sich prompt eine Tür auf der ersten Etage.

»Oh, guten Tag, junge Frau.«

Die Stimme klang dunkel, gut geräuchert und ein wenig schleppend. Aus der großen Distanz eines langen Lebens weiß ich jetzt natürlich, dass sie damals einen sitzen hatte.

»Ich ... ich will nur nach oben.«

»Ja, wohnst du denn hier?«

»Ja ... oder ... nein. Ich möchte nur ...«

Die Frau trug ein glitzerndes Goldkettchen um den Knöchel, und ihre Zehennägel in den hohen Schuhen waren knallrot. Das Haar ebenso knallblond, eine Löwenmähne wie eine Haube, Perücke natürlich. Darunter lagen die großen, aber todmüden Augen, eingebettet in tiefe Schatten, die vom Lidschatten noch verstärkt wurden. Sicher konnte sie selbst durch den Schnapsnebel sehen, wie unsicher ich war, blass und außer Atem.

»Kennst du jemanden hier im Haus?«

»Äh ... nein.«

In ihrer Wohnung schellte die Türklingel, und von unten waren die Stimmen von Jungen zu hören.

»Möchtest du vielleicht reinkommen?«

»Ja, danke.«

Drinnen war es dunkel, sämtliche Türen geschlossen und kein Fenster zu erkennen. In einem langen Flur spendeten Wandlämpchen ein gedämpftes, gelbliches Licht. Vorsichtig schob ich mich an der Frau vorbei in den Flur. Es war, als müsste ich mich an einer Bergwand entlanghangeln. Ihre Brüste ragten vor wie Felsvorsprünge. Der Bauch wölbte sich ebenfalls leicht, und meine Augen folgten dem Gürtel um die Taille wie einem Schafspfad durch dieses Gebirge. Sie schloss die Tür und ging dann vor mir her den knarrenden Gang entlang. Mystisch wie eine Elfenfrau und schwer wie ein Gaul. Plötzlich kam mir das Wort »Elfengaul« in den Sinn.

»Kann ich dir etwas anbieten? Möchtest du eine Coca-Cola?«

Das Ende des Flurs weitete sich zu einem Loch, das zu einer Art Sitzecke umgebaut worden war: zwei schmale, dunkelrote Rokosofas und eine eingeschaltete Stehlampe mit Fransen, ein Standaschenbecher. An der Wand hingen ein paar Bilder aus der Zeit vor der Erfindung der Fotografie: Seeländische Herrenhöfe und jütländische Kühe, gezeichnet mit europäischer Akkuratesse. »Kann ich dir etwas anbieten? Möchtest du eine Coca-Cola?«, wiederholte die Frau.

Ich kam wieder zu mir und löste den Blick von den pastoralen Szenen an den Wänden.

»Ja, gerne.«

Sie verschwand hinter einer Tür und kam nach einer Weile mit einer kleinen Glasflasche zurück, die eine dunkle Flüssigkeit enthielt. Ich hatte schon einmal Besucher im Tivoli ein ähnliches Getränk trinken sehen. Sie forderte mich auf, auf einem der Sofas Platz zu nehmen, ich strich den Schulrock darauf glatt, Dunkelblau auf Dunkelrot, sie setzte sich auf das andere Sofa, steckte eine Zigarette in eine Spitze und zündete sie mit einem Streichholz an.

»So, so. Du gehst also nicht zur Schule?«

»Nein.«

»Und warum nicht?«

»Ich bin krank.«

»Ach! Mir scheinst du ein gesundes junges Mädchen zu sein. Was für eine Krankheit …?«

»Ich bin Isländerin.«

»Isländerin? Und was ist daran so schlimm?«

»Ich darf nicht in eine dänische Schule gehen. Ich könnte die anderen Kinder anstecken.«

Sie brach in ein hustendes Gelächter aus. Ich trank von meiner Coca-Cola, die eine wunderbare Eigenschaft hatte: Sie perlte auf der Zunge und kitzelte am Gaumen. Ich hatte noch nie ein Brausegetränk probiert und musste niesen. Dabei versprühte ich schwarze Tropfen, die auf meinen groben Wollrock nieselten. Die Frau reagierte gar nicht darauf.

»Was sind denn die Symptome dieser Krankheit?«

Sie grinste, und ihre Wortwahl machte deutlich, dass sie schon einmal den Flur einer Universität, vielleicht sogar einen Hörsaal betreten hatte.

»Symptome?«

»Ja. Was sind ihre Anzeichen?«

»Man fühlt sich einfach so … allein.«

»Allein.«

»Ja.«

»Sind Isländer immer allein?«

»Ja. Wir sind nur so wenige.«

»Ist es nicht mehr wert, selten zu sein, als häufig vorzukommen?«

»Nein. Dann wollen einen alle haben.«

»Aber ist es nicht besser, Gold zu sein als Eisen?«

»Nur schlechte Menschen wollen Gold besitzen. Außerdem ist Gold auch gar nicht schön. Das glauben alle nur.«

»Gold ist nicht schön?«, fragte sie überrascht.

»Nein. Was am teuersten ist, ist auch immer am hässlichsten. Und was man umsonst bekommt, ist das Schönste.«

»Sagt wer?«

»Meine Oma.«

Sie schwieg und betrachtete mich eine Weile, dann trank sie aus ihrem Glas. Ich nippte probeweise noch einmal an der Cola, die richtig lecker war, obwohl sie sich im Mund so aufführte.

Dann fragte ich mutig: »Legen sie sich auf dich?«

»Wie?«

»Die Soldaten. Ob sie sich auf dich legen?«

»Ja, manchmal.«

»Tut das nicht weh? Piekst dich dann nicht das Gewehr?«

»Nein, nein, das legen sie vorher ab. Aber … sie haben noch eine andere Art Gewehr«, sagte sie und stülpte die Lippen vor, um nicht zu grinsen.

»Ist das der Pimmel?«

Zwei Sekunden blieben der Frau die Worte weg, sie starrte mich an, kämpfte dann gegen ein Lachen und presste wieder die Lippen aufeinander. Der Zigarettenrauch entwich durch die Nase, und sie sah aus wie ein höflicher Drache, der eine nette Unterhaltung nicht mit Feuerspeien stören möchte.

»Ja … hihi … das ist … hihi … der Pimmel. Du machst mir Spaß.«

»Sieht der aus wie ein Gewehr?«

»Ja, findest du nicht?«, fragte sie zurück und setzte wieder die Lachabwehrschnute auf, während sie die Zigarette aus dem Mundstück zog und die Kippe in dem hochbeinigen Aschenbecher ausdrückte, der bei den heftigen Drehbewegungen ins Wanken kam.

»Unsere Köchin sagt, ein Pimmel sieht aus wie eine umgedrehte Blume.«

Jetzt platzte sie heraus.

»Eine umgedrehte Blume?«

»Ja, wie eine Tulpe, sagt sie.«

Das fand sie noch komischer. Sie wiederholte: »Tulpe« und lachte noch lauter. Ich wollte mich für Helles Gleichnis stark machen und sagte mit ernster Miene: »Aber kriegt man ihn nicht schwer rein? Ich meine, es ist so eng, und er ist so … ich meine, ein Tulpenstängel ist doch so weich.«

»Ja, in der Tat, so ein Stängel ist manchmal … weich.« Sie musste eine Pause machen, um sich die Lachtränen aus den Augen zu wischen. »Aber …«, sie konnte vor Lachen kaum reden. »Dazu muss man erst einmal … die Tulpe … in eine … Gurke verwandeln.«

Jetzt war die Überraschung an mir.

»In eine Gurke? Und wie machst du das?«

Diese Unterrichtsstunde war noch interessanter als die, die ich zwei Stockwerke höher bekam. Die Volksschule hatte ich in zwei Monaten absolviert und besuchte jetzt die höhere Schule des Lebens, in der ich zu gleichen Teilen von einer Dame und einer Hure unterrichtet wurde.

»Das bringt man, würde ich sagen, mit seinem Charme zustande.«

»Mit Charme?«

»Ja, denn wenn ein Mann eine schöne Frau sieht, wird er zu … Gemüse.« Das Lachen, das sie darauf schüttelte, glich einem epileptischen Anfall. »Dann verwandeln sie sich in Gemüse!«

Das war ein echtes dänisches Tabaksgelächter, wie man es aus Wirtshäusern kennt.

Ich wurde verlegen, wie man es in Gegenwart von Leuten wird, die die Beherrschung verlieren, und lächelte reserviert. Die Lehrerin, fand ich, wich vom Stoff ab, ich wollte sie auf den Gegenstand des Unterrichts zurückbringen.

»Und was kommt dann aus dem Pimmel raus? Es kommt doch etwas raus, oder?«

»Das heißt … Samen.«

»Ist es viel?«

Sie hob den Kopf und schaute mich staunend an.

»Es ist … etwa wie ein Klecks Marmelade. Ungefähr so viel, wie du dir auf eine Scheibe Brot tust.«

»Hast du es mal probiert?«

»Ja.«

»Schmeckt es gut?«

»Ich weiß nicht. Es schmeckt ein bisschen wie … Hast du schon mal Austern gegessen?«

»Ja.« Im Sommer zuvor war ich mit Mama und Papa nach Holland gefahren und hatte in Ostende Austern probiert. Mama hatte gesagt, sie schmeckten wie Walrossrotze, »eiskalt und schleimig«.

»Das Zeug ist so was wie Austerngelee?«

»Ja«, antwortete die Frau und lachte kurz.

»Bäh«, machte ich und verzog das Gesicht. »Und trotzdem kann man daraus Kinder machen?«

»Oh ja«, sagte die Dänin mit großen Augen und einem dezent verborgenen Ausrufezeichen in ihrer Stimme.

Viel später habe ich herausgefunden, dass es sogar die viel größere Kunst ist, kein Leben entstehen zu lassen, denn nach meiner vierten Abtreibung nannte man mich hyperfruchtbar.

»Hast du viele Kinder?«, fragte ich die dänische Spreizmadam.

Sie stutzte, und ihre Stimme klang überhaupt nicht mehr nach Lachen, als sie endlich antwortete: »Ja, zwei.«

»Nur zwei?«, fragte ich wie ein Esel. »Du bekommst doch jeden Tag Besuch von Männern!«

»Wie bitte?«, fragte sie.

»Jeden Tag kommen Männer zu dir. Wieso hast du trotzdem bloß zwei Kinder?«

Sie starrte mich mit Untertassenaugen an und schwieg verdattert. Sie konnte sich verschiedene Antworten ausdenken, blieb dann aber beim Einfachsten: »Nein, ich habe nur zwei. Zwei Kinder.« In ihrer Stimme klang unterdrücktes Schluchzen mit.

»Gehen sie auch auf die Schule in der Silberstraße?«, fragte ich weiter wie das einfältigste Kind der Welt.

»Nein.« Sie zog die Nase hoch. Manchmal wollen Tränen als Erstes durch die Nase raus. »Sie sind bei ihrer Großmutter in Amager.«

»Ist das schön?«

»Schön? Was?«

»Sowas mit einem Pimmel zu machen …?«

»Schön?«

Sie dachte darüber nach, nahm einen Schluck aus ihrem Glas, öffnete dann den Mund, während sie mit dem Zeigefinger unter dem linken Auge entlangwischte, blickte mich an, seufzte und sagte: »Nein.« Nach dem Luftholen wiederholte sie: »Nein, es ist nicht schön.«

Um nicht zu weinen, nahm sie noch einen Schluck.

»Warum machst du es dann?«, fragte ich gnadenlos.

Sie gab keine Antwort, saß nur da, starrte vor sich hin.

»Ist es wegen Geld?«, bohrte ich weiter.

»Nein«, sagte sie schließlich tonlos. »Es ist nicht wegen des Geldes, sondern wegen meines Mannes.«

»Bist du verheiratet?«

»Ja«, sagte sie und brach endlich in Tränen aus. »Das alles … alles tue ich nur für meinen Mann. Die Deutschen haben ihn verhaftet. Er sollte … er sollte nach Deutschland deportiert werden, in eins der Lager. Aber damit …«

Das Weinen steigerte sich, während sie sprach, und ließ Gefühle frei, die monatelang in ihren Käfigen umhergetigert waren.

Die Tränen wuschen den Lidschatten die Wangen hinab und zogen dunkle Rinnen durch den Puder. Die hängenden Mundwinkel verliehen dem Lippenstift ein clownesk tragisches Aussehen. Auf einen Schlag war ihre schöne Maske gefallen, und eine ansehnliche Frau hatte sich in einen Haufen Fleisch mit verklebten Haaren verwandelt.

»Alles für meinen Mann«, meinte ich sie seufzen zu hören.

Sie war also keine gewöhnliche Leibesfeilbieterin, sondern ein Kriegsopfer. Vielleicht war sie sogar die wahre Widerstandsbewegung, eine Frau, die sich gegen die Besatzungsarmee auf die einzige Weise wehrte, die ihr zu Gebote stand, und ein Menschenleben durch Einsatz von Charme rettete.

Sie hörte ebenso schnell auf zu weinen, wie sie zu lachen begonnen hatte, wurde plötzlich wütend und sagte, ich solle mich rausscheren und diese Geschichte nur ja für mich behalten. Was ich isländische Straßengöre überhaupt in ihrer Wohnung zu suchen hätte? Ich gehöre in die Schule. Dass ich aus einem kalten Land käme, sei keine Entschuldigung, und dass Krieg sei, auch nicht.

»Gibt es denn für dich keine isländische Schule? Du solltest in eine isländische Schule gehen!«

»Nein. Ich bin das einzige isländische Kind, das sich noch in Europa aufhält.«

Wir waren inzwischen an der Wohnungstür angekommen, und der Parfümduft, der aus ihrem gewaltigen Busen aufstieg, schien durch ihre Wut noch intensiver zu werden und kitzelte mich in der Nase.

»Dummes Zeug! Ich höre mir solchen Blödsinn nicht länger an. Raus mit dir! In den Privatangelegenheiten fremder Leute hast du nicht herumzuschnüffeln. Raus, sage ich!«

»Die Schultasche«, piepste ich.

»Ja, wo steckt sie denn?«

Ohne Antwort rannte ich durch den Flur zurück zur Sofaecke und holte meine Tasche, einen Ledertornister, den die Jungen »Deutschland« nannten.

Bevor ich die Tür wieder erreichte, klingelte es. Frau Lehrerin raffte flüchtig ihren Zorn zusammen und verschnürte ihn mit dem Gürtel des Morgenmantels, stellte sich vor den Spiegel und verwandelte sich sekundenschnell aus einer Frau in eine Nutte. Ich schob mich an ihr vorbei. Die Schulglocke läutete noch einmal, die Frau kam mir nach und warf mir ein kaltes Lächeln zu, ehe sie öffnete: »Guten Tag.«

Draußen stand ein junger Offizier mit vorspringendem Bäuchlein in grauer Uniform. Sein Schnauzbart bog sich leicht, während er mich überrascht ansah. Ich schob mich vorbei und flitzte die Stiegen hinauf, fest entschlossen, nicht noch einmal auf die falsche Klingel zu drücken.

38

ZIMTSCHNECKEN

1940

Auf dem Weg hinauf zu Anneli öffnete sich allerdings gleich auf der nächsten Etage eine Tür in das nächste Klassenzimmer. Eine ehrwürdige ältere Dame mit gelblicher Haut und weißgrauem Haar, das sie in der Mitte gescheitelt trug und mich deshalb an Großmutter Georgía erinnerte, fragte mich, ob ich ihr einen Gefallen tun könne, nämlich kurz in den Laden laufen und ihr eine Zimtschnecke besorgen. Sie habe einen solchen Appetit auf Zimtschnecken. Sie sprach es so sehnsüchtig aus, dass ich ebenfalls einen unbezähmbaren Heißhunger auf Zimtschnecken bekam.

Die alte Frau sah in keiner Weise gehbehindert aus, erklärte ihre Einkaufsunlust aber damit, dass sie sich nicht hinaus nach »Deutschland« traue. Ihrer Ansicht nach endete die Besatzung an ihrer Türschwelle, auf die sie mit einem wohlbeschuhten Fuß tippte.

Sie behauptete, diesseits der Schwelle existiere noch etwas, das sich Dänemark nannte. Sie mochte sogar recht haben. Ich sah, dass der Fußboden bretteben war. Eine kleine dänische Fahne hing leblos an einer silbernen Stange neben einem großen, schwarzen Telefonapparat.

Aus der Tiefe der Wohnung hörte ich Musik, die ich kannte: *Stemningsmelodi*, die Großmutter uns manchmal vorspielte, gesungen natürlich von unserer Elsa Sigfúss, die oft bei unseren Empfängen in der Botschaft zu Gast war und ebenfalls in Skagen im Havhus gesungen hatte, genau wie Tante Lone. Ich rannte zur Bäckerei, um Zimtschnecken zu kaufen, und vor Süßhunger lief mir unterwegs das Wasser im Mund zusammen. Ungesehen erreichte ich wieder die Hausnummer 6, schlich an der Tür im ersten Stock vorbei, und eine Etage darüber wurde ich hereingebeten. Da erst merkte ich, dass die Frau leicht beschwipst war. Sie zeigte mir ihre Schallplattensammlung ein wenig zu lange, redete ein wenig zu lange über »Else Sigfuss«, und nachdem sie herausgefunden hatte, dass ich Isländerin war, zeigte sie mir ihre sämtlichen Vorräte, die überwiegend ihre Schwester herangeschafft hatte, denn sie selbst hatte sich seit dem Tag der Besetzung nicht mehr aus dem Haus getraut. Zum größten Teil bestanden sie aus Konservendosen, Kartoffeln, Seife, Käse und Mettwürsten, aber auch aus Büchern, Zeitungen und einer Unmenge Likör.

»Stell dir das vor, für mich ist es lebensgefährlich, das Haus zu verlassen! Ich bin ja so impulsiv. Wahrscheinlich würde ich mit meiner Handtasche gleich auf den nächstbesten deutschen Soldaten losgehen, und schon säße ich bis zum Abend hinter Schloss und Riegel. Einmal bin ich im Königlichen Theater gewesen und habe mitten in der Vorstellung laut »Nein!« gesagt. Es ist mir einfach so rausgerutscht.«

Sprach da der Likörschwips? Jedenfalls konnte ich mir kaum vorstellen, wie diese überpenible Frau, die in der Wohnung hochgeschnürte Schuhe trug, im Vorübergehen mit zwei Fingern über jedes Möbelstück strich und das Häkeldeckchen auf dem Sofarücken zurechtzupfte, mit ihrer Handtasche auf deutsche Soldaten einprügelte.

Dann führte sie mich in die Küche und bot mir eine Zimtschnecke an, genauer gesagt eine halbe, obwohl ich sieben gekauft hatte. Dieser Geiz erklärte sich wenig später, als sie mir eröffnete, dass sie aus Jütland stamme. Aber sie war nett und sprach ein schönes Kopenhagener Dänisch, das sie von ihrem Mann gelernt hatte. Er war Schiffsbauingenieur und vor kurzem auf einer Geschäftsreise in der Nähe von Danzig umgekommen.

»Stell dir vor, es gibt Bomben, die Menschen in so viele Teile zerfetzen, dass sie buchstäblich vom Erdboden verschwinden.«

»Gibt es keine Bomben, die den Krieg bombardieren?«, fragte ich mit vollem Mund.

Sie stutzte, machte kluge und in Alkohol gewaschene, große Augen und setzte dann mit einem überaus porzellandänischen, geradezu königlichen Ton die Tasse wieder auf der Untertasse ab.

»Bomben, die den Krieg bombardieren?«

»Kann man nicht irgendwelche … Friedenswaffen bauen? Kanonen für den Frieden?«

»Denk mal an! Na, was für Waffen sollten das denn wohl sein?«

Sie glaubte, sie habe wieder Zeit für einen Schluck Tee gewonnen, aber die Tasse legte wieder nur den halben Weg zurück, bis ich sagte: »Das wäre bestimmt eine Riesenkanone, die sechstausend Schneeammern auf einmal abfeuern könnte. Und dann gäbe es bestimmt noch kleinere Kanonen, Schmetterlingswerfer.«

»Schmetterlingswerfer«, sprach sie mir nach und stellte die Tasse zurück auf den Tisch. »Denk mal an! Dann hätte ich gern so ein Ding und würde es auf die Deutschen abfeuern, die auf dem Bürgersteig herumlungern und rauchen, während sie warten.«

Die Tasse setzte sich wieder in Bewegung.

»Wir sollten nicht vorschnell urteilen. Sie ist in einer sehr schlimmen Lage«, sagte ich altklug und seufzte.

»Wie?«, fragte sie verblüfft und setzte erneut die Tasse ab, ohne getrunken zu haben.

»Sie lässt sich von ihnen beschmutzen, damit sie ihren Mann nicht umbringen. Er ist in einem ganz schlimmen Gefängnis.«

»Meinst du das Væstre-Gefängnis? Ist das wahr?«

»Ja. Sie ist keine Hure. Sie ist bloß ein Mensch.«

»Ja, natürlich. Denk mal an!«, sagte sie, gelbhäutig wie eine grauhaarige Chinesin, und blickte nachdenklich aus dem Fenster, wobei sie vor sich hin murmelte: »Es trägt doch jeder Mensch seine eigene Geschichte mit sich herum.« Dann sah sie mich an. »Und wie lautet deine Geschichte, kleines Mädchen aus Island?«

»Ich habe nur eine halbe Zimtschnecke bekommen.«

»So? Ja, was mache ich denn? Du sollst unbedingt noch etwas mehr bekommen!« Damit streckte sie sich nach der Tüte auf der Anrichte. Fünf und eine halbe Schnecke befanden sich noch darin, denn sich selbst hatte sie eine ganze auf den Teller gelegt. Sie zog die halbe Schnecke aus der Tüte und legte sie auf den Tisch, erhob sich dann leicht beduselt vom Stuhl und machte einen Schritt zur Anrichte, um ein Messer zu holen. Ich nutzte die Gelegenheit und legte die halbe Zimtschnecke auf meinen Teller. In dem Moment drehte sie sich um und schrie: »Nein, du sollst doch nicht die ganze Hälfte bekommen!«

Ich setzte mich gerade hin und sah eingeschüchtert zu, wie sie die halbe Schnecke mit dem Messer noch einmal in zwei Hälften zerteilte und eins der beiden Viertel in die Tüte zurücklegte.

»So etwas tut man nicht«, sagte sie etwas leiser, aber ich verstand jetzt etwas besser, wieso sie sich nicht hinaus unter die Deutschen traute.

Sie nahm wieder Platz und rang ein Weilchen mit der heißen Teetasse. Wir schwiegen, bis ich meinen Mut zusammennahm und mich über die Viertelschnecke hermachte.

Ja, natürlich musste man in einem Krieg Opfer bringen. Ich dachte dabei an diese Vorratskammer mit Namen Dänemark, dieses auf Hochglanz gebohnerte Ländchen, das in jenen Tagen auch kein leichtes Leben hatte.

Nein, das ist gelogen. So habe ich damals sicher nicht gedacht. Ich lege mir das jetzt für damals in den Mund, während ich hier außer- und oberhalb meines Lebens liege und dahinsiechend die Erlaubnis habe, alle meine Atemzüge nach Art eines Menschen zu tun, der schon über den Dingen schwebt und das Leben in all seinen Bruch- stücken von oben betrachtet, sie auswählt und so anordnet, dass ein Gesamtbild daraus entsteht: ein Gesamtbild eines Menschen, eines Lebens, eines Jahrhunderts.

39

GOTT FUSSEL

2009

Lóa ist weg. Hat sie mir was zu essen dagelassen? Ja, da steht etwas. Was ist es denn? Magerquark? Haferschleim? Ich werde so was von vergesslich! Davon habe ich doch vorhin erst gegessen. Jetzt weiß ich nicht einmal mehr, ob ich hungrig bin. Oder ob ich hungrig war und jetzt satt bin. Ich weiß gar nicht mehr, was ich noch im Magen habe. Es geht alles hier rein und da raus.

Ich weiß auch nicht, welcher Tag heute ist. Je näher das Feuer kommt, desto unbedeutender werden die Tage. Was sieht man denn durch sein Fenster anderes als diesen algenschleimgrauen Himmel und diese windgebeugten Bäume mit ihrem schütteren Laub, das an ein rotzgelbes Taschentuch erinnert? Das zeigt am besten, was für ein elender Schnupfen der isländische Sommer ist. Ich spucke auf diesen Rotz, der uns als das Normale aufs Auge gedrückt wird, uns, die wir uns noch eines Lebens in schönerem Licht erinnern als in dem gräulichen Schleim, den diese Regenspucke liefert, die von einem Himmel tropft, der an einen weichgrauen und stinkenden Hundebauch erinnert.

Dieser lausige Hundehimmel. Sentimentale Dichter waren dumm genug, sich dazu hinreißen zu lassen, ihn in langen Heulorgien zu be-

singen, als wäre es eine heilige Pflicht isländischer Druckertinten-
heuler, ihr Land zu preisen. Eine kurze Schönwetterphase kann er
sich vielleicht noch aus dem schmutzigen Gletscherärmel schütteln,
aber öfter spendiert er Matsch- und Dreckwetter und rülpst und
furzt Entsprechendes aus seinen Sleggjubeinsklüften.

Pfui Teufel!

Ja, die regenmüden Bäume biegen und beugen sich wieder mal unter einer Kältewelle, die uns der Wettergott gleich wochenweise zu-
misst.

Aber wie ich auf die Matratze Verurteilte sage: Die Tage werden
im Lauf des Lebens immer dünner. Früher einmal waren sie intensiv.
Das weiß ich noch. Früher erhoben sie sich lecker wie ein sechzehn-
lagiges Sandwich, heute gibt's nichts weiter als durchsichtiges Knä-
ckebrot. Ja, genau so ist es. Einst waren die Tage prallvoll und unser
Leben dünn, heute ist es umgekehrt.

Anfangs kommt uns die Wirklichkeit im Gegensatz zu uns selbst
so mächtig vor, dass wir sie in uns aufsaugen. Wir vergeuden unser
ganzes Leben damit, sie in großen Zügen zu schlürfen, bis wir endlich dahinterkommen, dass aus ihr nichts zu holen ist, denn wir
selbst sind viel bedeutungsvoller als der Tag, die Stunde und das
ganze Zeug, das man Wirklichkeit nennt.

Es ist eine wahre Befreiung für mich, nicht mehr aufstehen zu
müssen, nicht mehr die Morgenmilch eingießen und an die Tür gehen zu müssen, Briefumschläge aufzureißen, fernzusehen und zu
telefonieren. Angenehm wurde das Leben für mich erst, als ich es
nicht mehr zu leben brauchte, sondern es im Verborgenen genießen konnte. Bedauere mich bloß niemand, weil ich hier in einem
lieblosen Stadtviertel in einem Wagenschuppen vegetiere, denn genau hier habe ich das Leben selbst gefunden. Und Gott. Wenn ich
die Brille aufhabe, kann ich ihn beim Waschbecken auf dem Fußboden sehen, ein winziges, federleichtes und durchsichtiges Flusen-
knäuel. Ich nenne es Gott Fussel. Und verehre ihn mit einem Vierzeiler:

Ich lobe Gott den Herren Fussel,
Ich grober alter Schussel,
Schenk er mir Ruh' und Dusel
Und einen guten Fusel!

Das Glück ist, nichts zu besitzen. Und an Gott Fussel zu glauben.

40

JEDER LIEBT DEN KRIEG

2009

Manchmal schaue ich über die Bettkante und sehe mich da unten im Leben, winzig klein wie eine Sommersprosse in einem fernen Gesicht, wie ich in der Küche bei der alten Geizzicke hocke, traurig wegen des Viertels einer Zimtschnecke und die Nase voll von den Hänseleien dänischer Schulkinder, gleichzeitig brennend neugierig auf alles, was damals in der Luft lag, als der Alltag nicht grau war, sondern schwarz.

Natürlich hat es Spaß gemacht im Krieg. Natürlich hätte ich ihn nicht missen wollen. Manchmal lebte man so intensiv, dass der Augenblick geradezu vibrierte wie der Schaltknüppel eines alten Traktors.

Der Mensch hat immer Bedarf an Katastrophen. Wenn die Natur sie nicht liefert, macht er sie selbst. Das ist der eigentliche Grund für unseren Crash. Das Volk war seit Jahrzehnten nicht mehr mit Lava oder Epidemien geschlagen worden. Ein Krieg ließ sich von einem Land ohne Armee nicht gut anzetteln. Irgendwas musste also unternommen werden. Männer, die den Zweiten Weltkrieg an vorderster Front miterlebt hatten, haben mir versichert, das Soldatenleben sei gar nicht so schlimm gewesen. Eins hatte es dem Alltag zu Friedenszeiten sogar voraus, und das war die absolute Gegenwärtigkeit. Die

Menschen lebten permanent im Hier und Jetzt. »Manchmal begreife ich nicht, wie man das ausgehalten hat, tagelang in eiskaltem Matsch herumzukriechen oder wochenlang zitternd in einem Graben im Schnee zu hocken, Woche für Woche, ohne dass etwas passierte. Das war eigentlich das Schlimmste. Oder mit dreißig Kilo Gepäck auf dem Rücken fünfhundert Kilometer in durchlöcherten Schuhen zu marschieren. Aber irgendwie war es auch so, dass man sich nicht beschweren konnte, auf eine unerklärliche Weise war man glücklich. Heute wache ich auf und zermartere mir das Hirn darüber, ob meinem Chef mein Bericht gefällt oder ob mich meine Frau betrügt. Und vermisse es, dass mir eine Gewehrkugel den Scheitel zieht.«

Etwa so redete ein Ungar, dem ich kurz nach dem Krieg in einem Eisenbahnabteil in Argentinien begegnete.

In Kriegszeiten geht es allen gut, weil keiner etwas selbst entscheiden kann. Im Frieden greift das Unglück um sich, weil die Menschen selbst wählen müssen. Alle Kriege entstehen aus dem grenzenlosen Glücksverlangen der Menschen. Und weniges fürchten sie mehr als Frieden auf Erden.

Vor wenigen Dingen haben Menschen mehr Angst als davor, ihr Schicksal selbst zu bestimmen, geschweige denn das anderer. Seinem Wesen nach ist der Mensch eine Ameise, und er möchte viel lieber nur Mitreisender im großen Laufrad des Schicksals sein, als ihm in die Speichen zu greifen. Am allerwenigsten will er selbst Schicksal spielen, und darum bewundert er die wenigen, die das wagen.

Wenn es um Schicksale geht, ist ein Krieg das Radikalste. Daher geht es uns gut im Krieg, wir spüren einen inneren Kriegsfrieden. Der Zweite Weltkrieg war ein absoluter Traumkrieg, denn er war, wie Goebbels sagte, der totale Krieg. Er war überall und allumfassend, legte sich über einen ganzen Kontinent und über jeden einzelnen Menschen, ließ nichts und niemanden unberührt. Nicht einmal die Frau, die sich weigerte, an ihm teilzunehmen, und sich hinter ihrer Tür mit siebzehn Flaschen Likör verbarrikadiert hatte.

41

ZUM FRAUSEIN VERDAMMT

1940

Nachdem ich die Wohnung von Frau Zimtschnecke verlassen hatte, stieg ich in den dritten Stock hinauf. Ich konnte nicht nach Hause gehen, ohne nach Anneli zu sehen.

Doch bevor ich ihre Klingel drücken konnte, öffnete sich die gegenüberliegende Wohnungstür, und noch eine Kopenhagenerin wollte mit mir reden. »Ach, bist du's wieder?« Ihr Kopf wuchs aus einem mustergültigen Buckel wie ein verknäulter Pullover aus einer schlecht geschlossenen Kommodenschublade. Sie hatte eine große Nase, und ihre Wangen waren dick gepudert.

»Ist heute nicht Freitag?«

Ich drehte mich um und klingelte bei Anneli.

Ja, so war der Krieg. Auf jeder Etage Kopenhagens wohnten Frauen … nein, sagen wir lieber so: Auf allen Etagen Europas, in Oslo, Lyon, Ljubin, gab es geschlossene Türen, und hinter jeder wartete ein schweres Schicksal. Man konnte an jeder beliebigen anklopfen, und die Türen öffneten sich wie tausend Seiten eines Romans, tragisch, traurig, schicksalsschwanger, märchenhaft, unglaublich und vor allem viel zu lang! Anneli kam in einem blassen Bademantel zur Tür und kehrte gleich ins Bett zurück. Ihre Haare waren nicht hochgesteckt und fielen ihr über den Rücken. Sie waren viel länger, als ich gedacht hatte. Ich folgte ihr und setzte mich auf die Bettkante.

»Du kommst heute spät«, flüsterte sie kraftlos.

»Ja.«

Sie war unglaublich schön, wie sie da lag, den Kopf halb in einem dicken, großen Kissen versunken. Das blasse Gesicht war umgeben von einer ungebändigten Flut schwarzer Locken.

»Wo bist du gewesen?«

»Ich …«

Weiter kam ich nicht. Es war mein erstes Fremdgehen gewesen.

Und das mit einer Hure. Und mit einer Geisteskranken. Und beide sternhagelblau.

»Du kannst heute nicht lange bleiben. Ich bin so müde.«

»Nein, nein. Gut. Ich gehe gleich wieder. Es ist auch schon spät.«

»Würdest du dir eins merken, Dana? Mir zuliebe?«

»Ja. Was denn?«

»Denk immer daran, dein ganzes Leben lang daran … Lass dich nicht von ihnen erwischen.«

»Gut.«

»Ja. Sie werden es versuchen.«

»Die Deutschen?«

Sie lächelte schwach wie eine Blume, die ihre Blüte der Sonne zuneigt.

»Die Männer.«

»Die Männer?«

»Ja. Sei vor ihnen auf der Hut!«

Sie schloss ganz langsam die Augen. Die Wimpern klappten wie Schmetterlingsflügel.

»Alle Männer? Nicht die Deutschen?«

»Alle Männer sind Deutsche.«

Sie schien irgendeinen Hintersinn darin zu erkennen, denn ich glaubte, ein leichtes Lächeln in ihren Augenwinkeln zu sehen. Aber ich war erst ein elfjähriges Mädchen.

»Mein Papa nicht. Er ist Isländer. Und dein Mann. Ist der nicht Italiener?«

»Dana, versprich mir noch eins!«

»Was?«

»Werde nie eine Frau!«

Jetzt war ich platt.

»Keine Frau?«

»Genau. Frauen haben es so schwer. Werde ein Mensch. Aber keine Frau.«

»Wie bitte?«

»Wirklich. Versprich es mir! Keine Frau.«

Sie wiederholte es fast unhörbar, wie jemand, der um sein Leben gelaufen ist und völlig erschöpft ins Ziel taumelt, um keuchend eine wichtige Botschaft loszuwerden. Nach jedem Satz schloss sie die Augen. Sie war unglaublich schön, wie sie da in den Kissen lag. Ich empfand fast ein Verlangen, sie zu küssen, ihre roten Lippen, so merkwürdig das auch war. Ich wollte sie feucht und saftig küssen, ihre vollen Lippen mit meinen berühren, ihre Zunge mit meiner. Woher kam das auf einmal? »Nie eine Frau werden.« War ich etwa ein Mann geworden? Es sah ganz danach aus, als hätte mich die Liebesgöttin Anneli mit ihren Worten in einen Mann verwandelt. Eine vorher unbekannte Flamme brannte in mir auf. Ich war nicht länger Kind. Ich stand plötzlich vor ihr wie ein feucht träumender Zwerg vor seinem Schneewittchen, schockgefroren von ihrem Haar wie Ebenholz, ihrer Haut, weiß wie Schnee, und ihren Lippen, rot wie Blut.

»Sieh mich an! Hier liege ich, nur allein deswegen, weil ich … Eine Frau zu sein ist wie … Es ist bloß eine Krankheit.«

»Was?«

Ich war taub vor Verlangen.

»Frausein ist eine Krankheit. Eine tödliche Krankheit. Die einzige Heilung wäre, ein Mann zu werden, aber … Schließlich nennen sie uns das schwache Geschlecht und haben es unser ganzes Leben lang darauf abgesehen, uns ins Bett zu bekommen …« Vorsichtig warf sie einen schnellen Blick auf den glänzend weißen Nachttisch. Auf einem geöffneten Umschlag lag ein Brief. Er war zusammengefaltet, und ein Drittel stand so in die Höhe, dass das Licht der Nachttischlampe durchschien. Eine ungelenke Handschrift in blauer Tinte wurde dadurch sichtbar.

Sie sah mich wieder an und sagte: »Alle Männer sind Deutsche. Denk daran, Dana! Und versprich mir, nie einen gelben Stern zu tragen!«

Das sagte sie mit einer stillen Ruhe, die nicht zu der darunterliegenden Qual passte. Kurz ließ sie noch einmal die Wimpern über die Augen gleiten, ehe sie mich wieder ansah und wiederholte:

133

»Niemals einen gelben Stern.«

Ich hatte nicht gewusst, dass diese Frau, die als Mannequin Werbung für Wein und Rosen hätte machen können, Kämpferblut in ihren Adern hatte. Ich hatte angenommen, ihr Gott wäre die Liebe. Sie sei in erster Linie Frau, erst dann auch Mensch. Diese Lektion blieb mir besser im Gedächtnis als die vorige über die Organe der Liebe, vielleicht gerade deshalb, weil ich den Sinn ihrer Botschaft über gelbe Sterne und Männer, die alle Deutsche waren, nicht ganz verstand. Manchmal merkt man sich eher das, was man nicht versteht. Ich begriff aber, worum es ging, und beschloss, niemals so innig zu lieben, dass ich mich aus Liebe würde ins Bett legen müssen (außer um sie zu praktizieren). Was ich nicht ganz einhalten konnte. Nie habe ich hundertprozentig geliebt. Es wäre unvernünftig gewesen. Keiner sollte mein ganzes Herz weich kochen. Besser, es vierzuteilen, ein, zwei Viertel in der Pfanne zu braten und den Rest in der Kühltruhe aufzubewahren.

Gegen Ende ihres Vortrags war Anneli völlig erschöpft und sprach mit geschlossenen Augen. Ich stand auf. Sie nahm meine Hand in ihre weiche, rundlich weiße Hand. (Ich sehe jetzt, dass ihre Wangen und Hände von Medizin und Unglück ganz geschwollen waren.) Ich beugte mich über sie und küsste sie auf die Wange; auf meinen Frühlingslippen spürte ich ihre Herbstkühle. Der Kuss war ohne jede Begierde. Damit hatte ich endgültig meine Unschuld verloren.

Im Erdreich meiner Seele hatte ein Blumenstengel ein knospenkleines Köpfchen freigelegt, schwarz und behaart: ein Vergissmeinnicht hatte Wurzeln gefasst. In einem elfjährigen Menschlein war eine Frau erwachsen. Und sofort hatte ich sie verleugnet. War es nicht genau das, was Anneli von mir verlangt hatte? Von all den Botschaften dieses Tages war ich völlig verwirrt.

Anneli lächelte mir freundlich zu und zeigte dann mit den Augen auf ein hübsches Kästchen, das auf einem Stuhl neben der offenen Tür stand. Es war etwa so groß wie Großvaters Zigarrenkiste, viereckig und aus schwarzem Lack, mit schwarzen Perlen besetzt, und im Deckel war ein kleiner Spiegel eingelassen. Es war ein Schmuckkästchen. Ich zog einen zwergenhaften Haken aus seiner Öse und klappte den Deckel auf. Das Kästchen war leer, aber zu Hause hatte ich einige Schmuckstücke, die Anneli mir im Lauf der zurückliegenden Wochen geschenkt hatte und die ich nun hineinlegen konnte. Innen war es mit rosafarbenem Samt ausgeschlagen, aus dem ein Duft aufstieg, der mich anzog. Ich beugte mich über das schwarze Kästchen und atmete den schweren Duft tief ein, der sicher eine Mischung mehrerer Parfüms war, die in zauberhaften Momenten auf lockender Haut gewesen und sich noch weiter mit den Düften der Haut gemischt hatten, mit Schweiß aus der Halsbeuge und dem Tau der Achselhöhle.

Ich spürte, dass mich der weibliche Duft anzog: Komm, komm, kleines Mädchen! Auch du wirst eine Frau werden. Brauchst nicht zu glauben, dass du davonkommst. Komm mit deinem kindlichen Schoß und deinem Grübchenlächeln. Auch du sollst Brüste durch das Leben schleppen, Cremes, Parfüm und Farbe auf deine Haut reiben, mit Fett ringen, jeden Monat bluten, schwere Geburten durchmachen und im Wert fallen wie ein Lamm ins Land der Falten, wo man dich auf den Müllhaufen des Lebens werfen wird. Frau. Frau! Gefängnisfreuden erwarten dich hinter den roten Gardinen. Du hast geglaubt, du wärst ein Kind, das zu einem erwachsenen Menschen heranwächst; jetzt kommst du dahinter, dass du bloß eine Frau wirst.

42

NACHWUCHSHEXE

1940

Nach einem langen Tag in der Schule des Lebens, Sølvgade 6 in Kopenhagen, trat ich also mit dem schmucken Kästchen hinaus in den Novembernachmittag. (Das Schmuckkästchen sollte Annelis letztes Geschenk sein. Am Tag darauf öffnete sie nicht die Tür. War sie vielleicht tot, oder war sie mich nur leid? Oder hatte sie sich aufgerafft und fuhr nun im Zug den aufgereckten Arm Hitlers hinab, über seine Schulter und seinen Hals, in sein eines Ohr hinein und zum anderen hinaus in Mussolinis Reich?) Ein Stück die Straße hinab leuchtete der herbstgelbe Rosenborg-Park in waagerechten Sonnenstrahlen. Die Luft war gesättigt von einer angenehmen Kühle, die ich in meiner kindlichen Unwissenheit immer mit dicken Steinmauern in Verbindung brachte. Ich glaubte, in den Mauern steckte ein gefrorener Kern, der den Winter überdauert und im Sommer still vor sich hin schwitzt, aber sofort Kühle ausstrahlte, sobald die Sonne nicht mehr auf die Mauern fiel.

Ich verharrte einen Moment im Treppenaufgang und spähte vorsichtig auf die Straße. Aber es waren keine Mitschüler in Sicht, und ich rannte in einem Sprint zur nächsten Ecke und bog in die Kronprinsessegade ein, wo ich in Schritt fiel und keuchend weiter Richtung Stadtmitte ging, den Sonnenschein und den kleinen Schrein in den Händen.

Es waren nur wenige Passanten unterwegs, und ich gestattete mir, eine neue Art zu gehen auszuprobieren, die der Tag von mir verlangte. Es fühlte sich an, als liege eine Art weiblicher Elektrizität in meinen Schritten, ich ging hoch aufgerichtet und selbstsicher, hatte das Gefühl, ein wenig mehr Dana zu sein. Ich fühlte, wie der Schulrock aus grober Wolle um meine kalten Beine spielte, die bis hinab zu den weißen Kniestrümpfen und schwarzen Riemchenschuhen nackt waren. Am Morgen hatten sie sich noch flach angefühlt, jetzt hatte ich den Eindruck, auf hohen Absätzen zu laufen. Oh ja, ich war zur Frau geworden, genau das, was ich Annelis Bitte gemäß nicht werden sollte. Der selbstsichere, verführerische Gang wurde daher von Schuldgefühlen begleitet, und was ist eigentlich erwachsener, als brennende Gewissensbisse zu empfinden, weil man sexy ist? Sexy wie eine Femme fatale, bei deren Anblick Männern die Zunge aus dem Mund hängt.

Ein Mann in hellem Mantel und mit einem dunklen Hut kam mir entgegen. Ich hielt meinen Kurs, mit dem Schatzkästchen der Weiblichkeit in den Händen. Er ging schnell und hielt den Kopf ein klein wenig vorgereckt, der Hut beschirmte das Gesicht wie ein Schild. Mit Sicherheit war er ein Deutscher. Als er näher kam, wurde sein Kinn sichtbar, dann die Nase, und es ließ sich nicht länger verkennen, dass der Mann exakt so aussah wie Tyrone Power, der Schwarm aller Frauen aus der Lichtburg. Er sollte der erste Mann sein, der Zeuge meiner soeben geborenen Weiblichkeit wurde. Ich fühlte, wie bei diesem Gedanken meine neue Zauberkraft zunahm. Mit ihrer Hilfe würde es mir leichtfallen, mir diesen Hutträger zu Füßen zu legen. Innerhalb von Sekunden würde er beginnen, dieses Stück Wollust, zu dem mein Körper geworden war, mit der Zunge abzulecken, und neun Schritte weiter würde er das frisch entkindete junge Fräulein unter Tränen bitten, ihn zu einem Diner im *d'Angleterre* und einem anschließenden Kinobesuch im Dagmar-Theater zu begleiten. Gekrönt würde der Abend dann von einem heißen Liebesspiel in einer Koje in Nyhavn. (Das Kind sah keine Einzelheiten vor sich, sondern bloß ein Stillleben aus Feuer, Hut und nackten Mädchenknien.)

Als ich meine Siegesgewissheit spürte, stieg mir ein teuflisches Grinsen ins Gesicht, und ich konnte nicht im Geringsten verstehen, wieso Frauen Männern unterlegen sein sollten, wenn sie doch eine solche Macht über sie besaßen. Wir kamen einander näher, und ich heftete meinen Blick auf seine Hutkrempe; gleich würden zwei Funken unter ihr hervorblitzen, mitten in meine feuergefährliche Verrücktheit hinein. Um ganz sicherzugehen, wollte ich meine pansexuelle Dorabüchse öffnen und zu meiner Unterstützung meinen weiblichen Geist herauslassen.

Aber der Verschluss hakte. Ich bekam das verdammte Ding nicht auf. Als ich hochblickte, war der Mann an mir vorbei. Ich sah meinem ersten erwachsenen Prinzen nach, wie er eilig die Straße hinab enteilte.

Ich schnaubte verärgert, beugte mich dann wieder über das Kästchen und nach einiger Fummelei bekam ich es endlich auf. Ich steckte gierig die Nase hinein, zog mir seinen Frauenduft tief ins Hirn und fühlte den Stängel in meinem Schoß platzen, hinter den Brustwarzen entstand ein taubes Gefühl. Mir wurde schwarz vor Au-

gen, aber anstatt zu Boden zu sinken, taumelte ich mit dem deckel-
klappernden Kästchen an einem Vorgartenzaun entlang weiter, spei-
cheltropfend lahm vor Lust.

Der Zaun wurde von einem kleinen Steinhäuschen unterbrochen,
einem neoklassizistischen Tempelchen, in dem, glaube ich, später
eine Gaststätte eingerichtet wurde, das aber damals als öffentliche
Bedürfnisanstalt mit dänischer Aufschrift diente. Eine Klofrau war
nicht zu sehen, und ich ging in die Damentoilette, schloss mich ein,
stellte Schultasche und den Schrein des Lebens ab und grüßte mich
in einem angelaufenen Spiegel, öffnete den Ausschnitt und zog noch
mehr Gier aus dem Anblick meines eigenen Fleischs, erregte mich
fast bis zur Ohnmacht, in dem ich einen Brustansatz entblößte. Ich
begann, die Lebensblume am porzellanharten, eiskalten Rand des
Waschbeckens zu reiben, dann an seiner Ecke, was sich noch besser
anfühlte. Kurz darauf entdeckte ich in einem Winkel einen Schrub-
ber, den ich auf Geheiß meines Triebs gierig packte und mir in den
Schritt stieß, dann ritt ich den dicken Prügel wie eine epileptische
Hexe und sagte dazu auf Dänisch:

»Alle Männer sind Deutsche. Alle Männer sind Deutsche.«

Der magische Zauber im Schritt nahm mit jeder Bewegung zu
und füllte das Lustzentrum mit Wonne wie eine Schüssel mit Grütze.
Schließlich packte ich den Stiel fest und presste ihn mit aller Kraft gegen die Klitoris, rutschte dann unter Beibehaltung des Drucks den
Schaft hinab und bekam, was Frauen den Vorgeschmack eines Or-
gasmus nennen würden. Doch fürs erste Mal war es mehr als genug.
Eine ganze Weile hockte ich auf dem schmutzigen Fußboden und
starrte die glänzenden weißen Fliesen an und stellte mir Fragen, die
ebenso zahlreich waren wie die gelb glitzernden Sterne, die mir vor
den Augen tanzten.

Unter der unten gekürzten Tür der Frauentoilette hindurch fiel
mein Blick auf ein Paar dicker und verbrauchter Frauenbeine in ab-
gelatschten Holzpantinen, die, begleitet von einem Wischgeräusch,
steif draußen auf und ab schlurften.

Ich stand eilends auf, zog übertrieben laut ab wie in einem schlechten Theaterstück hinter den Kulissen, nahm Kästchen und Tornister und ging. Draußen stand eine alte Hexe in blauem Kittel mit einem Lustprügel in der Hand. Jetzt verstand ich, weshalb Männer Frauen zu Hexen gestempelt hatten, die den Besenstiel vorzogen. Ich war auch eine Hexe. Diese Vorstellung begleitete mich mein ganzes Leben, und nie war sie stärker als heute, obwohl ich an diesem geschäftigen Treiben schon lange nicht mehr teilnehme. Nie habe ich mich für eine liebenswerte und schöne Frau halten können. Den Männern mochte ich nett, lustig, fickbar vorgekommen sein. Aber ich war nie eine schöne oder liebenswerte Frau. Nein, das war ich nicht, nie. Ich war eine Hexe.

43

ICH UND ICH

1940

Dies war ein großer Tag in einem kleinen Leben gewesen. Das Mädchen von den Svefneyjar hatte sich nicht die Leiter, sondern den Besenstiel hinaufgearbeitet.

An all das denke ich jetzt zurück, mit achtzig stehe ich wieder neben meinem elfjährigen Ich am Kanalgeländer im Kopenhagen der Kriegsjahre und schaue über die Stadt. Hier sind wir zwei identische Zwillingsschwestern, die eine jung, die andere alt, die eine im blauen Rock, die andere mit einer zerrupften Perücke, ramponierten Brüsten, in einem gestärkten weißen Krankenhaushemd und von heißen Füßen durchlaugten Pantoffeln.

Turmspitzen ragen weit ins Sichtfeld hinein. Dahinter: die Ostsee, die noch eine Unzahl von Menschenleben verschlingen sollte; noch weiter dahinter wartete die russische Bucht auf Papa und Millionen seiner Kameraden. Noch sind sie zu Hause und üben den Selbstmordtanz, den sie auf der frostgefegten Fläche aufführen sollen.

Ja, meine Alte, du wandelst auf alten Spuren. Und vielleicht ist das der größte Vorzug des Altwerdens: Man bekommt einen Rundflug über das eigene Leben und darf hier und da mit dem Fallschirm abspringen, neben sich selbst auf einer Straße landen und sich ein bisschen auf die Schulter klopfen. Denn du hast viele Ichs, Frau. Ich wusste es schon früh und weiß es jetzt noch immer: das Leben beißt sich in den Schwanz, und wer in Schicksalsstunden allein steht, steht doch nie allein, denn das eigene spätere Ich ist schließlich auch noch da, genauso wie mein junges Ich jetzt bei mir ist. In jedem Kind steckt ein altes Weib, und in jedem alten Weib steckt ein Kind.

Ich sehe mir nach, wie ich die Gammel Strand entlanggehe, den Kopf voller Gedanken: Ja, sicher war das komisch zu fühlen, wie sich die weiche Dattel in einen harten Pflanzenstiel verwandelt, der unter so wohligen Schauern aufbricht und sich öffnet, dass ich es gar nicht erwarten konnte, das Gleiche noch einmal zu fühlen.

Bevor ich ins Haus ging, versteckte ich das Kästchen meiner Genüsse im Tornister. Mama nahm mich erleichtert in Empfang: »Ich hatte schon angefangen, mir Sorgen zu machen.«

Sie stand in ihrer ganzen weiblichen Pracht in der leuchtend roten Türöffnung, verschwitzt vom Putzen. Eine Hand stützte sie hoch oben gegen den Türrahmen, und so war das Pelztier in ihrer Achselhöhle gut zu sehen. Ihr Rock saß so eng, dass ihr weicher Bauch über den Bund hing. Mama war eine sehr erdnahe Frau. Eine sauber geschwitzte Frau vom Lande, die absolut nicht in diese Türfüllung passte, in diesen klassischen, bürgerlichen, hochglanzlackierten Türrahmen.

»Ist etwas passiert?«

»Nein, nein«, antwortete ich und fixierte ihre Pantoffeln wie ein von schlechtem Gewissen geplagter Säufer und hoffte, dass sie mir nichts ansah. Nicht sah, dass ihr Kind verschwunden und an seine Stelle ein geiler Zwerg getreten war, mit einem brennenden Busch im Schritt und sehnend verlangenden Lippen, die alles und jeden küssen wollten. Der auf offener Straße erwachsenen Männern nachstellte und es in öffentlichen Bedürfnisanstalten mit Besenstielen trieb. Doch sie schien nicht zu sehen, was in meiner Sicht so offen zutage lag, und wir aßen in dumpfem Schweigen zu Abend, Fleischklößchen in brauner Soße, allein in einer Küche, die dafür gebaut war, hundert Mann jenseits der Schwingtür satt zu bekommen.

44

HEIRATSVERMITTLER

1940

Der 1. Dezember brachte einschneidende Veränderungen. Auch wenn es nicht möglich gewesen war, die Wohnung an der Kalvebod Brygge zu verkaufen, brach für das Personal der isländischen Botschaft in Kopenhagen der letzte Tag an.

Helle, die liebe Helle, verabschiedete sich unter Tränen und versprach, Mama in Island zu besuchen, sobald der Krieg vorüber sei und sie einen Mann gefunden habe. Mama reichte ihr in der offenen Tür ein Taschentuch. Da brach die klein gewachsene Frau erst richtig in Tränen aus, denn es war alles andere als ausgemacht, dass sie einen Mann abbekommen würde. »So eine alte Jungfer wie mich will doch keiner haben!«

Ich sah sie von oben bis unten an und hätte beinahe zustimmend genickt, aber Mama hatte eine höhere Meinung von den dänischen Männern und versicherte ihr, dass die Männer in Jütland, wo Helle eine neue Anstellung in einem Mädchenpensionat gefunden hatte, Schlange stehen würden für eine Frau, die nicht nur Botschafter und Minister, sondern sogar Künstler wie Poul Reumert und Elsa Sigfúss bekocht hatte.

»Aber es ist doch eine Mädchenschule …«, jammerte Helle weiter.

»Dann besuchst du eben die Landwirtschaftsmesse in Hobro«, sagte Mama unverbesserlich optimistisch, »und gehst auf einen Ball.«

Einen Moment glomm so etwas wie Hoffnung in den Augen der rotbackigen Frau auf, erlosch aber gleich wieder. »Vielleicht kriege ich ja sogar einen Mann, aber Kinder können wir keine bekommen, weil ich … weil ich doch schon so alt bin.«

Nun begann sie laut zu heulen. Mama bugsierte sie in die Wohnung zurück, holte die Taschen herein und schloss die Tür. Mich schickte sie nach unten, um dem Fahrer zu sagen, er dürfe heraufkommen, wenn er wolle, es dauere noch etwas. Als ich unten ankam und Rainer in seiner feierlichen Habachtstellung neben dem hochglanzpolierten Wagen in der Ausfahrt stehen sah wie einen behandschuhten Reifenprinzen, kam mir eine Idee.

»Brauchen Sie nicht eine Frau?«

»Eine Frau?«

»Ja. Wollen Sie nicht Helle heiraten? Sie braucht einen Mann.«

»Helle?«

»Ja, finden Sie nicht, dass sie schön und gut ist?«

»Ähemm. Ich … offen gestanden habe ich nicht …«

»Sie kann gut kochen, hat ordentliche Brüste und ist noch Jungfrau.«

»So?«

»Sie werden bald sechzig. Eine bessere Frau finden Sie nicht mehr.«

Der deutsche Franzose lächelte nur leise vor sich hin. »Tja, he, he, das ist wohl richtig, eine bessere werde ich wohl kaum …«

»Darf ich ihr also ausrichten, dass Sie ihr Mann werden wollen?«

»Oh, nein. Auf keinen Fall!«

»Warum nicht?«

»Äh, also erstens … also, die wichtigste Regel lautet, dass sich der Fahrer niemals in die Angelegenheiten des Hauses einmischt. Helle ist die Köchin.«

»Sie haben keine Zukunft. Ihnen fehlt eine Frau.«

»Nein«, sagte er, seufzte und hob unwillkürlich die Hand. »Nein, mir fehlt keineswegs eine Frau.«

Ich aber hatte das winzige Zögern in seiner Stimme und in seinen Augen durchaus registriert. Deshalb lief ich wieder nach oben und verkündete lauthals: »Alles in Ordnung, Helle. Rainer ist einverstanden, dein Mann zu werden.«

»Wie bitte?«

Sie machte ein Gesicht wie ein heulendes Kind, dem man ein Stück Kuchen verspricht.

»Rainer will dich heiraten.«

»Rainer?!«

Sie saß auf dem plüschbezogenen Klavierhocker vor dem Flügel im Empfangsraum und sah mit rot geheulten Augen und nassen Wangen Mama an; dann platzte sie vor Lachen wie eine Konfettibombe. Sie fand es nur komisch. »Rainer?« Sie lachte noch lauter. »Rainer und ich?«

Da hatte auch Mama eine Idee. Auf Hausschuhen lief sie nach unten und teilte Rainer eine kleine Änderung seines Auftrags mit. Anstatt Helle zum Hauptbahnhof zu chauffieren, wie ursprünglich geplant, sollte er sie im Wagen der Botschaft nach Jütland fahren. Offensichtlich las sie etwas über fehlende Straßen und Brücken in den Augen des überhöflichen Chauffeurs, denn sie fügte noch hinzu: »Oder ... sollte das nicht möglich sein?«

»Wir werden es versuchen.«

45

EILANDWEISS

1940

Mama und ich blieben allein auf zweihundert Quadratmetern zurück und steckten wie verirrte Schafe in einem Kapitel der isländischen Geschichte fest, das zwar geschrieben, aber noch nicht gedruckt war.

Bei Anneli stand ich wieder und wieder vor verschlossener Tür, und wenig später fanden meine »Schulausflüge« ein jähes Ende. Der stellvertretende Rektor der Schule rief meine Mutter an und erklärte ihr, dass ihre Tochter seit fünf Wochen nicht mehr in der Schule gesehen worden sei. Mama war wie vom Donner gerührt. Nachdem sie den ersten Schock überwunden hatte, drehte sie den Spieß jedoch um und machte den dänischen Schulleiter auf breiðafjorder Weise zur Schnecke: Wieso, zum Donnerwetter, er ganze fünf Wochen lang gewartet hätte, ihr Bescheid zu sagen? Das Kind hätte doch auf wer weiß welchen Abwegen landen können!

Ihr wütender Tonfall und ihre brüchige dänische Aussprache verstärkten das Echo noch, und es war klar, dass hier zwei Menschen auf ihren jeweils falschen Standpunkten beharrten.

Wir versuchten, das Beste aus der Sache zu machen, und die Zeit bis Weihnachten war wahrscheinlich meine schönste in den ganzen Kriegsjahren. Ich gestand Mama, dass ich tatsächlich geschwänzt hatte, und beschrieb ihr, wie es mir in der Schule ergangen war, wobei ich die allerschlimmsten Dinge ein wenig beschönigte. Trotzdem begann sie zu weinen, drückte mich an sich und erstickte mich fast mit ihren dichten, schwarzen Haaren. Dann beschlossen wir, dass sie mich bis Weihnachten selbst unterrichten würde. Sie hatte jetzt tagsüber frei, und das Geld würde bis zum Jahreswechsel reichen. Ich erzählte Mama von der Geiztante und ihrem Ein-Personen-Staat, und wir taten in etwa das Gleiche: Wir verließen kaum noch das Haus und tauften die Wohnung Island. Sie lag genauso im zweiten Stock wie Dänemark in der Sølvgade, und die Wohnungen sahen sich auch sonst ähnlich, beide zwei in der Luft schwimmende Inseln.

Ich saß auf der Fensterbank, die Stirn an die kalte Scheibe gedrückt, und sah zu, wie die ersten Flocken des Winters frei durch die Luft der kurzen Tage tanzten, bevor sie auf dem besetzten Boden landeten.

Mama unterrichtete mich in Dänisch, Rechnen und Rechtschreiben, aber auch in Nähen und Kochen: Ich lernte die Zubereitung von Hafergrütze, Bechamelsoße, Kartoffelpüree und brauner Soße. Die besten Stunden aber waren die, an denen nichts auf dem Plan stand, und die daher alles enthielten.

Unter einer vier Meter hohen Decke kochte Mama Eier, und ich lag auf dem Sofa und las einen Brief von Papa: »Wir werden um vier Uhr *am Morgen* geweckt, wie sie das hier nennen.« Einmal kam Mama auf hohen Absätzen hereingestöckelt und drehte sich mitten im Zimmer um sich selbst.

»Wie gefällt dir die feine, feine Dame?«

Sie kostete es aus, die dreißig Paar Schuhe durchzuprobieren, die Großmutter im Schrank zurückgelassen hatte. Auf dem spiegelblank gebohnerten Dielenboden knallte es ordentlich unter den Absätzen. Mama Mascha, die massive Frau. Auf dem Weg aus dem Zimmer blieb sie manchmal am Flügel stehen und strich mit dem Finger über den Notenständer, wie aus tiefem Verlangen, dem dreifüßigen Wesen etwas Schönes entlocken zu können. Es ist das Gleiche, wenn Männer Frauen befummeln. Wer nichts kann, tatscht alles an, hätte Oma Vera gesagt.

Ich legte den Brief beiseite und wartete gespannt auf den nächsten Schuhauftritt. Er verschaffte mir Gelegenheit, meine Mutter eingehend zu betrachten und sie zu bewundern, diese sehr, sehr frauliche Frau. Die Schenkel waren ziemlich massiv geworden und der Bauch üppig, während die Brüste eher geschrumpft waren. Die Haare waren nach wie vor dicht und bildeten einen kräftigen Rahmen um dieses gesunde, frische Gesicht, das mit seinen roten Lippen und der hellen Haut ein klein wenig an das von Anneli erinnerte, obwohl die beiden sonst natürlich ganz verschieden waren. Mama war auf eine sehr isländische Art schön, so wie man etwa sagt, dass eine Geröllhalde in der Þórsmörk schön sei. Obwohl man das Gleiche über einen dänischen Buchenhain sagt, handelt es sich natürlich um eine andere Art von Schönheit. Mama hatte diese schönen Augenbrauen und eben dieses Eilandweiß, diese helle Haut, um die ich sie immer beneidete und die bei Papa so eingeschlagen hatte.

Selbst mit vierzig passierte es mir in der Bar des *Naustið* noch, dass müde und betrunkene Kerle an meiner Schulter flüsternd die Haut meiner Mutter priesen. Meine dagegen war wie über ein Knochengestell gespannte Leinwand, verfärbt durch Rauchen und Trinken.

»Mama, hast du Papa verlassen?«, fragte ich am Ende der Moden-schau.

»Hat nicht er mich verlassen?«

»Ich meine, wenn er zurückkommt, willst du dann nicht, dass er wieder zu uns zieht?«

»Wenn er zurück…« Aus Rücksicht auf mich brachte sie den Satz nicht zu Ende und sagte bloß: »Ich weiß nicht. Was möchtest du denn?«

»Ich? Ich will, dass Klein-Hjalti an seinem eigenen Geschrei er-stickt und dass alles vorbei ist und dass Papa wiederkommt und wir nach Island zurückkehren. Nein, nach Hause in den Breiðafjörður. Morgen!«

Meine Mutter lächelte mit geschlossenen Lippen, legte den Kopf schief und lachte dann laut.

»Ach, meine Kleine.«

Dann kam sie, ließ sich aufs Sofa fallen und wuschelte mir durch die Haare, als wollte sie mir sagen, was für ein dummer Traum das sei, und dann schloss sie mich endlich in die Arme. Das tat sehr gut.

»Morgen!«, äffte sie mich lachend nach, wurde dann aber ernst: »Das wünschte ich mir wahrlich auch, dass dieser ganze Irrsinn mor-gen vorbei wäre.«

»Und würdest du Papa dann wiederhaben wollen?«

Sie richtete das Blau ihrer Augen auf mich; unter den dichten schwarzen Brauen erinnerte es an einen dunkel bewölkten Fjord. Dann wandte sie den Blick von mir ab und starrte eine Weile vor sich hin. Sie schwieg, wie es Eltern manchmal vor ihren Kindern tun, wenn sie ihnen etwas über das Leben sagen wollen, was sich mit Worten nicht ausdrücken lässt. Dann stand sie auf und ging in die Kü-che. Sie trug gerade, hohe, weiße Schnürstiefel und trat damit auf wie ein Soldat. Es blieb kein Zweifel, was ihre Absätze sagen wollten.

46

BBC

1940

Da ganz Dänemark unter dem Regiment des deutschen Stiefels stand, war es schwer zu erfahren, was wirklich vor sich ging. Uns wurde gesagt, die einzige Möglichkeit sei, BBC zu hören.

Stundenlang lagen wir in Mamas großem Bett und hörten den ganzen Abend über leise Radio, denn den Dänen war es genauso wie den Deutschen verboten, »Feindsender« zu hören. Keine von uns beiden konnte Englisch; doch immerhin schnappten wir einzelne Wörter auf: Ribbentrop, Stalin, Finnland. Den Rest versuchten wir uns zusammenzureimen.

Ich hatte mit den Engländern nichts am Hut, ich fand sie hässlich und arrogant, und außerdem hatten sie unser Land besetzt. Später lernte ich dieses Volk kennen und stellte fest, dass Engländer und Isländer sich ziemlich ähnlich sind: vom Meer umgebene Querköpfe. Allerdings ist ihr Konservatismus genau so stark wie unsere Begeisterung für Neuerungen. Keine andere Nation hätte es geschafft, sich hundert Kolonien zu halten, ohne dadurch beeinflusst zu werden. Das Einzige, was die Engländer ihrer Majestät vermachen konnten, war eine Tasse Tee.

Die Engländer konnten und können sich viele Dinge herausnehmen, für die andere böse angefeindet werden. Sie bereicherten sich an ihren Kolonien, sie verübten Kriegsverbrechen, und sie führen noch immer Krieg in weit entfernten Staaten. Aber das alles wird ihnen nachgesehen, weil sie selbst *very gentlemanlike* in der BBC darüber berichten. Sie verhalten sich wie notorische Ganoven, die pünktlich zur vollen Stunde ihre Sünden beichten und nach dem Ende der Nachrichten emsig weitermachen, wo sie aufgehört haben.

Mama drückte mich an sich und spielte mit meinen Ohrläppchen, während wir den Nachrichtensprecher der BBC etwas von Helsinki melden hörten. Mit einem Ohr auf ihrer Brust hörte ich, dass ihr Erinnerungsmaschinchen zu schnurren begonnen hatte wie eine Katze.

Kurz darauf fragte sie: »Erinnerst du dich noch an das Funktelefon zu Hause?«

»Auf den Inseln? Ja.«

»Es erinnert mich jetzt daran, wie wir damals alle zusammen in der Stube saßen und lauschten.«

»Ja«, wisperte ich.

»Erinnerst du dich noch an Schwitze-Gunna?«

»Nein.«

Dann erzählte Mama mir die Geschichte von Schwitze-Gunna.

47

SCHWITZE-GUNNA

1935

»Wie du weißt, war sie eine der Gunnas in der Gunnabúð. Es gab drei Stück: Die alte Gunna, Gunna Sveins und Schwitze-Gunna. Deine Großmutter wohnte ebenfalls da. Die hat sie nie Schwitze-Gunna, sondern immer Hitze-Gunna genannt, weil das Mädchen für die anderen auf dem Schlafboden wie ein Ofen war. Sie hatte eine unheimliche Hitze in sich und war ständig in Schweiß gebadet.

Dabei war sie auf innerliche Weise unglaublich schön. Eine schöne Seele in einem unseligen Körper, denn sie war … nun ja, sie war nicht ein so vollständiger Schwachkopf, für die man solche Kinder des Glücks oft hält, aber besonders helle war sie auch nicht gerade.

Im Melderegister war sie als Guðrún Lárhallsdóttir eingetragen – ich habe es nachprüfen müssen, als sie … Ich glaube, ihre ersten Jahre hat sie in Reykjavík verlebt. Sie ist im selben Jahr geboren wie dein Vater. Nachdem ihre Eltern 1918 an der Spanischen Grippe gestorben waren, brachte man sie bei Verwandten in Dalir unter, in einem Haushalt, der später wegen einer Ehetragödie aufgelöst wurde. Danach wanderte sie praktisch die ganze Küste der Skógarströnd entlang, wurde wie ein Postsack von einem Hof zum nächsten geschleppt und landete schließlich, an Leib und Seele geschädigt, auf den Inseln.

Erst viel später bin ich dahintergekommen, dass sie zu dem Zeitpunkt – stell dir das mal vor! – schon drei Kinder hatte. Mit siebzehn Jahren dreifache Mutter!

Zum Kinderkriegen war die arme Gunna gut genug, aber nicht, um sie auch behalten zu dürfen. Eins war gleich bei der Geburt gestorben; die beiden anderen nahm man ihr weg. Das habe ich erst später erfahren. Damals wussten wir überhaupt nichts von diesen Dingen. Darüber wurde nicht gesprochen, und auf den Svefneyjar hatte niemand auch nur den leisesten Verdacht.

Tja, die alte Gunna war dem armen Kind wie eine Mutter und nahm sie zu sich in ihre Hütte, wo es ihr endlich gutging. Sie musste Wasser holen und für die alten Frauen die Wäsche machen und arbeitete daneben auch für Eysteinn und Lína. Weißt du noch, wie sie beim Daunensammeln geholfen hat? Den ganzen ersten Winter hindurch hat sie kaum gesprochen. Ich denke, sie hat sich bei uns wohl gefühlt, aber es ändert natürlich nichts daran, dass man sie nie anders als Schwitze-Gunna gerufen hat. In der Hinsicht waren wir nicht besser, und hintenrum haben auch wir über sie gelacht.

Aber bei der Arbeit war sie flink, und schon bald gehörte sie zu den besten Daunenarbeiterinnen am ganzen Breiðafjörður. Sie hatte nämlich einen besonderen Draht zu den Enten. Sie war den Vögeln so eng verbunden, dass die sie manchmal sogar für sich brüten ließen. Wenn es nämlich im Frühjahr noch einmal Schneesturm gab und die Nester von Schnee zugedeckt wurden, kam es vor, dass das Entenweibchen das Nest verließ und einfach vor Mutter Natur kapitulierte.

Dann griff Schwitze-Gunna ein. Sie nahm die Eier und trug sie tage- und wochenlang an ihrem Körper, während die werdenden Mütter ratlos draußen auf dem Wasser quakten. Es war so eigenartig, dass dieses plumpe Mädchen, das sonst ein ausgemachter Tollpatsch war, diese zerbrechlichen Eier so behutsam mit sich herumtrug wie das Lebensflämmchen selbst und niemals eines zerbrach, obwohl sie sie sogar im Schlaf am Körper hatte.

Kannst du dich wirklich nicht an sie erinnern?«

Mama unterbrach ihre Geschichte, und ich kam zu mir und richtete mich im Bett auf.

»Doch, ich erinnere mich. Hat Schwitze-Gunna … nicht sogar die Küken bei sich im Bett gehabt?«

»Nur sie hat es fertiggebracht, die Jungen an ihrer Brust so weit aufzupäppeln, dass die Mutter sie am Ende wieder annahm. Es war wie ein Wunder.«

»Ja, und wir haben sie dann begleitet, als die Küken ausgesetzt wurden. Jetzt fällt es mir wieder ein.«

»Genau. Sie hatte ja so viel Hitze im Leib, dass ihr Nässe und Kälte nichts ausmachten, und so watete sie mitten in die Bucht, um den Eiderenten ihren Nachwuchs zu übergeben. Dann kam sie zurück, Kleider und Augen tropfnass.«

48

GÄNSEFÜSSCHENHOCHZEIT

1935

Sicher erinnerte ich mich an Schwitze-Gunna, als Mama mir von ihr erzählte. Eine ältere Schwester von ihr arbeitete als Hausmädchen auf Innri-Fell an den Skarðsströnd, und die durfte sie an Feiertagen manchmal besuchen. Einmal kam sie nach Ostern ganz fröhlich von dort zurück und verkündete, sie hätte einen »hühübschen Jungen«

kennengelernt, sein Name sei Eggert, und man nenne ihn den blonden Eggert, nach dem deutschen Märchen, wegen des Lichts, das seine Haare ausstrahlten.

»Er leuleuchtet im Dunkeln«, stotterte die frisch Verliebte über ihren Eggert und verbrachte den dunklen Vorfrühlingsabend auf einem alten Graswall südlich des Hofs, von wo aus sie den Blick über fünfzig Inseln hinweg auf die Skarðsströnd richtete.

»I ... ich kkann ihn sehen. Siehst du d ... das Lihicht da? D ... das ist er, mein Lieliebster. Ich liebe ihn.«

Ich weiß noch, wie erschrocken wir Kinder waren, eine so offen ausgesprochene Liebeserklärung zu hören. Das Wort »lieben« hatte ich im Alter von sechs Jahren noch nie jemanden offen aussprechen hören. In Gunnabúð wurde an diesem Abend kein Auge geschlossen, bevor nicht drei Gunnas zu Gott gebetet hatten, er möge ihren Eggert segnen, erzählte uns Oma, die sich bestimmt nur zögernd daran beteiligt hat, denn sie hielt nichts von »solchem Gewinsel«.

»Es ist dem lieben Mädchen nur zu wünschen, dass es glücklich wird. Sie ist vielleicht nicht gerade das Traumbild einer Braut, aber ich habe ihr erklärt, wo sie ihn reinlassen muss.«

Geistig Zurückgebliebenen wie Gunna und Eggert war es zu der Zeit selbstverständlich nicht erlaubt zu heiraten, aber unsere Schwitzerin versicherte uns, ihr heller Kopf habe um sie angehalten.

Es stand also eine Hochzeit ins Haus. Eysteinn und Lína brachen allerdings jedes Gespräch ab, wenn sie darauf angesprochen wurden. Aber die gute Gunna schmiedete ihr heißes Eisen weiter und lauerte den Bauersleuten auf wie ein ausgehungerter Hund und überschüttete sie mit Nachfragen. »H ... habt ihr mmit dem Papapastor geredet?«

Am Ende kam meine Mutter auf den grandiosen Gedanken, etwas zu inszenieren, was sie »Gänsefüßchenhochzeit« nannte. Die von Innri-Fell sollten mit dem blonden Eggert zu einem Festessen herüberkommen, nachdem die beiden einen Hochzeitsspaziergang zum Ende der Insel unternommen hätten, unter Aufsicht versteht sich. (Das war vor dem Krieg, und es gab noch keine Sterilisierungsärzte,

aber man hielt es nicht für ratsam, dass sich »Schwachsinnige« fort-
pflanzten.) Schwitze-Gunna freute sich dermaßen über die gute
Nachricht, dass sie in jenen vermutlich hellsten Nächten ihres Lebens kaum Schlaf fand.

Die meisten freuten sich mit ihr. Nur der Knecht Ástráður erlaubte
sich ab und zu, sie hochzunehmen. Er war in jeder Hinsicht ein seltsamer Kerl, so ein rötlicher Typ mit langgezogenem Gesicht und
weit vorstehenden Augen, der nur einen Pullover am Leib hatte und
dessen lange Finger mich immer an dürre, krumme Birkenzweige
erinnerten. Mama erzählte mir später einmal, wie Ástráður ihr in
der Scheune den Hof machte und wütend »Dein Mann kommt nie
zurück, vergiss ihn!« über die ganze Bucht brüllte, nachdem sie dan-
kend abgelehnt hatte. Wenn aber Großmutter in der Nähe war, traute
sich nicht einmal er, sein Lästermaul aufzumachen.

49

EIN SONNTAG AUF DEN SVEFNEYJAR

1935

Telefonleitungen legten sie erst lange nach dem Krieg in den Breiðafjörður. Stattdessen verständigten die Menschen dort sich per Funk
übers Radio. Der »Nachteil« dabei bestand darin, dass natürlich sämtliche Gespräche öffentlich waren. Auf allen Inseln war das »Mit-
hören« gang und gäbe, und einige Bauern waren danach genauso
süchtig wie manche Leute heutzutage nach Facebook und anderen
Segnungen des Internets, weshalb sie sogar Probleme mit dem Ein-
bringen der Heuernte und mit der Robbenjagd bekamen. Das Ra-
diotelefon wurde dreimal täglich gesendet, um 10, um 15 und um
18 Uhr, sonntags um 11 und um 17 Uhr.

Manchmal verstand man die Gespräche genauso schlecht wie die
Sprecher der BBC, meist aber war die Verbindung recht gut; der In-

halt der Funksprüche bestand jedoch fast ausnahmslos aus Männergeschwätz.

Die bemerkenswertesten dieser Telefonate kamen allerdings aus unserem Wohnzimmer, denn Schwitze-Gunna hatte angefangen, mit ihrem blonden Liebsten via Rundfunk zu kommunizieren. Man hatte ihr jedoch eingeschärft, die »Gänsefüßchenhochzeit« nicht zu erwähnen; sie sollte schließlich nicht öffentlich stattfinden.

»Ich erzäh … erzähle ihm nur von mmeinem Kleid und dass ich ihn kükissen darf.«

»Gunna, nun hör doch mal zu! Alle hören dich doch! Alle, am ganzen Breiðafjörður. Auf vielen, viele Höfen. Deshalb …«

»Mmmir egal. Ich liebe ihn.«

Wenn sie das sagte, stotterte sie nie. Da gab es kein Zögern, keinen Zweifel. Selig sind die Einfältigen, denn ihrer ist die Liebe.

»Also gut, Gunna, ich rede nur mit deiner Schwester Helga, und dann ist Schluss.«

»Nein! Lína! Dddu hast es vv … versprochen. Ich kikippe sonst die Mmmmilch ins Meer. Ins Meer.«

Dann begann sie zu weinen. Ihre Wangen waren ganz rauh und trocken. Schuppen standen von ihrem Doppelkinn ab, und Schuppen hingen ihr in den Haaren. Ihr Körper war nach wie vor glühend heiß. Ihre sämtlichen Unter- und Überkleider waren unter den Armen immer dunkel. Sie roch allerdings nicht so streng wie Rósa, und man nahm den Geruch nur wahr, wenn sie frisch gebadet hatte, was vielleicht zweimal im Jahr passierte. Für Gunna war der Schweißgeruch wie ein eigenes Deodorant. Innerhalb weniger Tage wurde er so dicht, dass er keinen frischen Geruch mehr durchließ. Jetzt aber begann sie zu weinen. Die Tränen liefen ihre rauhen Wangen hinab und wurden von der Trockenheit aufgesaugt wie Regen von Moos. Sie heulte, bis Bäuerin Lína nachgab. »Also gut, meinetwegen.« Sollten die Nachbarn doch über das Hochzeitsgesäusel lachen, sie würden sicher sowieso nicht glauben, dass etwas Wahres dran sein könnte.

Es war zur späteren Sendestunde am Sonntag, um fünf Uhr, als sich die Leute zu Hause im Wohnzimmer versammelten und die alte holländische Schiffsuhr schlagen hörten, bis es aus dem Empfänger rief: »Hallo Svefneyjar, bitte kommen! Skarð ruft.«

Skarð war der Großhof an den Skarðsströnd, also hatte die Familie auf Innri-Fell mit ihrem dreiundzwanzigjährigen Glühköpfchen einen ziemlich weiten Weg auf sich genommen.

»Skarð bitte kommen, sind auf Empfang«, gab Eysteinn zurück und blinzelte aus dem Ostfenster zu den Skarðsströnd hinüber.

An jenem Nachmittag lag der Glanz eines kühlen Windes auf den rauhen Wellen. Die Meeresoberfläche erschien wie ein sehr kühles, goldgesprenkeltes Blau, hier und da weiß gekräuselt, eine Farbe, die ausgezeichnet zur gelblichen Farbe der Wände im Zimmer passte. Lína, die Frau des Hauses, besaß einen ausgesprochen grünen Daumen, und in allen Blumenkästen wuchsen irgendwelche Pflanzen.

Wir waren komplett versammelt (bis auf Oma, die keine Lust hatte auf »Wellen und Rauschen«): Eysteinn und Lína, Sigurlaug und ihre Kinder, Mama, ich, Rósa, Ástráður, die Gunnas, Sveinki Romantik und die alte Fjóla, Eysteinns Mutter, die in ihrem alten Schaukelstuhl im Takt mit der Uhr wippte, in ihre Blindheit starrte und auf ihren zahnlosen Kiefernleisten kaute.

Die beiden anderen Gunnas hatten ihre Namensschwester aus ihrer Hütte geleitet, wie es Eltern mit ihren Konfirmanden tun. Jetzt saßen sie wie Gäste in langen, schwarzen Röcken in der Nähe der Tür an dem halbrunden Tisch, den das Meer angespült und der nur noch zwei vom Salz rissige Beine hatte. Rósa saß auf einem Hocker am Ostfenster und häkelte mit ihren plumpen, trauergeränderten Fingern Einlegesohlen für die Schuhe, ihr Gesicht zeigte aber den Ausdruck eines Klatschspaltenreporters, der die Ohren und den Stift gespitzt hat. Schwitze-Gunna saß bei Lína am Esstisch und vertraute ihre innigsten Wünsche den Bodendielen an.

Ich selbst kauerte unter dem Harmonium und vertrieb mir die Wartezeit, indem ich die Pedale mit den Händen bediente. Das Instrument gab jedes Mal einen tiefen Seufzer von sich. Eysteinn eröffnete das Gespräch mit Männergeplänkel über Fische und Wetter. Erst nachdem er bereit war, an Lína zu übergeben, erhob sie sich schwerfällig vom Tisch, wankte mit ihrem Rheuma zum Schreibtisch hinüber und begann, in das Mikrophon zu brüllen, als wäre es wirklich ein Sprachrohr.

»Na, was glaubst du, mit wie vielen ihr kommen werdet?«

Helgas Stimme klang ganz nach einer gestandenen, geistig völlig klaren Hausfrau: »Hafliði auf Skáleyjar will uns abholen.«

Dann war es endlich an Schwitze-Gunna, den Blick vom Fußboden zu heben und aufzustehen. Mit ein paar resoluten Bewegungen strich sie den Rock zurecht, als trete sie auf eine Bühne, machte drei Schritte zum Schreibtisch und nahm mit zitternden Händen das Mikrophon entgegen. Als sie zu sprechen begann, tat sie es ohne jedes Zögern. Sie schien entschlossen, aus dem langersehnten Gespräch mit ihrem Liebsten keine Demütigung werden zu lassen.

»Gggrüß dich, mein Lieber!«

Lína stand neben ihr wie eine Krankenschwester neben ihrem Lieblingspatienten und unterbrach: »Gunna, du musst vor jedem Satz erst ›Skarð kommen‹ sagen.«

»Svefneyjar kommen. Bist du's, Gunna?«

Eggerts Stimme klang hell und schrill und hätte die einer Frau sein können. Sie strotzte vor dem Selbstbewusstsein eines schlicht gestrickten Jungen.

»Skakarð kkommen. Ja, hhier ist deine Gunna.«

»Svefneyjar kommen. Hier ist Eggert. Ich habe ein Stück Kuchen gekriegt.«

»Hallo. Du hast …«

»Nein, du musst erst ›Skarð kommen‹ sagen, Gunna.«

Auf dem grauen Pullover sah ich einen Schwitzfleck wachsen wie eine dunkle Blüte. Mit der anderen Hand kratzte sich Gunna schnell am Kopf, dass einige Schuppen stoben, und senkte dann die Stimme:

»Skarð kommen. Dudu hast ein Stück Ku…kuchen bekommen?«

Die Freude, die in der Frage lag, war so tief und aufrichtig, als hätte sie erfahren, dass Eggert die Schachmeisterschaft des Bezirks gewonnen hätte. Mama und Sigurlaug wechselten ein freundliches Lächeln. Daran erinnerte ich mich, als meine Mutter mir diese Geschichte erzählte, während wir am Vorabend des Heiligen Abends 1940 in unserem Botschaftsbett in Kopenhagen lagen.

»Svefneyjar kommen. Ja. Ich habe das größte Stück Kuchen bei Melkokka gekriegt. Sie ist die Bäuerin. Wir sind auf Skarð.«

»Ska … skarð kommen. Ich wweiß. Und babald kkommt ihr hierher.«

»Svefneyjar kommen. Ja. Wir machen eine Bootsfahrt, sagt Helga.«

»Ska … skarð kommen.«

Bei dem Gedanken, dass das Meer ihr bald ihren Liebsten herantragen würde, mit heller Stirn und leuchtender Mähne, einen Fuß auf den Steven gestellt, begann Schwitze-Gunna vor Aufregung zu zittern. Ihre Freude war so groß, dass sie nichts weiter sagen konnte.

»Svefneyjar kommen«, rief Eggert und ließ ein so irres Gelächter folgen, dass man nicht wusste, ob es reine Freude oder Schadenfreude war.

Lína strich Gunna über den Rücken und bot ihr an, das Mikrophon wieder zu übernehmen. Aber die Erhitzte wollte sich noch nicht gleich verabschieden.

»Ska … skarð kommen. Was ggibt's Neues bei dir, mmmein Liebster?«

In diesen Worten, »mein Liebster«, lag eine so lange Geschichte, darin lag so viel Gewicht, ein so silberglänzender Triumph über frühere Verletzungen, dass man es auf jedem Hof rund um den Breiðafjörður seufzen hören konnte.

»Svefneyjar kommen. Hier ist alles bestens. Ich habe jetzt einen Schatz.«

»Ska … skarð kommen. Ja, ich wwweiß. Ich bbin dein Schaschatz.«

»Svefneyjar kommen. Nein. Ich habe einen neuen Schatz. Rannvei heißt sie.«

Noch immer schmetterte diese mechanische Zuversicht aus seiner Stimme, als wäre sie eine Stundenglocke, die nach Ablauf jeder Stunde schlägt, egal ob es um Freude oder Trauer geht.

Rósa stellte das Häkeln ein, steckte sich eine Nadel ins Ohr, rührte im Ohrenschmalz und riss die Augen auf. Ich sah, wie Mama die Augen schloss, die Lippen zusammenpresste und die Arme unter der Brust verschränkte.

»Svefneyjar kommen, Svefneyjar kommen«, rief Eggert weiterhin strahlend fröhlich, dann folgte ein undeutlicheres: »Ich hör nix.«

Das Mikrophon schwankte in Schwitze-Gunnas Händen, die völlig versteinert und mit offenem Mund vor sich hin starrte. Die Tränen steckten noch schockgefroren in ihren Drüsen. Der dänische Drehstuhl knarrte, als sich Eysteinn vorbeugte, ihr das Mikrophon aus den Händen nahm und hineinherrschte: »Skarð kommen! Was sagst du da, Bursche?«

»Svefneyjar ... kommen. Ich habe einen neuen Schatz. Sie ist nicht wie Gunna. Sie ist schön.«

Der siegesgewisse Stolz in dieser blonden, bartlosen Kinderstimme stach in unserem Wohnzimmer sechzehn Messer in sechzehn Herzen, und die sinkende Sonne über dem sich öffnenden Fjord schien mit stechender Macht nahezu waagerecht durch das Westfenster. Wir waren alle eine einzige enttäuschte Gunna.

»Svefneyjar kommen. Ich bringe sie zum Bootsausflug mit.«

Eysteinn drehte den Stuhl um, streckte sich nach dem Empfänger und stellte das Schauerstück ab.

50

AUF ISLAND IST KEINEM WARM

1935

Während Mama erzählte, rollten ihr die Tränen aus den Augen. Eine folgte ihren Worten und landete ebenfalls in meinem Ohr. Mama hatte die BBC längst abgedreht, und draußen mischte sich nächtliche Stille ins Schweigen.

Sie sagte: »Wir hatten keine Ahnung, wie wir der Ärmsten helfen sollten. Und natürlich hätten wir besser auf sie aufpassen sollen. In der Nacht ging sie nämlich durchs Moor hinüber zum Kinderfelsen. Gunna Sveins kam schreiend ins Haus gelaufen, und wir stürzten nach draußen, Sigurlaug und ich ...«

Aus Mamas Bericht stieg mir wieder ein Bild vor Augen, das mich Zeit meines Lebens verfolgt hat: Schwitze-Gunna wie eingefroren waagerecht in der Luft, ihr Körper geformt wie eine Spindel. Genau in dem Augenblick, als sie sich in die blonde Brandung stürzte.

Die Beerdigung war keine Gänsefüßchenbeerdigung. Zum verabredeten Termin kam Helga mit ihren beiden Töchtern mit dem Boot *Hafliði* von Skáleyjar herüber, und wir vervollständigten den Trauerzug hinüber nach Flatey um zwei weitere Boote. Da liegt das arme Ding. *Guðrún Lárhallsdóttir, 1910–1936, in Liebe*, steht auf dem Stein, den ich viel später habe setzen lassen, nachdem ich die letzte Wahrheit herausgefunden hatte: Als sie starb, war sie schwanger.

Das dritte Boot legte gar nicht erst an. Sobald der Sarg auf der Insel an Land getragen worden war, und die Männer, müde, nachdem sie das schwere Elend durch die winzige Ortschaft getragen hatten, ihn im Gras zwischen Zaun und Kirche absetzten, konnte man sehen, wie Ástráður so schnell wie möglich über die Bucht Richtung Festland abdrehte.

Es war eine klägliche isländische Beisetzung. Kümmerliche zehn Trauerblümchen besetzten die beiden ersten Bankreihen, und der Pimmelpriester fertigte die arme Seele nach dem mechanischen Usus der Kirche ab: ein weiterer Leichnam auf dem Fließband des Lebens, hinter dem man ein Kreuzchen machen musste. Mama weinte die ganze Zeit, leise, unaufhörlich und ohne den Blick von dem Sarg zu nehmen. Sie sah sich selbst in diesem Todesfall und wie ihr eigenes Leben, mit meinem Vater, ausgesehen hätte.

Die ganze Sache wäre noch viel trauriger verlaufen, hätten die Anwesenden geahnt, was Schwitze-Gunna mit sich ins Grab nahm. Der alte Sigfinnur von Einarshús, der zu jeder Beerdigung in der Kirche von Flatey erschien und auf jeden Gestorbenen ein Gedicht verfasste, warf auch nach diesem Gottesdienst ein paar Zeilen ins Grab. Sie enthielten die Spur eines tieferen Verständnisses, denn ein Gedicht weiß oft mehr als sein Verfasser, auch wenn es sich nur um einen verfrorenen Vierzeiler handelt. Ein liniertes Blatt von einem Block aus dem Kaufmannsladen mit ungelenker Bleistiftschrift segelte durch die Augustbrise, bevor es auf dem mit Erde beworfenen Sarg landete.

> Auf Island ist es keinem warm,
> kein Haus dafür vorhanden.
> Nach einem Leben, kurz und arm,
> Das Beste ist, im Grab zu landen.

Mama rezitierte das Gedicht und löschte dann das Licht. Anschließend kuschelten wir uns in dem großen Botschafterehebett zusammen, eine Frau ohne Liebe und ein Teenager, scharf wie ein Radieschen, zwei seehundweiße Seelen in der Dunkelheit der Kriegsjahre.

51

WEIHNACHTSMANN UND NEUES JAHR

1940 – 1941

Am nächsten Tag feierten wir Weihnachten ohne Weihnachtsbaum, und Mama schenkte mir einen roten Schal, den sie aus besetzter Wolle gestrickt hatte, der aber ihrer Ansicht nach dennoch ein isländischer Schal war. Er sollte mir in der Kälte, die mich erwartete, noch gute Dienste leisten. Ich schenkte ihr Ohrringe, die ich von Anneli bekommen hatte, zwei saphirblaue Steine an versilberten Kettchen.

Nach dem Essen klopfte es, und das türkische Botschafterpaar, das in der Etage über uns wohnte, wünschte uns Frohe Weihnachten und schenkte uns Lokum, eine zuckersüße Nachspeise, die man auch Türkisches Vergnügen nennt. Es wird in winzige Stückchen geschnitten, und trotzdem meint man, sie enthielten den ganzen Zucker dieser Welt.

Die Frau sah ausgesprochen gut aus, der Botschafter aber war ein typischer Ottomane: klein, große Nase und ein so dichter Schnauzbart, dass man ihn als Schuhbürste hätte verwenden können. Mama verwandelte sich augenblicklich in eine isländische Landfrau. Ziemlich unbeholfen brachte sie es immerhin zuwege, die beiden hereinzubitten und sich dann in einer Art Ruinendeutsch mit ihnen zu unterhalten, während ich das männliche Gesicht des Botschafters studierte, das so tadellos aussah, dass ich von einem verrückten Verlangen gepackt wurde, darauf loszugehen und es kaputtzumachen. Er roch nach einem exotischen Rasierwasser und trug ein sehr weltmännisches Gesicht zur Schau, aber es brauchte viel, um zu erkennen, dass in dieser vornehmen Hülle ein wildes Tier mit Jagdinstinkt auf leisen Pfoten schlich. Sein Bauch war beträchtlich aufgetrieben, sah aber hart wie Glas aus und daher auf seine Weise auch wieder großartig. Er fühlte sich augenscheinlich in seiner eigenen Haut so wohl, dieser türkische Herr Botschafter, und das machte ihn, obwohl er überhaupt nicht gutaussehend war, doch unwiderstehlich, sogar für ein Mädchen aus Island.

Nachdem ich das süße Vergnügen vom Silberteller der schwarz gelockten und kleinbrüstigen Frau Gemahlin verputzt hatte, überfiel mich ein unbezähmbares Verlangen, dem Affen auch Zucker zu geben und über den Mann herzufallen. Da aber meine Mutter dabei war, ging ich lediglich auf den Botschafter zu und legte ihm die flache Hand auf die weißbehemdete Plauze. Ich hatte richtig vermutet, sie war bretthart. Das Ruinendeutsch brach endgültig in sich zusammen. Meine schneeweiße Mutter wurde herbstrot, und mein türkischer Bulle verwandelte sich in einen freundlichen Nazi, lachte gemütlich unter seinem Schnurrbart und sagte in holperigem Deutsch: *»Ja, ich bin ganz voll. Nein, wie heißt es? Ich bin sehr satt.«*

Dann ergriff er die von Kokosmasse klebrige Kinderhand und rettete die Situation, indem er die Sprache auf seine soeben verzehrte Mahlzeit brachte.

Vielleicht war es Sehnsucht nach meinem Vater, vielleicht diese frauenküssende, besenstielgeile Kinderperversion, die in mir schlummerte, oder einfach der Wunsch nach Bartwuchs in unserer Frauenschweiß-WG. Jedenfalls fühlte ich damals, mit elf Jahren, zum ersten Mal dieses Verlangen nach einem Mann, das später mein Leben ruinieren sollte. Männer sind Sumpflöcher auf dem Pfad einer Frau, und ich wurde früh eine Sumpfschnepfe.

Nachdem sich die türkischen Nachbarn verabschiedet hatten, sah Mama mich merkwürdig an, sagte aber nichts. Natürlich hatte sie die seltsamen sexuellen Fantasien der Jugend längst vergessen, sie selbst hatte die ihren vielleicht bei der Robbenjagd ausgelebt oder in die Salzlauge ihres Inneren eingelegt und dort aufbewahrt, bis eine ganze Schlachtplatte davon für den ersten Mann in ihrem Leben zusammengekommen war. Wir trieben nicht mehr viel Weihnachtliches, und ich schlief allein in meinem eigenen Zimmer, heimlich Annelis Pandorabüchse streichelnd und in Gedanken an meinen türkischen Weihnachtsmann.

Nach den Festtagen änderte sich alles. Jón, die höfliche Krabbe, erschien mit der Neujahrssonne im weißen Haar und erklärte, es sei ihm endlich gelungen, einen Käufer für die Residenz zu finden. Ein neu zugezogener Förderer deutscher Kultur und seine Frau würden voraussichtlich in einer Woche eintreffen.

»Er wird im Kultusministerium arbeiten und die Schulausbildung dänischer Kinder überwachen. Sie möchten auf diesem Gebiet einiges verbessern«, sagte Krabbe und enthielt sich nach wie vor jeder Wertung in seinen Worten.

Ich ließ im Kühlschrank einen Zettel für die neuen Bewohner zurück: »Kinder, die Deutsch können, werden in dänischen Schulen verhauen.«

Mama und ich kamen bei Kylla unter, Vaters Schwester, die mit ihrem Mann von den Färöern in Dalmose auf Seeland wohnte. Dort gab es einige Landsleute von ihm, geschäftstüchtige Krämerseelen mit zusammengekniffenen Augen, die uns bei dem Mangel an Isländern in den Kriegsjahren willkommen waren. Wir Isländer kommen wunderbar mit den Färingern aus, weil sie eine noch kleinere Nation sind als wir.

Es gefiel mir ganz gut bei Tante Kylla, und ich vertrieb mir die Zeit damit, seeländische Berge zu versetzen, indem ich sie mit Steinchen bewarf. (Das Einzige, was sich da über die Landschaft erhebt, sind Ochsen.) Einmal fuhren wir an die Küste, um das »Dänische Meer« zu sehen, eine der albernsten Angelegenheiten, die ich je gesehen habe.

Mama hingegen wurde bald unruhig. Sie mochte es nicht, auf andere angewiesen zu sein. Es war schwer für sie, Arbeit zu finden, vielleicht wegen der Sprache, und nach all den Geschichten, die ich ihr aus dänischen Schulen berichtet hatte, bemühte sie sich nicht sonderlich, für mich ein neues Mobbing-Lager zu finden.

Schließlich kam uns mein Vater zu Hilfe. Nach etlichen Telefonaten schaffte er es durch einen Bekannten, Mama eine Stelle als Haushälterin bei einem Ärzteehepaar in Lübeck zu besorgen. Der Haken an der Sache war, dass in diesem Haushalt mit sechs Kindern kein Platz für ein weiteres war. Nach einigen Telefongesprächen fand sich eine vorübergehende Lösung: Ein Genosse Papas in der Nordischen Gesellschaft in Lübeck, Dr. Helmut Baum, mittlerweile in Berlin arbeitend, hatte Frau und Kinder in sicherer Entfernung von allen Kriegsgefahren auf der Nordseeinsel Amrum untergebracht. Dort sollte ich die Zeit bis zum Frühjahr verbringen.

52

NÄCHTLICHER BRIEF

2009

Hier liege ich nun, ach, im bläulichen Licht des Computers wie ein abgemagerter, grauhaariger Gott mit wundrotem Hinterteil (Dekubitus) und Rotglühendem zwischen den Lippen (Zigarette). Ich tippe der Welt einige Adverbien hin, zupfe ein bisschen an den Schicksalen junger Männer auf den Erdteilen draußen und stochere unter falschem Face im Leben meiner Nachfahren, bin aber vor allem mit Sterben beschäftigt. »Rauchen tötet«, steht auf meinen Zigarettenschachteln. Aber nicht mal darauf kann man sich verlassen. Sterben. Tod, komm bald! Dann geb' ich mich ganz in deine Gewalt.

Er kommt. Er kommt bald.

Das Novemberdunkel ist dicht und nass, mit schwankenden Ästen und raschelnden Zweigen. Der Herr der Welt schlägt sie manchmal aufs Dach (Wellblech). Als wollte er mich mit der Rute züchtigen.

E-Mails landen mit einem Piepen bei mir, lassen sich auf der Bettdecke nieder wie Vögel von weither aus der Lichtwelt, mit keckem Blick und leuchtenden Augen. Ich lese die, auf die ich Lust habe. Bakari hat eine Blutvergiftung am Fuß, ist von einem Skorpion gestochen worden, Aldon berichtet stolz, dass Bod endlich die langersehnten 137 Kilo an der Hantelbank gepackt habe und feiert das mit vierzehn Eiern zum Frühstück. Ich schreibe ihm sofort zurück, um ihn eifersüchtig zu machen. Linda müsse die Sache noch einmal überdenken. Ihr armer Isländer bringe nicht mehr als 95 Kilo zur Hochstrecke. In den kommenden Nächten wird in Melbourne nicht viel geschlafen werden.

Draußen in der Dunkelheit dreht sich die Erdkugel der Sonne entgegen, wälzt sich im Raum wie ein alter Mann im Bett, mit all ihren afrikanischen Bäumen und isländischen Bergen, mitsamt den Mücken auf den Lofoten und den Türmen in Toronto, mit dem Menschengewimmel in Dummbay und Delhi. Ach, Teufel, wär' das jetzt schön, ein Gott zu sein! Ein altes Weib und Gott zugleich. Ein Geschöpf, das Männer zugleich anzieht und abschreckt. Und das Leben all dieser armen Jóns dirigiert. Alles kann, wer sterben will, sagt ein altes Sprichwort von Purkey. Deshalb sende ich meinen Söhnen folgende nächtliche Mail:

Es geht jetzt dem Ende zu. Mit Sicherheit kommt nach dem Leben nichts, und daher ist es gut, die Gelegenheit zu nutzen, so lange noch Blut in den Fingern zirkuliert. Ihr lebt hoffentlich noch für eine Weile weiter, doch ich bin auf dem Weg in den Ofen. Er wird auf tausend Grad erhitzt, was es mir leichter macht, mit Wärme an euch zu denken. Ich habe nichts anderes mehr als mein Leben. Nichts anderes als dieses komische kleine Rinnsal, das durch mein Herz läuft, und ein paar ausgetrocknete Gedanken, die sich am Boden meines Hirns kugeln wie ein Stein in der Waschmaschine. Ich kann nicht behaupten, ich hätte euch vermisst, denn niemand vermisst, was er selbst verraten und verlassen hat, und es bringt nichts, über eigene Taten zu trauern. Immerhin aber werdet ihr immer meine Söhne sein, wie sehr ihr euch auch gegen diese Tatsache sträubt. Sie steht fest und bleibt das Handicap eures Lebens. Ich bin, wie ich bin, und keiner entkommt seinem Erbe.

Seid gegrüßt, meine Jungen!

Ich verlasse euch ohne Tränen. Ich hinterlasse euch nichts, bis auf einen weißen Pinkelpott und einen halbwegs passablen Schreibtischstuhl. Wenn ich recht sehe, habt ihr die Spareinlagen meines Lebens längst gefressen und wieder ausgeschissen. Ich nehme nicht an, dass ich euch nach meinem Tod noch nennenswert ärgern werde. Obwohl ich Grund genug dazu hätte. Ich scheide völlig verbraucht und erschöpft aus diesem Leben und rechne nicht damit, dass ich noch Lust haben werde, als Gespenst zurückzukehren. Lebt wohl, meine lieben Könige in Nah und Fern! Der Herr segne euch und alle Kinder.

Gute Nacht, eure Mama

Eine Viertelstunde später trifft eine Antwort aus Norwegen ein. Sie sind früh auf da drüben. Mein Óli fasst sich kurz:

Liebe Mama, hast du unsere Weihnachtskarte letztes Jahr nicht erhalten. LG ÓHJ

Ich schrieb zurück:

Nein. Einer der Vorzüge davon, in einer Garage zu hausen, ist, dass man keine Post mehr bekommt. Was stand Interessantes drauf?

Darauf keine Antwort mehr. Die Smørebrødmaschinen waren angelaufen.

53

MUTTER DER KÖNIGE

1959–1969

Haraldur, Ólafur und Magnús heißen meine Söhne. Zufällig ergab es sich so, dass ich mit drei kleinen Norwegerkönigen dastand. Ich, Herbjörg Königsmutter. Wie es diesem Berufsstand entspricht, versuchte ich mich bei der Verfertigung der Prinzen zurückzuhalten und die königlich-väterlichen Gene auf ihrem Weg durch meine Gebärmutter so wenig wie möglich zu stören. Sie sehen mir daher weder ähnlich, noch haben sie mein versöhnliches Wesen und meine Liebenswürdigkeit geerbt.

Harald kam 1959, mit großem Kopf und mein Becken strapazierend. Er war ein unangenehmes Kind, ein nicht sonderlich heller Teenager und ein Stockfisch als Erwachsener. Kaufmannsgene kommen nicht recht weit. Halli nahm zwar an den meisten Dingen Anteil. Sämtliche Eindrücke verschwanden jedoch unter seinem riesigen Haarschopf und wurden nie wiedergesehen. Er saugte die ganze Welt in sich auf und gab nie wieder etwas zurück, genauso wie sein Vater. Er erinnerte mich immer an Löschpapier, das man früher in Büros benutzt hat. Und tief in seinem Inneren saß ein rußschwarzer Klecks: die Verurteilung seiner Mutter dafür, dass sie ihn bei der Großmutter zurückgelassen hatte, um die *Sexyger Jahre in Deutschland* mitmachen zu können. Es half wenig, ihn mit Erzählungen meiner Partyerfolge aufmuntern zu wollen. Beatles-Songs konnte er nie ausstehen.

Inzwischen ist Halli Schönhaar ein Glatzkopf, trägt aber noch immer seinen Spitznamen, wahrscheinlich das einzig Lustige an ihm. Seine Frau heißt Þórdís Alva Ragnarsdóttir. Laut Telefonbuch wohnen sie in Fossvogur, gleich hier, südlich des Hügels. Sie ist Lehrerin mit einem ausgedehnten Begriff ihrer schulischen Autorität. Es ist wohl klar, dass ich mich nicht auf die hinterste Bank dieses Klassenzimmers verbannen lasse.

Sie ist in letzter Zeit ziemlich fett geworden – eine Schönheitskönigin war sie nie –, aber Halli hat immer gut ausgesehen, ganz wie sein Vater, davon abgesehen, dass ihm der Hals fehlt. Den scheinen wir bei seiner Zeugung vergessen zu haben. Den fehlenden Nacken bemerkte man aber erst, als er die Haare verlor. Das lässt ihn von hinten irgendwie gierig aussehen wie ein Schwein. Das meiste Fett seines Lebens hat Halli auf den Schultern angesetzt. Sein ebermäßiges Aussehen nutzt ihm aber bei Verhandlungen.

Seine Ehe gehört sicher zu denen, die Fragen wecken. Er muss doch eine Geliebte in Hafnarfjörður haben, denken die Leute, so ein leckeres Püppchen mit gezupften Augenbrauen, das sich bei der Finanzierung seines Schönheitssalons unter die Arme greifen lässt. Und natürlich stimmt es. Ganz bestimmt hält er sich eine kleine Nebenfrau in Hafnarfjörður. Entweder da oder in Kópavogur. In Reykjavík selbst würde er es niemals tun, dazu ist er viel zu korrekt.

Wahrscheinlich haben sie vier Kinder. Friðrik Hans, Guðrún Marsibil und noch zwei, an deren Namen ich mich nicht erinnern kann.

Halli ist der geborene Jurist und hätte sich das Studium eigentlich sparen können. Ich habe mich angeboten zu bezeugen, dass der Junge kein Examen abzulegen braucht, er hätte seiner Mutter schon im Alter von drei Jahren den Prozess gemacht, sie wegen Vernachlässigung vor Gericht gestellt und später noch unzählige Prozesse gegen sie gewonnen. Sein Eigennutz hat allerdings dafür gesorgt, dass er nie jemand anderen als sich selbst verteidigt hat. So wurde er zum Immobilienhai. Seine hauptsächliche Tätigkeit besteht darin, Häuser und Wohnungen zu erwerben, in denen andere Menschen leben.

Ólafur Helgi kam 1965. Der Name war keine Absicht. Nach den

Schilderungen in der Geschichte der norwegischen Könige war mein Óli Olaf Tryggvason sehr viel ähnlicher als Olaf dem Heiligen. Mit der Sturheit eines Dickkopfs und dem Herzen eines Missionars ist er weit herumgezogen und hat den Menschen den Glauben an sich selbst, Ólafur Helgi Jónsson, verkündet. Früh entwickelte er ein lebhaftes Interesse am Kochen, das habe ich wohl mir vorzuwerfen, so kochfaul, wie ich gewesen bin, und er war ständig hungrig. Nachdem er so dies und jenes ausprobiert hatte, verbrachte er sein Leben in vielerlei Küchen in vielerlei Ländern. Lange sorgte er fürs Essen im Sanatorium in Hveragerði und führte zeitweilig einen Gastronomiebetrieb in Newcastle, bis er herausfand, dass der Tommy ein knausriger Esser ist.

Jetzt lebt er in Bergen und das schon seit vielen Jahren, fährt belegte Brote aus eigener Herstellung aus, nehme ich an, denn was sagt er seiner Mutter? Nichts natürlich. Gar nichts. Seit ich ihn vor Jahren besucht habe, hat er mir nichts anderes geschickt als staubtrockene Weihnachtsgrüße.

Es ist eigentlich ganz schön in Bergen, außer vielleicht in der Toyota-Niederlassung, wo ich die ersten Tage meines Aufenthalts zubrachte, während sich Óli Luxusjeeps anguckte und seine Frau, ein Flusspferd in Vliespulli, die Preise in isländische Kronen umrechnete. Alles, was man einen ganzen Winter lang hatte aufschieben können, musste genau jetzt nachgeholt werden, wo die alte Mutter aus Island einmal zu Besuch gekommen war. Sich mit der Alten zu Hause zu beschäftigen, dazu hatte man keine Lust. Das hätte ja ein neuerliches besseres Kennenlernen erforderlich gemacht. Da packte man sie lieber in die Seilbahn und gondelte sie auf den Berg und wieder hinab oder jagte sie mit dem Schnellboot durch den Fjord und stand mit ihr die ganze Fahrt über draußen auf dem eiskalten Deck, weil man ja auf Teufel komm raus knipsen musste. Er machte 7000 Aufnahmen von allem möglichen, nur nicht von seiner Mutter, während Jóka auf die Kinder aufpasste.

Seine Frau Jóhanna war eine hübsche, rötliche, sommersprossige Birke gewesen, als er sie mir zum ersten Mal vorstellte, doch von ihrem bisschen Kinderkriegen ging sie dann untenrum ganz schön auseinander. Die Geburt war schwierig, der Junge wog fast fünf Kilo, glaube ich, und sie ging hinterher nicht wieder richtig zusammen. Er nennt sie Jokehild. Sie sind, so gesehen, ganz nette Leute.

Es war selbstverständlich verboten, einer alten Frau ein Gläschen einzuschenken. Dabei war ich meinen Jungen doch immer eine treusorgende und geduldige Mutter gewesen. Bei all meinen Einladungen ließ ich sie immer mit den Erwachsenen am Tisch sitzen. Ich ermunterte sie, zuzuhören und zu lernen, so etwas wie Kindheit gebe es nicht, das sei bloß schwedische Propaganda: In eurem Alter habe ich draußen auf der Straße gebettelt und in Luftschutzbunkern geschlafen. Und jetzt holt mir einen Drink!

Der Jüngste ist mein Magnús, die Faulpelz-Diva. Kam im Frühjahr 1969. Mein dritter Versuch, ein Genie in die Welt zu setzen. Lache drüber, wer es sich erlauben kann! Und doch ist er Magnús, der Gesetzesverbesserer, denn er legte ein höheres Examen ab als sein Vater, Nachjón, der Stammbaumgelehrte. So gesetzlos wie ich selbst bin, ist es mir doch gut gelungen, all diese Juristen zu heiraten und zu gebären. Maggi folgte dem Beispiel seines Bruders und singt seine Lieder in der Geschäftswelt. Er ist der Banker in der Familie, der Unglücksrabe der Nation, kann man heute wohl sagen.

Von den drei Jungen ist Magnús der einzige, der mich hier in der Garage besucht hat. Natürlich nicht aus purer Nächstenliebe. In der Ära des Business hat jede Stunde ihren Marktwert, selbst der Krankenbesuch eines Sohnes bei seiner Mutter. Beide Male kam er, um Trost zu suchen. Beim ersten Mal hatte ihn seine Frau in die Wüste geschickt, beim zweiten Mal seine Bank. Ich freute mich über beides. Magnús war mit einer Ragnheiður Leifsdóttir verheiratet und hatte mit ihr zwei Kinder, die ich so gut wie nie zu Gesicht bekommen habe. Im Leben ihres Vaters scheinen neuerdings die Schicksalsschläge auszubleiben, denn seit dem Crash hat er sich nicht mehr blicken lassen.

54

MENSCHLICHKEIT

2009

Es ist schon komisch, dass ich altes Wrack noch Tränen fabriziere. Ich verstehe das eigentlich nicht. Hundsföttische Wehleidigkeit! Dass diesem Knochensack außerdem noch auferlegt ist, bis in den Sarg hinein Fäkalien zu produzieren, ist nichts anderes als ein unglaublich schwachsinniger Witz des Himmels. Wir sollen beschäftigt gehalten werden bis zum bitteren Ende. Rackern, rackern, rackern. Bis zur letzten Ausscheidung.

Ich gebe nichts auf Gott. Er ist nichts anderes als eine Anmaßung von uns Menschen, um uns wichtiger zu machen als alles andere. Haben die Kühe sich etwa einen Rindviehjesus erdacht? Nicht einmal der Löwenzahn glaubt an Gott, und er ist doch die dümmste aller Blumen. Und doch sind sie alle klüger als wir Menschen, sie haben das, was ich Erdklugheit nenne. Ja, die Pflanzen und Tiere wissen zu leben. Sie wissen, was leben heißt. Und deswegen haben wir so eine Heidenangst vor ihnen. Unsere Seele weiß nämlich, dass sie mehr wissen als wir. Ich bin sicher, dass der dümmste Löwenzahn über mehr Weisheit verfügt als der Dalai Lama.

Was ich sagen will: wenn hier jemand Gott ist, dann bin ich das, ein Mensch, der achtzig Jahre gelebt hat, ohne den Verstand zu verlieren, der auf vier Kontinenten und neben hundert Männern aus dem Schlaf erwacht ist, der Kinder bekam und verlor und ganze Galaxien von Schwierigkeiten erschuf, um sie mit Zähigkeit und stoischem Gleichmut zu lösen oder zu ertragen.

Alte Leute faseln davon, nun würden sie bald vor Gott treten, aber sie begreifen nicht, dass sie ihm im Leben näher waren, als sie ihm im Tod jemals kommen werden, nämlich als ein Mensch, der in der Menschenwelt alles versucht und all die Prüfungen bestanden hat, die das Leben uns auferlegt, und der am Ende dem Allermenschlichsten von allem ins Auge sieht: dass er sterben muss. Sterben und eingehen zu dem Gott, der den Kern jedes Menschen bildet. Denn wenn wir sterben, verschwinden wir nicht anderswohin, sondern in uns selbst hinein. Ich empfand das so eindringlich, als ich vor der Leiche meiner Großmutter stand. Sie war nicht in Gestalt einer Seele von ihrem Totenbett verdunstet wie eine Wolke über einem Gletscher, sondern hatte sich in sich selbst zusammengezogen, in diese menschliche Göttlichkeit, die man Menschlichkeit nennt und die nichts mit Männlichkeit zu tun hat.

55

ENDE DER KINDHEIT

1941

Nach einem knappen Jahr in Kopenhagen kehrten Mama und ich ins Dritte Reich zurück, mit luftgetrocknetem färingischen Schaffleisch im Gepäck und isländischen Gedanken im Kopf. Es war nicht leicht zu unterscheiden, wo Dänemark aufhörte und wo Deutschland anfing. Alle Dörfer hatten einen Nazianstrich. Durch Flensburg fuhr der Zug langsamer und gab den Reisenden Gelegenheit, die frischgewaschenen Fahnen, gefegten Bürgersteige und geputzten Schaufensterscheiben der Geschäfte zu betrachten, in denen Fotos den Führer und all seine blonden Kinderlein zeigten. Jede einzelne Türklinke dieser backsteinroten Stadt strahlte vor Siegeszuversicht und Selbstbewusstsein, und nicht einmal die Pflastersteine verhehlten ihren Stolz über die jüngsten Erfolge: Ungarn, die Slowakei und Rumänien waren dem Dreimächtepakt beigetreten. Am Bahnhof stiegen wir in einen Rauch speienden Zug um, der uns unter viel Lärm Richtung Westen zur Nordsee beförderte. Dort lag und liegt der kleine Fährhafen Dagebüll, der die Endstation meiner Kindheit werden sollte.

Der Zug hielt mitten im »Ort«, der aus zwei Häusern, einem Hotel und dem Bahnsteig bestand. Von dort gingen wir zum Anleger, zwei bemäntelte Frauen, klein und groß, blond und dunkelhaarig. In unserer Kasse herrschte solche Ebbe, dass wir uns zwei Fährtickets nicht leisten konnten, und deswegen wollte sich Mama auf der Mole von mir verabschieden. Ich sollte allein mit einem Schiff ins Unbekannte fahren.

In meinen Eingeweiden erwachte eine kleine Puppe, die zur Larve wurde, dann zu einem Wurm und schließlich zu einem Hamster. Und als ich vor dem Ende der Mole das Meer sich ausbreiten sah, verwandelte sich der Hamster ganz schnell in einen ausgewachsenen Biber, der seine Schnauze in meine Kehle schob und mir ständig gegen den Gaumen stupste. Ich lockerte meinen roten Schal, aber das half nicht. Ich wusste gar nicht, was mit mir los war. Einen solchen Gast hatte ich noch nie in meiner Brust gefühlt.

Die Fähre war klein, aber die Flut hob sie so weit, dass die Gangway fast waagerecht lag. Einige Passagiere in Sonntagskleidern balancierten vorsichtig an Bord. Wir gingen die Mole entlang, und Mama gab mir letzte Anweisungen: »Denk auch daran, für deinen Vater zu beten!«

Ich brachte kein Wort heraus, nicht einen Pieps brachte ich an der verfluchten Biberschnauze vorbei, die meinen Hals ausfüllte und mir immer weiter gegen den Gaumen stieß. Mit aller Macht schaffte ich es zu schlucken, aber da brachen die Augen; ich fing laut an zu weinen. Mama, Mama! Schick mich bitte nicht raus aufs Meer! Lass mich nicht allein. Lass mich nicht allein!

Sie nahm mich in den Arm und brachte ein paar tröstende Worte hervor, dann konnte sie auch nicht mehr an sich halten. Als sie ihr besticktes, weißes Taschentuch hervorholte, wurde mir klar, dass sie genauso traurig war wie ich, wenn nicht noch trauriger. Verwundert starrte ich sie an, die stärkste Frau, die je auf Erden geboren worden war, die aber jetzt mit gebrochener Seele und zerlaufenem Gesicht dastand, ein Taschentuch als einzigen Schutz. Ich fand auf einmal, dass sie kleiner war als ich, und hatte das Bedürfnis, sie zu trösten, und das war ein so trauriges Gefühl, dass ich gleich wieder zu weinen anfing. Ein Herr mit Hut ging vorbei und warf uns beiden laut heulenden Frauen einen Blick zu. Dann tutete die Männerwelt zur Abfahrt.

»Denk daran, dass ich dich gern habe. Deine Mama hat dich lieb und wird dich immer vermissen, Tag und Nacht. Und im Frühling sehen wir uns wieder.«

Ein Uniformierter trug meinen Koffer an Bord, und ich ging vorsichtig über die Gangway. Auf der Fähre, die rückwärts vom Kai ablegte, ging ich zum Bug und winkte Mama ermattet zu. Sie blieb stehen und winkte, auch als das Schiff längst gewendet hatte – ich war nach hinten zum Heck gelaufen – und bereits einige Schiffslängen zwischen sich und das Ufer gebracht hatte. Ich sah zu, wie meine Mutter wieder ein kleines Mädchen wurde, dann eine Puppe und ein Spielzeugsoldat. Schließlich verschwand sie wie die Sonne im Meer. Ich spürte, wie meine Tränen die Kälte des Meeres annahmen.

Meine liebe Mama.

Mein Unterbewusstsein wusste bereits, dass unsere Trennung viel länger dauern sollte als Januar, Februar, März und April des Jahres 1941.

Meine Kindheit war vorüber.

Im Buch des Lebens, dieser ausführlichen Gebrauchsanleitung, die jeder Reisetasche beiliegt, steht geschrieben, dass jeder Lebensabschnitt mit einem Nervenzusammenbruch endet. In den nächsten Abschnitt treten wir ein wie neugeboren, ausgeweint und schwach, das Heulen echot noch durch unser Inneres. So erreichte ich die Insel Amrum; ein einsames isländisches Mädchen, das im Pokerspiel der Peiniger dieser Welt Vater und Mutter verloren hatte.

56

AMRUM

1941

Am Anleger in Wittdün stand Frau Baum, kerzengerade, in tadellos
gebügeltem Mantel und aufgesteckten Haaren, die Füße auswärts gestellt. Ihr Gesicht sah grau und ernst aus. Die vielleicht 35 Jahre alte
Frau wirkte mit ihren großen Lippen und kleinen Augen irgendwie
mitgenommen, und eine traurige Leere lag über ihr. Die Augen erinnerten mich sofort an zwei kleine Bohnen auf einem leeren Teller,
die Lippen erinnerten an zwei halbrunde Würste. In ihrem Schatten
kauerten die Kinder, drei deutsche Hausordnungsmäuse, und ein
Stück weiter landeinwärts stand ein Mädchen in meinem Alter mit
gerunzelter Stirn. Das war Heike, sie war rein deutsch und meine
Leidensgefährtin bei der Kinderlandverschickung. Ihre Mutter war
beim ersten Bombenangriff auf Berlin ums Leben gekommen, und
ihr Vater ließ um diese Zeit seine Trauer an französischen Bauern
aus.

Ein Mann von der Besatzung trug meinen Koffer an Land. Darin
waren meine besten Anziehsachen, fabrikneue Gummistiefel, zwei
Isländersagas in einer alten Ausgabe und natürlich die Pandorabüchse
der herzschmerzkranken Anneli. Mit einem strengen Blick beschlagnahmte Frau Baum alles.

Wie die anderen friesischen Inseln ist Amrum eine gebogene Sand-
düne, kalkweiß auf der Seeseite, grasgrau auf der Landseite. Sie ist
sechsmal größer als die größte unserer Inseln im Breiðafjörður, und
während des Zweiten Weltkriegs lebten dort etwa tausend Menschen, Frauen, Kinder und wehruntaugliche Männer.

Die Familie Baum besaß ein Haus in Norddorf, ein 365-Seelen-Dorf
am Nordende der Insel. Das Haus war ein klassischer Friesenhof,
weiß, mit steilem, dunklem Strohhut. Drinnen gab es nicht einen einzigen überflüssigen Einrichtungsgegenstand. Die Wände waren kahl,
bis auf ein Schwarzweißfoto des Hausherrn in Naziuniform in der

Wohnstube und einem Farbbild des Führers mit grimmiger Miene in der Küche.

Ein freudig stolzer Unterton trat in die Stimme der Frau, als sie mir ihr Haus zeigte. Sie hielt mir einen langen Vortrag über die Qualität meines Federbetts und verkündete, dass sie meinen Koffer auspacken werde. Ohnmächtig sah ich ihn in ihrem Zimmer verschwinden und war unfähig zu sagen, was mir das Liebste und Wichtigste darin war, abgesehen von meinem Deutsch, das anscheinend ganz nach unten gerutscht war.

Die ersten Tage brachte ich kaum ein Wort heraus. Ein Schock geht nicht in wenigen Stunden vorbei. Ich war verunsichert und verzweifelt und vermisste meine Mutter wie ein Schiff das Meer. Frau Baum war nicht gerade gesprächig, und Heike sah mich schief an. Sie sagte, sie spräche kein Isländisch und schon gar kein Dänisch und behielt ihre Sachen sorgsam für sich. Die Frauen in Kopenhagen hatten einiges durchmachen müssen, aber erst in den Augen dieses Mädchens konnte ich das ganze Ausmaß des Kriegsschreckens lesen. Ihr Leben war ein einziger rauchender Trümmerhaufen. In der ersten Nacht lag ich vor Heimweh nach meiner Mutter wach und beobachtete Heike im Schlaf. In regelmäßigen Abständen zuckte sie im Bett zusammen und zog sich die Decke über den Kopf.

Am Tag darauf begleitete ich sie in die Schule. Als wir das Klassenzimmer betraten, tat sie so, als würde sie mich nicht kennen. Sie schien aber auch in der Klasse keine Freundinnen zu haben. Später zeigte sich, dass sie die Sprache der Einheimischen nicht sprach. Zwar wurde in der Schule auf Deutsch unterrichtet, untereinander sprachen die Kinder aber Friesisch. Das war eine komische Sprache. Jemand hat gesagt, Friesisch sei wie an Land gespültes Holländisch. Ich fand immer, es klang, als versuchte ein sturzbesoffener Däne, der einen ganzen Ozean lang auf einem englischen Frachter angeheuert hat, mit einer holländischen Dirne auf Deutsch zu verhandeln. Wenn ich mich poetischer ausdrücken soll, kann ich auch sagen, Friesisch sei die einzige Sprache des Meeres. Wenn die Nordsee an Land geht und sich in die nächste Kneipe setzt, bestellt sie ihr Bier auf Friesisch. So weit ich weiß, ist den Friesen ihre Meeressprache seitdem abhandengekommen; diese rechtschaffene Sprache wird nur noch von dreizehn alten Frauen in einem Altersheim in Husum gesprochen, die man unbedingt so lange wie möglich am Leben halten will.

Nach der dänischen Behandlung war ich fest entschlossen, diesmal kein Außenseiter zu werden. Das war einfacher, als ich gedacht hatte. Vielleicht, weil für die friesischen Kinder Isländisch nicht fremder war als Deutsch. Außerdem achtete unsere Lehrerin, Fräulein Osinga, sorgsam darauf, dass niemand über Bord ging. Sie war eine helle, lang aufgeschossene Frau um die vierzig und auf ihre zurückhaltende Art ausgesprochen schön, eine Marlene Dietrich mit Dutt, aber schrecklich einsam und ohne Liebe, wie alle Frauen auf Amrum. Entweder waren sie Witwen oder Strohwitwen. An männlicher Bevölkerung gab es nur ein paar ältere Herren, die für das Kriegsgetümmel zu alt waren und sich etwas weibliche Klugheit angeeignet hatten. Amrum war fast eine Fraueninsel.

Als winderprobtes Inselmädchen fügte ich mich blitzschnell in diese Welt ein. Nach einem Monat auf Amrum hatte ich eine friesische Freundin und sang bereits in dieser merkwürdigen Sprache, die mir noch immer schwach im Kopf flattert wie eine ausgefranste Fahne an einem rostigen Mast.

Frau Baum war nicht gerade glücklich über ein weiteres hungriges Maul. Dabei weiß ich, dass Papa ihr eine ansehnliche Summe geschickt hatte. Und arm waren diese Leute bei weitem nicht. Herr Professor Dr. Baum war ein wohlbestallter und -besoldeter Beamter im Tausendjährigen Reich. In Friesland ließ er sich selten blicken. Es wird oft vergessen, wie viel Bürokratie der ganze Kleinkram des Kriegführens mit sich bringt, und von diesen Stapeln und Stempeln konnte sich Herr Baum selten freimachen. Das Haus auf Amrum war ursprünglich einmal das Sommerhaus der Familie gewesen, in Anbetracht der Zeiten und Umstände erschien es aber ratsamer, dass sich Frau und Kinder dort bis zum Endsieg aufhielten.

Englische Bomberflotten überflogen die Insel regelmäßig auf dem Weg zu ihren Angriffen auf Hamburg oder Berlin. Die Jungen im Ort machten sich einen Spaß daraus, die Maschinen zu zählen, und freuten sich wie die Schneekönige, wenn auf dem Rückflug zwei oder drei fehlten. Amrum war natürlich kein Ziel, es war eine Insel außerhalb des Krieges, ein echter »Luftschutzraum«. Ich hatte also meine friedliche Insel auf dem kriegsverheerten Kontinent gefunden, und nachdem der Schock der Trennung abgeklungen war, versuchte ich mich daran zu freuen. Heike und ich mussten allerdings noch unseren eigenen Krieg mit Frau Baum ausfechten.

57

HEIKE & MAIKE

1941

Wir teilten uns ein Zimmer, ein weißgekalktes Verlies mit einem viereckigen Bullauge, das tief in die dicke Mauer eingelassen war, und zwei Daunenbetten auf klobigen Holzfüßen. Im Laufe der Zeit löste sich Heikes Zunge allmählich. Sie erzählte mir von ihrem ruhigen Familienleben vor dem Krieg in einer Wohnung im dritten Stock eines Hauses am Prenzlauer Berg in Berlin. Ihr Vater war Straßenbahnfahrer, und ihre Mutter arbeitete abends an der Kasse eines Theaters. Nach Ansicht des im Krieg abgehärteten Mädchens war ihre Leidenschaft für diesen Beruf die Ursache für den Tod der Mutter. »Das Schicksal hat sie dafür gestraft, dass sie dem Führer nicht mit ganzem Herzen gefolgt ist. Wir müssen alle fest zusammenstehen.«

Ja, sicher, dachte ich und sah meinen Vater vor mir.

Heike schilderte mir auch die Knauserigkeiten, denen sie im Haus der Baums ausgesetzt war. Kleinere Kinder bekamen Magermilch zu trinken, wir aber mussten uns mit Wasser begnügen. Das junge Mädchen aus der Reichshauptstadt wusste, dass »laut Kriegsrecht« jeder Mensch Anrecht auf eine Mindestration Lebensmittel besaß. Frau Baum aber rationierte uns alles mit gekrümmten Fingernägeln. Ein ums andere Mal gingen wir hungrig zu Bett und hungrig zur Schule. Ich aber war ein sturmerprobtes Inselkind, aufgewachsen an der Futterkiste Islands, und wusste, dass das Meer immer etwas Essbares an Land spült. Heike machte große Augen, als ich ihr das erste Seeschwalbenei zum Aussaugen gab, und sie versöhnte sich vollends mit meiner Anwesenheit, als wir es schafften, ungesehen ein paar solcher Eier zu kochen. Ich bezog sie auch in meine Freundschaft mit einem der einheimischen Mädchen ein. Maike hieß sie, war blond, hatte einen Silberblick und rote Wangen. Sie wohnte nicht weit von uns in einem rötlichen Ziegelsteinhaus mit ihrer Mutter, den Großeltern und den Brüdern Siet und Sjoerd. (Was für schöne Namen die Friesen doch haben!) Ihr Vater war ein lieber Familienmensch, dessen Aufgabe darin bestand, Bomben auf englische Kleinstädte zu werfen.

Außer der Familie Tieck war Frau Baum die einzige Deutsche im Dorf, und die Einheimischen waren von ihr nicht gerade begeistert.

Nach der Schule liefen Heike, Maike und ich den Strand nach Essbarem ab. Im Norden schwebte die Insel Sylt wie ein weißer Streifen auf dem stahlgrünen Meer, während wir uns mit den Küstenseeschwalben um deren leckere Eier schlugen. Wir aßen roten Lappentang und von der Sonne getrocknete Braunalgen oder brieten uns kleine Sandaale auf Spießchen. Wenn wir vor dem Ufer einen Seehund entdeckten, fantasierte Heike davon, das Gewehr von Maikes Vater zu klauen. Die wiederum hatte den guten Einfall, nach Treibholz zu suchen. Brennholzmangel war ein ewiges Problem auf Amrum, dabei lagen nicht wenige ausgebleichte Treibholzstubben im hellen Sand, aber man sah sie erst, wenn man näher kam. Wir luden sie auf einen kleinen Bollerwagen, den wir mit viel Mühe durch den Sand zerrten. Dann klapperten wir die Häuser ab und bekamen für unser Brennholz ofengebackenes Brot. Als Frau Baum Wind von unserem Tauschhandel bekam, verlangte sie, dass wir unsere Funde zuerst ihr vorlegten. Es schadete natürlich dem Ruf ihres Hauses, wenn ihre Kostgängerinnen ihren Hunger in andere Haushalte trugen. Unsere ersten Fundstücke landeten daher in ihrem Schuppen und warfen am Morgen lediglich eine halbe Scheibe Brot zusätzlich ab.

Mit unserer nächsten Fuhre Holz gingen wir erst einmal zu Maike und richteten uns dort in einem Außenschuppen unseren eigenen kleinen Vorratsspeicher ein. Gleich nach der Schule liefen wir dort hin und futterten bis zum Abendessen. Selten haben Käsebrote so lecker geschmeckt. Als Frau Baum feststellte, dass wir keinen richtigen Appetit aufbrachten, entschied sie: »Satten Bäuchen tische ich nicht auch noch Essen auf.«

»Wir haben bei Maike bloß ein kleines Stückchen Roggenbrot bekommen«, sagte Heike.

»Solange ihr bei mir in Kost seid, habt ihr nicht bei anderen Leuten zu essen. Jeder muss zusehen, wie er heutzutage durchkommt. Wir haben schließlich Krieg. Außerdem glaube ich zu wissen, wie ihr an euer Brot kommt.«

»Aber wir bekommen … wir werden manchmal … hier nicht satt«, setzte Heike nach.

»Im Krieg wird niemand satt«, erwiderte Frau Baum scharf. »Wir müssen alle Opfer bringen.«

Natürlich registrierte sie, dass ich einen Blick zum Gesicht des Führers hinüberwarf, der von der Wand aus unsere Mahlzeiten überwachte, denn sie setzte noch hinzu: »Für Führer, Volk und Vaterland.«

Dann ließ sie einen kurzen Vortrag über die Ernährungsstrategie des Reiches in Kriegszeiten folgen: Die Menschen an der Heimatfront müssten den Gürtel enger schnallen, weil unsere Armeen alle verfügbaren Nahrungsmittel bräuchten. Sie würden ihnen nachts in speziellen Güterwaggons quer durch die Gebiete, die sie am Tag erobert hätten, zugeführt. Dafür müssten alle Opfer bringen. Der Führer gehe auch darin selbst mit gutem Beispiel voran, denn er würde schon seit langem auf Fleisch verzichten und zu allen Mahlzeiten nur Gemüse zu sich nehmen.

Am Abend betete ich zum lieben Gott, er solle Mama und Oma und Opa Björnsson und Oma Vera beschützen, und Papa auch und … ja, auch Adolf Hitler. Ich hielt mich noch keine Woche in diesem Kriegsland auf, da war der Führer schon zu mir ins Bett gekrochen.

58

ROTE LIPPEN, SCHWARZE SCHUHE

1941

Frau Baum kam bald hinter unseren Holzhandel und nahm uns den Bollerwagen weg. Wir mussten uns also nach anderem Treibgut umsehen. Maike brachte uns bei, »Möwen zu lesen«, und so wurden wir nach und nach zu zweibeinigen Strandratten, die ihren Kumpanen am Himmel folgten und auf der Suche nach Essbarem stets da auftauchten, wo sich Möwen versammelten. Und natürlich gab es an den langgedehnten Stränden einiges zu finden. Die U-Boote torpedierten fleißig Schiffe, und die Nordseewellen verteilten Fracht und Ladung von Skagen bis Ostende. Einmal fanden wir ein aufgeplatztes Fass Heringe, ein andermal fünfzehnhundert Glühbirnen, die allerdings in keine Lampe passten. Es war sehr komisch zu beobachten, wie die Vögel versuchten, etwas mit diesem glitzernden Glühobst anzufangen. Unser wertvollster Fang waren zwei Holzkisten voller kleiner runder Dosen mit Schuhwichse, die wir in Maikes Schuppen brachten und heimlich verhökerten, damit unsere Aufseherin nichts davon mitbekam. Am Abendbrottisch machte sie lediglich eine Bemerkung darüber, dass im Dorf neuerdings alle mit schwarzglänzend gewienerten Schuhen herumliefen. Uns gelang es, ein Grinsen zu unterdrücken, und ich sagte: »Das ist wegen des Festes.«

»Was für ein Fest?«

»Das Biikebrennen zum Petritag nächste Woche.«

Frau Baum hatte noch nie einen Winter auf der Insel verbracht und kannte daher diesen urfriesischen Brauch nicht, der wahrscheinlich noch aus der Heidenzeit stammt. Am Abend des 21. Februar versammeln sich alle am Strand, wo jede Dorfgemeinschaft einen Scheiterhaufen aufgeschichtet hat, ihre *Biike*. Es wird gesungen und getanzt, und in manchen Dörfern verbrennt man das Petermännchen, eine Strohpuppe, die den Winter symbolisieren soll; mit ihrem Verbrennen soll auf der Erde der Frühling entzündet werden. Maikes Großvater erzählte uns, dass früher die Frauen die Feuer entfacht hätten, um ihre Männer zu verabschieden, die auf Walfang fuhren. Ihre Großmutter ergänzte verschmitzt, dass die Friesenmädel damit zugleich den Burschen auf dem Festland signalisiert hätten, dass die Inseln nun ohne Männer waren. Frau Baum hörte sich erstaunt unsere Geschichte an und entschied dann, »dieser Quatsch« sei in Kriegszeiten mehr als überflüssig.

»Wollen die Leute wirklich die Küste entlang Feuer entzünden? Da können sie den Engländern doch gleich eine Einladung schicken, sie mit Luftminen zu bombardieren«, sagte sie, lehnte sich breitbeinig und kittelschwitzig auf ihrem Stuhl zurück und schüttelte den Kopf, bis ihr die Dauerwelle um die Schläfen flog.

»Mama, was sind Luftminen?«, fragte ihre Tochter, ein Blondchen mit roten Apfelbäckchen.

»Das sind Bomben, die böse Männer, die in England leben, aus Flugzeugen abwerfen, um Häuser zu sprengen, damit die Menschen darin sterben«, erklärte Heike schnell.

»Warum wollen sie, dass die Menschen sterben?«

»Weil sie Deutsch reden und nicht Englisch«, antwortete ich.

»Mama, ich will nicht sterben. Ich will lieber Englisch reden«, sagte die Kleine und begann zu weinen. Ihre Mutter regte sich fürchterlich auf.

»Warum erzählt ihr so etwas? Was ist das für ein Unsinn! Außerdem will ich nicht, dass ihr hier ständig dieses Friesenfriesisch redet. Ihr seid hier im Deutschen Reich, ihr geht in eine deutsche Schule, und ihr solltet auch Deutsch sprechen!«

»Nein, Mama, ich will lieber Englisch sprechen«, schluchzte die Kleine noch einmal.

Obwohl wir erst elf waren, begriffen wir den Ausbruch der Frau auf überweibliche Weise: Hier steckte eine Frau in tiefsten Nöten auf einer fremden Insel fest. Ihr Zorn richtete sich im Grunde nicht gegen uns, sondern gegen etwas ganz anderes. Es war nicht persönlich zu nehmen. Am selben Tag hatte ich einen Brief von Mama gelesen, der ebenfalls voller Ausrufezeichen war: »Ach, hätte ich dich doch bloß bei mir! Ich vermisse dich so schrecklich, Kind! Und vergiss nicht, auch für deinen Vater zu beten!«

Frau Baum war nicht die Einzige, die sich wegen der angekündigten Feuer am Strand Sorgen machte. Im Dorf gab es Streit deswegen. Die andere deutsche Familie in Norddorf, die Tiecks, tobten. Ihre Tochter Anna verbreitete die Ansicht in der Schule und prophezeite, dass alle, die zum Feuer gingen, durch englische Kugeln fallen würden. Heike nickte dazu mit gerunzelter Stirn. Schließlich traf eine Anweisung aus Berlin ein, dass sämtliche Feuer an den Küsten des Reichs zu unterlassen seien. Es gab in diesem winzigen Ort allerdings keinen hakengekreuzten Beamten, und es spricht Bände über die Unabhängigkeit der Friesen, dass sie sich uneingeschüchtert um ihre Feuer sammelten, wie sie es an diesem Februartag die letzten tausend Jahre getan hatten.

Heike trat umgehend aus unserem friesisch-isländischen Verein aus und beschimpfte mich unter der Bettdecke, wie ich nur diesen Blödsinn mitmachen könne.

»Frau Baum hat recht. Überholte alte Bräuche müssen abgeschafft werden. Wir müssen zusammenstehen.«

»Aber wir veranstalten das Ganze doch nicht. Wir wollen doch bloß hingehen und … zusehen.«

»Herra, wir befinden uns im Krieg! Wer da neutral bleibt, ist feige. Dieses Feuer ist eine Gefahr für das Deutsche Reich.«

»Also gut. Dann gehen wir hin und löschen es. Machst du mit?«

Sie gab keine Antwort.

In der Woche des Feiertags selbst wurden zwei silbern glänzende Metallbehälter von der Größe eines Koffers an unseren Strand gespült. Heike und Maike wollten mir verbieten, mich ihnen zu nähern, und verwiesen auf die Tatsache, dass selbst unsere Spürhunde, die Möwen, sich in respektvoller Entfernung hielten.

»Das ist doch nur, weil die Behälter nach nichts riechen«, sagte ich.

»Eben. Sprengstoff riecht nicht.«

Meine dumme, isländisch ahnungslose Neugier ließ sich aber nicht zurückhalten. Die beiden anderen Mädchen hielten sich in Schreientfernung, als ich mich den Metallbehältern näherte und schließlich die Verschlüsse öffnete. Oh ja, sie enthielten allerdings Sprengstoff, sie waren nämlich voll mit Lippenstiften, mit hundert, zweihundert kriegsbemalungsroten Lippenstiften. Triumphierend rief ich die beiden herbei. Nachdem wir mehrere Farben ausprobiert und uns kaputtgelacht hatten, füllten wir uns die Taschen mit den Dingern und trugen die Behälter in ein Versteck. Wir gruben sie in eine Düne und deckten sie sorgfältig wieder zu.

Zum Feuer am Vorabend des Petritags erschien jede Frau des Dorfes in schwarzglänzenden Schuhen und mit feuerroten Lippen.

59

EIN MANN VOM HIMMEL

1941

Frau Baum verbot ihren Mädchen, zum Biikebrennen zu gehen, und schloss uns sicherheitshalber in unser Zimmer ein. Heike war mit ihrer Pflegemutter ganz einer Meinung, und wir stritten uns heftig, jede auf ihrem Bett sitzend, während das Abenddunkel allmählich das Zimmer füllte. Ich war fest entschlossen zu gehen. Ein Reich, das nicht ein einziges Feuer am Strand verkraften konnte, würde wohl kaum tausend Jahre halten. Maike und ich hatten fleißig mit angepackt und so manchen schönen Stubben zu dem Scheiterhaufen beigetragen. Das Feuer, das er abgeben würde, wollte ich nicht verpassen.

»Willst du dich umbringen lassen?«

»Mich umbringen lassen?«

»Jawohl, das endet doch mit einem Luftangriff der Engländer, wenn die das Feuer sehen.«

»Ist mir egal.«

»Ist dir egal? Willst du dich wirklich umbringen lassen?«

»Ja, ja.«

»Warum?«

»Weil ich … weil ich neugierig bin. Eine Isländerin.«

Maike klopfte ans Fenster. Nach einem kleinen Ringkampf konnte ich mich von Heike losreißen und aus dem Fenster klettern. Wir liefen zum Strand und kamen gerade rechtzeitig, bevor der Stapel in Brand gesteckt wurde.

Der Abend war kalt und still. Frost lag in der Luft. Das Schweigen war so dicht wie der Sand und die Dunkelheit, bis ein älterer Feuerwehrmann das Feuer in Gang brachte. Etwa hundert Menschen hatten sich aus den Häusern getraut und standen nun vor dem knisternden Feuer. Natürlich waren die Leute nicht ohne Angst, doch der Druck der letzten Wochen verband sie miteinander. Irgendwann begann jemand zu singen. Männer und Frauen fielen ein, legten ihren Nachbarn die Hände auf die Schultern und wiegten sich so im Takt zum Feuer, den Flammen und der Melodie:

> Klink dan en daverje fier yn it roun,
> Dyn âlde eare, o Fryske groun!

Die Frauen hatten sich sorgfältig zurechtgemacht, rote Lippen über glänzenden Schuhen, und sahen aus wie Flamencotänzerinnen. Die Zwillinge aus dem Nachbarhaus, die sonst immer mit vorgebogenen Schultern über den Hof gingen, weil ihre Brüste sprossten, leuchteten im Feuerschein lebenslustig auf. Blicke flogen wie Funken aus den Flammen und verglommen im Dunkel der Nacht. Es gab keine jungen Männer, um aus den Funken Brände werden zu lassen. Die waren weit, weit weg, in Laibach oder Nordafrika und aßen gierig Pferdewurst aus offenen Eisenbahnwaggons. Hier schunkelten lediglich lendenlahme Lebensabendmänner zwischen Mädchen- und Frauenbrüsten und ließen die letzten Strahlen ihrer Triebsonne über die Gipfel lecken, auf denen sie einstmals gestanden hatten.

Plötzlich grummelte etwas von oben. Die Leute hörten sofort auf zu singen und blickten in den Himmel. Es war nichts zu sehen, aber das Dröhnen nahm zu. Die Deutschen hatten also doch recht gehabt; das Feuer lockte englische Bomben an. Wie liefen sofort vom Feuer weg und verstreuten uns über den Strand. Maike und ich kamen nicht weit, denn die Fluggeräusche gingen in Sturzgeräusche über, und wir drehten uns um. Aus dem nachtdunklen Himmel tauchte etwas Undeutliches auf, das mit weißen und roten Ringen verziert war, nur ganz kurz, dann verschwand es mit einem salzigen Aufklatschen im Meer, nicht weit vom Ufer. Wir sahen noch einen halben Flügel aus dem Wasser ragen; mit leisem Zischen entwich daraus heller Rauch. Fragezeichen wuchsen wie schnellwachsende Blumen aus dem Sand, gekrönt von großen Augen.

Ich bemerkte, dass Anna Tieck, die Deutsche, nicht weit von uns im Sand kauerte. Anna Tick nannte ich sie in den Briefen an Mama. War sie also doch gekommen. Jetzt guckte sie Maike und mich verachtungsvoll an. Ein überlegter alter Mann, dem sein Leben sicher nicht mehr viel wert war, stand schließlich auf und ging aufs Wasser zu. Maike und ich folgten ihm vorsichtig. Bald nahmen wir im Meer Bewegungen wahr, und nach einigen weiteren gespannten Augenblicken entdeckten wir einen Menschen, der auf uns zu schwamm.

»Wer da?«, rief der alte Mann auf Deutsch.

Keine Antwort. Ein junger Mann in einer glänzenden Jacke richtete sich im Wasser auf und watete erschöpft auf uns zu. Wie es aussah, war er unbewaffnet. Sobald er das Trockene erreicht hatte, blieb er stehen und musterte uns kurz, dann sank er auf die Knie und holte keuchend Atem. Wasser tropfte ihm aus den Haaren.

»Wer sind Sie?«, wiederholte der Alte auf Deutsch.

Immer mehr Leute kamen hinzu. Hinter uns knisterte das hell leuchtende Feuer.

Der Mann richtete sich auf und fragte: »Ist das hier Wannsee?«

»Wie bitte?«

»Ist das hier Wannsee?«

Er sprach Deutsch mit englischem Akzent.

»Sind sie Engländer?«, fragte eine Frauenstimme in unserem Rücken.

»Yes«, sagte er, hob die Arme und fuhr dann mit resignierter Stimme auf Englisch fort: »Nehmen Sie mich fest.«

Die Friesen sahen sich an, den Mann, dann wieder einander, ohne dass einer etwas gesagt hätte. Der Soldat war noch jung, er hatte ein hübsches Gesicht und dunkle Haare. Seine Lippen zitterten vor Kälte. Er trat auf uns zu, drehte sich dann um und zeigte aufs Meer hinaus zu dem Wrack, wollte etwas sagen, bekam aber einen Hustenanfall und krümmte sich zusammen. Dann beugte er sich vor und erbrach sich auf den Strand. Eine ältere Frau trat mit einer Decke auf ihn zu und legte sie ihm um die Schultern. Eine jüngere Frau half ihr. Gemeinsam führten sie den Flugzeugbrüchigen zum Feuer. Er trug eine hüftlange Lederjacke, die auf dem Arm und auf der Brust mit dem Schriftzug *Royal Air Force* markiert war. Durch seine Unterlippe führte eine hübsch helle Narbe zum Kinn hinab.

Der Engländer machte ein paar Schritte, dann hielt er inne und machte zwei Männern in gebrochenem Deutsch verständlich, dass sich sein Kamerad noch im Wrack befand. Während die Frauen den jungen Mann zum Feuer brachten, wateten die Männer zu dem Wrack hinaus. Sie waren schon älter und trauten sich nicht weiter als bis zu den Knien, das Wasser war eiskalt. Bei der abgestürzten Maschine war keine Bewegung auszumachen, bis sie den sanften Wellen nachgab und die steil aufragende Tragfläche mit einem Aufklatschen umfiel.

Die beiden älteren Männer kamen kurz darauf zurück und gesellten sich wieder zu den Übrigen am Feuer. Die Frauen hatten dem Engländer Jacke und Hemd ausgezogen und ihn wieder in die Decke gewickelt. Eine hatte ihm noch eine rote Strickstola um die Schultern gelegt. Mit gekreuzten Beinen und klappernden Zähnen saß er im Sand und starrte, umgeben von den Müttern und Töchtern Frieslands, ins Feuer. Maike und ich schauten ihn ganz hingerissen an. Noch nie hatte ich einen so gutaussehenden Mann gesehen, außer vielleicht in Kopenhagen auf der Leinwand. So hübsche und regelmäßige Gesichtszüge wurden auf dieser Seite der Nordsee nicht produziert. Und ich hatte gedacht, alle Engländer seien wild gewordene Mörder.

Unsere Lehrerin, Fräulein Osinga, sprach leidlich Englisch. Sie hockte sich nun neben den Ankömmling und gab den Übrigen die Auskunft weiter, dass er William heiße und der Annahme sei, bei Berlin am Wannsee abgestürzt zu sein. Mehr war aus ihm nicht herauszubekommen. Er war offensichtlich am Boden zerstört über seinen Irrtum, der seinen Kameraden wohl das Leben gekostet hatte. Man konnte ihm kaum begreiflich machen, wo er sich befand.

»Freezeland?«, wiederholte er fragend.

Die Frauen betrachteten diesen traurigen Jungen mit träumerischen Blicken und feuerroten Lippen. Kaum etwas erregt mehr die Brust der Frauen als ein schöner junger Mann, den sie bemitleiden können. Ganz unversehens war hier ein Glückstreffer vom Himmel gefallen. Eine Sexbombe aus England.

»Er sieht unglaublich gut aus, findest du nicht?«

»Doch«, wisperte Maike, »kann doch nicht sein, dass der Engländer ist.«

Ein neuerliches Dröhnen wurde laut, diesmal vom Meer. Von Süden kam in schneller Fahrt ein Boot, das mit einem Lichtkegel den Strand absuchte. Die, die um den Engländer herum saßen, sprangen auf, und auch er erhob sich. Das Boot kam schnell näher. Ein Suchscheinwerfer schaukelte nun direkt vor dem brennenden Holzstoß. Eine befehlende Männerstimme rief durch ein Sprachrohr herüber: »Feuer ausmachen!«

Wir standen alle ganz erstarrt und sahen zu, wie einer der langen Mäntel der Machthaber an Land watete. Vor mir sah ich, wie Fräulein Osinga mit einem Fuß Sand über die nahe am Feuer liegende Lederjacke des Piloten scharrte. Der Offizier war groß und bewegte sich steif, als hätte er keine Kniegelenke, seine Kiefer waren markant ausgeprägt. Er hielt ein Sprachrohr in der Linken. In der Rechten glänzte eine Pistole. Er brüllte uns an, wir sollten endlich das verdammte Feuer löschen, was das für ein Wahnsinn sei.

»Feuer ausmachen!«

Seine Mütze trug er tief in die Stirn gezogen. Der Engländer begann wieder zu zittern. Zwei kleine Jungen liefen schreiend davon, den Strand hinauf. Es waren Maikes Brüder. Ihre Mutter sah den Jungen kurz nach, stieß einen unterdrückten Ruf aus, drehte sich aber gleich wieder um und sah, dass der Offizier die Pistole erhoben hatte. In einer blitzschnellen Reaktion warf sich die Löwin auf den Lauf und lenkte den Schuss ab, der irgendwo ins Dunkel hinter dem Feuer ging. Der Schütze schleuderte die Frau von sich, schoss noch zweimal außer sich vor Wut in Richtung der Dünen und richtete die Pistole dann auf die Frau, die zu seinen Füßen lag und auf Deutsch wimmerte: »Ja, schießen Sie … erschießen Sie lieber mich.«

Dem Mann im Mantel blieb jedoch keine Zeit, die Mutter zu erschießen, denn die beiden Soldaten traten auf ihn zu und zeigten aufs Meer. Der Lichtkegel war vom Land weggeschwenkt und beleuchtete nun das Flugzeugwrack. Alle drei stürzten zum Wasser zurück. Maike verlor die Fassung und warf sich laut weinend über ihre Mutter, die noch immer im Sand kauerte.

Das Boot näherte sich dem Wrack, der Mantelträger aber kam zum Feuer zurück. Seine Soldaten brachten Eimer mit und befahlen den Männern, Wasser zu holen, um das Feuer zu löschen. Der Offizier schob den Mützenschirm höher und stapfte steif, aber gefasst im Kreis; über die beiden Frauen, die vor seinen Füßen lagen, grinste er. Als ihm endlich klar wurde, dass hier lediglich am Krieg völlig unbeteiligte Frauen, Jugendliche, alte Männer und Kinder versammelt waren, legte sich sein Pflichteifer, und er raffte sich sogar zu einem Lächeln auf.

»Sie sind also Friesen? Alle zusammen? Und bilden sich ein, Sie hätten mit dem Krieg nichts zu tun? Sie glauben tatsächlich, Sie könnten hier mit ihrem Brauchtumsringelpietz weitermachen, als ob nichts wäre. Als ob es keine Gefahr gäbe. Entfachen ein Leuchtfeuer. Einfach so.«

Hinter ihm kicherte das Feuer, als die ersten Eimer Wasser darauf niederschwappten. Maike schniefte noch immer im Schoß ihrer Mutter, die sich mit den Handrücken die Tränen aus dem Gesicht wischte.

»Was ist mit diesem Flugzeug da passiert? Haben Sie gesehen, wie es abgestürzt ist?«, fragte der Offizier weiter.

»Ja«, sagte unsere Lehrerin.

»Sind Sie beschossen worden?«

»Nein.«

»Was ist denn passiert? Wurde das Flugzeug abgeschossen?«

»Nein, ich glaube nicht. Es ist einfach abgestürzt.«

»So, so. Es fiel vom Himmel, und Sie machten einfach weiter mit Ihrem friedlichen Friesenleben, als ob überhaupt nichts passiert …« Er brach plötzlich ab, als er den Engländer wahrnahm, und trat auf ihn zu: »Wer sind Sie?«

Die ganze Gruppe hielt den Atem an.

»Wi … William«, murmelte der Flieger.

»Willem?«

»Ja«, antwortete der junge Mann mit den feuchten Haaren akzentfrei. Ein einfaches, klares Ja, das sich nirgends zuordnen ließ; es konnte ebenso gut deutsch, dänisch, friesisch oder holländisch sein.

»Und wie kommt es, dass Sie nass sind?«

Der junge Mann wollte etwas stammeln, brachte aber kein Wort über die Lippen, die noch stärker zitterten als vorher. Der ältere Mann, der ihm entgegengegangen war, kam ihm auch diesmal zu Hilfe: Er … er ist hingewatet … um nachzusehen, ob der Pi… der Pilot … auch wirklich tot ist.«

Ich hatte gemerkt, dass Anna Tick links ganz dicht bei mir stand, und ohne sie anzusehen, spürte ich, dass sie kurz davor war zu explodieren.

»Und? War er tot?«, fragte der Offizier.

»Ja … vielmehr nein … noch nicht ganz … er musste … er musste noch mit ihm kämpfen. Stimmt's nicht?« Der alte Mann warf dem Engländer einen Blick zu, den dieser kurz erwiderte, ehe er den Blick auf den Sand senkte und ergeben mit dem Kopf nickte.

Die Männer mit den Eimern kamen zum zweiten Mal mit Wasser, und das Licht des Feuers wurde mit einem Zischen dunkler.

»So? Ein Held sind wir also«, sagte der Offizier spöttisch und warf sich in die Brust. »Aber Helden lassen doch nicht den Kopf hängen.« Mit dem Lauf seiner Pistole hob er das englische Kinn und schaute dem Mann forschend in die Augen. »Und was macht so ein junger

Held hier auf einer Frauenveranstaltung? Wieso sind Sie nicht eingezogen? Sind Sie etwa ein Deserteur?«, sagte er scharf und riss dem Piloten Schal und Decke herunter, dass er nur noch mit seinem weißen Unterhemd bekleidet dastand.

Der Offizier ließ das Sprachrohr fallen und riss dem Engländer das Unterhemd herunter. Ein schöner Torso bot sich den Damen und Invaliden im schwachen Feuerschein zum Anblick. Aus tiefer Scham, wenn nicht vor Angst senkte der junge Mann den Kopf, der Offizier aber packte ihn an der rechten Schulter und drehte ihn zu sich. In einer sadistisch schwulen Aufwallung befahl er dem Jungen, auch die Hose auszuziehen.

Dann ließ er eine Weile verstreichen und musterte den jungen Mann. Man konnte das Verlangen in ihm brodeln hören. Schließlich machte er einen Schritt auf den Jungen zu, steckte ihm den Pistolenlauf in den Hosenbund und schob die Unterhose nach unten. Zugleich befahl er ihm, aufrecht stehenzubleiben.

»Stillgestanden!«

Vor uns stand ein nackter Mann, ein wahrer Amor in seiner ganzen flammenden Anbetungswürdigkeit. Diesen Anblick werde ich nie vergessen. Auch siebzig Jahre später nicht, abgelebt und verbraucht, mit einer Pusteblume auf dem Sterbebett. Ich sehe ihn immer noch vor meinen Augen wie den eigentlichen Sinn des Lebens. Nie zuvor hatte ich etwas so furchteinflößend Herrliches und so lächerlich Hässliches gesehen, etwas so über die Maßen Wahres. Trotz des frostigen Abends und der hundert Frauenaugen war das englische Glied höchst ansehnlich und regte sich unter den Kälteschauern seines Besitzers ein wenig in seinem Körperwinkel: ein vom Feuer vergoldeter Priapos. Der Schirmmützenträger war ebenso verblüfft wie wir anderen. Er starrte das Prachtstück eine Weile an und ließ dann mit einem Lachen wieder seine Stimme hören und rief seine Männer zusammen.

»Das ist genau das, was die deutsche Wehrmacht braucht!«

Sie lachten derb, und er wiederholte den Satz, stieß dann noch mehr Gelächter aus. Die Vorstellung endete so schnell, wie sie begonnen hatte, als drei alte Friesen ebenso viele Eimer auf das Feuer schütteten. Es wurde vollständig dunkel. Der Suchscheinwerfer des Boots blieb die einzige Lichtquelle am Strand. Vom Wasser her wurde gerufen, aber der Mantelträger achtete nicht darauf, sondern fragte den Nackten nach seinem vollen Namen. Der Engländer murmelte etwas, kaum hörbar.

»Wie bitte?«, brüllte der Deutsche.

»Er heißt ...Willem...Willem Wannsee, Herr Offizier«, erklärte Fräulein Osinga.

»Aha. Willem Wannsee also«, brummte der Offizier, zog Schreibblock und Bleistift aus dem Ledermantel und notierte den Namen. »Sie hören noch von uns!«, blaffte er danach den Jungen an, trat grinsend auf ihn zu und stieß den Pistolenlauf gegen das englische Körperteil.

Wieder wurde vom Boot gerufen, und der Mann im Mantel steckte den Notizblock ein. Er wollte sich gerade abwenden, als Anna Tieck plötzlich vortrat und den Mund öffnete. Bevor sie den englischen Piloten verraten konnte, sprang ich sie von hinten an und hielt ihr den Mund zu. Sie schlug um sich, und wir fielen hin. Ich landete unter ihr, konnte ihr aber Arme und Beine und die deutsche Zunge festhalten.

Fräulein Osinga rief: »Mädchen, was soll denn das?«

Die Menge drehte sich um, blieb aber auf Abstand. Der Mann mit der Pistole grunzte verdutzt über diese plötzliche Kinderbalgerei, konnte aber nicht wissen, dass es dabei um Leben und Tod ging. Als er davonging, hatte sich Anna frei gerungen und war aufgestanden. Ich schaffte es gerade noch, zwei Finger von hinten in ihren Hosenbund zu krallen und sie wieder zu Boden zu reißen.

»Er ist Eng...!«, konnte sie ihrem Landsmann nachrufen, aber ich erstickte ihre Stimme mit der flachen Hand. Sie starrte mich mit einem rasenden Blick an, konnte sich wieder befreien und wollte dem Offizier zum Ufer nachlaufen, aber die anderen hatten einen Halbkreis um uns gebildet und hinderten sie daran.

Sie brüllte: »Er ist ein Engländer!«

Manche öffneten den Mund, aber keiner traute sich, dem Mädchen den Mund zu stopfen. Sie rief noch einmal, drang aber nicht durch die Menge. Viele Blicke wanderten zurück zu dem Mann im Mantel, der platschend zu seinem Boot hinauswatete, ohne sich umzudrehen. Wenig später war er an Bord, und das Boot drehte mit seinem Scheinwerferkegel nach Norden ab.

Maike und ihre Mutter liefen aus der Menge zu den Dünen, die Strand und Dorf voneinander trennten. Aus dem Dunkel hörten wir sie die Namen der Jungen rufen, Siet und Sjoerd.

Am Strand war es bis auf das Sternenlicht dunkel. Drei Frauen halfen dem Engländer in Hosen, Schal und Decke, drei andere sahen dabei zu. Anna, die Deutsche, bedachte mich mit mörderischen Blicken.

60

EINE LEDERJACKE

1941

Aufgewühlt stand ich noch eine Weile bei den Überresten des Feuers. Wasserheller Rauch stieg von den rußgeschwärzten Bohlen auf. In der Nähe des Holzstoßes trat ich auf etwas, das im Sand lag. Ich bückte mich und zog die Bomberjacke des Piloten hervor. Sie war aus Leder und dick gefüttert, schwer vor Nässe. Ich nahm sie trotzdem mit, folgte der Menge, die quer durch die hellen, von Strandhafer gekrönten Dünen Richtung Dorf ging.

Lichter blinkten zwischen den dunklen Halmen, abenddunkle Lämpchen in Fenstern und taghelle Laternen auf geraden und schiefen Masten. Zwischen den hölzernen Masten waren gummibanddünne Leitungen gespannt, die mit mattem Leuchten das Licht von Mast zu Mast transportierten.

Ich fand weder Maike noch ihre Mutter, aber an einer beleuchteten Ecke im Dorf kamen die Zwillinge, die nebenan wohnten, aus ihrer Straße und teilten mir mit, dass die beiden Jungen unverletzt seien. Ich atmete auf, aber die Aufmerksamkeit der Schwestern richtete sich ganz auf die Jacke, die ich über dem Arm trug. Sie wollten unbedingt wissen, ob etwas in den Taschen wäre.

In einer Seitentasche steckte eine Tafel Schokolade in einer feucht gewordenen Verpackung. Ich brach ihnen Stücke davon ab und probierte auch selbst. Es schmeckte bitter, wie starke Kochschokolade.

»Was ist mit Anna?«, fragte ich und brachte damit die zwitschernden Gesichter der Zwillinge zum Verlöschen.

In diesem Augenblick hörten wir ein Brummen am Himmel und blickten nach oben. Vier englische Bomber flogen von Osten kommend über das Dorf und verschwanden über der Nordsee. Ich bat die Schwestern, die Jacke aufzubewahren. Ich wollte sie nicht mit in Frau Baums Haus nehmen. Sie nahmen sie und sagten, der Engländer sei bei Fräulein Osinga und würde heute bei ihr übernachten. Dann fingen sie wieder an zu schwelgen, wie schön und gut aussehend und stattlich er sei, bissen sich dann aber auf die Zunge und sahen zum Westhimmel auf, wo das Dröhnen der Bomber langsam verklang.

61

BRANDZEICHEN

1941

Ich schlich mich in den Garten, an der Hauswand entlang, und wollte gerade zu unserem Fenster hinaufklettern, als ich ein seltsames Geräusch hörte. Es kam aus dem Badezimmer. Hinter einer blassgrünen Gardine glomm schwaches Licht, und von drinnen war tiefes Stöhnen der Hausherrin zu vernehmen. War sie krank? Als es aber an Intensität zunahm, wurde mir klar, dass es aus anderen Gründen ausgestoßen wurde. Ich freute mich für sie, klomm zum Fenster hinauf, stieg ein und kroch gleich in mein Bett.

Heike lag auf ihrem Kissen, die Decke bis zum Kinn hochgezogen. Sie sah aus, als würde sie schlafen, aber in der sternenhellen Dunkelheit war gut zu sehen, dass da ein Kind lag, das versuchte, vor einer Welt voll schwarzer Nacht die Augen zuzudrücken. Ich sah sie so lange an, bis sie aufgab und die Augen aufschlug.

»Verräter.«

»Möchtest du Schokolade?«, fragte ich und hielt ihr die angebrochene Tafel hin.

»Schokolade?«

»Ja, haben wir beim Feuer bekommen.«

»Nein, ich habe mir die Zähne geputzt.«

»Du, hör mal, wenn ein Mann nackt ist, dann ist er …«

»Was?«, fragte Heike.

»Wenn ein Mann nackt ist, ist er nichts als ein Mann.«

»Wie bitte?«

»Dann ist er weder ein Deutscher noch ein Engländer. Das heißt … also, solange er den Mund nicht aufmacht und die Klappe hält. Sieh her!«, sagte ich, schob Pullover- und Blusenärmel weit hoch und hielt meinen entblößten Arm zu ihrem Bett hin. »Ein nackter Arm, Blut und Knochen. Du siehst nicht, ob er isländisch, dänisch oder friesisch ist … oder meinetwegen deutsch.«

Sie sah den Arm schweigend an.

»Du kannst nicht wissen, welche Nationalität er hat«, wiederholte ich.

Plötzlich schossen ihre Arme unter der Decke hervor, einer packte meinen nackten Arm, während die andere Hand nach der Schere auf dem Nachttisch griff. Sie richtete sich auf, hielt mich gewaltsam und mit einer Kraft fest, die mich dermaßen überraschte, dass ich keine Gegenwehr leistete. In Bruchteilen von Sekunden ritzte sie mir mit der Schere kurz oberhalb des Ellbogens ein Hakenkreuz in die Haut. Dann ließ sie mich los. Aus der Wunde sickerte Blut. Ich verzog das Gesicht vor Schmerz und stürzte zum Badezimmer, dessen Tür jedoch immer noch verschlossen war.

Ich ging in unser Zimmer zurück und fiel wüst schimpfend über

Heike her. Sie hatte sich in eine Ecke zurückgezogen, dass kaum noch ihr Schopf zu sehen war, gab aber durch die Decke zurück: »Das hattest du verdient.«

Ich nahm einen Strumpf und verband damit die Wunde am Arm, zog mich aus und legte mich ins Bett. Heike schien bald einzuschlafen, ich aber lag wach. Die aufregenden Ereignisse des Abends gingen mir noch nach und beschleunigten meinen Herzschlag.

Schließlich entschloss ich mich, mir ein Glas Wasser zu holen. Ich hatte einen merkwürdig trockenen Hals. Die roten Fliesen auf dem Küchenfußboden waren beleuchtet, und das Licht wurde von den Fenstersprossen gerastert. Der Mond war aufgegangen. Nach isländischer Gewohnheit ließ ich das Wasser erst einmal laufen, wie ich es im Winter in Reykjavík gelernt hatte, damit es kalt würde. Doch nach einer Weile flog die Badezimmertür auf, und Frau Baum kam in die Küche.

»Nanu, du bist's. Was machst du hier?«

»Ich wollte mir Wasser holen.«

»Gut, hol dir Wasser, aber lass es nicht einfach laufen«, sagte sie, nahm ein leeres Glas aus dem Regal, ließ es volllaufen, drehte den Hahn zu und reichte mir das Glas.

»Wo bist du gewesen? Wo bist du hingegangen? Etwa zum Strand? Das habe ich euch verboten. Ich habe mir solche Sorgen um dich gemacht. Wann bist du zurückgekommen? Oder kommst du gerade jetzt erst? Wie siehst du überhaupt aus, Kind? Warum siehst du mich so an? Ist etwas passiert? Hast du etwa Bier getrunken?«

Ich konnte mir unter neun Fragen eine aussuchen, ließ es aber damit bewenden, auf die Perlenkette zu deuten, die sie um den Hals trug. Das brachte sie aus dem Konzept.

»Ich habe sie nur einmal anprobiert«, sagte sie.

Ich hatte diese stocksteife Frau noch nie in so verführerischem Licht gesehen. Mit feuerrotem Lippenstift hatte sie ihrem Gesicht sogar eine gewisse Schönheit verliehen. Sie trug ein schulterfreies, seidenartiges Unterkleid und dazu eine Perlenkette, die mir sehr bekannt vorkam. Jetzt wusste ich, was für einen Abend sie erlebt hatte.

»Das ist ein wahres Zauberkästchen«, sagte ich.

»Wie bitte?«

»Mein Schmuckkästchen. Es hat etwas Besonderes an sich. Ich kann es nicht genau erklären, aber haben Sie nicht auch … etwas gespürt?«

»Wann?«

»Als Sie es geöffnet haben?«

Die Frau fixierte mich mit ihren kleinen, grauen Augen und erwog genauestens die Frage: Spricht man über so etwas mit einem elfjährigen Mädchen?

»Doch, in der Tat, da war … es war …« Ihr Blick fiel auf den Strumpf, den ich mir um den Arm gebunden hatte. »Was ist denn das?«

»Nichts, ich habe mich nur an etwas gestoßen.«

»Woran?«

»Deutschland.«

Danach sagte ich, ich wolle in mein Zimmer zurück, und bedankte mich höflich für das Wasser. Auf frischer Tat ertappt, gab sie sich seidenweich, willigte mit einem »Bitte« ein und wünschte mir eine gute Nacht. Nach diesem Gespräch in der Mondscheinküche fiel sie nie wieder über mich her. Schlaf konnte ich hingegen in jener Nacht kaum finden, knabberte noch mehr Pilotenschokolade und betrachtete das Gesicht des deutschen Waisenkinds auf dem Kissen. Sie war so hübsch, wenn sie schlief. Hol sie der Teufel! Sollte ich für den Rest meines Lebens eine Hakenkreuznarbe tragen? (Sehen wir einmal nach. Ich krempele den Ärmel meines weißen Krankenhausnachthemds auf. Oh ja, auf meinem schuppigen Oberarm zeichnet sich noch immer ein schlecht ausgeführtes Hakenkreuz ab.)

Ich beschloss, Heike von nun an Haken zu nennen. Von diesem Tag an würde ich nie wieder eine kurzärmelige Bluse tragen können, außer wenn ich bei Papa wäre. Er würde sich freuen, seine Tochter mit dem Brandzeichen seiner Vision zu sehen. Ach, warum musste Papa Soldat werden? Warum hörte er nicht auf Mama, den klügsten Menschen, der je auf Erden gelebt hat?

Meine liebe Mama. Du schläfst jetzt in einem harten Bett im Haus eines Arztes in Lübeck und träumst vom Frühling am Breiðafjörður. Ach je, was hat die Liebe dir angetan? Warst du vielleicht doch nicht der klügste Mensch, der je auf Erden gelebt hat? Doch, das warst du. Klugheit hat mit Liebe nichts zu tun. Und Liebe nichts mit Klugheit. Wenn die Liebe kommt, sind wir alle gleich dumm.

62

NACHT IN NORDDORF

1941

Ich konnte nicht einschlafen und stand schließlich im Nachthemd wieder auf. Da herrschte eine zauberhafte Stimmung, der Garten war ganz hell. Ein weißer, runder Vollmond saß auf der Kirchturmspitze wie eine Zitronenscheibe auf einem Cocktailspieß und leuchtete über schmalen Schornsteinen und steilen Reetdächern. Im Garten nebenan spielten die Zwillinge Federball. Die theaterhafte Stille der Nacht wurde regelmäßig von den Schlägen der beiden Mädchen unterbrochen. Sie spielten sich eine Kugel zu, die kein Federball war, sondern etwas Schleimiges ohne Federn. Als ich näher kam, sah ich, dass es ein Auge war. Ich fragte dreimal, wo sie es herhätten, und bekam schließlich die Antwort, es sei ein Auge von Frau Baum. Dann lachten sie sich kaputt.

Etwas war in mir, etwas, das mich vorwärtstrieb, eine unbekannte Kraft. Ich ging hinaus auf die Straße und durch den Ort. Halemwai, Dünemwai, Oodwai sagten die Straßenschilder und nickten mir zu. Die nächtliche Helligkeit war unwirklich.

Ich ging zum Haus von Fräulein Osinga (wahrscheinlich war es von Anfang an mein Ziel gewesen) und stellte mich auf die Zehenspitzen, um durchs Fenster zu lugen. Drinnen saß meine Lehrerin auf der Bettkante und fütterte den englischen Soldaten, der mit nackten

Schultern auf einem hohen Kissen lag. Was sie auf dem Löffel hatte, dampfte. Fräulein Osinga trug einen dünnen Morgenrock aus dunkelroter Seide; sie drehte mir den Rücken zu. Ihr hellblondes Haar war im Nacken zu einem großen und üppigen Knoten zusammengefasst, der den Bewegungen ihres Kopfes folgte. Gerade wackelte der Knoten leicht, als sie sich mit dem dampfenden Löffel dem englischen Patienten zuwandte, und aus diesem winzigen Vorgang las ich einen größeren heraus. Ich sah es ganz deutlich: Die Lehrerin würde für Willem Wannsee ihr Leben opfern.

Schließlich nahm ich meine Wanderung wieder auf, bis ich am letzten Haus der Straße angekommen war und auf das Ostufer der Insel schaute. Wenige Augenblicke später stand ich auf einem kleinen Schuppen innerhalb der Einzäunung. Von dort stieg ich auf das Dach des Windfangs und kletterte dann die Leiter hinauf, die auf dem Reetdach auflag, bis ich ganz oben auf dem First des mir fremden Hauses stand und mich am Schornstein festhielt.

Von hier hatte ich einen guten Blick über das Dorf in meinem Rücken. Vom Himmel regnete es geradezu Sterne.

Unten auf der Straße zankten ein paar bemäntelte Frauen miteinander. Sie waren unterwegs zum Haus der Lehrerin. Der englische Pilot hatte vermutlich keine Ahnung, dass er in Notgeildorf gelandet war.

Ich drehte mich um und blickte über die Ostküste der Insel, die weiß wie Marmor schimmerte, und weiter über das Wattenmeer zwischen der Insel und dem Festland. Das Patrouillenboot glitt langsam über die Wasserfläche, und das Wellengeglitzer seiner Lichter folgte ihm gehorsam. Ich war eins mit allem, und alles war eins mit mir. Jenseits des Meeres breitete sich der gesamte Kontinent aus. Ich streckte meinen frisch gebrandmarkten Arm aus und fühlte Frankreich, ich reckte die Nase und schnupperte an Polen, ich krempelte den anderen Ärmel auf und spürte die Kälte des Nordkaps. Mein Geist atmete aus und passte nicht länger in diesen kleinen, leichtfüßigen Leib, den er nun als sein Spielzeug betrachtete. Zwei flügellahme Möwen strichen mit leichtem Flügelschlag am Hausgiebel vorbei. Mein erster Reflex war: Ihnen nach! Ich wusste, dass ich tatsächlich fliegen konnte; ich wusste aber auch, dass ich die nächsten dreihundert Jahre hier stehen bleiben konnte wie ein Schornstein.

Ich entschied mich für das Zweite und hielt mit den scharfsichtigen Augen, die mir die Nacht verliehen hatte, weiter Ausschau über die Länder, und ich sah meinen Vater im allerersten Licht des neuen Tages mit achtzig anderen Unseligen vorwärtsstolpern, nur ein Handtuch um die Hüften. Jeder hatte drei Sekunden zum Duschen. Etwas weiter nördlich war Mama unterwegs, mit Ringen unter den Augen trottete sie über lübisches Pflaster zum Bäcker. Beide waren sie unglückliche Isländer, dumme Leute, die sich für Fremde hingaben, anstatt sich um ihr Kind zu kümmern, das hier völlig zugedröhnt auf einem Hausdach über einem liebestollen Dorf hockte.

63

PARTISANENFÜHRER

1941

Am nächsten Tag stellte sich heraus, dass die englische Fliegerschokolade eine ordentliche Portion Amphetamine enthielt. Der Vater der Zwillinge, der dicke Apotheker, kam wütend zu uns herüber, beschlagnahmte den Rest und hielt uns eine strenge Predigt über die Gefahren solcher Drogen,

»Meine Töchter haben die ganze Nacht Federball gespielt und keine Sekunde geschlafen.«

»Federball?«, fragte Frau Baum verblüfft.

Ich erklärte es ihr: »Ja, sie haben Federball gespielt, mit Ihrem Auge. Aber sie haben es doch zurückgegeben?«

»Wie bitte?«, fragte sie verdattert.

»Ihnen fehlt doch nichts?«, fragte ich zurück und sah ihr prüfend in die Augen.

Ich war immer noch auf einem Trip. Und so ging ich in die Schule. Ich wusste alles, ich konnte alles, und ich machte alles.

Gegen Abend ließ die Wirkung endlich nach, mein Puls normalisierte sich, und ich verwandelte mich zurück in ein heulendes Kind. Frau Baum saß bei mir, und Haken-Heike holte mir ein Glas Wasser. Der Apotheker kam noch einmal und verabreichte mir ein beruhigendes Milchgetränk. Irgendwann schlief ich endlich ein.

Nach und nach kehrte mein Leben in geordnete Bahnen zurück. Vor den Gerüchten, die durchs Dorf liefen, verschloss ich die Ohren: Der englische Amor hätte Fräulein Osinga angeblich fallengelassen. Jemand hatte ihn in einem Keller in der Nähe des Friedhofs mit der Tochter des Schusters erwischt. Man hatte gesehen, wie zwei Frauen ihn zum Strand begleiteten.

Er war der einzige Mann in einem Frauendorf und konnte das zehn Tage lang auskosten, bis zwei uniformierte Nazis über die Landstraße nach Norddorf gedonnert kamen. Sie hielten vor unserem Haus und verlangten, mit »einem gewissen Herrn A.« zu sprechen. Es waren zwei junge Offiziere vom untersten Rand des militärischen Spektrums. Zwei Bauerntrampel, zu Herren eines völlig unbedeutenden Dorfs am Rand des Reichs ernannt, aber wild entschlossen, sich bei ihren Vorgesetzten zu empfehlen, und deshalb brandgefährlich. Wie bei solchen Strebern üblich, war die Uniform ihr Ein und Alles, von den blankgewienerten Stiefeln bis zum hochglanzpolierten Offiziersdolch. So, wie sie bei Frau Baum in der Küche auf und ab stolzierten und gespannt darauf warteten, dass der gefährliche Partisanenanführer Herr A. aus seinem Bau käme, sahen sie aus wie zwei Kleinstadtburschen, die gekommen waren, um ihre Damen zu einem Maskenball abzuholen. Haken-Heike stand stolz auf ihre prächtig herausgeputzten Soldaten in der Ecke. Hatte sie mich verraten? Die Mützenschirme hoben sich allerdings, als die beiden mich die Diele entlangkommen sahen: Dieser ominöse Herr A. entpuppte sich als ein elfjähriges Mädchen. Trotzdem führten sie mich in die Wohnstube, scheuchten Frau Baum mit ihren Kindern aus dem Raum und schlossen sich mit mir ein. Die Stubenuhr begann, die Sekunden zu zählen, die ich noch zu leben hatte, und ich nahm auf einem harten und knarrenden Weidenhocker Platz.

»Kennst du diese Jacke hier?«

»Ja.«

»Woher hast du sie?«

»Ich habe sie am Feuer gefunden. Am Strand.«

»Was ist das für ein Akzent? Woher kommst du?«

»Aus Island.«

»Ah, aus Island? Und du bist hier bei Frau Baum in Kost?«

»Ja. Mein Vater ist in der SS. Er ist auch Isländer. Zur Ausbildung war er in Landsberg.«

»So? Schön für ihn.«

»Und meine Mutter arbeitet bei Dr. Krewald in Lübeck. Der ist ein Freund von Himmel.«

»Welchem Himmel?«

»Heinrich Himmel.«

Der, der mich verhörte, drehte sich zu dem anderen um, der zweifellos hochrangiger war, auch wenn er niedriger saß; er hatte es sich auf dem tiefen Sofa unter dem Foto von Dr. Baum in brauner Uniform gemütlich gemacht und strich sich über seinen üppigen Schnauzbart. Der, der das Verhör führte, lachte, der andere grinste.

»Ha, ha, ha, meinst du vielleicht Heinrich Himmler?«

»Genau. Der ist ein ganz Hochstehender«, sagte ich.

»Der ist sogar ein Himmelhochstehender. Ha, ha, ha. Und deine Mutter arbeitet also bei Dr. Krewald. Aber was hast du mit dieser Jacke vorgehabt? Mit der Jacke eines englischen Piloten? Wo hast du sie hingebracht?«

»Ich … ich habe sie den Schwestern gegeben, den Zwillingen von nebenan.«

»Ganz genau. Und weshalb?«

»Weil … weil er … weil ihnen so gut gefallen hat. Er, also, ich meine den Piloten.«

»So, so. Und fandest du ihn auch schön?«

Ich hörte einen Augenblick auf die Uhr.

»Ja.«

»Ja? Weshalb? Wieso hast du diesen Engländer … diesen britischen Feigling schön gefunden?«

Die Uhr zählte vier Sekunden.

»Antworte! Wieso hat er dir so gut gefallen?«

Da war er, genau der Tonfall, den ich in meinem weiteren Leben noch oft hören sollte, von frischgeschiedenen Ehemännern genauso wie von frischbetrogenen Liebhabern. Das männliche Instrument hat nur ganz wenige Saiten.

»Los, heraus mit der Antwort, Mädel!«

»Er war nur … einfach so schön.«

»So. Schöner als ein Deutscher? Schöner als ein deutscher Soldat?«

Eine junge Frau lernt rasch das Lügen.

»Nein.«

»Gut. Kennst du ein Mädchen mit Namen Anna Tieck?«

Mein Gott! Natürlich, sie war das gewesen. Jetzt tickte die Uhr für meine Hinrichtung.

»Ja.«

»Sie behauptet, du hättest sie daran gehindert, den Engländer zu melden. Stimmt das?«

Am besten sprach ich mir selbst das Todesurteil.

»Ja.«

»Du weißt, was das bedeutet? Wie alt bist du?«

»Elf.«

»Und schon eine Saboteurin und Verräterin.«

Da brach ich zusammen und fing an zu heulen.

»Im Deutschen Reich ist es verboten, bei Verhören zu weinen. Ich befehle dir, sofort damit aufzuhören!«

Draußen rüttelte Frau Baum an der Tür und rief mit flehendem Ton: »Mein Mann arbeitet für die Wehrmacht. Professor Doktor Helmut Baum. Ich bitte Sie!«

Die liebe, gute Frau.

»Ruhe!«

Die Uhr: zwei Schläge. Ich: zwei Schluchzer.

»Warum hast du Fräulein Tieck davon abgehalten, die Wahrheit über den englischen Flieger zu sagen?«

»Ich … ich wollte doch nur … dass keiner sterben muss.«

»Dass keiner sterben muss? Weißt du denn nicht, dass es im Krieg ums Sterben geht?«

Ich fühlte den eiskalten Lauf einer Pistole auf meiner Stirn. Ein schrecklicher und ganz eigentümlicher Geruch von Stahl drang in meine Nase, den ich bis heute nicht aus meinem Gedächtnis tilgen konnte, obwohl Namen und Gesichter darin längst verweht sind. Immer wieder einmal steigt er aus einer tiefen Spalte des Vergessens wie ein nicht auszurottendes Gas, dieser Tod verheißende Stahlgeruch. Jetzt hing alles von einer guten Antwort ab.

»Nein«, schniefte ich, »ich bin doch bloß … Isländerin.«

»Isländerin, tatsächlich? Das ist … Auf welcher Seite steht ihr eigentlich im Krieg?«, fragte er und schien ein wenig aus dem Konzept gekommen zu sein.

»Wir … wir sind …« Ich wollte die Frage möglichst zutreffend beantworten, doch plötzlich fiel mir eine bessere Antwort ein, und ich krempelte einen Ärmel bis über den Ellbogen auf, riss an einer Seite das Pflaster ab und präsentierte ihnen mit theatralischem Stolz mein scherengeschnitztes Hakenkreuz.

»Ach so. Gut. Aber warum deckst du es mit einem Pflaster ab? Auf einem Hakenkreuz braucht man kein Pflaster!«

»Es hat geblutet.«

»Geblutet? Na und, es muss Blut fließen!«

Blut muss fließen. Das war ein Zitat des Donnergottes persönlich. Doch anstatt mir eine Kugel in den Kopf zu jagen, drückte mich der Mann mit der Pistole immer weiter zurück, bis ich vom Hocker fiel.

»Aufstehen!«

Ich rappelte mich auf und stand dann zitternd vor ihnen.

»Das Kinn hoch!«

Ich versuchte, mich gerade aufzurichten.

»Wo ist der Engländer jetzt?«

»Das … das weiß ich nicht.«

Er hielt mir wieder den Lauf an die Stirn.

»Wo ist er?«

»Ich weiß nicht …«

Ich hörte einen Knall. Es war kein Schuss. Bloß ein Knall. Das gleiche Geräusch, wie wenn jemand den Stopfen aus der Welt zieht und sie zusammenschrumpft wie ein Luftballon. So ein Knall.

»Den Namen! Wer versteckt ihn?«

»Fräulein … Fräulein Osinga.«

»Fräulein Osinga. Na bitte. Danke für die Bereitschaft zur Zusammenarbeit. Heil Hitler!«

Er knallte die Hacken zusammen, richtete sich kerzengerade auf und riss den rechten Arm in die Höhe. Ich schlug die Hacken zusammen, richtete mich auf und riss den rechten Arm mit dem blutig eingeritzten Hakenkreuz in die Höhe, an dem ein Pflaster baumelte.

»Heil Hitler!«

Ich verharrte noch immer in dieser Stellung, als sie gegangen waren und Frau Baum hereinkam.

»Armes Kind.«

Ich war leichenblass und in meiner Haltung völlig verkrampft: ein zitterndes Kind unter Schock. Weder sie noch ich brachten den Arm wieder nach unten. Sie führte mich also so in mein Zimmer, und ich legte mich mit blutig versteiftem Hitlergruß ins Bett und blieb den Tag über so liegen.

»Schockstarre«, konstatierte der Apotheker. Die anderen Kinder kamen ab und zu vorbei und betrachteten mit großen, schweigsamen Augen diese komische Krankheit, die erst nach zwei Tagen nachließ.

Am Abend sprach es sich herum, dass sie den Engländer gefunden hatten, zusammen mit der Schustertochter in einem Bootsschuppen. Sie wurde erschossen, ihn hatten sie mitgenommen. Die Zwillinge wurden ebenfalls festgenommen, aber bald wieder freigelassen. Am Abend dann fand man Fräulein Osinga im Garten ihres Hauses marmorsteif in einer Blutlache.

Ich war zur Kriegsverbrecherin geworden.

64

Schwiegertöchter

2009

Heute betreibe ich Computerkriminalität. Um wenigstens etwas Kontakt zu meinen Schwiegertöchtern zu haben.

Das letzte Mal, dass ich von meinen Angehörigen etwas zu sehen bekam, war, als Hallis Tochter Guðrún Marsibil mich letztes Jahr vor Weihnachten besuchte. Sie hinterließ eine Schachtel Pralinen (die ich noch immer aufhebe, obwohl sie längst leergegessen ist), bevor sie nach Australien ging, wo sie etwas mit Tourismus studieren und Schwimmen trainieren wollte.

Meine Schwierigkeiten mit der Familie begannen Mitte der neunziger Jahre, als es leider gelang, mir, einer Patientin mit fortgeschrittenem Lungenemphysem und chronisch Krebskranken, weiszumachen, dass ich mich in einer Gemeinschaft Entschlafender pflegen lassen solle. Dabei war ich bereits ganz ans Bett gefesselt und von falschen Medikamenten völlig gaga geworden, ich ließ das Wasser laufen, ohne die Hähne zuzudrehen, und hob die Milchkartons unterm Bett auf. Es roch oft nicht sonderlich gut. Schließlich drohte mir Halli mit dem Gericht, um meinen Pillenmissbrauch zu stoppen, und seine Alva ließ in meinem Zimmer einen Rauchmelder installieren, der mich von oben herab anbrüllte wie ein zorniger Gott, sobald ich ein bisschen Qualm aus der Nase stieß. »Wir können nicht zulassen, dass sie im Bett raucht. Sie kann das ganze Haus in Brand setzen«, hörte ich Alva draußen im Flur sagen. Ich bezahlte einen Jungen aus der Nachbarschaft dafür, das Ding wieder abzuklemmen, aber der Rauchmelder war sturer als der Teufel. Meine Sucht erreichte neue Höhen, als ich mit Ohrenstöpseln versorgt schmauchend unter dem wütenden Geheul lag. Es war eine der genüsslichsten Zigaretten meines Lebens.

Am Ende ließ ich mich doch überreden, so gerührt war ich über das plötzliche Interesse meiner Angehörigen an ihrer Mutter und Schwiegermutter. Allerdings sah ich es nur als zeitweiligen Aufenthalt an und wollte stets ins Haus meiner Eltern im Skothúsvegur zurück, wo ich seit dem Tod meiner Mutter im Herbst 1988 gewohnt hatte. Natürlich vermisste ich die Möglichkeit, im Bett rauchen zu können oder durch die Gardinen auf den Stadtteich hinauszusehen. Sie fuhren mich nach Laugarás hinauf, angeblich in ein Pflegeheim mit Namen *Skjól*, Schutz, doch war es nichts weiter als ein abgeteilter Gang des Seniorenheims für ehemalige Seeleute. Da war ich also in *Hrafnista* gelandet, dem Abwrackplatz für Ausgemusterte, und war noch keine siebzig. Halli und Alva ließen mich irgendwie zu gutgelaunt zurück; natürlich war das Ganze nur für sie gedacht, nicht für mich: jetzt brauchten sie sich keine Sorgen mehr um die Alte zu machen, die hatten sie in der glaskalten Umarmung des Systems abgeliefert.

Da muss doch die Gesellschaft einspringen, sagt man so.

Nach meiner heimlichen Flucht aus dem Altersheim fand ich wenige Jahre später einen anderen Unterschlupf. Eine ganze Woche lang war ich buchstäblich in meinem Bett durch die Hauptstraßen der Stadt gesaust, über Asphalt und matschigen Schnee, immer auf der Suche nach einer Unterkunft, bis einer Putzfrau im Heim ihre Schwester und deren Garage einfiel. Dadurch lernte ich Guðjón und Dóra kennen, die besser zu mir waren als meine Kinder. An und für sich ist eine Garage ein ganz passender Aufbewahrungsort für alte Leute. Isländer nutzen ihre Garagen nicht für ihre Autos, sondern als Abstellraum für all den Krempel, der ihnen nur im Weg ist, verbogene Zeltstangen etwa oder kaputtgegangene Rasenmäher oder eben die Alten. Ich kenne mindestens drei solche Gemeindearme unserer Tage, solche Garagenwracks im Gebiet der Hauptstadt.

Wie ich schon einmal erwähnt habe, haben zwei meiner Söhne in den acht Jahren, die ich mittlerweile in dieser Garage hause, noch nie einen Fuß über diese Schwelle gesetzt, und der dritte hat lediglich zweimal hereingeschaut. An ihrer Unsichtbarkeit sind selbstverständlich die Weiber schuld: ich und die, die sich Schwiegertöchter nennen.

Meine Jungen haben nämlich alle die gleiche Frau geheiratet, den gleichen Typ jedenfalls, wie man so sagt, und für den gab es nur ein Kriterium: Er musste so grundverschieden von ihrer Mutter sein wie möglich. Es handelt sich um die Sorte isländischer wilder Feger mit glatten, blonden Haaren, tiefliegenden Augen und einem dicken Bündel blank liegender Nerven; ein unablässig wie ein Maschinengewehr ratterndes und mit den Absätzen klackerndes Weibchen, das sich im Auto schminkt und bei Krankenhausbesuchen telefoniert, das nie stillsteht, ewig auf dem Weg von hier nach da ist, das »Hi« rattert wie eine Kettensäge und nur raucht, solange die Kippe glimmt, ansonsten aber natürlich »Nichtraucher« ist. Das Gleiche gilt für die »Diät« zwischen den Mahlzeiten.

Ich überlege manchmal, woher diese weibliche Spezies in unsere Gesellschaft gekommen ist, ich kann mich an sie jedenfalls nicht in der Vorkriegszeit am Breiðafjörður erinnern und ebensowenig im Reykjavík des Kriegsbooms. Sie nennen sich selbst »Mädchen«, und das sind sie auch, zur Frau haben sie es nie gebracht, das gebe ich ihnen schriftlich. Sie haben nie ein langes Kleid getragen, nie einen Pelz besessen oder ein Kollier, waren nie in der Oper, haben nie Lessing gelesen, sind nie mit einem Zug gefahren und haben nie in den Armen eines Tangotänzers unter Deck getanzt, sie kennen demnach keine Vornehmheit, schließlich liegt unser Land drei Flugstunden von guten Manieren entfernt. Island hat nicht bloß kein Heer, sondern auch keine Herrn und damit ebenso wenig Damen.

Ich selbst bin nach jahrelangen Auslandsaufenthalten dreimal nach Hause zurückgekehrt und in den Klatschspalten der Tagespresse jedes Mal als »mondäne Dame von Welt« tituliert worden, und zwar nur deshalb, weil ich eine Zigarettenspitze benutzte und Männern einen ausgab. Zum Glück habe ich das Brandzeichen noch jedes Mal wegsaufen können, denn als »eine von den Jungs« fühlte ich mich wesentlich besser. Wenn alle anderen Frauen nach Hause gegangen waren und ich noch mit ginversessenen Ärzten und qualmspuckenden Großhändlern zusammensaß, fühlte ich mich am wohlsten.

Diese zeitgemäßen Wesen von heute sind weder Fisch noch

Fleisch. Die Tagespflegerinnen, die hier hereinschneien, sind in ihren Sportjacken und außen wie innen ungeschminkt kaum besser. Eine ist hier einen ganzen Sommer lang in Wanderschuhen hereingestampft und wollte mir Lebertran verabreichen. Eine andere auf Pantoffeln.

Vornehme Damen, Adelsfräulein oder Filmstars haben wir natürlich nie gehabt. Am ehesten vielleicht noch eine Vala Thoroddsen, die eben im Amtssitz des Präsidenten aufwuchs und unsere Grace Kelly wurde, oder Bryndís Schram, die schönste Frau, die Island hervorgebracht hat, so wahr ich hier liege. Selbstverständlich war Vigdís Finnbogadóttir eine großartige Vertreterin für uns isländische Frauen, obwohl ich nicht leugnen kann, dass mir ihre unbefleckte Heiligkeit seit langem auf den Zeiger geht. Sie war eine ordentliche Präsidentin, auch wenn es ihr ganz schön an Feierfreude fehlte. Sie hätte natürlich unbedingt noch einmal heiraten sollen. Jetzt heißt es, heutzutage habe Island schöne Frauen vorzuweisen, aber ich finde, die haben keinen Funken Grips im Kopf, doch dafür aufgespritzte Lippen und aufgeblasene Titten. Außerdem können sie nicht ein Wort Französisch, wie zum Beispiel meine Schwiegertöchter, die keinen größeren Weinwunsch kennen, als sich ein Gläschen »Camembert Sauvignon« zu gönnen.

Genauso wenig wie anderen gelang es mir, auf diesem bäuerlichen Boden Männer von Welt zu ziehen, obwohl ich es versucht habe, indem ich sie zu Cocktailempfängen mitnahm und ihnen beibrachte, ihrer Mutter ein Taxi zu rufen. Doch meine Jungen wurden alle schrecklich liebe, langweilige Dumpfbacken und mussten deshalb unter diesen Jeanshosenzicken liegen. Der selige Oddur, mein Rechtsanwalt mit den buschigen Brauen, hat es einmal so formuliert: »Es gibt nur eines, was die Ehen in Island noch zusammenhält, und das ist die natürliche Trägheit des isländischen Männchens, das sich einfach alles gefallen lässt.«

Genau von dieser Art sind auch meine Söhne, und sie opfern sogar ihre Mutter auf diesem Altar.

65

Skothúsvegur 13

2009

Meine Irrfahrten begannen, als ich nach der Entlassung aus der grässlichen Seniorenwelt ins Leben zurückkehrte und dort plötzlich ohne Wohnung dastand. Sie hatten mir, wie gesagt, den Liebesdienst erwiesen, mir das Stammschloss der Familie unter dem Hintern weg zu verkaufen. Niemand hatte mehr mit etwas anderem als meinem Ableben gerechnet, und deswegen hatten sie sich beeilt, das Haus im Skothúsvegur sofort zu verkaufen. Sie hatten sogar versucht, es einem stinkenden und ungewaschenen norwegischen »Kunstmaler« für seine berühmten Selbstporträts mit Dauererektion zu überlassen, um diese im Wohnzimmer meiner geliebten Eltern zu verfertigen!

Dieses historische Debakel konnte ich gerade noch verhindern. Stattdessen zog ein hübscher, aber vor allem im Geiste magerer Bankmanager dort ein, der mit seinem gutbetuchten Radiergummi die gesamte Geschichte und Aura des Hauses ausradierte und seitdem auf den Seiten einer Hochglanzillustrierten als ewiger Junggeselle am Fenster saß: ein reicher Knopf an einem leeren Tisch, umstellt von leeren Wänden.

Ich musste mein eigenes Haus anhand des schönen Goldregens identifizieren, der noch mit hängenden Blättern vor dem Fenster stand und zeitweilig die einzige Einnahmequelle des Goldfingers aus der Bank darstellte, denn, wie man hörte, legte er einen geradezu bilderbuchmäßigen Bankrott hin. Sein Reichtum bestand aus lauter Luftschlössern, und die Bank musste schließlich das eigentliche Schloss als Sicherheit in ihren Besitz übernehmen; seitdem lässt sie es leerstehen, damit, wie es heißt, »der Markt nicht ins Rutschen kommt«. Tja, es gibt viele Gesetze im Leben. Manche Häuser müssen leerstehen, damit andere nicht zusammenbrechen. Jetzt wohnt also die Bank in meinen Räumen, während ich in einer Garage irgendwo in der Stadt hause und ihr meine besten Grüße schicke.

Natürlich waren es meine Schwiegertöchter, die den Verkauf eingefädelt hatten. »Wo deine Mutter nun endlich im Altersheim gelandet ist, werden wir das Haus doch nicht einfach leerstehen lassen.« Das bekam ich natürlich nicht persönlich zu hören. Das Haus wurde selbstverständlich für eine Rekordsumme verkauft. Bei der Lage! Aus dem Wohnzimmerfenster blickte man über den Stadtweiher und auf das Haus der Thors, der Staatspräsident residierte in Rufweite in dem Haus in der Sóleyjargata, in dem mein Vater aufgewachsen ist, nicht zu reden von den Tankstellenkönigen auf der anderen Straßenseite mit ihrer riesigen *Versaille-Garage*.

Na ja, was soll's? Wo war ich stehengeblieben?

Ja, in meinem friesischen Frühling, einem, wie der Name schon andeutet, recht frischen Phänomen. Ich erholte mich von Nervenzusammenbruch Nr. 2, und Heike und ich schlossen Frieden. Während der Ferien hielten wir uns ganze Tage lang am Strand auf. Wir sammelten die Schafwolle, die an den Weidezäunen hängen geblieben war und verhökerten sie an eine alte Frau, die sie verspann … – nein, jetzt verwirrt sich mein eigenes Garn zu einem wirren Knäuel. Ich habe vom Verkauf des Hauses im Skothúsvegur erzählt. 127 Millionen Kronen haben sie dafür bekommen. Nicht mehr und nicht weniger. Das Geld teilten sie unter sich auf, als wären sie Herzöge in einem englischen Königsdrama. Weil sich aber 120 glatter durch drei teilen lässt, entschieden sie in ihrer Großzügigkeit, dass der Rest für die Alte bestimmt sein sollte, ganze sieben Millionen, die sie für den Fall auf einem Notfallkonto parkten, dass ich vielleicht einmal für eine Operation nach Boston geflogen werden müsste oder mir die kleine Björk als Sängerin auf meiner Beerdigung wünschte. Von diesem Konto kleckert heute noch die Miete bei Dóra ein.

Seitdem schämen sie sich, und zwar so sehr, dass weder sie noch die Söhne sich jemals wieder getraut haben, der Perückenbekrönten in der Garage in die Augen zu blicken. Es ist eine Urschande!

Ich habe das Meine dazu beigetragen. Natürlich war ich stinksauer über den Verkauf (von dem auch noch behauptet wurde, ich hätte zugestimmt!), und das kriegten diese Tussen ausführlich zu hören.

So begann der erste Winter hier in der Garage. Ich klammerte mich an diese Wut wie ein Affe an einen Ast, ich schwang mich von Verzweiflung zu Verzweiflung und schüttelte mich dann vor Wonne, wenn die Reaktionen an Telefon und Computer entsprechend heftig ausfielen.

Aber wild vor Wut und gleichzeitig ans Bett gefesselt zu sein gehen nicht gut zusammen, und ich begann zu überlegen: Ginge es mir in teppichausgelegtem Luxus wirklich besser? Natürlich hatte ich im Skothúsvegur so manches schöne Stück besessen, aber wer im Sterben liegt, will sich von so wenig wie möglich trennen müssen. Und ein Bett ist und bleibt ein Bett, wo es auch stehen mag. Hatte ich es nicht ganz erträglich hier? Ich begann, meinen Zorn in hinterhältige Racheaktionen umzusetzen.

66

Regen-Heidi

2002

In meiner ersten Zeit in der Garage wurde ich von einem jungen Mann in Wartestellung versorgt. Er konnte sich nicht entscheiden, ob er Pfarrer oder Computerspezialist in den USA werden wollte, und während er darauf wartete, dass ihn die richtige Entscheidung überfallen und die Pickel aus seinem Gesicht verschwinden würden, vertrieb er sich die Zeit damit, alte Leute trockenzulegen. Bóas war sein Name, ein Junge mit geschickten Händen und ein großer Brillenfreund, der sich mit Technik auskannte. Stück für Stück erzählte ich ihm meine nicht sonnenverwöhnte Geschichte, wie meine eigene Familie mich völlig enteignet hatte. Am Ende einer zweiwöchigen Schulung ernannte er mich zum Computerdieb oder -freak, weiß nicht mehr so genau.

»Jetzt bist du ein Hacker, Mann! Wie so ein abgefahrener Nerd im

Gymnasium«, verkündete er und schob mir die Brille auf meiner Nase höher, danach die auf seiner.

Er zeigte mir den Weg in die Postfächer meiner Schwierigentöchter. Ich konnte all ihre Umtriebe mitlesen (»wir sollten den Verkauf vorantreiben, und zwar schleunigst«) und sogar Mails in ihrem Namen beantworten.

Bei all meinen Recherchen kam heraus, dass Regen-Heidi in ihrer Ehe nicht eingleisig fuhr, sondern in fortwährendem Mailwechsel mit einem anderen Mann stand, nennen wir ihn der Einfachheit halber Herrlein Jón Jónsson. Ein geistloser Bartträger, der seine Mails regelmäßig mit einem Zitat begann, gefolgt von einem: »Hast du das gesehen?« Darauf folgte eine kurze, phantasielose Bemerkung zu Regen-Heidis Äußerem. »Du sahst süß aus, als du heute Morgen zur Arbeit kamst. Rot steht dir so gut.« Darauf antwortete ich postwendend: »Ja, und heute Abend will ich dich rot und wund reiten.« Natürlich waren das nicht meine Worte. Obwohl man mich wohl kaum als verschämtes Mauerblümchen bezeichnen kann, war eine solche Wortwahl nicht mein Stil. Bóas tippte das vielmehr für seinen Schützling ein, der angehende Geistliche.

Regen-Heidi sah eine solche Ausdrucksweise jedoch ebenso wenig ähnlich, und so schafften wir es, ganz schön Spannung in ihre Sexspielchen zu bringen, die den Mails zufolge nur auf der Arbeit stattfanden, in Besenkammern und auf dem Behindertenklo.

»Also, es ist ja eine Sache, auf 'nem Behindertenparkplatz zu parken, aber es auf ihrem Klo zu treiben …«, sagte Bóas und kreierte ein paar Mails, die außerhalb meiner Verständnismöglichkeiten lagen, aber den gewünschten Effekt erzielten. Er hatte mit Behinderten gearbeitet, kannte ihre Welt und war stellvertretend für sie stinksauer auf die »Gesunden«, die ihre Toilette zweckentfremdeten.

Einmal schickte er Jón kurz vor der nächsten Nummer in der Mittagspause die Anleitung eines dänischen Gehhilfenherstellers: »Denk dran, mein süßer Knackarsch: Immer zuerst das Stützbein ausfahren.«

Wie es bei hinterhältigen Leuten oft der Fall ist, wusste sich auch meine Schwiegertochter ziemlich gewählt in bildhaften Vergleichen und witzigen Anspielungen auszudrücken, die der schlicht gestrickte Jón Jónsson oft nicht kapierte.

»Du musst das vom letzten Mal entschuldigen. Oder habe ich dir etwa den Speck durch den Mund gezogen?«, fragte sie in einer morgendlichen Mail.

»Wie bitte?«

»Vergiss es! Ich lade dich nachher zu gebratenem Speck ein, und den Mund bekommst du zum Nachtisch.«

»Danke für die Einladung, aber ich mag keinen gebratenen Speck.«

Langweilig war es nicht, diese Korrespondenz zu verfolgen.

»Komm und triff mich im grünen Grunde«, schrieb sie.

»Ist es dafür heute nicht ein bisschen kalt?«, fragte er zurück.

Bóas und ich schrieben zurück: »Kaum etwas ist so schön wie weißer Tau auf grünem Heidekraut. Komm, Freund, lass uns Pilze suchen gehen!«

»Wow, das ist ja fast ein Gedicht, Mann«, stellte mein Priesterlein fest, aufgemuntert durch unsere Zusammenarbeit, und erlaubte sich, ganze zwanzig Minuten länger zu bleiben, in denen wir auf Friðills Antwort warteten.

»Du bist wirklich *beyond me* in solchen Dingen. Was soll denn weißer Tau sein?«

»Sperma«, antwortete Bóas wie aus der Pistole geschossen.

»Mich haut's um.«

Die beiden arbeiteten in einem nagelneuen, hochglanzpolierten Büroklotz aus den Boomjahren, und unsere Spitzeltätigkeit ging so weit, dass Bóas sich einmal dorthin begab und das Pärchen nach vollzogenem Akt im Türspalt ablichtete. Das Foto schickten wir ihnen von einer fingierten Netzadresse per Mail. Das war allerdings ein Schuss in den Ofen, denn damit platzte natürlich die ganze Sache, und die folgenden Tage verliefen ziemlich eintönig, wobei es meinem Maggi in seinem Schmerz natürlich besserging. Später ließ ich meiner Freude am Zerstören dann wieder Lauf. Der clevere Bóas richtete mir eine E-Mail-Adresse ein: biskupislands@tjodkirkjan.is. Und von dort erhielt Ragnheiður Leifsdóttir folgendes Schreiben:

Liebe Sünderin,

der Kirche ist zu Ohren gekommen, dass Sie auf Behindertentoiletten in öffentlichen Gebäuden Unzucht treiben. Bekanntlich verstößt Derartiges gegen Gottes Gebote.

Gemäß den Regeln der Staatskirche wird Ihnen hiermit als Buße auferlegt, an den folgenden vierzig Sonntagen den Gottesdienst zu besuchen, in vierzig verschiedenen Kirchen.

Nach Ablauf dieser Zeit der Reue erwarten wir von Ihnen ein persönliches Schreiben mit dem Bekenntnis Ihrer Sünden. Sie sind einzeln, ohne Ausnahme und genauestens aufzulisten. Das Auge Gottes sieht alles.

Sobald diese Auflagen erfüllt sind, werden Sie vom Bischof die Vergebung der Sünden und seinen Segen erhalten, vorher jedoch nicht.

Sollten Sie es dagegen vorziehen, den Dienern des Herrn keinen Gehorsam zu leisten, so sollen Sie an den Anker des himmlischen Zorns gekettet und in den Lavaschlund Satans gestoßen werden.

Reykjavík, im Namen des Herrn am 14. Juli 2002
Karl Sigurbjörnsson
Bischof Islands

67

Der Faulpelz und die Diva

2002

Ein paar Wochen später klopfte es an der Garagentür. Ich konnte natürlich nicht reagieren. Ich war nicht auf Besuche eingerichtet und hatte nicht einmal eine Klingel anbringen lassen, schließlich kam ich gar nicht bis zur Tür, da ich damals doch kaum laufen konnte und dauerkatheterisiert war.

Tage später klopfte es wieder, und diesmal wollte es das Unglück, dass gerade meine Nancy da war, das Mädchen, das mich pflegte, bevor Lóa kam. Sie konnte den Besucher einlassen, der sich als mein Sohn Magnús Ólafsson herausstellte, geboren im Mai 1969. Er sah ein bisschen wie ein fett gewordener Kater aus.

Sein Vater hatte auch früh Fett angesetzt, und zwar so viel, dass ich mich praktisch auf ihn draufsaufen musste und dann drei Jahre brauchte, um wieder runterzukommen. Maggi also war inzwischen aus seinen Haaren herausgewachsen, der Ärmste, und hatte sich seinen Körpermantel schön gefüttert, wohl in Erwartung des Winters des Lebens, der jeden Mann über dreißig erwartet. Mein enttäuschender Faulpelz guckte trüb und traurig die Frau an, die ihn auf diese Welt gepresst hatte.

Nancy lief ums Bett herum und holte den Bürostuhl mit den vielen Rollen, der seit zwei Jahren auf Besuch wartete. Ich stellte fest, dass der Junge immer noch schreckliche X-Beine hatte. Dabei hatte ich ihm während der gesamten Zeit seiner Erziehung immer wieder in den Ohren gelegen, er solle sich gerade hinstellen wie ein Mann, nicht wie ein Gedicht.

»Hallo, Mama«, sagte er und seufzte. Er schob die Brille auf der kurzen Nase hoch und kratzte sich die Wangen, dass man die Bartstoppeln knistern hörte. Sein Vater, Nachjón, hatte einen so starken Bartwuchs, dass er sich zweimal am Tag rasierte, und war überhaupt so ein Herr Zweimal, denn er war untenrum trotz seiner Wampe beachtlich ausgestattet. Der Sex war unser Verbindungsglied. Doch sobald ich mit Magnús schwanger ging, wurde aus zweimal einmal, dann selten, dann keinmal. So kühlte das fette Feuer ab, bis ich ihm ein Taxi rufen musste. »Warum musstest du auch zur Welt kommen?!«, platzte es einmal aus mir heraus, als mir das Mutterdasein gehörig auf die Nerven ging und mein Faulpelz mich mit seinem Gewimmer wahnsinnig machte. Da er jetzt zu mir kommt, wo es ihm schlechtgeht, verdient er es, dass ich ihn freundlich empfange, dachte ich.

»Hier wohnst du also?«, erkundigte er sich und blickte sich um, während er den Stuhl näher ans Bett rollte und seinen raschelnden Mantel abstreifte, den er achtlos hinter sich auf den Stuhl gleiten ließ.

Ich klappte den Laptop zu, schob ihn auf dem Bett beiseite und fuhr mit meinen kalten Klauen über die warme Stelle, an der er gestanden hatte.

Nancy hatte derweil eilends ihre Wildlederjacke übergezogen, lächelte uns schüchtern zu und verabschiedete sich mit neuseeländischem Akzent.

»Wer ist sie?«, fragte Magnús, als die junge Frau die Tür hinter sich zugeschlagen hatte, die von außen mit Eis überzogen, von innen aber handwarm war.

»Sie heißt Nancy McCorgan, eine vom Pflegedienst.«

»Ja?«, fragte er und schwieg dann, ließ die Mundwinkel sinken und nickte gedankenverloren ein paarmal mit dem Kopf. »Das … das ist gut.«

In zwanzig Sekunden durchlief mein molliger Sohn noch einmal das ganze Mutter-Sohn-Verhältnis, wie schmerzlich es war, mich in einer Garage ans Bett gefesselt zu finden, allein und verlassen, aber verdient hatte ich es wohl schon, nachdem ich seine Kindheit zu einem einzigen Katermorgen gemacht und ihm fünfzehn Väter ins Haus geschleppt hatte.

Ich wunderte mich unterdessen, was für einen jungen Sohn ich noch hatte. Wie konnte eine lungenrasselnde Dauerinvalidenkrähe wie ich einen so jungen Sohn haben? Nun ja, in Wirklichkeit war ich gerade mal über siebzig. Nach Aussage der Ärzte aber neunzig. Geräuchertes Fleisch wirkt immer älter. Als ich Maggi bekam, war ich um die vierzig, fast zu alt, um noch ein Kind zu bekommen, und es hieß, es bestünde das Risiko, dass es behindert zur Welt kommen könnte. Ich fürchte, es war nah dran. Ach, sag was, mein Computerkaterchen!

»Und wie lange …? Du liegst hier seit …?«

»Seit letztem Herbst. Ich weiß noch, dass ich die Flugzeugkatastrophe hier gesehen habe … diese Zwillingstürme, meine ich. Das kam hier im Fernsehen.«

»Ach ja? Und was … Was machst du so …?«

Ich wartete ab und klappte mit den Augenlidern, bis ich sagte: »Du sprichst deine Sätze kaum je zu Ende, Maggi.«

»Ja, ich … Entschuldige! … Ich … ich bin etwas …« Er stöhnte und sagte dann mit Sozialpädagogenkonzentration: »Es geht mir nicht gut, Mama.«

»Mama?«

»Ja, du bist doch meine Mama.«

»Bin ich das, ja?«

»Entschuldige.«

»Ich entschuldige gar nichts, Magnús Jónsson. Wo ist mein Geld?«

»Welches Geld?«

»Wo sind die 40 Millionen, die Ragnheiður und du für das Haus im Skothúsvegur bekommen habt?«

»Das waren doch keine 40 Millionen, Mama. Höchstens 20 Millionen. Das Haus wurde für 63 Millionen verkauft.«

»Ach. Der Makler hat mir aber was anderes erzählt: 127 Millionen!«

»Er hat da irgendwas durcheinandergebracht.«

»Willst du damit sagen, ich sei am Verkalken?«

»Nein. Ich weiß nur, dass es irgendwas um die 20 Millionen waren, die wir bekommen haben …, um sie … für dich aufzuheben.«

»Um sie für mich aufzuheben?«

»Ja, darüber haben wir doch gesprochen, Mama. Das Geld gehört dir.«

»Das Geld gehört mir? Und warum bin ich dann hier in diesem Schuppen abgestellt wie ein ausrangierter Ford?«

»Du kannst das Geld bekommen, wann immer du willst.«

Ich klappte die Zähne zusammen, falsch auf falsch, und knurrte zwischen ihnen hindurch, dass jedes Wort schepperte: »Was glaubst du, Magnús, weshalb ich hier eingezogen bin?«

»Mama, jetzt bleib aber mal ganz ruhig! Wir haben dieses Geld für dich beiseitegelegt. Du kannst jederzeit darauf zugreifen.«

»Wo ist es?«

»Das … das weiß ich nicht so genau. Ragga hat sich darum gekümmert.«

»Ragga?«

»Ja.«

»Und du vertraust ihr?«

»Äh, ja ... Sie ...«

»Sie ist eine wunderbare Frau, anständig und zuverlässig, willst du sagen?«

»Ja ...«

»Habt ihr euch getrennt?«

»Was?«

»Hast du sie verlassen?«

»Sie verlassen?«

»Ja, du wirst dieses Herumhuren doch wohl nicht länger mitansehen?«

»Herumhuren?«

»Ach, entschuldige Maggi, ich bin leider keine nette Frau. Und schon halb auf dem Weg in den Ofen. Ich will dir lediglich auf meine alten Tage zu verstehen geben, dass deine Ragnheiður sich nicht bloß an ein Bett gebunden fühlt, wie man damals im Breiðafjörður sagte.«

Er kniff die Augen zu wie ein Seemann, der auf die nächste Sturzsee wartet.

»Was soll das heißen?«

»Was gibt's denn Neues bei ihr?«

»Alles in Ordnung. Sie ist ein wenig ... sie geht neuerdings oft in die Kirche.«

»In die Kirche?«

»Ja, urplötzlich rennt sie auf einmal jeden Sonntag in den Gottesdienst.«

»So was! Donnerwetter!«

»Ja, es ist ein bisschen merkwürdig. Sie geht nämlich nie in die gleiche Kirche.«

»Wie?«

»Ja, letzten Sonntag war sie in Hafnarfjörður, die Woche davor in Mosfellsbær.«

Er schüttelte den Kopf, nahm die beschlagene Brille ab und putzte sie schweigend eine Weile. Währenddessen hüpfte ich mit schallendem Gelächter auf Spiralfederschuhen durch die hinteren Winkel meines Hirnstübchens.

»Ja«, sagte er und seufzte. Die hellblauen Augen lagen tief im Wangenfett seines Gesichts eingebettet wie zwei helle Rosinen, die in dick aufgehenden Weißbrotteig gedrückt wurden. »Sie hat mich verlassen.«

»Was sagst du da? Sie hat dich verlassen?«

»Ja. Aber letzten Endes war … ich derjenige, der ausgezogen ist.«

»Sie hat dich verlassen, aber du bist ausgezogen? Das heißt, sie hat dich rausgeschmissen?«

»Nein, nein. Ich … na ja, ich habe mich da nicht mehr wohl gefühlt … und bin eben ausgezogen.«

»Und jetzt hängst du also einsam und verlassen allein irgendwo rum. In einem dieser Säuferhotels in der Stadt? Bei wem sind die Kinder?«

»Bei ihr. Ich kann sie aber manchmal sehen.«

»Tatsächlich? Wie gnädig aber auch! Und ist der andere Kerl eingezogen?«

»Welcher Kerl?«

»Na, der mit dem Bart. Und wo ist das Geld?«

»Das Geld?«

»Na hör mal, hast du nicht gesagt, sie hätte die Finger darauf?«

»Hab ich? Doch, ja. Aber damit geht alles klar, Mama. Das Geld liegt auf einem Sparbuch, zu dem sie …«

»Magnús, jetzt reicht's! Es reicht absolut. Sie hat mir das Haus weggenommen und dir jetzt auch noch. Hast du wenigstens das Auto behalten?«

»Äh …«

»Hast du das Auto behalten?«

»Nein, ich habe mir eines gemietet.«

»Was für ein Ungeheuer ist dieses Weib eigentlich? Und dann vögelt sie noch zwischen behinderten Wänden mit diesem K…, diesem Körper!«

Er sah mich an wie jemanden, der im Koma spricht. Darauf folgte ein ödes Schweigen, das sich mit einigen scheußlichen Niederlagen im Leben füllte und besagte: Hier sitzen zwei gescheiterte Menschen zusammen. Das Einzige, was sie beide im Leben geschafft haben, ist, dass sie einmal einander hatten.

»Wirst du …, kommt sie jeden Tag, diese … Nancy?«, fragte er schließlich.

»Mach dir um mich keine Sorgen, mir geht's erstklassig.«

»Mama, du behältst dein Geld, also das, das auf deinem Konto liegt.«

Ich starrte ihn eine Weile eindringlich an. Dann sagte ich langsam und ruhig: »Magnús. Vierzehn Monate lang hat sich keiner von euch hier blicken lassen. Du nicht, Halli nicht und Óli nicht, noch eure Kinder. Niemand, seit ihr mir sämtliche Ersparnisse meines ganzen Lebens weggenommen habt. Nicht einmal eine Mail habe ich von euch bekommen, geschweige denn einen Anruf. – Doch, Guðrún Marsibil hat an meinem Geburtstag angerufen. Findest du …?«

Weiter kam ich nicht, denn jetzt hatte ich ätzende Kuhpisse in der Stimme, bittere Wut und Selbstmitleid. Man musste tief bohren, bis man bei mir auf heißes Wasser stieß, aber wenn die Ader einmal angezapft wurde, dann sprudelte es.

»Hast du sogar E-Mail, Mama?«, fragte er in schierem Erstaunen.

»Natürlich habe ich E-Mail«, fauchte ich. »Ich habe hier Computer, Internet, bin permanent online, habe ich doch gesagt. Was soll denn die dumme Fragerei? Du kennst deine eigene Mutter nicht! Geschweige denn deine Frau. Hast du sie verprügelt?«

»Verprügelt?«, schnaubte er empört. »Nein, wir haben uns im Guten getrennt.«

»Im Guten? Und sie mit einem anderen Kerl zwischen den Beinen?«

»Nein, nein, Mama, es gibt keinen anderen.«

»Magnús, das Letzte, was ich will, ist die Mutter eines Schwächlings sein. Jetzt gehst du nach Hause in dein Haus und bestellst deiner unternehmungslustigen Frau, sie … Sag, du hättest Beweise und Grund genug, dich für die Verletzungen zu revanchieren. Sei außer dir vor Wut und fordere dein Haus, dein Auto, deine Kinder und die vierzig Millionen zurück, die deiner Mutter gehören.«

»Zwanzig, oder?«

Wie die schlimmste Rabenmutter aus der Wikingerzeit schrieb ich den Namen von Herrlein Jón auf einen benutzten Umschlag und überreichte ihn ihm. Er las ihn und murmelte ihn halblaut vor sich hin, dann guckte er mich an wie ein kleiner Junge, der Angst vor Schwertern hat: Soll ich ihn wirklich umbringen, Mama? Der Ton in seiner Stimme war nicht auszuhalten:

»Woher … woher weißt du das alles, Mama?«

»Alles weiß, wer abseits liegt.«

Er fragte nicht weiter, faltete den Umschlag zweifach wie seine Männlichkeit und steckte ihn ein. Dann sah ich zu, wie er sich in seinen Mantel zwängte und sich mit heftigem Gestank von draußen über mich beugte.

»Tschüss, Mama.«

Er küsste mich wie ein Trampel, und ich musste mir nachher erst mal die Wange trockenlegen. Doch als ihn zur Außentür tapsen sah, konnte ich nicht mehr nachvollziehen, wie ich, eine völlig kaputte Frau mit Korinthenleber und leeren Schlauchtitten, es fertiggebracht hatte, diesen 100-Kilo-Brecher auszubrüten. Es war für mich ebenso unvorstellbar, wie wenn man versucht hätte, einem Kaktus weiszumachen, er habe ein halbwüchsiges Känguru zum Sohn. Er verabschiedete sich mit Trauer in dunkelblauen Augen, und dann hörte ich natürlich nichts mehr von ihm.

68

Foltermaschine

2002

Der arme Kerl aber war nun endgültig paralysiert. Da saß er nun mit schlimmen Bildern und noch schlimmeren Vorstellungen. Das wusste ich aus bitterer Erfahrung nur zu gut. Jetzt hatte er genügend Dinge von der Frau im Kopf, um sich die nächsten Jahre verrückt zu machen. Kaum etwas brennt so heiß wie Liebeswunden, so viel weiß ich vom Leben, und das Sexleben des Anderen kann einem den heftigsten Kinnhaken verpassen.

Fremdgehen ist insofern einzigartig, als es den am schlimmsten trifft, der überhaupt nichts verbrochen hat, und ihn unversehens wie eine Lawine gegen die Fensterscheibe seines Gemüts presst. Da steckt er monatelang fest und sieht nichts als Seitensprünge über Seitensprünge seines Partners oder seiner Partnerin. Der oder die Untreue löscht sich selbst aus dem Leben des Partners und taucht dann in seinem Kopf als nacktes und vor Lust stöhnendes Gespenst auf. Nach und nach aber wird diese giftspritzende Zitze zu deiner eigenen Lust, du lässt dich auf das Spiel mit diesem Teufel ein, malst dir selbst das Biest, das dich am meisten verdrießt, und trittst dich selbst in den Sumpf, sobald es dein krankes Hirn betritt. Der Mensch ist eine Foltermaschine.

»Mach jetzt das Licht aus und lass mich meine Liebeswunden lecken«, sagte Oma Vera manchmal, wenn sie der Meinung war, ein Abend habe lang genug gedauert und man solle sich nun allmählich verziehen. Vielleicht waren uns solche Widersprüche eingegeben, damit wir auch aus den Qualen des Lebens noch etwas saugen konnten.

Aber, ach, der Seelenfrieden meines Sohnes war nun dahin, und ich mieses Stück war schuld daran. Nicht einmal auf dem kalten Gipfel meines Alters konnte ich das Biest in mir bezähmen. Es ist immer so gewesen, dass ich, Herbjörg María Björnsson, meine Zunge und meine Handlungen nicht völlig im Griff hatte; vielmehr herrscht da eine stärkere Macht, die ich »Herras Leben« nennen möchte und die in meinem Inneren schaltet und waltet, die eingreift und Bomben schmeißt, dass die Explosionsblitze nur so blühen, die einzigen Blumen in meinem Garten.

69

Einbruch

2002

Einige Tage danach erschien überraschender Besuch im adventlichen Dunkel. Es war früh am Tag, und Nancy öffnete die Garagentür einem langen Mantel auf hohen Absätzen, die auf den Betonfußboden staksten, dass es nur so knallte. Das helle Haar war schulterlang geschnitten und stumpf wie Wachs, die Lippen aber glänzten von Gloss.

In meiner Benommenheit glaubte ich, es wäre eine Kontrolleurin von der Stadt gekommen, vom Gesundheits- oder Sozialamt, um diese illegale Seniorenaufbewahrungszelle zu inspizieren, und rechnete schon mit der Frage: »Und wo ist der Darmspiegel?« Aber stattdessen kam ein forsches »Hi, grüß dich!«.

Als sie an mein Bett trat, erkannte ich, dass es sich um die Frau handelte, die aus meinem Fleisch und Blut Kinder gebacken hatte. Gekommen war Regen-Heidi.

»Hallo«, gab ich zurück.

»Hallo, schön, dich zu sehen. Entschuldige, dass ich mich lange nicht habe blicken lassen.«

»Schon gut. Lieblosigkeit ist ein Laster.«

»Wie bitte? Aber so ist es nun mal, man hat immer so viel um die Ohren, mit den Kindern und all dem anderen Kram. Wie geht es dir denn, Herra?«

»Mir geht es so, wie ich es will.«

»So? Ha, ha. Die Kinder lassen schrecklich grüßen. Sie erkundigen sich immer, wie es Oma Herra geht.«

»Oh, ich dachte, sie hätten mich vergessen, die armen Kleinen.«

Verdammt noch mal, mir klopfte das Herz. Ich hatte nicht gedacht, dass das alte Maschinchen noch einmal einen Gang höher schalten konnte.

»Nein, nein, ganz und gar nicht. Wir reden von dir immer wie von jemandem aus der Familie. Da kannst du ganz beruhigt sein.«

Für einen Moment legte sich Stille über ihr Gesicht, dann wurden Trauer und etwas Dunkles hinter der Mauer aus aufgesetzter Freude sichtbar, ehe sie wieder ganz munter sagte: »Ich habe dir ein paar Illustrierte mitgebracht.« Damit zog sie aus ihrer Tasche ein paar bunte Druckerzeugnisse über das Leben hinter den feinsten Hauswänden der Stadt und all die Mauerbrüche und das Herzeleid, mit dem man sich darin beschäftigte. Sie legte dieses Lesefutter auf das Bett neben den Laptop, den ich schloss wie ein Auge. Regen-Heidi warf einen arglistigen Blick darauf, drehte sich aber um, als Nancy sich verabschiedete, und musterte sie genauestens, während sie sich eine Strähne aus der Stirn strich. Aus ihren Augen sprach mitleidvolle Verachtung. Bei Frauen, die im Sex herumplätschern, weckt kaum etwas so viel Widerwillen wie unverdorbene, schüchterne Mädchen, die einer großen Liebe treu sind, die sie noch gar nicht gefunden haben.

»Hm, Illustrierte, sagst du.«

»Ja, ich dachte, könnte ganz nett sein; steht ja doch nur Klatsch drin.«

»Aber doch nicht über euch?«

»Was?«

»Doch nicht über Maggi und dich?«

Jetzt verlor sie die Kontrolle, wurde plötzlich knallrot im Gesicht und klapperte mit den Augenlidern.

»Ha, ha. Nein, so berühmt sind wir wohl kaum.«

»Ich dachte immer, in Island ist jeder eine Berühmtheit, nur der Präsident nicht. Den kennt keiner.«

»Was? Es macht immer Spaß, wenn man dich reden hört.«

Da merkte ich, dass sie mein loses Maul vermisste und überhaupt diesen alten Schwiegermutterschinken, so verräuchert und verschimmelt er inzwischen auch war. Ich weiß noch, wie offen ich sie am Anfang aufgenommen habe, als Maggi sie, die gut gewachsene BWLerin zum Essen mit nach Hause in den Skothúsvegur brachte. Und sie hatte ihren Spaß an der skurrilen Alten, die Würstchen mit Sauerkraut kochte und gelbliche Zigaretten von »Roth-Händle« rauchte. Ich konnte sie richtig gut leiden. Endlich hatte sich mein Faulpelz eine gescheite Frau geangelt. Damals war Stimmung in der Hütte. In der Zwischenzeit hatte sie vom Leben den einen oder anderen Dämpfer erhalten und trug diese »Ich bin so schrecklich beschäftigt«-Miene, die Isländerinnen bei ihren vielen, vielen Verpflichtungen und kosmetischen Anforderungen, dem Alltagsstress und dem ewigen »Ich schaff das schon« bekommen, von den argwöhnisch überwachenden Augen der Freundinnen ganz zu schweigen. Die Kinder hatten ihr die Brüste weggesaugt, aber sonst war sie äußerlich noch gut in Schuss.

Von Schmerz oder schlechtem Gewissen war in den Zügen dieses isländischen »Mädchens« nichts zu entdecken.

»Aber ihr seid doch getrennt?«, erkundigte ich mich sachlich. »Magnús war neulich hier.«

»Was? Ach so. Ja, leider. So was passiert eben. Aber du sollst auf jeden Fall wissen, dass wir uns im Guten getrennt haben und weiterhin Freunde bleiben werden.«

»Niemand trennt sich im Guten.«

»Doch. Maggi und ich. Ha, ha.«

»Dann wäre das das erste Mal in der Geschichte der Menschheit.«

»Ja, vielleicht. Ha, ha, ha.«

»Was ist mit dem Geld?«

»Dem Geld?«

»Maggi behauptet, du hast es. Mein Geld.«

»Du meinst das Geld für das Haus im Skothúsvegur.«

»Ja.«

»Richtig, genau darüber wollte ich mit dir reden. Ich fände es höchst bedauerlich, wenn du angenommen haben solltest, wir könnten das Geld für uns behalten wollen. Wir haben lediglich beschlossen, das Risiko zu verteilen und es daher unter uns aufzuteilen.«

»Ich habe über ein Jahr nichts von euch gehört.«

»Nein, klar, und das finde ich sehr traurig, Herra, sehr traurig. Aber ich bin auch der Meinung, das ist eine Sache zwischen dir und Maggi. Und Halli und Óli … Ich meine, ich habe immer wieder gesagt, dass wir dich mal besuchen sollten, aber …«

»Wo ist das Geld?«

»Das Geld? Im Augenblick? Es ist … es ist … Wir haben beschlossen, es zu verteilen … nicht alles auf eine Karte zu setzen, verstehst du? Also ist es verteilt auf verschiedene Investmentfonds. Die können wir jederzeit auflösen, wenn du willst. Es ist ja letztlich dein Geld, so gesehen.«

»Nichts so gesehen.«

»Ja, nein, nein, aber deine Jungen müssen natürlich … ich meine, du brauchst doch keine sechzig Millionen, so ans Bett gefesselt, wie du warst, und all das; da war es doch nicht dumm …«

Mir fehlte jetzt bloß ein anständiges Messer.

»Meine Liebe! Bisher ist es bei den meisten Völkern der Welt wohl noch immer ein ungeschriebenes Gesetz gewesen, dass die Leute sich nicht das Erbe ihrer Eltern aneignen, bevor sie gestorben sind, ihren letzten Atemzug getan haben und unter der Erde sind. In der Kiste liegen, mit fest verschraubtem Deckel drauf.«

Ich zitterte wohl etwas bei diesen Worten, so sehr ging es mir an die Lungen.

»Nein. Ja. Das stimmt natürlich.«

»Wofür ist das Geld draufgegangen? Für das Gartenhäuschen?«

»Das Gartenhäuschen? Ach was! Wie kommst du denn darauf?«

»Ich … ich verfolge nämlich alles, auch wenn ich …«

»So? Du verfolgst alles?«

»Oh ja.«

Ich hatte mich vergaloppiert. Und versuchte, die richtige Spur wiederzufinden.

»Glaubst du … glaubst du etwa, ich würde mir einbilden, dass ihr das Geld nicht angetastet habt?«

»Na, vielleicht haben wir ein bisschen davon ausgegeben, also von den Zinsen, meine ich.«

»Zinsen?«

»Ja, wir waren der Meinung, wo wir uns die Mühe gemacht hatten, das Geld gewinnbringend anzulegen … Aber das Stammkapital ist noch vollständig da.«

»Na, das ist ja toll.«

»Versteh mich nicht falsch, Herra, aber es ist schon eine Menge Arbeit, sich um eine so große Summe zu kümmern, und es heißt ja, mit Geld ist es genau wie mit … wie mit … Blumen meinetwegen: man muss sich darum kümmern, und wir hielten es daher für gerechtfertigt, dass wir für all unsere Mühe auch etwas bekommen sollten, und daher haben wir vielleicht ein klein wenig …«

Sie brach ab. Sie konnte nicht fortfahren. Sie konnte mir nicht sagen, dass sie tief ins Totenbett gegriffen, dass sie unter dem uringelben Katheterschlauch hindurch nach allem gegrapscht hatte, was unter der Matratze lag.

Woher ist diese Generation in unser Land gekommen? Meine Vormütter waren, ihrem Riecher für den Fisch folgend, in offenen Booten über den Breiðafjörður gerudert. Nichts gab es über die geleistete Arbeit hinaus. Ansprüche auch nicht. Einem Mann schenkte man sein Herz und bewahrte es, mit einer Schleife umwickelt, sieben Jahre für ihn auf, wenn er vergaß, es anzunehmen. Auch zusammen hatten meine Eltern nichts und verloren auch das noch. Sie kamen wieder auf die Beine und sparten sich alles vom Munde ab für die letzten Kapitel. Sie waren schon über fünfzig, als sie endlich ein einigermaßen anständiges Dach über dem Kopf besaßen.

Regen-Heidi fuhr sich durch die blonden Haare, blies die Backen auf, guckte auffällig auf die Uhr, von da auf den Laptop und sagte: »Darf ich mal kurz deinen Computer benutzen? Ich hätte nämlich längst in einer Besprechung sein sollen und erwarte eine … eine Mail.«

»Du erwartest eine Mail?«

»Ja.«

»Auf meinem Computer?«

»Ja, ich kann mit ihm meine Post abrufen, wenn ich ins Netz komme. Geht ganz fix.«

Mir gefiel das ganz und gar nicht, aber auf die Schnelle fiel mir nichts Schlaues ein, mit dem ich meinen Computer hätte verteidigen können. Sie trat an den Laptop, zog, mit dunkelroter Farbe auf den Nägeln, den Stecker aus der Steckdose und nahm ihn mit zur Küchenzeile. Sie war echt ein gerissener Fuchs. Und es war nichts anderes als Gewalt gegen eine zum Liegen verurteilte Frau, ihr sehenden Auges das Gehirn auszustöpseln und es zur Durchsicht mit in die Küche zu nehmen.

»Hast du hier schlechte Verbindung?«

»Wie? Nein. Nein, nein.«

»Die Internetverbindung bricht andauernd ab.« Dann, ganz selbstverständlich: »Ich habe Netz im Auto. Ich nehme ihn mal kurz mit.«

Sie klappte den Bildschirm zu, nahm den Laptop unter den Arm und strahlte mich an. »Dauert keine Minute. Du kannst dir währenddessen die Illustrierten angucken.«

Das traf mich so unvorbereitet, dass ich kaum einen Gedanken fassen konnte. Sie war einfach mit meinem Computer abgehauen! Netzverbindung im Auto? So was hatte ich noch nie gehört. Ich rechnete mich ja selbst zu einer von den raffinierten Hexen, aber hier hatte ich meine Meisterin gefunden. So durchtrieben hatte sie das hingekriegt!

Sie blieb elend lange weg.

70

Knappital

2009

Da lag ich also, im Dezember 2002, und erlebte am eigenen Leib den rasanten Wandel des sozialen Klimas. Moralische Indifferenz, Dreistigkeit, Gier, Ellbogenmentalität. Alles unter der Maske der Nettigkeit mit einem Lächeln auf den Lippen knallhart durchgezogen. All das brach in mein Garagenleben ein, das Gegenteil guter Werte, die Vertreterin dessen, was niemals hätte kommen dürfen.

Die Glieder aber tanzen nur nach der Pfeife des Kopfes, und der Bursche und seine Hofschranzen wollten es genau so, sie hatten ihren Neokapitalismus von der Leine gelassen, diese billige gesellschaftliche Patentlösung, die so viele ins Unglück gestürzt hat. Sie hatten gesehen, wie er in Amerika sein grausames Werk verrichtete, und dachten·wohl, sie würden diesen Gast auch gern bei uns im Land begrüßen. Der Sturm aufs Geld stand kurz bevor.

Ich hatte selbst in Dollarland gelebt, mit Bob und auch danach, und ich hatte gesehen, wie dieses Riesenland unter seinem Kapitalsystem Schaden nahm, in dem jede Stunde in Geldwert umgerechnet wurde und wo jeder sofort in der Gosse landete, wenn er die nächste nicht mehr bezahlen konnte. Diese breitschultrigen Rugby-Bullen mit den mächtigen Kinnladen dachten öfter an Geld als an Sex; das sagt viel aus. Es war nicht leicht, in diesem Gesellschaftsspiel eine Frau zu sein. Schon sehr früh mussten Frauen ihr Leben lange im voraus planen und jeden Schritt in dem Balanceakt zwischen Liebe und Sicherheit, Glück und Geld kalkulieren.

Nie konnte ich mich daran gewöhnen, dass Fernsehsendungen alle sechs Minuten zur Feier des Mammon unterbrochen wurden. Das erinnerte mich, ehrlich gesagt, an Hitlers Deutschland oder eine kommunistische Diktatur. Tag und Nacht wurde man mit Propaganda beschossen. In diesem undemokratischen Kapitalismus regierte derselbe Diktator seit eh und je, Dollar Bill sein Name. Er war dein Gott und dein Teufel in einer Person. Pausenlos verlangte er dir einerseits Opfer und Verehrung ab, andererseits köderte er dich an jeder Straßenecke mit seinen Versprechungen. In diesem fürchterlichen Gesellschaftssystem, das Menschen nur auf eines ausrichtete, nämlich darauf, reich zu werden, konnten diese tatsächlich ein solches Vermögen zusammenraffen, dass sie sich aus der Gesellschaft freikaufen konnten und so die Folgen ihres Wachstums nie zu sehen brauchten. Sie mussten nie einen Blick in die Klassenzimmer in den Armenvierteln zu werfen oder in die Wartesäle der öffentlichen Krankenhäuser, wo junge Männer in billigen Blättern vom Triebleben der Promis lasen, während ihnen das Blut aus Schusswunden lief.

Ich erinnere mich, wie ich im Frühjahr 1975 in einem gelben Taxi den FDR Drive entlangfuhr und meinen Jungen die Wolkenkratzer von Manhattan zeigte. Sie sahen aus wie ein glitzerndes Gebiss. Sehr gesund dem Anschein nach. Aber zwischen ihnen gab es gelb angefressene Stellen, Junkienester und Revolvergangblocks. Und die USA sind seitdem nicht beim Zahnarzt gewesen. Obwohl ihnen am 11. September 2001 beide Vorderzähne ausgeschlagen wurden.

Unser Bursche (ich nenne den großen Davíð nie anders, weil ich seine selige Großmutter kannte, die ihn so rief) ist natürlich selbst nie auf der anderen Seite des Großen Teichs gewesen, aber er hatte seine die Welt umfliegenden Freunde. Sie wollten, dass das Volk, das hundert Jahre lang bei den Banken angeklopft hatte, sich die nächsten hundert von ihnen aushalten ließ. Die harte Zeit des Wachstums brach an, sie öffneten die Gatter der Startbox, und die Hunde des freien Marktes hetzten schäumend auf den Platz. Vom Krankenlager sah es aus wie ein großes, blind wütendes Wettrennen.

Wodurch aber konnten die Boomjahre so katastrophal enden? Ich habe nun Zeit genug gehabt, darüber nachzudenken. Die Antwort ist so erstaunlich wie banal: Kinderlosigkeit. Wie sein Vater, der Faschismus, ist der Neoliberalismus vor allem von weißen, kinderlosen Männern ausgebrütet worden, denen es Spaß machte, sich aufzubrezeln und mit ihren Geschlechtsgenossen Cocktails zu süffeln. Darüber vergaßen sie völlig, an ihre Frauen, Kinder und die drei Ps zu denken: Psychopathen, Prothesenträger und pillenschluckende Alte wie ich. Das kapitalistische Denken geht nämlich genau dann auf, solange nichts den Mann von seiner Arbeit abhält, die Frau seine Hemden in die Reinigung bringt, keine Kinder zur Welt kommen und kein älterer Mensch zum Arzt gebracht werden muss. Schließlich ist das System genau da zur Perfektion getrieben worden, wo Kindern der Zutritt verboten ist: auf Universitätsgeländen und in den amerikanischen Business Districts.

Bobs Lieblingsäußerung zu Yale lautete: Da wird selbst der Rasen nach dem Mähen mit Aftershave besprüht. Er kannte sich aus, denn sein Vater war dort fest bestallter Literaturprofessor, ein liebenswürdiger Lyriker der Whitman-Schule. Bob jedoch fand keinen Gefallen an Turmuhren und Tweed, sondern bevorzugte Barhocker und Beat. Im New Yorker Village hatte er sich mit Kerouac, Gore Vidal und anderen angefreundet, lange bevor der Ruhm sie auffraß. Vidal war wohl der schönste Mann, den ich je gesehen habe, abgesehen von Guðbergur Bergsson, der mit seiner spanischen Sonnenbrille über den Austurvöllur flanierte wie ein Filmstar. (In den sechziger Jahren war es ein beliebter Sport unter Reykjavíker Frauen, abends ins Hotel Borg zu gehen, um Sternchen zu sehen. Der Dichter arbeitete da als Nachtportier.) Bergsson und Vidal aber waren so schön, dass keine Frau sie bekam. »So also sehen Heilige aus«, dachte man als ahnungslose Göre. Erst viel später, als ich Vidals Biographie las, habe ich erfahren, dass er sich in seinen Jahren in Greenwich täglich drei Jungen ins Bett geholt hatte. Die können und dürfen das, während Frauen dafür gesteinigt werden.

Im Gegensatz zu ihnen gab es Männer, die nur sich selbst liebten und die Welt als ihren persönlichen Geldschrank ansahen. Ihr Blick auf die Gesellschaft war nicht weiter als das Schlüsselloch ihrer eigenen Interessen.

Eine ganze Regierung von ihrem Schlag bekamen wir Isländer für länger als ein Jahrzehnt. Alles, was gut und nützlich war, wurde in den Turm von Kapital und Wachstum gepackt. Er war durch das

Schlüsselloch so gut zu sehen. Die flache Wiese drumherum, auf der das dumme Wirtschaftswachstumsvolk graste, interessierte sie nicht. Am Ende wurde der Turm zu hoch und stürzte auf all die abgegrasten Gemeinschaftsweiden.

Jetzt hat Island als erstes Land der Welt eine Lesbe an seiner Spitze, und diese echte Homosexualität scheint besser zu funktionieren als die Narziss-Sexualität von rechts, die sich früher im Tau von amerikanischem Rasierwasser gebadet hat.

O mein Gott, ich muss wirklich bald ins Grab, wenn ich schon anfange, Kommunisten zu verteidigen!

71

Ratte

2002

Endlich kam Regen-Heidi, frostig liebenswürdig, wieder herein und legte meinen Computer aufs Bett zurück.

»Danke! Das hat mich echt gerettet. Das ist wirklich ein sehr, sehr guter Computer, den du da hast.«

Aus ihren Worten war absolut nicht herauszuhören, ob sie in meinen Dokumenten etwas Verwerfliches gefunden hatte.

»Ja, ja, der alte Blechtrottel.«

»Ja, hm …«, ihre aufgesetzte Ungezwungenheit bekam einen Sprung, und eine Spur von Unsicherheit trat in ihren Blick. »Du bist … technisch ziemlich versiert, nicht?«

»Ja, ich habe in der alten Verslunarskóli noch Maschinenschreiben gelernt. Dann war ich Sekretärin für dies und das. Als die Männer noch kaum ein Telefon bedienen konnten.«

»Und du … gehst mit der Zeit … und mit der Technik?«

»Neugierig bin ich immer gewesen; besonders was Kommunikation angeht.«

Das letzte sagte ich bloß, um sie zu foppen. Sie blickte auf die Uhr und meinte:

»Oh, Mensch, ich müsste längst bei meinem Treffen sein!«

»Ein Liebestreffen?«

Die Augen klappten hoch.

»Liebestreffen?«

Ich wollte sie nicht lächelnd davonkommen lassen.

»Ja, hast du denn nicht gelesen, was ich gelesen habe?«

»Lesen, was du gelesen hast?«

»Gesehen, was ich gesehen habe. Ich habe Maggi seinen Namen gegeben.«

»Maggi? Seinen Namen? Wem wessen?«

»Er müsste es jetzt erledigt haben.«

»Erledigt? Was denn?«

»Und die Leiche sorgfältig beseitigt. Er wollte es für seine Mutter tun, der liebe Junge.«

Jetzt blieb es still. Dann sah ich die Fassade bröckeln. Langsam. An ihrem Lächeln änderte sich äußerlich nichts. Es war immer noch so schreiend liebenswürdig wie vorher. Die Lippen gut gespreizt und die Fältchen um den Mund gestreckt. Nach und nach aber bekam die Fassade Risse, sie breiteten sich wie ein Netz über ihr Gesicht aus, erreichten die Augen, und dann platzte der freundliche Putz in plötzlicher Heftigkeit ab.

»Wer hat dir erlaubt, in meinen Privatsachen herumzuschnüffeln?«

»Fremdgehen ist keine Privatsache.«

»Oh doch! Das ist Privatsache und geht dich nichts an. Maggi und ich … wir … Unsere Ehe hat dich überhaupt nichts anzugehen!«

»Ich behalte lediglich meinen Jungen im Auge.«

»Du behältst ihn im Auge?«

»Ja, wie Mütter es eben tun. Sie behalten ihre Kinder im Auge.«

»Wie alt ist er? Er ist dreiunddreißig. Er ist, verdammt noch mal, dreiunddreißig Jahre alt, und du passt auf ihn auf, als …«

»Sein Gemüt ist und bleibt immer ein Jahr alt. Er war völlig am Boden zerstört, als er es erfahren hat, der Ärmste.«

»Erfahren? Hast du … hast du es ihm etwa gesagt?«

»Ich bin seine Mutter.«

»Okay, aber das bedeutet nicht … Es heißt nicht, dass du das Recht hättest …«

»Sprich du nicht von Recht, Regen-Heidi!«

»Regen-Heidi?!«

Oh, was für ein Lapsus! Ragnheiður natürlich! Ich hatte meine Zunge wohl nicht mehr unter Kontrolle. Die Blonde nahm mich beim Wort und füllte ihre Augen mit bald heftig fallenden Tropfen.

»Was glaubst du denn noch davon zu wissen, was es heutzutage heißt, eine Frau zu sein? Sich ständig beweisen zu müssen, hundert Pflichten nachzukommen, aber nie das zu kriegen, was man braucht, und wenn sich endlich eine Gelegenheit bietet, dann … dann darf man sie nicht nutzen und kann sie nicht einmal genießen, weil man sich mit seinen scheiß Gewissensbissen alles kaputtmacht.«

»Mein Maggi ist gut im Bett.«

Ihr blieb die Spucke weg.

»Woher …?«

»Vielleicht ist er ein bisschen behäbig, aber Impotenz kommt in unserer Familie nicht vor. Das hat es bei uns nie gegeben. Sein Vater war ein verdammt guter Liebhaber. Du solltest lieber an deine eigene Brust klopfen oder an das Bisschen, das davon noch übrig ist.«

Sie blieb wieder erst stumm, dann kam: »Was … was bist du eigentlich? Eine Ratte?«

»Ja, ja, ich kann manchmal ziemlich rattig sein, aber ich war immer rallig!«

»Du … du …!«

Ich ließ sie in ihrer Wut durchdrehen wie ein Geländewagen mit seinen Reifen in tiefem Morast, und ich reichte ihr keine helfende Hand. Irgendwann wühlte sie sich heraus:

»Du bist eine beschissene Ratte, die hier liegt …, jawohl, eine widerliche Garagenratte, die glaubt, sie dürfe herumschnüffeln, die … nichts anderes zu tun hat, als ihren eigenen Familienangehörigen nachzuspionieren, nur weil sie …, nur weil sie …«

»… sie nicht besuchen kommen?«

»Nur weil sie glaubt, ein Recht dazu zu haben, weil es ihr dreckig geht, weil sie keiner besuchen kommt, und es kommt sie keiner besuchen, weil sie so ein widerlich ekliges Dreckstück ist und weil sie in ihrem ganzen Leben nicht ein einziges Mal gesagt hat, dass sie jemanden lieb …«

»Was ist mit dem Geld?«

»Das Geld? Das Geld ist weg! Du wirst dieses Scheißgeld nie wiedersehen! Du hast es nämlich nicht verdient! Auf Wiedersehen!«

Nachdem sie gegangen war, entdeckte ich ein paar dünne, hautfarbene Plättchen auf der Bettkante. Mauerbruchstücke der Nettigkeit.

72

Gefrorener Stein

1942

In Hamburg sah ich ganze Häuser in sich zusammenfallen. Sechs stuckverzierte Stockwerke stürzten eines auf das andere. Einmal fehlte nicht viel, und ein ganzes Bankgebäude wäre auf mich gekracht. Andere hatten nicht so viel Glück. Trude, die ich zufällig kennengelernt und die mich eingeladen hatte, bei ihr und ihrer Familie zu wohnen, landete unter den Trümmern eines Balkons mit schwarzem Geländer. Ich wollte sie darunter herausziehen, schaffte es aber nicht. Stattdessen zog ich ihr die Schuhe aus und wollte sie ihren Eltern bringen, aber als ich zu dem Haus kam, war es nur noch eine Rauchwolke. Ich betrachtete die Schuhe in meiner Hand und sah zu, wie sie sich mit Staub füllten. Und ich glaubte, ich würde von einem Fluch verfolgt. Alles, was mit mir in Verbindung stand, wurde mir genommen. Mama war verschwunden, Papa war verschwunden, Trude war verschwunden und jetzt auch ihr Haus, ihre Mutter, ihr Vater, ihre Großmutter, ihre drei Brüder …

Wie bin ich im Krieg zur Waise geworden? Es geschah im März 1942. Der vorübergehende Aufenthalt bei Frau Baum hatte sich in die Länge gezogen und dauerte nun bereits ein Jahr. Wir hatten alle geglaubt, der Krieg würde nach ein paar Monaten zu Ende sein, in denen Hitler andere Länder schluckte wie eine Möwe Heringe. Dann aber änderte sich meine Lage. Mama hatte eine eigene Wohnung gefunden. Und weil Papa eine Woche Heimaturlaub bekommen hatte, wurde beschlossen, dass er mich auf Amrum abholen sollte, dann würden wir Mama in Hamburg treffen, und ich würde mit ihr weiter nach Lübeck fahren.

Papa war ein anderer Mensch geworden. Sein Gesicht hatte sich verhärtet wie ein Fisch im Trockenschuppen, und an der Nase hatte er Erfrierungen. Deutsch sprach er akzentfreier als vorher. Mir wurde es fast unheimlich, als er sich in langen Ausführungen erging. Die SS-Runen waren verschwunden, man hatte ihn als LKW-Fahrer eingeteilt. Den ganzen Winter hindurch hatte er unter der Plane auf der Ladefläche seines Lasters Material, Mannschaften und Proviant über die ukrainische Steppe geschaukelt, entweder in strömendem Regen oder bei arktischem Frost, wie ihn der Isländer noch nie erlebt hatte.

Er war nie in ein Gefecht verwickelt worden, bis auf gelegentlichen Beschuss aus den Wäldern, und nie an die Front (die zu dieser Zeit Weißrussland und die Ukraine hinter sich gelassen hatte und nun in Schrittgeschwindigkeit tiefer nach Russland hinein vorrückte), und er hatte also nicht einen Menschen getötet. Trotzdem war er nicht mehr der gleiche Mann wie der, der mit mir die Stufen hinauf zu unserer Dachwohnung in Lübeck gezählt und dort Mama und mir ohne Musik etwas vorgetanzt hatte. Die Ausbildung hatte seine Mundwinkel hart gemacht, und der russische Winter hatte in seine Nasenspitze gebissen und den Grund seiner Augen gefrieren lassen. Obwohl er sich ein paar typische Witze abrang, sprach die Tundra aus seinem Blick. Der Unterschied lag in Kleinigkeiten, aber er war sichtbar. Es war der Unterschied zwischen Stein und gefrorenem Stein.

73

Ein Arm

1942

»An eine bestimmte Winternacht erinnere ich mich besser als an andere«, schrieb er mir sehr viel später nach Argentinien, allein und verlassen in einem Kellerloch in Grindavík als gebrochener Mann mit dem Bedürfnis zu beichten. »Wir steckten wieder einmal auf der verfluchten Rollbahn zwischen Rylsk und Lgow fest. Die Gegend da ist genauso platt wie das Meer und genauso endlos. Manchmal hatte ich wirklich das Gefühl, wir würden uns über ein gefrorenes Meer bewegen. (Nachts träumte ich von einem großen Wal, der unter der Straße schwamm.) Aus einem noch nicht zerstörten Gehöft nahe der Straße waren wir beschossen worden. Einer dieser Kommunisten hatte sein Leben dafür geopfert, unserem Führungsfahrzeug den Treibstoff abzuzapfen, indem er ein Loch in den Tank schoss. Das hielt uns ganze 30 Stunden auf. Bei Minus 20 Grad zieht sich das so endlos hin wie drei Wochen. Die Nacht verbrachten mein Kamerad Orel und ich im Führerhaus.

Orel war ein Pfarrersohn aus Aachen, ein Rechengenie mit grobem Gesicht, ein guter Kamerad, aber merkwürdig unüberlegt für einen deutschen Soldaten. Wie wichtig der Krieg war, schien er überhaupt nicht zu begreifen, er nannte ihn bloß ›ein Wintermärchen‹. Er kannte schrecklich viele Gedichte auswendig und sagte sie im Auto oft auf. Das verkürzte uns die langen Stunden des Fahrens, aber ich musste ihn bitten, damit aufzuhören, als sich herausstellte, dass die meisten von Heinrich Heine stammten. Heines Gedichte waren im Dritten Reich verboten, ›wegen der Judentinte an der Feder des Dichters‹, wie es ein bedeutenderer Mann als ich einmal formuliert hat. Meinen Gehorsam konnte der Pfarrersohn nur schwer begreifen. Er sagte, er liebe Heine mehr als sein Vaterland (!), und erklärte, wenn Moskau gefallen sei, würde er weitermarschieren bis zum Ural und dort eine kleine Kolonie gründen, *Dichterland*, wo alle Frauen schön seien wie ›Röslein auf der Heiden‹ und die Männer auf offener Straße Gedichte rezitierten.

Ja, ja. Eines aber musste ich Orel lassen, er war, wie viele Menschen auf dem Kontinent, viel weniger kälteempfindlich als ich, der Isländer. In jener eiskalten Winternacht pennte er auf dem Beifahrersitz, während ich hinter dem Lenkrad vor Kälte schlotterte. Um Treibstoff zu sparen, war es verboten, den Motor laufen zu lassen. Am Morgen hatte ich Hunger und kletterte aus dem Wagen. Die Feldküche war inzwischen in dem Gehöft aufgeschlagen worden, und unser Küchenbulle kochte Kaffee in der winzigen Küche, die mich an die bei der alten Runi auf Sviðnur erinnerte. Angekohlte Wände und ein Bild von Tolstoi. Eine Magd vom Hof musste dem Küchenbullen zur Hand gehen, ein blondes Mädchen mit einem Haarknoten im Nacken, außergewöhnlich hübsch für eine Slawin.«

(Anmerkung: Mein Vater brauchte siebzehn Jahre, um den Nazi-Schwachsinn aus seinem Kopf zu bekommen, und erst dann, erst dann nahm Mama ihn wieder bei sich auf.)

»Nachdem ich frischgebackenes Brot gegessen und zuckersüßen Kaffee getrunken hatte, befahl mir der Küchenbulle, Kaffee in den Stall zu bringen. Ein windschiefes Gebäude zeichnete sich rechts im Morgengrauen ab. Ich ging hinüber, schob den Riegel zurück und spähte hinein. Die Szene, die sich mir bot, hätte aus einem Bild von einem alten holländischen Meister stammen können, wie ich sie von den Abbildungen in *Verdens Kunsthistorie* kannte. Es war eine Mischung aus den anatomischen Zeichnungen Rembrandts und der Weihnachtsgeschichte von einem unbekannten Meister.

In einer Ecke standen zwei magere Kühe. Die eine, eine Weißscheckige, drehte den Kopf zum Licht, das durch die geöffnete Tür einfiel, die andere wedelte mit dem Schwanz und muhte verärgert. Auf einem Tisch aus groben Brettern lag ein Mann in deutscher Uniform, schlug ohne Unterlass die Stiefelabsätze auf die Tischplatte und wimmerte vor Schmerzen. Zwei Ärzte standen über ihn gebeugt, und an den Wänden standen und saßen noch viele Soldaten auf umgedrehten Eimern, Holzklötzen und Böcken, die meisten apathisch vor

Kälte, Erschöpfung oder Alkohol, wenn nicht von allem zusammen. Einer starrte verzweifelt auf sein ausgestrecktes Bein und stöhnte schwer, ein anderer presste eine blutige Kompresse gegen die Schläfe.

Im Stall roch es natürlich herrlich nach Kuhmist, und es war ein klein wenig wärmer als draußen. Die Weißscheckige stierte mich mit großen Augen an und wedelte mit den Ohren, als wollte sie dezent darauf hinweisen, dass die Heizung im Haus allein auf ihr Konto und das ihrer alternden Mutter ging. Ich musste unweigerlich an die selige Schwitze-Gunna denken.

Ich grüßte mit deutschem Gruß und schwenkte die Kaffeekanne. Einer der beiden Ärzte blickte auf und sagte, ich solle ihnen helfen. Ein betrunkener Soldat mit verschwitztem Gesicht nahm mir die Kanne aus der Hand, bevor ich an den Tisch trat. Der wimmernde Mann war feuerrot, wenn er das Gesicht verzog, sonst aber leichenblass. Sein rechter Arm war eine einzige blutige Masse. Der Arzt sagte, ich solle mich auf die andere Tischseite stellen und den Arm des Patienten gestreckt halten, sie müssten ihn operieren. Ich ging um den Tisch herum und fasste ihn an Handgelenk und Ellbogen, so behutsam ich konnte. Trotzdem brüllte der Mann vor Schmerz auf. Ich schaute auf die Wunde und sah den bloßen Knochen. Also konzentrierte ich mich auf einen jungen Soldaten, der auf dem Boden saß und mit einem seligen Lächeln aus dem Stalldunkel starrte. Die Kuh muhte leise, und ich hörte einen Fladen zu Boden klatschen.

Ich hielt zwar weiter den Blick abgewandt, konnte aber meine Ohren nicht verschließen und hörte so das durchdringendste Geräusch, das ich je gehört habe: das einer Knochensäge. Sie amputierten. Das Schreien des Verwundeten hörte aber auf, wahrscheinlich war er in Ohnmacht gefallen, wenn nicht gestorben. Für mein Leben hätte ich mich nicht getraut, ihn anzusehen, und ich war voll und ganz damit beschäftigt, seinen Arm festzuhalten, den ich am Ende allein in der Hand hielt. Mich durchlief eines der eigenartigsten Gefühle, das ich je empfunden hatte: Ich hielt einen abgesägten Arm in der Hand. Die Ärzte versuchten, den Blutverlust zu stoppen und die Wunde zu verschließen, und ich stand weiterhin totenstill mit dem Arm da und versuchte ihn so zu halten, dass nicht das ganze Blut aus ihm herauslief.

Dann geschah etwas, mit dem keiner gerechnet hatte. Der Verwundete kam zu sich und richtete sich auf. Die blutig durchtränkten Kompressen fielen von der Wunde, und auch aus seinem Stumpf schoss Blut hervor. Die Ärzte wollten die Wunde abdrücken, aber der Amputierte schob sie mit dem verbliebenen Arm weg und schaute mich dann mit blutunterlaufenen Augen an. Dann schwang er sich vom Tisch zu mir, entriss mir den Arm, hob ihn hoch und kreischte mit verzerrtem Gesicht wie ein Affe: ›Heil Hitler! Heil Hitler!‹

Dann wich schlagartig alles Blut aus seinem Gesicht. Der Mann lief regelrecht blau an. Wir sahen das Leben aus seinem Gesicht fallen wie Sand in einem Stundenglas. Auf einmal schlug er der Länge nach mit dem Gesicht voran auf den Boden, beide Arme, einer die Verlängerung des anderen, zum Hitlergruß ausgestreckt. Er knallte mit einem Geräusch auf den Boden, das womöglich noch schrecklicher klang als das Sägen. Still wurde es im Stall, bis die Gefleckte wieder muhte. Der gefallene Soldat rührte sich nicht. Nach einigen Atemzügen zuckten die beiden ersten Finger des amputierten Arms, als wollte die Hand den Boden aufkratzen.«

Sich das Tausendjährige Reich aufkratzen.

74

Hamburg Hauptbahnhof

1942

Selten hat in einem so prachtvollen Gebäude ein so erbärmliches Ereignis stattgefunden wie im Hamburger Hauptbahnhof im Frühjahr 1942. Ach, es ist furchtbar. Muss ich das jetzt auch wieder aufrühren?

Frühmorgens rollten Vater und ich langsam in die weitgehend zerstörte Stadt und betrachteten zerbombte Häuser und gebrochene

Menschen. In der Ferne brannten Fabriken. Der Bahnhof sah noch intakt aus, und wir folgten der Menge den Bahnsteig entlang. Wir fanden Gleis 14 und stellten uns dort schweigend auf, voller banger Erwartung.

Mamas Zug kam aber nicht um 12.02 Uhr. Fünfzehn Minuten später erfuhren wir: Die Ankunft des Zuges würde sich um zwei Stunden verspäten. Eine Stunde darauf hieß es: Verspätung etwa vier Stunden. Papa spähte ins eiserne Gebüsch und zog verstohlen eine Zigarette heraus, denn dieser deutsche Soldat rauchte englische Zigaretten, die ich ihm auf Amrum organisiert hatte. In der Vorwoche hatten die Mädchen und ich ein Flugzeugwrack am Strand gefunden und darin vier Stangen »Chesterfield«, fast trocken. Wir hatten ohne viel Erfolg versucht, sie zu rauchen.

Guter Rat war nun teuer. Bis Mitternacht musste er sich wieder in Berlin einfinden; dann lief sein Urlaubsschein ab. Sein Zug ging um 15.32 Uhr. Auf die Disziplin in der deutschen Wehrmacht brauchte man nicht zu spekulieren: Erschiene Papa zu spät, würde man ihm den Hitlergruß an der Schulter abschneiden. Andererseits konnte er doch seine Tochter nicht allein in einem beschädigten Bahnhof in einer Ruinenstadt zurücklassen, auf die in einer Nacht zehntausend Bomben abgeworfen wurden. Immerhin, sie war inzwischen zwölf Jahre alt, bald dreizehn. In Gedanken versunken, sog er gierig und verzweifelt den Rauch ein, und ich atmete den Duft ein. Kaum etwas roch so lecker wie Tabakduft unter freiem Himmel.

Papa ließ die Kippe fallen und zertrat sie mit seinen Stiefeln. Er seufzte und blickte die Schienen entlang, bis nach Lübeck.

»Verdammt noch mal!«

»Ist doch nicht so schlimm, Papa. Ich kann hier warten.«

Er sah mich an. In seinen meerblauen Augen glomm leise Hoffnung auf; vielleicht musste er doch nicht zwischen seiner Tochter und Hitler wählen. Vielleicht hatte sie recht. Vielleicht würde alles gutgehen. Der Hoffnungsfunke verlosch so schnell, wie er gekommen war.

»Ich bin mir bloß nicht sicher, ob dieser Zug … Könnte sein, dass die Gleise … scheiß Engländer!«

»Haben sie die Schienen in die Luft gesprengt? Glaubst du …?«

»Ich weiß es nicht«, sagte er und schüttelte in der Hoffnung den Kopf, dadurch das völlige Durcheinander darin wieder in eine halbwegs nachvollziehbare Ordnung zu rütteln. »Ich weiß es nicht.«

Papa sah auf die Uhr. Zwei Minuten vor drei. Jetzt musste etwas passieren, so oder so. Er riss seine Tasche vom Boden hoch und sagte, ich solle meine nehmen, dann führte er mich von Gleis 14 in die Wandelhalle, vorbei an Zeitungskiosken und einer älteren, kleinen Frau mit einem Schleier, die Rosen verkaufte. Du lieber Gott, ich erinnere mich noch immer an diese Blumenhändlerin! Sie lächelte mit roten Bäckchen wie ein unschuldiges Kind und brachte Farbe in die graue Menge. Wo bekam sie noch Blumen her? Aus ihren trümmerschwarzen Augen las ich ihr Geheimnis: Sie holte sie aus ihrer Kirche, aus ihrer Kirche ohne Dach. In Gummigaloschen kletterte sie über den staubbedeckten Steinhaufen, der einmal das verzierte Portal gewesen war, jetzt aber die Kirchenstufen bedeckte wie eine isländische Geröllhalde, und hinab ins Kirchenschiff, stieg über Dachtrümmer bis zum Chor, wo sie vor dem Altar niederkniete, hinter ihn in eine Höhlung fasste und daraus zwei Rosen hervorzog, die Gott ihr per Rohrpost schickte, so wie man vor dem Krieg in Behörden Unterlagen zwischen den Etagen befördert hatte. Jeden Morgen steckte sie die Hand in die Höhlung und pflückte dort die Blumen Gottes, und das war sicher sein einziger konstruktiver Beitrag zum Zweiten Weltkrieg.

Papa zog mich in einen dunklen, nach Urin riechenden Gang vor den Toiletten. Wir warteten die Ein- und Austretenden ab, dann beugte sich Papa über seine Tasche und zog eine dunkle Eisenkugel heraus, die er mir in die Hand drückte.

»Hier, nimm sie. Das ist eine Handgranate. Du hältst sie in der rechten Hand. So. Hier ziehst du mit der anderen und wirfst sie dann fort. Daran musst du unbedingt denken! Du musst sie wegwerfen, dann explodiert sie. Guck, so musst du es machen! Und wenn du sie geworfen hast, wirfst du dich selbst auf den Boden. Hast du das verstanden?«

Ich nickte. Es war allerdings viel zu schnell gegangen. Das bemerkte er auch selbst und wiederholte seine Anweisungen noch einmal.

»Ich gebe sie dir, damit du dich im Notfall verteidigen kannst, Herra. Verstehst du? Verwende sie nur in äußerster Lebensgefahr, wenn dich die Engländer umzingeln. Und du musst absolut sicher sein, dass du in Gefahr bist, denn du hast nur diese eine einzige Waffe. Eine einzige Handgranate. Ist dir das klar?«

Ich nickte noch einmal und starrte das Stahlei in meiner Hand an. Mein Vater hatte mir einen ganzen Krieg in die Hand gelegt. Es fühlte sich ungeheuer schwer an, schwer wie … ein Herz. Wo sollte ich es aufbewahren?

»Wohin fährst du, Papa?«

»Ich fahre dahin, wo ich *hinmuss*. Ich führe nur meine Befehle aus. Wahrscheinlich zurück an die Ostfront. Wir müssen alle unseren Beitrag in diesem Kampf leisten. Merk dir das, Herra! Das Deutschtum darf nicht noch einmal aus der Welt verdrängt werden. Es ist auch eine große Hoffnung für uns, für Island. Hitler betrachtet Island als Ursprungsland der germanischen Rasse und uns als die Bewahrer des Feuers.«

Bei seinen letzten Worten schloss er seine Hand um meine und die Granate und drückte sie bekräftigend zusammen. »Die Hüter des Feuers.«

»Aber Papa, wer wird denn den Krieg gewinnen?«

»Wir natürlich. Hitler.«

»Und wann?«

»Im nächsten Sommer. Im Sommer wird alles vorbei sein. Wenn wir Russland besiegen. Dann geben die anderen auf. Wir sehen uns im Herbst alle drei wieder und ziehen nach Moskau. Man hat mir da eine Stelle an der Universität in Aussicht gestellt. Es wird eine neue Fakultät für Germanische Wissenschaft gegründet, und ich übernehme die Nordische Abteilung. Die Welt gehört uns, Herra. Kopenhagen, Berlin, Moskau … Wie gefällt dir das?«

Nicht gut. Er erzählte mir das zum dritten Mal, mit exakt dem gleichen Wortlaut. Er schien sich dessen bewusst zu sein, denn er setzte noch etwas hinzu, was ich noch nie gehört hatte:

»Stell dir das vor, Herra, Russland! ... Du wirst eine große Dame im ehemaligen Zarenreich, wirst eislaufen und Klavier spielen und im Pelzmantel in einer Kutsche durch die Metropole fahren wie Anna Karenina.«

Plötzlich flog die Tür der Damentoilette auf, und eine stattliche Nazifrau mit ausladendem Hinterteil kam heraus. Sie beachtete uns gar nicht, aber Papa reagierte panisch.

»Halt sie nicht so! Keiner darf sie sehen! Komm, steck sie in die Tasche!«

»Aber explodiert sie nicht, wenn ...? Kann sie nicht in die Luft gehen?«

»Nein, nur wenn du den Sicherungsstift ziehst. Steck sie in die Manteltasche! Nein, die Reisetasche ist vielleicht doch besser. So, ja. Es wird alles gut. Hitler ist bei dir.«

Und das Kind fragte: »Weiß er, dass ich diese ...?«

Und das Kind antwortete dem Kind: »Der Führer sieht alles. Er ist überall, er weiß alles.«

Dann wurde er wieder erwachsen und schaute mir lange in die Augen. »Mach's gut, meine liebe Herra! Ich muss jetzt gehen. Warte du auf Gleis 14, du findest dahin zurück. Und falls der Zug nicht kommt, dann musst du bei den Fahrkartenschaltern warten. Mama und ich haben verabredet, wenn etwas schiefgeht, wollen wir uns da treffen. Hast du begriffen? Da, wo die Fahrkarten verkauft werden, bei den Schaltern.«

Dann fasste er mit beiden Händen meinen Kopf, ließ sich auf ein Knie herab und sagte in einem ganz anderen und viel isländischeren Tonfall: »Lieber Gott, mein Kind ...«

Aus den Lautsprechern erscholl die Ankündigung, dass der Zug Nummer 235 nach Berlin von Gleis 9 abfahren würde. Es war gleichbedeutend mit der Ankündigung von Tränen. Papas himmelblaue Augen füllten sich mit Wasser, und er schloss mich heftig in die Arme, bevor ich sehen konnte, wie sie überliefen.

»Gott schütze und bewahre dich, Kind! Ich … ich liebe dich. Das weißt du doch.« Da er jetzt weinte, stockte seine Stimme. »Du darfst nie vergessen, dass dein Papa dich lieb hat.«

Ich fühlte, wie sein Bauch durch das Schluchzen gegen meinen stieß. Es war ihm jetzt klar, dass er seine einzige Tochter mitten im Krieg auf Gedeih und Verderb mutterseelenallein im Bahnhof einer Großstadt zurücklassen musste, und das nur, um die Gelegenheit nicht zu versäumen, sie womöglich zur vaterlosen Halbwaise zu machen. Ich weinte nicht. Ich hatte Verantwortung zu tragen. Ich war zur Fackelträgerin der germanischen Rasse geworden. Zur Hüterin des Feuers. Ich konnte mir nicht erlauben, auf die heilige Flamme Tränen tropfen zu lassen.

»Gott sei mit dir«, sagte er schließlich und ließ mich schnell aus seinen Armen. Er versuchte, sich zusammenzureißen, indem er zweimal schluckte und sich über das Gesicht strich.

»Also, ich muss jetzt gehen. Leb wohl!«

Er streifte sich den Trageriemen seiner Tasche über die Schulter, richtete sich auf und entfernte sich einige Schritte rückwärts gehend, dann warf er einen Blick auf seine Armbanduhr; doch ehe er sich abwandte, sagte ich: »Papa.«

»Ja?«

»Du darfst nicht sterben. Denk dran!«

Einen Augenblick lang erstarrte er, öffnete dann den Mund, als wollte er etwas sagen, schloss ihn aber gleich wieder, nicht nur, weil er nicht wusste, was er hätte sagen sollen, sondern auch, um keine neuen Tränen zuzulassen.

Dann lief er davon, an die Ostfront, um noch mehr Arme Richtung Sonnenaufgang zu richten. Als er den Gang entlangrannte, sah ich seine Schuhsohlen. Hell hoben sie sich ab, doch die eine hatte einen schwarzen Brandfleck vom Zigarettenzertreten.

75

Weinen verboten!

1942

Mama kam an diesem Tag nicht. Auch nicht im Lauf des Abends. Es war kurz nach Mitternacht, als der Zug wie ein Maulwurf mit eingedrückter Schnauze in den Bahnhof einlief und einen Schwall von Gesichtern ausspuckte. Ich, ausgehungert und frisch bewaffnet auf meinem Posten an Gleis 14, fraß etwa 17 pro Sekunde in mich hinein. Jeder Mund war vom Ernst des Lebens gezeichnet. Die Menschen drängten sich mit holzleistenverstärkten Koffern den Bahnsteig entlang. Was für eine Menschenmenge! Was für ein Berg von Augen! Solch ein Durcheinander von klopfenden Herzen. Was hatten all diese Menschen in einer brennenden Stadt zu suchen? Warum versteckten sie sich nicht im Wald und warteten, bis die Front ungesehen am Hof vorbeizog und einen schwarzen VW-Käfer und eine weiße AEG-Waschmaschine dort stehen ließ?

Ach, liebe Mama, ich wusste natürlich nicht mehr genau, wie du inzwischen aussahst. Ich hatte dich ja mittlerweile ein Jahr nicht gesehen. Zum letzten Mal in Dagebüll in Gestalt einer langsam schrumpfenden Puppe auf der Mole, die am Ende zum Punkt hinter meiner Kindheit wurde. So gut ich konnte, versuchte ich mit meinen Augen wie mit lehmigen Händen aus all diesen Gesichtern die freundlichen Züge meiner Mutter zusammenzukneten, Haare von da, eine Nase von dort, aber das Gesicht, das ich mir vorstellte, verwandelte sich sogleich in ein anderes. Wie konnte Gott nur so streng zu mir sein? Zweitausend Frauen hatte er hier aus seinem eisernen Ärmel geschüttelt, aber er wollte es nicht zulassen, dass eine von ihnen meine Mutter war.

Am Ende hasste ich all diese erschöpften Frauen, die aus dem Nachtdunkel in das Licht der Bahnhofshalle drängten, das selbst so dunkel wie möglich gehalten wurde. Ich rang mit der Versuchung, meine Handgranate in diesen rücksichtslosen Brei aus Augen zu schleudern, der scheinbar nie endend in den Bahnhof strömte und anscheinend nie aufhören wollte, mit seiner Mutterlosigkeit seinen Spott mit mir zu treiben.

Schließlich stand ich ganz allein auf dem Bahnsteig und überlegte, ob es mir wohl gestattet sei, ein bisschen zu weinen, da fiel mein Blick auf ein Schild mit Frakturschrift, die ich in meiner Verzweiflung falsch entzifferte als »Weinen verboten!«. Ich ging zurück in die Wartehalle und suchte die Fahrkartenschalter, doch die waren natürlich geschlossen, es war ja weit nach Mitternacht. Ich ließ mich auf dem schmutzigen Steinfußboden nieder und lehnte mich gegen eine verschlossene Tür, starrte apathisch auf die gegenüberliegende Wand. Ein Plakat zeigte fünf lachende Kinder, die aus einem Zugfenster winkten. Darunter stand: »Kommt mit in die Kinderlandverschickung«.

Warum war ich nicht auf Amrum geblieben?

Noch standen hier und da Menschen in der Halle. Unter der großen Uhr fand ein lautes Familienwiedersehen statt. Um eine Gruppe von sieben Leuten warteten Koffer stumm auf eine Entscheidung, wo übernachtet werden sollte, und Tenorstimmen stiegen wie Funken aus einem Feuer empor. Ein älterer Mann hinkte an einer selbstgeschnitzten Krücke durch die Halle. Ein Hosenbein wischte den Boden. Dahinter kam ein junges Paar ins Blickfeld, gutaussehend und gutgekleidet, mit Sicherheit schwedische Vertreter der sozialdemokratischen Oberklasse, die genau wussten, wo sie hin wollten. In jenen Jahren sah man in Deutschland nie Paare unter sechzig. Die Männer waren alle weg und damit beschäftigt, zu töten oder getötet zu werden. (Kriegsgefangene waren sie alle, denn der Krieg war ein einziges Gefängnis, in dem keiner frei war, ob er nun die Uniform eines Gefangenen oder eines Generals trug.) Ich sah die beiden vorbeistürmen. Die Frau sah leidlich hübsch aus, hatte allerdings dieses überbreite Katzengesicht mit großen Augen und kleiner Stupsnase, das viele Schwedinnen haben. Ihr blondes Haar wippte kräftig beim Gehen. Ihre Absätze klopften auf den Steinfußboden wie Zwergenhämmer.

Wenig später stand ein bewaffneter Aufseher vor mir, vielleicht sogar ein Soldat. Ein holzköpfiger Bursche mit viereckigem Schädel, dicken Lippen und weißen Augenbrauen unter einer zu großen Mütze. Er befahl mir, den nächsten Luftschutzraum aufzusuchen, ob ich denn den Alarm nicht gehört hätte?

»Ich warte hier auf meine Mutter. Sie ... sie ist Gefängniswärterin in Fuhlsbüttel, bekommt aber frei übers Wochenende. Wir wollen ... wir wollen die Bombenangriffe sehen.«

Mit der Handgranate in der Tasche war mein Selbstbewusstsein gewachsen. Ich stand nicht einmal auf, um dem Hakenkreuzler zu antworten, der meine Erklärung mit einem Nicken seines großäugigen Quadratschädels quittierte und diesem mustergültigen Jungmädel sogar zulächelte. »Aber ...«, wandte er trotzdem ein, als ihm eine Explosion plötzlich das Wort abschnitt. Wir guckten beide in die Halle. Das Familientreffen am anderen Ende löste sich auf, und die Leute schnappten sich ihre Koffer. Draußen im Dunkel der Ruinen sprangen Flammen auf, und nicht weit entfernt war das Heulen der nächsten Bomben zu hören, die durch die Nacht fielen wie kreischende Vögel, dann folgte durchdringendes Krachen, wo sie ihre Todesnester auf Hausdächern und Hafenschuppen bauten. Verfluchte Engländer!

»Aber ... heute Nacht kommen leider keine Züge mehr. Du musst gehen. Nachts darf sich hier niemand aufhalten. Du musst einen Luftschutzraum aufsuchen.«

»Wieso sind Sie nicht im Krieg?«

Was war ich frech geworden!

»Was?«, fragte der Hakenkreuzler verdutzt.

»Warum Sie nicht im Krieg sind? Mein Vater ist im Krieg. Alle echten Männer sind im Krieg.«

»Im Krieg? Ich bin im Krieg. Ich bewache den Bahnhof.«

»Das ist gut. Dann möchte ich hierbleiben.«

Das war die richtige Antwort. Damit fand er sich ab und trollte sich. Ich blieb sitzen und musste wohl aussehen wie das Kind in Charlie Chaplins *The Kid*.

Das passte, denn später sollte er selbst noch in Erscheinung treten.

76

Ein halber Hitler
1942

Die große weiße Bahnhofsuhr über dem Haupteingang ging auf drei zu, und der Bahnhof war so gut wie menschenleer und still. Ich saß mitten in der Halle und sehnte mich nach meiner Mama und nach Island. Etwas entfernt zu meiner Linken schliefen zwei plumpe und ungeschlachte holländische Bäuerinnen, in Schwarz gewickelt; sie sahen aus wie Kegelrobben mit Schals. Ich hatte auf ein warmes Plätzchen zwischen ihnen gehofft, aber sie sprachen irgendwo ganz hinten in der Kehle und verstanden nicht die einfachste Frage auf Deutsch. Immerhin hatten sie mir ein Stück Wurst geschenkt.

Ich war endlich eingenickt, schreckte aber immer wieder hoch und sah dabei, dass rechts von mir ein seltsames Wesen die Halle betreten hatte. Es stand noch weit entfernt an der Ecke des Zeitungskiosks und sah sich um. Mit ganz kurzen Hinterbeinen, aber langen, kräftigen Vorderbeinen. Zuerst dachte ich an einen Affen oder an einen Hund mit zwei Beinen. Das Wesen entdeckte mich und kam auf seinen kräftigen Vorderläufen langsam näher.

Dabei stellte ich fest, dass es sich um einen Mann handelte. Er trug einen halblangen Mantel und etwas Hutähnliches auf dem Kopf. Seine Wangen waren unrasiert, sein Kinn aber kahl. Unter der geraden Nase wuchs ein schmaler Schnurrbart. Er hatte seine Beine verloren, seine Arme aber waren sehr stark, und auf ihnen bewegte er sich erstaunlich schnell durch die Halle, setzte sich dann zu mir. Offenbar hatte er geglaubt, in mir ein passendes Mädchen gefunden zu haben, und seine Augen verrieten die Enttäuschung, als er feststellte, dass ich Beine hatte. Aus Breiðafjörðer Sorgsamkeit hatte ich sie untergeschlagen, doch nun sah er, dass seine Traumfrau mit allen Gliedern ausgestattet war und zudem ein Kind. Obwohl es sich nur um einen halben Mann handelte, hatte seine Stimme die Kraft eines ganzen.

»Guten Abend! Gute Nacht wäre zwar korrekter, doch wünscht man das eher zum Abschied als zur Begrüßung. Darher sage ich also Guten Abend, auch wenn es fast Morgen ist. Wie heißen Sie, junges Fräulein?«

»Herra.«

»Hecha?«

»Herra. Mit zwei rollenden R.«

»Ach so. Herrra. Mit Führer-R.« Sofort ahmte er Hitler nach: »In unserrrrem Deutschen Rrrreich … Nun ja. Ich gäbe viel für zwei rollende R. Auf ihnen könnte ich nach Amsterdam rollen und dann über die Nordsee, auf meinem gelben Hintern.«

»Auf einem gelben Hintern?«

»Ja. Ich bin Jude, und gelb ist der Judenarsch. So gelb wie sein Judenstern. Wenn ich mich vorstellen darf: Aaron Hitler.«

»A … Hitler?«

»Jawohl, Aaron Hitler.«

Er hielt mir die Hand hin. Sie sah mehr wie ein Fuß aus. Steckte in dicken, schwarzen Fingerlingen, deren Handfläche mit Holzklötzchen besohlt war. Vorne standen lange Finger heraus, die zusammen einen so kräftigen Eindruck machten wie ein Streichquartett von Beethoven. Er registrierte mein Zögern.

»Sie müssen entschuldigen, mein Arm ist mein Bein und daher mit dem Salz der Erde beschmutzt.«

Ich nahm seine Hand. Er drückte nur leicht zu, doch hatte ich das Gefühl, er könnte mir alle Knochen mit einem einzigen Druck zerquetschen. Sein Körper wirkte dagegen schmächtig und sein Gesicht sensibel, die Haut war glatt und wachsweiß, obwohl die Haare, die unter dem Hut hervorsahen, die Koteletten und der Schnurrbart rabenschwarz waren. Er mochte etwa dreißig Jahre alt sein. Unter dem kurzen Mantel zeichneten sich weiche Stummel ab. Die Beine endeten gleich unterhalb der Leiste.

»Haben Sie Hitler gesagt?«, fragte ich.

»Jawohl, Aaron, Aaron Hitler. Der kleine Bruder seiner Hoheit. Der kleinste Bruder.«

Es sollte so etwas wie ein Scherz sein, Teil des Nachtprogramms, das, selbstverständlich im Auftrag des »Reichsministeriums für Volksaufklärung und Propaganda«, um diese Tageszeit auf allen deutschen Bahnhöfen lief, um ein wenig die Stimmung zu heben und aufzumuntern. Kinder aber sind ernste Menschen:

»Ein Bruder des Führers? Aber Sie haben gesagt, sie wären … Jude?«

»Ja, genau und deshalb: ssscht!«

Dazu hielt er seinen rechten Arm wie ein großes Schwert emporgestreckt und hieb sich mit dem Zischlaut die Beine ab. Ich hatte den Eindruck, an dieser Stelle seiner Kabarettnummer erwartete er ein Lachen, aber ich konnte nicht und sagte nur verwirrt: »So?«

»Woher aber kommt Ihr, schöne Meerjungfrau? Ihr sprecht mit salzigem Beigeschmack.«

»Ich stamme von … Inseln.«

»Ein Inselkind? Und ganz allein auf Reisen?«

»Ja, mein Vater musste weg. Und ich warte auf meine Mutter. Sie sollte heute Abend mit dem Zug aus Lübeck kommen, war aber nicht im Zug.«

»Oh je, aus Lübeck. Die Engländer haben da gestern und vorgestern schwere Angriffe geflogen. Da liegen ganze Stadtviertel in Trümmern. Was war das einmal eine schöne Stadt! Jedenfalls vom Rinnstein aus betrachtet. Denn auf die Türme haben mich die Schweinehunde nicht gelassen.«

»Wie? Was sagen Sie da?«

Er sah die Verzweiflung in mir hochschlagen.

»Nein, Sie sollten sich keine Sorgen machen. Ihre Mutter ist in Sicherheit.«

»Was?«

»Sie ist unverletzt. Da bin ich mir sicher.«

»Woher … woher wollen Sie das wissen?«

»Ich bin mir ganz sicher.«

Er lächelte dazu so sanft, dass ich mich auf unbegreifliche Weise fast augenblicklich beruhigte. Er war so etwas wie ein Zauberer. Er hatte im Austausch für seine Beine auf dem Markt des Lebens eine ganz besondere Gabe erhalten.

»Und Sie sind Jude?«

»Ja, der letzte Jude im Dritten Reich. Wenn sie mich haben, wird es vollbracht sein. Ein Volk, ein Rrreich, ein Führrrrer!«

»Aber wie … wie sind Sie davongekommen?«

»Ach … mein Bruder Adi natürlich«, sagte er und zuckte die Schultern, womit er durchblicken ließ, dass »sein Bruder« vielleicht doch nicht ganz so gewissenlos war, wie es der Krieg nahelegte. Dann ließ er den Blick durch die Halle wandern, über die holländischen Landrobben bis zum Ausgang auf der anderen Seite, als wollte er gleich weiter. Ein Bruder des Führers konnte sich natürlich nicht lange damit abgeben, ein heulendes Gör aus Island zu trösten. Ich aber wollte diesen Straßenbettler auf einmal gern noch bei mir behalten. Ich fühlte mich wohl in seiner Gegenwart.

»Er beschützt Sie also?«

»Ja. Sonst würde ich wohl kaum davonkommen. Meine Beine sind davongekommen, sie sind sogar einfach davongelaufen. Erst nach Schweden, dann nach Amerika. Da leben sie jetzt. Manchmal bekomme ich Briefe von ihnen. Das rechte wohnt in Ohio, das linke in Kalifornien. Sie sind so weite Abstände zwischen sich gewöhnt. Sehen Sie, wie kräftig ich unten herum bin? Manchmal werde ich gefragt, ob es nicht unangenehm sei, auf Stümpfen herumzukrauchen, aber ich sage nein, oh nein, denn unter mir habe ich zwei Polster die Gold enthalten. Zwei ganze Völker zwecks späterer Ausrottung. Ich muss mir bloß noch einen Harem zulegen. Darum bemühe ich mich. Aber es gibt leider nur wenige Frauen, die so einen großgemächtigen Zwerg haben möchten. Frauen reagieren empfindlich auf Beinlosigkeit. Das habe ich lernen müssen. Sie bevorzugen Männer, die ›auf beiden Beinen stehen‹. SS-Männer zum Beispiel oder Männer wie meinen Bruder Adolf. Ich halte dagegen: Gesegnet seien die Beinamputierten, denn was sind die Beine anderes als Werkzeuge des Irrsinns? Sehen Sie nur, wohin uns der Mensch mit Beinen gebracht hat!« Er breitete seine kräftigen Arme aus. »All das hier ist das Werk bebeinter Menschen. Das Bein zerstampft, aber der Arm erhält, behaupte ich. Ich bin bereit, Verantwortung zu übernehmen, sobald Adolf den Krieg verloren hat. Dann wird man mich rufen und zum Reichskanzler machen.« Nun ahmte er wieder seinen großen Bruder nach und rollte die Rs: »Denn wirrr werrrden auferrrstehen aus Rrruinen. Wirrr werrrden wiederrr auf die Beine kommen!«

Das fand ich nun komisch und konnte endlich lachen. Das spornte ihn weiter an.

»Wer, wenn nicht ich, ist fähig, das deutsche Volk aus seiner tiefsten Verzweiflung zu führen? Ein Mann, der aus eigener Erfahrung weiß, wie es sich anfühlt, ganz tief unten zu sein.«

Zu diesen Worten klopfte er mit seinen hölzernen Handabsätzen auf den schmutzigen Boden. Ich lachte noch lauter. Am Ende jedes Satzes reckte er den Kopf hoch, wie es der Führer immer tat, und er wurde ihm immer ähnlicher, so dass ich glaubte, er wäre wirklich sein Bruder.

»Liebe Volksgenossen, die Zeit des Überrrmenschen ist abgelaufen. Die Zeit des Unterrrmenschen brrricht an.«

Dann richtete er sich auf, warf den Kopf zurück und den Arm in die Höhe zum Hitlergruß, aber so, dass nur der Ellbogen aufragte, als hätte man ihm auch den Unterarm amputiert; dazu rief er laut:

»Halb Hitler!«

77

Jungfernhäutchen auf dem Kopf

1942

Die feindlichen Flugzeuge kamen und gingen, vollgeladen mit Feuer und Vernichtung, die sie über alten, gewachsenen und simsverzierten Stadtvierteln abluden, und drehten dann nach Westen ab wie satte Hyänen. Darauf gab es eine kurze Ruhepause, in der man vielleicht in einen leichten Schlaf fiel, ehe die nächste Welle anflog. Sirenen und die Luftabwehr gellten und bellten wieder los, dann setzte der Bombenregen mit seinem Heulen ein, bis das entsetzliche Schmettern der Explosionen erfolgte.

»Ich laufe auf Stümpfen durch die Nacht. Ich brauche also auch nur halben Schlaf«, sagte mein neuer Freund Aaron und zwinkerte mir zu.

»Wo schlafen Sie denn?«

»Och, ich suche mir immer mal was Neues. Einmal habe ich in einer Schublade übernachtet, ein andermal in einem Schwanennest. Schlafe ich auf weicher Unterlage, dann schlafe ich tief und fest, auf einer harten eher leicht. Schlafe ich irgendwo drinnen, dann schlafe ich aus, schlafe ich draußen, dann schlafe ich wie ein Hund mit einem offenen Auge. Gut schläft es sich in der Gosse, denn dann träumt man von einem Kaffeekränzchen beim lieben Gott. Ach, die Kuchen! Am sichersten schläft man in einem Bombenkrater, denn der Tommy ist geizig und sprengt kein zweites Mal, was er schon in die Luft gejagt hat. Ansonsten fürchte ich nichts, am wenigsten den Tod. Soll er kommen, wann er will, aber dann bitte ganz und nicht halb.«

Das alles hörte sich wie vorformuliert an. Oder wie aus einem alten Theaterstück. Er hatte Antworten auf jede Frage parat und war nie um eine Replik verlegen. Und jeder Satz enthielt eine angenehm in den Ohren klingende Energie, die Zeilen kamen funkensprühend geladen aus ihm heraus wie Hochspannungsleitungen aus einem Kraftwerk, dabei klang seine Stimme in den Ohren wie Rotwein, floss samtweich und ein wenig beschwipsend aus diesem totenmaskenähnlichen Gesicht.

Jetzt sang er mir etwas vor:

»Draußen schlaf ich wie ein Stein,
Vom Liebeskönig schlafversenkt.
Wenn er nicht aufwacht ganz allein,
Sein Reich macht er dir zum Geschenk.«

Du lieber Gott, ich war ganz hingerissen von diesem schweiflosen Kentauren mit Chaplin-Bärtchen. Nun aber erschien mein anderer Freund wieder, der hanseatische Hans Holzkopf mit den weißen Brauen und der Mütze. Erst scheuchte er die holländischen Landfrauen auf. Sie kamen steif auf die Beine und zogen ab. Dann kam er auf uns zu.

Hitlers halber Bruder legte sofort eine neue Platte auf.

»Guten Morgen, guten Morgen, Soldat! Wunderbare Stiefel sind das. Wenn wir solche Stiefel für die Hände produzierten, wäre ich längst an der Front, um den Russen über den Don zurückzujagen. Auf Händen würde ich an der Spitze einer Infanteriekompanie marschieren, denn im Krieg ist mir alles möglich, außer davonzulaufen.«

»Wer sind Sie?«, fragte Hans ein wenig irritiert und wandte sich an mich: »Gehört er zu dir?«

»Friede sei mit Ihnen, denn der Krieg wird es lange nicht sein. Es ist Ihnen aber gelungen, diese Festung zu halten, und das auf heldenhafte Weise. Möglicherweise haben Sie einen Orden verdient; ich werde das zu gegebener Zeit an die zuständigen Stellen melden. Mein Name ist übrigens Hitler, Aaron Hitler, der jüngere Bruder unseres geliebten Führers, sein Halbbruder, um der Genauigkeit die Ehre zu geben. Ein halber Hitler also, die andere Hälfte war mit uns Hitlerbrüdern nicht verwandt und musste deswegen weg!«, sagte Aaron und ließ den gleichen zischenden Ton hören wie vorhin und machte die gleiche schneidende Handbewegung.

Der Soldat mit den hellen Brauen starrte das Faktotum eine Weile an. Wer war …, nein, was war dieser formlose Haufen, der ihn von unten anwinselte wie ein Bettler und zugleich von oben herab behandelte wie ein Parteibonze? Oder war *das* etwa tatsächlich *sein* Bruder? Sie sahen sich nicht einmal unähnlich, auch wenn der hier krauses Haar hatte und einen Zinken wie die Karikatur eines Juden. Der heilige, unantastbare Name aber gab den Ausschlag.

»Heil Hitler!«, brüllte der kleine Hans, dass es in der 37 Meter hohen Bahnhofshalle widerhallte, riss den Arm in die Höhe, knallte die Hacken zusammen und stand stramm.

Im Lauf meines Lebens haben meine Augen so manche komische Veranstaltung gesehen, aber diese Reaktion des Kindersoldaten gehört eindeutig zu den komischsten. Trotzdem lachte ich nicht oder höchstens auf der einsamen Hochheide meines Innersten, hinter einer kleinen Schutzhütte. Ich sah allerdings, dass mein Freund Aaron schwer gegen ein Grinsen ankämpfen musste, während er den Gruß erwiderte. Es war das Lächeln eines Komödianten während der Vorstellung. Und endlich begriff ich diesen Mann, diesen halben Mann, der das Leben höchstens zur Hälfte ernst nahm.

Der Soldat fuhr fort: »Gefreiter Hans Jürgen Rupert, 2. Flakabteilung 161, Hauptmann Gunter von Affenberg, Abwehrsektor Hamburg-Nord, Gebäude- und Objektschutz.«

Aaron hatte noch immer Mühe, ernst zu bleiben, versuchte aber sein Bestes: »Meldung erfolgt und erhalten, Arm abwärts. Sie sind ein hervorragender Vertreter der nordischen Rasse, Gefreiter. Die Zukunft gehört uns. Zeugen Sie Nachwuchs?«

»Entschuldigung, was meinen Sie?«

»Haben Sie Kinder?«

»Ich habe keine Kinder, ich bin noch jung.«

»Wie alt sind Sie?«

»Neunzehn.«

»Gut. Aber können Sie Nachwuchs zeugen?«

»Ich verstehe nicht?«

»Haben Sie taugliches Saatgut im Beutel?«

»Äh, ich glaube schon.«

»Der Same des Ariers ist das Gold der Welt. Das sollten Sie sich merken. Wenn der Hahn angeschlossen ist, soll er auch aufgedreht werden. Überlegenheit ist eine Sache, Ausbreitung eine andere. Denken Sie daran! Sie produzieren hundert Soldaten täglich, stationieren sie aber alle in Ihrer Hand, einer Fläche, die zwar wichtig sein mag, aber dem Raumhunger unseres Volkes wenig Zugewinn bringt. Sie sollten heute hundert Frauen beglücken und morgen zweihundert. Ihre Magazine sind geladen, gehen Sie hin und befüllen Sie die holde Damenwelt! Das ist es, was wir brauchen. Oder was meinen Sie, warum wir im Osten in den Gräben feststecken und nicht vorankommen gegen diese ewig rrrammelnden Rrrussen? Weil uns Nachschub an Menschen fehlt. Wir brauchen noch mehr Herrenmenschen.«

Ich beobachtete den Gefreiten Rupert, der mit einem Leuchten in den Augen den Mann am Boden ansah, einem Leuchten, das rief: Ich erkenne ihn, er *ist* sein Bruder!

»Das Gleiche sage ich oft meinem Bruder Adolf. ›Du solltest Kinder haben‹, sage ich zu ihm, wenn wir bei einem Bier zusammensitzen. Du solltest mindestens drei Frauen pro Tag eine Füllung verabreichen. Das erbrächte in zehn Jahren 30 000 Kinder. Wo wären wir dann? Dann ständen unsere Soldaten vor Peking und nicht erst vor Moskau. Ich selbst habe meine nächtliche Aufgabe erfüllt und in den Landkreisen Bayerns siebzehn Kinder in sieben Monaten gezeugt, musste dann allerdings von dort verschwinden, als die Bauern zwischen den Beinen ihrer Töchter meine Judennase auftauchen sahen. Meine Beine sind so schnell gerannt, dass sie mir am Ende davongelaufen sind und nun getrennt vom Körper kinderlos im gelobten Amerika leben.«

»Judennase?«, stieß der Soldat genauso verblüfft aus wie ich vorhin.

»Ja. Verzeihung, habe ich mich noch nicht vorgestellt? Aaron Hitler, der letzte Jude im Reich meines Bruders. Ich stehe so weit vorn im Alphabet, dass ich übersehen wurde.«

Der Komödiant lüftete den Hut, und darunter wurde eine Kippa sichtbar, ein schwarzes Käppchen auf fettigem Haar. Der Soldat verdaute den Anblick mit Mühe, sein Adamsapfel saß längere Zeit über dem engen und geschlossenen Kragen der Uniform fest. Ich war sehr erleichtert, als Aaron den Hut endlich wieder aufsetzte.

»Moment, Moment, Sie dürfen mich nicht töten! Niemand darf mich umbringen! Nur mein Bruder und das nur mit seinem eigenen Gas. Er sammelt schon; isst zu jeder Mahlzeit Sauerkraut und Bohnen. Das wird vielleicht ein Furz, wenn wir uns treffen, ganz und halb, frohlockt der jodelnde Jude. Hollahihi!«

In dem Moment hätten Mitarbeiter eines Wachsfigurenkabinetts mit einer Karre kommen können, um einen deutschen Soldaten mitzunehmen.

»Verstehen Sie mich nicht falsch! Ich bin lediglich Halbjude. Meine Beine waren beide katholisch. Keusche Priester alle beide, und es machte ihnen Spaß, Kinder zu schaukeln. Aber sie ertrugen es nicht, unter dem gelben Stern zu stehen. Keine Sorge, Gefreiter Rupert, unser geliebter Führer ist reiner Arier an Leib und Läufen, und es ist ja nicht ihm zum Vorwurf zu machen, dass er einen Juden zum Bruder hat. Unser Vater Alois ist für diesen Fehltritt verantwortlich, der ihm unterlief, als er den kleinen Adolf zur Schule brachte. Er ließ den Knaben draußen auf der Diele warten, während er seiner schnöden Gier in der Spalte meiner Mutter nachging und so diesen ganzen Brand über Europa überhaupt heraufbeschwor. An allem, ja, an allem bin ich schuld! Meine Zeugung, meine Geburt. Ich! Die Erbsünde meines Vaters. Die Rache meines Bruders. Das Leiden der Menschheit. Oh weh, oh weh!«

Er schwenkte den Arm in Richtung der Stadt, und in diesem Moment detonierte in der Ferne eine weitere Bombe.

»Laut unserem jüdischen Glauben ist jede Zeugung eine Schande für die ganze Familie, und daher tragen wir beschnittenen Männer ein Jungfernhäutchen auf dem Kopf.« Er hob den Deckel, damit wir sein Judenkäppchen noch einmal bewundern konnten. »Gekrönt mit der Erbsünde gehen wir gramgebeugt und geschlechtsgequält durch die Welt und werden jeden Tag an die Sünden der Vorväter erinnert. Ich selbst trage als Reliquie die Jungfernhaut meiner Urmutter Rebekka, Tochter des Salomon aus Jeruschalajim im südlichen Judäa, die im ersten Jahrhundert vor Christi gelebt hat. Sie war einmal weich und rosa, ist aber jetzt, wie man sieht, vertrocknet und schwarz und von nachfolgenden Generationen geflickt. Ursprünglich aber war es einmal das weiche Ding, das im Dienst des Fortlebens der Familie gesprengt wurde. Meine Großväter und Urgroßväter, sechshundert Männer, trugen es in zwei Jahrtausenden auf ihren Schädeln über zweitausend Berge bis hinab in einen bayerischen Bierkeller. Aber nicht nur die Juden tragen ein hartes und getrocknetes Jungfernhäutchen auf dem Kopf, sondern der Papst in Rom ebenso. Er trägt das der ersten Jungfrau, Maria. Es ist jedoch weiß, kraft des göttlichen Schwans, der Gottes Glied ist und der alles rein macht, was er berührt. Natürlich werden so Äpfel mit Birnen verglichen, der göttliche Strahlenkranz und mein Alltagsdeckel, der von einem irdischen *Membrum virile* durchstoßen wurde. Möchten Sie einmal daran riechen?«

Er zog seine Jungfrauenkappe vom Kopf und hielt sie dem Soldaten unter die Nase, der ziemlich rot angelaufen war. Ich kämpfte noch immer gegen das Lachen, staunte aber auch grenzenlos über diesen Redefluss.

»Rebekka, Tochter Salomos, jerusalemitanische Hausfrau, geboren im Jahr 33 vor Christus, gestorben anno domini 77. Nicht schlecht, wie?«

Hans Jürgen Rupert zögerte, dann beugte er sich dem Namen Hitler, schob die Nase vor und schnupperte an dem zweitausend Jahre alten Hymen.

»Na? Ein bisschen … wie soll ich sagen? … spätjüdischer Samenduft. Nach den Bestimmungen unseres Glaubens soll der älteste Mann der Familie das Häutchen mit seinem Samen benetzen, bevor es bei seiner Beschneidung dem jüngsten Nachkommen weitergegeben wird, so dass wir hier also …«, er drehte das Käppchen um, so dass es jetzt wie ein Schüsselchen in seiner Hand lag, »… in diesem Käppchen den Lebenssaft sämtlicher Generationen von Abraham bis Alois gesammelt haben. Ja, er auch, Adolfs und mein Vater hat ebenfalls sein Gut hineingetan.« Ich musste laut lachen. Ich konnte nicht mehr an mich halten. Das ging über meine Kräfte. »Hier ist also in einem Judenkäppchen das berühmte hitlersche Sperma zu sehen, aus dem der Führer entstanden …«

Ein Schuss knallte, und das Käppchen fiel zu Boden, während der halbe Mann nach hinten schlug, so dass seine Beinstummel in die Luft ragten. Der Komödiant hatte seine Rolle ausgespielt. Mir blieb das Lachen im Hals stecken. Ich schaute hoch. Ich hatte gar nicht mitbekommen, dass der Soldat seine Pistole gezogen hatte. Der

Schuss war unglaublich laut. Ein schmales Rauchfähnchen stieg aus dem Lauf. Ein weiteres, ebenso schmales Rauchfähnchen schien sich aus dem Kopf des unglücklichen Schützen zu kräuseln, der sein frisch gefälltes Opferlamm anstarrte und überlegte, ob er womöglich gerade den Halbbruder des Führers erschossen hatte. Das gab mir Gelegenheit aufzuspringen. Als er wieder zu sich kam und Anstalten machte, mich ebenfalls zu erschießen, stand ich aufrecht und drohte ihm mit der Handgranate.

Papa war vielleicht ein Nazi, aber er war nicht dumm.

78

Eine komische Leiche

1942

Der Schuss hatte ins Herz getroffen, und das Blut floss wie dunkelroter Wein auf den schmutzigen Boden. Als der Soldat sich verzogen hatte, trat ich an die Leiche. Wir waren allein in der Halle. In der Ferne heulten Luftschutzsirenen. Ich betrachtete den halben Mann, der jetzt ganz tot war. Seine Augen standen offen, täuschend »lebensecht« und doch mausetot, wie zerbrochene Eierschalen, die noch dem nachsehen, was aus ihnen davongeflogen ist. Ich kauerte mich wieder auf den Boden. Von hier sah die Leiche aus wie ein dunkler Sack, der vom Himmel gefallen und geplatzt war, so dass nun sein dunkler Inhalt auslief.

Abwechselnd sah ich ihn an, die Schalter oder hinaus in die Stadt, drückte und drehte dabei die Handgranate in meiner Rocktasche und wusste nicht mehr ein noch aus.

Auf einmal brach ich in Tränen aus. Die Biberschnauze steckte mir wieder im Hals und stupste gegen mein Zäpfchen. Der Krieg sollte mich noch unzählige Leichen sehen lassen, aber das war meine erste.

Wie die Beinstümpfe ragten auch die Bartstoppeln aus dem ein-
gefallenen Gesicht, das selbst der Tod nicht noch blasser machen
konnte. Die schmalen, aber regsamen Lippen, deren Spiel so plötzlich aus gewesen war, waren zu einer Grimasse geformt, die man als
Lächeln deuten konnte, die aber mehr noch der Mundstellung nach
dem Wörtchen »ups« ähnelte. Was für eine komische Leiche! Ein Komödiant noch über den Tod hinaus. Ich kniete mich neben ihn und
schloss ihm Augen, Mund und Nase, wie ich es Bauer Eysteinn hatte
tun sehen, als wir Schwitze-Gunna endlich am Ufer gefunden hatten.

Ich fasste die Hand, auch die linke, und zog ihn wie einen langar-
migen Affen bis zu dem Gang vor den Toiletten. Dort ließ ich ihn an
der gleichen Stelle liegen, an der sich am Vortag mein Vater von mir
verabschiedet hatte. Es war undenkbar für mich, dass meine Mutter mich neben einer Leiche wiederfinden könnte. Dann kehrte ich
in die Halle zurück, um dort meinen Schrecken wegzuschlafen. Ich
wickelte mir den roten Schal um, den Mama mir im letzten Jahr gestrickt hatte, und holte das Stahlei aus der Reisetasche. So hatte ich
sie beide nah bei mir, Mamas Blutstrom um den Hals und das Herz
meines Vaters in der Rocktasche. Irgendwann fiel ich endlich in
einen unruhigen Schlaf und träumte von tanzenden Zwergen auf einer grünen Wiese, auf der ein Dichter mit sorgfältig getrimmtem Bart
und in einer weißen Kutte Gedichte deklamierte.

Gegen 6.15 Uhr füllte sich die Bahnhofshalle wieder mit Menschen, besonders mit Frauen und Kindern, die aus mir unbekannten
Gründen glaubten, in Hamburg besser aufgehoben zu sein als in
Kiel. Einige Frauen seufzten betroffen auf, als sie am Ausgang ihre
Stadt sahen. Eine nach der anderen kehrten sie mit ihren Kindern im
Schlepptau in den Bahnhof zurück und sammelten sich in der großen Halle. Neidisch beobachtete ich ein Mädchen, das eine Mutter-
hand zum Festhalten hatte, und kämpfte weiter gegen den Kloß in
meinem Hals.

Eine graumelierte Frau in Uniform und mit Brille öffnete schließlich von innen die Schalter. Ich wollte davor warten, doch um den
Wartenden nicht im Weg zu stehen, stellte ich mich etwas abseits in

die Nähe des kleinen Imbiss-Standes. Irgendwann wurde es wieder ruhiger in der Schalterhalle, und ich blieb allein mit dem staubigen und blutbesudelten Steinfußboden, der so abstoßend war wie die Menschenmassen.

Ich wartete auch diesen ganzen Tag, die Granate in der Tasche und den Kopf voll von Mama.

Sie kam nie. Nach vierundzwanzigstündigem Warten am Imbiss-Stand, das aus einem langen Gespräch mit einer nach Fisch riechenden Reisenden und einem unsittlichen Angebot eines dicken Offizierssöhnchens bestand, kam ich zur Überzeugung, dass meine Mutter unter einer eingestürzten Hauswand eingeklemmt war, aber Glück gehabt hatte und ihr Strickzeug bei sich und nun vor sich hin summend im Halbdunkel des Trümmerstaubs an einem Pullover für sich strickte, denn die Nächte an der Lübecker Bucht konnten kalt werden.

Ich überlegte, mir eine Fahrkarte zurück nach Friesland zu kaufen. Denn bei Frau Baum könnte ich wenigstens Unterschlupf finden, nachdem ich ihr meine wundervolle Pandorabüchse überlassen hatte. In seiner Aufregung hatte mein Vater allerdings vergessen, mir beim Abschied etwas Geld zu geben. Ob ich wohl für die Handgranate etwas bekommen würde? Schließlich schluckte ich den Kloß runter und sah der Tatsache ins Auge, dass meine Mutter wohl nicht kommen würde, um mich abzuholen. Ich nahm meine Tasche und begab mich ein letztes Mal in den Gang vor den Toiletten. Zwei Ratten schnupperten an der Leiche. Ich ließ sie gewähren - jeder hat seine Aufgabe in dieser Welt - und verabschiedete mich aus der Ferne von meinem Freund, bat ihn, mich zu begleiten. Dann durchquerte ich die Halle, vorbei an der netten Blumenverkäuferin, die noch immer ihren guten Draht nach oben hatte, und trat hinaus in den Krieg.

79

Ein polnisches Pferd

1944

Das Pferd trägt mich voran. Es hat etwas sehr Angenehmes, vier Füße unter sich zu fühlen. Das Pferd trägt mich in Schrittgeschwindigkeit am Rand eines Nadelwalds entlang, so dass es im Gras raschelt. Irgendein nicht vom Krieg verstörter Vogel regt sich und singt vom Sommer in Europa. Verrückter Vogel! Der Wald ist erwacht, und die Sonne hebt sich über dicht mit Nadeln besetzte Stämme wie eine träge, aber sehr helle Wildkatze. Strahlenlanzen fallen manchmal durch die dichte Nadelwand und stechen in die Augen. Ein schöner Tag, ein guter Tag. Voll frischer, neuer Schmerzen. Zwischen meinen Beinen brennen Flammen. Das rotbraune polnische Pferd trägt dieses Feuer ganz vorsichtig. Es hat vier Kriegsjahre überlebt und weiß, dass seine Last ein vierzehnjähriges Mädchen ist, das in der Nacht vergewaltigt wurde.

Das Pferd will mit mir zu einem besseren Ort. Es kennt einen. Es weiß etwas von einem winzigen, freien Dorf, in dem es weder Männer noch Soldaten noch Hass gibt. Au, wie weh dieses Reiten ohne Sattel trotzdem tut. Komm jetzt, mein älteres Ich, schick mir einen Sattel vom Himmel!

Ein Lebensalter weiter oben liege ich flach, schiebe mich über mein Kissen hinaus und spähe über die Bettkante in einen tiefen Abgrund. Ganz unten an seinem Grund entdecke ich ein mattes Licht. Das muss die Sonne sein, die an einem schmerzhaften Pferderückenmorgen über einem zerstörten Kontinent aufgeht. Oh, und da bin ich, in dunkler Waldumarmung. Schreite vorwärts wie eine sechsbeinige Ameise.

Ich habe den Eindruck, der Wald ist eher polnisch als deutsch. Er hat so etwas Slawisches. Kein Panzer ist zu hören, und alle Bomben schlafen noch. In den Nächten blitzen ihre Detonationen manchmal über den flugzeugdröhnenden Himmel am Horizont im Westen. »Unglückliche Stadt«, hat die schlanke Frau in dem Bunker gemurmelt, »unglückliche Stadt.« Ich weiß nicht mehr, welche Stadt gemeint war, aber sicher waren damals alle Städte unglücklich. Die Front ist noch weit weg, im Osten am Don und im Westen in Frankreich. Manchmal zieht sie direkt über einen und geradewegs zwischen die Augen. Dann kann man sie nur noch zusammenkneifen. Doch an diesem Morgen, an dem die Sonne ein Strahlenwerk auf der Nadelgeige aufführt, ist nicht ein Pistolenschuss zu hören. Nicht außerhalb der Ohren. Zwischen ihnen jedoch toben Armeen aufeinander ein. In der Nacht wurde ich vergewaltigt.

Das Pferd beugt den Kopf und beschnuppert den Weg. Mir ist nicht klar, ob es ihn schon einmal gegangen ist oder aufs Geratewohl dahintrottet. Wir kennen einander nicht, sind uns erst vorhin beim ersten Frühlicht begegnet. Ich nenne es Czerwony. Es hat nichts gegen den Namen. Darum muss es wohl ein polnisches Pferd sein, wie der Kerl, der sich letzte Nacht in mich hineingebrüllt hat, ein Pole war. Das war der Überfall Polens auf Deutschland. Ich wollte ihn nicht enttäuschen, indem ich ihm verriet, dass ich Isländerin war. Eigentlich war ich nach meinem dreijährigen Irrweg durch diesen Krieg auch keine Isländerin mehr. Falls es nicht genau das bedeutet, Isländer zu sein: von einer Katastrophe zur nächsten zu taumeln.

Der Sommer ist dichtgrün, kein bisschen anders als der davor und der danach, die Zahl 1944 auf jedes Blatt gestickt. Die menschenblinde Natur geht ihren Gang. Seltsam, Blumen und Bomben auf derselben Wiese aufblühen zu sehen.

In einer Scheune erzählte uns ein Mann mit Bäuchlein seine Geschichte. Verwundet hatte er in einem blutwarmen Bombenkrater gelegen und ein Bein verloren. Er hatte sich auf die Ellbogen aufrichten und den Kopf aus dem Rauch und Qualm heben und zum Trichterrand hinaufschauen können, und da oben hatte ein lachender Löwenzahn gestanden, und mit leisem Sausen hatte eine gestreifte Schwebfliege über ihm gezittert und Nektar gesaugt. »Da habe ich begriffen, dass Gott gottlos ist«, sagte er traurig wie jemand, der seine Liebe an einen anderen verloren hat, und strich über seine Krücke.

80

Bei Sorben

1944

Eine ähnliche Ernüchterung hatte ich selbst erlebt, als ich zeitiger im Frühjahr in einem vergessenen Ort im Osten Deutschlands nach dreiwöchigem Aufenthalt aus dem Keller eines Bauernhauses stieg. Es war nicht ratsam gewesen, mich oberirdisch sehen zu lassen, weil in der Gegend gerade nach Juden gefahndet wurde und ich weder gemeldet war, noch einen Pass besaß. Es waren anständige Leute, bei denen ich mich eingejammert hatte, freudlose, nur auf Stall und Acker bedachte Bauern mit rotgeäderten Nasen und engsichtigen Augen. Sie hatten einen verwachsenen Sohn, der aber für drei schuftete.

Untereinander sprachen sie nicht Deutsch, sondern Sorbisch, wie das Friesische eine der vergessenen Sprachen Europas. Ich lernte nicht mehr als ein paar Brocken von diesem baufälligen slawischen Idiom, aber die Frau gab mir einen kleinen Einblick in die Geschichte der Sorben. Nach ihrer Auskunft waren sie ein serbischer Stamm, der im sechsten Jahrhundert ausgewandert war, über den halben Kontinent zog und eines Nachts die Zelte an den Ufern der Spree aufschlug, wo sie am nächsten Tag nicht weiterkamen und seitdem geblieben waren. Tausend Jahre lang hatte ihnen auf diesem Zeltplatz von Seiten biergröhlender Deutscher Unheil gedroht.

Ihr Land nannten sie Lusika, ein schöner Name, die Deutschen verhunzten es zu Lausitz. Dieses Land, das schon früh in deutschen Wäldern verschwand und kaum auf einer Karte zu finden ist, hat eine symbolträchtige Form, es sieht nämlich aus wie eine abgeschnittene Zunge. Das Internet sagt mir, dass es nur noch 60 000 lebende Sorben gibt, und doch kämpfen sie immer noch für die Unabhängigkeit ihres Landes und ihrer Sprache, mit wenig Unterstützung aus Brüssel. Ich kann die guten Sorben aber trösten, von uns Isländern waren in den allerschlechtesten Zeiten im 18. Jahrhundert nicht mehr als

40000 übrig, und trotzdem haben wir es zu einer anerkannten Nation unter anderen gebracht, mit singenden Birken und crashenden Banken, olympischem Silber und Nobelpreisgold.

Ich hatte mich bei diesen Leuten einen Monat aufgehalten und gegen Kost und Logis gearbeitet, bevor ich mich im Keller verstecken musste. Ich war bei ihnen gelandet, nachdem ich zunächst einer Frau mit einem Pferdefuhrwerk geholfen und mich dann eine Weile in den Wäldern herumgetrieben hatte. Die Bäuerin im schwarzen Rock brachte mir Gartenarbeit bei, ließ mich Beete umgraben und zeigte mir, wie man Kohl, Rüben und Kartoffeln anbaute. Sie trieb mich mit der gleichen Härte zur Arbeit an, wie es fehlendes Glück mit ihr tat. Deutsch hatte sie mit Hilfe von zwei Liederbüchern gelernt, und sie sang ihre Sätze auf eine sehr seltsame Weise, dafür reimten sie sich oft.

»Steh nicht aufrecht unter der Sonne, Kind! Das ist unhöflich. Du solltest dich beugen und biegen vor der Sonne. Beugen und biegen. Und erst nach getaner Arbeit liegen.«

Das sagte sie im Vorbeigehen, denn sie war immer in Bewegung, auf dem Weg aus der Tür, über den Hof, Kartoffeln in der Schürze, Wasser in einem Eimer, ständig lief sie herum, ruhte sich nie aus. (Die Frauen zu Hause setzten sich wenigstens zwischendurch einmal an den Tisch.) In einer Stadt hätte sie als verrückt gegolten, hier auf dem Land bewegte sie sich im Gleichklang mit Hühnern und Bäumen. Die Natur ist nachsichtig, was das angeht, und das ist sicher einer der Gründe, weshalb die Provinz bestimmt nie ganz entvölkert werden wird.

Mir dunkelheitserprobter Isländerin machte es nichts aus, ein paar Wochen in der Finsternis unter dem Wald zu verbringen, auch wenn längst Frühling war. Dagegen war mein Zwangsaufenthalt im Kellerdunkel unterhalb der Fußbodendielen eine andere Nummer. Ich konnte ein klein wenig Sorbisch verstehen und hörte, dass der Bauer die Streunerin loswerden wollte, es sei höchst leichtsinnig, eine Fremde aufzunehmen, wer würde denn schon glauben, dass das Mädchen aus Eisland sei, bestimmt sei es eine Jüdin.

»Bei der Arbeit stellt sie sich geschickt an«, wandte die Frau ein.

»Aber sie bringt uns alle in große Gefahr, Frau. Und lass bloß dein Reden in Reimen sein, wenn sie kommen.«

»Mein Deutsch ist wunderschön.«

»Sie werden glauben, du wolltest sie auf den Arm nehmen. Das kann lebensgefährlich sein.«

»Island«, brummte der Krüppel. »Ich will nach Island fahren.«

Wie viele zu kurz Gekommene, ob Deutsche oder aus anderen Ländern, hatte man ihn zum Islandglauben bekehrt. Ich hatte ihm dreifach gelogene und erfundene Märchen von Eisbärinseln und Häusern voller Frauen auf einer Insel ohne Bäume aufgetischt.

»Keine Bäume? Braucht man da kein Holz zu hacken?«

»Nein. Es gibt nichts zu hacken.«

Er schloss die Augen und ließ einen Speichelfaden aus dem Mund laufen.

»Ich will nach Island. Kein Holz hacken!« Dann bekam sein Gesicht einen ernsthaft bekümmerten Ausdruck. »Aber womit macht man dann Feuer?«

»Man … man … heizt einfach mit Gras.«

»Mit Gras?«

»Ja, wir haben Grasöfen und Grasherde.«

»Grasöfen? Ich will nach Island!«

»Hier kommt dein Mundvorrat«, sagte die Bäuerin, wenn sie mir etwas Brot nach unten in die Dunkelheit reichte und auch ein Stück Butter, wenn es welche gab, oder einen Teller Lausitzer Bohnensuppe. Sie schmeckte eigentlich furchtbar, aber für mich war sie wie warmer Lachs vom Himmel. Die Zeit vertrieb ich mir, indem ich ein Pferd schnitzte. Die Späne hoben sich im Dunkel hell ab wie Seerosen in der Nacht. Mein Werk wurde natürlich genauso missgestaltet wie mein Aufenthaltsort, denn schließlich musste ich in einer Dunkelheit schnitzen, die Formen nur erahnen ließ. Nachts dünstete feuchte Kälte aus den Wänden. Ich schlotterte in einer Ecke.

Zweimal kamen sie vorbei, indem sie irrsinnig laut an die Tür pochten und über die Dielen stampften. Ich schwieg so still, dass ich mein Herz klopfen hörte. Oben dagegen wurde gebrüllt, dass die Schränke wackelten. Später hatte ich in Reykjavík einmal eine Kellerwohnung. In der ließ ich Tag und Nacht das Licht brennen.

»Ihr slawischen Läuse im deutschen Pelz, wo steckt die Judengöre?«

»Nie war sie hier, hier bei mir.«

»Was?!«

Reime konnten gefährlich sein. Unten in der Dunkelheit schloss ich die Finger um das explosive Geschenk, das mir mein Vater zwei Jahre zuvor zum Abschied verehrt hatte. »Du darfst nie vergessen, dass dein Papa dich lieb hat.« Seit jenem Tag hatte ich das Ei immer und überall bei mir getragen, in Trümmerhäusern und auf offenen Plätzen, in der Kleidung und auf bloßer Haut, genau wie Schwitze-Gunna ihre daunenflaumigen Träume, und in diesen Momenten tat es gut, Kraft aus diesem Kruppstahl zu ziehen.

Als sie wiederkamen, polterten sie mit noch mehr Gebrüll durchs Haus, so dass ich die reimende Hausfrau in einer Ecke wimmern hörte. Wie aber benutzt man eine Handgranate in einem Keller? Man kann sie ja nicht einfach nach oben werfen.

Ich hatte noch keine Antwort auf die Frage gefunden, als die Luke aufgerissen wurde und ein oder zwei Mann nach unten gestürzt kamen. Ich hatte es gerade noch geschafft, mich in einem Wandschrank zu verstecken. Da lag ich flach in einem Regal und zählte die Svefneyjar samt Schären und Umland und begleitete jede Zahl mit einem Herzschlag. Der Schrank war eine Sonderanfertigung. Das mittlere Fach ragte ein Stück in die Kellerwand hinein und war nur im vorderen Teil einzusehen, wenn man den Schrank öffnete. Da kroch ich mit Kopf und Armen voran hinein, nur die Füße waren für jemanden, der die Schranktür öffnete, noch sichtbar. Ich konnte sie noch rechtzeitig mit den Fetzen eines alten Vorhangs zudecken und schüttete in meinem Blut Stärkepulver aus, als ein Soldat den Schrank aufriss. Die Handgranate hielt ich an die Brust gepresst. Der Invasion folgte etwas Licht, das durch die offene Kellerluke fiel, und mein flüchtiges Auge nahm ein Blinken auf einem blutpolierten Gewehrlauf wahr, der staubige Zuckerdosen aus dem Regal fegte. Der un-

267

sichtbare Soldat ließ den Gardinenstoff unberührt, und zum ersten Mal war ich froh über meine Storchenbeine, die ich in Pubertätsnöten so oft verwünscht hatte. Dann hörte ich ihn in anderen Ecken und Sachen herumwühlen und dankte Gott dafür, dass ich die Hobelspäne jeden Abend in Mauerritzen gestopft hatte. Ich blieb in dem Schrank, bis das Wäschesteif nicht mehr wirkte. Da waren die Soldaten längst abgerückt, hatten die Luke zugeknallt, die Wäsche angeschnauzt, Kugeln aus ihren Mündern abgefeuert und sich endlich davon gemacht.

Im Haus herrschte Totenstille.

Auf brüchigen Porzellanbeinen stieg ich nach oben und musste auf ihnen über die schwergewichtigen Leichen steigen, um nach draußen zu kommen. Das Blut des Paares mischte sich auf dem Küchenboden. Der Sohn lag mit blutendem Buckel im Hof. Seine Seele war nach Island geflogen. Der Gemüsegarten hinter dem Haus war in der Zwischenzeit intensiv grün geworden. Kartoffel- und Möhrenkraut, Grünkohl und alles standen hoch. Alles wuchs so frisch und gesund und lebenslustig aus der Erde. Es tat weh. Der gottlose Gott hatte mit Kohlköpfen gespielt, während seine Kinder am hellen Tag ermordet worden waren.

Ich übergab mich und lief davon.

81

Marek

1944

Die folgenden Tage war ich ein Rotkäppchen ohne Picknickkorb, verirrte mich im Wald und bedauerte vor allem, dass ich mir nicht ein paar Möhren und Rüben aus Gottes Gemüsegarten eingesteckt hatte, auch wenn ich noch immer zum Platzen wütend auf diesen Oberidioten des Universums war. Gleich an meinem ersten Tag erhielt ich einen vorzüglichen Einblick in die Ernährungsweise der Würmer; später stellte ich dann fest, dass sie selbst den größten Nährwert enthielten. Heute noch spüre ich das Tippeln kleiner Füße auf der Zunge, wenn ich etwas Haariges im Mund habe. Zwei Nächte verbrachte ich in einem erstklassigen Ameisenhotel in einem verrottenden, schwarzen Baumstumpf, und am dritten Tag begegnete ich dem bösen Wolf: ein Wildschwein mit hässlichen Hauern brach auf einmal aus dem Unterholz. Doch da warf Rotkäppchen so wilde Blicke um sich, dass es den üblen Gesellen allein mit der sprühenden Kraft seiner Augen in die Flucht schlug.

Das Seltsame an Kriegen ist Folgendes: Obwohl die Waffen immer auf dem neuesten Stand der Technik sind, bleiben die Kämpfe immer archaisch. Dieser Krieg hatte mich ins Mittelalter zurückgeschleudert, mitten in ein Märchen der Gebrüder Grimm.

Indem ich mich abwechselnd über die Bettkante und die Landschaft beuge, die ich aus der Vogelperspektive sehe, und das Bild dann mit den Karten auf *Yahoo!Maps* vergleiche, kann ich nun in etwa erkennen, durch welche Wälder ich damals in meinen letzten jungfräulichen Tagen geirrt bin. Anscheinend muss ich irgendwo in den Forsten östlich von Cottbus herumgelaufen sein. Komischer Name für eine Stadt.

Noch weiter östlich konnte ich mit ein paar anderen Leuten in einem Kahn über einen Fluss setzen; dort schloss ich mich einer Flüchtlingsfamilie an und zog mit ihr und ihrem Wagen durch die Wälder. Irgendwann hatten wir nichts mehr zu essen, und ich wurde an einem kleinen Bach abgesetzt, um wieder Rotkäppchen zu spielen.

Völlig ausgehungert stieß ich nach Tagen auf eine Waldarbeiterhütte. An einem dunklen Fenster erschien ein bleiches Gesicht mit großen Augen und kräftigem Kinn und mit einem Ausdruck wie ein eingesperrter Kater, das, wie sich herausstellte, einem polnischen Kriegsvagabunden gehörte, einem jungen Mann um die zwanzig, der sich zehn Stunden Bedenkzeit ließ, ehe er mir eine arg verschrumpelte, knochenharte Scheibe Brot abgab.

»*Masz.*«

Draußen sangen die Vögel, wir aßen schweigend: Ich lebte zum ersten Mal in meinem Leben mit einem Mann zusammen.

Marek war unglaublich scheu und besonders um die Augen von Schmerz gezeichnet. Mit Gesten schnitt er seinen Eltern die Hälse ab und verlor zwei Geschwister. Ich versuchte ihm deutlich zu machen, wie ich meine Mutter im Hamburger Hauptbahnhof verpasst hatte, ließ meinen Vater aber mit Rücksicht auf seine Eltern und ihr Schicksal unerwähnt. Wo mochte er mittlerweile sein? War er noch Soldat, in Kriegsgefangenschaft oder tot? Unüberwindlich schwierig war es für mich, einem Polen begreiflich zu machen, dass ich durch und durch isländisch war, aufgewachsen an einem breiten Fjord an der Grönlandstraße. Wie hätte ich das aber auch vermitteln sollen? Meine Anwesenheit hier in diesem Wald auf dem Kontinent war genauso unglaublich, als hätte ein Jungschaf aus Eyri am Ísafjörður an die Hüttentür gekratzt. Im Ausland ist ein Isländer immer »unglaublich«.

Im übrigen war ich im Frühling 1944, nach zwei Jahren Wanderschaft mit meiner Freundin, der Handgranate, so gründlich verirrt und vom Krieg durchgemangelt, dass ich kaum mehr isländisch, sondern höchstens noch »sländisch« war. Ich dachte inzwischen auf Deutsch und hatte sämtliche walrückigen Sonnenuntergänge am Breiðafjörður vergessen. Außerdem war ich inzwischen ein Teenager, ein vierzehn Jahre alter Backfisch, die Haare zum Kranz geflochten, der Leib in voller Knospe, und die Brüste waren schön prall aufgegangen. Wahrscheinlich war ich ein bildhübsches Mädchen, aber ich selbst konnte es nicht wissen, denn ich hatte seit Monaten nicht mehr in einen Spiegel gesehen.

In unserer primitiven Behausung kristallisierte sich allmählich eine schweigende Übereinkunft heraus. Marek suchte mit der Holzfälleraxt über der Schulter im Wald nach Essbarem, während ich aus dem trüben Bach in der Nähe Wasser holte und in der Hütte Ordnung hielt, mich um Laken und Becher kümmerte. Er war wie ein verschlagenes Tier des Waldes und verstand sich besonders aufs Fallenstellen. Eines Abends verspeisten wir einen ganzen veritablen

Hasen unter einem die Qualen lindernden Mond. In der Ferne hörte man, wie der Zug zur Ostfront durch den Wald ratterte, im Schlagen der Achsen war das Gewicht der stahlummantelten Ladung zu vernehmen: Die Waggons waren voller Futter, für Leib und Kanonen. Wir beide aber saßen vor der Hüttentür und kauten einen mürben Schenkel.

Marek schlug Holz, kümmerte sich ums Feuer, hielt es in Gang und briet, ich kochte ihm Drosseleier und Waldgemüse. Es fehlte bloß noch ein Kind in unserem trauten Heim. In dieser Hinsicht fand ich aber nichts an dem schiefgewachsenen Waldschößling. Das Merkwürdige war nur, dass mir der Bursche dann doch immer attraktiver erschien, je länger wir uns im Wald aufhielten.

Eines schönen Sommerabends brachte er dann schließlich den Funken zum Glühen. Mitten in der Polnischstunde. Er hatte für mich Feuer, Holz und Pfanne auf neue Namen getauft und wollte mir nun Anstand beibringen. Ich sollte ihm nachsprechen: Darf ich dir etwas bringen?

»*Czy mozna* …«, begann ich, doch da platzte er vor Lachen. Ich hatte anscheinend *moszna* statt *mozna* gesagt, und dieses Organ stellte er sich in meinem Mund wohl komisch vor. Er stieß ein abgehacktes Lachen aus wie ein stotternder Traktor, und ich ließ mein irres Ísafjörður-Kreischen hören, dann wurden wir auf einmal beide schlagartig schüchtern und legten beide das gleiche Rouge auf. Er schnellte hoch wie eine Harke, der man auf die Zinken getreten ist, füllte die Taschen mit Fingern und verschwand in der Dunkelheit. Ich sammelte Teller und Gläser ein. In der Ferne rezitierte eine Eule auf einem Baum ein Gedicht für Mäuse und Mücken.

82

Jagina

1944

Die Tage waren lang. Marek das Waldtier verschwand, um seine Art-
genossen zu suchen, und kam manchmal erst nach Anbruch der
Dunkelheit zurück, mehr als einmal mit leeren Händen und zer-
kratzt. Ich blieb bei der Hütte und erzählte den Schmetterlingen
Svefneyjar-Geschichten oder schrieb in Gedanken lange Briefe an
meine Mutter, die immer gleich endeten: Ich hoffe, dass wir uns
nach dem Krieg wiederfinden, du, Papa, und ich, und dass wir dann
zusammen auf die Svefneyjar zurückkehren und bei Oma und all den
anderen dort wohnen. – Trotzdem fiel es mir nicht ein wegzugehen.
Wer wusste schon, was mich hinter dem nächsten Busch erwartete?
Ich hatte genug Untergang und Zerstörung gesehen, um zu wissen,
dass Untätigkeit das Beste war. Manchmal saß ich einfach auf der
Schwelle der Hütte und bewunderte die Ordnung im Wald.

Eines Tages tauchte am östlichen Waldrand ein dunkles Wesen auf
und kam schnurstracks auf unsere Hütte zu. Ich war allein zu Haus,
saß schnitzend auf der Schwelle und beobachtete, wie das dunkle
Bündel zu einer Vagabundin in weitem Mantel und mit leuchtend roten Wangen wurde. Mit schweren Schritten stapfte sie heran, grüßte
nicht, sondern ließ sich aufseufzend auf einen Stapel Holz fallen und
sagte etwas auf Polnisch, das in etwa »Puh, na endlich« bedeuten
mochte, als käme sie gerade zu ihrer Tochter nach Hause. Müdigkeit
macht alle Menschen zu Geschwistern.

Die Frau war schon älter, und ich musste ihre Beine anstarren. Die
Unterschenkel waren dicke Würste bis hinab auf die Knöchel und
wirkten wie Telefonmasten, die Füße waren winzig und darunter
kaum zu sehen. Es sah aus, als hätte sie sich die Füße abgelaufen und
würde nun auf Säulenstümpfen durch Wald und Wiesen staksen.
Ihr Gesicht hatte kaum Falten und war blaurot, mit dichten, schwarzen Augenbrauen und sonnengelben Zähnen. Ihr Haar war raben-

schwarz, leicht grau meliert an den Ohren, die zwischen den Haaren hervorstanden wie Felsnasen aus einem Wasserfall. Das Gesicht war breit, mit hohen Backenknochen, in der Mitte aber eingefallen. Die Zähne waren in Ordnung, standen aber schief und quer im Mund, als hätte der Herr in seinem Lehm ein hübsches Gesicht modellieren wollen, aber Probleme gehabt, die Zähne einzubauen, und es schließlich mit Gewalt versucht. Er hatte sie mit dem Daumen hineingedrückt, dabei aber nicht bedacht, dass er damit den ganzen Mittelteil des Gesichts eindrückte. Die Folge war, dass das Profil der Frau vollkommen flach war. Die Nase ragte nicht über die Wangenknochen vor.

Geradeheraus, die Frau hatte ein östliches Aussehen, kam aber nicht aus den Ländern der Tundra. Sie sagte, sie heiße Jagina Jekaterina Wolonskaja und komme aus dem Oblast Grodno in Weißrussland. Als echte Landpomeranze ging sie davon aus, dass ich die Gegend und ihr liebes Heimatdorf kennen würde, die im ganzen Land für ihre Hühner und die Güte ihres Heus berühmt, in letzter Zeit aber durch die Verschiebungen der Front arg in Mitleidenschaft gezogen worden waren. In nur einem Jahr war die Frontlinie viermal über ihren Hof vor und zurück verschoben worden. Das bedeutete, dass nicht weniger als achtmal Truppeneinheiten dort durchmarschiert waren.

Sie schien ihre Geschichte schon mehrfach erzählt zu haben, denn trotz ihres begrenzten deutschen Wortschatzes teilte sie sie, unterstützt von Zeichensprache ihrer schwarz behandschuhten Finger, flüssig und geordnet mit.

Erst waren die Russen gekommen, sie befanden sich auf der Flucht, erzählte sie, als handelte es sich um Angehörige eines fremden Volkes. Sie brannten die Scheune nieder. Dann kamen die Deutschen auf dem Vormarsch. Sie knallten die Kühe ab und kochten das Fleisch in ihren Stahlhelmen. Dann waren die Deutschen zurückgekommen, »kaputt!«, und hatten sie genommen, mit Gewalt. »Tat weh. Aber ich glaube, waren sie ganz zufrieden.« Ihnen folgten die Russen, siegreich und überschwänglich. Sie nahmen ihren wohl ziemlich faulen Mann mit Namen Jewgeni mit. Als sie wieder zurückwichen, war er nicht mehr bei ihnen. Da nahmen sie die Hühner und saugten im Davonlaufen die Eier aus, sprengten zum Abschied aber erst einmal die Hofgebäude in die Luft. Als die Deutschen wieder vorrückten, war nichts mehr als der Kohl im Garten übrig. Nur wenig später erschienen sie wieder im Rückwärtsgang, doch da hatte sich die Berichterstatterin in einem nahen Graben versteckt und verpasste so die deutschen Vor- und Rückwärtsbewegungen – keine Vergewaltigung diesmal. Wenig später erschienen die Russen, motorisiert, und sie fuhren schnell. Einer hielt indessen, um in den Graben zu pinkeln, und Jagina fragte, wann die Front das nächste Mal nach Wolonskaja käme. Nie, hatte der Russe gesagt, seinen Schwanz abgeschüttelt und die Hose zugeknöpft. Da wurde der Alten die Zeit lang, es gab nur den Kohl, mit dem sie sich abgeben konnte, und sie beschloss, sich auf den Weg zu machen.

»Ich gehe nach Amerika«, sagte sie und schnaubte aus beiden Nasenlöchern. »Genauer gesagt nach Schiwago. Ist es von hier noch weit bis zum Meer?«

»Hm, ich glaube schon.«

»Das ich habe mir gedacht«, sagte sie und fragte: »Ist hier schon Deutschland?« Dabei musterte sie die Umgebung und die Rinde der Bäume.

»Ich weiß es nicht. Die Zettel in der Hütte sind auf Deutsch, aber in die Wand hat jemand *Polska* geschnitzt.«

»Ich verstehe. Heute ist alles deutsch. Unser Hof war halben Monat deutsch. Ich habe gehofft, Wachstum wäre besser, aber ich habe keinen Unterschied gemerkt. Als sie das zweite Mal abgezogen waren, kam mein Nachbar, der Fjodor, und wollte anstoßen, solange wir konnten, auf unabhängiges Weißrussland. Er ist ein Träumer, weißt du, so einer … mit langem Bart und krummen Beinen. Unabhängigkeit dauerte nicht lange. Wir konnten gerade austrinken. Dann waren Russen da. Weißt du, wie es im Westen aussieht?«

»Im Westen? Nein.«

»Anfang Juni sie haben Invasion gemacht. Hast du gehört davon?

Nein? Die Deutschen mussten zurückweichen. Jetzt muss ich mich durch die Westfront mogeln, um ein Schiff zu finden.«

»Aha? Und … ähm, wie sieht es im Osten aus?«

»Großes Malheur! Explosionen, bumm, bumm, und viel Wesen. Aber die Russen kommen langsam voran.«

»Soll das heißen, dass die Russen siegen werden?«, fragte ich ungläubig und besorgt. Ich hatte nie damit gerechnet, dass mein Vater zu den Verlierern gehören würde.

»Ja, es läuft gut für die Russen, wenn auch langsam. Selbst ich habe sie überholt, und ich bin kein Rennpferd.«

»Heißt das, der Krieg ist bald vorbei?«

»Nein, er fängt erst an. Jetzt Hitler muss bald Helm aufsetzen. Hast du ihn gesehen?«

»Hitler? Nein … oder doch, jedenfalls habe ich seinen Arm gesehen.«

»Seinen Arm?«

»Ja, ich war in München, als er durch die Stadt gefahren ist.«

»Sag mal, hast du vielleicht etwas von meinem Wassili gehört? Wassili Wolonski?«

»Nein.«

Darauf folgte eine lange Geschichte über einen Mann, der später einer der berühmtesten Überläufer des Krieges wurde. Ich verstand die Geschichte damals nicht ganz, sollte sie aber viel später nachlesen. Wassili Wolonski war Kampfflieger in der Roten Armee. Zu Beginn des »Unternehmens Barbarossa« erhielt er mit zehn Kameraden den Befehl, zu einem Gegenangriff aufzusteigen. Weil sein Motor Aussetzer hatte, fiel er zurück und musste dem Angriff der Kameraden von weitem zusehen: In 90 Sekunden wurden alle neun von ihnen abgeschossen. Anstatt der zehnte zu werden, drehte er nach Norden ab, flog zur Küste und über die Ostsee nach Schweden, von dem er wusste, dass es neutral war. Dort landete er auf einem winzigen Feldflugplatz in einem Waldstück, befahl mit vorgehaltener Pistole: »Volltanken!« und flog nach Norwegen, auf den Atlantik hinaus, an Island vorbei und landete an der Westküste Grönlands. Dort ließ er wieder auftanken und nahm von einem dänischen Eispaar einen Bissen Robbenfleisch an. Dann stieg er erneut auf, flog nach Kanada hinüber und landete auf der zugefrorenen Hudson Bay, ließ seine russische Maschine auf dem Eis stehen und ging zu Fuß nach Churchill, setzte sich da in einen Zug, erreichte so am Ende des zweiten Tages Chicago und verschwand frischgekämmt in der Menge.

Deswegen war Jagina dorthin unterwegs. Der berühmte Deserteur war ihr Sohn. Sie zog einen Brief von ihm hervor, abgestempelt am 4. 3. 1943 im General Post Office in Chicago, und zeigte ihn mir. War sie etwa schon ein Jahr lang unterwegs?

»Nein, ich bin erst vor kurzem aufgebrochen. Erst nachdem der Krieg mein Haus gefressen hatte und ich im Graben gelandet war. Es war so langweilig da, allein und ohne Hühner.«

Ich machte Feuer und setzte Wasser auf, wollte ihr einen Waldtee kochen, aber sie zog ihr eigenes Gebräu aus der Tasche, dazu Brot und Schinken, Luxusgüter, die ich seit Monaten nicht mehr gesehen hatte. Jetzt sah ich, dass ihrem Mantel noch fünfzehn Taschen aufgenäht waren, in denen alle möglichen Dinge steckten. In einer hatte sie eine Taschenlampe, in einer anderen Briefe.

»Hast du vielleicht Post nach Amerika?«, fragte sie.

»Wie? Nein, aber …«, ich hatte auf einmal eine Idee. »Fährt dein Schiff vielleicht über Island?«

Sie lieh mir einen Stift und einen Bogen Briefpapier.

Liebe Mama, lieber Großvater!
Ich bin am Leben. Ich lebe mit einem Jungen namens Marek im Wald. Es geht uns gut. Aber ich möchte nach Hause …

Weiter kam ich nicht, denn da musste ich heulen. Die Frau auf Wanderschaft erhob sich mühsam und kam steifbeinig zu mir. Sie roch überraschend angenehm, obwohl sie so schmutzig aussah, nach einem verborgenen Apfelduft. Sie quetschte sich mit auf die Schwelle und legte den Arm um mich. Ich verschwand in einer weiten, warmen und weichen weißrussischen Umarmung. Der Mantel stand offen, ich fühlte ihre warmen Brüste, und aus ihrem Schoß stieg ein sehr freundlicher Schweißgeruch auf. Die Tränen fielen auf den dunklen Mantelstoff, aber ich stellte fest, dass sie davon abperlten wie Regen von Pferdehaut. Aber, Herrgott, wie gut das tat, an einer Frau zu ruhen.

Marek kam vor Anbruch der Dunkelheit zurück und grüßte die neue Besucherin mit dem gleichen Vorbehalt, den er mir am ersten Tag gezeigt hatte. Sie hatten Verständigungsschwierigkeiten und ließen es am Ende bleiben. Stumm saßen wir da und blickten ins Feuer wie drei übel mitgenommene Länder.

Ich bot ihr meine Pritsche an, aber sie lehnte mit der Begründung ab, sie könne nicht mehr im Liegen schlafen, seit ihrem Umzug in den Graben sei sie es gewöhnt, angelehnt im Sitzen zu schlafen, ob ich nicht eine Wand oder einen Schrank für sie hätte. Ansonsten könne sie auch draußen im Freien übernachten, daran sei sie gewöhnt.

Am nächsten Tag zog sie weiter. Ich hätte natürlich mit ihr gehen sollen. Aber ich raffte mich nicht auf. Irgendwas hielt mich in der Hütte zurück. Während Marek noch auf seinem polnischen Ohr lag, sah ich Jagina steifbeinig zwischen den Baumstämmen verschwinden, mit fünfzehn vollen Manteltaschen und einem Lederbeutel, wieder unterwegs, Richtung Berlin. Wie behielt sie nur die Orientierung?

»Oh, ich lasse mich morgens von der Sonne schieben und abends ziehen.«

Ich vermisste sie sofort.

83

»Deutsch Mädchen«

1944

Die Wanderin ließ mich mit einem Gefühl von Einsamkeit zurück.
Der holzfingrige Marek brachte mir - mit wechselndem Erfolg –
abends weiter Polnisch bei, machte aber keine Avancen. Ich war
mittlerweile unglaublich sauer auf ihn! Hier standen zwei junge Menschen in der vollen Blüte ihres Lebens und außerhalb aller gesell-
schaftlichen Zwänge und bekamen nicht einmal einen Kuss zustande. Nach zwei hellen Juniwochen im Wälderparadies war ich vor
Begier völlig willenlos. Mit Liebe hatte das nichts zu tun, aber ich verlangte, dass er mir ein Mindestmaß an Verehrung schenkte. Ich war
doch kein Stück Holz!

Eines Abends aßen wir, wieder schweigend, einen barschartigen,
gegrillten Fisch, den er am Vortag aus einem Waldteich gezaubert
hatte. Zweimal versuchte ich, ihn anzulächeln, beim zweiten Mal
sagte er mir, ich solle das Feuer löschen, ehe es dunkel würde. Wir
dürften es nicht wagen, den Abend draußen zu verbringen, das Feuer
könne Gewehre und Kugeln anlocken. Zum ersten Mal gingen wir
gleich nach der Dämmerung zu Bett, von wo wir wach in die Tinten-
schwärze starrten, die im Lauf der Zeit hinter jeden Satz gesetzt wird.
Dieser Punkt kam mir größer vor als andere. Draußen rauschte der
Wald, und ich vertrieb mir die Zeit, indem ich das Rauschen zu zer-
legen versuchte, aber ich konnte die einzelnen Geräusche nichts Spe-
ziellerem zuordnen als der frühsommerlichen Vegetation.

In jedem lebenden Blatt und Halm, in jedem Insekt regte sich
etwas, das vom menschlichen Ohr nicht zu vernehmen war, alles
aber zusammengenommen bildete dieses Waldesrauschen, das mich
vor allem an die laute Stille in einem Konzertsaal erinnert, wenn der
Taktstock erhoben ist, die Musik aber noch nicht begonnen hat. Vielleicht sagte die Natur aber auch nur »psst!«, weil sie den Wehr-
machtsbericht hören wollte. Doch an diesem Abend gab es keinen.

Kein Donnern. Keinen Zug. Wahrscheinlich gab es unter dem Himmel im Westen heute bombenfrei. Dresden, Cottbus, Berlin … Ich sah laue Biergärten vor mir, bis auf den letzten Platz besetzt von Einbeinigen.

Ab und zu schaute ich zu Marek hinüber und hatte den Eindruck, dass auch er mit offenen Augen dalag. Sein Kopf schien im Gleichklang mit dem Wald zu summen. Nach und nach wurde es etwas heller in der Hütte. Zuerst dachte ich, meine Augen würden sich an die Dunkelheit gewöhnen, doch dann sah ich, dass der Tisch am Fenster einen Schatten auf den Boden warf: Draußen war der Mond aufgegangen. Ich ging hinaus, um zu pinkeln, und betrat eine Szenerie, die mir noch immer in den Memostöcken steckt (einem Organ neben der Bauchspeicheldrüse, das Erinnerungen in einer samtgelben, süßsauren Zellflüssigkeit aufhebt). Die Wärme des Tages war in der mitternächtlichen Stille noch nicht vergangen, und es war deutlich zu merken, dass im Wald die Spätschicht noch nicht vorüber war: Mücken und Mäuse, Maden und Maulwürfe waren noch längst nicht eingeschlafen, eine überdrehte Lebhaftigkeit vor der Übermüdung sprach aus ihrem Treiben. Wenn man genau hinhörte, waren die Arbeitsgesänge aus einem nahen Ameisenhaufen zu vernehmen.

Der Mond war im Norden aufgezogen, schien aber im Astwerk der Bäume festzuhängen und hing da wie ein heller Fallschirm. Das Laub zeichnete sich dunkel gegen den helleren Nachthimmel ab und regte sich nur, wenn es bewegt wurde. Als er mich sah, fiel einem Vogel mit langem Schwanz plötzlich wieder ein, dass er irgendwo noch Familie hatte, er schoss quer über die Hütte davon und ließ einen wippenden Zweig zurück. Ich sah zu, wie er auspendelte, und fügte währenddessen der Tönesammlung des Waldes noch das Plätschern eines warmen Strahls hinzu.

Als ich leise wieder in die Hütte tapste, sah ich, dass mein Mitbewohner noch immer mit offenen Augen auf dem Kissen lag, mich aber nicht ansah. Ich legte mich auf mein eigenes, klebrig feuchtes Kopfkissen und dachte mich nach Hause. Wie hatte alles so kommen können? Warum ich? Alle anderen fünfzehnjährigen isländischen

Mädchen erhielten ihre Jugendjahre zwischen blauen Bergen in der Umarmung von Vater und Mutter ausgezahlt, mit heißen Zimmeröfen und noch ofenwarmen Scheiben vom Weihnachtskuchen. Aber ich hier, ein einsames Kind auf dem Kontinent, musste mich seit Jahren von morgens bis zur Abendmahlzeit irgendwie durchschlagen. Würde der Krieg jemals ein Ende nehmen? Käme ich dann nach Kopenhagen und von da zurück nach Island?

Dabei war es für meine Mutter, für Großmutter und Großvater natürlich noch schwerer. Seit mittlerweile mehr als zwei Jahren hatten sie mich aus den Augen verloren und mussten mich für verschollen halten. Ich hatte ihnen ein paar Briefe geschrieben und sie zur Post gegeben, wenn ich eine fand; einem Post befördernden Herrn hatte ich als Gegenleistung sogar erlaubt, mich zu befummeln. Aber es verkehrten natürlich keine Schiffe zwischen Bremen und der brandungsumtosten Insel, und die Adresse »Herrn Botschafter Sveinn Björnsson, Reykjavík, Island« gilbte in drei verschiedenen Städten vor sich hin.

Aber was wusste ich denn schon? Vielleicht war Mama tot. Oder Papa? Oder beide? Großmutter und Großvater waren bestimmt nicht tot. Im Krieg starben nicht die alten Leute, das war mehr eine Sache für die jungen wie Marek und mich. Möglicherweise würde er aber auch endlich einmal seine Verstocktheit ablegen und zum Jahresende bekämen wir hier in der verschneiten Hütte ein Kind, würden später, nach dem Ende der Bombardierungen, in Breslau ein Ehepaar, ich würde den Fabrikarbeiterinnen in Abendkursen Handarbeiten beibringen und jeden zweiten Sommer in Island verbringen.

Nach einer weiteren halben Stunde war ein Auto zu hören. Da drehte auch der Pole endlich den Kopf. Zwischen den Betten und unter dem Tisch hinweg, der dazwischen stand, schauten wir uns in die Augen. Auf die Geräusche des Wagens folgte lautes Gelächter, offenbar nicht weit entfernt. Dann schien der Wagen zu halten, Rufe und Kommandos wurden laut: »Lasst mich raus, ich muss pissen!«

Marek richtete sich auf, um aus dem Fenster zu spähen, doch es gab einen lauten Knall, und Glasscherben flogen auf Tisch und Boden. Der Pole vergrub sich unter der Decke, während die isländische Neugier ein Auge durch das zersplitterte Fenster riskierte. Eine prächtige Saufgesellschaft war da zu sehen: vier uniformierte Deutsche in einem offenen Wagen abseits der Straßen unterwegs, schwenkten Mützen, Flaschen und Karabiner. Ein zweiter Schuss krachte. Ich ließ mich in Deckung fallen. Diese Kugel schlug aber nicht in unsere Hütte ein, sondern war wahrscheinlich unterwegs zum Mond, denn sie brüllten etwas zu ihm empor. Bestimmt sollte er noch vor dem Herbst eingenommen werden.

Ich kroch aus dem Bett und darunter, zog meine Handgranate hervor und kletterte wieder hinein. Marek war nur noch Auge, aber ich ließ ihn meine schöne Waffe nicht sehen, sondern hielt sie unter der Decke und schloss meine zehn Finger darum, wenn auch nicht zu fest. Starr lagen wir in unseren Betten, bis sie ihre Gewehre und andere Spritzpistolen geleert hatten. Dann erstarrten wir erst recht. Es war zu hören, dass sich der Wagen über den Waldboden in Bewegung setzte, und er kam direkt auf die Hütte zu. Noch einmal ging ich im Kopf die Anweisungen zur Betätigung einer Handgranate durch: »Du hältst sie in der rechten Hand. So … Hier ziehst du mit der anderen … und wirfst sie dann fort«, hörte ich meinen Vater zum tausendsten Mal sagen.

Sobald der Wagen die Hütte erreichte, würde ich aufspringen, die Tür aufreißen und das Stahlei nach draußen schleudern. Den Sicherungsstift durfte ich erst unmittelbar davor ziehen. Ich müsste »hundert Prozent sicher sein«. Es kostete mich einige Zeit, mich aus meiner Starre zu lösen und zu hören, was wirklich draußen vorging. Ich stellte fest, dass der Lärm in meinen Ohren nichts weiter als das Rauschen des Waldes war. Ich richtete mich auf und schaute hinaus.

»Sie sind weg«, sagte ich in meinem Grenzdeutsch.

Der Pole gab keine Reaktion von sich, sondern lag weiter bewegungslos und mit dem Kopf unter der Decke da. Es war deutlich zu sehen, dass noch jede Nervenfaser in ihm angespannt war.

»*Deutsch Mädchen*«, hörte ich es dann aus der Ecke unter der Decke hervormurmeln.

»Was?«, fragte ich.

»*Deutsch Mädchen*«, wiederholte er, und ich merkte erst da, dass er Deutsch sprach. »*Deutsch Mädchen!*«

Dann warf er die Decke von sich, sprang auf und stand steif und mit schwellenden Adern in Kriegsunterwäsche vor mir und brüllte mich an: »*Deutsch Mädchen!*«

Dann riss er mir mit einem Griff die Decke weg und erschrak bei dem, was er sah: eine kaum bekleidete Fünfzehnjährige mit dem Herzen ihres Vaters in der einen und ihrer Unschuld in der anderen Hand.

84

Der 17. Juni

1944

Erst zwei Stunden später konnte ich entkommen. Weg von dem Teufel, den ich Teufelin auch noch begehrt hatte. Nackt floh ich in den nachthellen Wald, meinen Rucksack in der Hand, Kleider und andere Habseligkeiten auch und eine Blutspur zwischen den Schenkeln. Im Spielfilm des Lebens sehe ich mich aus der Holzfällerhütte stürzen. Und bis zum Äußersten entschlossen, mich nie wieder von etwas besudeln zu lassen, das man mit Liebe in Verbindung bringt! Bloß weg, weg, weg!

In Handgranatenwurfweite von der Hütte blieb ich noch einmal stehen und war drauf und dran, mein Vaterherz hineinzuwerfen, das mir der Schweinelump ebenso mit Gewalt genommen hatte wie meine Jungfräulichkeit, die keine gewöhnliche Unschuld war, sondern eine internationale Kostbarkeit, die ich nur unter gewaltigen Anstrengungen durch den halben Krieg und ein ganzes Reich hatte bewahren können. Wie grenzenlos dumm ich gewesen war! Hatte von dieser Ausgeburt des Bösen sogar geträumt. Aber mit einer heftigen Bewegung hatte ich mich ihm entzogen und im gleichen Moment meine Waffe wieder an mich gerissen. Und ich gedachte sie zu gebrauchen; ich fand, es gab Grund genug, sie einzusetzen. Aber dann flüsterte mir der Wald ins Ohr: »Es kommen noch mehr Vergewaltigungen.«

Ich steckte das Stahlei in die Tasche, zog mich an, und mit heftigem Brennen im Schritt und einem roten Schal um den Hals ging ich los.

Nach und nach begannen die Vögel, mir Lob und Preis zu singen. Bestimmt wollte mich die Natur für mein Opfer in ihrem Dienst ehren. Ja, Gott war gottlos. Ich verfluchte ihn und verfluchte mich, ich verfluchte Marek, und ich verfluchte die Vögel, aus laubigem Dunkel trat ich auf morgendämmerige Wiesen. Der Morgen kam mit mattem Schein, ohne Sonne, aber atmend; als ob die Erde Licht in die dunkle Welt atmete.

85

Morgen auf Bessastaðir

1944

Während ich allein durch die Wälder irrte, stand in Island mein Großvater auf, denn an genau diesem Tag würde man ihn zum ersten Mann des Landes wählen. Im grauen Morgenlicht dieses Sommertages schritt er von dem dänischen Bett, in dem seine Lebensgefährtin noch schlief, auf weichen Pantoffeln und in dickem Statthalterschlafrock durch das obere Stockwerk und stützte sich auf seinem Weg am Türrahmen ab, am gesetzlichen Rahmen und ... die Schwelle war nämlich etwas höher, als Großvater es in Erinnerung hatte, und er war nicht mehr der Jüngste.

Seit drei Jahren wohnten Großvater und Großmutter nun auf Bessastaðir. 63 Jahre war er inzwischen alt, ein augenberingter Regierungsbeamter, in jungen Jahren ein Feuerkopf, doch hatte er seine Flamme in zwanzig Jahren bei den Dänen gekühlt und war nun der Letzte, der Islands Unabhängigkeit begrüßte. Sie erschien ihm übereilt, als ein unreifer, unausgegorener und nicht zuletzt unhöflicher Akt gegenüber dem anständigen Ehrenmann, für den er den König hielt. Großmutter hat es mir später so erzählt.

Sein Kollege aus der Botschaft, Jón Krabbe der Höfliche, hatte ihn in der Vorwoche schriftlich über sein Treffen mit König Christian X. in einem Schloss am Rande Kopenhagens unterrichtet, das den albernen Namen »Sorgenfrei« trug. »Es war betrüblich, deutsche Wachposten vor dem Schloss passieren zu müssen und den König in Folge eines unheilbaren Knochenbruchs nach einem Sturz vom Pferd von Schmerzen geplagt vorzufinden sowie bitter enttäuscht in der Frage, die wir mit ihm zu erörtern hatten.«

Ja, es lag etwas Verkehrtes, wenn nicht Vulgäres darin. Vor allem der Gesundheitszustand des Königs stieß Großvater übel auf: Man traf auf einen fast am Boden liegenden Menschen. Er beneidete seinen Freund Krabbe nicht, der dem König die Nachricht hatte überbringen müssen: lediglich ein halbes Prozent der Isländer hatte sich in der kürzlich durchgeführten Volksabstimmung für seine Krone ausgesprochen; 99,5 Prozent hatten die Freiheit als König gewählt.

Großmutter fand immer, dass diese Unterredung zwischen Krabbe und dem König eines der bedeutendsten Ereignisse in der Geschichte Islands sei, und doch wurde sie in kaum einem Geschichtsbuch erwähnt. Fünfhundert Jahre lang hatten sich isländische Regierungsbeamte zu Besprechungen beim König eingefunden. Diese war die letzte.

86

Sorgenfrei

1944

Der zehnte Christian nach Christus musterte schweigend den letzten Jón des isländischen Unabhängigkeitskampfes, der da kerzengerade vor ihm auf dem glänzenden Parkett stand.

Die Amtshandlung oder Amputation fand in der kühlen Kaminecke des Empfangssaals im Obergeschoss statt. Der König saß auf seinem niedrigen Hochsitz am Fenster, einer französischen Chaiselongue, sein verletztes Bein auf einem Schemel. Die beiden Männer waren fast gleich alt: Christian X. vierundsiebzig, Jón Krabbe fast siebzig. Es passte auch gut, dass gerade dieser Diplomat für das epochemachende Gespräch ausersehen war, schließlich war er zur Hälfte Isländer und zur anderen Hälfte Däne.

»Unabhängigkeit sagen Sie?«, fragte der König schließlich.

Das Ergebnis der Volksbefragung war eine schwere Enttäuschung für ihn. Auf seiner letzten Islandreise, im Sommer 1936, hatte er erlebt, wie ihm sein drolliges Völkchen in Scharen huldigte, und er war der Überzeugung, in den Tälern und Fjorden dieser Insel breite Zustimmung zu genießen. Aber das war ein Irrtum.

»Jawohl, Eure Majestät. In einer Volksabstimmung entschied sich, wie gesagt, eine Mehrheit der Isländer, wie gesagt, für diesen Weg.«

Jón Krabbe stand noch, mit eisweißem Haar über seinem dunklen Anzug. Der gestärkte Smokingkragen seines Hemds und auch die Schleife gehörten noch einem anderen Jahrhundert an. Der König hatte sich nicht dazu durchringen können, ihm den Stuhl anzubieten, den der Protokollchef bereitgestellt hatte. Es war ein schlichter Esstischstuhl ohne Armlehne, der die Stellung Islands in der Welt zu bezeichnen schien: schmucklos, vereinzelt und so weit weg, dass Krabbe die Stimme erheben musste, nachdem er dann doch schließlich Platz genommen hatte.

Jón saß mit dem Rücken zu dem Saal mit gemusterten Wänden

und fühlte sich unbehaglich; hinter ihm erstreckte sich ein Ozean aus Parkettdielen. Draußen strahlte ein fröhlicher Sommertag, über den bauschige Schäfchenwolken zogen, drinnen aber herrschten Alter, Lähmung und Palastkühle. Der König wirkte abwesend, schien die Worte des Besuchers nicht zu hören. Er war schlank und sehr groß, ein angenehmer Mann mit einem ehemals stattlichen Schnurrbart.

Christian hatte nie das geringste Interesse an Island bekundet, das seinem Titel zufolge immerhin die Hälfte seines Reiches bildete. Widerstrebend fuhr er auf Staatsbesuch dorthin, und erleichtert verließ er es wieder. Es bedeutete einen lästigen Aufwand, König eines so ausgedehnten Reiches zu sein und über Länder und Meere reisen zu müssen, um seinen Untertanen einen Besuch abzustatten, und wenn man endlich auf dem ärmlichen Inselchen eintraf, zeigte sich, dass sie kaum einen Handschlag wert waren: ein Volk, das unter grünen Grasdächern lebte und Torfmull aufgoss. Oder sollte das etwa Kaffee sein? Tabak vielleicht gar? Und die Kälte! Du liebe Güte! Und der Wind!

Der König war seinerseits für die Isländer eine unbekannte Größe, er hatte keinen Platz in ihren Herzen. Viel später fragte mich mein Sohn Halli, was für ein Mensch der letzte König von Island gewesen sei, und ich konnte es ihm nicht sagen. In der Geschichte Islands waren sie alle gleich: groß und schlank, mittelalt, Schnurrbart und eine Schriftrolle in der Hand – oder war es doch eine Peitsche?

»Unabhängig, wie?«, wiederholte Christian X., der seinen eigenen Gedanken nachhing und versuchte, für sein gebrochenes Bein eine angenehmere Position auf dem Schemel zu finden. Der König trug Zivil, einen dunkelblauen Anzug und schwarzglänzende Schuhe, aber es fiel trotzdem schwer, dieses Bein und diesen Schemel mit diesem Jahrhundert zusammenzubringen, das bald schon zur Hälfte herum sein sollte.

»Wozu wollt ihr die Unabhängigkeit? Seid ihr Isländer denn nicht immer frei gewesen? Wohnt ihr etwa nicht auf eurer eigenen Insel, und sprecht ihr nicht eure eigene Sprache? Hat man euch nicht stets in Ruhe gelassen? Haben wir nicht dafür gesorgt? Hat jemals jemand versucht, euch von eurer merkwürdigen Insel zu vertreiben? Seid ihr … ja, seid ihr nicht immer frei gewesen?«

Der einzige Beamte des isländischen Auswärtigen Dienstes schwieg zu den sieben Fragen. Er hatte selbst nie auf Island gelebt. Der König erwartete auch keine Antwort.

»Was wollt ihr denn noch? Eure eigene Flagge? Pah! Eitelkeit. Euren eigenen König? Dafür habt ihr keine Tradition. Es braucht tausend Jahre, um ein Königtum zu errichten. Was für eine …«

Der König steckte in seiner Verärgerung fest wie ein Pferd in tiefem Schnee. Er kam nicht weiter. Erst nach einer Atempause zeterte er wieder los: »Woher wollt ihr einen König nehmen? Sollen wir euch etwa einen schenken? Wie wir euch eine Verfassung, ein Parlamentsgebäude und einen Dom geschenkt haben.«

»Das wäre natürlich großartig, Eure Majestät, aber …«, warf Krabbe ein, doch der König war aus der Unterhaltung ausgeschert und polterte: »Unabhängigkeit, pah!«

Er war zutiefst verletzt. Er betrachtete sich als von einem Volk verraten, für das er nie Wertschätzung empfunden hatte.

»Unabhängigkeit?«, fragte er zum dritten Mal, und hörte sich an wie ein gehörnter Ehemann, der hasserfüllt den Namen seines Nebenbuhlers ausspricht. Da war nichts zu retten. Die dänisch-isländische Krabbe sah ihn an wie ein höflicher Überbringer schlechter Nachrichten und las die Zeilen, die sie auf die Stirn des Königs schrieben: Was für ein Undank! Unabhängigkeit! Wie können sich 120 000 Vogelscheuchen mit nur zwei Schiffen und einer einzigen Kanone einbilden, eine Nation zu sein? Kann man eine Nation sein, ohne ein Heer zu haben? Mitten in diese königlichen Gedanken hinein wurde unten auf dem Schlosshof etwas auf Deutsch gerufen. Der König senkte betreten den Kopf.

Der Halbdäne Krabbe sah den König seines rechten Beins voll Mitleid an, dann dachte er aber auch an sein linkes und trat damit etwas fester auf:

»Euer Majestät müssen verstehen, dass jedes Volk ein Recht auf …«

Er verstummte, als er Schritte hinter sich hörte. Jemand kam hinter ihm näher. Krabbe erstarrte und sah das Verlies auf Schloss Sorgenfrei vor sich. Er drehte sich um und erwartete ein strenges dänisches Gesicht, erblickte aber stattdessen einen deutschen Offizier.

»Ich bedauere, aber Ihre Majestät muss jetzt, wie gestern abgemacht wurde, zu einer Besprechung mit dem Reichsbevollmächtigten Doktor Best.«

Krabbe verstand, was er sagte. Der König war dabei, sich zu einem Gesprächstermin beim mächtigsten Mann der Besatzungsmacht zu verspäten, Dr. Werner Best. Krabbe sah den König mit großen Augen an. Der schien sich nicht einmal richtig Zeit nehmen zu wollen, um ein Gebiet in die Unabhängigkeit zu entlassen, das, in Quadratkilometern gerechnet, zwei Drittel seines eigenen Reichs ausmachte. Hatte denn dieser Augenblick überhaupt keine Bedeutung für ihn?

»Ich komme gleich«, sagte der König auf Deutsch, historisch gebeugt, mit dänischem Akzent.

Der Offizier setzte schon fast an, dem König zu befehlen, auf der Stelle mitzukommen, aber ein winziger Wink mit den Augen, der besagte, dass seine Niedrigkeit nur noch ein paar Minuten brauche, bewegte ihn abzutreten. Krabbe war fassungslos, aber er bewahrte Haltung und sagte höflich:

»Ich verstehe die … schwierige Lage, in der Majestät sich befinden, doch im Auftrag der isländischen Regierung muss ich Eurer Majestät unterbreiten, dass Majestät gnädigst anerkennen möge …«

»Die feige Art und Weise anerkennen, in der Sie diese …«, er fuhr verärgert mit der Hand durch die Luft, »… diese Notlage ausnutzen?!«

»Verzeihung, Majestät, wir wünschen, dass Sie den Wunsch unseres Volkes respektieren.«

Krabbe verstand plötzlich, wie absurd dieses Gespräch war. Mit einem König den Willen des Volkes zu erörtern, war in etwa das Gleiche, wie sich mit einem Steinzeitmenschen über Holzschnitzkunst zu unterhalten.

Der König antwortete nicht und sagte schließlich bloß leise und unbeteiligt: »Sie mögen gehen!«

87

Präsident Islands

1944

In Island lehnte dessen Regent nach seinem dänischen Schlaf an dem Türrahmen und fragte sich: Aber ist es denn auch legal? Der Rahmen strahlte glänzend und rein im Morgenlicht und flüsterte seine Antwort so leise, dass Großvater sie nicht verstehen konnte. Ein anderer Gedanke echote noch in seinem Kopf: Vielleicht wählen sie mich vor allem deshalb zum höchsten Vertreter des Landes, weil meine Freude die geringste ist. Die Leute vertrauen doch am ehesten jemandem, der in brenzligen Situationen kühlen Kopf behält. Er ging langsam weiter und die Treppe hinab. Natürlich wusste Großvater genau, dass ein kleines Volk niemals frei sein kann. Und wie lächerlich es war, in einem besetzten Land die Unabhängigkeit auszurufen. Mit Sicherheit waren die Isländer das erste Volk der Welt, das sich unter Besatzungsbedingungen als frei und unabhängig betrachtete.

An Einbildungsvermögen hat es uns nie gefehlt, dachte Großvater und schüttelte den Kopf. Er war unten angekommen und schaute aus alter Gewohnheit durch das Fenster in der Haustür, dabei dachte er wieder einmal: Seltsame Lösung, die Kirche direkt am Hofplatz zu bauen, so dass sie den Blick aus dem Haus verstellt. Diese badete zur Hälfte im Sonnenlicht, und wenn man an ihr vorbeiblickte, sah man, dass der Kuhstall auf Eivindarstaðir ebenso von der Morgensonne im Norden beleuchtet wurde. Sie war eben aufgegangen; es war Viertel nach vier.

Großvater verschwand in der kleinen Toilette auf dem Flur zur Küche und begann sein übliches Warten auf den morgendlichen Strahl. An diesem Morgen war er außergewöhnlich lange unterwegs, kam, als er endlich kam, eines Bonaparte würdig, denn wie man sagte, musste der Kaiser der Franzosen oft hinter einem Baum lange auf die Bewässerung warten, die ganze Garde hinter ihm angetreten. Brennen im Unterleib und Harndrang sind seit langem Begleiterscheinungen der Macht, hat mir mal ein Arzt erzählt. Der einfache Soldat strullt einen funkelnden Triumphbogen, während sich der Feldherr bekümmert über ein senkrecht fallendes Tröpfeln beugt.

Der erste Mann im Staat ging in die Küche und nahm ein Glas aus dem Schrank. Drehte das kalte Wasser auf und ließ es nach isländischer Gewohnheit eine Weile laufen, steckte die Hände in die Taschen des Morgenrocks und schaute aus dem Nordfenster. Obwohl der Himmel grau bedeckt war, stand die Sonne in einem Wolkenspalt über der Esja und schien geradewegs in das Gesicht des Mannes mit Halbglatze, dunklen Augenbrauen und gemeißelter Mundpartie. Auf der Halbinsel gegenüber, auf der anderen Seite des nachtstillen Skerjafjörður, lag schlafend die kleine, flache Stadt. Sie reichte bis auf die Kuppe des Hügels Skólavörðuholt, der aber noch ohne die Hallgrímskirkja stand.

Nach Osten zu lagen die Bláfjöll und weit, weit dahinter das kriegsverheerte Europa, wo sein Sohn in einem Schützengraben oder in einem Grab lag (er hatte seit mehr als einem Jahr nichts mehr von ihm gehört) und wo seine Schwiegertochter sicher aufgestanden war, um in ihrem hübschen Heim in Lübeck die Morgengrütze aufzusetzen. Nur wo mochte die kleine Herra sein? Wie würde sie diesen historischen Tag verbringen? Nie verlor Großvater seine Zuversicht, und jeden Morgen dachte er an mich, hat er später gesagt. Ich hingegen dachte manchmal wochenlang nicht an ihn. Und ich hatte keine Ahnung, dass er der Präsident von Island werden sollte.

In diesem Augenblick stand er in der Küche von Bessastaðir, ein erfahrener und beleibter Mann im feinsten Bademantel des Landes. Der Frühaufsteher einer noch nicht erwachten Nation, die sich einen Krieg zunutze machen wollte. Konnte das Gutes bedeuten? Oder würde es uns nicht früher oder später zu Fall bringen? Großvater streckte sich über die Anrichte und öffnete das Küchenfenster einen Spalt, er roch die einströmende, uns Isländern angeborene Dreistigkeit, die in den kommenden Jahren immer weiter zunehmen und Begriffe prägen sollte wie »Kriegskonjunktur«, »Überweidung«, »Kabeljaukrieg« und »Expansion der Wikinger«.

290

Er hielt den Finger unter den Wasserstrahl und fühlte, dass inzwischen der Gletscher im Wasser angekommen war, ließ es aber weiter laufen, genau wie seine Gedanken und wie Klavierbegleitung zu einer Gesangsstimme, die jetzt den Ton verstärkte: Ja, er, der nun seit drei Jahren stellvertretende König dieser bevormundeten Nation, hatte getan, was er konnte, um dem Volk diese Absichten auszureden: Es solle damit bis nach dem Krieg warten, bis man wieder als souveräner Herrscher und dessen Untertan miteinander reden könne. Aber man hatte nicht auf ihn gehört. Das Althing hatte über seinen Vorschlag einer Nationalversammlung nur gelacht. Trotzdem wollten ihn die gleichen Männer an diesem Tag in Þingvellir zum Präsidenten wählen, an genau dem Ort, an dem die Isländer zum letzten Mal selbst über ihre Geschicke bestimmt hatten, vor siebenhundert Jahren.

Großvater ließ Wasser ins Glas laufen und drehte den Hahn zu.

Später an jenem Tag sollte er zum ersten Mal an der Teilnahmslosigkeit der Götter zweifeln, als er auf der Tribüne am Lögberg saß und in strömendem Regen auf seine große Stunde wartete. Es schüttete in solchen Strömen, dass es auch den hartgesottensten Realisten zum Aberglauben verleitete. Die gesamte Zeremonie über war es dem ersten Mann im Staat zugedacht, an seinem Tisch ganz am Nordende der Tribüne zu sitzen, das Gesicht mithin nach Süden gewandt, genau dem Wind und dem Regen zu. Er trug zwar einen Regenmantel und konnte, wie er uns später erzählte, zeitweilig auch unter einem Schirm sitzen, aber der Regen trommelte ohne Unterlass auf seinen Tisch und lief ihm von da auf den Schoß. Das durfte er sich aber nicht anmerken lassen. Wer am Steven steht, nimmt den Brecher. Als endlich verkündet wurde, dass er nunmehr der rechtmäßig gewählte Präsident des neuen Staates sei, hatte er nasse Hosen. So musste der erste isländische Präsident seine erste Ansprache halten.

Sollte das etwa keine göttliche Strafe für sein fortgesetztes Sündigen, eine Art Sündflut, sein? Bald fünf Jahre waren vergangen, seit er sie das letzte Mal gesehen hatte. Seit dem Kriegsausbruch war seine Lóa nicht wieder nach Island gekommen. Doch seine erzwungene Keuschheit hatte die alten Sünden natürlich nicht gelöscht.

Sveinn Björnsson ging zurück in die Eingangshalle und die Treppe hinauf zum Schlafzimmer. Großmutter Georgía drehte sich beim Quietschen der Türangeln um und setzte sich auf.

»Ist es schon Morgen, *min skat*?«

Er antwortete nicht, ging stattdessen ans Fenster und machte sich mit fahrigen Händen an den Vorhängen zu schaffen. Seine Frau wiederholte die Frage, aber noch immer antwortete er nicht. Es hatte ihn oft gewurmt, dass die Frau des isländischen Botschafters, des Regenten der Insel und nun des zukünftigen isländischen Präsidenten nie vernünftig Isländisch lernte, obwohl sie an die vierzig Jahre Zeit dafür gehabt hatte. An diesem Morgen aber hätte er am liebsten die Fensterscheibe eingeschlagen und sie mit einer Glasscherbe erstochen.

»Stimmt etwas nicht, *min Svend*?«

Er drehte sich um und betrachtete das Dänemark, das da vor ihm im Bett lag, gelbhäutig und grauhaarig. Wie kam es, zum Teufel, dass eine halbwegs gescheite Frau in vierzig Jahren keine neue Sprache lernen konnte? Es musste tief in ihrer Psyche einen Widerstand dagegen geben, eine Art Herrenvolkverachtung gegenüber einer Zwergsprache, einen urdänischen Teufel, der ihr einredete: Man lernt doch nicht nach unten. Wieder einmal stand ein blitzartiges Bild von Lone vor ihm: 1939, im goldenen Licht eines Londoner Hotelzimmers, sie lachte und war fröhlich, und zwar auf Isländisch.

»Was bedrückt dich denn, *min ven*?«

»Ach, nichts.«

»Doch, irgendwas ist doch.«

Großvater schnalzte abwehrend und sagte dann: »Es ist nur dieses Präsidentenamt. Ich weiß nicht, ob ich der richtige Mann dafür bin.«

Das Gras draußen war nachtgrün. Irgendwo war Wind erwacht; er riffelte den Fjord, und Tausende von Grashalmen schienen dem Mann am Fenster zuzuwinken.

»Aber die haben keinen anderen.«

»Was?«

»*Islændingene* haben keinen anderen.«

292

»Ja«, gab er zurück und schaute wieder aus dem Fenster auf seine Heimaterde. Man lässt es mit sich machen.

Sie würden in das Amt jemanden wählen, der ihnen recht egal war, einen, der gar nicht danach trachtete, in einer Zeremonie, die Gott sichtlich egal war. Eines aber würde dastehen mit tausend Hüten und Mützen und Hurrarufen auf den Lippen, von Herzen froh und nass bis auf die Haut, mit Sonne im Herzen und Zuversicht in den Kinderaugen: das isländische Volk.

Ach ja, das Volk, seufzte Großvater sich selbst ins Ohr, mit dem gleichen Tonfall, mit dem ein strenger Vater schließlich doch vor dem lauten Willen der Tochter kapituliert: Wenn das Mädchen es nun einmal unbedingt will …

88

Der Rote

1944

Zur selben Stunde zog ich durch meinen nächtlichen Wald dem Sonnenaufgang entgegen. Ich war in einer Art Farnreich gelandet, lauter hüfthohe Pflanzen von Arten, die mir fremd waren. Oben hielten Baumkronen stille Waldwacht. Das Brennen zwischen meinen Beinen machte sich bemerkbar, aber mein Kopf war betäubt wie nach einem Schlag. Das Erstaunlichste war, dass ich mich absolut nicht mehr an Mareks Gesicht und nur undeutlich an das Vorgefallene erinnern konnte. Mein Körper hatte sich um meine verlorene Jungfräulichkeit zusammengezogen und dachte nun vor allem an Herra, ihr Selbst und ihre Seele, alles andere, wer, was, wie, schob sie fort.

Vielleicht wegen der archaischen Umstände (Wald und erste Dämmerung) kam in mir ganz plötzlich die Erfahrung vergangener Generationen, die ich unwissentlich mit mir herumtrug, hoch wie eine rettende Blüte, die sich innerhalb von Augenblicken entfaltete und alle übrigen Pflanzen beschirmte. Natürlich waren Mama, Oma, Urgroßmutter und überhaupt alle meine Vormütter vergewaltigt worden. In Scheunen und Schobern, auf Schiffen und Booten, auf Bällen, auf Bergen, in Wüsten und Wäldern, auf Wiesen und Feldern, in Hütten und Palästen. Und dabei hatte das weibliche Geschlecht im Lauf der Zeit diesen Selbstschutz entwickelt, der nun aus meinem Innersten wuchs wie eine Blume aus dem Boden und mir den Blick auf das verwehrte, was geschehen war. In Rock und Bluse sah man mir nicht an, dass ich Opfer einer Vergewaltigung geworden war. Ich hatte nicht einmal geweint, mich nur im stillen selbst verflucht, dass ich nicht mit der guten Jagina nach Westen gezogen war. (Dann besäße ich heute in Illinois eine Kette von Blumenläden und hätte amerikanische Supersöhne: einer wäre Senator, der zweite ein Drei-Sterne-Koch und der dritte Börsenguru. Und ich lebte nicht in einer Garage, sondern in einem Bungalow.)

Da war ich aus meinen Gedanken gerissen worden, von einem fuchsroten Pferd im grünen Wald. Es erschien mir wie eine Wunderlampe, riss plötzlich den Kopf und die mit Farn verfilzte Mähne hoch, als es mich bemerkte, scheute und brach dann mit ein paar ungelenken Sprüngen seitwärts in den Wald. Ich erschreckte mich genauso wie das Pferd und erstarrte zur Salzsäule. Es war einer von diesen riesengroßen Gäulen, wenn nicht gar ein Zugpferd mit dicken Lippen, schweren Gelenken und Haarbüscheln an den Fesseln. Von der Art, die wir mehr mit dem Menschen als mit der Natur in Verbindung bringen. Als es den Kopf drehte und mich ansah, konnte ich in den tintengefüllten Kugeln seiner Augen lesen, dass es mindestens so verirrt war wie ich. Beide verharrten wir eine Zeitlang reglos, und ich fühlte, dass ich dieses Pferd brauchte. An diesem Punkt meines Lebens konnte nichts und niemand mir helfen außer ein Pferd. Und es spürte in seinem Kutschpferdeherzen, dass ein frisch vergewaltigtes, herumirrendes Mädchen aus Island genau das war, was es jetzt auf seinem breiten Rücken tragen wollte. Wir waren dazu bestimmt, diesen Tag miteinander zu verbringen, den sonnigsten Tag in der isländischen Geschichte.

Nach ein paar verlegenen Atemzügen schob mein Roter den Kopf vor, einen Hundert-Kilo-Schädel, groß wie ein Bootsmotor. Ich legte meinen Handrücken auf seine Stirn. Sie fühlte sich an wie die massiv steinerne Wand des Geheimnisses, gefüttert mit grobem Samt. Was lag dahinter? Er drückte sein weiches Maul gegen meinen Bauch, als wollte er schnuppern, was ein Kerl mit mir angestellt hatte. Er schnupperte tiefer, schob mir die Stirn in den Schritt und schubberte behutsam auf und ab. Kam dieses Pferd von der Ersten Hilfe für Vergewaltigungsopfer? Der Rote vom Roten Kreuz?

Endlich begriff ich, dass er mich auf seinem Rücken haben wollte und mir seinen Nacken hinhielt, um aufzusteigen. Unsicher packte ich in die grobhaarige Mähne und stieg über die Ohren von der Größe aufrecht stehender Stoffservietten. Meine wunden Stellen begannen zu brennen, aber ich biss die Zähne zusammen, und mit behutsamer Unterstützung des Roten, der langsam den Kopf hob, kam ich rittlings auf seinem Rücken zu sitzen, und er setzte sich in Bewegung. Auf der rechten Lende hatte er eine offene, aber nicht tiefe Wunde und lahmte ein wenig auf dieser Seite.

Der Gaul schien genau zu wissen, wo er hinwollte, denn er ging schnurstracks nach Osten, der Sonne entgegen, und trug mich unter laubgrüne Baumkronen, durch Astdickichte, über Steinansammlungen, zapfenbestreute Wildwechsel und mehrere Bäche. Er ging immer bloß im Schritt, mit schweren, müden Schritten, die aber trotzdem weit ausgriffen und von einer unerschöpflichen Ausdauer kündeten. Als sich die Sonne von den höchsten Zweigen gelöst hatte, tauchte ein Weg vor uns auf, der quer zu unserer Richtung verlief. Der Rote blieb kurz stehen und ließ die Ohren spielen wie beidseitige Weglauscher, senkte dann den Kopf und überquerte den Weg hinein in den schattigen Wald auf der anderen Seite. Dazu schnaubte er. Ich taufte ihn Czerwony; das hieß Roter auf Polnisch. Wir ritten in den Tag hinein, und nirgends zeigte sich eine Lichtung, geschweige denn eine Siedlung oder ein Mensch. Wir hatten aus Solidarität mit meinen Landsleuten etwa eine Mosfellsheiði zurückgelegt, also die Entfernung von Reykjavík nach Þingvellir, wo sie die Geburt Islands feierten, da setzte auch bei mir endlich der Niederschlag ein. Ich hielt das Pferd an, und höflich, wie es war, blickte es zur Seite, während mir das Wasser aus der Spalte schoss, dass eine kleine Öxará daraus wurde, mit etwas Dänischrot unter die Flut gemischt.

89

Die isländische Spaltfahne

2009

Ich liege in meiner herbstkühlen Garage und sehe mich an einem warmen Morgen in einem alten Wald pissen und mir spätere Gedanken zurechtschneidern, um sie in den kleinen Kopf zu setzen.

Kaum vorstellbar: Wir waren ein unabhängiger Staat geworden, selbst wenn wir nie mehr als eine Gänsefüßchenrepublik mit einem Flittchenfähnchen wurden. Die rotweißen dänischen Unterhosen wurden herabgelassen und stattdessen ein triefnasses Himmelblau gehisst, eigens entworfen, um die Geschichte unseres Volkes zu symbolisieren: ein rotes Kreuz für unsere Regelblutungen, umgeben vom weißen Sperma der Dänen und vier blauen Flecken.

So sieht noch heute die Flagge aus, die wir in nacktärschiger Dummdreistigkeit anderen Völkern ins Gesicht flattern lassen. Um es mit deutlichen Worten zu sagen: eine durchgefickte, spermatriefende Blutmöse, umgeben von vier blauen Flecken, einem norwegischen, einem dänischen, einem englischen und einem amerikanischen. Ja, sie fielen aus allen vier Windrichtungen über uns her, aus Norden, Osten, Süden und Westen, und unsere Insel bekam Kinder von ihnen allen.

Und wie sieht es heute aus, fragt die alte Betthenne, mit unserer traurigen Spaltfahne und unserem ewigen Koberlächeln noch im hintersten Nuttenwinkel? Nun ja, wir haben eine alte Lesbe geflaggt, in der Hoffnung, dass Geier und Gierhälse aus anderen Ländern und vergewaltigende Weltwährungsfonds vor diesem grauhaarigen Klappergestell im Bett Reißaus nehmen. Das ist unser letzter Versuch. Sämtliche Männer haben wir schon verschlissen. Die Kerle haben sich alle als Weicheier erwiesen und boten sich breitbeinig Besuchern und Gästen feil, Frauen wie Männern, jeder hielt sein Loch hin, seinen wirtschaftsliberalen Arsch, der sich als der schlimmste Ausbund in der Geschichte des Landes herausstellte, denn er stand allen offen. In ihn kamen In- und Ausländer gleichermaßen, da wichsten sie in faulen Krediten und allerhand anderem Gemauschel ihre Schwänze zusammen, bis das nationale Loch so vollgefüllt war, dass es überlief und uns die ganze klebrige, stinkende Soße bis zu den Ohren stand. Es war wahrlich an der Zeit, dass wir eine charmefreie eiserne Jungfrau mit eisenbeschlagenem Mund und kupferversiegeltem Schritt vor die Nase gesetzt bekamen.

Es reicht mit diesem Herumhuren von uns Isländern.

Aber das ist nun mal das Los einer kleinen Nation: Ständig muss sie sich vor den großen bücken. Das Einzige, was uns noch gerettet hat, war die Entfernung. Man musste erst drei salzfeuchte Wochen auf See hinter sich bringen, bevor man einmal in Islands Spalte spritzen konnte. Darum gelang es uns besser als den Friesen und den Sorben, unsere Sprache und Kultur zu bewahren. Wären wir 600 Jahre lang mehrmals tagsüber und nachts gefickt worden, wie es die Deutschen mit den Friesen taten, die Engländer mit den Iren, die Franzosen mit den Bretonen und die Spanier mit den Basken, dann wäre es uns ebenso ergangen wie ihnen. Bei uns gab es lediglich zwei Vergewaltigungen pro Jahr: das Frühjahrsschiff und das Herbstschiff. Den langen Winter über konnten wir dann wieder fröhlich strickend und stickend unsere Reimstrophen aufsagen und über alles das isländische Motto breiten: »Untenrum haben sie mich geschändet, aber obenrum bin ich noch eine unberührte Jungfrau.«

90

18. Juni

1944

Heute ist der 18. Juni 1944. Paul McCartney wird heute zwei Jahre alt. Der kleine Wonneproppen. Wenn ich absteige und mein Ohr fest an diesen Baumstamm presse, kann ich die Glöckchen hören, die seine Mutter Mary über seiner Wiege in einem Ziegelsteinbunker in Liverpool klingeln lässt. Ihr Klang durchläuft Europa unterirdisch, unter dem Krieg hindurch, und kündet schon das Glockenklingeln an, das in zwanzig Jahren in jedem Baum widerhallen wird, wenn jedes Laubblatt auf Englisch singen wird *Love, Love Me Do*.

Heute aber ist erst der 18. Juni 1944, und Paul McCartney nicht mehr als zwei Jahre alt. Ich dagegen bin schon vierzehn, gehe inzwischen mein drittes Jahr in die Schule der Hölle und habe noch ganze zwei Schulhalbjahre vor mir. Das Pferd namens Czerwony hat mich inzwischen einen ganzen Tag durch das grüne Land getragen.

Am Ende trug es mich aus dem wilden Wald in von Menschen besiedeltes Land mit Acker- und Straßenbau und Häusern in der Ferne. Dem Pferd fuhr die Freude in die Hufe, und es hoppelte im Schweinsgalopp die staubige Straße entlang. Der Schmerz in meinem Unterleib setzte wieder ein.

Die Landstraße lag so hell im Sonnenschein der Sommerhitze, dass ich die Augen zusammenkneifen musste und die Staubwolke, die uns entgegenwalzte erst sah, als der Panzer darin anhielt. Czerwony fiel in Trab und blieb schließlich reglos vor dem Kriegsungetüm stehen. Die Straße war so schmal, dass der Panzer ihre gesamte Breite einnahm. Die Wegränder waren von Gras gesäumt, und gleich dahinter verlief ein Zaun parallel zur Straße. Es gab keine Möglichkeit auszuweichen.

Es war natürlich ein deutscher Panzer. Er wurde unruhig, ließ die Ketten rasseln, fuhr an und hielt wieder. Ich versuchte, behilflich zu sein und Czerwony auf den Grasstreifen zu lenken, aber er rührte sich nicht. Noch einmal rollte der Panzer los und stoppte. Das Kanonenrohr näherte sich dem Pferdekopf. Ich konnte im Bug des Panzers keine Öffnung entdecken, und so schien er nur seinem eigenen Willen zu gehorchen. Hier begegneten sich zwei Tiere, ein Ackergaul und eine Panzerechse. Die ruckte ein weiteres Mal an, doch anstatt beiseitezugehen, ließ der Gaul den Kopf hängen. Die Kanone schob sich über seinen Schädel hinweg. Ich bückte mich sicherheitshalber, aber das war nicht nötig; die Mündung hielt unmittelbar vor mir. Ich blickte in das schwarze Loch des Krieges. Es stank daraus. Am liebsten hätte ich mir die Nase zugehalten, aber das traute ich mich nicht, aus Angst, das Monster zu beleidigen. War es Zeit, mein Stahlei einzusetzen? Sollte ich es vielleicht in den Höllenrüssel rollen lassen wie eine Prise Meerrettich? Das Pferd zeigte kein bisschen Angst und wich auch nicht, als die Panzerketten ein letztes Mal anrasselten. Ich bückte mich wieder, um das Kanonenrohr nicht vor den Kopf zu kriegen, beschloss dann aber, mich daran anzuklammern, anstatt mit Ross und Huf unterzugehen. Der Panzer hielt, ich hing an dem sonnenheißen Stahlrohr, während Czerwony sich widerspenstig Richtung Grasstreifen bog. Ich konnte mich am Rohr entlanghangeln und landete auf dem Panzer. Die Turmluke stand offen, und ich blickte in die Eingeweide des Monstrums hinab. Zwei Soldaten sah ich, einen schwitzenden Blondschopf ohne Helm und einen schimpfenden, rosaroten Waffensack. Zwischen ihnen, schön weiß und springlebendig, eine Ziege.

»Heil Hitler!«, rief ich als kriegserfahrenes Kind.

Sie grüßten zurück, ich aber starrte die Ziege an.

»Ist die auch beim Heer?«

»Was? Nein!«

»Ah. Ist sie ein Kriegsgefangener?«

»Bring dein Scheißpferd hier weg!«

»Gern, aber es ist ein polnisches Pferd. Versteht kein Deutsch.«

»Im Krieg verstehen alle Deutsch! Versuch, das Biest an die Seite zu führen! Wir haben es eilig.«

Ich hob den Kopf aus den Innereien der Panzerechse und rief Czerwony sämtliche Wörter zu, die ich auf Polnisch konnte. Er hob den Kopf, der Panzer drohte noch einmal, und der Gaul zockelte endlich zum Zaun, scharrte da mit den Hufen und drückte schließlich zwei Pfähle um. Der Zaun gab in dem Moment nach, in dem sich das Gürteltier vorbeischob. Ich sprang ab, mitten in die Staubwolke und schloss die Augen. Als ich sie wieder öffnete, sah ich meinen siegesfüßigen Freund am Feldrand in einem Gewirr aus Draht herumstampfen, aus dem er sich aber bald befreite und dann mit staubwirbelnden Hufen davontrabte. Er lief schnurstracks über das Feld in Richtung eines baufälligen Bauernhofs, der etwa zweihundert Meter von der Straße entfernt stand. Ich folgte der Straße, fühlte die Schmerzen im Unterleib stärker werden und nahm dann den Abzweig zu dem Gehöft. War es vielleicht der Heimatstall meines vierbeinigen Freundes?

91

Knisternder Kies

1944

Als ich leicht hinkend den Hof erreichte, stand das Pferd vor dem Haus und bei ihm ein gebeugter, magerer Mann mit herbstlichem Schnurrbart, der leise auf Polnisch auf es einredete. Es bedurfte keines großen Dichters, um zu erkennen, dass es sich um ein Wiedersehen von Freunden handelte.

Czerwony drehte seinen großen Kopf und sah mich auf den Hof humpeln. Er stand da wie ein unbeholfener Bauernlümmel, der nicht weiß, wie er seinem Vater seine neue Freundin vorstellen soll. Oder war er mir böse, weil ich den Panzer geentert hatte?

»Guten Hitler«, grüßte ich versehentlich auf Polnisch. Der Alte grüßte verblüfft zurück. Die stehende Sommerhitze kochte in jedem Halm, und der Kies knisterte wie Feuer. Wie ich, das Eismädchen, dieses Wetter liebte! Ich war schon immer eine Eidechse. Ich wandte mich dem Pferd zu und kraulte es unter dem Kinn, fühlte feuchten Schweiß in den Haaren. Es legte die Stirn gegen meine Brust und schob mich weg. Falls es als Strafe gedacht war, überlegte Czerwony es sich schnell anders, trat einen Schritt vor und legte die Stirn wieder an die gleiche Stelle, zwischen meine Brüste. Ich machte den Alten auf die offene Wunde auf der rechten Seite des Pferdes aufmerksam, und dann entdeckten wir noch ein paar blutige Schrammen an den Beinen, die vom Draht an der Straße stammen mussten. Der Alte dankte mir mit einem innigen Blick dafür, dass ich ihm sein bestes Pferd zurückgebracht hatte.

Erst jetzt bemerkte ich, dass etwas abseits ein Hitlersoldat stand wie der Wanderer über dem Nebelmeer und das Gelände musterte. Trotz der sommerlichen Hitze trug er einen schwarzen Ledermantel, Mütze, und die auf dem Rücken verschränkten Hände steckten in Handschuhen. Der Bauer verschwand mit seinem Pferd, und ich blieb mit dem Nazihauptmann allein zurück (seiner Haltung und der Uniform nach musste er irgendein hohes Tier sein). Er drehte sich um und kam lässig auf mich zu. Er hielt sich sehr würdevoll, aber nicht überheblich, ganz gerade und zugleich vollkommen entspannt. Sein Gang war von heimlicher Eleganz. Ob er bewaffnet war? Natürlich war er bewaffnet. Verstohlen tastete ich nach meiner Granate. Sie lag ganz unten in meiner Schultertasche. Ich fühlte ihren harten Mantel durch das Segeltuch. Mit ruhigen, weichen Schritten kam er durch den glühend heißen Kies auf mich zu. Wollte er mich erschießen?

Doch meine ganze Angst löste sich in einer einzigen großen Feststellung: Je näher er kam, desto besser erkannte ich, dass er der schönste Mann war, den ich je gesehen hatte. Diese Stirn, die Brauen, die Wangenknochen, diese Lippen! Ich war wie vor den Kopf geschlagen. Handschuhe, Mantel, Stiefel. War ihm denn nicht warm? Er lächelte mit einem sanften Schließen der Augen und streckte die Hand vor, ohne den Handschuh abzustreifen. Ich hatte in der Schule der Hölle gelernt, solche Männer wie das Feuer zu fürchten, und wusste von allen jungen Frauen am besten, dass kaum etwas so gefährlich ist wie das freundliche Auftreten böser Männer. Ich nahm seine Hand mit bebenden Lippen.

»Guten Tag, junge Frau! Woher des Wegs?«

»Aus … aus dem Deutschen Reich.«

»Dem Deutschen Reich also. Heutzutage ist alles Deutsches Reich«, sagte er und wies mit einer ausladenden Armbewegung über das polnische Feld. »Nur unser Haus in der Heimat nicht. Das steht leer.« Merkwürdig verträumt schaute er zum westlichen Waldrand hinüber. »Und auf was für einer Reise befinden Sie sich?«

Mir gefiel seine ganze Höflichkeit überhaupt nicht. Warum blaffte er mich nicht lieber an?

»Das Pferd … ist mit mir hierher gekommen. Ich weiß nicht. Eigentlich, wissen Sie, komme ich aus Island und …«

»Ah, aus Island?«

Ich hatte das Zauberwort fallenlassen. Hier war jemand auf eine seltene Rasse gestoßen. Er murmelte irgendwas von Island, dem Hohen Norden, Walrössern und Romantik, ich bekam es nicht genau mit, denn meine Ohren hörten nichts wegen der Schönheit, die meine Augen blendete. Er mochte vielleicht dreißig Jahre alt sein. Irgendwann hatte man dieses Gesicht sicher bezaubernd schön genannt, jetzt war es vom Tod gezeichnet. Eine vornehme Blässe lag darüber, die Begriffe wie Leichenblässe und Totenmaske heraufbeschworen. Diese beiden Wörter krochen aus dem Höhlendunkel meines Bewusstseins in den bleichen Mondschein, der von der Stirn dieses Offiziers ausstrahlte. Exakt diese beiden Wörter und kein anderes. Wie zwei erdige, pelzige Nachttiere.

92

Unter Tischen

1944

Er hieß Hartmut Herzfeld, war irgendwo in Schleswig geboren und hatte an der Universität Literatur und Kunst studiert. Das stellte sich schon bei unserem ersten Zusammentreffen heraus. Er lud mich zum Abendessen im Haus des alten Polen ein. Da tafelten wir zu zweit bei Kerzenschein Wildschweinbraten und tranken Rotwein aus den Karpaten. Er war ein sehr angenehmer Tischherr, höflich, mit tadellosen Manieren und ohne jeden Annäherungsversuch. Trotzdem machte ich mich darauf gefasst, dass er mich, gerade erst Vergewaltigte, mit ins Bett nehmen würde, bevor er mich in der Nacht mit seiner Pistole oder mit seinen Blicken ermorden würde. Ich tastete nach meinem teuren Ei und schwor mir, mich, nachdem alles vorüber wäre und bevor die Sonne aufginge, zum zweiten Mal in drei Tagen davonzustehlen.

Das würde allerdings nicht leicht werden. Zwei behelmte Köpfe tanzten nach seiner Pfeife: Karl und Karl-Heinz aßen draußen in der Küche mit ihren Karabinern und dem schnurrbärtigen Bauern Jacek, der ihnen Hühnerschenkel und Rübengemüse auftischte. Als älterer Mann hatte er in seinem Leben bislang kein Ei gekocht, bis ihm ein Bajonett die Frau nahm und ihn zu einem erstklassigen Koch machte.

Aus mir unbekannten Gründen lag die kleine Einheit seit bald vier Wochen auf diesem Hof einquartiert. Für das Wahrscheinlichste hielt ich, dass sie für den Nachrichtendienst der Hitlerarmee tätig waren, denn aus einem der Zimmer waren immer wieder einmal, mit Rauschen und Knacken, militärische Gesprächsfetzen zu hören. In dieser überschaubaren Gesellschaft war ich nun auf kürzestem Weg in der Oberschicht gelandet und saß mit dem Adel in der guten Stube vor Silberbesteck und Kristallgläsern, allein dank meiner besonderen Abstammung, meinem bewunderungswürdig guten Deutsch und meinen so gut wie unberührten Brüsten, die in der Schüssel des Krieges schön aufgegangen und jetzt zum Backen bereit waren. Mit ihnen verhielt es sich genauso wie mit den Blumen, die auf dem Schlachtfeld ebenso lächelnd blühen wie in einem Frühlingsgarten.

»Wie viele Isländer leben auf der Insel?«

Seine Stimme kam wie eine polierte Silbergabel aus einer vornehmen Anrichte.

»Etwa hunderttausend, glaube ich. Ich bin seit Kriegsausbruch nicht mehr in Island gewesen.«

»Hunderttausend? Da war es ja gut, dass die nicht vor Stalingrad gelegen haben«, sagte er und lächelte.

Die Bemerkung verstand ich natürlich nicht, denn ich hatte nie von dieser Stadt gehört und war außerdem mit meinen Gedanken woanders. Allerdings erlaubte er sich nicht eine Anzüglichkeit, sondern führte unsere Konversation die ganze Zeit über in einem, wie man so sagt, »wohltemperierten Ton«. Dabei waren die Absichten des Fleisches durchaus manchmal in seinen Augen zu sehen, wenn er mir über einen Bissen hinweg zulächelte oder träumerisch zum dunklen Fenster hinaussah und dabei das Kerzenlicht auf seinem vollkommenen Profil spielte.

Irgendwann folgte ich seinem Blick durchs Fenster. Im Osten schwebte in weiter Ferne ein Licht klein und hell über den Himmel wie eine Kriegssonne. Ich sah ihn wieder an. Er sah lange zu, wie das Licht am Himmel tiefer sank, und sein Gesicht nahm einen immer abwesenderen Ausdruck an, als wären seine Augen damit beschäftigt, das Licht in Lyrik zu verwandeln. Doch als es hinter den Baumwipfeln am jenseitigen Feldrand versank, kam er wieder zu sich, lehnte sich im Stuhl zurück, hob Brauen und Glas und sagte nachdenklich: »Ach ja, der Krieg.« Das kam in einem merkwürdigen Tonfall. »In jedem Krieg gibt es viele Kriege.«

Er warf die Worte wie Steine in die Dunkelheit. Ich wartete auf das Platschen, mit dem sie tief unten aufschlagen mussten, um daran die Höhe des Kliffs zu ermessen, an dessen Rand er stand.

Aber ich war viel zu sehr mit den äußeren Umständen beschäftigt und außerdem ein junges Mädchen in seinem 15. Lebensjahr, das nicht hinter diese äußeren Dinge sehen konnte: Zum ersten Mal in meinem Leben trank ich Rotwein (Schnaps hatte ich einmal mit drei Kerlen in einem Bahnhof getrunken), ich hatte mein erstes Rendezvous, war vermutlich zum ersten Mal verknallt. Denn trotz der Umstände war dies ein ausgesucht romantisches Abendessen. Hier saßen wir, zwei erwachsene Menschen (du lieber Gott, ich bekomme noch immer ein Kribbeln im Bauch, wenn ich vor mir sehe, wie mein Jugend-Ich in Gestalt eines Mädchens auf das Zimmer zugeht und sich beim Hinsetzen schon allein durch die Art, wie er mir mit formvollendeter Höflichkeit den Stuhl unterschob, im Handumdrehen in eine Frau verwandelt!) mit drei Gerichten und sechzehn Jahren zwischen uns, ein Deutscher und eine Isländerin in einem Bauernhaus mitten in Polen an einem so warmen Sommerabend, dass die Kerze nicht einmal merkte, dass das Fenster offen stand, und unser Zusammensein nur umso milder beleuchtete. Ihr Licht spielte über das dunkle Rot im Weinglas und fand darin ein intensiv rotes Leuchten, das sich nicht lokalisieren ließ, weil es im Wein selbst zu sein schien und in der dunklen, fast schwarzen Flüssigkeit so hellrot leuchtete wie eine Seele in einer Uniform.

Dann ergriff er sein Glas, nicht beim Kelch, sondern am Stiel wie ein Mann von Welt. Mein Blick heftete sich auf seine wunderschönen blassen und sensiblen Finger. Mit einem Schlag war ich so hingerissen von seiner Hand, dass ich hätte in Ohnmacht fallen können. Das sollte sich später noch oft wiederholen, wenn ich mich, wieder einmal ganz bezaubert, in jemanden verliebte. Finger, Hände, Unterarme wirkten auf mich wie Drogen.

Das Romantischste aber war der Glanz von einem kleinen, polierten Hakenkreuz auf seiner Brust. Ich schäme mich dafür, kann es aber nicht leugnen: Das Hitlerkreuz wirkte auf mich wie die schönste Blume. Nichts ist so verführerisch wie das Tabu.

Darunter köchelte auch noch das Wissen um die Waffen in unser beider Taschen – sicherheitshalber hatte ich mir die Handgranate in die Rocktasche gesteckt –, die ebenfalls ihre erotische Wirkung hatten; ein Lauf und ein Ei. Ich muss wohl die frauenverachtende Tatsache akzeptieren, dass Weniges erotisch so stimulierend wirkt wie das Wissen darum, dass einen der Tischherr nach vollendetem Beischlaf mit seiner Schusswaffe umlegen will.

»Sie sind sich wahrscheinlich darüber im Klaren, dass die Isländer ein ganz besonderes Volk sind.«

»Nein. Das einzig Besondere an uns ist, dass es uns gibt. Dass wir so lange überlebt haben. Wenn wir morgen untergehen sollten, würde uns niemand vermissen.«

»Oh, doch. Es gibt durchaus Menschen, denen Sie fehlen würden, die nämlich der Meinung sind, dass die Isländer das urgermanische Volk sind, das den Ursprung unserer Rasse bewahrt. Sie haben die nordische Mythologie geschaffen … zumindest bewahren und pflegen Sie dieses einzigartige kulturelle Erbe von uns Germanen, das doch so anders ist als das der griechisch-römischen Antike zum Beispiel, die mit uns nichts gemein hat. Island ist also unser Hellas, unser Athen; das gelobte Land.«

Dasselbe hatte ich von meinem Vater hundertmal gehört. Ich fixierte das Hakenkreuz, während ich mir eine Antwort überlegte.

»Hm, Mythologie …«

Er hielt mit dem Weinglas auf dem Weg zum Mund inne und lachte leicht, nahm dann einen Schluck und sagte anschließend: »Mythologie sagt Ihnen nicht zu?«

Ich habe schon früh einen Widerwillen gegen alles entwickelt, was mit Göttern und Götterlehren zu tun hat. Das alles hat viel Unglück über uns gebracht. Warum können wir uns nicht damit begnügen, Menschen zu sein? Herausragenden Menschen wird nachgesagt, sie seien »göttergleich«. Ich dagegen sage: Die menschlichsten Menschen sind die besten Menschen.

»Götter sind langweilig.«

»Oho, wie das?«

Sah ich da Spott in seinen Augen?

»Was vollkommen ist, kann nicht interessant sein. Ich bin einmal einem Mann begegnet, der so ungöttlich und erdverbunden war, dass er nach seinen eigenen Worten zur Hälfte in der Erde steckte. Er hatte nämlich keine Beine mehr. Und er war der interessanteste Mensch, den ich kennengelernt habe. Er hat jene Nacht nicht überlebt, aber in meinen Gedanken ist er unsterblich. Noch drei Jahre später denke ich öfter an ihn als an Gott oder das, was man Gott nennt.«

»Was ist mit ihm passiert?«

»Er tötete ihn.«

»Wer?«

»Gott hat ihn getötet, aus Eifersucht. Weil er viel lustiger und komischer war als er.«

»Und Sie? Sind Sie auch lustig und komisch?«

»Nicht so komisch wie Sie.«

»Ich? Ich bin komisch?«

»Ja, in dieser Uniform.«

Damals sagte man manchmal selbstmörderische Dinge. Man redete sich »um Kopf und Kragen«. Der Krieg dauerte schon so lange, innerlich war man so mürbe geworden, dass man sich manchmal unbewusst erlaubte, mit dem einzigen Ausweg zu flirten. Vielleicht war es aber auch nur die Romantik, die aus mir sprach.

Er reagierte ziemlich reserviert.

»Finden Sie, dass die Uniform … nicht gut aussieht?«

»Doch, aber nicht an Ihnen.«

93

Hakenkuss

1944

Er enttäuschte mich. Er war weder der Nazioffizier, der er sein sollte, noch ein Dichter, für den ich ihn gehalten hatte. Er war einfach nur schön. Schön wie eine verdammte hochglanzpolierte Türklinke, die gut in der Hand liegt, sich verbeugt, wenn man es von ihr verlangt, die eine Tür öffnet und wieder schließt und anschließend die ganze

Nacht schweigt. Ich starrte die verdammte Türklinke an, und konnte nicht einschlafen, wusste aber nicht warum. Er hatte mich zu meinem Zimmer geleitet, erklärt, Jacek habe mir ein Bett gemacht, und wünschte mir dann eine gute Nacht. So höflich und unbeteiligt wie eine Türklinke. Und ich hatte mir die ganze Zeit eingebildet, er hätte es auf mich abgesehen. Aber nichts da, er wollte mich nicht einmal vergewaltigen, geschweige denn umbringen. Ich war tief beleidigt und konnte nicht schlafen.

Wollte er mich vielleicht nicht, weil ich von einem anderen Mann beschmutzt und besudelt worden war? War ich vielleicht für mein ganzes Leben verdorben? Nein, mit seiner Hilfe, mit diesem Heiligen, konnte ich wieder rein werden. Die Liebe würde mich retten! Aber was dachte ich mir da eigentlich? Ich war doch noch wund und betäubt nach dem schrecklichen Überfall. Sicher war es das Beste, erst einmal eine Nacht zu schlafen und mich zu erholen. Und dennoch: Nein! Ich gierte nach ihm wie ein Verdurstender nach Wasser und lag in meinem Bett wie eine gespannte Stahlfeder: Eine Berührung seiner Finger hätte mich durchs Fenster katapultiert.

Nach drei Tagen trat ich abends einfach in sein Zimmer. Er saß im Unterhemd an einem Schreibtisch neben seinem Bett vor dem offenen, käfersummenden Fenster. Irgendwo hinter dem schwarzen Wald rollte ein Zug durch Wiesen. Kleine Fliegen schwirrten um die Lampe über seinem Füllfederhalter wie gespannte Leserinnen. Er sah auf, zeigte aber kein Zeichen von Überraschung, als wäre es für ihn vollkommen selbstverständlich, dass eine liebestolle Halbwüchsige nachts sein Zimmer stürmte.

»Oh, schreiben Sie?«

»Ach, ich kritzle nur so vor mich hin.«

»Was schreiben Sie denn? Einen Brief?«

»Nein.«

»Darf ich es lesen?«

»Lesen?«, fragte er mit einem schnaubenden Lachen.

Es reichte mir, um vollends einzutreten und die Tür hinter mir zu schließen.

»Was tun Sie eigentlich hier?«

»Hier?«

»Auf diesem Bauernhof. Warum sind Sie nicht an der Front?«

»Was tun *Sie* hier?«

»Ich? Nichts. Das Pferd hat mich hierhergebracht. Ich bin schon zufrieden, wenn ich ein Bett und ein Dach über dem Kopf habe.«

Er musterte mich eine Weile und sagte dann: »Herr Marie?«

So hatte er mich am ersten Abend genannt und griente jedes Mal, wenn er es wiederholte: »Herr Marie.«

»Jawohl.«

»Nehmen Sie Platz! Ich muss … das hier nur gerade noch zu Ende schreiben.«

Er drehte sich auf dem Stuhl um und beugte sich über seine Papiere. Er hatte breite Schultern und kräftige Oberarme, sein Rücken aber sah verletzlich aus, und seine Hüften waren schmal. Anstatt mich in meiner Ecke auf einen Stuhl zu setzen, schlich ich hinter ihn, blieb am Fußende des schlichten Betts stehen und versuchte, einen Blick auf die Blätter auf dem Schreibtisch zu erhaschen. Entweder schrieb er Hitler einen bewundernden Brief, oder er verfasste Gedichte.

Er bemerkte mich, drehte den Kopf, ohne sich umzudrehen und schnaubte wieder durch die Nase.

»Ist Ihre Unterwäsche nicht markiert?«

»Wie bitte?«, fragte er, ohne aufzublicken. »Unsere gesamte Wäsche ist vom Militär. Uniform, Unterwäsche, Schuhe, Strümpfe, alles.«

»Warum ist dann kein Hakenkreuz auf dem Unterhemd?«

Ganz plötzlich bekam seine Stimme einen zornigen Klang.

»Kein Hakenkreuz auf dem Unterhemd? Es ist ein Hakenkreuz auf dem Unterhemd! Es ist ein Hakenkreuz auf dem Papier, es ist ein Hakenkreuz auf dem Füller. Nur die Tinte hat noch keins. Das haben sie nicht geschafft. Das Kreuz ist so schwer, dass es immer auf den Boden des Tintenfasses sinkt.«

Die letzten Worte schrie er fast. Die Tür ging auf, und Karl-nicht-Heinz steckte die große Nase ins Zimmer.

»Ist alles in Ordnung?«

»Ja, alles in Ordnung. Machen Sie die Tür zu!«

Der Offizier meiner Träume beugte sich wieder über den Tisch, schrieb aber nicht weiter, sondern stützte den Kopf in die Hände. Ich erwog eine Flucht durchs offene Fenster. Was hatte ich getan? Warum sprach er so über das Hakenkreuz? War er kein echter Nazi? Wie konnte er sich solche Ketzereien erlauben? Schrieb er gerade einen Abschiedsbrief vor dem Freitod? Noch immer verbarg er sein schönes Gesicht in seinen Händen. Ich hatte keine Ahnung, was ich hätte sagen oder tun sollen, und begann mich auszuziehen, eine Lösung, die Frauen durch die Jahrhunderte gute Dienste geleistet hat. Ich streifte die Bluse über den Kopf, ließ den Rock fallen und zog die ungewaschenen Strümpfe aus. Er richtete sich auf und legte die Arme auf die Tischplatte, drehte sich aber nicht um, sondern blieb still sitzen und hörte auf das leise Geräusch, mit dem Strümpfe über Schenkel gleiten. Er nahm den Füllhalter wieder zur Hand und schrieb weiter. Ich hob meine Brüste über das Unterhemd. Die Fliegen surrten geschwind durch den Lichtschein, der auf seine linke Schulter fiel und jedes Härchen hervortreten ließ. Ich meinte, die Insekten tanzten im Takt mit jeder meiner Bewegungen und erhielten kostbaren Strom. Den Schlüpfer behielt ich an und stand so auf dem kleinen Läufer am Fußende, nur in der Unterhose, wie eine kleine Nation am Verhandlungstisch.

Meine linke Brust lag im Schatten seiner rechten Schulter, die rechte aber lächelte im Lichtschein, dass die kleine, spitze Brustknospe glänzte. Wie nett und unerfahren sie noch war!

Ich stand da und lauschte auf das leise Geräusch, mit dem Füller über Papier gleiten, bis ich so verlegen war, dass ich ins Bett und unter die dünne Decke kroch, die natürlich irgendwo die SS-Runen trug. Er legte den Füllhalter weg, drehte sich um und schnaubte wieder.

»Wie alt sind Sie, Fräulein?«

»Fünfzehn.«

»Fünfzehn Jahre?«

»Ende des Sommers werde ich fünfzehn.«

»Sie sind jetzt also vierzehn Jahre alt.«

»Ja, aber vierzehn im Krieg sind so viel wie achtzehn im Frieden.«

»Wer sagt das?«

»Ich hab's gehört. Ich bin keine Jungfrau mehr.«

Wie einen Verliebtheit doch entwürdigen kann. Das Kind aus dem Breiðafjörður war zur Nazinutte geworden.

»Man hat mich vergewaltigt.«

Er stand auf und legte sich zu mir, auf die Decke, roch nach Talkum und Vanille. Er strich mir leicht übers Haar, als würde er eine Tote betrauern. Unter diesem Vorzeichen durfte ich mir etwas leicht Wahnsinniges erlauben.

»Sie sind so schön! Sie sind der schönste Mann der Welt. Sie sind … Darf ich nicht du zu Ihnen sagen? Seit bald vier Jahren musste ich alle siezen, und ich bin es müde. In Island sagt man nur zu Leuten Sie, die einen Hut tragen. Die anderen tragen Mützen und werden geduzt. Hier aber siezen die Menschen noch ihre Henker. Ich habe gesehen, wie einer noch kurz vor seiner Hinrichtung an einer hohen Hausmauer rief: ›Um Gottes Willen, bitte erschießen Sie mich nicht!‹ – Wäre es Ihnen recht? Darf ich Sie … dich duzen?«

»In Deutschland darf man nur jemanden duzen, den man geküsst hat.«

»Ist das wahr?«

Nein, es ist nicht wahr. Er lächelte, ein gebrochenes Lächeln. Was quälte ihn denn? Ich durfte ihm all meine Fragen nicht stellen oder Antworten auf sie suchen, denn nun sah er mir in die Augen. Er legte das Lächeln ab und tauchte in Ernst und Liebe ein. Wir küssten uns. Mit einem Kuss, der das Nazi-Abzeichen trug.

94

Morgen mit einem Toten

1944

Polnische Nachtkäfer summten ihr Lied, Züge kamen und fuhren. In dieser einen Nacht wurde ich 15, 16 und 17. Selig wund und von Fingern gestreichelt schlief ich ein und wachte von einem nächtlichen Gewitter auf. Hartmut richtete sich auf und schloss das Fenster. Wir lagen wie ein Liebespaar und hörten zu, wie der Himmel auf die Erde eindrosch, hundert Millionen Tropfen auf Stein. Es gab keine Zukunft für uns, aber der Augenblick hielt uns fest, und was war das Leben, wenn nicht eine frühe Morgenstunde in den Armen eines Mannes? Ich dachte an all meine schrecklichen Erlebnisse, Hungertage in deutschen Städten und eine Vergewaltigung in einer Waldhütte, und all diese Stufen der Qual erschienen mir nun leichter, als ich neben dem schönen Mann auf dem Gipfel der Glückseligkeit lag.

»Ich habe gelogen. Ich war noch Jungfrau. Es war das erste Mal.«

»Sie … Du bist vielleicht ein Halunke! Sag jetzt nicht, dass du in Wahrheit erst dreizehn bist!«

»Doch. Ich sollte nächstes Jahr konfirmiert werden«, sagte ich mit Piepsstimme. »Was hast du geschrieben?«

»Nichts.«

»Doch. Was? Du musst es mir verraten! Ich habe dir meine Jungfräulichkeit geschenkt. Dafür habe ich etwas bei dir gut.«

»Ein Gedicht.«

»Dachte ich mir. Ein Gedicht worüber?«

»Ach, nur … so ein romantischer und altmodischer 19.-Jahrhundert-Quatsch.«

»Hör auf! Darf ich es lesen?«

»Nein.«

»Darf man Gedichte schreiben, wenn man Nazi ist?«

»Nein, nur töten, töten.«

»Wie ist das, zu töten?«

»Wer tötet, stirbt. Wer getötet wird, lebt weiter.«

Ich begriff seine Antwort nicht, merkte sie mir aber, um sie später einmal zu verstehen.

»Glaubst du nicht an ... das Hakenkreuz?«

»Glaubst du, Jesus hat an das Kreuz geglaubt?«

Er lief gleich rot an, nachdem er das gesagt hatte. Er schämte sich für den Vergleich. »Entschuldige, ich bin kein Christus. Aber ich bin ... na ja, vielleicht kann ich sagen: Ich bin hakengekreuzigt.«

Draußen trommelte der Regen aufs Fensterbrett, aufs Feld und die ganze Gegend. Der Morgen dämmerte am Horizont, wassergrau und wie ein Heringsschwarm in dunkler Tiefe.

»Hast du ... schon jemanden getötet?«, wisperte ich leise an seinen Bartstoppeln.

»Nur mich selbst.«

»Wie meinst du das?«

»Ich bin zum Tod verurteilt.«

»Was? Weswegen?«

»Wegen Feigheit.«

Lange schwiegen wir. Ich richtete mich im Bett auf und betrachtete alles, er starrte an die weiß getünchte Decke, ich sah ihn an, das Weiß in seinen Augen. Der Regen ließ im gleichen Maß nach, wie die Helligkeit zunahm. Der vergilbte, alte Fensterrahmen leuchtete sonderbar im Morgenlicht, urstark und fest wie Stein. Und irgendwo draußen stand Czerwony in vierbeinigem Schlaf, das brave Pferd.

»Warum ...? Wir können beide fliehen. Gleich hier durchs Fenster.«

»Fliehen? Wohin sollten wir denn fliehen? In Hitlers Reich hat alles Augen. Ein Freund von mir ist auf der Flucht abgeknallt worden wie ein Tier. In den Rücken geschossen. Da will ich meinem ... Irrtum lieber ins Auge sehen.«

»Deinem Irrtum? Es ist kein Irrtum, dass dich deine Wehrmacht umbringen will. Wir können nach Island gehen. Ich bin einer alten Russin begegnet, die sogar ...«

Ich entdeckte plötzlich einen Mann, der im Gemüsegarten vor

dem Fenster stand. Ich bedeckte die Brüste mit den Armen. Er hatte einen Karabiner geschultert und schaute über ihn hinweg zu uns herein. Unsere Blicke trafen sich kurz, bevor er seinen wieder auf den Wald richtete. Aber sein Gesichtsausdruck sprach deutlich genug: Ich verachte dich, du kleine Kriegshure, und auch dein nächtliches Treiben. Ich werde dich nicht abmurksen, sondern wegschauen, weil ein rechtmäßig zum Tod Verurteilter noch einmal die Freuden des Lebens genießen sollte, ehe der Vorhang fällt.

»Welcher ist es? Karl?«, fragte Hartmut.

»Karl-Heinz«, sagte ich und ließ mich zurücksinken, schmiegte mich wieder an ihn.

»Sie lösen sich ab.«

95

Rosenblut

1944

Ich fand keine Ruhe. Ich gab nicht auf. Ich würde diesen Mann retten und nach Island bringen. Ich würde an Bord der *Gullfoss* heimkehren, mit dem schönsten Mann der Welt am Arm.

Ich besprach mein Vorhaben mit Czerwony. Es gefiel ihm nicht, aber er machte mich darauf aufmerksam, dass Jacek einer der geschicktesten Fohlenkastrierer der Gegend sei, was er am eigenen Leib erfahren habe, und dass er noch immer das Mittel im Haus habe, das man benutzt, um den Tieren die Eier abzuschneiden. Ich zog den alten Pferdedoktor auf meine Seite, weihte ihn mit meinen sechzehn polnischen Wörtern in meinen Plan ein. Am Abend kam Hartmut mit Briefen und anderen Dingen in einer kleinen Schachtel in mein Zimmer.

»Das sind die Briefe meiner Mutter und ein paar Kleinigkeiten.«

»Nein, behalte sie. Morgen werden wir fliehen.«

»Morgen?«, staunte er. »Ich möchte trotzdem, dass du die Sachen an dich nimmst, für den Fall …«

»Sag das nicht! Für den Fall führt zum Fall, sagt meine Mutter immer.«

Am nächsten Morgen schlich ich mich zu Karl-nicht-Heinz hinein, der mit seiner großen Nase verschwitzt im Bett lag. Er wachte vom Geruch des Chloroforms auf, fiel aber gleich wieder in Schlaf. Zur Sicherheit stopfte ich ihm den Lappen in die Nasenlöcher. Draußen fiel Hartmut mit dem gleichen Zeug von hinten über Karl-Heinz her. Der Soldat sank gleich zu Boden. Wir liefen los, Richtung Norden, hinaus aufs Feld. Ich lief voran, zog ihn zu Liebe und Freiheit, bis ein Schuss ihn aus meiner Hand riss. Er lag wie Siegfried der Drachentöter mit dem Gesicht voran auf der feuchten Erde, und Blut floss aus einer winzigen Quelle an seinem Rücken. Ich blickte zurück und sah Jacek hohlwangig an der Ecke des Pferdestalls stehen. Er ließ ein Gewehr sinken.

Ich riss die Arme hoch. Was für eine Dummheit war das alles! Was für ein Wahnsinn! Vierzehnjährige, typisch isländische Idiotie. Erschieß mich doch, erschieß mich, dachte ich und betete zum Herrn, er solle mir über die Wiese eine Kugel schicken. Aber ich wurde nicht erhört. Es war dringender, andere Seelen in den Himmel zu schicken. Hinter dem Haus und drinnen ertönten zwei Schüsse. Es war nicht zu überhören, dass jeder von ihnen den Schrei einer Seele enthielt.

Ich ließ die Arme sinken und richtete meine Aufmerksamkeit von meinem eigenen winzigen Leben auf den Tod eines größeren Menschen. Oder war er vielleicht gar nicht tot? Mühsam drehte ich ihn auf den Rücken. Obwohl es mit Erde verschmiert war, war sein Gesicht schöner als jemals zuvor. Schwarz glänzender Schlamm floss ihm über die Stirn. In einem Luftschutzraum hatte ich gesehen, wie jemand eine ohnmächtige Frau von Mund zu Mund beatmet hatte. Das versuchte ich jetzt auch; wie Julia bei Romeo. Doch statt dass ich ihm Leben eingehaucht hätte, hauchte er seine Seele in mich aus. Ich gab auf und schluckte. Sein Gesicht war jetzt ein kühles, weißes

Marmorantlitz. Oh, warum musste derartige Schönheit vergehen? Ich versuchte mir seinen Gesichtsausdruck einzuprägen wie ein Glücksrezept, das einem im Traum erscheint und die klarste Wahrheit der Welt in einem einzigen Augenblick enthält, ehe sie wieder verschwindet. Oh, mein Erster und Einziger!

Dann zog die Kriegsvagantin weiter. Die Nazi-Hure heulte sich über das Feld und in die Wälder. Und schickte Czerwony einen wehmütigen Abschiedsgruß. Sie betrauerte ihren gescheiterten Plan, das Mädchen von der Insel sehnte sich danach, allein im Boot seines Herzens, nach Hause zu Papa und Mama zu fahren, wo sie auch sein mochten. Auf einem der Zettel in Hartmuts Schachtel fand ich von seiner Hand den Namen meines Vaters und dazu die Angaben: Hans Henrik Björnsson, II./Gren.rgt., Panzergrenadierdivision Großdeutschland, Ostfront, Heeresgruppe Süd, Kursk.

Ich hatte ihm von meinem Vater erzählt, und er hatte versprochen, sich zu erkundigen, wo der Isländer im Krieg geblieben war. In einem der Zimmer stand ein Funkgerät. Mir aber hatte er gesagt, er habe nichts herausgefunden. Was bedeutete »Kursk«? War das ein militärisches Kürzel für »vermisst«?

Ich schluckte den Kloß im Hals hinunter, bückte mich unter einem Ast hindurch, rollte mich unter einem Baum zusammen und rief Wolf und Bär und Wildschwein, untereinander auszumachen, wer von ihnen sich der in Trauer eingelegten Mädchenschenkel annehmen sollte. Das Tannennadelbett duftete herrlich.

Am Abend klopfte ich bei einem älteren Bauernpaar an die Tür. Der Mann war eine polnische Wurst, die meinen Nazi-Geruch erschnupperte, und wies mich in den Schweinestall. In der Nacht erschien er samt seinem Rachedurst und Hunger auf junges Fleisch. Ich verstand ihn und kam ihm zuvor, indem ich aus einer Vergewaltigung eine Handarbeit machte. Das hatte mir eine Frau in Erfurt gezeigt.

96

Island

1974

Sommer 1974. So schön! Es war ein einziger Festtagssommer, in dem jeden Tag die Sonne schien und jede Nacht. Gott, war Island damals schön! Und wie gut tat es, nach Hause zu kommen!

Ich hatte genug von wechselnden Partnern und Weltwanderschaft. Nachdem ich Nachjón ein Taxi gerufen hatte, setzte ich mir in den Kopf, mich in Paris niederzulassen, mit drei Kindern, elf, sechs und ein Jahr alt. Ich engagierte ein totenblasses Kindermädchen und nahm eine Stelle in der isländischen Botschaft an. Bonjour, Boulevard Haussmann!

Es darf sich keine eine Frau von Welt nennen, die nicht Paris absolviert hat. Die beiden älteren Jungen, Halli und Óli, besuchten eine vornehme Schule und plapperten da mit Pierre und Paul Französisch, während mein kleiner Maggi in die *crèche* kam. Diese Einrichtungen waren damals noch höchst primitiv, und einen Winter lang wurde der Kleine nur mit Weißbrot durchgefüttert. Er kämpft noch heute gegen seinen Baguette-Speck. Wir wohnten im XV. Arrondissement, einigermaßen sauber, die Straßen voller Essen. Auf dem schnellsten Weg zur Métro, die auf Stelzen durch das Arrondissement fuhr, trat ich auf zehn Melonen.

Jeden Monat lief ich Treppen und Gänge im Louvre ab, um das Floß der Medusa zu sehen, die Hochzeit zu Kanaa, und natürlich den Sonnenkönig von Rigaud, mein Lieblingsbild. Ich sog den Geruch der Métro ein und durchstreifte ganze Viertel, drang in die hintersten Sackgassen und dunkelsten Passagen vor, wo ich manchmal etwas zwielichtige Rendezvous außerhalb der Grenzen einer Biographie hatte und mich wie in einem nicht zu langweiligen, aber anspruchsvollen Film fühlte. In meiner Erinnerung steht Paris da wie eine gedeckte Festtafel mit sechsstöckigen Torten und einem Turm. Es war eine Welt für sich, geheimnisvoll und lockend. Die Jahre dort waren so etwas wie Märchen jenseits des Alltagslebens, drei Märchenjahre mit Elfen und Zwergen, denn so anders sind die Franzosen, klein, zierlich, hübsche Profile, schöngeistig parlierend und gleichzeitig diskret zurückhaltend und verschlossen in ihrer Ernsthaftigkeit. Humor ist bei ihnen nicht leicht anzutreffen, wie überhaupt alle Wörter, die mit H beginnen, aber auf Poesie verstehen sie sich besser als alle anderen und haben sie in Stein gehauen und auf Straßenschilder gemalt. Es kann nicht langweilig werden in einer Stadt, die einem zwei Wege zur *Rue du Paradis* anbietet, entweder durch die *Rue de la Fidélité* oder durch die *Passage du Désir*.

Im Frühling 1974 hatte ich jedoch von allem genug. Ich war 45 Jahre alt geworden und hatte mich immer noch nirgendwo wirklich ernsthaft niedergelassen. Länder hatte ich in meinem Leben jetzt genug gesammelt. Männer auch. Genug von Etikette und Diplomatie. Ich beschloss, nach Hause zu fahren, bevor mein Magen gegen Champagner und französische Speisekarten rebellierte. Ich hatte die Nase, beziehungsweise die Eingeweide voll von französischen Darmschmeichlern und einen Heißhunger auf derbe isländische Kost: eklige Hotdogs und warme Cola in nasskaltem Regen unter dem gelblichen Vordach einer Turnhalle in einem hässlichen Kaff auf dem Land.

Nach einem halben Leben im Ausland dürstete mich nach meinem Land mit all seinen Erbärmlichkeiten. Mit seinen Frauenvereinskaffeetrinken, seiner Kuchenbesessenheit, seinem Colakonsum und dem Cocktailsoßengeklecker. Mit Regen und Sturm und seinen ungehobelten, barschen Kerlen. Mit seiner kulturlosen, schafzüchtergroben, schlechtdeutschen Architektur, seinen endlosen Parkplätzen und Benzintempeln.

Das Merkwürdige an diesem schönen Paris war nämlich, dass ich das Rohe am meisten vermisste, Reykjavíks Hässlichkeit und das brutale Wetter im Winter. Ich hielt all die polierten Geländer, Pelzfregatten und ästhetisch gestalteten Plätze einfach nicht mehr aus. Von dem ewigen Springbrunnengeplätscher gar nicht erst zu reden. Sicher hatte dieses Bedürfnis nach grob Unbehauenem etwas mit der mangelnden Lieblichkeit unseres Landes zu tun, denn Island ist nun weiß Gott nicht überall schön. Das Hochland zum Beispiel ist über weite Strecken total hässlich, so auch rund um den Snæfellsjökull, und erst recht die Halbinsel Reykjanes und die Hellisheiði, diese kalt gebackene Schneesturmgrütze. Dennoch suchen Reisende von weither diese kahlen, öden Landstriche auf, weil sie von ihrer EU-genormten Lieblichkeit mit steinernen Kirchen, Weinreben und Apfelverkäuferinnen in grünen Schürzen genervt sind. Ich jedenfalls hatte die Nase davon reichlich voll und wollte heim in meinen nasskalten Schneeregen über flacher Lavalandschaft.

Am allermeisten vermisste ich aber mein allerliebstes Volk, diese Sammlung von Verrückten am äußersten Rand des Weltmeers. Ich sehnte mich nach der Grobheit, dem Fehlen von Förmlichkeiten im Umgang, dem energiegeladenen Draufgängertum der Isländer, nach all dieser Jugendlichkeit, die man in diesem unerzogenen Land lebt, das sich nicht besser zu benehmen weiß als seine Bewohner.

Ich schleppte die Kinder mit und brachte sie bei Gútta, einer alten Freundin auf der Nönnugata, unter, während ich einmal rund um die Insel fuhr und einen Mann nach dem anderen vernaschte. Ich saugte das Land und sein Volk geradezu in mich auf, das in diesem Sommer zufällig Geburtstag hatte: Im Juli feierten wir bei strahlendem Wetter den 1100. Jahrestag der Entdeckung. Auf einem Gemeindeball in Hnífsdalur hockte ich mit einem Planierraupenfahrer aus dem Arnarfjörður zusammen und rauchte Zigaretten Marke Viceroy, während Cola und Schwarzgebrannter auf uns verschüttet wurden und die Band eine Billigkopie der Beatles abzugeben versuchte. Ich hatte mich nie wohler gefühlt. Ich war happy.

Und ich hatte mich schon zweimal übergeben, als die nächste Woge Schnaps einen Seemann mittleren Alters an den Gläserstrand spülte, einen Schrank von einem Kerl mit Koteletten und einem ausgeschlagenen Zahn und so breiten Fingern, dass sie kaum an seine Hand passten, obwohl ihm schon einer fehlte. Der Mann war so blau, dass er nicht einmal mehr seinen Namen nennen und lediglich immer dieselbe Frage zwischen den Zähnen hervorstoßen konnte:

»Hast du schon mal eine Meerziege gesehen?« Dabei schwankte er auf seinem Stuhl wie in schwerer See.

»Bist du meine Meerziege?«

Endlich klarte es ein wenig auf, er blieb gerade sitzen, glotzte sein Glas an und begann auf einmal zu singen:

> Oh Rose, oh Rose,
> meine Rhabarbersoße!
> Zahl dein blondes Haar
> auf mein Konto
> eiiiin!

Die Band kam aus dem Takt, manche drehten die Köpfe, eine ältere Frau lächelte. Als er fertig war, kippte der Mann langsam zur Seite wie ein gefällter Baum. Ich konnte ihn gerade noch packen, ehe er auf den von Coca-Cola klebrigen Boden fiel. Er kam kurz zu sich, legte seinen Kopf auf meine Schulter, nahm meine blasse, zarte Damenhand in seine Seebärentatze und ließ nicht mehr los.

97

Bæring

1974

Er hieß Bæring Jónsson. Ein Mann aus Bolungarvík durch und durch. Steuermann auf der *Vesta ÍS 306*. Sein halbes Leben hatte er auf der Brücke verbracht, den schwankenden Horizont vor der Scheibe.

Ich hatte mich doch nie wieder binden wollen! Wir verbrachten ein ziemlich wüstes Wochenende in seinem riesigen Haus am Fuß des Bjólfur. Es funkte, blitzte und krachte zwischen uns. Mir kamen auf der Mole sogar die Tränen, als er sich verabschiedete (er hatte für eine lange Fangfahrt angeheuert), und anschließend rief ich meine

Jungen an, sie sollten sich schleunigst ins Flugzeug setzen: Ihre Mutter war eine Frau in den Westfjorden geworden.

Bæring war ein fröhlicher Mensch. Kurz und kräftig, mit hellen Haaren und dunklem Backenbart und einem unwiderstehlichen Lächeln, das immer um seinen abgebrochenen Schneidezahn spielte. Für ihn ging es immer nur hoch hinauf und weit hinaus. Das galt auch für seinen Bauch, den Brustkasten und die Fülle in seinen Backen. Dieser Mann war das blühende Leben.

Und es war so schön, ihn rauchen zu sehen. Seiner rechten Hand fehlte der Mittelfinger (»ist im Ostersturm ertrunken«), aber die Lücke war nicht zu sehen, weil seine übrigen Finger so dick waren, dass sie sie ausfüllten. Da klemmte die Zigarette, und damit führte er den Schluck daraus zum Mund. Für mich sah es nämlich immer so aus, als würde er an der Zigarette saugen, als wäre sie ein Trinkhalm. Den Rauch behielt er lange im Mund; so lange, bis die Leute sich zu fragen begannen, wo er geblieben sein mochte und ob er nicht bald unten raus käme. Dann ließ er ihn langsam und würdevoll durch die Nase entweichen wie den weißen Rauch aus dem Schornstein des Vatikans.

Als wir uns kennenlernten, war Bæring Jónsson fünfzig, doch hielt man ihn immer für jünger als mich, die ich schon von sieben Leben gezeichnet war. Ich war sogar so blöd zu glauben: Dieser Mann ist meine letzte Chance. Bæring war ein positiver Mensch, aber tief in seinem Inneren wohnte ein schwarzer Teufel, der immer am vierten Tag aus ihm herauskam, wie ein Maschinist seinen ölverschmierten Kopf aus dem Niedergang reckt.

Im ersten Winter erwartete ich ihn jedes Mal unten am Kai, schlotternd vor Kälte, aber mit Lippenstift. Meist kam er völlig übergeschnappt an Land.

»Ah, da bist du! Wo hast du denn gesteckt?«

»Na, hier. Oben im Haus.«

»Ich habe dich vielleicht vermisst! Und nie hast du dich blicken lassen.«

»Nnnein …«, antwortete ich verunsichert, denn mit seinem Sinn für absurden Humor kannte ich mich noch nicht aus.

»Na schön. Warst du im Schnapsladen?«

»Ja.«

»Und hast auch was zum Mixen eingekauft?«

»Ja, Canada dry und Apfelsinensaft.«

»Keinen Hoppesinensaft? Ha, ha.«

Auch wenn es zehn Uhr morgens war, trank er erst mal einen, und nach dem Sex fing er richtig an, bis spät in die Nacht. Ich kam nicht immer klar mit ihm, aber nichtsdestotrotz machten mir betrunkene Kerle hin und wieder auch Spaß. Dann pennte er ein und schlief vierzig Stunden. Anschließend kam der zweite Teil des Landurlaubs, und er verlief genau wie der erste. Er war ein kraftvoller, starker Liebhaber, nur das Raffinierte war nicht gerade seine Stärke. Er war in jungen Jahren mit einer Frau verheiratet gewesen, die mittlerweile in Ísafjörður lebte. Sie hatten eine Tochter zusammen, Lilja, damals zwanzig, sie kam manchmal bei uns vorbei, um auch was zu trinken zu kriegen.

Einmal zog Bæring, als er von einer Fahrt zurückkam, ein Seidenkleid mit einem rotweißen Blumenmuster aus seinem Seesack und behauptete, er habe es auf »Schwindelland« gekauft, einer dicht bevölkerten Insel, auf die sie bei der Fahrt überraschend gestoßen seien. Sie liege zwischen Island und Grönland und sei den Seeleuten jahrhundertelang verborgen gewesen. Schwindelland sei ganz anders als Island, grüner und wärmer, und sie hätten in der Hauptstadt Gunna ein lebhaftes Wochenende verbracht. Solche Geschichten konnte er zum besten geben und lief zu Hochform auf, bis ihn der Alkohol übermannte. Die Liebe schwand mit jedem Schluck, jeder Kuss wurde zur Unterwerfung, jede Berührung zu einer ganz einseitigen Betätigung. Am letzten Tag wachte er dann wütend und sauer auf, hatte einen grässlichen Kater. Der Maschinist streckte seinen ölverschmierten Kopf aus der Luke und kommandierte mich durchs ganze Haus. »Mach schon, Präsidentenschlampe!«

Ich hatte Angst und schloss mich auf dem Klo ein. Er trommelte gegen die Tür, bis das Holz splitterte, und ging dann mit gebrochener Hand auf Fahrt. Das aber war selbst für ihn zu viel, und am dritten

Tag kam er auf dem Luftweg zurück, in einem amerikanischen Armeehubschrauber und mit einem Arm, als hätte er Elefantiasis. Das Krankgeschriebensein verlängerte er auf unbestimmte Zeit, und so gestutzt war er ein ganz anderer Mann. Wir hatten glückliche Tage zusammen mit einem richtigen Familienleben. Bæring war zu Hause und lernte meine Jungen kennen, rang mit ihnen mit dem gesunden Arm und ließ Halli gewinnen, wenn er auch bei uns war. Der Junge ging mittlerweile aufs Gymnasium und wohnte bei Gasteltern in Ísafjörður. Ich genoss es, einen Ehemann zu haben, der meine Söhne alle gleich gern hatte, weil kein einziger von ihm stammte, und der alles aß, was ich ihm vorsetzte. Einen Mann, der vor mir aufwachte und Kaffee für zwei machte. Der lächelnd ins Schlafzimmer kam und jeden Tag damit beendete, dass er die Haut zum Singen brachte.

Endlich war mein Leben gut geworden.

98

Hrefnuvík

1980

Mein Hitlerei hatte ich im Schafstall untergebracht; ich packte es in eine alte Holzschachtel und versteckte sie unter einer der Futterraufen. Wir hatten Ende Juni, und der Stall war entsprechend leer, nur der Bock stand noch drinnen, unser einziger Bock, Sigvaldi. Auf dem Weg nach draußen blieb ich bei ihm stehen. Unverwandt stierte er mich unter seinen mächtigen Hörnern hervor an, mit diesem Männerblick. Den hatten sie alle. Und so sollte man mit ihnen allen verfahren: sie in einen Pferch sperren.

Der Generator war verstummt, der Abend hell und schön, aber draußen auf dem breiten Meeresarm des Djúp kräuselten sich noch die Wellen des Tages. Die nächtliche Windstille war nicht mehr fern, und auf der Gletscherlagune gegenüber glänzte es bereits. Die Kaldalón-Lagune ist eine der heiligen Stätten Islands. Es ist unglaublich, wie lange ich sie wieder und wieder betrachten konnte, und es ist ebenso unglaublich, was mir das gegeben hat. Solange ich über das Djúp schauen konnte, war jeder Tag für mich ein Sonntag. Es war wie ein Altarbild. Wo das Land aufs Meer traf, mündete in einer leichten Biegung der Talgletscher, der sich in seinem Gletschersee spiegelte.

Unser Haus stand nahe an einer von Felsen gesäumten Bucht, ein kleines, weiß gestrichenes Zwergenhaus mit grünem Dach, ein paar Eidererpel schwammen in Ufernähe. Es war Flut, glaube ich. Dieser Ort hätte der wunderbare Endpunkt meiner Reisen sein können. Herra war nach jahrzentelangem Umhertreiben auf offener See vor Anker gegangen. Hatte in Hrefnuvík ihren Hafen gefunden. Die Bucht ist nicht weit von Ögur, welliges Gelände, hier und da von kleineren Felskegeln und -zacken aufgebrochen, von denen einige bis ins Meer vorspringen.

»Wo bist du gewesen?«

»Ich war nur mal kurz draußen.«

»Wo?«

»Einfach so, draußen im Stall. Hab Valdi noch ein bisschen Heu gegeben und …«

»Ich habe heute schon gefüttert. Du sollst dich nicht draußen rumtreiben! Ich will das nicht, verstanden?! Hast du vielleicht auf Jón gewartet? Wolltest du diesen Jón abpassen?«

»Was?«

»Der wievielte wäre er dann?«

»Ich verstehe dich nicht!«

»Ist er … wird er vielleicht dein Mill-Jón? Hm, wirst du ihn deinen Milljón nennen?«

»Redest du von Jón in Móðárkot?«

»Du bist mannstoll.«

»Verfolgst du nicht die Wahlen?«

»Mannstoll. Du bist so geil, dass du es im Stall mit unserem Hammel treibst.«

»Wo ist das Radio?«

»Ich glaub, das gibt Nachkommenschaft. Mähähäh! Aber nein, was rede ich denn da? Du kannst doch gar keine Kinder mehr kriegen. Bloß noch faule Eier in dir, und danach riechst du auch, bäh!«

Er saß auf der Sofakante und bückte sich über den Couchtisch, auf dem Flaschen, Gläser, Aschenbecher standen, und lallte die letzten Worte nur noch vor sich hin. Wenn ich Glück hatte, würde er bald einschlafen.

»Wo hast du das Kofferradio hingestellt?«, wiederholte ich.

»Hörst du mir nicht zu, Weib?«

»Doch, aber ich will die neuesten Zahlen wissen.«

»Hörst du *mir* nicht zu? Du sollst mir zuhören, wenn ich etwas sage.«

Er sprang vom Sofa auf, wäre aber beinahe wieder zurückgefallen. Er legte die Zigarette weg und kam um den Tisch herum. Ich wollte in die Küche laufen, aber er erwischte meinen Arm, und ehe ich mich's versah, hatte er mich von hinten in den Schwitzkasten genommen. Er stank fürchterlich. Schnapsfahne, Tabak, Schweiß. Ich konnte schon seit längerem nicht mehr mit ihm trinken. Es waren schlimme Zeiten. Er packte noch härter zu und spuckte mir über die Schulter: »Hörst du das, Herra? Du hast mir zuzuhören, kapiert?! Zieh dich aus!«

Er ließ los, und ich bekam wieder Luft. Er stieß mich vor sich her.

»Zieh dich aus, sage ich.«

Er zeigte zum Schlafzimmer. Es war eine winzige Kammer, gebaut für ein Zwergenpärchen, das darin lauschige Stunden verlebt hatte, so viel ließ sich aus den Holzdielen und den hübsch gestrichenen Wandbrettern herauslesen. Ich hatte mich daran gewöhnt. Es war besser, zu gehorchen und die Zähne zusammenzubeißen. In einer Viertelstunde war alles vorbei. An diesem Tag würde es etwas länger dauern, er war zu besoffen.

Es ist wirklich merkwürdig, aber ich überstand die tägliche Vergewaltigung, indem ich an meine Kinder dachte, ganz intensiv. Halli studierte inzwischen an der Uni in Reykjavík, Óli und Maggi besuchten die Bezirksschule in Reykjanes, drei Fjorde weiter. Ich sah sie vor mir, im Unterricht, beim Schulschwimmen, in der Pause. Was machten sie, wenn sie dann an die Hauswand der Schule gelehnt standen? Sie hatten doch nicht etwa angefangen zu rauchen? Mann, ist er immer noch nicht fertig? Heute ist es aber wirklich schlimm.

Das fand er wohl auch, denn er kam nicht zum Ende, sondern hörte mittendrin auf und stieß mich aus dem Bett.

»Gott, siehst du Scheiße aus! Wie ein räudiges Schaf. Kein Wunder, dass einem bei so einer Vogelscheuche keiner mehr abgeht. Verpiss dich!«

Ich versuchte aufzustehen. Meine Güte, fühlte ich mich klein. Nicht größer als ein Stück Schale von einem Seeschwalbenei.

»Zisch ab, habe ich gesagt!«

Ich stürzte aus dem Zimmer und wickelte mich im Wohnzimmer in eine Decke. Er kam mir nach und befahl: »Raus mit dir! Verschwinde aus dem Haus!«

Er riss mir die Decke vom Leib, stieß mich in den Vorbau und von da hinaus auf den Hof und knallte die Tür zu.

Ich war eine Frau von fünfzig Jahren, seelisch und körperlich schwer misshandelt, über lange Zeiträume mehrfach vergewaltigt, nackt und blass wie der Tod, die Knie aufgeschrammt und nun ausgesperrt bei den fünf Grad, die der isländische Sommer an diesem Abend zu bieten hatte. Ich rappelte mich auf und versuchte, wieder ins Haus zu kommen, hörte aber, wie er von innen abschloss. Am Fenster bat ich um Gnade. Heulte davor eine ganze Weile lang. Mein lieber, guter Bæring! Bitte! Liebchen, Schätzchen, meine einzige, große Liebe! Ich will wieder gut zu dir sein, und ich werde alles für dich tun, wenn du mich nur wieder ins Haus lässt.

War er eingeschlafen? Ich blickte mich um. Die Brise vom Meer ließ nach, aber mir war lausekalt. Schließlich entschloss ich mich, im Schafstall Asyl zu suchen. Eine nackte Frau geht zur Wolle. Auf Zehenspitzen stieg ich über Wiesenhöcker und Steine. Die Straße führte oberhalb des Hauses vorbei, aber zum Glück war kein Auto unterwegs. Ich ging in die Stallhälfte, die als Scheune diente, fand aber auch da nichts zum Wärmen. Die Scheune war so gut wie leer, nur ein paar Heuballen lagen noch in einer Ecke. Da fiel mir ein Schafvlies ein, das die vorigen Besitzer zurückgelassen hatten. Was hatte er damit gemacht? Ich ging vorsichtig zu einer der Raufen. Sigvaldi stand wie angewurzelt da und starrte mich an. Ja, da war es. Er hatte das Vlies über einen der Dachbalken geworfen. Ich zog es herab und ging zurück in die Scheune, machte es mir im Heu gemütlich und deckte mich mit dem dunklen, verfilzten Vlies zu. Auf jeden Fall war es wärmer als Heu. Ich dachte an die Schafe. Gesegnete Kreaturen!

Den ganzen Abend saß ich da. Eine kleine, nackte Frau, die schon über ein halbes Jahrhundert gelebt, aber nichts gelernt hatte. Noch immer war ich das zitternde kleine Mädchen, das in der Nacht, in der Island erwachte, in einer Waldhütte vergewaltigt worden und dann wie eine Irre davongerannt war. Nein, damals war ich außer mir gewesen vor Wut, nun war ich gebrochen, und alle Lebenskraft hatte mich verlassen. Das Leben geht weiter, aber es gibt in ihm kein Weiterkommen. Auch mit dem Älterwerden entwickeln sich die Dinge für uns nicht weiter, sondern eher zurück. Komm, junge Herra von damals, und rede mir die Stärke wieder ein, die ich verloren habe! Irgendwo auf dem Weg zwischen Baires und Bæring. Wie ist das passiert? Dass eine Frau, die noch wenige Jahre vorher voller Selbstbewusstsein und Pariser Arroganz aufrecht und kess über den Boulevard Saint-Michel spaziert war, so tief gesunken war, dass sie jetzt nackt und zähneklappernd in einer fünf Grad kalten Scheune am Rand des bewohnten Islands hockte und sich von einem ungebildeten Quartalssäufer zu einem solchen Mäuschen hatte machen lassen, dass sie nicht einmal mehr den stieren Blick eines Schafbocks ertrug? Ich hörte ihn drüben, den Kerl mit den Hörnern. Er rumorte in seinem Pferch. Was für ein Abstieg! Dabei hatte es mir am Djúp so gut gefallen. Beide hatten wir ein neues und besseres Leben beginnen wollen und waren so froh darüber gewesen, aus unseren alten Rollen als Hausfrau und Seemann herauszukommen. Gemeinsam hatten wir uns eine kleine Landwirtschaft aufbauen wollen, die ursprünglichste Lebensweise eines liebenden Paars. Der erste Winter war überstanden, der nächste Herbst war wunderschön, und Bæring war trocken. Aber in der Adventszeit klopfte er an, der große Festtagsdurst. Bauer Bæring fuhr in den Ort und kam mit einem Karton mit sechs Flaschen Schnaps zurück. Als sie leer waren, wurden bereits die nächsten sechs von dem alten Postschiff am Anleger in Ögur abgesetzt. Darauf folgten fünf Monate voller Flaschen und Ficken, das heißt einer täglichen Vergewaltigung, die zum festen Ritual in diesem Haushalt wurde und mit der gleichen unveränderlichen Pünktlichkeit nach den Abendnachrichten kam wie der Wetterbericht vom Meteorologischen Landesamt. Karfreitag war ich fix und fertig und lief durch pampigen Schneematsch bis zum nächsten Hof, Móðárkot. Der einsiedlerische Jón dort war kein Mann, der Fragen stellte, aber er machte mir einen heißen Grog, und wir saßen bei Kirchenliedern zusammen, bis die Nacht mit Donner ans Fenster klopfte. Seine Brille putzte er mit Polierpaste. »Dann wird alles leuchtend hell«, erklärte er, und ich ließ ein paar Tränen in den Grog tropfen.

Am nächsten Tag bekam ich eine Mitfahrgelegenheit nach Ísafjörður und verbrachte die Osterfeiertage bei zwei Tanten von mir. Die beiden wohnten zusammen, waren ein Ausbund an Gastfreundschaft und erkundigten sich andauernd nach den Jungen. Am Ostermontag erschien Bæring, stocknüchtern und zuvorkommend und nahm eine Einladung zum Rest der Lammkeule an. Am Abend war mein Osterausflug zu Ende.

Nach dem Ende des Schuljahrs Ende Mai kamen die Jungen, zwei muntere Blondschöpfe. Von da an war alles viel besser gegangen, bis zu diesem Tag, an dem sie zu einem Fußballturnier nach Þingeyri fuhren. Sobald der Bus sie abgeholt hatte, wurde die erste Flasche geöffnet.

Urplötzlich fiel mir meine Hitlerhandgranate wieder ein, die ich doch im Stall versteckt hatte. Vielleicht keine dumme Idee … Doch bevor ich das Ding holen konnte, knarrte die Tür. Mein Mann betrat die Scheune; nicht mehr ganz so blau, dafür mit seinem alten Jagdgewehr bewaffnet. Manchmal schoss er auf See ein paar Lummen oder an Land Schneehühner. Jetzt hatte er Hunger auf Frauenfleisch.

Ich sprang aus dem Heu, unter dem Trennbalken hindurch und in den Stall. Er war zu langsam und schaffte es nicht, abzudrücken, tauchte aber im Gang auf und suchte nach seiner Beute. Der Bock machte große Augen, als er mich nackt und mit einer faustgroßen Kugel in der Hand aus der dunklen Ecke hervortreten sah.

»Untersteh dich ja nicht«, sagte ich mit bebender Stimme, und, ja, bald vierzig Jahre nachdem mir mein Vater eine Waffe zu meiner Verteidigung in die Hand gedrückt hatte, steckte ich den Finger in den Sicherungsring und machte mich bereit, ihn herauszuziehen. Jetzt war es so weit.

»Was ist das denn? Dein Parfümfläschchen? Du bist nicht nur mannstoll, du bist auch noch verrückt.«

»Nein, das ist nicht mein Parfüm. Es ist eine Handgranate. Eine deutsche Handgranate aus dem Krieg.«

»Blödsinn!«

»Probier's aus! Wenn du auch nur versuchst, auf mich anzulegen, ziehe ich die Sicherung …«

Ich war so eifrig und hektisch, dass nicht nur meine Stimme zitterte, sondern Finger und Hände auch. Und plötzlich brach der Stift heraus. Das Ding war scharf.

»Du und dein Krieg …«

Ich hielt die Granate von mir weg und zählte leise eins, zwei, drei, vier, während ich mich gleichzeitig auf die offene Stalltür zubewegte. Der Boden war weich von altem Schafsmist. Bæring hob das Gewehr, ich warf die Handgranate, und ein Schuss knallte. Aber ich war weit genug weg und kam unversehrt ins Freie; die Granate schien aber nicht explodiert zu sein.

Ich lief zum Haus. Kurz bevor ich es um die Stallecke schaffte, schoss er ein zweites Mal. Irgendwo zersplitterte eine Scheibe. Ich stürzte hinein, schloss die Tür hinter mir ab, streifte einen Pullover vom Kleiderhaken über, und kroch unter den Tisch. Draußen war sein Toben zu hören. Die »Präsidentenschlampe« sollte bloß rauskommen und die Tür aufmachen. Er zerschoss noch ein Fenster und steckte den Lauf durch die zerbrochene Scheibe.

329

»Wo steckst du, Herra?«

Schuss. Er traf den Stuhl im Wohnzimmer. Ich schaffte es, ungesehen ins Schlafzimmer zu robben, fand da eine Schlafanzughose auf dem Fußboden und zwängte mich im Liegen hinein, während er sich am Fenster zu schaffen machte. Wollte er sich etwa da durchzwängen? »Scheiße«, fluchte er. Noch ein Schuss und ein Splittern. Ich öffnete das Schlafzimmerfenster und kletterte mühsam hinaus, lief hinkend zur Straße hinauf, hörte ihn rufen. Was war aus meinem Leben geworden? Ich erreichte die andere Straßenseite und warf mich hinter einen Felsblock, holte erst mal Atem.

Wieso war die Handgranate nicht explodiert? Plötzlich hörte ich ihn. Er stand auf der Straße.

»Herra? Tut mir leid. Komm jetzt!«, stöhnte er außer Atem.

Ich spähte um den Felsen und sah ihn ohne Gewehr mitten auf der Straße stehen. Ich zog mich zurück und las einen Stein auf. Erst da spürte ich die Schmerzen im Bein.

»Wo ist das Gewehr?«

»Irgendwo da hinten. Ich … Herra, lass uns vertragen!«

Seine Stimme hörte sich noch betrunken an und ertrank schließlich in lautem Motorengeräusch von jenseits der Straßenkuppe. Kurz darauf erschien ein buckliger Saab auf der Schotterstraße. Bæring drehte sich um und stellte sich an den Straßenrand, aber der Wagen hielt neben ihm. Eine fröhliche, junge Männerstimme erkundigte sich nach einer Jagdhütte. Ich nutzte die Gelegenheit und huschte über die Straße zum Hof hinab. Bæring sah mir nach.

Im Gesträuch oberhalb des Hauses fand ich das Gewehr, nahm es an mich und ging damit ums Haus. Hinter mir wendete der Wagen und verschwand wieder über die Kuppe. Die Ebbe hatte eingesetzt, das Ufer war entsprechend breit, die vordersten Steine waren noch dunkel von Nässe, das Wasser in der Bucht lag silbrig still hingebreitet. Eine traumhaft schöne Juninacht am Djúp.

»Herra!«

Ich drehte mich um und blieb stehen, fühlte mich jetzt sicherer mit einer Waffe in der Hand, in dunkelblauem Seemannspullover und karierten Schlafanzughosen. Er kam langsam von der Straße und am Haus vorbei auf mich zu.

»Herra«, sagte er nun ruhig. »Entschuldige. Vertragen wir uns wieder! Lassen wir den Blödsinn!«

Ich hob das Gewehr, drohend, aber mit zitternden Fingern.

»Es ist keine Kugel mehr drin«, sagte er selbstsicher und streckte die Hand aus, während er näher kam. »Komm, gib es mir!«

Ich ließ das Gewehr sinken, ließ es aber nicht los und wich zurück, zum Ufer hinab, auf klickernden Steinen. Er kam mir nach. Ich drehte mich um, packte das Gewehr mit beiden Händen am Lauf, holte viel Schwung und schleuderte es so weit hinaus, wie ich konnte. Es klatschte auf die stille Wasserfläche und verschwand in der Tiefe. In dem Moment packte mich eine Pranke an der Schulter, und er brüllte mir ins Ohr: »Was, zum Teufel, hast du da gemacht, Weib?«

Blitzschnell drehte er mich um und versetzte mir einen Faustschlag unter die Nase. Ich fiel hin, musste gegen eine Ohnmacht ankämpfen, kam auf alle viere und spuckte ein Stück Zahn aus. Blut tropfte auf die Steine. Er wollte weiter auf mich eindreschen, aber ich konnte mich freistrampeln und stolperte zu einer kleinen Landzunge mit groben Steinen. Zweimal rappelte ich mich wieder auf und behielt beim letzten Mal einen Stein in der Hand. Bald stand ich am Ende der Landzunge wie eine Sterbende, der noch ein einziger Gedanke vergönnt ist. Vor mir war der Tod, hinter mir das Wasser. Er kam langsam auf mich zu, schwerfällig schwankend in Gummistiefeln, die Fäuste geballt und schnaubend. Als er noch eine Bootslänge entfernt war, rutschte er auf einem glitschigen Stein aus und knallte mit dem Hinterkopf auf einen anderen. Reglos blieb er liegen. Ich wartete eine ganze Weile ab. Wie lange? Eine Minute? Eine halbe Stunde? Dann bewegte ich mich langsam und vorsichtig auf ihn zu. Aus seinem Kopf sickerte Blut. War er tot? War meine Liebe tot?

Ich beugte mich über ihn. Plötzlich gab er einen Laut von sich, schlug die Augen auf und hob den Arm. Ich erschrak so heftig, dass ich ihm den Stein auf den Kopf hämmerte, den ich noch immer in der Hand gehalten hatte. Mit einem leichten Knacken traf er ihn an der Schläfe.

Ich war so entsetzt, dass ich mich über ihn warf und versuchte, ihn ins Leben zurückzutätscheln und zu streicheln und ihm die paar Tropfen Liebe einzuflößen, die ich noch übrig hatte. Nichts half. Der Mann war tot.

Ich klopfte ihm den Brustkorb ab wie eine Irre, sah dann den blutbesudelten Stein und warf ihn ins Meer.

Später stand ich wie ein menschlicher Leuchtturm am Ende der Landzunge und schaute über das Djúp nach Kaldalón hinüber und fühlte mich stark, kühl, fühlte mich wieder als ich selbst, als Siegerin, als Frau. Ich hatte einen Mann erschlagen.

Das Gefühl hielt eine halbe Stunde an, dann wurde mir kalt. Ich stieg über ihn hinweg, ging ins Haus und rief in Ísafjörður an. Sie sagten, sie würden innerhalb der nächsten zwei Stunden einen Krankenwagen schicken. Ich fiel aufs Sofa und trank eine der Flaschen leer, öffnete eine zweite und rauchte, bis der abgebrochene Zahn zu bluten aufhörte. Dann schaltete ich das Radio ein.

Es war fünf Uhr, die Wahlberichterstattung noch nicht vorbei. Ich schaltete mitten in einem Gespräch ein. Die Reporterin fragte die frisch gewählte Präsidentin gerade, ob sie ihren Wahlerfolg für einen bedeutenden Schritt im Kampf um die Gleichberechtigung halte. So forsch hat man Vigdís Finnbogadóttir selten antworten hören: »Ja, das glaube ich.«

Erst da klappte ich zusammen und begann zu weinen.

99

Blómey

1980

Ich weinte vier Wochen lang, verbrachte den ganzen Juli im Bett und war zu nichts zu gebrauchen. Es war nicht die Trauer einer Witwe, und es war nicht das schlechte Gewissen einer Mörderin. Ich denke, ich habe mein eigenes Leben beweint. Jón von Móðárkot kam herüber, um nach mir zu sehen. Der nette Kerl! Er hatte kein Telefon, war aber immer »verbunden«, mit der Wahrheit und mit der Zeit, dem Zweiergespann, das in den Felsen des Landes tickt, kostenlos und für alle. So waren sie, die Leute, die am Djúp lebten. Sie brauchten keinen Telefondraht, so lange ihre Leitung nach innen stand.

Jón tauchte immer dann auf, wenn es mir besonders dreckig ging. Er klopfte zweimal, trat dann in seinen geräuschlosen Gummischuhen ins Haus, ein überpenibler Mensch, der nach Polierpaste roch, ein Netzwerk geplatzter Äderchen auf Nase und Wangen, sonst blass, mit herabgezogenen Lippen und Zähnen wie ein Schaf. Nie stellte er Fragen, saß einfach nur bei mir, während der Wasserkessel auf Touren kam. Man nannte ihn den hektischen Jón, weil bei ihm alles unglaublich langsam ging. Wenn man ihn im Herbst etwas fragte, kam die Antwort im nächsten Frühjahr.

Über den Tod meines Mannes ließ ich nichts verlauten. Und einen Derrick hatten sie damals noch nicht in Ísafjörður. Niemand erschien mit einem Obduktionsbericht und stellte Fragen. Die Leute kannten Bæring und wussten, was er für einer gewesen war und wie er gehen würde … Ob ich ihn umgebracht habe, weiß ich selbst nicht.

Der Herbst kam, und das Leben wurde wieder leichter. Ich stand mit dem Hellwerden auf und dadurch jeden Tag eine Minute später als am vorangegangenen. Ich versorgte die Schafe, machte mir auch selbst was zu essen und nahm mir ein Buch. Ich legte Fleisch sauer ein und kochte mir Fleischsuppe für zehn Tage. Einen ganzen Monat lang wusch ich kein Geschirr. Um sieben, sechs, fünf Uhr nachmittags ging es mit der Helligkeit zu Ende, und ich warf den Generator an. Abends legte ich mich ins Bett und hörte Radio oder ließ die Gedanken kreisen.

Ende Oktober gingen mir die Zigaretten aus, und ich hatte die alte Sucht schon vergessen, als mit dem Versorgungs-LKW einen Monat später endlich Nachschub geliefert wurde. Da wurde mir klar, dass ich hier eine völlig neue Art von Glück gefunden hatte, das des einfachen Lebens.

Endlich hatte ich meine geistige Freiheit erlangt. Ich hatte Kinder und Männer hinter mir, nicht mehr die Peitsche im Nacken, nicht mehr den Druck, der heute zum Alltag gehört. In den Städten ist kein Mensch glücklich, bis auf die in der Gosse und Ganoven.

War ich nach all dem Jagen um die Welt am Ende eine Frau vom Land geworden?

An einem kalten Dienstag in der Adventszeit ging der Generator kaputt. Die Stille kam mir gelegen, aber die Dunkelheit belagerte das Haus wie eine Armee, und die Folgen davon erwischten mich auf dem falschen Fuß. Urplötzlich schüttelte ein altes Gespenst wieder sein grausiges Haupt. Der Maschinist meines Lebens war noch nicht ganz tot. Innerhalb von Stunden rutschte ich in schwärzeste Nacht und die schrecklichsten Vorstellungen zurück. Ich bildete mir ein, er wäre zurückgekommen, und rechnete jeden Moment mit einem Gewehrlauf durchs Fenster. Ich bekam Panik vor der Dunkelheit und ließ in jeder Ecke Kerzen brennen. Trotzdem konnte ich nicht einschlafen. Obwohl es totenstill war, dachte ich, mein Kopf würde platzen. Es war, als ob sämtliche Vergewaltigungen der Vergangenheit plötzlich alle auf einmal wieder auf mich einstürzten wie hundert totenbleiche Fledermäuse, die mich innerlich und äußerlich mit dornenbesetzten Flügeln schlugen und ihre kleinen, spitzen Zähne in mich schlugen. Das seltsame Pärchen Schmerz und Niederlage kamen ebenso noch hinzu wie der Zorn auf die enttäuschende Liebe, und gemeinsam ließen sie ihre Peitsche auf die kreischenden Tiere knallen, so dass sie nur noch wilder bissen. Durch diese ganze Kakophonie hörte ich trotzdem ein Geräusch aus der Küche, einen dumpfen Knall. War er eingebrochen? Nein, es war der Knall, *der* Knall: Ein kleines Mädchen trat plötzlich ein, mein kleines Mädchen, mein liebes, geliebtes, seliges Töchterchen, das in einem vorigen Leben auf einer engen Straße ums Leben gekommen war. Es erschien mir, es schwebte über dem Fußende mit hell im Kerzenlicht schimmernden Locken; es war so schön! Es trug die gleichen Kleider wie an dem Tag, an dem es gestorben war, und es sang ein Lied:

> Blómey, Blómey,
> hast ein Zuhause, hey!

Lieber Gott, diese Stimme! Sie war es. Das war sie. Mein Engelchen, mein geliebtes Kind, so hübsch, so hell und blond und blauäugig, meine Blómey! Und zugleich so gespenstisch, geisterhaft, fast etwas ältlich, ein Mädchen, das seit dreißig Jahren zwei Jahre alt war und seinen Namen nennen sollte. Das tat es: Blómey. Dann war es weg, verschwunden.

100

Beerdigungen

1988/89

Meine Mutter starb im August 1988, und ich verabschiedete sie mit seesalzigen Tränen. Þórdís Alva, meine Schwiegertochter, schrieb einen so bewegenden Nachruf in der Zeitung, dass ich ihr in einem Umschlag zwanzigtausend Kronen schickte. In wenigen, einfachen Sätzen stellte sie mir die irdische Göttin wieder vor Augen, die mich bei den ersten Kriegsweihnachten mit ihrem Schweißduft in einem Botschaftsbett zum Einschlafen gebracht hatte. Nur zwei Monate später war die starke Nabelschnur gerissen, die ich erst im allerletzten Moment wieder knüpfen konnte. Auf vielerlei Weise war mein

Leben ein Marathon zu dem Krankenhaus, in dem sie ihrer letzten Stunde entgegenlag. Ich schaffte es gerade noch, ließ mich atemlos neben ihrem Bett nieder und konnte noch bis zum Abend wieder ihre Tochter sein.

Ach, liebe Mama!

Die Johnsons erschienen zahlreich zur Beerdigung, und auch die Björnssons waren vollständig angetreten. Ich war mir gar nicht bewusst gewesen, was für eine feine und vornehme Dame meine Mutter geworden war, bevor ich die Kirchentür öffnete und einen Moment lang glaubte, ich sei auf der falschen Beerdigung, bis ich vereinzelte Gesichter aus dem Breiðafjörður erkannte, wind- und wettergegerbte Inseln in einem Meer aus Puder und Pelzen.

Von der Begräbnisfeier brachte ich Vater nach Hause und führte ihn im Haus am Skothúsvegur die Treppen hinauf. Er schaffte es, den Schlüssel ins Loch zu stecken, aber auf der Schwelle klappte er zusammen. Ich brauchte Hilfe von den Nachbarn, um ihn ins Bett zu bringen, dann setzte ich mich neben ihn, nahm seine schuppige Hand und blieb zehn Monate so sitzen. Zwischendurch las ich ihm aus der Zeitung vor, legte Schallplatten auf und sagte ihm alles von Schiller auf, was ich noch auswendig konnte: »Fest gemauert in der Erden, steht die Form, aus Lehm gebrannt …« Manchmal kam etwas Leben in seine Sendeapparatur, und er murmelte etwas von seinen »Jungen Löwen« oder so ähnlich. »Es waren ziemlich viele … bei den Jungen Löwen.« Es war wohl seine zweitschlimmste Kriegserinnerung. Mama zuliebe hatte er das Rauchen aufgegeben, als sie wieder zusammenkamen; und ich brachte ihn dazu, wieder anzufangen, indem ich ihn manchmal an meiner Zigarette ziehen ließ. Man sah, dass er es genoss, obwohl er schon nicht mehr ganz von dieser Welt war.

Einmal brachte ich mein Hitlerei mit und legte es ihm in die Hand. Er hielt es über eine Stunde in der Hand und fragte mich nach dem nächsten Zug nach Berlin.

Er starb an einem hellen Junitag kurz vor dem Abendessen. Auf dem Stadtteich zogen Schwäne eine Wolke vor die Sonne. Ich saß bei ihm und versuchte, mich in Frieden von ihm zu verabschieden. Aber seltsam, im gleichen Moment, in dem er den Geist aufgab, schossen mir vierzig Gedanken durch den Sinn. Hatte dieser Mann nicht mit seinen Verirrungen und Irrtümern, mit seinem ewigen Ins-Unglück-Rennen auch mein Leben entscheidend beeinflusst? Gern wäre ich ohne Vater durchs Leben gegangen, stattdessen bekam ich sogar einen dreifaltigen, denn am Ende war er mir alles gleichzeitig: mein Vater, Sohn und heiliger Ungeist. Trotzdem war er der Mann, für den ich in meinem Leben wohl am meisten getan habe: Es brauchte ein ganzes Herz, um sich mit einem wie ihm auszusöhnen, und es blieb nur wenig übrig von diesem Bratenstück. Ich bin die Frau, die ihr Leben mit dem Versuch vergeudet hat, den Mann zu lieben, der ihr die Liebe genommen hat.

Mein Vater, mein Vater …

Ich organisierte die mäßig besuchte Beerdigung, stand eiseskalt am Rand seines Grabes und senkte mit dem Sarg sechshundert verschiedene Empfindungen in die Erde. Aber erst als ich zwei Wochen später noch einmal zum Grab ging, kamen die Tränen. Da sah ich, was geschehen war: Man hatte meine Vergangenheit zugeschüttet. Sie war nicht mehr sichtbar. Ich konnte nicht mehr in ihr wühlen. Erst wenn die Eltern tot sind, kann man das eigene Leben beginnen. Ganze drei Jahre konnte ich es genießen, bis mir die Ärzte im Frühjahr 1991 mein eigenes Todesurteil verkündeten.

101

Frau Johnson

1945

Nachdem ich Mama 1942 auf der Mole von Dagebüll langsam aus den Augen verloren hatte, wurde unser Verhältnis nie wieder das gleiche. Das Gemüt eines Kindes erkennt keine Vernunftgründe an. Es fühlte, dass seine Mutter es im Stich gelassen hatte. Mit zwölf Jahren schickte sie mich zu Schiff ins große Unbekannte hinaus, und sie kam auch nicht wie versprochen nach Hamburg.

Ich sah sie erst einen Krieg später wieder. Als ordentlich gekämmte Sechzehnjährige erwartete ich sie an einem sonnigen Herbsttag im Salon auf Bessastaðir. Der Chauffeur fuhr vor, und Mama stieg aus wie der Staatschef eines fremden Landes; eines Landes, das ich nicht kannte.

Haushofmeister Alfred begrüßte sie. Ohne mich zu rühren, beobachtete ich, wie sie auf hohen Absätzen durch den gefliesten Vorraum, der auf Bessastaðir »Halle« heißt, zur Garderobe stöckelte. Sie erblickte mich erst, als sie, ohne Mantel, in einem hellen Kleid wieder zum Vorschein kam und sich für ihren ersten Besuch im Amtssitz des Präsidenten die Frisur mit der Hand zurechtrückte. Ich wollte ihr trotz des strengen Blicks einen Schritt entgegengehen, konnte es aber nicht. Ich konnte nicht über alles, was passiert war, einfach hinweggehen. Mama segelte lächelnd auf mich zu und versuchte, mich mit einem Kuss zu begrüßen, wie es sich in öffentlichen Räumlichkeiten gehört, auch wenn lediglich Großmutter im hinteren Teil des Saals wartete, aber dann ließ sie es lieber, schloss mich in die Arme, bekam ein erschüttertes Kopfwackeln hin und zerdrückte eine Kullerträne. Wir umarmten uns noch einmal, ich ertrank in ihrem Haar, roch aber nicht mehr den Duft von Seetang, sondern höchstens das Parfüm der Kriegsgewinnlerin. Sie war Mrs. Johnson geworden.

Ich kriegte kein Wort heraus, und Mama versuchte das Schweigen zu überbrücken: »Was hast du dich verändert, und wie groß du geworden bist, mein Kind!« Aber es war an ihrer Stimme zu hören, dass ich nicht mehr zu ihr gehörte. Und ich dachte, es würde mich mein ganzes Leben kosten, wieder hineinzukommen. Im Gegensatz zu meiner Mutter konnte ich keine Träne fließen lassen, es brüllte aber in meinen Eingeweiden vor Schmerz, den Stacheldraht in der Stimme meiner Mutter zu hören. Der Gott des Faktischen hatte uns auseinandergebracht.

In der Tiefe des Hauses klopfte das Herz meines Vaters, bis er endlich auch in den Salon trat und sich dabei ständig mit der Hand über die Stirn fuhr. Als er endlich genug gestrichen hatte, konnte er der Frau, die er für Hitler verlassen hatte, die Hand geben, und sie stellte fest, wie schütter sein Haar und wie kriegsäugig er selbst geworden war.

Er sagte kein Wort, sie sagte kein Wort. Großmutter sagte: »Ja, dann können wir doch reingehen.«

Sie hatte die langersehnte Familienzusammenführung arrangiert und leitete sie wie ein General eine Schlacht. Sie plazierte uns im Esszimmer am Fenster, mich neben Papa und Mama uns gegenüber. Ihren eigenen Stuhl hatte sie am Kopfende stehen, damit sie rasch aufstehen und in die Küche gehen konnte. Zwischendurch passte sie, die Ellbogen an der Tischkante, auf Mama auf wie eine Wärterin. Elín, die Haushälterin, trug Pfannkuchen und heiße Schokolade auf. Sie hatte dunkle Haare und helle Wangen und war ein Mädchen aus der Umgebung, erfrischend frei von jeglichem Dienstbotenverhalten.

»Wollen Sie, dass ich die Sahne jetzt bringe?«

»Ja, das wäre schön.«

»Geschlagen?«

»Selbstverständlich.«

»Aber Sie wissen, dass das die letzte Sahne ist, die wir im Haus haben?«

Großmama eröffnete das Spiel mit einigen eisgekühlten Höflichkeitsfragen an Mama, ich aber blickte auf Papa und sah, dass seine Hand zitterte, bevor sie den Henkel der Tasse erreichte. Das Beben übertrug sich dann auf Mamas Stimme: »Das Wichtigste für mich ist, meine Herra wiederzuhaben.«

Großmutter lehnte das kategorisch ab. Dann wäre Hans Henrik ja völlig alleine. Sie, Massibil, hätte dagegen nicht nur einen Mann, sondern auch dessen drei Kinder. Mama blieb die Spucke weg. Friðriks Kinder waren längst erwachsen; zwei von ihnen hatte sie lediglich zweimal gesehen. Großmutter aber blieb hart. Man bekomme nicht alles im Leben, was man sich wünsche. Dann setzten die Verhandlungen ein, die damit endeten, dass ich sie einmal im Monat besuchen durfte. Papa saß die ganze Zeit schweigend dabei und begann schließlich zu weinen, ohne dass jemand Notiz davon nahm. Er wischte sich mit der Serviette über die Augen, und ich legte meine Hand auf seine, die auf dem Tisch lag. Mama verstummte und sah unsere Allianz mit gebrochenem Blick. Aus ihm war zu ersehen, dass Papa und mich etwas verband, das nicht in den Wörterbüchern stand …

102
Depression mit Schlagsahne
1945

Vater und ich waren Anfang Juli mit der *Esja* nach Hause gekommen, zusammen mit einer größeren Gruppe Isländer, die die Insel seit dem Krieg ebenfalls nicht mehr gesehen hatten. Unter den Passagieren befanden sich der berühmte Jóhann der Riese, der damals als der größte Mann der Welt galt, sowie der Dichter Steinn Steinarr. Papa blieb während der gesamten Überfahrt in seiner Koje, doch ich musste mir wieder und wieder den ersten Liebhaber meiner Mutter ansehen. Er war klein und schmal mit dünnen Handgelenken, dafür riskierte er ein umso größeres Maul. Der Riese war dagegen lammfromm. Zusammen gaben sie ein wunderbares Gespann ab, wie ein Bauchredner und seine Puppe.

An einem sonnenhellen Morgen sahen wir Island endlich wieder. Wir standen an Deck, als die Vestmannaeyjar über den Horizont heraufwuchsen und hinter ihnen die Gletscher. Das erste Gefühl war ziemlich eigenartig. Als sehe man sein eigenes Gesicht langsam und kaltbleich aus den Fluten auftauchen und Atem holen. Später kam mir eine Zeile von Laxness in den Sinn: »Sah meine Berge aufsteigen, weiß wie Milch und Skyr.« Nach all den Entbehrungen wirkte das Land wie ein gedeckter Tisch; man hätte es am liebsten aufgefressen.

Großmutter Georgía hatte dafür gesorgt, dass wir vom Kai aus sofort hinaus nach Bessastaðir gefahren wurden, wo Papa in einem Extrazimmer versteckt wurde wie ein Staatsgeheimnis. Beim Empfang musste ich ihm das Essen nach oben bringen, denn er durfte sich bei offiziellen Anlässen nicht sehen lassen. Vater richtete sich auf dem Bett auf und ließ sich nichts anmerken, wich aber den Augen seiner Tochter aus und beschäftigte sich angelegentlich mit dem Kuchen. Ich setzte mich neben ihn und versuchte, das Schlüsselwort zu finden, das ein Gespräch in Gang bringen konnte über das Entsetzliche, das mich und uns quälte und über das ich außer mit ihm mit niemandem reden konnte, das aber zu groß war, um von zwei kleinen Menschen bewältigt zu werden. Nachdem er den Kuchen gegessen hatte, sah Papa mich mit Tränenschutz in den Augen an und klopfte mir auf das Knie:

»Nicht daran denken!«

Großmutter sorgte auch dafür, dass ich Mama erst drei Monate nach unserer Heimkehr zum ersten Mal sehen durfte. Die alte Dame konnte Mama die Sünde nicht vergeben, dass sie sich zu einem renommierten Kaffeegroßhändler ins Ehebett gelegt hatte, der zu allem Überfluss auch noch drei Kinder mit einer anderen Frau hatte. Für Großmutter spielte es keine Rolle, dass diese andere Frau tot war, für sie hatte Mama die Familie verraten, und deswegen legte sie sie »auf Eis«, das war ihre Reaktion, wenn sie zornig war.

Es war ein seltsamer Sommer. Strahlend hell draußen, aber düster drinnen, eine große Depression mit Schlagsahne (ich verdrückte täglich 16 Pfannkuchen). Jede Nacht stellten sich Träume ein, geschwängert mit Schmerzen und Qualen. Ich wachte in einem Schlangengewimmel in einem Bunker auf, und die Schlangen waren Menschen. In einer Ecke wurden Kinder geboren, in einer anderen Menschenkerzen gelöscht. Ich versuchte kriechend, mir den Weg zu einem Streifen Helligkeit zu bahnen, wurde aber immer wieder von Armen, Beinen und nackten Kinderschenkeln zu Boden gedrückt.

Ganze helle Nächte hindurch saß ich an einem Dachfenster, blickte über den Skerjafjörður und überlegte, was Mama drüben in der Stadt auf der anderen Seite wohl machte. Warum hing sie nicht heulend vor Sehnsucht an den Türklinken und Fenstern des Präsidentensitzes?

Und ebenso lag ich helle Nächte hindurch wach und starrte auf den schlafenden Mann im Bett gegenüber wie damals in der Hütte auf Marek und fragte mich, wie es das Riesenmonster Weltkrieg mit solcher Präzision hinbekommen hatte, ausgerechnet uns, einen Vater und seine Tochter, die einzigen Isländer, die an dieser Aufführung von 200 Millionen Menschen teilnahmen, im Unglück zusammenzuführen. Es war eine teuflische Präzision.

Der gottlose Gott muss mich hassen.

103

»Die Lóa ist gekommen«

1945

Was konnte man über diesen Bann sagen, der wie ein Speer aus Dunkelheit jede Stunde durchbohrte, die der Gott der Zeit an diesem vornehmsten Ort des Landes schlagen ließ?

Papa und ich unternahmen lange Spaziergänge, versuchten den tausend schwarzen Ratten vom Kontinent zu entkommen, die uns in jedes Zimmer verfolgten. Vielleicht würden sie am Ufer ersaufen? Wir liefen hinaus nach Rani und sogar den ganzen Weg bis hinüber in die Gálgahraun. Der Wind blies Sonnenschein über uns, aber Wellen über den Lambhúsatjörn und ließ das Spätsommerheu aufglänzen. Wir redeten über alles, nur nicht über das, über das wir hätten reden müssen. Er erzählte mir von den Sommerabenden in Vejle und lehrte mich vieles über Muscheln. Eines Tages beschlossen wir, an den Strand zu gehen und Miesmuscheln zu sammeln, der Warnung von Hauswirtschafterin Elín zum Trotz: »Hier kommt mir kein Muschelschleim in den Topf.«

Auf dem Weg hinaus zur Landspitze von Bessastaðir trafen wir

Großvater und Tante Lone. Sie war am Vortag angekommen, und nun kehrten sie von einem Spaziergang zurück. »Die Lóa kommt am Freitag«, hatte der Präsident unter der Woche aus seinem Büro gerufen und sich angehört, als freue er sich wie ein Schneekönig. Ich musste unwillkürlich Großmutter ansehen, die mit ihren Stricknadeln in einem tiefen Sessel im Wohnzimmer saß. Sie hob die Brauen und rief halblaut zurück: »Wer?«

Es waren etliche Jahre vergangen, seit das Singvögelchen bei ihnen zu Hause zu Gast gewesen war. Lone Bang hatte den ganzen Krieg über in London gelebt, wo sie mit prominenten Größen wie Sigmund Freud und Elias Canetti verkehrte. Mehrfach war sie bei den berühmten Mittagskonzerten in der National Gallery aufgetreten, als es dort außer Gesang nichts zu besichtigen gab. Jetzt aber war sie heimgekehrt; der Krieg war vorbei, es herrschte Frieden.

Der Präsident ging in Mantel und Hut, Lone trug einen dunklen Mantel, und ihre Haare flackerten im Wind wie Kerzenflammen.

»Guten Tag«, grüßte Papa frohgelaunt. »Seid ihr am Strand gewesen?«

Schweigend gingen sie an uns vorbei, ohne uns eines Blickes zu würdigen, mit todernsten Mienen wie ein Präsidentenpaar auf einem Staatsbegräbnis. Oh ja, sie gaben ein mustergültiges Paar ab.

Trotz allem, was vorher schon passiert war, denke ich, dass war einer der schmerzlichsten Momente, den ich mit meinem Vater erlebte. Ich hatte die beiden auf Bessastaðir heimlich miteinander reden sehen, aber ab dem Moment, in dem »die Lóa« auftauchte, war jeder Kontakt zwischen ihnen wie abgeschnitten. Hier hatte ein Vater seiner Mätresse zuliebe den Sohn im Beisein dessen Tochter verleugnet.

Wir gingen weiter, hinaus zur Landspitze, die ihre Grashalme hin und her wehen ließ wie eine verstörte Seele. Ich nahm die Hand meines Vaters und drückte sie wie eine Mutter, die ihr Kind an der Hand führt, und ich wollte etwas Aufmunterndes über Küstenseeschwalben oder Muschelsuche sagen, aber er ging nicht darauf ein. Ich drehte mich um und sah, wie das inoffizielle Präsidentenpaar dem

Haus zustrebte, wobei er heimlich ihre Hand drückte. Mein Blick ging weiter zum Wohnhaus, das hinter ihnen weiß unter rotem Dach stand, mit einem Ausdruck, der von Großmutter hätte stammen können.

Als wir die Landzunge erreichten, zeigte sich, dass wir genau zur richtigen Zeit gekommen waren. Es herrschte Ebbe, und der Flutsaum lag von schleimigem Tang bedeckt und entsprechend schlüpfrig da. Von Muscheln und Schalentieren aber keine Spur. Wir mussten ganz vorsichtig gehen, um nicht auszurutschen, aber Papa watete immer geradeaus durch den Tang, so weit er konnte, etwa zweihundert Meter bis an die Grenze von Land und Meer. Für meinen Geschmack blieb er viel zu lange da stehen. Er drehte mir den Rücken zu und starrte in den Fjord und darüber hinweg zur gegenüberliegenden Seite, wo der funkelnagelneue Flughafen neuerdings stand. Endlich entschloss er sich, sich an diesem Tag nicht umzubringen, und kehrte um.

Was wusste diese Frau von den Erlebnissen meines Vaters? Welches Recht nahm sie sich heraus, den Sohn der Ehefrau des Mannes zu verachten, mit dem sie ein heimliches Verhältnis hatte und die obendrein ihre Tante war? Sie hatte leicht reden mit all ihrem »Jüdischen«. Es war Großvaters Schicksal, zwischen allen Stühlen zu sitzen. Er wurde der Präsident der Trennung Islands von Dänemark, und steckte sein Leben lang in der Zwickmühle zwischen Geliebter und Ehefrau sowie im Konflikt mit seinen Rollen als Liebhaber, Ehemann und Vater; und das mit einem chronischen Mangel an Bereitschaft, den Helden zu spielen.

Warum, zum Teufel, konnte er sich nicht wenigstens dazu herablassen, sich eine isländische Mätresse zu halten?

Wenn ich durch das Teleskop der Zeit diese Szene betrachte: ein verstohlener Händedruck heimlich Liebender in windigem Sommerwetter im August 1945, dann kommt mir der Verdacht, dass darin der Schlüssel für den Weg einer ganzen Familie ins Unglück verborgen liegt. Heftig faucht jeder aus seiner Hölle, sagten die Leute früher auf den Inseln, und es gibt nichts daran zu rütteln, dass Großmutter ihr

halbes Leben in einer Hölle verbracht hat. Die Folgen davon bekamen sie alle zu spüren, ihre Kinder, Schwiegerkinder und Enkel …

Hätte mein Vater das Haus verlassen, wäre es dann heil geblieben?
Ging er den Nazis ins Garn wegen der Umtriebe der angebeteten
Judenbewundererin? Manchmal ist die Liebe des Königs der Fluch
des Hofstaats.

104

Aus dem Nachkriegsland

1948

Im Herbst 1948 gingen Vater und ich nach Argentinien. Das Schicksal hatte uns an Händen und Füßen aneinandergekettet, und wir
mussten versuchen, das Beste daraus zu machen, indem wir etwas
Neues begannen, das man Leben nennen konnte. In Island war Papa
ein Geächteter. Nach seiner Gefängniszeit im Amtssitz des Präsidenten versuchte er sich unbehelligt auf den Straßen zu bewegen und
mietete ein Zimmer in Kvisthagi, fand da aber wenig Ruhe vor den
Steinen, die gegen sein Fenster flogen. Ich war weiterhin auf Bessastaðir gut untergebracht, doch er suchte sich einen Job auf dem Land
und stapfte da durchnässt in Gummistiefeln mit einer Rolle Weide-
zaun auf der Schulter durch Moorwiesen.

Trotz seines Untertauchens blieb Vater ein nationales Problem. Ich
vermute, die größte Angst hatten Großvater und Großmutter vor
den dänischen Zeitungen. Großvater bedauerte noch immer die Ab-
spaltung von Dänemark. Sein Sohn Puti war in Kopenhagen aus einer
Bäckerei geschmissen worden, nur weil er Isländer war.

Da Island damals aber noch ein schweigendes Reich war, brauchte
mein Vater zwei Jahre, um endlich zu begreifen, wie sehr es der
unausgesprochene Wunsch seines Vaters war, er möge von der Insel
verschwinden. Bei einer kleinen Geburtstagsfeier am 9. September

1948 im Haus des Präsidenten zu Ehren eines 19 Jahre alt werdenden jungen Fräuleins las Hans Henrik in den Augen des Gastgebers endlich das Wort, das das Problem aus der Welt schaffen sollte: Argentinien.

Ich selbst hatte vom Leben auf Bessastaðir mehr als genug, doch anderswo konnte ich nicht hin; Aufenthalte bei meiner Mutter waren mir verboten, und in Reykjavík war so etwas wie eine permanente Tortenschlacht im Gange, unerträglich. Wie sich diese verlorene Ansammlung winziger Fischerhütten so schnell in eine amerikanische Filmkulisse verwandeln konnte, ist eines der Geheimnisse dieses Jahrhunderts. Die alten Pfützenpisten waren geteert worden, und alle liefen im Sonntagsstaat durch die Straßen, als ob der isländische Nachkriegsalltag genau das Fest wäre, auf das das Volk seit tausend Jahren gewartet hätte. Die frisch aus Zement gegossenen Bürgersteige waren Tag für Tag voller Spaziergänger. Das Hauptanliegen der Leute schien darin zu bestehen, durch die Straßen zu stolzieren, zu sehen und gesehen zu werden. Frauen mit Hütchen und Stola, Netzschleier über den Augen und Zigarettenspitze in der Handtasche, von Montag bis Montag in voller Kriegsbemalung, alle Männer ausstaffiert für Filmaufnahmen: ins Gesicht gezogener Hut, Kippe im Mundwinkel. In den Geschäften zogen junge Burschen dicke Geldbündel aus den Taschen und wedelten damit alten Leuten vor dem Gesicht herum, bevor sie ihre Zimtschnecke bezahlten. Durch die Straßen glitten langgestreckte Cadillackel wie exotische Wundertiere.

Alles war amerikanisiert, Kühe, Schafe, Hirten.

Fünfzig Jahre lang versorgte uns der Amerikaner anschließend, mit Soldaten, mit Geld, mit Fernsehern und Zuckerbomben. Er zog erst ab, als der kleine Bush sein Plätzchen in der Geschichte im Irak gefunden hatte. Er brauchte alle seine Männer, und die US-Basis in Keflavík wurde im Sommer 2006 geschlossen. Da endlich waren wir Isländer ganz unwillentlich und unter Heulen und Zähnefletschen von so manchem eine unabhängige Nation geworden: frei und ohne fremde Soldaten zum ersten Mal seit dem Jahr 1262. Das war mehr, als wir verkraften konnten, und nur zwei Jahre später war das Land bankrott.

Im Winter nach dem Krieg hatte ich versucht, mit einheimischen Kindern das Gymnasium zu besuchen. Die meisten waren zwei Jahre jünger als ich, die Mädchen maßen die Jungen an der Größe ihrer Briefmarkensammlung, und die Jungen tranken auf Partys Milch. Für mich waren sie noch Kinder, und sie hatten die Hosen voll, wenn ich mich ihnen näherte. Ich musste mich mit wohlsituierten Herren in den Fünfzigern einlassen wie zum Beispiel einem vorzeitig betrunkenen Botschafter, der sich bei einem Cocktailempfang in Bessastaðir auf der Suche nach der Toilette zu mir nach oben verirrte.

Das Leben hatte mich also wieder einmal mit dem Rücken an die Wand gedrängt und ließ mir nur folgende Alternative: Entweder fortgesetzte Langeweile in Bessastaðir oder mit Papa nach Argentinien.

105

Bei den Bennis

1949

Legt man auf einer Weltkarte eine Heftzwecke mit dem Kopf auf Buenos Aires und lässt die Spitze genau nach Süden zeigen, dann endet sie an einem kleinen Gehöft an den Ufern des Rio Salado: La Quinta de Crio. Achtzehn Menschen lebten dort, und alle trugen denselben Familiennamen: Benítez. Die spanische Form des ursprünglichen Leitnamens Benni.

Für den Eigenbedarf wurden ein paar Kühe gemolken, ansonsten war das Land in seiner vollkommenen Plattheit zweigeteilt, in blassgelbe Kornfelder einerseits und in sattgrüne Weiden für schwarze Rinder andererseits. Die Hofgebäude waren tagsüber weiß und nachts kohlrabenschwarz. Eine nächtliche Finsternis wie dort habe ich nirgends erlebt.

Hinter den Ombubäumen nahe dem Hof stand ein Schuppen, der ein Zimmer, eine Schlafkammer und ein Plumpsklo enthielt. Darin hockte ein fetter Mann in den Sechzigern in einem Rollstuhl und sah in seiner Halslosigkeit aus wie ein Hautgebirge. Der Kopf war klein und thronte über einem mächtigen Doppelkinn mit vielen Falten wie eine Cocktailkirsche auf einem Kuchen. Das Gesicht war das befremdlichste, das ich je gesehen habe, die Nase war breit, der Mund aber noch viel breiter. Ohne zu lächeln, reichten die Mundwinkel fast bis an die Ohren. Die Augen waren dagegen winzig und glasig gelblich. Das Erste, woran man dachte, war: eine Echse.

Papa arbeitete auf dem Hof mit, ich erhielt die Aufgabe, morgens und abends die Kühe zu melken und mich um den Alten im Schuppen zu kümmern. Er war taub, stumm und blind. Die Tür kreischte laut, wenn ich mich mit einer Schüssel Essbarem zu ihm hineinschlich. Die Luft war abgestanden und roch sehr nach altem Mann. Wie konnte ein Leben nur solche abrupten Wendungen nehmen? Drei Monate vorher hatte ich noch mit Vigdís Finnbogadóttir und anderen Schülerinnen im Café am Tjörnin gesessen, heute stand ich auf der anderen Seite des Globus und fütterte mit einem Teelöffel ein Krokodil. Denn auch wenn er im Gesicht mehr wie eine Eidechse aussah, nannte man den Alten »El Coco«.

Im Haupthaus saßen derweil zwei vielleicht vierzigjährige Neffen von ihm in weißen Hemden mit aufgekrempelten Ärmeln über kräftigen, sonnengebräunten Armen mitsamt ihren Großfamilien lärmend zu Tisch. Sie leiteten den Hof und jagten meinen Vater nach draußen wie einen dankbaren Hund, mich aber, die sie vom ersten Tag an Evita nannten, maßen sie von oben bis unten und von vorn und hinten mit gierigen Blicken. Von Island hatten sie nie im Leben gehört und konnten sich den Namen auch nicht merken. Papa und ich nannten sie die Bennis. Sie hatten auch Frauen, dicke, breite, untersetzte Küchenmaschinen, denen überall Zitzen hervorstanden. Das Haus wimmelte nur so von Kindern sämtlicher Altersstufen, angefangen bei krabbelnden kleinen Würmern bis hinauf zu einer Flut von Sechzehnjährigen, die sich die weißen Wände entlangdrückten und fast die gleiche Farbe hatten wie sie und sich davon erst abhoben, wenn sie rot anliefen. Auch ein trauriges, gelblich braunes Backpflaumengesicht geisterte da umher, die Mutter der Bennis. Nie hatte sie für irgendwen oder irgendwas ein gutes Wort übrig, außer für einen schwarzen Hund, der ihr nach jeder Mahlzeit Hände und Gesicht ableckte.

Gustavo, der Stammvater der Familie, war gestorben, doch seine Witwe Dolmita lebte noch: eine kultivierte Dame rumänischer Abstammung, die angeblich um die Mitte des 19. Jahrhunderts an einem Alpensee zur Welt gekommen sein und Wagner zu Pferd gesehen haben sollte. Wie ein Vogel mit hängendem Flügel schleppte sie sich zittrig durchs Haus, ein dünn mit Pergament überzogener Schädel, der Spanisch mit einem nicht zu identifizierenden Akzent sprach. Die Nase hatte noch ihre europäische Würde behalten und zeugte von edler Art, die allerdings an der Klippe, die Gustavo hieß, gescheitert war, denn ihre Nachkommenschaft, die hier Haus und Hof füllte, zeigte nicht das mindeste Maß an Zivilisiertheit. Auf dieser Farm hausten ausschließlich analphabetische Fleischfresser. Die alte Dame war so etwas wie ein Gast in ihrem eigenen Haus.

Drei Söhne hatte sie mit ihrem Mann bekommen. Der Älteste war mit einer Geliebten seines Vaters durchgebrannt und lebte, letzten Nachrichten zufolge, mit zehn zwergwüchsigen Indianerinnen irgendwo in den Anden. Der Zweite war der Vater der Bennis, doch war er bei einem Unfall mit der Dreschmaschine tödlich verunglückt. Der Dritte war der taubstumme Krüppel im Schuppen.

Ich stellte schnell fest, dass die anderen Familienmitglieder mit dem Krokodil hundsgemein umgingen. Sogar die Mutter mit der Aristokratennase wollte nichts mit ihm zu tun haben und versicherte mir immer wieder, er höre und sehe nichts, wisse und begreife nichts und sei die reinste Erdenstrafe, *dolor de la tierra*. Sein Vater musste allerdings ein gewisses Maß an Mitleid für ihn empfunden haben, denn er hatte ihm die Hälfte des Anwesens vermacht.

Die anderen waren gezwungen, El Coco am Leben zu halten, denn einer durchreisenden Wandernutte aus Paraguay hatte er ein Kind gemacht, dieser war als junger Mann mit dem treffenden Spitznamen Big Ben irgendwann aufgetaucht, hatte Geld von seinem Vater gefordert und alle auf der Farm tyrannisiert. Äußerlich eine, gelinde gesagt, eindrucksvolle Erscheinung, aber ein bisschen irre im Kopf, versetzte er sämtliche Ehen und Beziehungen auf dem Hof in Unordnung und machte sich am Ende mit der Hofkasse aus dem Staub.

Der Großfamilie in der Küche gehörte also nur die eine Hälfte des Landgutes, dem Krokodil im Schuppen die andere. Sollte ihm etwas zustoßen, würde sein Sohn, der Verbrecher, diese Hälfte erben. Das durfte nicht passieren. Ich hatte also eine verantwortungsvolle Aufgabe auf dem Hof. Ich musste El Coco so lange am Leben halten, bis sein Sohn bei einer Messerstecherei ums Leben kommen würde, wie es ihm eine Zigeunerin geweissagt hatte. Sie hatte das Ereignis für sein dreiunddreißigstes Lebensjahr vorausgesehen. Zum fraglichen Zeitpunkt war er gerade zweiunddreißig geworden.

Abends übten sich die Bennis in der Scheune im Messerwerfen.

106

Revolutionsversuch vor Milchkannen

1949

Papa und ich teilten uns ein Zimmer. In den meisten Nächten schlief er schlecht, oft genug musste ich meinen Arm zu ihm hinüberstrecken und seine Hand halten, bis er wieder einschlief. Irgendwann schoben wir unsere Betten nachts zusammen und stellten sie morgens wieder auseinander, um keinen Argwohn zu erwecken.

Hans Henrik war ein unbrauchbarer Mann. Der Krieg hatte alle Mannhaftigkeit aus ihm herausgeschüttelt wie Münzen aus einem Sparschwein. Nur eine einzige schepperte noch in ihm herum. Auf der einen Seite trug sie ein Hakenkreuz, das er versucht hatte, wegzufeilen, auf der anderen ein tropfendes Herz.

»Glaubst du, deine Mutter hat sich nur wegen Hitler von mir getrennt, oder …?«

»Ja, ich … Hast du sie mehr geliebt als Hitler?«

»Ja, natürlich. Ich liebe sie immer noch.«

»Aber du warst bereit, für ihn zu sterben, nicht für sie.«

Ich hatte nie Talent zur Seelenmasseuse.

»Ich … Man … – Ja.«

Obwohl jedes dieser drei Wörter den Anfang zu einem Satz abgeben sollte, bildeten sie zusammen ein Bekenntnis, das eine tiefe Wahrheit enthielt: Ja, ich bin auch nur ein Mensch. Was in Wirklichkeit bedeutete: Ja, ich bin ein Idiot.

Danach schwieg er eine ganze Weile. In der Zeit hörte ich in ihm eine Saite nach der anderen reißen, bis nur noch eine übrig war: »Glaubst du, sie ist zufrieden mit diesem … Kaffeetypen?«

»Ich glaube nicht. Er ist nicht einmal bis zum Hvalfjörður gekommen.«

Nein, ich war nicht völlig ohne Taktgefühl.

Nach dem ersten Sommer (Winter) wurde mir langsam klar, dass ich höchstwahrscheinlich seinetwegen mitgegangen war, aus Mitleid. Aber ich konnte doch nicht für meinen Vater mein eigenes Leben opfern. So was macht doch niemand. Seine Niederlage konnte ich doch nicht zu meiner eigenen machen, ich hatte doch das Spiel des Lebens kaum erst begonnen. Aber wohin hätte ich schon gehen können?

»Du kannst jederzeit nach Hause fahren, Herra. Wenn du möchtest«, sagte er manchmal.

»Wenn ich möchte?«, wiederholte ich.

Nach einem Sonntag im Ort mit Messe und Markt gingen wir gerade den sonnenvergoldeten Schotterweg zurück. Vor uns der jüngere der Bennis mit der Hofmannschaft. Die alte Frau war mit dem älteren Sohn im Auto vorausgefahren.

»Und dann? Dich hier alleine lassen?«

»Ja, sicher, mach dir um mich keine Gedanken«, sagte Papa und strich sich die Haare zurück. Die Jacke trug er über dem Arm. Die

Nachmittagssonne brannte heiß, und die hüfthohen Kornfelder zu beiden Seiten der Straße kochten.

»Ich soll mir keine Gedanken um dich machen? Ich tu doch nichts anderes!«

»Wie kannst du das sagen?«

»Ich halte dir nachts Händchen, ich liege vor Sorgen wach … ich bin die Mutter meines Vaters geworden.«

»Herra, ich … Du musst an dich selber denken!«

»Wenn ich das bloß könnte.«

»Du musst. Du bist doch auch in all das geraten.«

»Ja, in diesen verfluchten …«, sagte ich hitzig, doch eine der vielen Benítez-Töchter drehte den Kopf und schoss unter ihrem Pony einen Blick auf mich ab. Ich brach ab, und wir verlangsamten unwillkürlich unsere Schritte, ließen uns mit Absicht weiter zurückfallen. Ich schoss mit den Schuhen kleine Steinchen gegen die Sonne, die uns nun waagerecht ins Gesicht schien.

»Papa, warum … warum bist du in diesen Wahnsinn gezogen?«

»Warum?«

»Ja. Warum hast du nicht auf Mama gehört?«

»Ich hätte es besser getan.«

Wir waren an dem Podest für die Milchkannen angekommen, das am Abzweig zum Hof unter einem sehr schönen Ombubaum stand. Ein paar Insekten trugen Sonnenlicht auf ihren Schultern in seinen langen Schatten. Die Bennis waren schon auf halbem Weg zum Hof. Ich blieb stehen und sah Vater an.

»Wie konntest du nur so blöd sein?«

Mein wütender Tonfall überraschte mich selbst.

»Blöd?«

»Sicher. Wenn du nicht … Dann wäre das alles nie passiert.«

»Herra, so kannst du das nicht sagen.«

»Und ob! Denn so ist es doch. Wenn du nicht … Das war alles nur … Du, du hast mein Leben zerstört!«

»Herra, nein …«

»Doch. Du hast mein Leben zerstört. Sieh dich doch um!«, sagte ich und machte mit dem Arm eine ausholende Bewegung in Richtung des Gehöfts und der wütenden Sonne. »Was haben wir nur an diesem stinklangweiligen Arsch der Welt verloren?«

»Herra, dafür kann keiner … dafür kann man niemandem die Schuld geben.«

»Ach, nicht?«

Die Sonne sank gerade ins Kornmeer, ihre langen Strahlen spielten über die gefurchte Stirn meines Vaters.

»Nein. Es ist einfach so gekommen. Krieg ist Krieg«, sagte er müde.

»So? Krieg ist Krieg, und Vater ist Vater und …«

Jetzt hatte auch seine Stimme eine unüberhörbare Schärfe. »Herra, es ist nicht meine Schuld. Es war … es war nur ein unglücklicher Zufall. Schlicht und einfach Zufall.«

»Ein unglücklicher Zufall?!«, schrie ich, dass man es noch auf dem Hof hören musste.

»Ja, ein verdammter Zufall.«

Was waren wir für ein Anblick! Ein unglücklicher Vater und eine unglückliche Tochter aus einem fernen Land, die mit hausgemachten Gespenstern fochten, die sie nie zu fassen bekamen, die sie nie in Würgegriff nehmen und niederringen konnten. Teufel nochmal! Er hatte ja recht. Es war nichts als ein unglücklicher Zufall gewesen, aber das machte alles nur noch unerträglicher. Man konnte niemanden dafür schlagen, nur die Luft und ein hässliches Gespenst, das da herumgeisterte und es noch immer tut. Zu leiden ist eine Sache, aber an nichts Fassbarem zu leiden eine andere.

»Ich hasse dieses Wort, Zufall.«

»Ja.«

»Und dieses verfluchte Schweigen, das immer über allem liegen muss. Man darf nie reden. Es ist nicht möglich zu reden. Du willst nicht reden, und kein anderer darf …«

»Ich will nicht reden?«

»Nein, du bist wie alle anderen. Über nichts darf man reden. Großvater, der Präsident höchstpersönlich, läuft zu Hause überall mit der Frau herum, mit der er ein Verhältnis hat, direkt vor Großmutters

Nase, die bloß in ihrem Sessel sitzt und strickt, und alle tun so, als wüssten sie nichts, keiner traut sich, ein Wort zu sagen ...«

»Herra, pass auf ...«

»Nein, schert euch doch alle zum Teufel! Du wirst mir doch wohl nicht sogar hier noch den Mund verbieten?! Hier, in einer beschissenen, gottverlassenen Gegend mitten in Südamerika, sechzigtausend Kilometer von Island weg. Das ist doch krank! Das ist doch völlig irrsinnig!« Ich schrie wieder laut. »Diese ganze Familie ist krank. Du bist krank. Großvater ist krank. Alle, die gesamte, verdammte Familie. Allesamt krank! Völlig irre!«

Weinend lief ich auf den Hof zu. Als ich den Hofplatz erreichte, konnte ich nicht einmal die Vorstellung ertragen, ins Haus zu gehen und im Bett auf Vater zu warten. Ich bog ab und lief in den Schuppen zum Krokodil, ich konnte in der Nacht bei ihm schlafen.

Am Abend spielte er für mich auf einer Holzplanke. Eine Komposition für zehn Finger und zwei Ohren. Die schönste Musik, die ich je gehört habe, obwohl nichts zu hören war. In grauer Vorzeit hatte er Klavierspielen gelernt und konnte es noch immer. Es passte gut zusammen, dass am Ende dieses Tages ein Stummer ein unhörbares Werk für eine vom Schweigen Gequälte spielte.

Nach diesem einen, erbärmlichen Versuch, Island aus den Angeln zu heben, unternahm ich keine weiteren, sondern nahm all die schrecklichen Geheimnisse und verschloss sie tief in meinem Innersten. Ich war keinen Deut besser als der Rest der Familie und meine jämmerlichen Landsleute. Genau wie sie alle kapitulierte ich vor dem mächtigen Schweiger Schweigsson, dem Diktator Islands im zwanzigsten Jahrhundert, und gehorchte ihm in allem bis hierher in meine Garage.

Für dieses Glück bezahlte ich mit siebenfachem Krebs.

107

Böse Frucht

1950

Am 4. Juli 1950 brachte ich ein kleines Mädchen zur Welt. Und weinte danach zwei Tage und zwei Nächte lang. Ich unnützes Ding, das rein gar nichts konnte, hatte am Ende das zustande gebracht. Ich, die vom Leben Vergewaltigte, hatte ihm diese Frucht getragen. Ich heulte und heulte vor Freude, vor Erleichterung, aus Sorge und traute meinen eigenen Augen nicht, als mir ein gesundes Mädchen in den Arm gelegt wurde.

Ich bekam es zu Hause in Papas und meinem Zimmer. Hebamme war die alte Weissagerin aus dem Dorf, die dem Krokodilssohn sein Ende prophezeit hatte. Mir gefiel sie nicht, aber sie war die einzige Hebamme in dieser flachen Gegend, eine uralte, eingeschrumpelte Zigeunerin, eine schwerbrüstige Alte mit gewölbter Stirn, groben Händen und einer Warze am Kinn.

Wer der Vater war, hatte ich nicht verraten, aber ich hatte noch kaum den Kopf mit einem winzigen, tief zerfurchten Gesichtchen ausgepresst, da wusste die Hexe schon Bescheid. Sie fasste das Neugeborene hart an, als wäre es ein Kalb, und murrte die ganze Zeit unwillig vor sich hin: »Böse Frucht, böses Ende! Böse Frucht, böses Ende!«

Mit erboster Miene durchschnitt sie die Nabelschnur und warf mir das schreiende Balg mit verächtlichem Ausdruck in den Arm. An meinem heiteren Himmel war das aber nur eine vereinzelte Zigeunerwolke, denn ich verstand nun, weshalb man Kinder auch Sonnenscheinchen nennt.

Zwei Wochen später mussten wir aus Quinta de Crio fliehen.

»Wie konntest du nur … mit *dem*?!« Das war das Einzige, was unterwegs gesagt wurde. Von meinem Vater. Eine slawisch aussehende Frau mit Kopftuch drehte sich im Bus auf dem Vordersitz zu uns um. Sicher sahen wir nach einem unglückseligen Paar mit einem Kind aus. Ein Mann um die vierzig mit schütterem Haar und dicken Adern an den Schläfen und seine vielleicht zwanzigjährige Frau mit noch leicht geschwollenem Gesicht des armen Würstchens wegen und prallen Brüsten. In gewisser Weise war der Verdacht sogar berechtigt. Wir waren ein gottverfluchtes Paar geworden. Und ich hatte uns zuliebe einen halben Bauernhof ausgebrütet.

Die Weissagerin hatte nur auf das Offensichtliche hingewiesen: Obwohl die Kleine bildhübsch war, zeigte sie deutliche Ähnlichkeit mit El Coco. Erst leugnete ich es entschieden ab, doch nach einer kurzen Folterstunde im Schuppen hatte das Krokodil den Bennis die Wahrheit gestanden, und sie liefen Amok auf dem Hof. Ich konnte die Kleine gerade noch vor ihnen in einem Graben in Sicherheit bringen. Sonst hätten sie sie in einem Melkeimer ersäuft. Mir verpassten sie zehn Ohrfeigen und warfen mich im Stall zu Boden. Ich biss die Zähne zusammen und verfluchte sie im Stillen. Eine Stunde später hatten wir den Hof verlassen, seine Erbin aber lag lebend in meinem Arm, und das war das Wichtigste. In ihrem Namen würden wir wiederkommen und fordern, was ihr zustand.

108

Café de Flores

1952

Papa und ich gingen schließlich getrennter Wege. Ich hatte ihm zu viel zugemutet. So sehr wir uns auch Mühe gaben, wir konnten nicht mehr zusammenwohnen. Er konnte das Kind nicht ansehen, ohne an den Vater zu denken. Was mir als clevere Idee vorgekommen war, fand er nur niederträchtig und verächtlich.

»Es kommt nicht in Frage, dass ich mir … so etwas … *das* … zunutze mache, um es hier zu etwas zu bringen. Herra, ich begreife dich nicht … Wie konntest du nur auf so einen Gedanken kommen?«

»So etwas ist wohl schon häufiger vorgekommen«, war die naheliegende Antwort, aber sie brachte nur ein steinstummes Auge hervor.

Er würde es schon begreifen, wenn wir in einem oder zehn Jahren den blonden Lottogewinn einlösen würden. Bis dahin sollte jeder von uns allein zurechtkommen.

Ich fand bald einen hübschen Burschen mit schönen Händen und Missernte in den Augen, der mich und meine Tochter bei sich aufnahm: Juan Calderón, meinen einzigen, richtigen Ur-Jón.

Papa mietete in Buenos Aires ein Zimmer bei einer Deutschen, die noch immer an den Endsieg glaubte. Er arbeitete meist in einem Metallbetrieb und führte ein sehr bescheidenes Leben, erzählte mir aber immer, wenn er auf der Straße einem Prominenten begegnet war. Einmal war er im Stadtteil El Palomar unterwegs, und das Präsidentenpaar fuhr im Wagen an ihm vorbei. Davon zehrte er lange.

»Ich habe Juan Perón persönlich ins Auge gesehen!«

Nicht einmal der Winter in einem russischen Kriegsgefangenenlager hatte ihn von seiner Führerlähmung geheilt. Seine Autoritätshörigkeit war sein Aussatz.

Im Januar 1952 starb Großvater. Papa reiste nach Island, um an der Beerdigung teilzunehmen. Ich blieb in Argentinien, weil ich meiner Tochter die weite Reise nicht zumuten wollte. Sie war meine einzige Wonne. Im Frühjahr hatte sie angefangen, auf Spanisch und auf Isländisch mit mir zu sprechen. Sie war das schönste Geschöpf auf Erden. Ich konnte sie tagelang ansehen, und es fiel mir schwer, sie manchmal in der Obhut der kleinen Schwester meines neuen Freundes Juan zurückzulassen, bei dem wir eingezogen waren. Zum ersten Mal erlebte ich, was es heißt, wirklich verliebt zu sein. Ja, ich hatte den dichtenden Offizier geliebt, aber die Liebe zu einem Kind ist etwas ganz anderes als die Liebe zu einem Mann. Kinder verlassen einen nicht, sie betrügen einen nicht, und sie lassen sich nicht auf offenem Feld in den Rücken schießen. Auf ein Kind kann man sich verlassen.

Ein schöneres Kind als Blómey Benítez hatte die Welt noch nicht gesehen. Es war, als hätte die verborgene, innere Schönheit ihres

Vaters an ihr unvermindert nach außen schlagen dürfen. Ich gab mir alle Mühe, sie immer hübsch anzuziehen, wenn wir aus dem Haus gingen, auch wenn ich selbst mir kaum ein Kleid ohne Löcher leisten konnte. Wenn die italienischen Frauen in Boca mich mit ihr spazieren gehen sahen, nickten sie ihr freundlich zu, nicht mir.

Eines Tages im Mai 1952 luden die Peróns zu einer Massenveranstaltung ins Zentrum von Buenos Aires. Die Menschen strömten auf die Straßen. Juan und ich versuchten, uns mit Blómey im Kinderwagen zum großen Platz im Zentrum durchzuschieben, weil wir die Helden gern sehen wollten, aber es herrschte ein solches Gedränge, dass an ein Durchkommen einfach nicht zu denken war. In einer schmalen Seitenstraße setzten wir uns vor eine kleine Bar und saugten die Stimmung in uns auf. So etwas hatte ich noch nie erlebt. Obwohl eigentlich Winter, war es warm, die Sonne stand am Himmel, und die Freude leuchtete aus jedem Gesicht, nicht zuletzt aus denen der Frauen, die in der Frau des Präsidenten ihr Idol sahen. Man konnte über Eva Perón durchaus geteilter Meinung sein, aber sie hatte durchgesetzt, dass die Frauen in Silberland erstmals wählen durften. Sie fuhr im offenen Wagen durch die Stadt und winkte der Menge zu, vollgepumpt mit Schmerzmitteln und in einem Stützkorsett unter dem Mantel. Sie war längst unheilbar krank und starb nur drei Monate später, erst 33 Jahre alt.

Juans Freunde gesellten sich zu uns, und wir veranstalteten eine Feier auf offener Straße. Die Kleine tappte zwischen den Tischen umher, lutschte an einem Baguette, bekam Limonade zu trinken und fand im Sohn des Barbesitzers einen kleinen Spielfreund. Ich machte mir wenig Sorgen um sie. Wie die meisten Straßen der Stadt war auch die unsere von Fußgängern völlig verstopft, Autos kamen nicht mehr durch. Sobald aber die Ansprachen auf der Plaza de Mayo begannen, verlief sich die Menge ein wenig. Die Stimme des ersten Festredners hallte über die Hausdächer, und unten auf dem Bürgersteig saßen wir, lachten, rauchten und hatten unseren Spaß.

Einer von Juans Freunden war ein hinterlistig gewitzter Dichter mit gelben Zähnen, der gut Geschichten erzählen konnte. Ich hielt ein Auge auf Blómey, die unter den nächsten Tisch krabbelte und dort ein Flugblatt vom Boden aufklaubte. Stolz richtete sie sich auf und gab das Blatt ihrem neuen Freund, der aus anderen schon Papierflieger gefaltet hatte. Ich sah, dass die Kleine im Gesicht ganz verschmiert war, jemand musste ihr Schokolade gegeben haben, und ich rief sie zu mir. Ich wollte ihr das Gesicht abwischen, aber in dem Moment rief auch der Junge nach ihr, und sie lief zu ihm. Gemeinsam rannten sie über die Straße, weil das Papierflugzeug auf der anderen Seite gelandet war. Der Barbesitzer, ein gemütlicher Mann mit Bierbauch und Schnauzbart, stand in der offenen Tür und hörte uns.

»Keine Sorge«, sagte er, »unser Junge ist hier aufgewachsen. Der passt schon auf.«

Über seinem Kopf stand der Name der Bar in goldenen Lettern auf grünem Grund: *Café de Flores*.

Als Nächster ergriff der Präsident das Wort. Perón war ein ausgezeichneter Redner mit einer sehr maskulinen Stimme. Mein Juan verehrte ihn sehr, aber an diesem Tag stellte ich wieder einmal fest, dass er mit seiner Bewunderung ziemlich hinter dem Berg hielt. Im Kreis seiner spöttischen Freunde galt es nämlich nicht als salonfähig, Peronist zu sein. Und sie schienen nicht zu wissen, dass Juan unter seinem Hemd ein Hemdloser, ein *descamisado*, war. Sie grinsten über den hochtrabenden Redeschwall, der durch die Straßen hallte, und meinten, *el líder* habe verdammt viel von Mussolini gelernt. Der Dichter gab sogar eine ziemlich deftige Anekdote über Perón zum besten. Ob sie nun wahr, übertrieben oder gar erfunden war, sei dahingestellt; auf jeden Fall war sie urkomisch. Juan rückte seine Baskenmütze zurecht und lehnte sich auf seinem Stuhl zurück, entspannt vom Rotwein, aber seine Augen flackerten unruhig. Da konnte ich ihn auf einmal nicht mehr leiden. Alles, was er zu Hause von sich gab, blieb hier ungesagt. Er traute sich nicht, für seine Meinung einzutreten.

Blómey kam zu mir, sie hatte ein neues Wort gelernt: *avión de papel*. Ich wischte ihr den Mund sauber und verpasste dadurch eine Pointe in der Geschichte des Dichters. Blómey hob ein weiteres Flugblatt auf und bat mich, ihr noch einen Flieger zu basteln. Juan, froh, der Geschichte über den Präsidenten entkommen zu können, übernahm das und faltete mit fahrigen Händen das Blatt. Unüberlegt und ungeschickt warf er das Flugzeug in Richtung der Straße. Blómey hüpfte hinterher und versuchte, den Flieger zu uns zurückzuwerfen, aber er landete gleich wieder auf der Nase.

Perón beendete seine Rede, und Begeisterungsrufe brandeten von Plätzen und Straßen auf. Es fühlte sich an, als würde sich in jedem Winkel ein Wind erheben. Zu beschreiben ist es kaum, aber durch die Straßen und Viertel, durch die ganze Stadt fuhr so etwas wie ein elektrischer Strom der Hoffnung und Erwartung. In der Bar hatte jemand das Radio eingeschaltet. Die Ansagerin erwähnte gerade den Namen der Präsidentengattin, der dann aus jedem Mund echote, bis hinaus auf die Straße. »Jetzt kommt sie.« Selbst Juan und seine Kumpane setzten statt ihrer spöttischen Mienen so etwas wie ein anerkennendes Gesicht auf.

»Wollen wir nicht hören, was sie sagt?«, fragte einer.

Ich guckte Juan in die Augen und sah, dass er mit leeren Taschen dasaß. Das verstärkte noch meinen Widerwillen, den seine Feigheit geweckt hatte, und aus verletztem Stolz erhob ich mich und sagte, ich würde die Rechnung für den Tisch übernehmen, und ging dann in die Bar.

Ich stand gerade an der Theke, als ich hinter mir einen dumpfen Knall hörte. Ich hörte Motorengeräusch und diesen schrecklichen Schlag. Ich drehte mich um und war einen Moment geblendet. Es vergingen ein paar Augenblicke, bevor sich vor dem Dunkel in der Bar das sonnenüberflutete Bild von Tischen, Trottoir und Straße entwickelte. Da sah ich, dass in der Straßenmitte ein Auto stand, ein amerikanischer Straßenkreuzer. Ein Mann mit hellem Hut war ausgestiegen. Ich drängelte mich nach draußen und sah, dass Juan vor dem Auto über etwas gebeugt hockte, und dann sah ich, was ich seitdem jeden Tag wiedergesehen habe: Mein kleines Mädchen lag auf der Straße, und aus seinem Kopf floss etwas, das in der Sonne glänzte, aber sein Lachen war verschwunden. Das war das Schwerste von allem: ihren Gesichtsausdruck zu sehen, ein zweijähriges Kind, das vor seinen Schöpfer tritt, ohne Furcht, ernst, voller Ehrfurcht. Sie befand sich in einer anderen Welt.

Ich stieß Juan zur Seite, bückte mich über sie und drehte durch, geriet außer mir. Sein Freund, der Dichter, beugte sich über das kleine Händchen und schüttelte den Kopf. Juan umarmte mich von hinten, und das Letzte, was ich wahrnahm, war die Stoßstange des Wagens. Eine hochglanzpolierte, verchromte, amerikanische Stoßstange.

Ich kam erst zwei Stunden später wieder zur Welt. Und zu einem anderen Leben, als ich es bis dahin gekannt hatte.

109

Hans Bios

1944/45

Für einen Soldaten gibt es kaum etwas Gefährlicheres, als den Krieg aus der Ferne mitanzusehen. Dann geht ihm dessen ganze Sinnlosigkeit auf, und er kann nicht wieder in das Kriegsgeschehen eintreten. Meinem Vater war seine Einheit abhandengekommen. Er stand – ein Isländer in einem rumänischen Wald – zwischen den Baumstämmen und schaute sich den Irrsinn an. Da ist für ihn der Krieg zu Ende gegangen. Hans Henrik Björnsson starb nicht im Krieg, sondern der Krieg war für ihn gestorben.

Ein paar Stunden später befand er sich in russischer Kriegsgefangenschaft. Seine Scham darüber war so groß, dass die folgenden Tage nie in sein Gedächtnis eindrangen; wochenlange Wege, Brücken und Waldpfade liefen durch seinen Kopf wie ein Filmstreifen durch einen Projektor, während sein Kopf auf der Pritsche des Lastwagens wackelte und er auf seine verschlammten Stiefel blickte und darin Mamas Gesicht sah.

Erst in einem namenlosen Gefangenenlager an einem namenlosen Ort fand er wieder in die Wirklichkeit zurück. Dort schliefen sie mit fünfzehn Mann in einem Raum, kauerten sich unwillkürlich aneinander wie Tiere unterschiedlicher Arten und wurden jeden Morgen um vier Uhr geweckt: Holzfällen bis zum ersten Frost, anschließend Holz spalten und sägen. Alle seine Mitgefangenen waren Deutsche, von denen täglich zwei starben, ausgezehrt fielen sie in den Schnee und erfroren in wenigen Minuten. Stets traf frischer Nachschub ein. Mein Vater meinte, es wären immer die gleichen Männer, er sah keinen Unterschied zwischen denen, die im Lauf des Tages starben, und denen, die am nächsten Morgen eintrafen. War er selber einer von denen? Es fehlte nicht viel, und er wäre gestorben und wiederauferstanden, als wäre das Lager die Aschenbahn, auf der Leben und Tod um die Wette liefen. Auf welcher Seite man sich gerade befand, ließ sich nicht feststellen; sicher war nur, dass es in beiden Höllen eiskalt war.

Abends machten Gerüchte vom Luxusleben der Kameraden in den sibirischen Lagern die Runde.

Ich weiß das aus den Briefen, die er mir später aus Grindavík und von anderen Orten in seinem großangelegten Versuch schrieb, sich mit sich selbst und der Welt zu versöhnen und seiner einzigen Tochter wieder in eine angemessene Nähe zu kommen. Die Briefe wären gutes Material für eine Biografie gewesen, aber diese Lebensgeschichte war zu unglaublich, um sie im Imperium des Schweigens, in Island, zu veröffentlichen, obwohl die Isländer nie etwas anderes lasen als kleine und große Lügen.

An einem noch dunklen Morgen marschierten sie so tief in den Wald hinein, bis sie sein anderes Ende erreichten. Hinter den letzten Bäumen auf offenem Feld steckte eine LKW-Kolonne im Schnee, olivgrüne Schwerlaster mit dem roten Stern. Im Morgengrauen stieg ein Soldat aus dem vordersten Wagen und rauchte Kälte. Mein Vater sah sich selbst drei Jahre vorher an dem Morgen, an dem er einen deutschen Arm in Händen hielt. Damals war ihm kalt gewesen, inzwischen war sein Inneres erfroren. Russische Sträflingskleidung war keinen Deut besser als deutsche, sah aus wie ein mit Watte aus-

362

gestopfter Schlafanzug. Die Arbeitssklaven freuten sich auf die Arbeit, denn dabei entwickelten sie wenigstens einen Hauch von Körperwärme. Essen bestand aus fingernagelgroßen Fladen von ungebackenem Teig, die sie in überfrorenem Wasser einweichten.

»Die ganze Zeit über habe ich kein Wort gesprochen«, schrieb er. »Das Deutsche war in mir eingefroren. Als ob Hitler Rache nähme, indem er mir die Sprache stahl. Manche hatten sogar Zweifel, ob ich einer von ihnen wäre. Aber viele der Gefangenen nährten sich von Hoffnung und drehten manchmal das Ohr in den Westwind, um den Geschützdonner der Wehrmacht zu hören. Zur Belohnung bekamen sie eine Ladung russisches Blei in den Leib. Es hat seine eigentümliche Schönheit, wie Blut den Schnee färbt. Das Rot frisst sich so lange ins Weiß, bis es seine Wärme verbraucht hat. Dann wird es schwarz.«

Seine Sprachlosigkeit machte sich am Ende bezahlt. In der Vorweihnachtszeit wurden die Baracken nach brauchbarem Kanonenfutter durchkämmt. Die letzte Offensive stand bevor. In der russischen Buchhaltung war der Isländer als »Hans Bios« gelandet, und irgendwer war mittlerweile davon überzeugt, dass dieser vierzigjährige Spezialist für Nordisches kein Deutscher, sondern Este sei. Eine Augenblickseingebung, sagte Papa, diese Ehre zu akzeptieren, und drei Tage später war er frei und wieder Soldat. In voller Montur saß er mit anderen frischen Veteranen in einem Transporter der Roten Armee Richtung Polen. Es war in etwa der gleiche Weg, den die gute Jagina auf zwei Säulenbeinen zurückgelegt hatte, und es war nicht weit von der Bahn, auf der mein Vater drei Winter zuvor unter deutschem Kommando in umgekehrter Richtung vorgerückt war; einen halben Krieg jünger und um einiges zuversichtlicher. Dennoch war der Umstand, dass er nun wieder hier war, in anderer Uniform und in der feindlichen Armee, nicht so niederdrückend, wie er befürchtet hatte. Alles war besser als Holzfällen für Stalin, und letzten Endes spielte die Uniform keine Rolle. Im Krieg sind alle Brüder, im Krieg sind alle Feinde; es ging nur darum zu überleben. Papa kämpfte nun einzig und allein noch für sich selbst. Er musste dieses kleine Land wieder erreichen, das er verlassen hatte, um das Reich zu erobern, das jetzt verloren war.

»Und wenn man von Russland her in Polen einrollt, ist man wenigstens schon mal auf dem Weg nach Island.«

110

Perletochter

1945

Zu dieser Zeit saß ich am Ufer der Oder. Im Dunkel weinten Kinder, Mütter klapperten mit Töpfen, die Pferde waren ausgeschirrt, und vor mir floss der Strom von Süden nach Norden, von links nach rechts. Etwas weiter unterhalb untersuchte eine Brücke den Grund des Flussbetts. Eine Leuchtpatrone segelte durch die Luft, spiegelte sich im friedlichen Wasser zwischen geborstenen Brückenpfeilern und aus dem Wasser ragenden Stahlträgern. In der Ferne wurde geschossen. Niemand kümmerte sich darum. Die Müdigkeit brachte ein Übermaß an Gelassenheit mit sich. Nur die, die getroffen wurden, hielten einen Augenblick im Gehen inne, überlegten, ob sie nun Pech oder Glück gehabt hatten, und starben. Die anderen zogen unbeirrt weiter.

Zwei Wochen waren ins Land gegangen, seit ich mich diesem Treck aus deutschen Grundbesitzern und ihrem Gesinde angeschlossen hatte. Jahrhunderte hindurch hatten sie schlesische Erde gepflügt, und nun flohen sie. Daraus wurde eine Höllenprozession durch zerbombte Dörfer in braunem Matsch und vereinzelten Schneeschauern. Ich wusste gar nicht mehr, wo meine Haut aufhörte und der Schuh anfing. Jetzt aber war ein Ziel erreicht. Wenn wir über die Oder kamen, waren wir in Sicherheit. Der Führer würde nie zulassen, dass der Ivan die Oder überschritte.

Es war ein angenehm friedlicher Kriegsabend. Schreckliches lag hinter uns, hier aber glomm Hoffnung auf im Schein der Leucht-patronen. Jemand sagte, der Februar sei überstanden, auf der ande-ren Seite des Flusses begänne der März. Die Erde war kahl und halb-wegs trocken. Die Leute krochen zum Schlafen unter die Wagen oder legten sich unter Bäume und juckten sich die Bleistiche. Ein Junge schlief mit dem Kopf auf der Flanke eines Pferdes, und schwer geprüfte Mütter rollten sich um ihren neugeborenen Kummer zu-sammen, über Kinder, die sie gestern oder vorgestern verloren hat-ten. Unser Graubart hatte sich hinter einem Pferdekarren schlafen gelegt, der war ein Stückchen gerollt, und das Rad stand jetzt unmit-telbar vor dem Hals des Alten, der selig in seinem Bart schlummerte. Ich betrachtete seinen Kopf und dachte an all die Geschichten darin, die er uns in der verräuchert Ecke einer Ruine oder einem Straßen-graben erzählt hatte. Eine seiner Vorfahrinnen hatte kurz vor der Wende zum 19. Jahrhundert von ihrem Fürsten auf einer Reise nach Venedig eine Perlenkette erhalten. Keine gewöhnliche Kette und keine gewöhnlichen Perlen, sondern Perlemütter, die Casanova per-sönlich zu unschätzbarem Wert geküsst hatte. Seitdem war die Kette in der Familie geblieben und weitergereicht worden, von Hals zu Hals, von Gut zu Gut, durch alle Kriege hindurch, die jedoch nach und nach einzelne Perlen von der Schnur gelöst hatten.

»Die Urgroßeltern verloren Güter im Preußisch-Österreichischen Krieg und lösten sie gegen achtzehn dieser italienischen Perlen wie-der aus. Großmutter bezahlte den Deutsch-Französischen Krieg mit vier Perlen. Im Ersten Weltkrieg rettete mein Vater die Familie, in-dem er für zwanzig Perlen einen Wagen und zwei Pferde kaufte, und in diesem Krieg haben wir mit den verbliebenen Perlen überlebt. Dreizehn bezahlte ich für die Fahrt in einem Auto von Lodz nach Warschau, wo sich die Casanova-Töchter ihres hohen Werts erinnert haben dürften. Zwei von ihnen gab ich gegen Unterkunft für sech-zehn Personen im Keller einer Botschaft, vier für eine Schweine-seite, eine für einen warmen Mantel für meine Anna und so weiter. Seht her!« Er hatte aus seiner Tasche einen dünnen Faden gezogen, an dem zwei matte Perlen hingen. »Zwei habe ich noch. Zwei Perlen

von einem Casanova-Collier.« Er hatte mir und einem sommerspros-
sigen Mädel von dreizehn Jahren tief in die Augen geblickt und die
Perlen dann von der Schnur in seine Handfläche gleiten lassen. Winzige Regenbogen waren über die grauweißen Kugeln von der Größe
kleinster Bonbons gelaufen und schienen sich gleich in das Perlmutt
zu gravieren wie haarfeine Muster aus Zierstichen von Elfen. In weiter Ferne waren Bomben vom Himmel gefallen.

»Die beiden schenke ich euch. Eine für jede.«

Wir hatten heftig protestiert, aber er hatte darauf bestanden und
gesagt, die Hälfte seiner Familie sei bei einem Bombenangriff der
Russen ums Leben gekommen, auf die andere Hälfte komme es nicht
mehr an. Ihm sei es wichtiger, dass die verbliebenen edlen Stücke »in
die Hände der Zukunft« gelegt würden.

Jetzt saß ich also hier am Ufer der Oder und starrte über den Fluss.
Die Hände in den Taschen. Eine umklammerte eine Granate, die andere eine Perle.

111

Lebenspause

1945

Ein solches Tempo hatte Papa im Krieg noch nicht erlebt. Der Vormarsch durch Polen verlief so schnell, dass sie tagelang nur marschierten. Manchmal rückte die Front an einem Tag um hundert Kilometer vor. Fast freuten sie sich über ein Gefecht, weil sie dann vom
Marschieren verschnaufen konnten. Die Infanteristen lagen in hastig
ausgehobenen, schneenassen Gräben, während die Artillerie ihre Sal-
ven verschoss. Papa lag kurz vor Bialystok, wo Jagina in einem Bären-
fell schlief, als ihn ein Stück einer Panzerkette am Helm traf. Schwarzer Qualm trieb über weiße Äcker.

Dann ging es in wieder in Eilmärschen vorwärts, in voller Montur, mit Gewehr und vollem Sturmgepäck. Der ältere Mann konnte irgendwann nicht mehr Anschluss halten, er verlor seine Einheit und irrte zwei Wochen lang mit fünf verwundeten und lahmen Kameraden durch wintergrüne Wälder, in denen sie kaum auf etwas anderes schossen als auf Rehe und Hasen.

»Da habe ich Dimitri Godunow kennengelernt, der viel später sogar einmal nach Island gekommen ist. Es stand ein Artikel darüber im *Volkswillen*: ›Sowjetischer Kriegsheld zu Besuch in Reykjavík‹. In dem Interview hat er mich auch erwähnt, aber das haben sie zensiert. In ihrem Weltbild durfte es natürlich keine Nazis in der Roten Armee gegeben haben. Ich glaube, es war meine beste Zeit im Krieg. Ich lernte ein paar Brocken Russisch, und es fühlte sich fast wie Sommerferien an, obwohl wir Mitte März hatten. Dimitri war klein und gelenkig, aber bärenstark und schwer in Ordnung. Er hatte einen Eisensplitter im Bein und davon Wundbrand bekommen. Er war ein guter und emsiger Zimmermann, konnte sich kaum irgendwo hinsetzen, ohne gleich einen Holzlöffel oder einen Haken für den Kochkessel zu schnitzen.«

Während er mit seinen neuen Kameraden um ein blass züngelndes Lagerfeuer hockte, wurde dem Soldaten aus Island bewusst, dass Begriffe wie Kommunismus und Nationalsozialismus nie bis in diese Wälder vorgedrungen waren.

Schließlich kamen sie aus einem Nadeldickicht in offenes Terrain, wo Truppen ihr Lager aufgeschlagen hatten. Vor den graubraunen Zelten standen schnauzbärtige Offiziere und rauchten Pfeife. Eine eigenartige Stille lag über den Soldaten. In einer nassen Schneewehe lag der Kadaver eines Pferds, neben dem einige Soldaten hockten, sich Fleischstücke aus den Schenkeln schnitten und darauf herumkauten. Je näher sie kamen, desto mehr nahmen sie einen befremdlichen Geruch wahr, den keine menschliche Nase je zuvor gerochen hatte. Es war eine Art Brandgeruch, der wie unsichtbarer Nebel über dem ganzen Lager hing. Etwas weiter nördlich qualmte heller Rauch aus Ruinen. Gruppen von Soldaten standen davor und hatten sich abgewandt. Da musste etwas Besonderes brennen.

Hans Bios, Dimitri Godunow und die anderen meldeten sich im Lager und ließen sich vom Schweigen und den Blicken der Kameraden zu den schwelenden Ruinen dirigieren. Der Gestank nahm immer mehr zu, die Hitze ebenfalls. Durch den Qualm erkannten sie menschliche Beine, Arme, Köpfe und nackte Leiber.

Vor ihnen lag ein Massengrab, in dem fünf Lagen von brennenden Leichen übereinander gestapelt lagen. Wegen der starken Hitzeentwicklung kam man nicht näher heran, ohne das Gesicht zu verhüllen. Die Leichen waren kaum mehr als Haut und Knochen. Was war das hier? Waren das deutsche Kriegsgefangene?

»Nein, Menschen aus einem Konzentrationslager«, sagte ein Kosak mit düsteren Augenbrauen und roten Lippen, die er danach um eine unförmig gedrehte weiße Zigarette schloss. »Da hinten waren sie.« Er zeigte auf die Ruinen, die sich ein Stück weiter westlich ausbreiteten. »Treblinka.«

Papa blickte sich um, in die Gesichter der russischen Soldaten. Der Ausdruck, der darin lag, ließ sich nicht beschreiben. Junge Burschen und reife Männer standen da wie hypnotisiert und blickten in den schwärzesten Abgrund der Menschheit. In der obersten Lage erblickte Vater den Leib einer schwangeren Frau. Ihr Bauch war ganz prall und glatt, ganz im Gegensatz zu den anderen ausgemergelten Körpern. Er blieb völlig reglos stehen und starrte auf diesen einen Bauch, ohne sich dessen bewusst zu sein. Es war, als würde ihn das Leben verlassen und dafür der Tod in ihm seinen Einzug halten. Das Leben meines Vaters war zur Hälfte vorbei, und es gab zehn Minuten Pause. Er kam erst wieder zu sich, als der schwangere Bauch der Hitze nachgab und mit einem unerträglichen Geräusch platzte.

Aus der aufgeplatzten Bauchhöhle wuchs ein voll entwickeltes Ungeborenes, lebte feuerrot für einen Moment, bevor die Hitze es schwarz verkohlte wie Grillfleisch.

Papa wandte sich ab und entfernte sich wie in Trance von dem Massengrab. Aber er kam nie darüber hinweg. Der Gestank verfolgte ihn sein Leben lang, und er verband ihn immer mit Nadelholz.

»Es war ganz komisch. Ich blickte über die Baumwipfel hinweg zum Horizont, und urplötzlich war ich voller Gewissensbisse gegenüber diesen grünen Bäumen. Wir Menschen hatten einen schwarzen Fleck in der Erdgeschichte angerichtet und diese lieben, guten Bäume beleidigt mit diesem Gestank und diesen Untaten, die niemals ein Auge hätte erblicken dürfen. Es war so komisch, aber ich war völlig besessen von meinem schlechten Gewissen gegenüber Mutter Natur.«

1979 wurde mein Vater vom Amtsgericht Reykjavík wegen Fällens von zwei ausgewachsenen Nadelbäumen an der Grundstücksgrenze im Skothúsvegur zu einer halben Million Kronen Schadensersatz verurteilt.

112

Jeder für sich

1945

Manchmal starrte ich meine Beine an und staunte über ihre Kraft und Ausdauer. Sie schienen einem anderen, nicht so müden Menschen zu gehören. Ich nannte sie Nonni und Manni. Die Brüder hielten zusammen, und nie spritzte etwas anderes als Schneematsch zwischen sie.

Aber egal, wie weit wir auch wanderten, der Krieg donnerte immer gleich laut in unserem Rücken. Wir hatten uns eingeredet, vor ihm zu fliehen, aber mittlerweile sah es so aus, als würden wir ihn in einem stahlschweren, schwarz spuckenden Wagen hinter uns herziehen. Auch die Oder schien für ihn kein Hindernis gewesen zu sein. Wir schliefen in Scheunen und verlassenen Bauernhöfen. Manchmal fanden wir Kartoffeln in einer Kiste, noch einen Laib Roggenbrot in der Küche, meist aber sättigten wir uns mit Geschichten über glückliche Flüchtlinge, die auf einen Gutshof voller Essen gestoßen waren. In der Kleidung einer Frauenleiche am Straßenrand fand ich ein Stück Butter, das ich in meinen Sachen versteckte und von dem ich eine ganze Woche lang zehrte.

Der Schnee schmolz, und die Straßen füllten sich mit noch mehr Flüchtlingen, Preußen, Polen und Deutschen, sogar Wolgadeutschen und Menschen aus anderen Volksgruppen. Tausende schleppten sich die verschlammten Straßen entlang, vorbei an liegengebliebenen Panzern und großen, wassergefüllten Bombentrichtern, wie müde und schweigende Menschen aus dem alten Testament, der Unterschied war nur, dass hier kein Gott aus den Wolken herab zusah.

Manchmal säumten Bäume die Chaussee in langen Reihen und sahen uns zu, wie wir Schritt für Schritt dem Sonnenuntergang zustrebten, der manchmal schön ausfiel, immer aber traurig. Eines Morgens kam uns eine lange Reihe russischer Kinder entgegen, in ihren Gesichtern ein Ausdruck, als hätten sie schon ihr ganzes Leben gesehen, bis zu dessen Ende. Am folgenden Tag strömten auf ihrem Weg nach Osten Dutzende russischer Frauen auf uns zu, und wir mussten an den Straßenrand treten, um sie vorbeizulassen. Sie gingen zu Fuß, die meisten waren um die dreißig und älter, zogen mit düsteren Mienen wie in einem Stummfilm an uns vorüber. Eine von ihnen spuckte einen Deutschen in unserer Gruppe an. War der Krieg vorbei? Etliche waren schwanger und trugen ihre deutschen Leibesfrüchte nach Weißrussland hinein.

Wir kamen an einem braunen Acker vorüber. Mitten darauf stand ein deutscher Soldat mit erhobenen Händen und schrie wie am Spieß: »Nicht schießen! Ich bin nur eine Vogelscheuche.«

Die Meisten besaßen nicht einmal mehr die Kraft, auch nur einen Blick auf ihn abzuschießen. Wir stapften im schweigenden Chor der Erschöpften weiter, und irgendwo weit hinter uns quietschte eine einsame Ziehharmonika.

Der alte Graubart bot mir einen Platz auf seinem Karren an. Zwei Tage lang durfte ich die Beine baumeln lassen, bis uns in der Nacht das Pferd gestohlen wurde. Seinen Kopf fanden wir am nächsten Tag im Graben.

Obwohl er seine gesamte Familie verloren hatte, nahm sich der Alte den Tod des Pferdes zu Herzen, und er fiel rasch immer weiter zurück. Ich blickte über die Schulter und sah ihn auf der zerfurchten Straße in einer Gruppe schalvermummter Frauen verschwinden, ein winziges Gesicht mit roter Nase in einem weißgrauen Bart unter einem entsetzlich weiten, grauen Himmel.

Die Häuser standen wie Bettler an der Straße und hofften auf Almosen oder Hilfe. Jedes Haus und jede Kirche schien darum zu betteln, dass man sie mit ihren Fundamenten aus dem Boden hob und mitnahm in ein besseres Leben. Wo aber gab es ein besseres Leben? Jemand sagte, wir seien unterwegs zum Führerbunker. Er würde uns mit Kohl und Schnaps bewirten.

Eines Nachts besetzten wir ein ehemaliges Gasthaus in einem verlassenen Dorf. Viele setzten sich auf ein Bett im größten Zimmer, ein Feuer in einem Blechfass wärmte die erschöpften Menschen. Ich kam mit einem Mann ins Gespräch, der sich ausgerechnet als Oboist aus Schweden herausstellte. Seine Nase und seine Wangen zierten ein paar ausgewachsene Warzen. Er erzählte mir die verworrene Geschichte seines Lebens und wie es ihn am Ende hierherverschlagen hatte. Er zog ein Päckchen Zigaretten aus der Tasche und bot mir eine an. Er zündete sie für mich an und zeigte mir, wie man rauchte. Bei der ersten erbrach ich mich fast, die zweite hustete ich mir aus dem Leib, die dritte hielt ich durch. Ein paar Wochen später heiratete ich Herrn Nikotin, und wir sind seitdem zusammengeblieben. Im Frühling 2005 feierten wir diamantene Hochzeit.

»Der Krieg ist vorbei«, sagte der Warzenschwede. »Spätestens in einem Monat. Die Amis sind über den Rhein. Stalin und Roosevelt werden sich in Berlin treffen. Ich kenne jemanden, der dir helfen kann. Er benutzt einen deutschen Namen, ist aber Amerikaner, Bill Skewinson. Melde dich bei ihm. Bühlstraße 14. Wenn er dir nicht nach Island helfen kann, kann es keiner.«

Dann führte er mich ins Obergeschoss und zu einem Bett. Ich schlief sofort ein, erwachte aber von seiner Hand unter meinem Pullover.

»Ich kann dir helfen«, flüsterte er auf Deutsch mit schwedischem Akzent.

Ich sprang auf und rannte aus dem Zimmer.

Den Rest der Zeit hielt ich mich in einer Gruppe von Frauen auf. Hier war jeder auf sich allein gestellt. »Jeder für sich, und Gott gegen alle.« Der Krieg führte Menschen zusammen, um sie dann wieder auseinanderzureißen. Ich fand Leute, mit denen ich mich zusammentat, für einen Tag oder zwei, eine mümmelnde alte Frau oder eine Landfrau mit geröteter Haut, die Gunnar Gunnarsson gelesen hatte und mich bat, ihm und seiner Familie Grüße auszurichten; dann versanken sie wieder in der Weltgeschichte. Jeder Tag war wie ein ganzes Zeitalter. Irgendwann fiel ich aus dem Stadium der Erschöpfung in das der Trance. Die Straße wurde zum Förderband, und ich hatte das Gefühl, Wald, Häuser und Wegweiser kämen auf mich zu, aber nicht umgekehrt.

An einem Tag ereignete sich Folgendes: Ein paar Offiziere hupten sich eine Gasse durch die Menge. Die Flüchtlinge wichen vor dem offenen Wagen mit drei Männern in Uniform zur Seite. Die saßen wie aus Stein gemeißelt und starrten stur geradeaus, bis ihnen eine zerlumpte Frau eine tote Ratte auf den Rücksitz warf. Zwei von ihnen drehten sich um und schossen mit ihren Pistolen. Zwei junge Frauen, die neben der Rattenfrau gestanden hatten, fielen um, der Wagen fuhr weiter. Zwei schreiende Jungen warfen sich auf die ältere Frau, stießen sie in den Straßengraben und drückten sie so lange unter Wasser, bis sie das Bewusstsein verlor. Schweigend gingen wir an den beiden toten jungen Frauen vorüber. Eine Frau in mittlerem Alter stand bei ihnen und starrte mit blauen, leeren Augen in den kahlen Wald. Warum lebte ich noch und sie nicht? War alles nur Zufall, oder gab es einen Willen dahinter?

Nonni und Manni schienen die Antwort zu kennen und trugen mich ohne Zögern weiter. Links stand ein Gehöft in Rauch und Flammen, und in den Bäumen ließen sich die ersten Vögel des Frühlings hören.

113
Abgebrochene Brücken
1945

In einem Prahm der Armee wurden sie über den Fluss gesetzt. Die letzten Tage lagen wie in Nebel. Mein Vater war schlafend durch halb Polen marschiert und hatte nachts wach gelegen, in den dunklen Himmel und die schwarzen Wälder gestarrt; er war apathisch und innerlich völlig gelähmt vom Anblick tausend brennender Leichen. Er war unvorbereitet in die Hölle gestürzt und kam nur mühsam wieder heraus. Wir alle lebten seit Jahren im Krieg und hatten viele schreckliche Erlebnisse mitgemacht, aber diese Männer hatten noch tiefer geblickt und gesehen, dass der Mensch seine Geschichte nach einem Buch und in den großen Brand eingeschrieben hatte, in dem Anfang und Ende liegen und in dem nur Gott und der Teufel wohnen.

Langsam, langsam kam er wieder ein wenig zu sich. Er fand sich allmählich wieder zurecht. Der Prahm trug sie über einen friedlichen Fluss, hundert Sowjetsoldaten. Er stand auf der Seite der Brücke und musterte die Trümmer: nackte Pfeiler, geborstene Bohlen, und es fiel ihm wieder ein, dass er drei Jahre vorher über diese Brücke nach Osten gerollt war, als junger Mann auf dem Weg zu einer Karriere in der Nordischen Abteilung an der Moskauer Universität. Vorher mussten nur noch ein paar Kleinigkeiten zu Ende geführt werden. Jetzt stand er wieder hier, in umgekehrter Richtung auf dem Vormarsch nach Deutschland, ausgezeichnet mit einem roten Stern. Er hatte den Handlanger für einen Arm gespielt, einen blutigen Acker gepflügt, ins Auge des Krieges geschossen, einen Freund verloren und noch einen zweiten, er hatten den großen Brand in Hitlers Hirn gesehen, seinen Gestank gerochen, den Gestank, der von seiner Vision ausging, die auch seine eigene gewesen war, und hier sah er nun endgültig, wie vergebens alles gewesen war.

Der Krieg hatte gar nichts gebracht, nichts war erreicht worden, nichts war anders geworden. Deutschland war Deutschland, und

Russland war Russland. Dazwischen lag Polen. Panzer waren über die Grenzen im Osten und im Westen gerollt, aber bald würde alles wieder in seine Ausgangsstellung zurückkehren. Denn in wenigen Wochen würde alles vorbei sein. Nach jahrelangem Hantieren mit Waffen und Stahl war alles wieder wie vorher. Das Einzige, was geschehen war, war, dass die Brücke eingestürzt war. Der Fluss war noch immer der gleiche, die Bäume waren dieselben, der Himmel derselbe.

Ach ja, und 50 Millionen Menschen hatten ihr Leben verloren. Oder waren es 70 Millionen? Was machten schon 20 Millionen unter Freunden? 160-mal die Einwohnerzahl Islands.

Sie waren jetzt in Hitlers Deutschland eingedrungen, und Papa stellte das Reden ein. Er sagte kein Wort mehr. Seine Waffenbrüder fluchten hingegen auf jedes Feld, auf jeden Baum, und sie spuckten auf jeden Stein. In der ersten Nacht biwakierten sie in einem Musterbetrieb. Der Gutsherr hatte keine Zeit mehr gefunden, ihn in Brand zu stecken; nur noch das Brot im Backofen. Sämtliche Schränke im Haus waren gefüllt, alle Räume waren trocken und sauber, und die Möbel hätten aus einem Schloss stammen können. Selbst die Pferdestallungen waren besser als die Bruchbuden in der russischen Heimat. Die urdeutsche Tüchtigkeit traf die russischen Soldaten ins Mark. Dimitri und seine Genossen drehten durch und liefen mit Bajonetten Amok im Haus, fetzten Bilder von den Wänden, traten Möbel kaputt. In der Vorratskammer erreichte der Zorn seinen Höhepunkt. Dimitri kam mehlbestäubt wieder in die Küche und tobte: »Warum, zum Teufel, mussten die Russland überfallen?! Hier hatten sie doch alles im Überfluss.«

Er nahm ein zwei Kilo schweres Roggenbrot und hämmerte es fluchend gegen die Wand, bis es zerbrach und er selbst in Tränen ausbrach. Er sank auf den Fußboden aus dunkelrotem Stein und rief seine Mutter, seine Frau und seine Tochter an: »Mamuschka, Mamuschka ... Daschenka, Daschenka ...«

Drei Stunden später waren alle satt und betrunken. Die ganze Horde wankte zum Klo, und Papa blieb allein in der Küche zurück.

Keiner von den anderen hatte je eine Toilette mit Wasserspülung gesehen, und einer wusch sich die Haare darin. Das gab's doch gar nicht! Papa stierte ins Glas und fragte sich, wo wohl sein Mädchen in dem Augenblick sein mochte. Ach, bestimmt sicher bei der Mutter in Lübeck. Sie hatten doch immer das Glück auf ihrer Seite gehabt. War die Stadt nicht auch schon befreit worden?

Um Mitternacht erschienen zwei Soldaten, ein großer und ein kleiner, und schleppten zwei junge deutsche Frauen mit zitternden Lippen und hilfeschreienden Augen an. Sie wurden ins Wohnzimmer gestoßen und da auf den Tisch geworfen. Es begann mit Weinen und Schreien der Mädchen und endete mit ihrem völligen Verstummen. Papa wusste nicht, was von beidem schlimmer war. Er saß die zehnfache Vergewaltigung aus und guckte auf seine Finger, fünf plus fünf. Die feine Hand des Studierten war zur Hand des Folterknechts geworden. War er vielleicht auch der erste Isländer in acht Jahrhunderten, der zu einem solchen … Schlächter wurde? Hatte er Menschen getötet? Ja, wahrscheinlich, in der ersten Schlacht am Dnjestr. Plötzlich kam Dimitri in die Küche und schloss das Koppel, ehe er sich an den mit Gläsern übersäten Tisch warf, den Kopf schüttelte und zu sich selbst sagte: »Ne mogu, nikak ne mogu … Ich kann es nicht … Pfui Teufel, ich kann das einfach nicht … so eine … Satan, nein …«

Dann sah er Papa und schob ihm ein Glas hin. »Aber saufen kann ich. Ich kann ihren beschissenen Schnaps trinken, obwohl ich nicht ihre beschissenen Weiber reiten kann. Verfluchtes Deutschland! Möge dieser Fluch Jahrhunderte und ewig auf ihm liegen! Nastrowje!«

Papa hob sein Glas.

»Du sagst gar nichts, Hans. Hast du die Sprache verloren?«

»Welche Sprache?«

114

Bühlstraße 14

1945

Man muss es zu den fragwürdigen Privilegien des letzten Jahrhunderts zählen, im Frühjahr 1945 in Berlin einzumarschieren.

Das Skelett einer Stadt grinste einem entgegen. Leere Augenhöhlen, nackte Rippen, gebrochene Knochen. Die Sonne schien durch die Mauerreste, die noch standen. Ganze Viertel waren in Trümmerfelder verwandelt worden, zwischen denen Trampelpfade liefen. In den öffentlichen Parks aber trieb ein Gott weiterhin seine geschmacklosen Scherze und Blumen aus der Erde, ließ Bäume grün werden und füllte die ganze Pracht mit lobpreisenden Vögeln.

Dunkel gekleidete Gestalten huschten durch die Straßen wie Ratten, denn alle waren auf der gleichen Suche wie ich: nach Essbarem. Schwarzer Qualm stieg in der Ferne auf, und irgendwo fauchte der Krieg wie ein in die Enge getriebener Drache.

Manchmal hörte man Mauern einstürzen oder Sirenen heulen, ohne dass jemand auf sie achtete. Und ab und zu hörte man irgendwo ein Akkordeon, dieses strapazierfähige Instrument, das in Europa stets ereignisreiche Momente begleitet.

Ein Panzer erschien an der Kreuzung und schob sich wie ein vorsintflutliches Kriechtier in die Straße. Kein Mensch schaute hin, ob er einen Stern oder ein Kreuz trug. In den Kettengliedern auf der rechten Seite klemmte ein abgerissener Arm so fest, dass die Hand außen überstand und jede Umdrehung der Kette mitmachte, auf und ab, wie eine absurde Winkhand.

Wir waren alle wie die Stadt, völlig am Ende und am Boden, von völliger Teilnahmslosigkeit, wie sie sich nach lang anhaltender Erschöpfung breitmacht. Wenn man darum kämpfen musste, den Tag zu überleben, und das jahrelang jeden einzelnen Tag und wenn dann der Triumph in greifbare Nähe rückt, dann wird einem das Leben auf einmal vollkommen gleichgültig.

Ich kletterte schwerfällig über eine eingestürzte Wand, hatte die zweitausend Menschen vergessen, denen ich auf meinem Weg durch Polen begegnet war, und wusste nicht, wohin ich mich wenden sollte, denn es stand so gut wie kein Haus mehr. Dennoch besaß ich noch weitaus mehr als so mancher andere: einen Plan und Geld für die Weiterreise; den Namen eines Amerikaners und eine seltene Perle in der Tasche. Vielleicht war ich das reichste Mädchen in Berlin.

Ich fragte mich zu der Straße durch. Das Viertel war eine einzige Steinwüste. Eine bucklige Frau durchkämmte die Ruine eines Ladens auf der Suche nach etwas zu essen, sah aber auf, als ich sie fragte, und antwortete, wobei sie über die Trümmerhaufen zeigte, durch eine Hasenscharte: »Ich glaube, die Bühlstraße war da, wo das Haus da steht.«

Ein einzelnes Haus mit flachem Dach stand ein ganzes Stück entfernt allein zwischen Geröllhalden wie ein isländisches Haus auf dem Land. Die Frühlingssonne schien auf das ganze Elend wie eine Hausfrau, die mitten in einer mitternächtlichen Party plötzlich das Licht einschaltet, so dass man auf einmal Scherben und Erbrochenes sieht. Obwohl mir das schöne Wetter nach dem langen Winter eigentlich hätte willkommen sein sollen, ging es mir genauso auf die Nerven wie das bescheuerte Vogelkonzert. Durch eine isländische Gerölllandschaft stiefelte ich zu dem Haus. Es war eine klassizistische Villa mit zwei Etagen, Säulen vor dem Eingang und einer beschädigten Wand. Vor den vier Stufen hinauf zum Eingang stand ein Posten in langem Mantel.

Es war ein baumlanger deutscher Soldat von der geistig zurückgebliebenen Sorte, die man doch lieber zu Hause gelassen hatte wie den dummen Hans vom Hamburger Bahnhof. Hier stand er seine letzten Kriegstage aus und schwitzte in der Sonne. Der Schweiß lief ihm unter dem Helmrand hervor. Ich fragte, ob hier Bühlstraße 14 sei, und er antwortete: »Jawoll!« Meine Frage, ob dort Hauptmann wohne, verneinte er. Der Warzenschwede hatte mir versichert, der Amerikaner tarne sich unter dem Decknamen Gerhart Hauptmann.

»Hier wohnt also kein Gerhart Hauptmann?«

»Nein.«

Ich dachte nach.

»Und ein Amerikaner mit Namen Skewinson?«

»Nein.«

Ich sah ihm aber an, dass er log, und nach kurzem Überlegen griff ich in die Tasche und holte meinen Schatz heraus, mit dem ich mir auf dem nächsten Schiff nach Amerika eine Überfahrt nach Island kaufen wollte, nach Hause. Nein, nein, hier stand keine verwaiste Rotzgöre, sondern ein vollwertiger Mensch, der sein Ticket auf Heller und Pfennig bezahlen konnte. Ich streckte die Hand vor und zeigte dem baumlangen Soldaten die italienische Perle aus Casanovas Zeiten. Die Sonne ließ den Regenbogen darauf glänzen, das Prachtstück war noch ebenso makellos wie vorher. Er schnappte mir die Perle aus der Hand und steckte sie in den Mund, biss darauf herum und verschluckte sie dann.

115

Satt zu essen

1945

Die Nacht verbrachte ich auf einem nahen Ruinenhügel. Die Essenssuche hatte nichts erbracht, und ich hatte nichts anderes zu verdauen als die Idiotie des Wachsoldaten. Sollte ich ihm meine Handgranate zeigen? Besser nicht. Er würde sie bestimmt genauso mühelos runterschlucken wie die Perle. So ein Ausbund an Blödheit war gegen Waffen gefeit.

Ich weinte ein bisschen in der Dunkelheit und sagte mit zitternden Lippen zweimal laut »Mama«. Es tröstete ein wenig, jemanden dieses Wort sagen zu hören. Die Ferne antwortete mit zwei Lichtblitzen am Osthimmel, denen kurz darauf das zugehörige Donnergrollen folgte. Ich dachte, es seien Einschläge, aber es waren Blitze, denn es fing an zu regnen.

Ich kroch unter eine umgestürzte Hauswand, die mit einem Ende auf einem anderen Mauerrest auflag, so dass darunter eine kleine Höhle entstanden war, in der es nach Schimmel und Mauerstaub roch. Natürlich war es gefährlich, sich unter so eine Wand zu legen, alles konnte hier immer noch zusammenbrechen; aber ich hielt es für das kleinere Übel zu sterben, als plitschnass zu werden. Ich legte mich auf die Seite, fühlte jeden Knochen im Leib, wie sie zermürbt auf dem Steinfundament lagen wie ermüdetes Metall – bestimmt war das ein erstes Vorzeichen des Todes –, und stierte ausgehungert in die regenschraffierte Dunkelheit.

Irgendwann schlief ich ein, und ich muss gestehen, dass ich überraschend gut schlief, so dass ich ganz erstaunt aufwachte. Ein bisschen feucht an der Seite kroch ich benommen aus meiner Höhle, hatte keine Ahnung, wo ich mich befand, und erlebte einen ganz kurzen, beseelenden Moment des Glücks, bis ich wieder unter der Adresse Zweiter Weltkrieg registriert war. Es war kaum später als fünf oder sechs Uhr morgens, denn der Himmel rötete sich gerade im Osten, und der Krieg schlief noch, nicht ein Vogel war unterwegs.

Ich stellte mich auf einen Steinbrocken, damit ich mich aus der Distanz eines ganzen Lebens betrachten konnte. Da stehe ich also in schmutzigem Mantel und staubigen »Schuhen« und mit einem ruinenroten Schal um den Hals, ein junges Mädchen, noch vier Monate von seinem sechzehnten Geburtstag entfernt, mit flackerndem Blick und lebensprallen Lippen; hübsch und vollkommen frei, vollkommen hungrig, vollkommen verzweifelt.

Das eine Bein gestreckt, das andere auf einen Stein gestellt, den Ellbogen stützte ich aufs Knie. Klassische Pose. Ich sah aus wie eine antike griechische Statue einer jungfräulichen Göttin, nur war ich lebendig und die Umgebung aus Marmor, tot: Häuserreste, Ziegelsteinhalden, Schutthaufen … Selbst die Blätter der Büsche, die noch zwischen den Ruinen standen, waren versteinert, und die Fliege auf einem gebrochenen Eisengeländer war in Stein gehauen. Alles war tot, und alles war still. Die Welt war leer, und die Leere war um mich. Ich war eine Jugendliche in Europa an einem Frühlingstag des Lebens und wahnsinnig glücklich bei der Auswahl dieses Tages, denn es war das katastrophalste Frühjahr der Geschichte. Das Erbe aller vorangegangenen Generationen war dem Erdboden gleichgemacht. Alles, womit sich die Menschheit seit tausend Jahren abgemüht, was sie aufgebaut und angestrebt hatte, alles, was mich überhaupt in diese Welt gebracht hatte, war ausgelöscht.

Für einen Moment stand alles offen, war alles möglich; doch in Wahrheit bloß eines: ich fühlte einen schmalen Riss in der Atmosphäre, die schmale Rinne im Frührot, die von mir in die Zukunft führte, die Rinne, durch die mein Leben laufen musste wie Wasser, das immer den geraden Weg nach unten nimmt. Ja. Urplötzlich war ich von der tiefen Gewissheit besessen, dass mich dieser wunderschöne Marmormorgen ins Verderben führen würde.

Ich kehrte zum einzigen noch stehenden Haus in der Bühlstraße zurück und sah, dass der Posten nicht mehr davor stand. Ich probierte es an der Tür, aber sie war verschlossen. Ich ging einmal um das Haus herum und setzte mich dann auf einen Stein, um darauf zu warten, bis die Sonne einen Schatten darauf fallen ließe. Nach einer Stunde kam eine ältere Frau durch die Schuttlandschaft und hockte sich auf die Treppe. Sobald der Wachmann aus dem Haus kam, scheuchte er sie gewaltsam weg und bezog seinen Posten.

Ich wartete bestimmt zwei Stunden, ohne dass der bescheuerte Riese auch nur zum Austreten weggetreten wäre. Schließlich knurrte mir dermaßen der Magen, dass ich mich auf den Weg Richtung »Stadt« machte, dahin, wo noch Häuser standen. In einer halb verschütteten Toreinfahrt entdeckte ich ein paar Frauen, die sich um einen Kochtopf geschart hatten. Ich starrte zu ihnen hinüber, bis sie mir ein Zeichen gaben und anschließend ein Stück Fleisch. Ich fragte lieber nicht, ob es Hund oder Ratte war.

Ich bedankte mich und ging weiter die enge Straße entlang. Zu beiden Seiten standen scheibenlose Fassaden wie Kulissen. In einem dunklen Hauseingang schlugen sich zwei Kinder um ein Stück Brot. Das Gerangel endete damit, dass eines der Kinder sich auf das andere erbrach. Ein Stück weiter die Straße entlang war eine Buchhandlung. Die Wand zur Straße fehlte, und die Bücher in den Regalen waren mit einer dicken Staubschicht bedeckt, so dass sie alle gleich aussahen. Eine einzige Ausgabe in tausend Bänden. Ich zog einen heraus und setzte mich in den hintersten Winkel des Ladens, schlief ein und erwachte in Schillers Werken, während Panzer durch die Straße rollten.

Die Abenddämmerung hatte schon eingesetzt, und mein Bauch stimmte wieder sein Knurren an. Aber ich hatte noch einmal Glück, durch einen glücklichen Zufall fand ich in einem eingestürzten Haus etwas zu essen: Das Zwielicht ließ ein weißes Ei sichtbar werden, nicht zerbrochen und hartgekocht. Wie kam das denn hierher? Dann sah ich an einem umgestürzten Schornstein eine Frau mit schmierigen Haaren stehen. Sie grinste mit gelben Zähnen zu mir herüber.

»Brauchst du ein Dach über dem Kopf? Dann komm mit mir.«

Durch den Hintereingang betraten wir ein halbwegs intaktes, sechsstöckiges Haus. Wie sie sagte im Stadtteil Lichtenberg. Die anderen Häuser in der Straße hatten meist kein Dach mehr, und einem fehlten vier Etagen. Auf der Treppe saßen Soldaten und rauchten schweigend, aber sobald sie uns sahen, riefen sie etwas. Ich konnte lediglich heraushören, dass es Russisch war. Dieser Teil befand sich also in der Hand der Russen. Im Hinterhof lag die Leiche eines Jungen. Mit seinen Augen waren Vögel in den Himmel geflogen. Im nächsten Hof wuchs schwarzer Rauch, ein schönes Kriegsgewächs. Die Frau sagte, sie heiße Brigitte. Sie hatte Mühe, Treppen zu steigen, nahm immer nur eine Stufe auf einmal und entschuldigte sich mit einem schnaubenden Lachen: »Russenschmerzen.«

Auf einem Treppenabsatz lag ein Haufen Kot, von Fliegen umschwirrt, und stank.

Wir gingen geradewegs in eine vergilbte Küche im dritten Stock, wo Brigittes Mutter bei einem Gläschen saß und sich sehr über mein Erscheinen freute. »Frische Schönheit!«, sagte sie und schenkte mit dünnen Haarsträhnen ein. Dem Lächeln fehlten Zähne und dem

Raum Fensterscheiben. Mutter und Tochter kamen aus Stettin, wo sie auf der Straße einmal echte Hingucker gewesen waren, doch inzwischen sah die Mutter bald wie ein alter Mann aus und die Tochter wie ein Junge. In einem Dialekt, den ich nicht verstand, wechselten sie kurze, scharfe Sätze. Dann lächelten sie mich wieder an und prosteten mir zu. Ich trank ihr Feuerwasser und behielt es bei mir, bis ich eine richtige Mahlzeit bekam, die erste seit Tagen. Später brach ich durch ein Dachfenster alles wieder aus. Das Mondlicht legte seine Hand darauf. Ich blickte über die dunkle Ruinenstadt und lauschte auf ihren Atem. Es war nicht zu verkennen und sprang unmittelbar ins Auge: Die Stadt kapitulierte. Am Himmel keine Flugzeuge mehr, die Luft schwang in einem hörbaren Summen wie nach großem Lärm, in der Ferne stürzte mit leisem Getöse ein Kirchturm in sich zusammen, und irgendwo rief jemand aus einem Fenster: »Der Führer ist tot!«

Später in der Nacht und am frühen Morgen strömten russische Soldaten durch die Straßen mit Triumphgeschrei und Kosakengesängen.

Mit Käse und ein paar Flaschen ging ich nach unten; Mutter und Tochter nutzten die Wohnung im obersten Stockwerk nämlich als Vorratsraum. Als ich nach unten kam, saßen ein paar Russen bei den beiden und stießen lautes Gejohle aus, als sie mich und die Flaschen sahen. Einer von ihnen, ein junger Kerl mit großer Nase, versperrte mir in einer Ecke den Weg und hauchte mir seinen stinkenden Atem ins Gesicht, der nach Gewehrlauf und Flaschenhals roch. Seine von schwarzem Blut verkrusteten Hände grapschten nach meinen Brüsten. Er sagte etwas auf Russisch zu seinen Kumpanen, die ein furchteinflößendes und geiles Siegergelächter ausstießen.

Die Strähnenhaarige schenkte die Gläser voll, und dann begannen sie zu saufen, stießen in all ihren Sprachen miteinander an und lachten manchmal, während draußen in der Nacht Häuser brannten. Mich schickten sie nach oben, um noch mehr Schnaps zu holen. Auf der Treppe stieß ich auf eine dunkelhaarige Frau in einem knielangen Unterrock, gespenstisch blass und mit abgenagten Fingern, die mich mit gebrochenem Blick fragte: »Haben Sie meinen Johann gesehen? Haben Sie nicht meinen Johann gesehen? Er hat hier gewohnt.«

Sie wollte mir in die Küche folgen, aber Brigittes Mutter stieß sie weg und knallte die Tür zu.

»Die ist völlig verrückt; keiner will sie haben.«

Der älteste der Männer war ein Offizier mit dünnen Lippen und Haaren und einem kleinen Bäuchlein, der erkennbar Brigitte für sich reserviert hatte. Sie schien mit seiner Hand auf ihrem Schenkel völlig einverstanden zu sein. Die Alte suhlte sich regelrecht in der Aufmerksamkeit der Männer und genoss ihre wiedergewonnene Macht über sie. Ich wurde von ausgehungerten Blicken belagert. Mir wurde klar, dass sie mich in eine Falle gelockt hatten. Ging ich zur Toilette, begleitete mich jemand.

Für die Männer war der Krieg vorüber. Für uns Frauen begann er gerade erst.

116

Das falsche Gesicht

1945

Nach einem Fluchtversuch hielten sie mich Tag und Nacht in einem Zimmer mit Eimer in der Ecke wie ein Tier eingesperrt. Zwei hohe Fenster gingen hinaus auf die Straße. Manchmal hörte ich Panzer oder eine marschierende Kolonne, Schreie und Kommandos, und manchmal wurde auch unter Gebrüll oder Gejohle eine Salve abgefeuert.

Es war ein deprimierender Triumph, und ich blieb die meiste Zeit im Bett. Brigitte schob mir mit dem Fuß etwas zu essen ins Zimmer und schloss die Tür wieder ab. Sie führte direkt ins Treppenhaus und lag der Küche der beiden Stettinerinnen gegenüber, die zum Offizierskasino der Roten Armee geworden war. Die Gelage begannen nachmittags und gingen bis tief in die Nacht. Wenn ich Glück hatte, kam keiner vor dem Abendessen, meist waren es aber bis zum Hellwerden nicht weniger als drei, manchmal mehr. Die erste Woche floss zusammen in eine lange Nacht mit stöhnenden Tieren, stinkenden Wolgasöhnen und keuchenden Kriegsherrn älterer Semester, die sich in einer Fünfzehnjährigen erleichterten. Es war eine einzige Hölle, keiner war besser als die anderen, ich war ganz taub von diesen Teufelsritten und brannte vor Schmerzen. Ich bekam nur wenig Schlaf und träumte wüste, infernolodernde Träume, während ich tagsüber versuchte, an Gott zu glauben.

Manchmal hörte ich die Frau mit den abgeknabberten Fingern draußen im Treppenhaus. Entweder rief sie nach ihrem Johann, oder sie hielt lange Monologe über das Seelenleben der Frauen.

Am erträglichsten war es noch bei Dunkelheit, wenn ich sie nicht sehen musste. Die Tür ging auf, und Licht fiel herein. In der Öffnung stand »der Nächste«, ein betrunken wankender Schatten, der die Tür schloss. Er ertastete, wo er hinwollte, fand es und war in wenigen Minuten fertig. Wenn ich Glück hatte, fiel er anschließend aufs Kissen und schlief eine Weile. In der Zeit kam kein Nächster.

Einer schlief sogar gleich ein, noch bevor er die Hose aushatte. Es war ein älterer Mann mit Bart, aber sonst fast ohne Haare, der roch wie Schwitze-Gunna und schnarchte wie ein Ochse. Ich versuchte, die Gelegenheit zu nutzen und an seine Zigaretten zu kommen. Wo kamen all diese Männer her? Russland war so etwas wie ein ausgeschütteter Ameisenhaufen. Sicher kamen zehn von ihnen auf jede deutsche Frau. Manche gaben sich freundlich und streichelten mich wie ein Kätzchen, um sich selbst einzureden, sie seien meine Liebhaber und keine Vergewaltiger, aber wenn es so weit war, erwiesen sie sich als die größten Schweine von allen. Jener eine aber war einfach zu müde. Später wachte er auf und fing an zu fummeln, riss sich dann aufgegeilt die Uniform vom Leib und stöhnte auf mir herum. Er war nicht der Schlimmste, aber es dauerte eine Ewigkeit, bis er so weit war. Ein helles Unterhemd leuchtete im Dunkeln und stieß auf mich ein wie ein Stier mit einem Horn. Ich wich seinem kalten Geifer aus. Endlich kam er, warf sich zur Seite, den Rücken zu mir, und begann sofort wieder zu schnarchen. Ich wankte in die Ecke, ließ alles heraustropfen, wischte mir die Schenkel mit einer alten Gardine ab. Bestimmt war ich längst schwanger. Steifbeinig wie eine alte Frau ging ich zur Matratze zurück, legte mich Rücken an Rücken neben den Kerl, rollte mich zusammen wie ein Embryo und dachte: Mama, Mama, Mama. Ich weiß noch, wie du in der Wohnung an Kalvebod Brygge die Schuhe anprobiert hast und wir mit BBC im gleichen Bett eingeschlafen sind. Damals war ich noch ein Kind, heute bin ich eine Hure. Ich zog dreimal die Nase hoch, aber echtes Weinen wollte sich nicht einstellen. Irgendwie wirkte das Schnarchen des Mannes beruhigend. Aus der Küche drang kein Lärm mehr herüber, und im Haus herrschte so etwas wie Stille. Für diese Nacht war die Schicht zu Ende.

Endlich konnte auch ich schlafen und träumte von der Heuernte auf den Svefneyjar, Sonnenschein und aufgerollten Ärmeln.

Früh am Morgen regte sich der russische Soldat neben mir. Stahlgraue Helligkeit drang durch die beiden Fenster und beleuchtete eine flaumig behaarte Männerschulter. Irgendeine Verrücktheit brachte mich dazu, sie sanft anzupusten. Die unterschiedlich langen Härchen bewegten sich in dieser Brise wie isländisches Heidegestrüpp. Der Mann drehte sich um und wandte mir sein Gesicht zu.

Es war nicht das richtige Gesicht. Es war das ganz falsche Gesicht.

Er schlug die Augen auf, wir sahen uns an, und unsere Gesichter sahen sich so ähnlich, wie es die Gesichter von Vätern und Töchtern nur wenige Male seit Erschaffung der Welt getan haben.

In einem einzigen Augenblick reihten sich mein Leben und meine gesamte Zukunft in Abschnitte, in unveränderliche, in Beton gegossene Abschnittsblöcke; und das Einzige, was mir noch zu tun blieb, war diese Stufen ganz hinabzusteigen bis hier in diese Garage.

117

Milch & Champagner

1945

Die hochglanzgewienerten Schuhe glänzen, die unter der messerscharfen Bügelfalte hervorkommen, beide sind schwarz. Die Sonne versinkt im Teppich. Sind das Großvaters Schuhe? Nein, es ist der mit den Haaren. Der Ministerpräsident, hat Großmutter gesagt. Ich trage ein luftiges, weißes Kleid mit einem kleingeblümten Muster in gelb-grün und gehe zwischen den schwarzen Seevögeln umher, die in Dreiergrüppchen im Empfangssaal auf Bessastaðir stehen, miteinander anstoßen, lachen, Konversation treiben, die Schwänze schwarz, die Brüste weiß, isländische Nachkriegsmänner. Neben einigen stehen ihre Gattinnen mit aufgetürmten Frisuren in langen Handschuhen und langen Kleidern, manche sogar mit Schleppe. Die Gesichter dieser Frauen sind mit hellem Make-up gepudert, Augen und Lippen kräftig angemalt. Sie mimen Marmorstatuen, denn keine von ihnen sagt ein Wort oder bewegt auch nur die Lippen, weder zu einem Satz noch zu einem Lächeln.

Eine einzige Ausnahme gibt es. Am Fenster steht die berühmte Lone Bang in einem schlichten schwarzen Kleid, mit hochgestecktem Haar und ebenso hohen Wangenknochen, ein etwas grob geschnittenes, aber attraktives Gesicht mit breitem Lächeln, und umringt von Verehrern nickt sie eifrig. »Ich war in London«, höre ich sie auf Isländisch sagen. »Ja, die ganzen Kriegsjahre hindurch, ich saß da fest.«

Ihr Akzent klingt zugleich rauh und kultiviert.

Protokollchef Eggerz klopft gegen sein Glas und öffnet die Tür zum Speisesalon. Großmutter und Großvater, der Präsident Islands und Gattin, machen im Durchgang die Honneurs. Das durch die bodentiefen Fenster einfallende Sonnenlicht spiegelt auf Großvaters Brille. Hinter ihnen erstreckt sich die lange Tafel mit dem guten Service und stehenden Servietten. Es ist für dreißig Gäste gedeckt. An jedem Platz verkündet eine Tischkarte in Schönschrift den Namen des entsprechenden Gasts. Frl. Herbjörg María Björnsson, Fam. finde ich nahe dem Tischende bei der Tür zur Küche zwischen den Namen von zwei Herrn. Neben dem Teller steht ein Glas Milch. Das einzige auf der ganzen Tafel.

Zu meiner Linken findet sich ein großer Mann mit länglichem Gesicht ein, der mit einem angedeuteten Lächeln grüßt und dann hinter seinem Stuhl Aufstellung nimmt. Ich lese seinen Namen auf der Tischkarte nicht richtig: Hr. Jóhann Glückssohn, Großhandelskaufmann. Seine Frau, ein rötlicher Filmstartyp, steht ihm mit feuerroten Lippen und Pelzstola um die Schultern auf der anderen Tischseite gegenüber und nickt ihm zu. Mir gegenüber steht ein leicht korpulenter, fast kahler Mann, einer dieser selbstzufrieden gutgelaunten Männer vom Lande, von denen Island zu jeder Zeit genügend aufzuweisen hat und die durch die Bank immer Guðmundur heißen. Er hat einen knallroten Kopf, als ob sein steifer Kragen ihn erwürgen würde, und einen prall geblähten Bauch, als säße ein kräftiger Rülpser seit Jahrzehnten in seinen Eingeweiden festgeklemmt. Rechts neben ihm webt eine Dame aus der Trachtenabteilung mit dem Kopf. Ihr graumelierter Mann mit einem Unterkiefer wie eine vorspringende Schublade ist mein Tischnachbar zur Rechten: Hr. Pétur Knudsen, Staatssekretär.

Sobald Großvater und Großmutter in der Mitte der Tafel Platz genommen haben, setzen sich auch alle Übrigen auf ihre Plätze und fangen mit dem Smalltalk an, der verstummt, als sich der Ministerpräsident erhebt.

»Es ist uns eine große und besondere Ehre, heute Abend hier nach Bessastaðir eingeladen zu sein. Mit ihrer Liebenswürdigkeit und ihrem Zusammenstehen hat unser Präsidentenpaar bewiesen …«

Während der Tischrede betrachte ich den rötlichen Filmstar mir gegenüber. Ihr Fleisch ist unglaublich makellos rein, fest und weiß und quillt ein wenig aus dem steifen, tief dekolletierten Kleid. Ihr Gesicht strahlt vor Gesundheit und guter Pflege. Eine solche Frau habe ich in meinem ganzen Leben noch nicht gesehen. Dann lasse ich meinen Blick den Tisch entlangwandern. Ernste Gesichter starren während der Rede etwas traurig bewegt vor sich hin, als würden sie durch den seidegeschmückten Augenblick hindurch auf das schwere Geschick einer kleinen Nation blicken. Großmutter sitzt fünf Teller von mir entfernt und klappert während der Ansprache des Redners mit den Augen. Er spricht frei, unendlich würdevoll steht er aufgerichtet da, hat den offenen Rock zurückgeschlagen und die Daumen in die Ärmelausschnitte der Weste gehakt, so dass er an einen munteren Wandersmann erinnert, der frisch und ausgeschlafen vor der Berghütte steht und die Schultergurte seines Rucksacks festhält. Sein schlohweißer Schopf wallt in mächtigem Schwung auf und weckt den Gedanken, dass solche Menschen entweder Genies oder Wahnsinnige sind.

»Wir Isländer empfinden großen Respekt vor dem Amt des Präsidenten, weil es die höchste Würde und Auszeichnung unseres Landes ...«

Großvater erträgt die Schmeicheleien mit Leidensmiene.

Nach dem Abschluss der Rede stürmt Hauswirtschafterin Elín, das bodenständige Gewächs aus der Nachbarschaft, assistiert von drei Serviererinnen, mit der Vorspeise den Saal: geräucherte Forellen vom Mývatn auf nordländischem Fladenbrot. Das mir noch ungewohnte Besteck veranlasst mich, die Scheibe einfach in die Hand zu nehmen und abzubeißen. Danach nehme ich einen großen Schluck Milch. Die Rötliche senkt den Blick und lächelt nachsichtig. Die Konversation setzt wieder ein, und Herr Glückssohn fragt über meinen Kopf hinweg: »Haben Sie etwas Neues von Dawson gehört, Pétur?«

Ich drehe mich dem Staatssekretär zu und nehme dabei noch einen Schluck Milch, während ich die Antwort aus seiner Kieferlade kommen sehe: »Ja, in der Tat. Es sieht alles ganz gut aus.«

Ich spüre, wie das Blut in den Adern meines Sitznachbarn zu köcheln beginnt, und seine Frau setzt ein blitzendes Lächeln auf. Mit einem Bissen auf der Gabel sagt sie sogar etwas: »Ach, Herr Knudsen, Sie und Ihre Gattin müssen uns vor dem Herbst unbedingt einmal auf unserem Sommersitz in Þingvellir besuchen. Sie sind jederzeit herzlich willkommen.«

Frau Knudsen reckt das Kinn vor und nickt mit ihrem kleinen Kopf ein akzeptierendes Lächeln.

Gummi mir gegenüber schaltet sich jetzt auch in die Unterhaltung ein: »Ich habe gehört, Sie haben eine Einfuhrgenehmigung beantragt.«

»Ja, für amerikanische Automobile. Schervolé«, teilt Frau Glücksson entzückt mit.

»Aber nicht bloß Chevrolet, sondern auch Chrysler und Ford«, präzisiert Herr Glücksson. »Bald können wir wohl mit dem Import amerikanischer Fahrzeuge in großem Stil beginnen.«

»Stellen Sie sich das vor«, sagt seine Frau.

»Ja, es ist ein ganz anderes Land geworden«, stimmt Frau Knudsen mit wackelndem Kopf und leichtem Nordlandeinschlag zu. »Wer hätte gedacht, dass uns der Krieg solchen Wohlstand bescheren würde?«

»Es war wirklich ein sehr guter Krieg«, pflichtet der schütterhaarige Landmann bei und hebt sein Glas. »Stoßen wir darauf an, ein Prosit auf den Krieg!«

Die Eheleute Knudsen und Glücksson lachen amüsiert über diesen Scherz, der gar nicht als Scherz gemeint zu sein scheint, und erheben ihre Gläser. Ich stelle fest, dass mein Glas aus Versehen auch gefüllt wurde, und greife bedenkenlos zu, stoße mit den anderen an und nehme einen zu großen Schluck. Das letzte Mal habe ich so ein Blubberwasser getrunken, als mir Frøken Danmark zu Anfang des Krieges eine Cola anbot, und ich fühle, wie sich die Wirkung diesmal sehr schnell in Kopfschmerzen verwandelt.

»Schade, dass der Krieg nicht länger gedauert hat. Dann hätten wir noch mehr davon profitiert«, fährt Guðmundur fort, kassiert dafür aber nur noch ein höfliches Lachen.

Die rothaarige Frau setzt das Glas ab, schaut es ungläubig an und fragt: »Wie heißt dieser Weißwein? Er ist ein bisschen anders als das, was man sonst so kennt. Finden Sie nicht?«

Die Frau Staatssekretär stülpt die Lippen vor und beugt sich nach vorn. Mit zierlichen Fältchen um Mund und Nase erklärt sie dann: »Das ist Champagner.«

Er scheint sich nicht gut mit Milch zu vertragen.

Das Hauptgericht erscheint in Soße schwimmend: Lammkeule aus dem Hochland und Kartoffeln aus eigenem Anbau. Rhabarberkompott und Rotkohl. Erwachsene bekommen Rotwein dazu. Ich habe keinen Hunger und muss an Papa denken, der allein im Obergeschoss hockt, in sein Zimmer eingeschlossen. Hier unten knistert Seide und klingelt Silber, und die ältere Frau Knudsen fragt, wo man denn *nylon stockings* bekommen könne, worauf die Rote antwortet, »ihr Jóhann« kenne jemanden, und mir fällt unvermittelt die Frau mit den abgeknabberten Fingern in dem Treppenhaus in Berlin ein. Ich genehmige mir noch einen Schluck von diesem Champagner, und mir wird flau. Doch Großmutter erhebt sich von ihrem Stuhl, legt ihre Serviette beiseite und hält eine kurze Rede, auf Isländisch:

»Dank Ihnen allen, für mit uns diese Abend zu verbringen. Das Essen heute kommt von weit her, und viele haben geholfen, ihn gut zu machen. Zum Nachtisch gibt es Skyr.«

Bei ihrem letzten Satz lächelt die alte Dame ein wenig und erhält dafür gedämpftes Lachen. Dann fährt sie schwungvoll fort:

»Sagen Sie unbedingt den Mädchen Bescheid, wenn Sie noch etwas mehr haben möchten. Draußen ist noch genug.«

»Nein, es ist alles aufgegessen«, platzt Elín da heraus, die mit einem Silbertablett mitten im Raum steht.

Jemand lacht ganz kurz, und der Bauer mir gegenüber bekommt einen Hustenanfall und wird noch röter im Gesicht, läuft fast blau an und zerrt mit zwei Fingern am Kragen.

»Vielen Dank dafür, Elín«, sagt Großmutter mit einem durchdringenden Blick und lobt dann weiter den schönen Abend, bis sie plötzlich innehält, sich zu Großvater hinunterbeugt und ihm etwas ins Ohr flüstert. Danach setzt sie sich, und der Präsident erhebt sich so schnell, dass die Gäste den Worten seiner Gattin gar nicht applaudieren können.

Er kündigt das Hauptereignis des Abends an und ist sichtlich selbst nicht darauf vorbereitet. »Es ist uns eine große Ehre, wirklich eine große Ehre, Ihnen jetzt … die groß… großartige Sängerin und unsere liebe Lone Margarethe Bang ankündigen zu dürfen, die für uns jetzt zwei Lieder singen wird.«

Die Türen öffnen sich, und Lone schreitet höchst würdevoll in den Saal. Ihr Kleid ist so schwarz wie vorhin, doch in ihrem Haar ist der erste Schnee zu sehen. Ihr Begleiter Reuter folgt ihr und wirft schwungvoll die Frackschöße nach hinten, als er sich am Flügel am anderen Saalende niederlässt, der erst am Morgen unter solchen Schwierigkeiten zum Amtssitz des Präsidenten geliefert worden ist.

Zur Feier des Kriegsendes ist das erste Lied auf Jiddisch: »Du sollst nit gein«. Die Gäste lauschen mit wohlwollendem Respekt. Ich beobachte, dass Großmutter während des Vortrags den Stiel ihres leeren Glases festhält und fixiert, während Großvater sich auf den Gesang konzentriert. Das Schlusslied ist wieder das isländische Kinderlied »Lítlu börnin leika sér« wie damals an dem schönen Abend in Skagen vor vielen, vielen Nackenschlägen. Die Sängerin verbeugt sich tief unter donnerndem Applaus und schwebt lächelnd aus dem Saal. Ich sehe, wie Großvater klatschend und mit lebhaft gerötetem Gesicht Großmutter anschaut, aus deren Gesicht dagegen alle Farbe gewichen ist.

Eine Frau in Kriegsbemalung, die dem Staatssekretär gegenübersitzt, fragt in die Runde: »Was für eine Sprache war das … in dem ersten Lied?«

»Jiddisch. Die Sprache der Juden«, antwortet Herr Knudsen.

Der Ehemann der Dame, mit Doppelkinn und Tränensäcken, fragt: »So? Aber warum hat sie gesagt, es sei zur Feier des Kriegsendes?«

Der Staatssekretär versucht, den Zusammenhang zu erklären, und der Großkaufmann an meiner Seite zückt ein silbernes Zigarettenetui und bietet schneeweiße »Lucky Strikes« an. Ich bin sehr versucht, aber nur seine eigene Frau greift zu. Er gibt ihr Feuer, dann sich, und der Dicke mir gegenüber hebt sein Rotweinglas und schlägt ein neues Thema an: »Wo mag der alte Herr nur den ganzen Rotwein herhaben?«

»Den hat er bestimmt in den Regentschaftsjahren gehortet.«

»Ja. Das ist bestimmt Jahrgang neununddreißig, vierzig, denn jemand hat behauptet, das sei französischer Wein.«

»Hat man denn während des Krieges keinen Wein produziert?«

»Ganz so schlimm war es wohl nicht, aber es wurde aus Europa ja fast nichts exportiert.«

»Ist der Kontinent im Krieg wirklich so schlimm mitgenommen worden?«

Ihre Worte verschmelzen mit glänzender Seide und Chiffon, brennenden Kerzen und langen Handschuhen, Gesang und Tellergeklapper, Zigarettenrauch und hastender Bedienung, Bildern in vergoldeten Rahmen und Champagnermilch in meinem Magen. Mir ist schlecht. Plötzlich wendet sich der Großkaufmann an mich und fragt mit qualmender Stimme: »Wo sind Sie denn während des Krieges gewesen, junges Fräulein?«

»Ich? Ich … wir … in Dänemark … und in … Deutschland.«

»Ach, ist das wahr?«, erkundigt sich seine Frau.

»Ja«, sage ich und schaue auf den roten Abdruck, den ihr Lippenstift auf dem gelben Filter hinterlassen hat. Aus unerklärlichem Grund weckt er Ekel in mir.

»Und wie war der Krieg da?«

Ich explodiere wie der Geysir im Haukadal. Der Strahl schießt in einer einzigen großen Kotzfontäne aus mir heraus auf den Tisch, wirft ein leeres Glas um und landet fast auf dem Teller des Filmstars. Einen kleinen Spritzer bekommt er noch ab. Dreißig Köpfe verstummen und drehen sich mir zu. Das Letzte, was ich wahrnehme, ist die hellbraune Kotze, die um mein kristallfüßiges Champagnerglas schwappt, das wie eine verwegene Skulptur emporragt. Luftbläschen steigen unablässig darin auf wie Dutzende Luftballons, die man bei der Feier zum Unabhängigkeitstag draußen in den Himmel steigen lässt. Ich beobachte sie wie aus der Vogelperspektive. Aus der Entfernung wirken sie winzig.

118

8. Dezember

2009

Es sieht nicht so aus, als sollte ich es noch bis zum 14. machen. Schlechte Leistung. Die Elfen verlangen immer mehr Flaschen. Sie holen sie und hüpfen in Wiesenschuhen in großen Sätzen über die Felsen. Ach, was wünscht sich das Land heute, nachdem alles den Bach runtergegangen ist? Gib mir meine Medizin, Lóa! Ich nehme sie mit mir hinüber. Und wo ist mein Ei? Mein Zarenei? Eine Abbildung davon hing auf Amrum in der Küche. Frau Baum hieß sie, das dreckige Luder. Ist das mein letzter Tag auf Erden?

»Meinst du das hier?«

»Ja. Bring es her! Weißt du nicht, was das ist? Es ist eine Handgranate … Vielleicht lässt du die Todesanzeige im Radio verlesen. Ach, ruf meinen Maggi trotzdem an!«

»Er ist doch hier. Er sitzt hier bei dir.«

»Wirklich? Und die Kleine auch?«

»Ja, Sanna ist auch hier und …«

»Sollten wir ihr diese … Handgranate nicht wegnehmen?«

»Große Güte. Oma war auf vierzehn Fangfahrten …«

»Ist sie noch scharf?«

»Mama?«

»Oder waren es siebzehn? Wahrscheinlich siebzehn.«

»Sie ist nur ein bisschen durch den Wind … Das hat sie manchmal. Aber sie kommt dann auch wieder zurück.«

Bob wollte unbedingt sein Grab sehen, und also suchten wir Santa Croce auf. Galileo und Macchiavelli liegen auch da. Wahnsinnsgrabmale. Danach wollte er zu seinem Haus. Große Güte! Wo bist du jetzt, mein lieber Bobby? Warst immer so fröhlich … fröhlich und fröhlich, fein und fein … Dunkelheit, Dunkelheit, jetzt fällst du herab, und der Trichter kommt näher und näher. Wird das Boot nicht gerudert? Ich höre Ruder. Aber die Sonne verfolgt uns die Straße entlang. Ja, elende Welt, du warst mir … Ist das der Trichter? Rostig wie ein polnisches Dock. Wir liefen die Via dei Pepi ganz bis zum Ende wie zwei doppelt verirrte Touristen – ein schöner Anblick! –, bogen endlich um die Ecke und waren doch nicht richtig, das Haus schloss um fünf Uhr, wir kamen vor verschlossene Türen. Nummer 70 war es, glaube ich … Bist du das Dóra? Liebe Dóra, meine Hotelwirtin, sei mir gegrüßt!

»Vierzehnhundert Lire die Nacht, sagt sie.«

»Was?«

»Vierzehnhundert, mit Bettwäsche und Waschgelegenheit.«

»Mama …«

Oh, und er schenkte mir einen Ring, abends auf dem Hügel; den hatte er auf der alten Brücke gekauft, Ponte Vecchio … Ach, helft mir auf, ich möchte pinkeln, ich muss pinkeln, ich will dieses Leben damit beenden zu pissen. Ich will endlich pissen dürfen!

»Aufstehen, auf! Ich muss mal.«

»Komm, ich helfe dir.«

»Via, Via Dolorosa … Wo ist Licht und wo ist Soßa? Wann wird geschlossen?«

»Wie bitte, was sagst du? So, hier, komm!«

»Wann geschlossen wird? Wir müssen vor fünf da sein. Vor fünf Uhr.«

»Es ist jetzt halb acht.«

»Und wann schließt die Toilette?«

»Die Toilette? Die ist immer geöffnet.«

»Er wohnt Via Ghibellina, Nummer 70.«

»Wer?«

»Auf der Klingel steht Buonarotti. Ich muss pinkeln.«

»Gut, ich helfe dir.«

»Ist das die Schlange?«

»Nein, nein, die müssen nicht … Das ist deine Familie.«

»All diese Leute? Wollen mir beim Pinkeln zusehen? Ich bin doch nicht Ava Gardner.«

»Maggi ist hier und Sanna, auch Dóra und dein Sohn Halli mit þórdís Alva, und ihre Tochter Guðrún Marsibil ist auch eben gekommen …«

»Hi Oma!«

»Hallo Mama!«

»Ja, er ist mächtig populär.«

»Wer?«

»Der Tod. Er ist sehr gesellig. Und jeder seiner Auftritte ausverkauft … Nein, lass offen!«

»Soll ich die Tür nicht lieber zumachen?«

»Nein, lass offen! Lass die Leute zusehen, wo sie nun schon alle extra gekommen sind. Hast du die Nummern verteilt?«

»Wie?«

»Nimm die Nummern … ah, das tut gut … teil die Nummern aus und lade sie zum Feuerwerk … zur Feuerbestattung ein.«

»Mama, wie geht es dir?«

»Ich bin beim Pissen.«

»Sollten wir sie nicht wenigstens in Ruhe pinkeln lassen?«

»Hast du Guðrún Marsibil gesagt?«

»Ja, sie ist hier.«

»Ach, die Liebe! Warst du nicht zum Schwimmtraining in … wo war das noch? Brisbane?«

»Ja, richtig. Liebe Oma! Schön, dich zu sehen! Du …«

»Ist das nicht an der Ostküste?«

»Doch.«

»Am Pazifik?«

»Ja.«

»Die Bilder waren auch schön, die von deiner Neuseelandreise.«

»Wie? Hast du die gesehen?«

»Sind deine Brüste nicht ein bisschen zu groß? Fürs Schwimmen?«

»Was sagst du da?«

»Er war nicht zu Hause, als wir kamen.«

»Wer?«

»Er wohnt Via Ghibellina 70. Auf der Klingel steht Buona … Lóa, denk bitte daran, hinterher mit meinen Überresten in die Verbrennungsanstalt zu gehen. Es soll alles, alles spurlos beseitigt werden. Ich will, dass nichts übrig bleibt, nicht das Schwarze unterm Fingernagel. Und du darfst nie mit dem Singen anfangen. Hörst du?«

»Wieso?«

»Wir brauchen nicht noch mehr singende Lóas.«

»Okay, ich hatte sowieso nicht vor …«

»Dieser Philipp gefällt mir ausgezeichnet.«

»Phil …? Heißt das, du …«

»Kommt er aus Brisbane? Er erinnert mich an meinen Bob. Der hat Michelangelo gekannt. Sie waren zusammen in der Schule. Lóa, hilf mir auf!«

»Klar, entschuldige!«

»Wenn sie nicht geredet hätte, wäre sie nicht gestorben.«

»Was?«

»Wenn sie nicht gesprochen hätte, wäre meine Kleine nicht gestorben. Vom Krokodil habe ich nie wieder gehört, weiß nicht, was aus ihm geworden ist.«

»Wovon redest du, Mama?«

»Sie sollen ja sehr alt werden, die Krokodile.«

»Stimmt.«

»Dann wäre meine kleine Blume nicht umgekommen. Vielleicht kannst du ihr ein paar Blumen aufs Grab legen, Lóa.«

»Was?«

»Leg ihr doch ein paar Blumen aufs Grab. Es ist auf dem Chacarita-Friedhof.«

Jetzt schwanke und wanke ich vor der versammelten Fangemeinde zum Bett zurück. *No pictures, please!* Steht da nicht auch Guðjón? Ich meine, seine Beine zu erkennen, kann aber vor Schmerzen nicht den Kopf drehen. Und der Trichter ist wieder da, unglaublich verrostet in dem Zwielicht, wie ein polnisches Dock. Ein polnisches Dock. Ich höre das Plätschern von Rudern.

»Warum seid ihr alle gekommen?«

»Weil wir gedacht haben …«

»Dass ich sterben würde? Na gut, ich will's versuchen. Versuchen, euch den Wunsch zu erfüllen.«

»Nein, Mama, nicht! Ich habe gemeint …«

»Eigentlich wollte ich nicht vor dem vierzehnten Feierabend machen. Der wievielte ist heute?«

»Der achte. Der achte Dezember.«

»Wirklich? Der Tag meines Friðjóns. Wo ist das Ei? Ich will mein Ei haben! Ich muss es bei mir haben.«

Ah, tut das weh zu leben! Ich lasse mich von ihr unter die Decke falten, und dann wird mir schwarz vor Augen. Zu sterben wird schön. Wenn ich bloß diese Lungen los werde. Ist das der Computer? Nein, den lasse ich hier, aber das Ei nehme ich mit und die Medikamente, die Medizin. Ja, wenn sie nicht geredet hätte, diese verfluchte Evita, dann hätten sich die Straßen nicht geleert und mein kleiner Schatz wäre am Leben geblieben. Immer lag ein Präsidentenfluch auf mir. Ich war der Putzlappen der Präsidenten, die Präsidentenschlampe; Bæring hatte ganz recht. Er soll bloß nicht mit Rum und Rosen in seinem blauen Pullover im Jenseits auf mich warten. Wenigstens nach seinem Tod sollte der Mensch ein bisschen Ruhe und Frieden finden, gegen Vorlage der Sterbeurkunde. Dann lieber Bob und all seine Pläne. Mit ihm würde ich gleich Morgen zur Audienz beim Teufel vorgelassen. Wir würden den Teppich entlangschreiten und uns beide gleichzeitig verbeugen wie klitzekleine Höllenkinder. Der Fürst der Finsternis würde den Flammenfinger heben und auf Dänisch sagen: *Velbekomme!*, Mahlzeit! Der Teufel spricht Dänisch. Hat aber sicher seine Dolmetscher. Ja, ja. Aber das will ich mitnehmen, das Herz meines Vaters. Ich schließe die Finger fest darum. Sie wollen es mir wegnehmen. Vater unser, der du bist im Himmel …

»Mir gefällt das nicht.«

»Ist das eine echte Handgranate? Und ist sie noch scharf?«

»Keine Ahnung. Können wir sie ihr denn nicht abnehmen? Versuch's noch mal!«

»Ich schaff's nicht. Sie hält total fest.«

»Mama, du musst …«

»Gefällt mir gar nicht.«

»Sie krallt sich daran.«

»Halli, wir müssen.«

»Hat sie das Ding schon lange?«

»Ihr ganzes Leben, sagt sie. Ich wusste allerdings nicht, dass es eine …«

»Vielleicht treffe ich den halben Hitler wieder … am Hof des Fürsten … Ich fange an, mich darauf zu freuen.«

»Herra? Herra, hörst du mich?«

»Vielleicht gehört er zu seinem Hofstaat, ganz und gutaussehend.«

»Sie ist völlig weggetreten.«

»Oh, mein Gott!«

»Kannst du mir ein Attest besorgen?«

»Was?«

»Eine Sterbeurkunde, Lóa. Kannst du mir eine besorgen?«

»Vielleicht ist es auch einfach in Ordnung. Wo sie die schon so lange hat.«

»Ich weiß nicht. Sie könnte ja noch hochgehen. Siehst du, wie sie sie festhält?«

»Ach, ach, halt fest, so lange du kannst, und geh dann zum Tanz, meine Vigga Sigga und Svefneyjarsonne.«

»Wiedersehen, Mama. Darf ich dich zum Abschied küssen?«

Es regnet aus seinen Augen, dass die alten Wangen ganz nass werden. Gesegnet sei, wer die Tränen eines anderen vergießt. Wusste gar nicht, dass er Zuneigung spüren kann, und diese Lieblichkeit hat er bestimmt nicht von mir. Das Leben kommt zu spät, zu spät, jetzt gähnt der Abgrund, und die Sohnestränen tropfen traurigen Mutterweg hinab, oh, wie rührend lächerlich das ist. Aber das gute Eisen! Gut, das Eisen zu fühlen. Mein Staunen, ich lebe und jetzt sterbe ich, sterbe wie jede andere Krähe auch. Sieh, jetzt segele ich in den großen Trichter der Zeit, und guck, da steht Sortie auf Französisch … und da stehen sie mit Fackeln, deutsche Soldaten, die Flammen spiegeln sich im Abfluss …

»Mama, Mama!«

… Und da sitzen Eysteinn und Lína ganz glücklich, streichen über den langen Bart und lächeln bei Kerzenschein, sie gehören zu mir, ich hatte doch Mütter bloß wochenweise und Väter für gewisse Stunden. Donnerwettersingen kommt in ihrem Rücken auf, Psalmen aus langen, dunklen Gängen: *Blessuð sértu sveitin mín* und Abenddunkel in Tassen, mit Schimmelrahmhaut obendrauf und Molkelicht im Fenster, eine Rinnsalfluse auf der Brust, sickert mit Summen, sickert, summ, summ. Wart auf mich am Türspalt, Rósa, mit Satans Wal, ich rutsche weiter. Putz dir nur die Nase, liebe Gunna, schnäuze dich. Aus einem Inselfenster sehe ich die Berge an Land, und ich weine um Island, denn ich habe nie etwas anderes besessen als das, das Wort, den Namen, nie das Land selbst, wir leben alle bloß auf Inseln, ja, so ist das, und zwischen uns ist nichts als Wasser, Meer, verdammtes Meer, jetzt wird der Sog des Trichters spürbar und saugt das Boot an, ich fahre jetzt schneller dahin und … was … der Regen wird stärker, ein Riese versetzt mir einen Kuss aus dunklem Himmel, und der Tropfenschauer läuft mir über Lippen und Wangen, salzig, ja, schmeckt salzig, nach Sohnessalz, jetzt werde ich eingesaugt, adieu …

119

Gekrümmte Finger

2009

Meine Augen standen offen, und doch waren sie zu. Hinter ihnen aber sah ich alles, was sichtbar ist und noch mehr. Ich hatte den alles sehenden Blick bekommen, war allwissend geworden.

Eine Weile saßen sie bei mir und küssten die kalt werdenden Wangen, jeder Einzelne, sie schlugen das Kreuz über mir, ein bisschen wie kleine, dumme Kinder, bis Dóra sie zu sich ins Haus bat und Kaffee kochte. Dann wurden Arzt und Priester gerufen, die mich, jeder nach seiner Profession, abschrieben.

»Das Taxi ist da«, sagte Dóra gegen Mitternacht an der Küchentür und schlüpfte in die Schuhe. Die Feuerwehrleute von der Reykjavíker Feuerwehr mühten sich zu zweit mit dem Hitlerei in den gekrümmten Fingern ab, bekamen es aber nicht frei, dafür entdeckten sie eine alte Narbe auf dem rechten Arm. Ehrlich gesagt, es klang nicht gut: Eine alte Frau wird tot in einer Garage aufgefunden, ihre gekrümmten Finger umklammern eine deutsche Handgranate aus dem Zweiten Weltkrieg, auf ihrem Arm eine Hakenkreuznarbe. Das hörte sich doch an wie der Anfang eines drittklassigen Krimis.

Sie trugen die Leiche durch den Schneesturm und fuhren damit vorsichtig durch die autofreien Straßen, glitten langsam über nassglänzende Bodenschwellen, Dinger, die ich noch nie gesehen hatte, die aber jetzt an jeder Kreuzung zu finden waren. Der Weg zur Leichenhalle in Fossvogur war nicht weit. Dort wurden meine sterblichen Überreste zwecks späterer genauerer Untersuchung abgegeben.

Lóa hielt ihr Wort und insistierte auf einer Feuerbestattung. Der Termin war ja schon passend reserviert: Krematorium Islands, Montag, den 14. Dezember, um 13.30 Uhr. Am Morgen wurde ein Notarztteam gerufen: ein Mann und eine Frau mit einer Säge. So wurde ich ohne Hände in die tausend Grad geschoben und verbrannte dort binnen einer halben Stunde. Ich habe immer noch Phantomschmerzen in den eingebildeten Handgelenken.

Die gekrümmten Finger wurden dem Sprengtrupp der Küstenwache überstellt. Wenige Tage später wurde das Herz meines Vaters bei vorweihnachtlichem Schneefall in einer Sandgrube am Rauðavatn mit Dynamit gesprengt und flog mit zehn Fingern auf zu Gott.